Antonio Muñoz Molina

Die Augen
eines Mörders

ROMAN

Aus dem Spanischen
von Willi Zurbrüggen

PENGUIN VERLAG

Die spanische Originalausgabe erschien 1997 unter dem Titel
»Plenilunio« bei Alfaguara, Santillana, S.A.

Verlagsgruppe Random House FSC® N001967

1. Auflage 2018
Copyright © der Originalausgabe 1995 by Antonio Muñoz Molina
All Rights Reserved
Alle Rechte an der Übertragung ins Deutsche bei Rowohlt Verlag GmbH,
Reinbek bei Hamburg
Umschlag: Bürosüd nach einem Entwurf von Semper Smile
Umschlagmotiv: © Plainpicture/Scanpix
Satz: Uhl + Massopust, Aalen
Druck und Bindung: GGP Media GmbH, Pößneck
Printed in Germany
ISBN 978-3-328-10447-6
www.penguin-verlag.de

Dieses Buch ist auch als E-Book erhältlich.

Für Elvira,
die so sehr auf dieses Buch gewartet hat.

1

Tag und Nacht lief er durch die Stadt, auf der Suche nach einem Blick. Nur für diese Aufgabe lebte er, und auch wenn er versuchte, andere Dinge zu tun, oder vorgab, sie zu tun, spähte er unablässig umher, schaute den Leuten in die Augen, schaute in die Gesichter von Unbekannten, der Kellner in den Bars und der Verkäufer in den Läden, erforschte die Gesichter und die Blicke auf den Fotos der Verbrecherkartei. Der Inspektor suchte den Blick eines Menschen, der etwas zu Ungeheuerliches gesehen hatte, als dass es vom Vergessen gemildert oder ausgelöscht werden könnte; er suchte ein Paar Augen, in denen eine Spur des Verbrechens zurückgeblieben war, Pupillen, in die er nur flüchtig zu sehen bräuchte, um die Schuld in ihnen zu erkennen, so wie Ärzte die Anzeichen einer Krankheit allein dadurch entdecken, dass sie mit einem Lämpchen in die Pupillen hineinleuchten. »Suche seine Augen«, hatte Pater Orduña zu ihm gesagt und ihn dabei so durchdringend angesehen, dass dem Inspektor ein Schauer über den Rücken gelaufen war, wie damals, als er in dem Wohnheim erschienen war und diese kurzsichtigen, müden, prophetischen Äuglein ihn gleich wieder erkannt hatten, so blitzartig, wie er, der Inspektor, nun das gesuchte Individuum erkennen sollte oder wie Pater Orduña vor langer Zeit die Einsamkeit, den Groll, die Scham und den Hunger in ihm erkannt hatte, sogar den Hass, seinen Hass auf das Internat und alles, was sich darin befand, und auch auf die Welt draußen.

Wahrscheinlich wäre es der Blick eines Unbekannten, doch

der Inspektor war sich sicher, dass er ihn unfehlbar und ohne Zögern identifizieren würde, sobald seine Augen ihm begegneten, und sei es nur ein einziges Mal, von fern, von der anderen Straßenseite her, durch das Fenster einer Bar. Bei seiner Suche kam ihm der glückliche Umstand zugute, dass auch er zum großen Teil noch ein Unbekannter war in der Stadt, da er erst vor wenigen Monaten, Anfang des Sommers, ganz überraschend dorthin versetzt worden war, als er schon gar nicht mehr daran glaubte, dass seinem Antrag stattgegeben werde, zumindest nicht vor der neuen Ausschreibung im nächsten Jahr. Wenn man so lange auf etwas wartet, ist es manchmal besser, es tritt gar nicht ein: Der Inspektor zeigte seiner Frau die Nachricht, auf die sie seit Jahren gewartet hatte, doch sie ließ keinerlei Freude erkennen, nicht einmal Erleichterung, nickte nur, immer noch ungekämmt, abwesend, als sei sie eben erst aufgestanden, obwohl es drei Uhr nachmittags war, und er steckte das amtliche Schreiben wieder in den Umschlag, legte es auf eine Kommode, stand einen Moment lang mit gesenktem Kopf da, als erinnere er sich nicht mehr, wohin er gehen wollte, und knetete seine Hände.

Was mit derartiger Verspätung eintritt, ist genauso, als trete es gar nicht ein, sogar schlimmer noch, denn die Erfüllung zur falschen Zeit von etwas, das man so sehnlich erwünscht, ist am Ende nur Sarkasmus. Dabei hatte er sich lange geweigert, seine Versetzung zu beantragen, hatte seine Frau zum Teil belogen, hatte ihr erzählt, er habe seinen Antrag eingereicht, aber die Frist sei schon verstrichen; Ausflüchte, um ihr nicht eingestehen zu müssen, dass Angst und Gefahr ihm weniger ausmachten als die mutmaßliche Schande, die Illoyalität gegenüber den Kameraden, den ermordeten Freunden, den nach einem Bombenanschlag Verstümmelten oder für immer Gelähmten. Diese Dinge machten ihm etwas aus, ihr nicht:

Sie wartete, wartete von morgens bis abends, manchmal die ganze Nacht lang, wartete neben dem Telefon oder vor dem laufenden Fernseher oder am Fenster, durch die Jalousie auf die Straße starrend, bei dem geringsten Geräusch aufschreckend, dem Kreischen einer Klingel oder der Fehlzündung eines Autos, beim Aufheulen der Alarmanlage irgendeines Geschäfts in der Nachbarschaft. Sie hatte Stunde um Stunde, Tag um Tag gewartet, jahrelang, so viele Jahre, dass es jetzt zu viele geworden waren, dass sie nicht mehr fragte, ihn nicht mehr drängte, kein Gespräch beim Essen mehr begann, das irgendwann mit der Frage nach seiner Versetzung enden würde. Und als die Nachricht endlich kam (die in Wirklichkeit ein Befehl war und vielleicht sogar ein Wink, sich pensionieren zu lassen), hatte sie schon lange aufgehört zu fragen, nicht nur nach der Versetzung, sondern überhaupt, und wenn der Inspektor erst spät nach Hause kam, ohne sie vorher angerufen zu haben, wartete sie nicht mehr im Nachthemd auf ihn, um ihm Vorwürfe zu machen oder in Tränen auszubrechen. Er kam in die Wohnung und stellte mit unendlicher Erleichterung fest, dass alle Lichter erloschen waren, zog seine Schuhe aus, legte das Pistolenhalfter ab, tastete sich in das nur vom Licht der Straßenlaternen schwach erhellte Schlafzimmer, zog sich geräuschlos aus, hörte ihren Atem in der allein von den roten Ziffern des Radioweckers beleuchteten Dunkelheit, glitt mit einem Brummschädel von Whisky und Zigaretten unter die Bettdecke, schloss die Augen, suchte ihren Körper, den er schon lange nicht mehr begehrte, und stellte fest, dass sie nicht schlief, und dann tat er, als schlafe er sofort ein, feige sich drückend vor möglichen Fragen, die genauso regelmäßig kamen wie die Tränen und das Jammern darüber, warum er sie in diese feindselige Gegend habe bringen müssen, so fern ihrer Heimat, und warum er sie nie mehr anfasse.

Der Inspektor, noch fremd in der Stadt, von den Kollegen im Präsidium noch mit einiger Bewunderung und einem gewissen Argwohn betrachtet, weil ihm aus dem Norden eine etwas undurchsichtige Legende von Mut und Entschlossenheit, aber auch sporadischer Unausgeglichenheit gefolgt war, ging durch die Straßen und suchte ein Gesicht, das er, da war er sich sicher, augenblicklich erkennen würde, nach einer Sekunde des Erstarrens vielleicht, wie wenn man sich selbst in einem Schaufenster sieht und nicht weiß, wen man vor sich hat, weil man nicht das Gesicht sieht, das man erwartet, wenn man in einen Spiegel schaut, sondern jenes, das die anderen sehen und welches das fremdeste von allen ist. Suche seine Augen, hatte Pater Orduña zu ihm gesagt, und er begab sich an diesem Abend auf die Suche nach Gesichtern und Blicken in der fast menschenleeren Stadt, in der Dunkelheit eines verfrühten Winters mit geschlossenen Türen und Fensterläden gegen die Kälte und gegen die Angst, denn seit dem Tod des Mädchens schien eine alte Furcht vor den Gefahren der Nacht wieder aufgelebt zu sein, die Straßen hatten sich schnell geleert, und die Dunkelheit schien dichter zu werden und die Lichter schwächer. Die Schritte eines jeden klangen wie die Schritte des Mannes, dessen Blick der Inspektor suchte; jede einsame Gestalt, der er begegnete, konnte dieselbe sein, die in der Nacht des Verbrechens ungesehen zum kleinen Parque de la Cava hinaufgegangen war, jemand, der sich harmlos zu geben suchte, als er wieder ins Licht zurückkehrte, der sich zweifellos den Schmutz von den Hosenbeinen klopfte und sich mit den Fingern durchs Haar fuhr, als er zwischen den verwahrlosten Hecken und den Bänken hervorkam, auf denen schon lange keine Liebespaare mehr saßen, und unter den Laternen davonging, die nie brannten, weil sie von den Horden junger Leute, die sich an Wochenenden im Park betranken, regelmäßig mit Steinen zerschmissen wurden. Er war wohl auf die Glasscherben der Lampenkugeln und Bierflaschen getreten, als er sich durch den Park entfernte und am Fuß des Erdwalls, im Mondlicht, den bleichen Fleck eines Gesichts mit aufgerissenen starren Augen hinter sich zurückließ. In diesem Moment geht jemand durch die Stadt und trägt die Erinnerung an jene Augen in sich, an den letzten Moment, in dem sie noch zu sehen vermochten, eine Sekunde bevor der Tod sie gläsern machte. Und wer diesen Todeskampf verursacht und verfolgt hat, kann nicht genauso dreinblicken wie jedes andere menschliche Wesen, in seinen Pupillen muss ein Abglanz sein, ein Rest oder ein Funken des Entsetzens, das in jenen Kinderaugen gestanden hat. Vierzig Jahre früher hatte Pater Orduña seinen Blick über die Reihen der mit niedergeschlagenen Augen auf Bestrafung wartenden Schüler gleiten lassen und mühelos den Blick des Schuldigen herausgefunden, und dann, nachdem er ihn entlarvt und vor den anderen bloßgestellt hatte, lächelnd gesagt: »Die Augen sind der Spiegel der Seele.«

Der Inspektor war sich jedoch sicher, dass es Menschen gab, die keine Seele hatten, und was er suchte, ohne genauer darüber nachzudenken, war ein Gesicht, in dem sich nichts widerspiegelte, ein ausdrucksloses Gesicht mit seelenlosen Augen, von denen er im Laufe seines Lebens einige, nicht sehr viele zum Glück, im Licht der Neonlampen auf der anderen Tischseite in den Vernehmungszimmern der Polizeireviere gesehen hatte, auf Fahndungsfotos auch, Gesichter von Verdächtigen und Überführten, die nicht Angst oder Abscheu in ihm wachriefen, sondern ein höchst unangenehmes Gefühl von Kälte. Tatsächlich, dachte er jetzt, hatte er nicht viele gekannt, kam es nicht so häufig vor, dass man, selbst als Polizist, einem Gesicht begegnet, in dem sich nicht der geringste Widerschein einer

Seele fand, Augen, in denen sich nichts anderes ereignete als der Vorgang des Sehens.

»Aber das stimmt nicht«, hatte Pater Orduña zu ihm gesagt. »Es gibt keinen Menschen ohne Seele. Selbst den schlimmsten Mörder hat Gott nach seinem Ebenbild erschaffen.«

»Würden Sie ihn erkennen?«, fragte der Inspektor. »Wären Sie imstande, ihn in einer Reihe von Verdächtigen zu identifizieren, wie früher, wenn Sie uns in einer Reihe aufstellten, weil jemand Ihnen einen Streich gespielt hatte, und Sie jeden Einzeln anschauten und jedes Mal den Schuldigen fanden?«

»Christus brauchte Judas nur anzusehen, um zu wissen, dass er der Verräter war.«

»Jesus Christus hatte einen entscheidenden Vorteil; er war Gott, wie Sie sagen.«

»Judas hat er mit dem menschlichen Teil seines Wesens erkannt«, sagte Pater Orduña mit ernster Miene. »Mit der menschlichen Furcht vor Marter und Tod.«

Er suchte nach einem Paar Augen, nach einem Gesicht, das der Spiegel einer in die Enge getriebenen Seele war, ein leerer Spiegel, der nichts reflektierte, weder Reue noch Mitleid, vielleicht nicht einmal Angst vor der Polizei. Man hatte Blutspuren eines Mannes gefunden, Hautpartikel, Kopfhaare und Schamhaare, Zigarettenkippen mit Speichelspuren. In den ersten vorzeitigen und kalten Abenddämmerungen des Herbstes schaute der Inspektor von den Gehwegen her in die Fenster der Bars, nahm die Gesichter der Menschen als undeutliche, konturlose Flecken wahr, unter denen plötzlich das Gesicht seiner Frau auftauchte, so wie er es sich vorgestellt hatte, als er kurz vor Feierabend im Büro mit ihr telefonierte. Er rief sie jeden Abend an, um sechs, wenn im Sanatorium die Besuchszeit begann, und manchmal fragte er sie, wie es ihr gehe, und sie sagte nichts, blieb still am Telefon, atmete nur schwer, wie früher, wenn sie in der Dunkelheit des Schlafzimmers neben ihm im Bett lag.

Jedoch drängten sich ihm jetzt andere Gesichter auf, und sie entsprangen einer Willensanstrengung, die auch eine Art Impuls war, vor seiner unverwindbaren Scham davonzulaufen. Jetzt konnte er sich nicht ablenken, jetzt musste er suchen, musste das Gesicht des Unbekannten suchen, und der Antrieb, der seine besessene Suche befeuerte und ihn weder schlafen ließ noch ihm erlaubte, sich um irgendeine andere Sache zu kümmern, hatte nichts mit Pflichtgefühl oder beruflichem Ehrgeiz zu tun und weniger noch mit irgendeiner Art von Gerechtigkeitsempfinden: Was ihn trieb, war der Drang nach einer unmöglichen Wiederherstellung und ein leidenschaftlicher Groll, von dem niemand etwas wusste und der nichts anderes als reine Rachsucht war. Er musste das Gesicht eines Unbekannten finden, um ihn zu bestrafen, weil er gemordet hatte, und um zu verhindern, dass er weiter mordete, doch vor allem wollte er ihn finden, um ihm in die Augen zu schauen und sich einige Sekunden oder Minuten lang in Drohgebärden zu ergehen, diesen Kerl bei den Jackenaufschlägen oder am Hemdkragen zu packen und ihm aus nächster Nähe in die Augen zu starren, seinen Kopf gegen die Wand zu stoßen, damit er sich vor Angst in die Hosen machte, wie sich vor vielen Jahren auf den Polizeirevieren des Nordens die Studenten und politischen Gefangenen in die Hosen gemacht hatten.

Er verließ sein Büro, grüßte die Wachhabenden an der Tür mit einem Kopfnicken, trat auf die Straße und schaute mit dem alten, noch immer lebendigen Gefühl der Angst erst zur einen, dann zur anderen Seite, musterte argwöhnisch jeden, der sich ihm näherte, hielt nach Autos Ausschau, die an verdächtigen Stellen abgestellt waren, und je weiter er sich zur Mitte des Platzes mit der Statue des Generals hin entfernte, desto mehr wurde er zu einem Unbekannten, und er begann mit seiner Suche, ein Gesicht nach dem anderen, unbemerkt Ausschau haltend, stets an dieselben Örtlichkeiten zurückkehrend, zum Schreibwarenladen des Heiligen Herzens, wo das Mädchen zum letzten Mal gesehen worden war, dann hinunter zum Parque de le Cava und zu den Gärten im äußersten Süden der Stadt, am Rande des mit Pinien bestandenen Erdwalls, der an den Feldern endete, an den ersten Bodenwellen des ausgedehnten Tals.

An manchen Nachmittagen trieb er sich bei den Schulhöfen herum, wenn die Kinder aus dem Unterricht kamen. Er lauschte von fern ihrem Lärmen oder stand zwischen wartenden Müttern reglos auf dem Gehweg; dann sah er wieder das Gesicht des toten Mädchens vor sich, das von den Fotografien und dem Videofilm von der ersten Kommunion, das Gesicht, das er leibhaftig im Schein der Taschenlampen und der Blitzlichter gesehen hatte, die Ferreras, der Gerichtsmediziner, unter den hohen Kronen der Pinien am Fuß des Erdwalls auslöste, wo das Mädchen nach einer ganzen Nacht und einem ganzen Tag vergeblicher Suche von Arbeitern der Stadtreinigung zufällig gefunden worden war. Gegen neun Uhr abends, nicht viel später, hatte Ferreras hinterher gesagt und sich die Gummihandschuhe mit einem hässlichen Geräusch von den Händen gezogen, die er sich danach unter heißem Wasser wusch. »Sie ist gegen neun Uhr gestorben«, sagte Ferreras, »allerdings wissen wir nicht, wie langsam sie gestorben ist.« Er wandte sich wieder dem Tisch zu, auf dem der bleiche geschundene Leichnam lag, nackt und dünn, mit aufgeschürften Knien und weißen Söckchen an den Füßen. Sie hat wie eine

Braut ausgesehen, hatte die Mutter gesagt, als sie mit dem Inspektor das Video von der ersten Kommunion anschaute, inmitten der schrecklichen Traurigkeit der Wohnung, in die das Mädchen, Fatima, nicht zurückgekehrt war, nachdem sie zu dem Schreibwarenladen gegenüber gegangen war, um einen Malkarton und Wachsstifte zu kaufen, und wo jetzt, wie Heiligenbildchen in einer Kapelle, ihre Fotografien waren, eine auf dem Fernseher und eine an der Wand in einem vergoldeten Rahmen, eines dieser Farbfotos, die auf ein leinenähnliches Material gedruckt sind.

Der Inspektor saß auf dem Sofa, und die Frau hatte ihm in unangemessener Gastlichkeit ein Bier und ein Tellerchen Oliven hingestellt, hatte ihn gedrängt, nur zuzugreifen, während sie sich mit einem Papiertaschentuch die Nase putzte und danach das Videogerät anstellte, und jäh und ohne Vorwarnung erschien das Gesicht des Mädchens in Großaufnahme, mit Ringellöckchen und einem Diadem im Haar, in einem weißen Kleid mit viel Tüll, dasselbe, das man ihr im Tod angezogen hatte, doch da sie seit der Kommunion im letzten Jahr gewachsen war, hatte man das Kleid hinten offen lassen müssen, wie man ihr auch das Gesicht hatte schminken müssen, um die Wunden und blutunterlaufenen Flecken, so gut es ging, zu überdecken, damit nicht jeder sah, was der Inspektor am Fuß des Erdwalls unter den kranken Pinien gesehen hatte, die blinden, glasigen, runden Augen, so weit aufgerissen wie der Mund.

Doch in den Mund war etwas hineingestopft worden, etwas, woran sie erstickt war, ein blutverschmierter Fetzen Stoff, den der Gerichtsmediziner später Stück für Stück herauszog, feucht noch und schwer von Speichel, Blut, wenn auch nicht Sperma, sagte Ferreras, mit einem Kugelschreiber auf einen der Flecken deutend, und der Inspektor fühlte Ekel und Kälte in sich aufsteigen, einen Anfall von Übelkeit, der gleich darauf einem rasenden Wunsch zu weinen wich. Doch es war ihm nicht möglich gewesen, er hatte es verlernt, er hatte nicht einmal beim Begräbnis seines Vaters weinen können, und vielleicht erging es dem Vater des Mädchens ebenso, seine Augen waren trocken, trocken und gerötet, die Augen eines Menschen, der nicht geschlafen hat und lange Zeit nicht mehr schlafen wird und der, selbst wenn er schliefe, keine Ruhe finden könnte, weil in seinen Träumen das Verschwinden seiner Tochter immer wiederkehren würde, die Angst und die Suche nach ihr und später dann der Telefonanruf, das Klingeln an der Haustür, der Inspektor mit zwei uniformierten Polizisten, die ihre Dienstmützen abnahmen, bevor noch jemand ein Wort gesprochen hatte. Der Mann brach nicht in Tränen aus, er öffnete den Mund, wobei sich sein Unterkiefer verkrampfte, und der Schrei, den er nicht ausstieß, kam von seiner Frau, die im Flur stehen geblieben war und nicht den Mut gefunden hatte, zur Tür zu gehen, als es klingelte. Sie schrie auf und sank zu Boden, und eine andere Frau kam, um ihr auf die Beine zu helfen, und seitdem hatte der Inspektor das Gefühl, immerfort ihr Weinen zu hören, selbst als er das Haus schon wieder verlassen hatte und zum Polizeipräsidium zurückgegangen war mit dem unbestimmten Vorsatz, etwas zu tun, etwas zu seiner Rechtfertigung, in der Vorstellung, dass das Verbrechen nicht ungestraft bliebe, dass noch Handlungen möglich waren, Suchaktionen, Befehle, die nur er geben konnte.

Nachts, in den langen schlaflosen Nächten, wenn er in der Dunkelheit ausgestreckt auf dem Bett lag und sich ohne rechte Überzeugung nach Alkohol und Zigaretten sehnte, sah er im Geiste die verschiedenen Gesichter des Mädchens vor sich, das, welches er beim ersten Mal sah, und das spätere im Leichenschauhaus, als der Gerichtsarzt das Laken zur

Seite schlug, um ihm die Verletzungen zu erklären, und auch das letzte Gesicht, das er gesehen hatte, das auf dem Video-film von der Kommunion. Er sah diese Gesichter, und danach, als ob die Dunkelheit sich verdichtete, sah er das andere Gesicht ohne erkennbare Züge, das Gesicht von jemandem, der zu dieser Stunde vielleicht auch nicht schlafen konnte, der sich zweifellos noch in der Stadt aufhielt, durch die Straßen lief, zur Arbeit ging und seine Nachbarn grüßte. Manchmal fuhr der Inspektor dann in die Höhe, wie jemand, der beim Einschlafen von einem jähen Herzrasen erfasst wird, und hatte dann das abwegige Gefühl, eine Erinnerung mit Händen greifen zu können, doch nichts geschah, nicht einmal der Schlaf überkam ihn, oder er kam, wenn der Morgen bereits graute und er an den frühen Morgen jenes Tages dachte, an die erste Helligkeit, die das Gesicht des Mädchens hatte erkennbar werden lassen, den Klumpen ihres Körpers, der von weitem wie ein Haufen weggeworfener Kleider ausgesehen hatte, dort am Fuß des Erdwalls, wo ein paar Rücksichtslose ihren Abfall hinunterwarfen, zerbrochene Literflaschen, Getränkekartons von Ananassaft und billigem Wein. Auch an jenem Morgen hatte er wach gelegen, hatte die zunehmende Helligkeit beobachtet und erst gemerkt, dass er eingeschlafen war, als das Läuten des Telefons ihn wie ein Pistolenschuss weckte.

Er erwachte in der diffusen Furcht, man riefe ihn vom Sanatorium an. Zugleich fürchtete er auch, von einem Attentat unterrichtet zu werden, vom Tod eines Kameraden, doch als er zur Besinnung kam, fiel ihm wieder ein, dass er nicht mehr in Bilbao stationiert war, dass man ein paar Monate vorher seinem Versetzungsgesuch stattgegeben hatte, nach einer langen Zeit des Wartens, als es vielleicht schon zu spät war, wie immer oder beinah immer. Stets passieren die Dinge, wenn alles längst hoffnungslos geworden ist. Er dachte daran, wie seine Frau ihn angeschaut hatte, als er ihr die Mitteilung zeigte, den aufgerissenen amtlichen Umschlag, aus dem ein Stück Briefpapier hervorlugte. Ihre starren Pupillen waren ihm so nahe, dass sie ihn schmerzten, doch sie schauten ihn nicht an, blickten durch ihn hindurch, nicht auf den laufenden Fernseher und auch nicht zu dem Fenster, an dem sie so oft auf ihn gewartet hatte, sondern auf die Wand, auf die Tapete an der Wand der Wohnung, in der sie so viel Zeit verbracht hatten, ohne je das Gefühl zu haben, dass sie dort lebten, Jahre, von denen sie erst bei der Abreise begriffen, dass sie vergangen waren, ohne dass sie etwas daraus gemacht hatten, die Jahre vom Ende der Jugend bis zu einem anderen Alter, das man nicht ernsthaft als Reife bezeichnen konnte und in dem sie, wie der Inspektor es jetzt empfand, in einem ungastlichen Provisorium gelebt hatten, das vielleicht endgültig war, so wie die leere Wohnung, in die er jeden Abend zurückkehrte, erschöpft von all dem Herumlaufen und den Blicken in unbekannte Gesichter, und wie das Bett, in dem ihn die Schlaflosigkeit bereits zu erwarten schien, wie seine Frau ihn erwarten würde, wenn man sie aus dem Sanatorium entließ.

2

»Gelobt sei Gott«, sagte Pater Orduña, und über die Lippen des Inspektors kam automatisch die Antwort, die er seit über dreißig Jahren kein einziges Mal mehr gesprochen hatte: »Jetzt und in alle Ewigkeit.«

Er wirkte kleiner, aber nicht viel älter, trug eine Brille mit dicken Gläsern und altmodischem Gestell, doch sein Haar war noch dicht und fast schwarz, und wenn er etwas gebeugt und schlurfend ging, so lag das nicht nur an den Jahren, denn genauso war er schon gegangen, als er noch viel jünger war, und das nicht aufgrund von Unbeholfenheit, sondern weil er einfach nachlässig war und zerstreut. Immer noch überraschend war auch, dass er keine Soutane trug und keine Tonsur und seine Hand nicht ausstreckte, damit der Besucher sie küsse. Normalerweise musste man sich vor ihnen verbeugen oder niederknien und mit gesenktem Kopf einen Kuss auf den Handrücken hauchen, und dann nahm man den Geruch von Soutane, von Seife oder dem Duftwasser wahr, der den weißen, sehr weichen und immer kalten Händen anhaftete, kältestarren Händen, die sich wie Wachs oder Seide anfühlten. Jetzt waren Pater Orduñas Hände das Befremdlichste an ihm, das, was sich am meisten verändert hatte, große, von Jahren körperlicher Arbeit hart gewordene Hände, deren Innenflächen noch Reste von Schwielen trugen, die Hände eines Arbeiters und nicht die eines Priesters, obwohl er sich auch davon vor längerer Zeit zurückgezogen hatte. Jetzt war er nur noch Pensionär, sagte er, altes Eisen, stets vom nächsten Herzanfall bedroht, der ihn das Leben kosten konnte. Er rauchte nicht mehr, trank nicht einmal mehr ein Glas Wein zum Essen, der einzige Wein, den er probiere, sei der Messwein, sagte er lachend, und mit dem benetze er nur seine Lippen, Salz habe man ihm ganz und gar verboten, was er jedoch weniger vermisste als die Zigaretten, denen er in jungen Jahren mit Genuss zugesprochen hatte: Hinter seinem Pult auf dem Podium des Klassenzimmers sitzend, hatte er bedächtig seine Zigaretten gedreht, während er den Schülern den Katechismus abhörte. Nachts im Schlafsaal hörte man seinen bronchitischen Husten, und wenn sich das Kindergesicht zu seiner rechten Hand hinunterbeugte, roch diese nach Tabak, und man sah die gelben Nikotinflecken an seinem Zeige- und Mittelfinger. Pater Orduñas Soutane roch nach Kerzenwachs, nach Kirche, Weihrauch und Tabakbeutel.

»Gelobt sei Gott«, sagte er nach einigen Sekunden des Zögerns, zurückzuführen hauptsächlich auf den ungewohnten Umstand, dass jemand in dem kleinen Vorzimmer auf ihn wartete. Er bekam heute kaum noch Besuch, nicht wie früher, als seine Wohnung ein Ort des Trostes, der politischen Debatten und für einige sogar der Zuflucht gewesen war, in den damaligen schwierigen Zeiten. Einmal hatte die Polizei, auf der Suche nach jemandem, der gar nicht dort war, sogar seine Tür eingetreten, hatte seine Bücher und Papiere durchwühlt und alles auf dem Boden verstreut liegen lassen, als sie wieder abgezogen waren, die Tür halb aus den Angeln gerissen. Aus jener Zeit hingen noch ein paar Reliquien an der Wand, zwanzig Jahre alte, heute unglaublich veraltete Poster, ein Porträt von Che Guevara und ein Plakat von Antonio Machado mit ein paar Gedichtzeilen unter seinem Bild, und noch ein weiteres mit einer grünweißen Landkarte, auf die unbeholfen eine junge Frau gezeichnet war, die aus einem Traum zu erwachen oder sich mühsam von der Erde zu erheben schien: »Steh auf und gehe, Anda-Lucía«, alle vergilbt, schlaff an der Wand hängend, mit Reißnägeln festgesteckt. Und über allem diese altvertraute Atmosphäre von Bedürftigkeit, hervorgerufen vor allem durch die mit grünem Kunststoff bezogenen Stühle und das Sofa voller Brandflecken von Zigaretten, wie in einer Wohnung von armen Leuten, ein Kühlschrank, auf dem seit undenklichen Zeiten eine hohe, in grellem Blau bemalte Vase mit getrockneten Blumen stand, und daneben, an der Wand, ein Kalender des Bauordens mit dem altersfleckigen Bild der heiligen Familie, die in der Werkstatt Josefs des Zimmermanns arbeitete.

Pater Orduña, dem die Annehmlichkeiten des Lebens gleichgültig waren, schenkte dem Dekorativen noch weniger Beachtung, denn seine angeborene Askese, die ihn daran hinderte, groß über den Geschmack des Essens nachzudenken, machte ihn auch blind für die materiellen Unzulänglichkeiten der ihn umgebenden Dinge, für ihre Gewöhnlichkeit oder ihren Anachronismus, für ihren heruntergekommenen Zustand. Ihn störte nicht, dass das Kopfende des kleinen Bettes, in dem er schlief, aus Resopal war oder dass seine Schuhe, die Schuhe eines alten Priesters, der ständig auf den Füßen war, gerundete Spitzen und breite Absätze hatten, wie sie zwanzig Jahre zuvor in Mode gewesen waren, so wie er vor seinem Bett auch keinen Läufer vermisste, auf den er morgens beim Aufstehen seine Füße stellen konnte, um nicht auf die kalten Fliesen treten zu müssen. Bar jeglicher Annehmlichkeit, hatte seine Wohnung, klein und eng wie die Wohnungen in den Arbeitervierteln, etwas von einem unfreiwilligen Museum früherer Zeiten, nicht sehr weit zurückliegender, doch mittlerweile recht übel beleumdeter Zeiten, und sogar die meisten seiner

Bücher schienen wie Reliquien einer vergangenen Zeit, die nicht mehr modern war, die kaum je existiert hatte, Bücher über Theologie und Marxismus-Leninismus, leidenschaftliche, längst vergessene Debatten über Glauben und Engagement, über *den* Menschen, über *die* Gesellschaft und über *das* Transzendentale, Gespräche zwischen Kommunisten und Katholiken, das eine oder andere so genannte Sachbuch sogar, von der Art, die heute in den Antiquariaten verramscht wird, mit ehemals skandalösen Titeln wie *Die neuen Priester* oder *Priester als Kommunisten*.

Wer erinnerte sich heute noch an diese Dinge? Selbst Pater Orduña war von der Stadt, die ihn abgelehnt hatte, vergessen worden, von ihrem katholisch-klerikalen Teil, der finsteren Reaktion, die sich des verlorenen Sohnes schämte und ihn in die Verbannung schickte, ihn aus dem Orden ausschloss und sogar aus dem Priesteramt: ohne Ansehen seiner Herkunft und seines Namens. Auf den mit grünem Kunststoff bezogenen Stühlen und dem Sofa in der ärmlichen Wohnstube waren Zusammenkünfte von urchristlicher Heimlichkeit abgehalten worden, Messen, bei denen das Brot mit den Händen gebrochen und ausgeteilt und der Wein nicht aus goldenen oder silbernen Kelchen getrunken wurde, sondern aus großen Gläsern von gepresstem Glas, wie sie in Garküchen und Arbeiterhaushalten benutzt wurden, denselben vom vielen Gebrauch trüb gewordenen Gläsern, in denen Pater Orduña jetzt Kaffee mit warmer Milch vor seinen Besucher hinstellte, den er wieder erkannt hatte, ohne dass er seinen Namen hören musste. Koffeinfreier Nescafé mit Kondensmilch und Wasser, das Pater Orduña nicht besonders heiß gemacht hatte auf seinem kleinen Elektrokocher, den er im Schrank aufbewahrte.

»Segne diese Mahlzeit, die du uns beschert hast«: Gläser

aus Duralex, trockene Kekse auf einem Plastiktablett mit dem vielfachen Emblem der Sparkasse darauf. Wie in der Apostelgeschichte hatten sich die Gerechten in aller Verschwiegenheit versammelt, um Armut und Verfolgung zu teilen. Im Kreise junger Leute, die ihn heimlich in seiner Wohnung aufsuchten, hob Pater Orduña, in dunklem Wollpullover und blauen Arbeitshosen, wie ein archaischer Vorbeter seine Hände, die groß und breit waren, kräftig und stumpf von der Arbeit. Sie diskutierten mit gedämpften Stimmen die Briefe des heiligen Petrus und die Schriften Lenins zur Gewerkschaftsarbeit, und plötzlich war ihnen, als poltere es in stürmischem Galopp die Treppe hinauf, die Tür sprang aus dem Rahmen, man hatte sie eingetreten, unnötigerweise, denn weder war sie verschlossen, noch hatte sie überhaupt einen Schlüssel.

Jenem Polizeiüberfall verdankte Pater Orduña die ersten Hinweise auf sein schwaches Herz. Seine Vorgesetzten entließen ihn mit scheinheiligem Wohlwollen aus allen priesterlichen Pflichten und gestatteten ihm nur noch, die Frühmesse zu lesen, die kein Mensch besuchte. Doch nach und nach, Morgen für Morgen, saßen mehr Gestalten in den Bänken: Das Predigen war ihm untersagt worden, doch er wählte Kapitel aus dem Neuen Testament oder von den Propheten und las sie mit klarer Stimme, die zu dieser noch nächtlichen Stunde deutlich durch das kalte, düstere Kirchenschiff hallte.

Heute besuchte ihn kaum noch jemand, und seine einzigen regelmäßigen Kontakte zur Außenwelt bestanden in den Beichten, die er immer noch abhielt, morgens nach seiner Messe, der Frühmesse um halb acht, wenn noch Nacht war im Winter, die er aber gerne las, selbst wenn niemand kam, zwei oder drei Frauen höchstens, die sich ernst und vereinzelt in die hinteren Bänke setzten, dort, wo die Kirche im Schatten lag. Seine kargen Frühstücke und Mahlzeiten nahm er in dem Speisesaal ein, der auch jenen Gemeindemitgliedern offen stand, die noch nicht in andere Wohnheime verlegt worden waren, und da sein Herz so schwach war, unternahm er auch nicht mehr die langen Spaziergänge von früher, seine Wanderungen zu den Ausblicken am Stadtrand und über die Feldwege weiter draußen. Auch schrieb er nicht mehr so viele Briefe wie früher. Wohl hingegen brachte er einen beträchtlichen Teil seiner Zeit mit dem Ordnen seiner Korrespondenz zu, unter der sich Stücke befanden, auf die er sehr stolz war, wie die Briefe, die Louis Althusser ihm Anfang der siebziger Jahre geschrieben hatte, oder ein getippter Brief von Pier Paolo Pasolini über seinen Film *Das Evangelium nach Matthäus*. Pater Ordtifia war versucht gewesen, diesen Brief einzurahmen und in seinem Zimmer an die Wand zu hängen, doch nach langen Beratschlagungen mit sich selbst war er zu dem Schluss gekommen, dass er sich des Hochmuts versündige, wenn er dies täte, oder schlimmer noch, der schlichten weltlichen Eitelkeit, sodass er ihn weiterhin unter Verschluss hielt, wenn auch nicht zusammen mit den anderen, sondern in seiner Nachttischschublade zwischen den Seiten des schlanken schwarzledernen Neuen Testaments, das er seit den Tagen des Priesterseminars mit sich führte.

Er hörte Radio, ein kleines Transistorgerät, das ihm morgens im Bad Gesellschaft leistete, während er sich wusch und zuweilen laut gegen Ansager wetterte und gegen Politiker, die gerade interviewt wurden; eine Schwäche, die er sich zugestand, ohne dass jemand davon wusste, ein Rest der alten Gewohnheit, logisch, systematisch, Schritt für Schritt zu diskutieren, und das unter dem doppelt dialektischen Fluch von Theologie und Marxismus. Noch immer heißblütig, obwohl die geringste Aufregung sein Herz rasen ließ, gönnte er sich Momente biblischen Zorns, eines Tobens gegen die Mächtigen dieser Welt, jedoch schon lange nicht mehr in der Öffentlichkeit, vielleicht war er dessen müde geworden, und viel Gelegenheit dazu hatte er auch nicht. Mit welcher Überzeugung konnte er das Reich der Gerechtigkeit auf Erden predigen, und das zu ein paar alten Mütterchen in dunklen Mänteln, die jeden Morgen zur selben Stunde und am selben Platz in ihren Bankreihen knieten und die er mit Namen sowie von ihren immer gleichen Sünden her kannte, die sie ihm später im Beichtstuhl zuflüsterten, ohne Reue natürlich und ohne den geringsten Wunsch, Anteilnahme oder gar Überraschung zu wecken, und mit einer fast fahrplanmäßigen Pünktlichkeit bei den Sakramenten. Er verbrachte zu viel Zeit allein, vergiftete sich allmählich mit einer Verbitterung über die ihm angediehene Geringschätzung und das Alter, an das er aber nicht glaubte und um das er sich eigentlich kaum kümmerte, wie ihn auch das langweilige salzlose Essen nicht kümmerte, nicht die kalten Fliesen in seinem Zimmer, nicht der hässliche stinkende Gasofen, mit dem er sich wärmte und der genauso alt war wie der hellblaue Emaillekessel und die mit grünem Kunststoff bezogenen Stühle und das Sofa. Seinen Kummer ignorierte er und beschwerte sich auch nicht über seine Einsamkeit, doch als er den Besucher erkannte, der im schwachen Licht der Diele wortlos vor ihm stand, unfähig noch, seinen Namen zu nennen, da überkam ihn eine schamlose, leutselige Herzlichkeit, eine jähe Dankbarkeit, die seine Augen feucht werden ließ und die tiefsten Emotionen seiner Seele weckte, uralte Zärtlichkeit und grundlose Wehmut, ein Bedauern, das konkreter und präziser war als die zum Teil schon ausgelöschten Erinnerungen, die es hervorrief.

»Gelobt sei Gott«, sagte Pater Orduña.

»Jetzt und in alle Ewigkeit«, antwortete der Inspektor automatisch, ohne dass sein Wille und seine Erinnerung etwas dazu beitrugen; die Worte kamen einfach über seine Lippen.

3

Jemand trägt ein Geheimnis in sich, nährt es in seinem Innern, als sei es ein Tier, das ihn langsam verschlingt, ein Krebs, dessen Zellen sich im absoluten Dunkel des Körpers vermehren, in diesem weichen, feuchten Dunkel, das rhythmisch erbebt wie unter Paukenschlägen, einem Gewissen, in das niemand Einblick hat und in dem wie eine Krebsgeschwulst eine hartnäckige Erinnerung wuchert, geheime Bilder, die er mit keinem Menschen teilen kann, die ihn nie mehr verlassen werden, die ihn unweigerlich von allen anderen menschlichen Wesen trennen. In dieser Erinnerung und in diesen Augen wohnen jetzt die unauslöschlichen Bilder des Verbrechens; Augen, die sich in diesem Moment irgendwo in der Stadt umschauen, harmlos, heiter vielleicht, wie die Augen eines jeden.

Doch die Augen eines jeden können große Angst verbreiten, die Augen, die die eigenen sind. In dem kleinen Waschraum neben seinem Büro schaute der Inspektor in den Spiegel über dem Waschbecken und dachte mit heimlicher Scham an eine noch nicht sehr lange zurückliegende Zeit, da er sich in den Spiegeln der Bars betrachtet hatte und seine vom Alkohol geröteten Augen trüb und bedrohlich aussahen. Er kehrte an seinen Schreibtisch zurück, auf dem in einem ungeordneten Haufen die Akten aus der Verbrecherkartei lagen, der möglichen Verdächtigen, jeder mit seinem Geheimnis im Gesicht, in den Augen, hinter dem Blick, jeder mit seinem Anteil an Herausforderung und Verwegenheit und Hass darin, intelligente Augen, stumpfsinnige Augen, mitleidslose Augen, Augen, die die letzten Lebenssekunden des Mädchens gesehen hatten, Pupillen, in denen sich sein Bild gespiegelt hatte, konvex und winzig, wie durch das Guckloch einer Tür betrachtet. An der Wand haftete das Foto, das die Eltern dagelassen hatten, als sie ihr Verschwinden meldeten: Es war eine Erinnerung, eine nachdrückliche Aufforderung, die Suche weiterzuführen; aber dieses Gesicht mit dem lieblichen Lächeln zu betrachten, die großen, etwas schräg gestellten Augen, in denen nicht die Spur eines Argwohns, nicht die geringste Vorahnung des Schmerzes stand, war für den Inspektor auch ein Weg, um nicht an die anderen Fotos denken zu müssen, sich nicht an das Gesicht mit den weit aufgerissenen Augenlidern erinnern zu müssen, an den weit geöffneten Mund, den er plötzlich im Licht der Taschenlampen gesehen hatte, in einem Graben, neben dem Stamm einer Pinie, ohne anfangs ganz zu begreifen, was er da sah, die farblose Haut, die Verrenkung des Kopfes im Verhältnis zum Körper, die weit gespreizten Beine, der unmögliche Ausdruck des Mundes, groß wie ein Loch, wie eine unmenschliche Öffnung oder aufgerissene Wunde, mit dem beschmutzten weißen Stoff des Höschens darin, das wie Erbrochenes oder wie ein Auswuchs heraushing, den der Inspektor erst nach einer Weile als das erkannte, was er war.

Was mochte ihr Mörder gesehen haben, während er sie erdrosselte, welche Erinnerung trug er in diesem Augenblick in seinem Gewissen mit sich herum, wohin er auch ging, vielleicht sogar in seinen Träumen, was mochte das Mädchen am Schluss gefühlt haben. Doch das würde kein Mensch je herausfinden können, niemand würde imstande sein, das Ausmaß und die Tiefe des Leidens zu ermessen, die Grausamkeit des Schreckens, niemand außer dem Mädchen selbst, der kleinen Fatima, die nach einigen Sekunden oder Minuten des Ringens nach Luft aufgehört hatte zu existieren, mit aufgerissenem Mund, in den die Finger des Mannes das zerrissene Höschen hineingedrückt hatten, bis der Stoff tief in den Hals gedrungen, die Zunge zerquetscht war, hineingestopft in die Nasenlöcher. Danach hatten die lebendigen, entsetzten Augen aufgehört zu schauen, tote Materie plötzlich, wie aus Glas, und er hatte sich vergewissert, dass sie nicht mehr atmete, hatte sich von ihr abgewandt, aufgewühlt von der Anstrengung und vom Zorn, von der schmutzigen Triebhaftigkeit, der Vollmond zwischen den hohen Zweigen der Pinien, das Gesicht bleicher jetzt, rund, ein Kindergesicht noch, das Gesicht eines Mädchens und nicht das Gesicht einer Toten, mit einem letzten, eingebildeten Widerschein in den Pupillen, ebenfalls konvex und fern, von dem Gesicht, das sich über sie beugte, um sicherzugehen, dass sie nicht mehr atmete.

Er kletterte den Erdwall hoch, blind tastend vielleicht, mit dem Drang zu fliehen, auf den Piniennadeln ausgleitend, die unter seinen Schuhsohlen knirschten, doch möglicherweise hatte er auch alles kaltblütig geplant, neben dem Messer noch eine Taschenlampe mitgenommen, obwohl überflüssig, da in dieser Nacht Vollmond war. Der Inspektor erinnerte sich an die Helligkeit in seinem Zimmer, als er aus einem unruhigen Traum erwacht war und bis zum Morgengrauen nicht mehr einschlafen konnte, als er aufgestanden war, um ins Bad zu gehen, und im Fensterrahmen das blaue Rechteck der Nacht gesehen hatte, und mitten darin, über den Dächern und den Fernsehantennen, den großen weißen Vollmond mit seinem kalten phosphoreszierenden Glanz, der die Umrisse scharf hervorhob, ohne den Himmel zu erleuchten. Als er aus dem Bad zurückkam, legte er das Kopfkissen doppelt, um sich nicht wieder hinzulegen, saß mit dem Kissen im Rücken wach im Bett, betrachtete den Mond im Fenster, drehte den Kopf, um die Zeit auf dem Digitalwecker abzulesen, der auf dem Nachttisch stand. Er hatte die Stundenschläge von den Türmen der Stadt gehört, am nächsten die dumpfen Schläge vom Uhrturm auf dem Platz neben dem Polizeipräsidium, die die Fensterscheiben seines Büros leicht erzittern ließen. Vielleicht hatte zur selben Zeit, als der Inspektor erwachte und in der Schlaflosigkeit strandete, der andere, eben zum Mörder geworden, in seinem Bett gelegen, noch wach, müde, erregt, hatte seine Kleidung versteckt, die er am anderen Morgen beiseite schaffen wollte, hatte sich gründlich geduscht, und die Dusche hatte ihm zweifellos ein Gefühl der Erleichterung verschafft, der Absolution beinah, denn es gibt keinen Menschen, der sich frisch geduscht nicht unschuldig fühlt. Aber wenn er nicht allein lebte, wie war er unbemerkt ins Haus gekommen, ohne dass eine Frau oder eine Mutter ihm geöffnet hatten oder aufgestanden waren und ihn gefragt hatten, wo er gewesen sei, warum er so spät erst komme. Eine Frau in Morgenmantel und Pantoffeln, nervös, ungekämmt, starr in der Diele stehend, mit einer qualmenden Zigarette in der Hand, und er, der Inspektor, still an der Tür, die er soeben geschlossen hat, zu erschöpft oder betrunken, um einen Vorwand, eine halbwegs glaubwürdige Lüge zu erfinden, mit dem einzigen Wunsch, sie möge den Geruch seines Atems oder seiner Kleidung nicht wahrnehmen.

Wie hatte der Mörder sich vor ihnen verstellen können, vor einer Frau oder einer Mutter, wo und wie konnte er, bevor er nach Hause kam, die Spuren des Vorfalls beseitigt haben, die Flecken, den Schmutz, der wahrscheinlich in seinem Haar oder an seiner Kleidung haftete, auch den Geruch, wer weiß, den Geruch von Schweiß und von Blut. Wer schlendert nachts oder tags durch die Stadt, ohne ein Geheimnis zu verbergen, Familienväter, die mit ihrem Auto zur Landstraße hinausgefahren sind, wo die jungen Prostituierten stehen, magere Gespenster mit bloßen Beinen und von winzigen Nadeleinstichen übersäten Unterarmen, Ehemänner, die nach dem Büro, bevor sie nach Hause fahren, noch eben in eine jener Bars hineinschauen, wo man junge Männer trifft, oder eine Telefonnummer wählen, die auf den vermischten Seiten der Zeitung zu finden sind, neben einer verheißungsvollen Annonce, die heimliche Erregung, Frevel und Treuebruch ohne Spuren verspricht, ohne Folgen, ohne Erinnerung und Schuld, glauben sie. Jeder trägt sein Geheimnis mit sich wie seinen Personalausweis, sein kleines oder alles verzehrendes Maß an Scham, seinen diskreten Schwindel mit der Erinnerung an eine Stunde des Ehebruchs oder mit Kreditkarte bezahlter Wollust, mit dem Geheimnis einer aufbrechenden Begierde beim schlichten Anblick einer Frau auf der anderen Straßenseite, während er mit der eigenen Frau am Arm spazieren geht, mit der unerkannten oder verheimlichten Existenz eines Virus, eines Gewissensbisses, einer Krankheit.

Allein in seinem Arbeitszimmer, mit dem Rücken zum Fenster, hinter dem es Nacht geworden war und ein leichter Regen eingesetzt hatte, ohne dass er es bemerkte, erinnerte sich der Inspektor an die bleiche, tote Haut des Mädchens, die weit geöffneten Augen, den aufgerissenen Mund, wie immer, wenn er sich daran erinnerte, inmitten des großen gelben Lichtschachts, den die Taschenlampen ins Dunkel gruben, verspürte ein Frösteln, ein durch und durch körperliches Unwohlsein, einen Ekel, wie wenn man an einem unwirtlichen feuchten Ort erwacht und in der Finsternis etwas Glitschiges, Fremdes ertastet, ein Gefühl von Widerwillen und Erbarmen, von hilfloser, grenzenloser Empörung, auch von Entsetzen mit einem Mal, von rasendem Zorn.

Er schaute von seinem Fenster auf die Fußgänger hinab, die den Platz überquerten, möglicherweise sah er sogar den Mörder, ein Dutzendgesicht mit Augen, die gesehen hatten, woran niemand sonst in der ganzen Stadt sich erinnerte. Unter all den Trägern von niederträchtigen oder abscheulichen oder elenden oder kindischen Geheimnissen war dieser Mann der heimliche Monarch, der absolute Herr des schlimmsten Geheimnisses von allen, der schlimmsten aller Schändlichkeiten, die nie gebeichtet wurden.

Das heiligste Geheimnis und das notwendigste war das Beichtgeheimnis, hatte Pater Orduña zu ihm gesagt: Wie viele Geheimnisse hatte er im Halbdunkel seines Beichtstuhls im Laufe all der Jahre gehört, mehr schändliche Taten zweifellos, als der Inspektor in seinem ganzen Polizistenleben kennen gelernt hatte. Er hätte auf die Straße hinauslaufen mögen, ohne die Mappe mit den Fotos und die Akten aus der Kartei einzuschließen, sich Jacke und Mantel anziehen und in die Novembernacht hinausstürmen, durch die Stadt laufen und sich jedes Gesicht ansehen, alle Männergesichter, herbe oder verblödete Gesichter, aufgedunsene Gesichter, von übermäßigem Essen oder Alkohol gerötete Gesichter, die brutalen Gesichter der Autofahrer, die einen anbrüllten, wenn man zu langsam über einen Zebrastreifen ging, oder gellend ihre Hupe tönen ließen, wenn die Ampel auf Grün schaltete und der Wagen vor ihnen nicht schnell genug losfuhr: Mit einem Mal veränderte sich die gleichgültige oder gelassene Miene eines Autofahrers und wurde zur grausamen Maske eines Mannes, der ein Mörder sein könnte, der wütend losschimpft und droht, rot vor Zorn, Kiefer und Sehnen angespannt, die Halsadern geschwollen, die Miene eines Mörders, die sich in ein ganz gewöhnliches Gesicht eingräbt und es verändert wie das fellige Haar des Wolfsmenschen in dem Film, der vor mehreren Tagen spätnachts im Fernsehen gezeigt wurde. Eine ähnliche Verwandlung musste das Mädchen im Gesicht jenes

Unbekannten gesehen haben, der sich auf der Straße an sie herangemacht hatte; jenes Unbekannten oder Bekannten, wer konnte das zu diesem Zeitpunkt wissen, eines Mannes, der jedenfalls nicht bedrohlich wirkte und der für sie jäh zu einem schrecklicheren Ungeheuer wurde als alle, die man aus seinen schlimmsten Albträumen kennt: eine Metamorphose wie in dem Film. Ein menschliches Gesicht verwandelt sich in eine Tierfratze, keuchend über ihr, unter den Pinien, wirft sich auf sie wie ein vierfüßiges Tier, wie Fleisch fressendes Geziefer.

Es war Zeit für seinen täglichen Anruf im Sanatorium, doch der Inspektor konnte nicht länger in seinem Büro herumsitzen, er wollte hinaus auf die Straße, in seinen weiten dunkelgrünen Anorak gehüllt, unsichtbar praktisch, da ihn in der Stadt erst wenige Menschen kannten, wollte die Blicke erforschen, die seine Blicke kreuzten oder ihnen auswichen oder starr auf den Boden gerichtet blieben oder ins Leere. Wenn er, vom Schlafmangel aufgeputscht, die Augen schloss und sich in einen Zustand maximaler geistiger Anspannung versetzte, fühlte er, würde er das Gesicht erkennen können, würde er vor sich in der Dunkelheit nicht das Aufblitzen der zusammengekniffenen Augenlider sehen, sondern jene Gesichtszüge, die das Mädchen gesehen hatte, die er selbst vielleicht schon gesehen und nicht einzuordnen vermocht hatte. Möglicherweise haftete das Gesicht bereits in seiner Erinnerung, vor hundert Jahren hatte es ja schon geheißen, das Gesicht des Mörders erstarre in den Pupillen seines Opfers, und wenn man nur ein ausreichend scharfes Foto von ihnen mache, könne man es sehen, winzig verdoppelt, anklagend, endgültig, furchtbar und auch trivial, das Gesicht eines Menschen, der getötet hat.

Er wählte die Nummer des Sanatoriums und hörte erleichtert das Besetztzeichen in der Leitung. Er würde es später noch einmal versuchen, von zu Hause aus, bis neun Uhr waren Anrufe erlaubt. Er schloss die Fotos in den Schrank, einen alten Büroschrank aus Metall, wie sie ihn bei der politischen Polizei gehabt hatten, wusch sich mit kaltem Wasser, und als er das feuchte, nicht ganz saubere Handtuch von seinem Gesicht nahm und plötzlich seine von Schlaflosigkeit geröteten Augen sah, hatte er wieder das Gefühl, jeden Moment die Augen des gesuchten Mannes zu sehen oder sich ihrer zu erinnern, so wie einem ein Wort auf der Zunge liegt, aber nicht bis ins Gehirn vordringt, das danach drängt, ins Bewusstsein vorzustoßen, eine Blase, die aus der Tiefe nach oben steigt und platzt und ein Nichts hinterlässt; einen Namen, der aus unerfindlichem Grund nicht ausgesprochen werden kann, oder ein Gesicht, dem den dazugehörigen Namen und Vornamen zuzuweisen einfach nicht gelingen will, eines dieser Niemandsgesichter, wie sie die Toten haben, die man draußen vor der Stadt findet und auf die hinterher niemand Anspruch erhebt.

Doch das Gesicht eines Toten wird sofort anonym, alle Gesichter von Opfern haben auf den gerichtsmedizinischen Fotos eine große Ähnlichkeit, nicht nur ihre Verbindung zum Leben ist durch das Verbrechen abgerissen worden, sondern auch zu jeder Art familiärer Verwandtschaft. Als der Inspektor schon im Begriff stand, sein Büro zu verlassen, und sich an der Tür, die er gerade schließen wollte, noch einmal umdrehte, ging er, obwohl er sich geschworen hatte, es nicht zu tun, zum Büroschrank zurück, öffnete die Schublade, in der die Fotos des toten Mädchens lagen, und steckte den braunen Umschlag, in dem sie sich befanden, in seine Anoraktasche, und in die andere steckte er das Videoband, das er so oft schon angeschaut hatte, das er auswendig kannte, den Videofilm von der Kommunion des Mädchens, die im Jahr zuvor gefeiert worden war, im Mai, die schlechte Bildqualität, die aufdringlichen Farben, die schwankende Kamera, das Geschrei und der Krach, klapperndes Geschirr und lärmende Musik, die Jungen und Mädchen, die sich in einer Reihe zum Altar bewegten, und dann plötzlich sie, ganz im Vordergrund, wie vom Unheil auserwählt, mit ihrem weißen Kleid und dem Diadem, ihrem lächelnden braunen Gesicht, die Hände unter dem Kinn gefaltet, die Augen, die der Inspektor jetzt nicht mehr mit denen in Verbindung brachte, die er am Fuß des Erdwalls gesehen hatte, ebenso, wie ihm auch das Gesicht nicht dasselbe zu sein schien.

Er wollte sich schon wieder hinsetzen, die Schreibtischlampe einschalten und vergessen, wie spät es war, doch die Uhr vom Turm, die ganz in der Nähe acht schlug, ließ die Scheiben der Balkonfenster sacht erzittern, und jetzt verließ er das Zimmer entschlossener, ging die Treppe bis zu dem im Halbdunkel liegenden Wachzimmer hinunter, in dem ein paar Polizisten rauchten und sich im Radio ein Fußballspiel anhörten. Er würde nicht schlafen, dachte er, er würde nicht schlafen gehen, und es gab nichts, womit er die Zeit ausfüllen, womit er die Langsamkeit ihres Verstreichens kaschieren konnte, kein Buch, keinen Film, kein Fußballspiel, die Stimme des Kommentators und das Gebrüll der Zuschauer vermischten sich mit dem Pfeifen und den Stimmen des Polizeifunks, nichts, die Zeit so leer wie ein unbewohntes Zimmer, die nicht von Zigaretten gelinderte, nicht von Alkohol eingetrübte oder beschwichtigte Schlaflosigkeit, keine Gegenwart eines anderen Menschen, die ihn von ihr ablenkte. Bevor er sein Büro verließ, hatte der Inspektor vom Balkon aus einen forschenden Blick auf den Platz geworfen, auf das schwarze, im Regen glänzende Pflaster, die kleine Baumgruppe vor dem Präsidium, wo der Brunnen mit dem Denkmal stand und die Taxis warteten: nichts Verdächtiges, allem Anschein nach niemand, der herumlungerte, kein Argwohn erregendes Auto. Die Polizisten hatten strengste Anweisungen, darauf zu achten, er selbst hatte sie natürlich gegeben, gewöhnt, über die Maßen vorsichtig und misstrauisch zu sein, gewöhnt, mit der Angst zu leben, die er nicht loswurde, selbst dann nicht, wenn er sie vergaß, was immer öfter passierte, je mehr Zeit verging. Er stellte fest, dass er nach und nach anders atmete, dass er seine Wachsamkeit, seine Reflexe, sein Gefühl für die Nähe von Gefahr allmählich verlor. Jetzt ging er durch die Straßen und fürchtete nicht, dass man ihn suchte oder ihm folgte, jetzt war er es, der suchte, und obwohl er todmüde war, war er nicht imstande, eine Pause einzulegen, sich einfach in eine Bar zu setzen und eine Coca-Cola oder einen Kaffee zu trinken und Zeitung zu lesen, ohne mit entzündeten Augen seine Umgebung zu beobachten. Und plötzlich fiel ihm ein, dass er nicht in der Klinik angerufen hatte. Er redete sich selbst damit heraus, dass die Leitung besetzt gewesen war; aber das nahm ihm nicht das schlechte Gewissen, und er sah den Flur, durch den um diese Zeit die Insassinnen gingen, einen Ort so unpersönlich wie eine Absteige, mit Gardinen aus synthetischem Gewebe und billigen Landschaftsdrucken an den Wänden. Eine Krankenschwester oder eine Nonne kam an den Apparat und rief dann mit klarer, kalter Stimme einen Namen über den Lautsprecher aus. Die Frauen trippelten in eintöniger Hast wortlos aneinander vorüber oder sprachen mit sich selbst, und fast alle trugen Trainingsanzüge und schlurften in den gleichen Frotteesandalen dahin. Wenn er den Anruf jeden Abend vor sich herschob, so lag das an der Schwierigkeit, ein flüssiges Gespräch mit ihr aufrechtzuerhalten. Er erzählte ihr etwas und hatte das sichere Gefühl, dass sie nicht hörte, was er sagte. Er stellte ihr eine Frage, und sie brauchte eine Weile, bis sie antwortete, sie sagte ja oder nein und blieb dann still, er hörte nur ihr Atmen in der

Leitung, und wenn das Atmen heftiger wurde, dann lag es daran, dass sie zu weinen begonnen hatte. Sie weinte ins Telefon, wie sie es so oft in der Dunkelheit des Schlafzimmers getan hatte, lautlos, heimlich, ohne Nachdruck, als sei ihr Weinen etwas strikt Privates, das nichts mit ihm, ihrem Mann, zu tun hatte, der schwieg und ihr lauschte, ohne etwas zu tun oder zu sagen, so still wie früher, als er neben ihr im Bett lag, mit einer unergründlichen Distanz von Ferne und Grab.

Jeder mit seinem Geheimnis verborgen in der Seele, an seinem Herzen nagend, unerreichbar stets, nicht nur für Fremde, sondern auch für jene näher bei, die Ehepaare, die Arm in Arm durch die nächtlichen Straßen schlenderten, Männer allein in ihren Autos, wenn sie von der Arbeit kommen und ungeduldig an einer Ampel warten, Männer oder Frauen, deren Silhouetten der Inspektor hinter den beleuchteten Fenstern der Häuser sah, einsame Gestalten, die an Hauswänden entlangstrichen, mit einem Nimbus von Vorsicht oder Furcht um Gassenecken bogen. Er selbst genauso, ein Unbekannter, ein Fremder in der Stadt, gerade erst eingetroffen gewissermaßen, allein lebend, ruhelos umherwandernd, bis zum Morgengrauen wach in einem Ehebett, in dem seine Frau noch nie gelegen hatte. Er war losgelaufen, ohne groß darüber nachzudenken, wohin er ging, durch schlecht beleuchtete Straßen, die zunehmend leerer wurden, war er auf den Vorplatz einer Kirche geraten, wo seine Schritte ein hallendes Echo warfen, war später durch Gassen geirrt, in die jemals zuvor einen Fuß gesetzt zu haben er sich nicht erinnern konnte. Es hatte aufgehört zu regnen, und ein weißer Mond glitt hoch am Himmel zwischen Wolkenfetzen dahin, doch die Luft war immer noch voller Feuchtigkeit und Nebel. Er suchte nach dem Zugang zu einer belebteren Straße, den er aber nicht fand. Er ging jetzt nicht mehr auf Asphalt, sondern auf ungleichmäßigem Kopfsteinpflaster, das im schwachen Schein der Straßenlaternen glänzte. Direkt an der Ecke einer abzweigenden Gasse fand er eine Nische mit einer von einem gelben Lämpchen erleuchteten Christusfigur. Er war überrascht, Angst zu verspüren, nicht die übliche Angst seines Erwachsenendaseins, sondern eine andere, viel ältere Angst, wie die Erinnerung an ein schreckliches Kindheitserlebnis, die kindliche Angst, sich in dunklen unbekannten Straßen zu verirren. Wenn ihm jetzt jemand begegnete und an ihm vorbeiginge, und es wäre der Mörder des Mädchens, er würde ihn nicht erkennen. Er ging schneller, schaute niemanden mehr an, hörte nur noch die Geräusche von Porzellangeschirr und Fernsehern in den Häusern, denn dies war zweifellos die Zeit, in der die Leute zu Abend aßen.

Erleichtert trat er auf eine breitere Straße hinaus und dann auf einen leeren, schlecht beleuchteten Platz, dann sah er, dass er in dem kleinen Park am Ende der Stadt gelandet war, dort, wo hinter dem Erdwall das unbebaute Land begann, nicht weit von der Stelle, an der das Mädchen gefunden worden war. Bestimmt ist auch er noch einmal zurückgekehrt, dachte er, und drang in die Schatten der Zypressen vor, der vernachlässigten Rosensträucher, seinen eigenen Schritten auf dem Kies der Parkwege und den Scherben zerbrochener Flaschen nachhorchend. Aber es war, als höre er die Schritte des anderen, als befinde er sich ganz in der Nähe, in Reichweite seiner ausgestreckten Hand, lautlos und unbewegt im Schatten der Bäume harrend, die ihm manchmal wie Schatten von Menschen erschienen.

4

Der Winter und die Angst, das Ereignis des Verbrechens, zur selben Zeit waren sie über die Stadt hereingebrochen und hatten die Menschen erschauern lassen, die Straßen nach Einbruch der Dunkelheit still und verwaist, gepeitscht von kaltem Regen und einem mit Erdgerüchen gesättigten Sturm, der im Laufe von ein oder zwei Nächten sämtliches Laub von den Platanen und Kastanienbäumen gerissen hatte, Blätter, die aufgrund der langen Trockenheit schon vor Beginn des Sommers verdorrt waren. Wieder waren die Plätze mit feuchten, schweren, dunklen Blättern übersät, wieder hörte man das Wasser in den Dachrinnen gurgeln; auf die Straße gehen konnte man nur mit Mantel und Schirm, und den Kindern mussten Regenumhänge und Gummistiefel gekauft werden. Der so dringend benötigte Regen kam zusammen mit den frühen Abenddämmerungen des Oktobers und der Nachricht von dem Verbrechen, und der Wechsel der Jahreszeit überraschte die Stadt, als führe man aus einem Tunnel hinaus in eine gänzlich unbekannte Landschaft. Die Vergangenheit, der Sommer mit seiner endlosen Dürre, die immer noch heißen letzten Septembertage, das alles lag so weit zurück wie die Zeit vor dem Verschwinden und der Ermordung des Mädchens, der Ankunft der Fernsehkameras und der Ströme von Journalisten, die sich auf der Plaza del General Orduña vor dem Polizeirevier einrichteten wie eine lärmende Zugvogelkolonie und später ebenso schnell verschwanden, wie sie gekommen waren, und als einzige Erinnerung an ihre Anwesenheit in den

Anlagen um das Denkmal herum verstreute Pappbecher und leere Kartons von Fertiggerichten zurückließen, ebenso wie einen unbestimmten Eindruck von Lüge und Verunglimpfung. Mit der Gier von großen Raubvögeln waren sie aus der Provinzhauptstadt, aus Sevilla und Madrid gekommen und besetzten alle vier Seiten des Platzes mit ihren großen Lastern und von Parabolantennen gekrönten Autos. Rücksichtslos zerrten sie die Leute vor ihre Mikrofone, bezogen Posten vor dem Eingang des Hauses, in dem das Mädchen gewohnt hatte, und lungerten zu jeder Tages- und Nachtzeit vor der Tür des Kommissariats herum, eine dicht gedrängte Menge mit Mikrofonen und Videokameras, mit klickenden Kameraverschlüssen und schnalzenden Blitzlichtern und kleinen Kassettenrecordern, mit denen sie den Inspektor belagerten, wenn er herauskam oder hineinging. Nur am Anfang selbstverständlich, als man die Leiche gefunden hatte und das Gerücht ging, ein Verdächtiger sei festgenommen worden, die Polizei habe die Stelle lokalisieren können, von der einer der anonymen Anrufe zu dem Haus getätigt wurde, in dem die Eltern des Mädchens wohnten, genau zu der Zeit, als der Vater sich fragte, warum sie so lange ausblieb, um Viertel vor sieben, das Mädchen hatte Hausaufgaben gemacht und war noch ins Schreibwarengeschäft gegangen, um einen blauen Malkarton und eine Schachtel Buntstifte zu kaufen, und nie mehr zurückgekehrt. Und jetzt rief jemand genau um diese Zeit an, um Viertel vor sieben, rief an und blieb still, unsichtbar und dunkel irgendwo in der Stadt, neben einem Telefonapparat, ungestraft seinen Hang zur Grausamkeit auslebend, selbst wenn es nicht der Mörder war, selbst wenn er nur aus mürber Neugier anrief, um die raue, verzweifelte Stimme des Vaters zu hören. Es hieß, die Anrufe seien aus einem Haus in der Nähe gekommen, vielleicht aus demselben Block, und der Mörder sei ein Bekannter der Familie, sogar mit dem Mädchen verwandt, und zwei oder drei Tage lang wichen die Fotoapparate, die Kassettenrecorder und das technische Gerät der Fernsehreporter nicht mehr vom Eingang des Polizeipräsidiums oder des Gerichtsgebäudes, doch am Ende wusste man nichts oder sagte nichts, und die Reporter verschwanden unter demselben Zugvogelgetöse, mit dem sie gekommen waren, und eine Woche später waren die Nachrichten über neue Spuren und Spekulationen aus den Fernsehnachrichten und von den Titelblättern der Zeitungen verschwunden und fristeten ihr Dasein in den Gesellschaftsspalten der Lokalpresse.

Eines Tages sah der Inspektor sein eigenes Gesicht in den Abendnachrichten, in Großaufnahme, Namen und Rang am unteren Bildschirmrand eingeblendet, damit auch wirklich jeder Zweifel ausgeräumt war, und er wurde wütend und machte sich Sorgen; mehr Sorgen, als er sich selbst einzugestehen bereit war. Er aß wie gewöhnlich im ersten Stock des Monterrey, nahe am Fenster, von dem aus er über den Platz hinweg sogar den schmalen Balkon vor seinem Arbeitszimmer sehen konnte. Als sein Gesicht auf dem Bildschirm prangte, blickte er sich verstohlen um, ob einer der anderen Gäste vielleicht etwas gemerkt hatte, aber nur wenige Tische waren besetzt, und obwohl alle gelangweilt die Nachrichten anschauten, nahm keiner von ihm Notiz. Im Monterrey aßen gewöhnlich einsame Vertreter, frisch hierher versetzte Beamte, so wie er, und Tagesbesucher. Er fragte sich, ob diese Bilder jemand von denen sah, die ihm anonyme Drohungen ins Haus geschickt hatten, als er noch im Norden wohnte, und ihm wurde unangenehm bewusst, dass ihn die feige Angst wieder eingeholt hatte und ihn um so heftiger traf, als sie ihn unerwartet, unbewehrt erwischte, gerade als er sich daran zu gewöhnen begann, keine Angst mehr zu haben, weil er bislang die annehmbare Gewissheit hatte, dass jene, die ihm vor ein paar Monaten noch nach dem Leben trachteten, nicht wissen konnten, wohin er versetzt worden war; aber auch, weil er völlig außer sich war, weil er, alles andere ignorierend, wie besessen den Tod des Mädchens untersuchte, bis ihm sein übriges Leben nur noch verschwommene Erinnerung war, verschwommen und weit fort, seine Frau im Sanatorium ebenso wie die Vergangenheit im Norden, die nächtlichen Anrufe, in denen eine junge Stimme ihm mit dem Tod drohte, Umschläge ohne Briefmarken, direkt in den Briefkasten geworfen, einmal sogar unter der Tür durchgeschoben, wenige Wochen vor seiner Versetzung. Sie hatten mehrmals geklingelt, und seine Frau, allein zu Hause, hatte nicht gewagt, die Tür zu öffnen, nicht einmal, durch den Spion zu schauen, und blickte starr und gebannt auf den weißen Rand, der sich langsam unter der Tür herschob, den Briefumschlag, in dem sich nichts als ein altes Foto des Inspektors befand, aus einem Polizeimagazin ausgeschnitten, eine längst vergessene Geschichte, zehn oder fünfzehn Jahre her, mit einem Kreuz von einem Kugelschreiber auf dem Gesicht, darunter die Buchstaben R. I. P., das Geburtsdatum des Inspektors und dahinter ein Datum, nur wenige Tage entfernt.

Er sah sein eigenes Gesicht auf dem Fernsehschirm, doch das Bild war nur eine Sekunde lang zu sehen, und ohnehin war dies das letzte Mal, dass der Mord an dem Mädchen in den Fernsehnachrichten erwähnt wurde. Er fürchtete plötzlich, alle anderen könnten sie mit derselben frivolen Unbeständigkeit vergessen, mit der die Journalisten sie nach zwei oder drei Wochen offenbar vergessen hatten, und er schwor sich, selbst niemals zu vergessen. Er würde weitersuchen, in den Gesichtern und den Augen der Stadt den Mörder suchen, jede einzelne Phase des Auffindens und der anschließenden Ermittlungen noch einmal

durchgehen, jede Aussage, jedes Gutachten, jeden gerichtsmedizinischen Befund, all die dicken Stöße oft getippter und fo-
tokopierter Seiten mit einer Prosa von Gerichtsakten und von
ihm selbst diktierten Polizeiberichten: eng beschriebene Blätter,
ohne Akzente und voller sonstiger Rechtschreibfehler, getippt
von Polizisten, die die Schreibmaschinentasten nur mit ihren
Zeigefingern fanden, gelesen und wieder gelesen mit der Eintönigkeit von schlaflosen Nächten und juristischem Fachjargon,
in dem dennoch der Sog des Schreckens zu spüren war, die Erinnerung an eine kalte, schwarzblaue Oktobernacht mit Nieselregen und Nebel, die Stablampen, die sich zwischen den breiten
Pinienstämmen bewegten, die Umrisse der Polizisten unscharf
aus dem Nebel schälten, in dem ihre diagonalen Lichtbalken
sich kreuzten und an Suchscheinwerfer der Luftabwehr denken ließen.

»Sie ist seit gestern Abend tot«, sagte der Gerichtsmediziner, der neben ihr kniete, in einem zitternden Lichtkreis, der
von den Strahlen mehrerer Taschenlampen gebildet wurde,
eine davon in der Hand des Inspektors. »Seit wann soll sie verschwunden sein?«

»Seit Viertel vor sieben abends«, sagte der Inspektor, ohne
den Blick vom Gesicht des Mädchens abwenden zu können,
von den federleichten Augenlidern, dem Rand des Stofffetzens,
der aus ihrem Mund und aus einem Nasenloch ragte. »Ein paar
Minuten vorher hat die Ladenbesitzerin sie gesehen.«

»Dann glaube ich nicht, dass sie noch länger als zwei Stunden gelebt hat.«

»Wurde sie stranguliert?«, fragte der Untersuchungsrichter
und deutete auf die dunklen Flecken am Hals des Mädchens,
im Licht der Taschenlampen durchscheinend wie die Mase-
rung einer Marmoroberfläche.

»Ich glaube, er hat sie erwürgt«, sagte der Gerichtsmediziner. »Er hat ihr das Höschen tief in den Rachen gedrückt. Sie hat versucht, durch die Nase zu atmen, doch alles, was sie damit erreichte, war, dass er ihr auch die Nasenlöcher verstopfte.«

»Er wollte sie am Schreien hindern«, sagte der Richter.

»Er wollte sie umbringen«, korrigierte der Inspektor trocken und beugte sich zum Gerichtsmediziner hinunter, um die Flecken am Hals des Mädchens näher zu untersuchen. Das Licht der Taschenlampe erzeugte einen Reflex von Bewegungen und Glanz in den schmalen Sicheln der Augen, die von den Lidern unbedeckt waren. Eine Sekunde lang schien es, als könnten die Augen sehen, geblendet vom Licht der nahen Lampen, schmale weiße Streifen ohne Pupillen, flüchtig wieder belebt unter kindlichen Wimpern. Der aufgerissene Mund war eine rohe Schreckensfratze, so unerträglich wie die weit gespreizten Beine oder der extrem verdrehte Kopf über der rechten Schulter, auf der Kratzspuren zu sehen waren und dunkle Flecken, genau wie die am Hals. Unter den Lidern jedoch, in dem gebogenen Rand der Augäpfel, der unter den Wimpern hervorlugte, lag gleichsam ein Ausdruck von Ruhe, von Sanftheit, ein aus einem Kindheitstraum herübergeretteter, makelloser Friede.

»Am Ende hat sie das Bewusstsein verloren«, sagte der Gerichtsmediziner mit leiser Stimme, immer noch über sie gebeugt, nur für sich oder für das tote Mädchen eine private Hoffnung aussprechend, die nichts mit seinem Beruf oder mit der Anwesenheit der anderen zu tun hatte, nicht einmal mit Gerechtigkeit oder Verbrechen, allein mit der möglichen Barmherzigkeit des Endes, mit der Linderung oder der Absolution des Todes. »Der Sauerstoffmangel war ihr Anästhetikum.«

5

Selbstvergessen saß sie über ihr aufgeklapptes Ringheft gebeugt, unempfindlich gegenüber dem viel zu laut gestellten Fernseher, dessen Programm ihr Vater und ihre beiden
jüngeren Geschwister verfolgten, machte ihre Hausaufgaben
wie jeden Nachmittag am Esstisch, von dessen Mitte sie behutsam den Blumenschmuck entfernt hatte, um Platz für ihre
Arbeit zu haben, für ihre doppelt linierten Hefte, die von ihr
selbst mit Plastikfolie eingebundenen Schulbücher, das Reiß-
verschlussmäppchen mit den Bleistiften, den Anspitzer und
das Radiergummi, jedes Teil an seinem Platz, jedes von einer
einzigartigen Anziehungskraft für sie, lieblich anzufassen, anzuschauen, zu riechen. Sie mochte den Geruch der Bleistifte
und Hefte, die bescheidene Sinnlichkeit des Geruchs ihres Ra-
diergummis, des Holzes und der säuerlichen Tinte der Filz-
stifte; es bereitete ihr unendliches Vergnügen, mit gut gespitz-
tem Bleistift in ihrem Heft zu schreiben, ohne dabei von den
zwei blauen Linien abzuweichen, oder die eben fertig gestellte
Zeichnung zu kolorieren, mit zartem Kindesernst ganz ihrer
Aufgabe hingegeben, ohne sich an der Gegenwart ihres Vaters
oder der beiden jüngeren Geschwister zu stören, die vor dem
viel zu laut gestellten Fernseher saßen.

Sie hörte sie nicht einmal; sie brauchte nur ihre Hefte und
Stifte auf dem Tisch auszubreiten, und schon wurde sie von
einem emsigen Glücksgefühl erfasst, die Füße mit den Turnschuhen und kurzen Söckchen unter dem Tisch gekreuzt, das
Haar zu beiden Seiten des Gesichts herabfallend, auf Kinn-

höhe abgeschnitten, mit einem Linksscheitel gekämmt und gehalten von einer Plastikspange in Form einer rosa eingefassten Sonnenbrille.

Niemand sieht etwas voraus, niemand entdeckt in der immer gleichen Abfolge alltäglicher Verrichtungen einen Hinweis darauf, welche die letzte sein könnte. Die Plastikspange lag später neben ihr, gewaltsam aus dem Haar gerissen, von dem noch ein Büschel in ihr klemmte, das der Gerichtsarzt, Ferreras, einzeln abzählte und untersuchte und danach in ein Plastiktütchen steckte, auf dessen Etikett er mit der Hand *Haare Opfer* geschrieben hatte, eine kleine Tüte mit luftdichtem Verschluss, identisch mit der, in der sich die Spange befand, und einer anderen mit einem einzelnen Haar darin, das nicht von dem Mädchen stammte, ein kurzes tiefschwarzes Haar, das später analysiert werden sollte, da Ferreras überzeugt war, dass es dem Mörder gehörte. Sie hatte die Hausaufgaben in Mathematik und Gemeinschaftskunde beendet und das Heft sowie die Bücher in ihrem Schulranzen verstaut, nun musste sie noch für den Zeichenunterricht etwas machen, sagte sie zu ihrem Vater, als sie ihn um Geld bat, um in dem Schreibwarengeschäft gegenüber einen blauen Karton und Wachsmalstifte zu kaufen. Die Fernsehwerbung war so laut, und die beiden Kleinen zankten sich um etwas auf dem Sofa, sodass ihr Vater anfangs nicht verstand, was sie ihm sagte, er starrte sie nur mit der Zigarette zwischen den Lippen an, schimpfte mit den Kleinen, sie sollten still sein und den Fernseher leiser drehen, man könne ja sein eigenes Wort nicht verstehen in diesem Haus, dasselbe, was er jeden Abend sagte, als sei dies ein ganz normaler Abend, und wie jeden Abend fiel ihm auch diesmal die Zigarettenasche auf das Sofa und betrachtete ihn Fatima mit verhohlenem Vorwurf, sie mochte den Tabakgeruch nicht, den Qualm des schwarzen Tabaks,

46

den man wahrnahm, sobald man die kleine, schlecht gelüftete Wohnung betrat, es roch nach schwarzem Tabak und Sonnenblumenöl, dachte der Inspektor, kaum dass er eingetreten war, nach Zusammenleben auf engem Raum, in dem jeder sich behelfen musste, nach mit Würde getragener Armut. Die Fünfhundertpesetenmünze in der heißen Hand, schloss Fatima die Wohnungstür hinter sich, und ihr Vater sah sie nie mehr lebend wieder. Sie liebte es, in den Schreibwarenladen zu gehen, im Schaufenster die neuen Hefte zu betrachten, die Schachteln mit den Buntstiften, die glänzenden Bilder auf den Buchumschlägen, die Etuis mit Zirkeln, Tuschestiften und teuren Kugelschreibern, aber noch mehr liebte sie es, die Tür aufzudrücken, über der dann ein Glöckchen bimmelte, und an die Vitrine zu treten, wo sie die intensiven und doch so zarten Gerüche von Emsigkeit und Wonne in sich aufnahm, Gerüche von frisch ausgepackten Geschenken am Weihnachtsmorgen. Den Malkarton fand man ein paar Schritte vom Körper entfernt, er war den Erdwall hinabgerollt und lag etwas tiefer, zusammengehalten noch immer von dem Gummiband, das von der Besitzerin des Schreibwarenladens darumgeschlungen worden war, nachdem sie ihn auf der Theke eingerollt hatte. Die Schachtel mit den Wachsmalstiften war zertreten oder von etwas zerdrückt worden, sie war aufgegangen, und ein Teil der Wachsmalstifte lag verstreut zwischen den trockenen Piniennadeln. Vielleicht hat jetzt jemand einen fettigen, verräterischen Farbfleck unter seinen Schuhen, dachte Ferreras, ein unfehlbares Indiz, das wir jedoch nie finden werden, wie auch höchstwahrscheinlich die Untersuchung der Fingerabdrücke und des Blutes, das nicht von ihr ist, sowie das kurze schwarze Haar, das zweifellos von einem Mann stammt, uns nicht weiterbringen. Als sie den Leichnam fanden, hatte die Totenstarre bereits nachzulassen begonnen, und auf der leblosen Haut, die sich wie Wachs anfühlte, erkannten sie am unteren Teil des Halses, so deutlich wie Blaupausen, die Druckstellen von einem Daumen und einem Zeigefinger. Auf der Schulterpartie des Trainingsanzugs fanden sie den Abdruck einer ganzen Hand, einer Geisterhand, deutlich wie ein Abdruck von Tinte oder frischem Lehm, mit Flecken von Blut, das nicht Fatimas war. Niemand ist unsichtbar, niemand bleibt unbemerkt: Die Hand, deren Form exakt mit dem blutigen Flecken auf der Schulter von Fatimas Trainingsanzug übereinstimmt, ist in dieser Minute irgendwo, tut etwas, eine Hand wie jede andere unschuldige, unbeteiligte Hand, hält vielleicht eine Zigarette mit hellem Tabak, eine Fortuna, fünf Kippen lagen in der Nähe der Leiche, zertreten wie die Malstifte, bis zum Filter aufgeraucht, und Ferreras sammelte sie einzeln mit einer Pinzette auf, steckte sie in eine Plastiktüte und dachte an die minimalen Hinweise, die sie trugen, getrockneten Speichel, Abdrücke von Zähnen. In einem anderen Beutel bewahrten sie die unversehrten, die zertretenen und zerbrochenen Malstifte auf, zeigten der Besitzerin des Schreibwarenladens die zerdrückte Schachtel, die mit einem Gummiband zusammengehaltene Rolle blauen Kartons, und sie sagte ja, das seien die Dinge, die das Mädchen gekauft habe. Sie erinnerte sich, kurz bevor das Mädchen hereingekommen sei, die Lichter angemacht zu haben, da vor kurzem die Zeit um eine Stunde vorgestellt worden war, sodass es um halb sieben, als das Mädchen nach unten ging, bereits dunkel wurde. Ihr war, als sehe sie sie in ihrem Trainingsanzug und ihren Turnschuhen noch vor sich, eine Münze in der fest geschlossenen kleinen Hand, sie kaufte immer nur bescheidene Dinge, einen Bleistift oder einen Tintenradierer, eines jener antiquierten Hefte für Schönschrift und Rechtschreibung, auf die ihre Lehrerin, Sefiorita Susana, so großen Wert legte, und wenn sie hereinkam und wieder ging, grüßte sie jedes Mal wohlerzogen, sagte die Besitzerin des Ladens, nicht wie so viele andere Kinder heutzutage, und immer hat sie sich bedankt. Sie war allein hereingekommen, da war sie sich sicher, ob draußen jemand auf sie gewartet hatte, konnte sie nicht sagen, sie harrte geduldig aus, bis die Frau den Karton ausgemessen und zugeschnitten hatte, brauchte dann eine Weile, bis sie sich für eine Schachtel Wachsmalstifte entscheiden konnte, ihr gefielen so viele, dass ihr die Wahl schwerfiel, doch da sie nicht viel Geld dabeihatte, musste sie die billigste nehmen. Sie war eines jener Kinder, die beim Einkaufen das Geld fest in der zusammengepressten Hand halten, und wenn sie bezahlen, trägt die Münze noch die Wärme menschlicher Haut: Daran erinnerte sich die Besitzerin des Schreibwarenladens, an die Fünfhundertpesetenmünze, die das Mädchen ihr gab, an das warme und etwas verschwitzte Metall, am nächsten Tag, sagte sie, müsse sie eine Bastelarbeit in der Schule abgeben, dann verabschiedete sie sich so ernst und leutselig wie sonst auch, und die Besitzerin des Schreibwarenladens sah sie von hinten, in ihrem rosa Trainingsanzug, dem kurzen Haar, ihren weißen Turnschuhen, mit dem zusammengerollten Zeichenkarton unter dem Arm, dann schloss sich unter Glöckchengeklingel die Tür hinter ihr, und sie sah sie nie wieder, es gab überhaupt niemanden, der angab, sie noch gesehen zu haben, bis dreißig Stunden später ein paar städtische Arbeiter sie am anderen Ende der Stadt fanden, am Fuß des pinienbestandenen Hanges, der vom Parque de la Cava steil zu den Feldern des Tals abfiel. Es schien, als habe niemand außer ihrem Mörder sie mehr lebend gesehen, sie war aus dem Schreibwarenladen getreten und jäh in einen Abgrund gestürzt, in einen Brunnen von Unsichtbarkeit und nächtlichem Schrecken, und als man sie am Fuß des Erdwalls fand, war es, als habe das Meer sie verschluckt und an einem fernen Strand wieder an Land gespien, verrenkt und nackt, nur noch mit ihren Söckchen bekleidet, bleich und starr im Licht des Vollmonds, in dem die Pinien scharfe Schatten warfen.

Wenn er später, in der stumpfen Betäubung seines Schmerzes, an sie dachte, befand ihr Vater mit Befremden, dass das letzte Bild, das ihm von seiner Tochter geblieben war, sich in nichts von anderen unterschied, aus reiner Wiederholung und Gewohnheit bestand, er mit den beiden kleineren Geschwistern auf dem Sofa, das Jüngste noch mit Windeln und Schnuller, vor dem Fernseher, größer und lärmender noch in der Enge des kleinen Esszimmerchens, in dem schon der Bücherschrank kaum Platz fand, der eine ganze Wand beanspruchte, die Kleinen beim Essen und derweil Zeichentrickfilme und Werbung schauend. Dem Kleinsten hatte Fatima kurz zuvor die Trinkflasche mit Fruchtsaft zubereitet, so wie ihre Mutter es ihr aufgetragen hatte, bevor sie ging, aber sie brauchte gar nicht daran erinnert zu werden, sie hatte die Gewissenhaftigkeit jener Mädchen, die von klein auf daran gewöhnt sind, im Haushalt zu helfen und für die jüngeren Geschwister zu sorgen, eine Gewissenhaftigkeit, wie man sie von jeher in Arbeiterhaushalten findet, sagte ihre Lehrerin, Señorita Susana, Susana Grey, zum Inspektor. Die letzten drei Jahre war sie Fatimas Klassenlehrerin gewesen, und als sie feststellte, dass der Inspektor bei ihrer Bemerkung stutzte, verwandte sie einige Sorgfalt darauf, sich verständlich zu machen: »Ich meine damit«, sagte sie, »die Gewissenhaftigkeit, die die Kinder in Arbeiterfamilien früher lernten; von Kindesbeinen an wurde ihnen ein Bewusstsein für Anstrengung und für den Wert der Dinge vermittelt, die Jungen halfen ihren Vätern in der Werkstatt oder auf dem Land, und die Mädchen halfen den Müttern im Haus, und ohne dass sie es recht merkten, ohne dass das spielerische Element dabei gänzlich verloren ging, hatten sie mit neun oder zehn Jahren ein Gefühl von Verantwortlichkeit entwickelt, von dem in den letzten Generationen nicht eine Spur mehr geblieben ist.«

»Und finden Sie das schlecht?«, fragte der Inspektor.

»Ich finde gar nichts.« In Señorita Susanas Stimme schwang unverhohlene Abweisung mit, eine defensive Antipathie, die bei ihr aber sehr aufgesetzt wirkte, bedingt vielleicht durch eine unausgesprochene Feindseligkeit gegen Polizei und Verhöre. »Ich erzähle Ihnen nur, was ich weiß. Vor fünfzehn oder zwanzig Jahren waren die Kinder, die aus dieser Gesellschaftsschicht kamen, stärker. Sie hatten einen Sinn für Arbeit und für Solidarität. Heutzutage sind sie zwar nicht mehr so arm wie früher, aber sie haben nichts, woran sie sich halten können, und wissen sich selbst nicht zu helfen.«

Sie sprach, als könne sie nicht recht glauben, dass ein Polizeiinspektor sie verstehe. Auch für sie war Fatima unversehens zu einer Gestalt der Vergangenheit geworden, zu einem letzten Bild von Alltagsnormalität, das plötzlich zerbrochen war und das wiederherzustellen ihr eine beträchtliche Erinnerungsarbeit abverlangte: Man achtet nicht auf das, was jeden Tag passiert; man weiß nie, wenn man bis morgen sagt, ob der Abschied nicht für immer ist. Sie war oft eine der Letzten gewesen, die das Klassenzimmer verließ, weil sie ihre Sachen äußerst sorgsam und akkurat in den Ranzen zu packen pflegte, sagte Señorita Susana, auf den Tisch deutend, an dem Fatima gesessen hatte und der sich in nichts von den anderen unterschied, etwa in der Mitte der Fensterreihe, ein Tisch aus Kunststoff mit grünlichem Anstrich, arg mitgenommen schon, von schlechter Qualität, wie alles in dem Klassenzimmer, in der ganzen Schule, alles war verschlissen und beschädigt, neu und schon marode, aus billigstem Material, und dieser ganze Verschleiß fiel in den leeren Klassenzimmern und Korridoren noch deutlicher ins Auge, machte sich auch bei den Lehrern bemerkbar, bei Señorita Susana, die dennoch ein unbestimmter Hauch von Jugendlichkeit und Willenskraft umgab, von erschöpfter Würde nach einem langen Unterrichtstag.

Sie zeigte dem Inspektor Fatimas Tisch, der wie alle anderen aussah, verlassener nur, weil er jetzt der Tisch eines toten Mädchens war, an den sich bisher noch kein anderes Kind gesetzt hatte; in seiner schlichten Form, seiner Kunststoffoberfläche, seiner verschlissenen Neuheit, schlecht gebaut und noch schlechter gepflegt, war dieser Tisch plötzlich unendlich zerbrechlich und trostlos, ein Ort unwiderruflicher Einsamkeit, beschädigt von Abwesenheit und Tod. Fatima war eher Abwesenheit als Erinnerung, weil man ein junges Mädchen nur schwer mit dem Tod in Verbindung bringt. Ihr Tisch, leer und ansonsten identisch mit allen übrigen, erinnerte jedoch so augenfällig an sie wie die Fotos oder der schmutzige, blutbefleckte Trainingsanzug oder die kleine rosa Plastikspange, in der noch ein paar Haare klemmten. Es war der Tisch, an dem sie von Anfang an gesessen hatte und von dem sie zum letzten Mal aufgestanden war, eineinhalb Stunden bevor sie für immer verschwand, als Señorita Susana gerade die Tafel abgewischt hatte und nach ihren Heften und ihrer Tasche griff und ihr, wie fast an jedem Nachmittag, sagte, sie solle sich beeilen, sie liebevoll schalt, weil sie in allem so langsam und immer die Letzte war.

In Wirklichkeit war sie sich gar nicht sicher, ob sie sich genau an dieses letzte Mal erinnerte. Vielleicht verfälschte sie es, ohne es recht zu merken, fügte ihm, der Wahrscheinlichkeit zuliebe, Attribute vieler anderer Nachmittage bei, genau wie ihr Vater, sosehr er sich auch in Schmerz und Selbstvorwürfen wand, sich nicht sicher sein konnte, ob seine letzte Erinnerung an sie die richtige war, er konnte nicht jeden seiner letzten Augenblicke mit ihr noch einmal durchleben, nicht jede Einzelheit dessen, was sich wie eine schläfrige Wiederholung so vieler anderer Nachmittage vollzog. Leid und Schlaflosigkeit wirkten wie ätzende Säure auf diese so kurze Passage seiner Erinnerung, auf diese Zeitspanne, die er hinterher mit lauter Stimme so oft wieder aufleben ließ, wie er sie in seiner Vorstellung und in seinen Träumen vor Augen hatte, in den unerträglich grausamen Träumen, in denen seine Tochter ihn nicht um Geld für die Malsachen bat oder hinterher wieder nach Hause kam, so wie immer, geschäftig und lebhaft, so wie jedes Mal, wenn sie im Schreibwarengeschäft oder im Laden einkaufen gegangen und zurückgekommen war, ohne dass ihr Vater den Wert ihres Heimkommens schätzte oder dankbar war für die Gabe ihrer unversehrten emsigen Gegenwart, für ihre liebreizende und zurückhaltende kindliche Zuneigung.

»Wissen Sie, was mir oft schlaflose Nächte bereitet?«, sagte die Lehrerin, Susana Grey, die jetzt neben Fatimas Tisch stand, die Augen auf den Schulhof gerichtet, wo die älteren Klassen Fußball spielten, als wolle sie dem Blick des Inspektors ausweichen. »Der Gedanke daran, dass sie noch leben könnte, wenn ich ihnen nicht diese Bastelarbeit aufgegeben hätte.«

Wenn sie nicht in den Schreibwarenladen hätte gehen müssen, um den blauen Malkarton und die Farbstifte zu kaufen, wenn ihr Vater sie nicht gelassen hätte, wenn ihre Mutter, die sie vor dem Einkaufen gefragt hatte, ob sie sie begleiten wolle, ein bisschen beharrlicher gewesen wäre, als Fatima sagte, sie könne nicht mitgehen, sie müsse noch Hausaufgaben machen und dann diese Bastelarbeit, wenn sie, ihre Mutter, nicht gegangen wäre, wenn ein winziger Zufall den schrecklichen

Gang des immer Gleichen unterbrochen hätte, wenn sie nicht ein so gewissenhaftes Mädchen gewesen wäre, von einer so lebhaften kindlichen Energie, wenn sie nicht diesen Spaß an Kartons und kleinen Scheren, an Buntstiften und Linealen und an den großen Druckbuchstaben gehabt hätte, die sie farbig anmalte und dann ausschnitt und pedantisch genau auf die Kartons der Wandbilder klebte. In seiner Schlaflosigkeit, in den kurzen Stunden des Schlafs, die die Beruhigungstabletten ihm verschafften und in denen er sich vom Leiden ermattet hin und her wälzte, versetzte es ihrem Vater einen Stich ins Herz, als er an jenen Augenblick zurückdachte, in dem das Mädchen ihn um Geld bat, damit es sich einen Malkarton kaufen konnte, und hinter sich die Tür zuknallte, das fiel ihm jetzt wieder ein, damals hatte er es bestimmt nicht gehört. Er stellte sich vor oder träumte, sie sei gar nicht gegangen oder sei nach fünf Minuten zurückgekommen, mit dem eingerollten blauen Malkarton, den man später neben ihrem verrenkten, bleichen Körper gefunden hatte; er träumte von der stundenlangen Suche nach ihr, auf Straßen und in nächtlichen Wäldern, und dass sie plötzlich auftauchte, lächelnd und unbekümmert mit jener ihr eigenen Gemächlichkeit, wenn ihr das, was sie tat, besonders gefiel; und sie fragte die Eltern, warum sie sich solche Sorgen gemacht hätten, sie habe im Schreibwarenladen nur ein bisschen gebummelt oder mit einer Schulfreundin auf der Straße gespielt.

All die Dinge gleiten mit dieser reibungslosen Geschmeidigkeit vorüber, an die man sich erinnert und die man wieder herbeisehnt, wenn ein Unglück eingetreten ist, jedes einzelne mit dem nächsten verwoben, um so zu dem letzten Nachmittag in Fatimas Leben zu gelangen, eine Verschwörung gleichsam der alltäglichsten Dinge, um sie dem Tod in die Arme zu treiben, ihr aufgeräumter Tisch im Klassenzimmer, direkt an der Wand mit den gekachelten Fußleisten und dem Fenster, durch das man den Schulhof sieht, ihr trottender Gang von der Schule nach Hause, unter dem Gewicht des Ranzens leicht vornübergebeugt, die immer gleichen Schritte ihres täglichen Weges, die Gewohnheit, an jeder Straßenkreuzung stehen zu bleiben und erst zur einen und dann zur anderen Seite zu schauen, um zu sehen, ob Autos kommen, alles mit Bedacht, zu seiner Zeit, der Ruf in die Sprechanlage, der kleine Imbiss, die Geschwisterchen vor dem Fernseher, in dem Zeichentrickfilme und Werbung einander abwechseln, ihr Vater rauchend daneben, auf dem Sofa in dem viel zu kleinen Zimmerchen, in dem nichts Platz hat, die Mutter, die ihr das Leben hätte retten können, indem sie sie einfach mit zum Einkaufen nimmt, dann jedoch ohne sie geht, alles wiederholt sich genau wie an jedem Tag, fließend, wie eine unbemerkte, starke Strömung, die sie in dieses Zeitloch zwischen sechs Uhr dreißig und Viertel vor sieben trägt, in diesen Brunnenschacht aus Finsternis und Unkenntnis, aus dem sie nie mehr zurückkehrte: als habe sie einen Schritt zu viel getan und sei in einen Abgrund gestürzt, als sei sie ins Meer hinausgezogen worden und ertrunken und in der darauffolgenden Nacht an einer fernen unbewohnten Küste angeschwemmt worden.

6

»Ich dachte schon, du würdest mich nie besuchen kommen«, sagte Pater Orduña, und der Inspektor gab keine Antwort, suchte nicht nach einer Entschuldigung für sein langes Ausbleiben. Er blieb mit nassem und zerzaustem Haar in der engen Diele stehen, sein Anorak glänzte vom Regen, einem leichten, beharrlichen Regen, rauschend und still, wie der des Nordens, den man auf die nahen Dächer und an die Fenster trommeln hörte, der durch die Dachrinnen auf die verlassenen Spielplätze rann, über die der Inspektor gegangen war, um zur Wohnung von Pater Orduña zu gelangen.

Die Stadt lebte im Innern des Regens und des wieder eingetretenen Winters ebenso wie in der absoluten Neuigkeit der Angst, in dem Schrecken nächtens zugesperrter Häuser, der Geschichten vom schwarzen Mann, von Hexen und Vampiren, die den Kindern jetzt wieder erzählt wurden, nachdem zwei Generationen kein anderes Erschauern der eigenen Vorstellungskraft kennen gelernt hatten als das, was der Fernseher hergab. Zum ersten Mal seit langem trugen die Kinder wieder Kapuzen und Gummistiefel, wenn sie zur Schule gingen, und erzählten sich in den Korridoren oder den lärmenden Klassenzimmern, kurz bevor der Lehrer kam, phantastische Geschichten über den Mord an Fatima oder das Auftauchen eines großen, schwarz bekleideten Mannes mit Hut und Schirm, der in den Pausen über den Schulhofzaun spähte, ein Vater wie jeder andere, der die Kinder im Auge behielt, die nicht abgeholt wurden. Fremden begegnete man wieder mit Argwohn, man erzählte sich wieder die alten Geschichten von Männern in weiten Mänteln, die Süßigkeiten anboten oder nachts mit einem Sack über der Schulter durch die Gassen strichen: vergessene Legenden von Tagedieben und Hausierern, älter noch als das Fernsehen und sogar das Kino und die elektrische Straßenbeleuchtung, Reliquien einer Zeit, als die Nächte noch finster waren und Schrecken und Bedrohung bargen, die langen Winternächte, allein mit dem Licht von Petroleumlampen und Ölfunzeln in denselben Häusern, in denen auch die Dielen knarrten und man über der Zimmerdecke aus Rohrgeflecht und Gips das Scharren der Mäuse hören konnte, das Pfeifen des Windes zwischen den Fensterläden, die nie richtig schlossen, das Gemurmel von Stimmen am Kaminfeuer oder am Ofentisch, die neben dem Kopfkissen der Kinder ihre Geschichten erzählten.

Und so, wie der Winter und der Regen zurückgekehrt waren, kehrten jetzt auch die Schrecken früherer Nächte zurück, und kaum wurde es dunkel, leerten sich die Straßen, die Haustüren wurden abgeschlossen und die Schlüssel zweimal umgedreht, hinter den Jalousien hielt man die verwaisten Gehsteige im Auge, stets auf der Suche nach einer Gestalt, der niemand konkrete Züge zu verleihen vermochte, es sei denn, man hielt sich an Merkmale aus erregten Kinderphantasien, ein hoch gewachsener Mann mit Hut und Regenschirm, ein junger Mann mit schwarzem Haar und dunkler Brille, der in einem roten Auto durch die Straßen fuhr und dessen Gesicht hinter dem Regen um fünf Uhr nachmittags im Takt der Scheibenwischer hinter der Windschutzscheibe auftauchte und wieder verschwand, wenn Autos und Regenschirme und aus der Schule kommende Kinder ein heilloses Durcheinander bildeten.

»Wie ich höre, habt ihr eine heiße Spur«, sagte Pater Orduña. »Ihr müsst sie geheim halten, um ihn nicht zu warnen.«

»Wir wissen nichts oder so gut wie nichts.« Der Inspektor zog seinen nassen Anorak aus und sah mit Bedauern und Befremden, wie Pater Orduña, als er ihn zu einem Kleiderständer trug, in seinen Pantoffeln mit Gummisohlen über die Fliesen schlurfte. »Nur dass er schwarzes Haar hat, Blutgruppe null und dass er Fortuna raucht.«

»Und die Fingerabdrücke?«

»Die helfen uns nur bei einem, der schon registriert ist.«

»Du bist ja völlig durchnässt, du wirst dir eine Erkältung holen.« Pater Orduña hatte die letzten Worte des Inspektors gar nicht mehr gehört und betrachtete dessen Kleider und Schuhe mit einer Art geschäftiger mütterlicher Anteilnahme. »Warte, ich zünde den Ofen an.«

»Machen Sie sich keine Mühe.«

»Mann, willst du wohl still sein, das dauert doch nur einen Moment.«

Pater Orduña verschwand durch eine Tür, die wohl in sein Schlafzimmer führte, und als er wieder herauskam, schob er einen großen Gasofen auf Rädern vor sich her, ein riesiges altmodisches Ding wie aus einer Fernsehreklame Anfang der Sechziger. Er drehte den Gashahn auf und suchte mit beängstigender Langsamkeit in seinen Taschen nach einem Dochtfeuerzeug, und als er die Flamme mit zitternder Hand an den Brenner hielt, entzündete sich das Gas mit einem jähen bläulich orangefarbenen Lodern.

»Wer so etwas getan hat, dem muss es im Gesicht geschrieben stehen«, sagte Pater Orduña. »Er muss ein Zeichen tragen wie Kain, nachdem er seinen Bruder getötet hatte und sich vor Gott verbergen wollte.«

Er schob den Ofen etwas näher zum Inspektor hin, dem von dem ungesunden heißen Gasgeruch fast übel wurde, und setzte sich ihm gegenüber in einen für seine Gestalt viel zu großen Sessel, der ihn noch älter und gebeugter aussehen ließ, unter dem Licht einer Neonröhre, die dem Zimmerchen die trostlose Kälte eines Büroraumes verlieh. Der Inspektor war überrascht, dass die Stimme und der Gesichtsausdruck dieses Mannes, den er über vierzig Jahre nicht gesehen hatte, noch immer eine Kraft ausstrahlte, die ihn einschüchterte.

»Und jetzt erzähl mir mal, warum du so lange gebraucht hast, um mich zu besuchen.«

Er war seit mehreren Monaten in der Stadt, seit Anfang des Sommers, und eines der ersten Dinge, wonach er sich erkundigt hatte, war, ob das Jesuitenkolleg noch existierte und ob einer seiner Gründer noch lebte, jener damals junge Priester, der, wie man ihm erzählt hatte, daran erinnerte er sich, mit dem General verwandt war, dessen von alten Einschüssen zernarbtes Denkmal noch immer in der Mitte des Platzes stand, direkt vor dem Balkonfenster seines Büros, das er gerade bezog. Ein älterer Beamter aus dem Innendienst hatte ihm geantwortet, das Kolleg sei schon lange geschlossen, aber Pater Orduña lebe immer noch, und er hatte dies in einem hämischen, ausspuckenden Ton gesagt, der dem Inspektor missfiel, was er sich jedoch nicht anmerken lassen wollte, da er neu in der Stadt war und es vorzog, sich erst einmal zurückhaltend und neutral zu geben, aus einer gewissen Distanz heraus das Verhalten und die Reaktionen jener ihm noch unbekannten Mitarbeiter zu beobachten, die von nun an seine Untergebenen sein würden und die ihm ihrerseits mit Argwohn begegneten, mit dem grundsätzlichen Groll demjenigen gegenüber, der von außerhalb kam und einen Posten einnahm, der eigentlich anderen gebührte.

»Er lebt noch«, fuhr der ältere Kollege fort, »aber er ist nicht mehr der, der er einmal war. Die Jahre haben ihn sehr viel weicher gemacht. Ich glaube, er ist so alt, dass er nicht einmal mehr die Messe liest.«

»Stimmt es, dass er mit dem General von dem Denkmal verwandt ist?«

»Aber sicher.« Der Beamte, einen Stoß Akten im Arm, schaute ebenfalls auf den Platz hinaus. Es war ein kühler Morgen im Frühsommer, und die Schatten des Uhrturms und des Präsidiumsgebäudes fielen auf die Anlagen, in deren Mitte die Statue, leicht vorgebeugt, auf ihrem Sockel stand. »Er war ein Neffe des Generals, stammte aus einer der vornehmsten Familien hier. Sie können sich den Skandal vorstellen, als er in dieses neue Viertel zog, wo nur Gesindel und Zigeuner wohnten, Vietnam sagte man dazu. Zuerst hat er bei den Maurern geholfen. Später arbeitete er in der Gießerei, die seiner Familie gehörte. Man kann sich das ja vorstellen, damals, ein roter Priester! Die Leute sagten, er hätte die Soutane gegen den Blaumann vertauscht.«

»Haben Sie ihn einmal festnehmen müssen?«

»Mehr als einmal.« Das Gesicht des Mannes verzog sich zu einem verschlagenen, zahnfäuligen Lächeln. Er hatte das ungesunde Aussehen eines verbitterten alten Beamten, der offensichtlich vergangenen Zeiten nachtrauerte. »Beim letzten Mal musste ihn der Sekretär des Bischofs herausholen. Sie hatten im Internat eine kommunistische Zelle aufgebaut... Haben Sie ihn auch damals kennen gelernt, bei einer seiner Heldentaten?«

Der Inspektor gab keine Antwort: Er wollte nicht, dass der andere erfuhr, wie gut er Pater Orduña gekannt hatte. Im Lauf der Jahre hatte er zwar immer mal wieder aus der Ferne von ihm gehört, aber er hatte nie den Versuch unternommen, ihn wiederzusehen, und eine vorübergehende Versuchung, ihm zu schreiben, war über das Stadium des Vorsatzes nie hinausgekommen. Anfangs hatte er ihm natürlich geschrieben, als er, dank Pater Orduñas Vermittlung, nach dem Internat ein Stipendium für ein Studium an einem anderen Jesuitenkolleg bekommen hatte. Er machte es sich zur Aufgabe, ihm alle zwei oder drei Wochen aus jener kalten Stadt im Norden Kastiliens zu schreiben, in die man ihn geschickt hatte, wieder in ein Internat, was ihm schon wie eine schicksalhafte Bestimmung für Schlafsäle, asketische Ernährung und düstere Korridore vorkam, als Heranwachsender jetzt, in die Einsamkeit und ins Studium verbissen, in einen menschenfeindlichen Perfektionismus und eine grimmige Konkurrenz zu den Kommilitonen, von der er sich nur selten eine Ruhepause gönnte. Später ließ er das Schreiben, etwa zu der Zeit, als er auch aufhörte, zu beichten und zur Kommunion zu gehen, und zu den Folgen der Trägheit und der Abtrünnigkeit gehörte ein gewisses Maß an Scham und auch an Furcht vor der wahrscheinlichen oder sicheren Missbilligung durch Pater Orduña. Zuerst log er ein bisschen in seinen Briefen, dann schrieb er gar nicht mehr. Er verriet ihm nie, dass er zur Polizei gegangen war. Stets jedoch, auch wenn er gar nicht an ihn dachte, lebte er mit einem unruhigen Gewissen, einer vagen, doch beharrlichen Ahnung forschender Missbilligung, die Pater Orduña irgendwo, falls er noch lebte, allgemein und auch in konkreten Punkten gewiss gegen ihn hegte. Manchmal war er dankbar, keine Kinder zu haben, sich die Furcht vor Enttäuschung zu ersparen, dem Schreckgespenst der Undankbarkeit, und anderen die Bürde von Erkenntlichkeit und Schuldgefühlen.

»Ich habe schon geglaubt, es sei dir egal, ob ich überhaupt noch lebe«, sagte Pater Orduña mit einem feuchten Schimmer in den Augen, einem Schimmer von Freude und Altersvereinsamung, den er aber sogleich mit einem Anflug von Ironie überspielte: »Ich hätte wohl Lust gehabt, dich aufzusuchen, aber du kannst dir sicher vorstellen, dass ich nicht die besten Erinnerungen an das Gebäude habe, in dem du arbeitest.«

»Die Zeiten haben sich geändert, Pater.«

»Die Zeiten ja, aber einige von euch nicht.« Über sein liebenswürdiges Gesicht glitt ein Schatten von Strenge. »Ich bin zwar fast blind, aber die Zeitung kann ich noch lesen. Stimmt es, dass du im Norden warst, bevor du hierherversetzt wurdest?«

»Vierzehn Jahre lang. In Bilbao.«

»Hast du Angst gehabt?«

»Ich habe mich daran gewöhnt.«

»Und deine Frau?«

»Ihr ist es sehr viel schwerer gefallen. Sie erhielt Telefonanrufe, wenn sie allein zu Hause war, und man drohte, sie zu töten, oder es blieb einfach still am anderen Ende der Leitung, und wenn sie auflegte, riefen sie gleich danach wieder an. Sie konnte den Hörer nicht neben dem Apparat liegen lassen, für den Fall, dass ich sie anrufen oder man ihr mitteilen wollte, dass mir etwas zugestoßen sei.«

»Ich weiß auch, dass ihr keine Kinder habt.« Sein Ton war jetzt ein anderer, war sanfter, weniger von latentem Vorwurf verhangen. »Und deine Frau ist jetzt in dieser Klinik. Wie du siehst, braucht ein alter Priester gar nicht auf die Straße zu gehen, um über alles Bescheid zu wissen ... Wird sie denn bald entlassen?«

»Der Arzt hat mir gesagt, acht oder höchstens zehn Tage noch, bis die Behandlung abgeschlossen ist.«

Um konzentriert zuzuhören, hielt Pater Orduña den Kopf geneigt und nickte zustimmend, die Hände gefaltet, dieselbe Haltung wie im Beichtstuhl. Der Inspektor, dem die Hingabe an Kindheitserinnerungen fast völlig fremd war, erfuhr in diesem Moment allerdings so etwas wie einen Lichtblick in die Vergangenheit, und er sah denselben Kopf, nur viel jünger, in kirchlichem Dämmerlicht, dieselben bleichen gefalteten Hände, und nahm auch den rätselhaften Geruch von Soutane, von Beichtstuhl und vom Tabak Pater Orduñas wieder wahr, Pater Orduña, der ihn am Vorabend seiner ersten Kommunion mit leiser, drängender Stimme ausfragte, ihm dann mit bedächtigem Ernst zuhörte und schließlich die bleiche, schwammige Hand zu einer flüchtigen Geste der Absolution in die Höhe hob. Jetzt jedoch waren sie nicht in der Kirche, sondern saßen sich in den beiden Sesseln der Diele gegenüber, einen niedrigen Tisch mit alten Zeitschriften, Gewerkschaftsblättchen und Pfarrnachrichten zwischen sich, Tisch und Sessel wie in einem Wartezimmer, in dem kaum einer Platz nimmt, um auf irgendwas zu warten. Jetzt, schätzte Pater Orduña, dürfte der Inspektor die fünfzig überschritten haben, doch nicht die Erinnerung daran, wie er ausgesehen hatte, als er ins Internat gekommen war, fiel ihm schwer, sondern seine ganze konzentrierte Aufmerksamkeit auf das jetzige Aussehen zu richten, auf sein Durchschnittsgesicht, das gezeichnet war und voller Entschlossenheit, auf seine unordentliche Erscheinung und seine stämmige Erwachsenenfigur, die nur noch den Niedergang vor sich hatte. Mit der Wehmut einer unmöglichen Vaterschaft dachte der Priester, dass man einen Menschen wohl niemals vollkommen als Erwachsenen sehen kann, an dessen Kindheit man teilgehabt hat, die einem noch immer gegenwärtig ist, und dass die Erinnerung an die frühen Lebensjahre niemals einem selbst gehört, sondern jenen, die einen kannten, die einen erzogen und heranwachsen sahen. Das raue, rötliche Gesicht, das angegraute, ungekämmte spärliche Haar und der faltige, nachlässig rasierte Hals des Inspektors erinnerten in nichts an das heute jeder

Vorstellung entrückte Kind, das er dennoch einmal gewesen war. Pater Orduña fühlte mit melancholischem Stolz, dass er selbst der Hüter der innersten Vergangenheit eines anderen, eines Fremden war.

Einen Moment lang musterte er ihn schweigend und fragte sich, in welchem Maße das Gesicht des Inspektors – wie so oft bei Männern, wenn sie älter werden – exakt den einen oder anderen Gesichtszug seines Vaters aufwies, den Pater Orduña vor vielen Jahren ein einziges Mal gesehen hatte und über den der Inspektor nie ein Wort verlor. Das Gesicht ist nicht nur der Spiegel der Seele, dachte er: Es wird auch wieder zum Spiegel der Gesichter der Toten. Vor vierzig Jahren hatte in diesem selben Zimmer ein Junge, der nur noch in Pater Orduñas Erinnerung existierte, oft genauso dagesessen wie jetzt dieser Mann mit dem unrasierten Kinn, dem geröteten Gesicht und dem spärlichen grauen Haar, das noch immer feucht war. Durch das Prasseln des Regens auf den Dächern und Fensterscheiben hörte man von einem fernen Kirchturm die Glocken zu einer Totenmesse läuten, und ihr behäbiges Echo drang bis in das Zimmer, in dem die beiden Männer sich nun schweigend gegenübersaßen und nur einer dem anderen offen ins Gesicht schaute, rief ein uraltes Bild von winterlicher Unwirtlichkeit hervor, von dunklen Gassen, durch die Frauen mit Kopftüchern huschten, auf dem Weg zum Licht ihrer Häuser. Er muss damals in demselben Alter gewesen sein wie das Mädchen, das ermordet wurde, schätzte Pater Orduña: Ein magerer Junge, erinnerte er sich, mit einer Narbe von irgendeiner Prügelei, deutlich sichtbar im geschorenen Haar, mit Bastsandalen an den Füßen und grauen Socken, mit grauer Schürze und weißem Zelluloidkragen, mit Frostbeulen an Händen und Ohren, mit großen Augen vor Staunen und kindlicher Verlassenheit, die zum Glück nicht nur in der brüchigen Erinnerung eines alten Mannes aufgehoben waren. Er hatte sich selbst die Aufgabe auferlegt zu bewahren, was niemandem mehr etwas bedeutete, alles Vergessene und Verlorene, seine Briefe von Pasolini und Althusser, die uralten vervielfältigten Broschüren, die die Frohe Botschaft Christi und die Streitschriften der Propheten mit den wissenschaftlichen Prognosen von Marx, Lenin und Ernesto Guevara verbanden. Er hatte alles sortiert und sauber geordnet und hielt es in demselben pfleglichen Zustand wie die Archive, die seit Jahrzehnten außer ihm kein Mensch mehr angeschaut hatte und von deren Existenz vermutlich niemand sonst mehr etwas wusste. Grau lackierte Metallregale, Aktenordner, mit rotem Band verschnürte Bündel, getippte Namenslisten, Personalakten mit Fotos. Den einzigen Schlüssel dazu hatte er. Er trug ihn in der Hosentasche an dem großen Schlüsselbund, der ihm Zugang zu all den leer stehenden Räumen des Internats verschaffte.

»Komm mit«, sagte er in demselben gebieterischen Ton früherer Zeiten und erhob sich nicht nur mühelos, sondern mit der Behändigkeit eines ungeduldigen alten Mannes aus dem Sessel. »Ich will dir etwas zeigen.«

7

Eine schwarz gekleidete Frau, etwa sechzig Jahre alt, mit flachen, schief gelaufenen Absätzen und einer Aura von Kirchenbank und tragischem Schicksal, saß nervös und steif im Wartezimmer des Polizeipräsidiums, ihre schwarze Handtasche wie ein Gebetbuch in den Händen, die Augen unverwandt auf die Glastür gerichtet, die auf die Straße ging, gegen die der Regen prasselte und vor der ab und zu die Umrisse von Polizisten sichtbar wurden, bevor sie hereinkamen, ihre Regenschirme abschüttelten und das Wetter verfluchten. Jedes Mal, wenn jemand in Zivil hereinkam, glaubte die Frau, es sei der Chefinspektor, und blickte fragend zu dem wachhabenden Polizisten, der hinter seinem Schreibtisch saß und verdrossen den Kopf schüttelte: Er hatte es ihr doch schon gesagt, der Chefinspektor kam unter Umständen erst sehr spät, möglicherweise kam er heute auch gar nicht mehr, in letzter Zeit war er immer draußen auf den Straßen, erklärte er der Frau, sah sie denn nicht fern, las sie keine Zeitung? Der Polizist, ein großer, schwerer Mann, die Schirmmütze in den Nacken geschoben und die Ellenbogen auf den Schreibtisch gestützt, als wolle er die ausladenden Seiten des Eingangs- und Ausgangs-Buches und den gläsernen Aschenbecher voller Kippen bedecken, betrachtete die Frau durch den trägen Qualm seiner Zigarette: Nein, sie sah nicht so aus, als würde sie viel kapieren, eher wie eine dieser groben, ewig schwarz gekleideten Frauen aus den umliegenden Dörfern, die in die Stadt kommen, um einkaufen zu gehen oder sich einen Personalausweis ausstellen zu lassen, die vor dem Verkehr zurückschrecken und sich vom Verhalten der Beamten einschüchtern lassen, vor allem, wenn sie Uniform tragen. Den Rücken straff an die Wand gedrückt, unter einem Plakat mit Terroristenfotos, die Knie unter ihrem schwarzen Kleid eng zusammen, die Absätze schief, beide gleich, in dieser konzentrierten Haltung von Stumpfsinn und Entschlossenheit jener Menschen, die daran gewöhnt sind, immer nur zu warten, starrte die Frau auf die Glastür, hinter der man den Regen hörte, und auf die Uhr, deren Minutenzeiger sich dann und wann in willkürlichen Sprüngen vorwärtszubewegen schien, und hielt ihre schwarze Handtasche fest in den Schoß gepresst, umklammerte sie mit kräftigen Fingern, stumpf vom Umgang mit landwirtschaftlichen Geräten und dem Aufsammeln von Oliven.

»Haben Sie nicht gesagt, der Herr Inspektor käme gegen vier?«

»Bitte, Señora, strapazieren Sie nicht meine Geduld. Sie haben doch gehört, was ich Ihnen gesagt habe.« Der Polizist zog sich die Dienstmütze in die Stirn, wie um seine offizielle Stellung zu unterstreichen, und zerdrückte einen angerauchten Filter zwischen den Kippen im Aschenbecher. »Der Inspektor hat zurzeit keinen festen Dienstplan, den hat in diesen Tagen keiner von uns. Ich weiß nicht, ob Sie schon gemerkt haben, dass wir einen Mörder suchen. Sehen Sie denn keine Nachrichten im Fernsehen?«

Sie stellten sich ein Phantom vor, das sie mit allen abstrakten Attributen der Grausamkeit und des Schreckens ausgestattet hatten, und zugleich wussten sie, obwohl sie sich gegen diesen Gedanken sträubten, dass sie es nicht mit einem Schattenmann aus alten Schwarzweißfilmen zu tun hatten und auch nicht mit einem dieser finsteren Kinderräuber aus den Schauermärchen vergangener Zeiten, sondern mit einem, der sich durch nichts von ihnen unterschied, der in der Menge der anderen Gesichter verschwand, sich zwischen ihnen versteckte, jemand, der sich vielleicht mit Nachbarn oder Arbeitskollegen über das Verbrechen unterhielt, der in der großen schweigenden Menge mitging, die Fatimas weißen Sarg zum Friedhof begleitete. Die ganze Stadt hatte sich dort eingefunden, überbordete die Zypressenallee und den gesamten Vorplatz, auf dem es so still war, dass man deutlich das Schnalzen der Fotoapparate und das Surren der Fernsehkameras hörte, eine ausufernde Menge ernster, verstörter Gesichter, die nicht glauben konnten, dass ein solches Verbrechen in der Stadt, mitten unter ihnen, hatte begangen werden können, nicht im Fernsehen, nicht in einem dieser Programme, die von blutrünstigen Ereignissen berichteten, sondern in der Wirklichkeit ihres Alltags, in den Straßen, durch die sie täglich gingen und die jetzt unwiderruflich zu einem Synonym für den Einbruch der rohen Grausamkeit geworden waren, die Fatima vernichtet hatte. Sie kannten das Mädchen, hatten Söhne oder Töchter, die mit ihr in dieselbe Schule gegangen waren, waren Arbeitskollegen ihres Vaters bei der einen oder anderen Gelegenheitsarbeit gewesen, die er wahrgenommen hatte, waren verwandt mit ihm oder seiner Frau oder konnten erzählen, dass sie sie aus der Nachbarschaft kannten oder ihr einmal heim Einkaufen begegnet waren und mit ihr gesprochen hatten. Es gibt eine schäbige Eitelkeit, die sich im Umfeld eines Unglücks ebenso breit macht wie in dem des Erfolgs. Verwandtschaftliche Beziehungen wurden geltend gemacht, vertraulicher Umgang mit der Familie oder mit der Polizei oder mit Gerichtsstellen wurde behauptet, immer gab es jemanden, der den Gerichtsmediziner kannte oder einen der städtischen Angestellten, die durch Zufall den Leichnam gefunden hatten, an den Marktständen erzählte man sich, aus sicherer Quelle wisse man, dass ein neuer Inspektor aus Bilbao oder aus Madrid eingetroffen sei, der die Ermittlungen übernehmen würde, ein Mann mit umfassenden wissenschaftlichen Kenntnissen, der den Mörder allein mittels der Speichelanalyse an den Zigarettenkippen, die man in der Nähe von Fatimas Leiche sichergestellt hatte, oder der Blutspuren oder auch nur eines einzelnen Haars überführen könne, so fortgeschritten sei heutzutage die Labortechnik bei der Kriminalpolizei, dass ein Haar, eine winzige Blutspur oder ein Speicheltropfen genüge, um jemanden zu identifizieren und hinter Gitter zu bringen.

Sie suchten wieder die Anlagen im Parque de la Cava auf, wo ansonsten längst niemand mehr hinging, höchstens ein paar alte Leute oder Drogensüchtige, wo übers Wochenende manchmal junge Leute kampierten und sich mit billigem Wein, mit Bier in Literflaschen oder süßlichen und lebensgefährlichen Schnäpsen betranken. Jetzt pilgerten sogar Leute aus anderen Stadtvierteln zu den Anlagen, um sich den genauen Fundort der Leiche am Fuß des Erdwalls anzusehen, der jedoch mit einem gelben Plastikband abgesperrt war und rund um die Uhr von einem Polizisten bewacht wurde, weil der Inspektor aus Madrid oder Bilbao und der Gerichtsarzt weiter nach eventuellen Spuren suchten. Man erzählte sich, sie harkten mit winzigen Rechen jeden Zentimeter Boden ab, drehten jede Piniennadel um und fotografierten alles mit Spezialkameras, um Abdrücke von Schuhsohlen zu erkennen, die mit bloßem Auge unsichtbar und dennoch ebenso verräterisch waren wie Fingerabdrücke. Aber die Tage vergingen, und keines der phantastischen Gerüchte, die in der Stadt im Umlauf waren, bestätigte sich, und die Zahl der Journalisten, Fotografen und Kameraleute, die vor dem Polizeipräsidium Posten bezogen hatten, nahm immer mehr ab, anfangs unmerklich, bis eines Tages auch der letzte Lieferwagen mit seiner kleinen Parabolantenne auf dem Dach und seinem in grellen Farben auf die Karosserie gemalten Symbol eines der zahllosen Fernsehkanäle vom Platz des Generals verschwunden war. In dem absoluten Mangel an Neuigkeiten gedieh die Vorstellung von einem kurz bevorstehenden entscheidenden Fund: Die Polizei hatte eine heiße Spur, von der sie aber nichts verlauten ließ, um den Mörder nicht zu warnen; man hatte jemanden festgenommen und heimlich in eine andere Stadt gebracht, um zu verhindern, dass er gelyncht wurde. Die Reporter zogen jedoch ab, als die Regenzeit begann und sich ein Winter mit grauen Himmeln und nebelverhangenen Tagen, wie man sie nur von früher kannte, der Stadt bemächtigte, und wer noch die Neugier aufbrachte, in den Parkanlagen den Tatort besichtigen zu wollen, fand nur das gelbe Plastikband der Polizeiabsperrung, das vom Wind losgerissen worden war und sich in den Sträuchern zwischen den dunkel gewordenen Stämmen der Pinien verwickelt hatte, und man konnte unmöglich sagen, wo genau die Leiche gefunden worden war, wie auch jede Suche nach von der Polizei unentdeckten Spuren oder Reliquien von Fatimas Tod aussichtslos bleiben musste, da der Regen den Boden aufgeweicht und die in den Jahren der Dürre angehäuften Piniennadeln fortgeschwemmt hatte, alles den Abhang hinunter zu den Feldern mit ihrer schwarzen, rissigen Erde, zu den Bewässerungsgräben, die jetzt zu reißenden Bächen geworden waren und die alten ausgetrockneten Läufe und die Mulden der Olivenhaine überschwemmten.

Eingestimmt durch diesen ungewöhnlichen Wintereinbruch mit Nebel und langen Regennächten, die denen jener Winter glichen, an die die Alten sich erinnerten, lebte man wie in einer greifbar gewordenen Vergangenheit, in der das Mädchen zu einer Toten aus alten Geschichten von grausigen Untaten wurde, zum primitiven Heiligenbildchen einer Märtyrerin, und der Mörder war kein Mensch wie jeder andere, kein ganz gewöhnlicher Einwohner der Stadt, irgendein Finsterling, den viele kennen würden, wenn man ihn fasste, sondern ein konturloser Schatten, ein Phantom, dessen Tat in nichts auf seine unwahrscheinliche Beschaffenheit aus Fleisch und Blut hindeutete, das keine Fingerabdrücke und kein Sohlenprofil hinterlassen hatte, weder Zigarettenfilter noch Spuren von Speichel oder Blut. Es gab nichts, glaubte man allmählich, man würde ihn nie aufspüren, jener zugereiste Inspektor würde nach Madrid zurückfahren, mit all seinen nutzlosen Apparaturen im Gepäck, mit seinen Rechen und Plastiktütchen, seinen Spezialkameras und seiner ganzen wissenschaftlichen Arroganz.

Sie fanden sich damit ab, dass das Verbrechen nicht aufzulösen war, dass Fatima vor dreißig Stunden von einer fatalen Unsichtbarkeit heimgesucht worden war, in der zur selben Zeit auch ihr Mörder verschwand. Doch man kann nicht einfach so verschwinden, ohne die geringste Spur zu hinterlassen, ohne einen einzigen Hinweis, ohne dass jemand sich erinnert, dass einer etwas gesehen, etwas bemerkt hat, Zeuge wenigstens einer Winzigkeit von dem geworden ist, was in dieser engen Straße, auf den höchstens hundert Metern zwischen dem Schreibwarenladen und der Haustür passiert ist, zwischen dem achtlosen Auf Wiedersehen der Ladenbesitzerin und der leichten Beunruhigung und schließlich wachsenden Panik des Vaters: der schmale Gehweg, halb darauf noch die so dicht hintereinander geparkten Autos, dass man nicht zwischen ihnen hindurchgehen konnte, die Geschäfte, von denen die Polizisten jedes einzelne aufsuchten, in denen sie mit unerschütterlicher Geduld immer dieselben Fragen stellten, Fatimas Foto zeigten, etwas in ihre Notizblöcke kritzelten, nutzlose Dinge, so oft wiederholt und vorhersehbar wie die Fragen, ja, sie kannten Fatima, sie sahen sie morgens und wenn sie nachmittags von der Schule kam, an diesem Abend war ihnen nichts Besonderes aufgefallen, sie konnten sich nicht erinnern, irgendwen Verdächtigen gesehen zu haben, so einer wäre ihnen bestimmt aufgefallen, in der Nachbarschaft kennt jeder jeden, hier wohnen nur anständige Leute.

Kleine Läden in einem belebten Stadtviertel, das Milchgeschäft, der Gemischtwarenladen, der Kiosk, der nach Schulschluss immer voller Kinder war, die Konditorei, in der Fatima am Tag ihres Verschwindens einen Krapfen gekauft hatte, jeder kannte sie, alle erinnerten sich, wie reizend und wohlgeraten sie war, manche konnten sogar nichtige Begebenheiten rekapitulieren, die lange zurücklagen, die Tüte voller Luftballons, die Fatima am Kiosk für ihren Geburtstag gekauft hatte, das Blatt Papier, auf dem sie stets die Besorgungen notiert hatte, zu denen ihre Mutter sie zu den unmöglichsten Zeiten in den Gemischtwarenladen schickte. Es entstand eine Art Gemeinschaft vorsätzlicher Erinnerung an Fatima, verletzter Zuneigung und sogar rachsüchtiger Erbitterung, eine einmütige Neigung, jenen, die sie nicht gekannt hatten, die Qualität ihrer Unschuld vorzuführen, die Abscheulichkeit eines Verbrechens, das an Kindermärtyrer erinnerte, an die alten Geschichten von Männern mit Säcken, die Kinder raubten, ihnen die Eingeweide herausrissen und ihr Blut tranken. Man erinnerte sich an sie, in manchen Läden hing an der Wand das Farbfoto von Fatima, das in einer Illustrierten erschienen war, und sogleich beseelte ihr Gesicht ein Anflug von abstraktem religiösem Martyrium, von Entrücktheit, durch den Tod, mit jener Andeutung von Hinfälligkeit im Blick und im Lächeln, wie auf Fotografien von Menschen, von denen man weiß, dass sie tot sind. Dieses und jenes wurde erzählt, man berichtigte sich gegenseitig, jede Einzelheit wurde herausgearbeitet, man stieß Flüche aus und rief nach Wiedereinführung der Todesstrafe, der Mörder sollte auf der Stelle hingerichtet werden, und in den kalten Regennächten, die mit dem Winter kamen, wurden die Ladentüren verriegelt, man warf noch einen besorgten wachsamen Blick ins Dunkel der Straße, argwöhnisch nach Fremden Ausschau haltend, nach einem einsamen Schatten, der zwischen den geparkten Autos auftauchen mochte oder sich in den Schutz der Dachtraufen und Hauseingänge drückte. Doch niemand gab an, sie unmittelbar nach Verlassen des Schreibwarenladens gesehen zu haben, kein Mensch hatte einen gesehen, der sich herumtrieb, oder ein Auto, das einem fremd vorkam und langsam durch die Straßen fuhr, vielleicht sogar den Verkehr aufhielt, niemand sah Fatima sich zum Fenster eines Wagens mit laufendem Motor hinunterbeugen, wie um eine Wegbeschreibung zu geben, niemand sah sie vorn in ein Auto einsteigen. Sie war einfach den Blicken entschwunden, war aus dem Schreibwarenladen gekommen, ein Stück auf dem Bürgersteig gegangen, den blauen Karton eingerollt unter dem Arm und die Schachtel mit den Wachsmalstiften in der Hosentasche, war vielleicht stehen geblieben und hatte nach links und rechts geschaut, bevor sie über die Straße zu ihrer Haustür ging, wie sie es immer tat, und war einfach verschwunden, obwohl das unmöglich war oder zu sein schien in einer schmalen, belebten Straße, in der die Läden noch geöffnet waren, die Schaufenster schon beleuchtet in der frühen Dunkelheit des Oktoberabends, und es gab einen Moment, in dem ihr Vater, der mit den Kleinen vor dem Fernseher saß, bemerkte, dass sie sich ein wenig verspätete, ohne sich schon zu beunruhigen, sie konnte ja eine Schulfreundin getroffen haben und sich noch mit ihr auf der Straße unterhalten, oder mit der Frau aus der Konditorei oder der aus dem Gemischtwarenladen. Hinterher sagten sie, es sei immer ein Vergnügen gewesen, sich mit ihr zu unterhalten, man habe mit ihr sprechen können wie mit einer Erwachsenen, ohne dass sie diese unsympathische Altklugheit von Kindern gehabt habe, die wie Erwachsene tun. Sie habe eine gewisse Gabe besessen, sagte später Susana Grey, die in den letzten Jahren ihre Lehrerin gewesen war, mit der manche Leute geboren werden, die Gabe, aufmerksam zuzuhören und andere zu ermuntern, von sich zu erzählen und ihre Worte sorgfältig zu wählen. Wenn sie anderen zuhörte, hielt sie die Augen weit geöffnet, ein vergnügtes Lächeln spielte um ihre Lippen, genau wie im Unterricht, wenn etwas erklärt wurde, das ihr besonderes Vergnügen bereitete. Wer weiß, ob das nicht ihr Verderben gewesen war, ob der, der sie auf dem ganz alltäglichen Weg vom Schreibwarenladen nach Hause aus dem Leben riss, ihr nicht etwas erzählt hatte, dessen Zauber sie erlegen war, sie auf eine Art angesprochen hatte, der sie sich, aus Höflichkeit, nicht hatte entziehen können.

Sie ermittelten an allen Türen, in jeder Wohnung, die zur Straße lag, befragten alle Jungen und Mädchen ihrer Klasse, jeden, der sie gekannt hatte, vielleicht war sie von dem, der sie mitgenommen hatte, nach der Schule angesprochen worden, vielleicht war es zu irgendeinem Zwischenfall gekommen, die Möglichkeit eines Racheaktes bestand, eines Missverständnisses auch, denkbar, dass man einen Fremden gesehen hatte, der mit ihr sprach, am Ausgang auf sie wartete, doch vergebens, man konnte es kaum glauben, niemand wusste etwas, erinnerte sich oder hatte etwas bemerkt in dieser Zeit zwischen halb sieben und Viertel vor sieben abends, auf diesem kurzen Straßenabschnitt, wo die Begegnung notwendigerweise hatte stattfinden müssen, wo es unmöglich war, dass kein Mensch den ungewöhnlichen und vielleicht gewaltsamen Vorgang miterlebt hatte, zu dem es dort gekommen sein musste, das außergewöhnlich heftige Zuschlagen einer Autotür, die Bewegung eines Mannes, der ein Mädchen mit sich zerrt oder sich in verdächtiger Haltung zu ihr hinunterbeugt. An regnerischen Vormittagen, von einem niedrigen grauen Himmel verkürzten Nachmittagen und frühzeitig dunkelnden Abenden sah man Polizisten wieder dieselben Läden aufsuchen, in denen sie zuvor schon dieselben Fragen gestellt hatten, Polizisten in Uniform und Kriminalbeamte in Zivil, von denen einige als Verstärkung aus der Hauptstadt gekommen waren, nass geregnet und hartnäckig, angeführt von einem Mann mit schütterem grauen Haar und einem fremden Akzent, den man manchmal gedankenverloren mitten auf der Straße stehen sah oder auf dem Gehsteig vor der Tür des Hauses, in dem Fatima gewohnt hatte, mit offenem Anorak, die Hände in den Taschen, ungeachtet des Regens und des Verkehrs, alles im Blick, Gesichter und Gegenstände, mit einem Ausdruck grübelnder Ratlosigkeit und besessener Wachsamkeit, als nehme er nichts von seiner Umgebung wahr und beobachte doch gleichzeitig alles, ohne sich das Geringste anmerken zu lassen. Sie sprachen in jede Gegensprechanlage, stiegen zu jeder Wohnung hinauf, traten auf den Fußmatten ihre nassen Schuhe ab, baten um Verzeihung und genaue Einzelheiten, entwarfen mit ihren Notizen das bedrückende und nutzlose Gebäude all der Dinge, die jeder Einzelne an jenem Nachmittag im Oktober getan oder bemerkt hatte, zeichneten die bruchstückhafte und die umfassende Geschichte des Wohnviertels nach, die winzige Landkarte einer jeden Minute und jeden Handlung, sowohl das, was sich mit Gewissheit ereignet hatte, als auch das, was bloße Einbildung und brüchige Vermutung war, pure Selbsttäuschung in dem rückblickenden Bemühen, jede Einzelheit genau zu erfassen. Doch da war ein Riss, eine Blase oder ein Nebel von Unsichtbarkeit in der Zeit, in die Fatima eingetaucht war, nachdem sie den Schreibwarenladen mit ihrem rosafarbenen Trainingsanzug, ihrem eingerollten blauen Malkarton und ihren Wachsmalstiften verlassen hatte, und es hatte immer mehr den Anschein, als seien diese wenigen Minuten genau jene gewesen, in denen niemand etwas gesehen, niemand sich auf diesem Straßenabschnitt aufgehalten und niemand aus dem Fenster geschaut hatte.

Und dann, an einem Nachmittag im November, als es so heftig regnete, dass in den Büros und den Läden bereits vor vier die Lichter brannten, kam diese schwarz gekleidete Frau um die sechzig ins Kommissariat, ärmlich gekleidet, nach Kirche und tragischem Schicksal aussehend, nach grober Feldarbeit, mit geröteten rauen Händen die Handtasche in ihrem Schoß umklammernd, und verlangte den Chefinspektor oder wer dort das Sagen hatte, zu sprechen, und als der wachhabende Polizist sie bat, ihm den Grund ihres Besuches zu nennen, weigerte sie sich ebenso sanft wie entschlossen, setzte sich auf die Bank mit der steifen Rückenlehne, auf der schon mehr als ein Häftling in Handschellen gesessen hatte, unter dem Plakat mit den Farbfotos von Terroristen, und als nach zwei Stunden der Inspektor eintrat, draußen war es bereits vollständig dunkel, erkannte sie ihn sofort, obwohl sie ihn noch nie gesehen hatte, stand auf und ging zu ihm, machte sich mit einem Ellenbogenstoß von dem großen, schwergewichtigen Polizisten frei, der sie zurückhalten wollte: »Ich möchte mit Ihnen sprechen«, sagte sie eigensinnig und nervös, öffnete ihre Handtasche und zog ein gefaltetes Blatt heraus, eine aus einer Illustrierten herausgerissene Seite mit einem Farbfoto von Fatima. »Kommen Sie mit«, sagte der Inspektor, und die Frau warf dem Polizisten an der Tür einen abfälligen Blick von der Seite zu, dem Mann, der eben gekommen war, dachte sie, sah man gleich an, dass er hier das Sagen hatte, und sie folgte ihm die Treppe hinauf, durch einen hässlichen Flur mit braunen Kacheln, den gleichen wie unten. Der Inspektor öffnete eine Tür, machte Licht, ohne einzutreten, ließ ihr den Vortritt, an solchen Kleinigkeiten erkannte man den Kavalier, er bat sie, Platz zu nehmen, sein Haar war nass, und im Neonlicht glänzte sein Anorak, den er noch nicht ausgezogen hatte. Die Frau faltete das aus der Zeitschrift herausgerissene Blatt auseinander, strich es auf dem Schreibtisch glatt und zeigte mit einem krummen, klobigen Zeigefinger mit breitem, eingerissenem und nicht ganz sauberem Nagel auf Fatimas Gesicht: »Ich habe dieses Mädchen gesehen«, sagte sie, »meine Schwester hat mir das Foto gezeigt, und mir ist fast das Herz stehen geblieben, plötzlich fiel mir alles wieder ein.« Ihre Augen wurden feucht und ihre Trauer schien Fatima zu gelten. Sie lebte das Jahr über auf einem Gehöft unten am Fluss, doch ab und zu kam sie in die Stadt, um ihre Schwester zu besuchen, und an jenem Nachmittag war sie aus dem Haus ihrer Schwester gekommen und hatte das Mädchen gesehen. »Ich schwöre es«, sagte sie, »so, wie ich Sie jetzt vor mir sehe, sie ging mit einem jungen dunkelhaarigen Mann, jawohl, ich dachte, er ist ihr Vater oder Onkel, er hatte einen Arm um ihre Schulter gelegt, und sie kamen mir auf dem Bürgersteig entgegen.« Der Inspektor konnte seine Erregung kaum verbergen, war immer noch misstrauisch, fragte sie, warum ihr die beiden aufgefallen seien, was ihre Aufmerksamkeit erregt hatte, und die Frau sagte, wieder den Tränen nahe, mit feucht schimmernden Augen in ihrem verhärmten Gesicht: »Mir fiel auf, dass der Mann Blut an der anderen Hand hatte, er leckte es ab, und ich dachte, wenn er nicht aufpasst, macht er der Kleinen noch Blutflecken aufs Zeug.«

8

Sie stand am Fenster des Lehrerzimmers und rauchte, schaute gleichgültig auf den Regen, den Straßenverkehr, die Gebäude auf der anderen Straßenseite, wahllos hingestellte Wohnblocks, die jetzt die Schule umringten, Wohnzimmer- und Küchenfenster mit Aluminiumrahmen, Balkone mit aufgehängter Wäsche, alles in kaum mehr als einem Jahrzehnt hochgezogen, in den letzten fünfzehn Jahren mehr oder weniger, denn als sie in die Stadt kam, war die Schule ein vereinzeltes Gebäude draußen auf dem Feld gewesen, ein Stück hinter den letzten Häusern, von denen man jetzt nichts mehr sah, weiße ländliche Häuser in der Nähe der Landstraße, die zum Friedhof führte, dessen Mauern und Zypressen sich gegen das Blau der Ferne und der Olivenhaine abhoben und die sie vom Fenster des ersten Klassenzimmers aus sehen konnte, in dem sie unterrichtet hatte, in einem weit zurückliegenden September war das gewesen, den sie ganz anders in Erinnerung hatte als die glutheißen September von heute, einem regnerischen September mit tiefgelben Feldern, auf denen noch die Stoppeln des abgeernteten Weizens und der Gerste standen. In der Nähe der Schule hatte es eine altertümliche Ölmühle gegeben, die irgendwann verschwunden war, sie erinnerte sich nicht mehr, wann, und im Winter drang ein beißender Geruch von gepressten Oliven von ihr herüber. Zu dieser Zeit, um den September, sah man noch Maultiere und Esel mit Tragkörben, die von schwarzen und hellen Beeren überquollen, obwohl gar nicht so viele Jahre vergangen waren, wie die

Erinnerung glauben machen wollte, und die Veränderungen waren auch nicht so plötzlich eingetreten, so über Nacht, wie sie jetzt dachte, als sie auf den Polizisten wartete, dem sie bereits alles gesagt zu haben glaubte, als sie unbeweglich und gelangweilt an dem Fenster stand, von dem aus sie längst nicht mehr die Friedhofsmauer und die Zypressen sehen konnte, auch die niedrigen weißen Häuser nicht, bei deren Anblick sie sogleich eine Vorahnung von Mutlosigkeit empfunden hatte, als sie zum ersten Mal in die Stadt gekommen war, mit dem Linienbus aus Madrid, am Ende des Sommers, als ihrem Versetzungsantrag stattgegeben worden war. Mit zweiundzwanzig Jahren hatte alles begonnen, unglaublich, ihr Dasein als Lehrerin, ihre Ehe, ihre Schwangerschaft, am Anfang aller Dinge fast und ohne jede Erfahrung, alles war neu, ungewiss und voller Überraschungen, die Wohnung, in die sie zogen, roch nach Farbe und frischem Gips, jeder Gang in die Stadt war eine Entdeckungsreise, jedes der Kinder, die am ersten Tag ihres ersten Schuljahres vor ihr in den Bänken saßen, war für sie ein Rätsel, das sie bewegte und verwirrte.

Sie hatte erst wenige Wochen vor dem Umzug in die Stadt geheiratet, und noch immer war es für sie befremdend, den Ehering am Finger zu spüren, wenn sie sich die Hände rieb, »mein Mann« zu sagen, wenn sie mit jemandem sprach, sich selbst, ohne dass sie groß darüber nachgedacht hatte, plötzlich und unwiederbringlich als gestandene Frau zu sehen, die das Leben vor sich hatte, wie man sagte, ein geregeltes Leben mit gewissen Sicherheiten, die zu gewichten ihre Vorstellungskraft noch nicht ausreichte, weil sie sie auch erschreckten, die Sicherheit einer Anstellung, die bis zu ihrer Pensionierung dauern würde, die formelhaften, doch auch bedrückenden Worte, die der Standesbeamte bei ihrer Heirat gesprochen hatte, bis dass der Tod euch scheidet. Sie war noch viel zu jung, um sich eine solch unverhältnismäßige Dauer vorstellen zu können. Sie maß die Zeit noch nach Sommern und Schuljahren, nach Ferien und Prüfungsterminen, und in jenem Jahr, als sie sich der Qual des Auswahlverfahrens für die Stellenbewerbungen unterworfen hatte, war ihr gewesen, als lebe sie genau wie immer, in einem heißen Juni mit durchwachten Nächten, in denen sie sich auf die Prüfungen vorbereitete, und während sie studierte, war ihr noch gar nicht der Gedanke gekommen, dass diese Prüfungen sich von jenen anderen unterschieden, für die sie gepaukt hatte, seit sie denken konnte, dass diese, falls sie sie bestand, ihr einen viel praktischeren Nutzen als nur gute Noten brächten, eine Urkunde mit allem Drum und Dran, die ihr den Eintritt ins Erwachsenenleben bescheinigte, ins praktische Leben der Menschen, die sich mit Arbeit ihren Unterhalt verdienten, die heirateten und Kinder kriegten.

Sie drückte sorgsam die Zigarette in dem Aschenbecher aus, den sie in der linken Hand hielt, blieb aber noch am Fenster stehen, obwohl sie Schritte zu hören geglaubt hatte, die die des Inspektors sein konnten, feste Männerschritte auf dem breiten, leeren Schulkorridor, der jetzt von Kindern geräumt war, aber irgendwie noch immer von einem Hauch von Tumult, von Geschrei und Getrampel und Rennen auf den Treppen durchweht, von einem Rest an Kinder- und Erwachsenengeruch, der ihr, wenn sie ihn einsog, wie verbrauchte oder erschöpfte Luft vorkam, so verbraucht wie das Mobiliar oder die Bücher oder die sanitären Anlagen, so erschöpft wie sie alle, die Lehrer, völlig ausgepumpt am Ende eines Schultages, verglichen mit der zügellosen körperlichen Energie der Schüler. Jeden Nachmittag um diese Zeit, wenn sie das Schulgebäude verließ, durch dunkle Korridore lief und verlassene Treppen hinunterging, bemerkte sie an sich selbst eine zunehmende

Ermüdung, die nicht unbedingt körperlich war, aber auch nicht nur geistig, eine Mischung aus althergebrachter Ermattung und innerer Verzagtheit, die gewöhnlich anhielt, bis sie zu Hause war, wo sie jetzt, seit einigen Monaten, allein lebte. Überaus empfänglich für die Beschaffenheit der materiellen Dinge, die sie umgaben, hatte sie den Eindruck, ihre Müdigkeit sei eher ein Verfall ähnlich dem der Gegenstände, die sie in der Schule sah und mit ihren Händen berührte, allesamt einem langsamen Verschleiß anheimgegeben wie dem, den die Brandung des Meeres bewirkt, eine Art unfreiwilligen, doch hingenommenen Zurückbleibens, das außer ihr selbst niemand wahrzunehmen schien. Sie hatte sich der Tür des Lehrerzimmers zugewandt, in der Annahme, dass der Inspektor eintreten werde, doch die Schritte gingen vorbei, entfernten sich, und die leichte Enttäuschung, die sie empfand, die aufkommende Gereiztheit, weiter warten zu müssen, schärfte ihren Blick für den Ort, an dem sie so viele tote Stunden ihres Lebens zugebracht, wo sie an so vielen Versammlungen, Klausuren, Intrigen, Geflüstern, gewöhnlichen und geheimen Tragödien teilgenommen hatte, den sie vor über fünfzehn Jahren mit einer Mischung aus Erwartung, Schrecken und Hoffnung betreten hatte, als sie noch eine blutjunge Frau war, die nicht wusste, dass sie den Embryo eines menschlichen Lebens in sich trug. Sie sah die erdrückende Gewöhnlichkeit, die nicht einmal sie in dieser Deutlichkeit immer wahrzunehmen vermochte, die entsetzlichen Bilder von Clowns und Stillleben, vor Jahren von Schülern gemalt, in einem Unterrichtsfach, das heute bildende Kunst genannt wurde, das gerahmte und verblasste Foto des Königs und der Königin, das schon dort gehangen hatte, als sie das Lehrerzimmer zum ersten Mal betrat, die Werbekalender eines Schreibwarengeschäfts, die Regale mit alten Schulbüchern und gebündelten Klassenarbeiten, die

Schreibmaschine, die immer noch nicht durch einen Computer ersetzt worden war, genau wie der Fotokopierer das Kohlepapier noch nicht ganz verdrängt hatte. Gelbe Plastikaschenbecher mit dem Schriftzug von Ricard oder Cinzano, Plakate vergangener Karfreitagsumzüge: jeder Gegenstand eine persönliche Beleidigung, ein Zeugnis vom verräterischen Verstreichen der Zeit, genau wie die Rückenschmerzen, die feinen Falten in den Augenwinkeln, das Fett auf den Hüften und an den Oberschenkeln, eine Beleidigung und im Grunde ein Nachgeben des Willens, die fatalistische Hinnahme von Verdrossenheit und Altern.

Im Spiegel der Puderdose prüfte sie den Glanz ihrer Augen, ihren Lidstrich, und während sie sich die Lippen nachzog, entdeckte sie in ihren Pupillen einen herausfordernden Ausdruck, der gegen sie selbst gerichtet war: Was machst du hier?, sagte er, und zuerst hatte die Frage denselben allgemeinen Sinn wie andere Male, was machte sie in dieser Stadt, an die nichts und niemand sie mehr band, doch mit einem Mal, als sie wieder Schritte sich dem Lehrerzimmer nähern hörte, verdichtete sich die Frage mit einer unerwarteten Dringlichkeit, der sie nichts entgegenzusetzen wusste, was machte sie zu dieser Zeit an diesem Ort, auf jemanden wartend, der viel zu spät kam und den sie noch nie als wirkliche Person betrachtet hatte, sondern nur als eine abstrakte Gestalt oder die Verkörperung dienstlicher Pflicht, die Polizei, den Inspektor, der den Mord an Fatima untersuchte? Sie hatte erst ein einziges Mal mit ihm gesprochen beziehungsweise auf seine Fragen geantwortet und ihn angeschaut, wie er ihr zuhörte, hatte augenblicklich gemerkt, dass er hier fremd sein musste, in dieser kleinen Stadt fiel so etwas gleich auf, und sie hatte sich sofort mit dieser Art des Fremdseins identifiziert, der Art, wie er sich kleidete, auch das war in der Stadt nicht üblich, denn seine

Kleidung und seine Schuhe passten eher zu anderen Landstrichen, zu einem Klima von Kälte und Dauerregen, ein gefütterter Anorak aus Wasser abweisendem Stoff, den man trug, wenn man für gewöhnlich draußen war, im Seewind, und derbe Schuhe, mit denen man durch Wälder stapfte. Und jetzt prüfte sie im Spiegel ihren Lidstrich und zog die Lippen noch einmal nach, weil sie auf diesen Unbekannten wartete, nicht weil sie ihn attraktiv fand, sondern weil er ein Fremder war und nicht so aussah, als füge er sich leicht in diese Stadt, und das, so ihre vage Vorstellung, machte ihn ihr ähnlich.

Bei einem Gespräch im Lehrerzimmer hatte sie gehört, dass der Inspektor praktisch gerade erst angekommen war, und jemand sagte mit gesenkter Stimme, er wisse aus sicherer Quelle, dass er aus dem Baskenland eilversetzt worden war und dass seine Versetzung in eine so kleine Stadt möglicherweise als Strafversetzung anzusehen sei. Doch sie lehnte es ab, sich an solchen Gesprächen zu beteiligen, weil zum einen der Schrecken und die Trauer über den Mord an dem Mädchen viel zu tief in sie eingedrungen war, als dass sie die morbide Entwürdigung von Klatschgeschichten und Gerüchten hätte hinnehmen können, zum anderen aber auch, weil sie den starken Drang verspürte, sich von allen Alltagsbindungen an die Schule und die Stadt freizumachen, ein Bedürfnis, die Abreise vorzubereiten, um Versetzung zu bitten und sich selbst das Privileg zuzugestehen, eher davonzulaufen, als zu gehen, jenem Geisteszustand nachzugeben, der sie früher, wenn eine Reise bevorstand, aufgeheitert hatte, zu Beginn jenes Lebens, das sie mit zweiundzwanzig Jahren angefangen hatte, mit ihrem Lehrerdiplom und dem Ehering am Finger, mit dem insgeheim heranreifenden Kind, das wie ein Urorganismus in ihr Gestalt anzunehmen begann.

Sie hatte sich selbst eine unwiderrufliche Frist gesetzt, ein Ultimatum, das sie nicht mehr verlängern würde, wie sie es so viele Jahre hindurch getan hatte, zu Beginn eines neuen Schuljahres, in den noch immer sehr heißen Tagen Mitte September, wenn sie die Schule betrat und derselbe eigentümliche Geruch auf sie wartete, den sie dort Ende Juni hinter sich gelassen hatte, der Geruch von Kreide und Kinderschweiß, und mit ihm dieselben Flure und Klassenzimmer, ein bisschen älter und ein bisschen verwahrloster, derselbe Schulhof, auf dem sie wieder an den Vormittagen die Pausen der Kleinen beaufsichtigen würde, die älteren Schüler der letzten Klassen, die schon größer waren als sie, die sie kaum noch kannte, obwohl sie ihnen Jahre zuvor das Lesen beigebracht und die Nasen geputzt hatte, die sich heute in Brutalität übten, wie eine Horde Wildpferde die Treppen hinuntergaloppierten und die Kleinen beiseitestießen, die ein paar Jahre später genauso sein würden, Heranwachsende mit Flaum auf der Oberlippe und mürrischem Gesichtsausdruck, mit Pickeln im Gesicht, mit ausgebeulten Hosen, weiten Schlabberhemden und schwarzen Turnschuhen, genau wie die Jugendlichen aus den amerikanischen Fernsehserien, mit wiegendem Gang wie sie, und einige, die Dreistesten, mit umgedrehten Baseballkappen, im Unterricht Kaugummi kauend, mit weit gespreizten Beinen auf ihren Stühlen hängend, wie sie es im Fernsehen sahen.

Sie hatte es sich selbst versprochen oder abgefordert, dies sollte ihr letztes Schuljahr in der Stadt werden, sie würde versuchen, alte Beziehungen aufzufrischen, um nach Madrid zurückversetzt zu werden, doch am ersten Tag des neuen Schuljahres, als sie im Lehrerzimmer wieder mit denselben Kollegen, ein wenig älter geworden, noch Urlaubsbräune im Gesicht, wieder dieselben Gespräche wie im Vorjahr führte, schien es ihr unmöglich, weitere neun Monate ihres Lebens in dieser Schule, in dieser Stadt auszuhalten, die ihr das Gefühl gab, so viele Jahre vergebens gelebt und nichts dafür bekommen zu haben, die Hälfte ihres Lebens fast, ihr ganzes Erwachsenenleben, denn kaum hatte sie ihr Studium abgeschlossen und im Jahr darauf ihr Lehrerexamen abgelegt, war sie auch erfolgreich aus dem Auswahlverfahren für freie Stellen hervorgegangen. Anstatt sich für eine Schule in der Umgebung von Madrid zu bewerben, hatte sie eher folgsam als begeistert dem Vorschlag ihres Freundes zugestimmt, sich in dessen Geburtsstadt niederzulassen, wo es so viel zu tun gab, versicherte er strahlend und voller Ehrgeiz, voller Pläne und Prinzipien, unanfechtbarer Ansichten über Recht und Unrecht, über Ehe, Familie und Elternschaft, über Geschäfte und über alles, was das menschliche Zusammenleben betraf, über Geschichte, Politik und Moral hatte er eine feste Meinung, die wenig Spielraum für andere Ideen ließ, dasselbe galt natürlich auch für ihren Beruf, sie war ein wenig durch Zufall Lehrerin geworden und viel zu praktisch veranlagt, um sich mit der Art von Abstraktionen und pädagogischen Idealen zu befassen, denen er sich verschrieben hatte und die er mit demselben Feuereifer in der Schule angewendet sehen wollte wie in der Erziehung ihrer Kinder, wenn sie welche bekämen, wenn die Zukunft einmal klarer vor ihnen läge, denn er gehörte zu denen, die nichts dem Zufall oder der Improvisation überließen, der Spontaneität, sagte er, und im Vergleich zu seiner gewissenhaften, peniblen Art kam sie sich leichtfertig vor, sie flößte ihr eine Art Schuldgefühl ein, den Verdacht, mit seinen gefestigten Überzeugungen nicht mithalten zu können, so wenig wie mit seiner Intelligenz.

Geheiratet hätte sie gern, wenn schon nicht in einem langen Kleid mit Schleppe, so doch wenigstens in einem kurzen, weißen, mit Seidenstrümpfen und hochhackigen Schuhen, und im Grunde hätte es ihr auch nichts ausgemacht, kirchlich zu heiraten, aber davon sagte sie ihm selbstverständlich nichts, denn auch von der Hochzeitsfeier hatte er klare und strikte Vorstellungen, und als ihre Mutter oder ihr Vater nur den Ansatz einer Unmutsbekundung äußerten, wurde sie böse und schlug sich mit einer aggressiven Überzeugung auf die Seite ihres zukünftigen Ehemannes, als verteidige sie, indem sie ihn so eifersüchtig in Schutz nahm, ihre eigene innerste Unabhängigkeit und könne ihre uneingestandenen Zweifel damit zerstreuen. Also heirateten sie auf dem Amt, vor einem Standesbeamten, der ganz offensichtlich nicht an den Wert jener gottlosen Zeremonie glaubte und ihnen eine glühende Ersatzpredigt hielt, nach der sie, noch ganz benommen und niedergeschlagen von der Geschwindigkeit, mit der sich der formelle Akt vollzogen hatte, von einem städtischen Bediensteten praktisch auf die Straße gesetzt wurden, da noch andere Paare und geladene Gäste warteten, dicke Frauen mit großen Hüten, die unter lautem Gelächter mit Reiskörnern um sich warfen, alles in einer hektischen Atmosphäre von kassenärztlicher Praxis, wo die Formalitäten so hastig und lustlos erledigt wurden, dass es ihr die Brust zuschnürte und sie den übermächtigen Wunsch verspürte, sich irgendwo einzuschließen und zu weinen, auf einer der Toiletten des Rathauses, wo die Namen von Männern und Frauen mit Kugelschreiber auf ein Blatt Papier geschrieben und mit Klebestreifen an die Türen geheftet worden waren.

Jetzt, mit siebenunddreißig Jahren, entdeckte sie Eigenschaften an sich, die ihr Leben stark beeinflusst hatten, ohne dass sie sie begriffen oder begrüßt, die sie oft nicht einmal wahrgenommen hatte, zum Beispiel wie sich unbedeutende Geringfügigkeiten auf sie auswirkten, die Hässlichkeit oder Schönheit von Orten oder Dingen, die sie umgaben, die schreckliche Beschämung, die sie ob dieser mit Kugelschreiber beschrifteten und an die Türen der Waschräume gehefteten Zettel empfunden hatte, was ihr die Vernachlässigung simpler Kleinigkeiten, die Gedankenlosigkeit in alltäglichen Dingen an bedingungsloser und unmerklicher Hinnahme abstoßendster Grässlichkeiten und Kompromisse abverlangte: Im Winter setzten sich einige der Lehrerinnen in den Pausen an den Heiztisch im Lehrerzimmer, tranken Instantkakao und aßen dazu in Aluminiumpapier eingewickelte Kekse, die sie von zu Hause mitgebracht hatten, legten sich die Falten des Tischtuchs über die Beine, um die Wärme des elektrischen Heizofens unter dem Tisch abzubekommen, und tunkten die Kekse in den Kakao, was eine zwar lächerliche, doch fast körperlich spürbare Trostlosigkeit in ihr hervorrief, wie sie sie auch kurz nach ihrer Heirat empfunden hatte, als ihr gewisse Kleinigkeiten ihrer ehelichen Intimität auffielen, als sie zum Beispiel entdeckte, dass ihr Mann nach dem Urinieren nicht spülte, eine Trostlosigkeit, die sie schwerlich jemandem anvertrauen konnte und derentwegen sie sogar ein wenig Schuldgefühle empfand, sich selbst für oberflächlich hielt im Vergleich zu der strengen Gradlinigkeit ihres Mannes.

Er hatte sie in die Stadt gebracht, wo er als Töpfer in der vom Vater übernommenen Werkstatt arbeiten wollte: Nach nicht sehr langer Zeit hatte er sie in dieser Stadt allein gelassen, allein mit dem Kind, das genau nach ihrem ersten Schuljahr als Lehrerin geboren wurde, das noch keine drei Jahre alt war, als er sie verließ, aufrecht und gequält wie immer, keine Erklärung schuldig bleibend, mit jener furchtbar entschlossenen Rechtschaffenheit, die jede Schwäche ausschloss. Das neue Leben war mit einem Mal ein ganz anderes Leben, ein verstörendes Dasein von Einsamkeit und Arbeit, der Demütigung, verlassen worden zu sein, und des Schreckens möglicher Rückkehr, angstvoller Nächte allein mit dem kranken Kind, minutenlangen Wartens am Morgen, bis die Babysitterin kam, hastigen Davonstürzens aus Lehrerkonferenzen, um es vom Kindergarten abzuholen, von Fahrten zur Ambulanz morgens um vier, weil es in seiner Wiege zu ersticken drohte und das Fieber nicht sank.

Und wenn sie sich jetzt nach etwas sehnte, dann nicht nach der Jugend und ihren Hoffnungen, nach dem, was mit dem Ende ihres Ehelebens für immer zerbrochen war – eine für einen erwachsenen Menschen gänzlich unannehmbare Naivität, eine Neigung zu Gutgläubigkeit und Vertrauensseligkeit, die ihr für immer abhandengekommen war –, sondern nach der reinen Empfindung des Neuen, nach einem frisch begonnenen Leben, das alle Möglichkeiten offen hielt, in der Zärtlichkeit wie im Schmerz, in der Freude wie in der Furcht: Als sie in diese Stadt kam, war die Welt noch unverbraucht und unvorhersehbar, und selbst ein tolerierbares Maß von Ernüchterung und Tücke war schlicht nicht vorstellbar. Alles war neu und veränderte sich von einem Tag auf den anderen, der erste Winter in der Stadt und in der neuen Wohnung im ersten Stock, die sie gemietet hatten, war der aufregende Beginn einer neuen Jahreszeit, eines Lebens, das nach frisch gemachten Dingen roch, nach frisch gestrichenen Zimmern, dem frischen Holz der Möbel, dem Geruch, den sie damals wahrzunehmen begann, wenn sie von der Schule nach Hause kam, und den sie sofort als ein Merkmal und zugleich ein Symbol des neuen Lebens identifizierte.

Vollkommen unbelastet waren sie gewesen, nichts war ganz sicher, nichts war endgültig, sie hatten ein Regal aus Brettern und Ziegelsteinen aufgebaut, als Nachtschränkchen benutzten sie zwei alte Stühle, die sie aus der Schule mitgebracht hatte, sie lernten, ihr Essen nach dem Kochbuch von Simone Ortega zuzubereiten, obwohl er nie die Geduld und den Geschmack für langwierige Gerichte aufbrachte, die ihr große Freude bereiteten, und auch die Zimmer ihrer Wohnung wurden zum großen Teil variabel genutzt, sie konnten bis in die frühen Morgenstunden mit Freunden (vor allem mit Ferreras und seiner damaligen Freundin, jenem flachbrüstigen Geschöpf mit den fettigen Haaren, dachte sie hinterher in verspätetem und völlig nutzlosem Ärger) zusammensitzen, sich unterhalten und rauchen, sonntags erst um drei Uhr aufstehen oder in aufwallender Lust in der Küche plötzlich übereinander herfallen, einen ganzen Nachmittag im Bett verbringen, die Decken bis an die Nasen hochgezogen, um sich der Kälte zu erwehren, und im trüben Licht des Wintertages lesen.

Von ihrem ersten Gehalt bezahlten sie die erste Rate einer großen Stereoanlage, fast der einzige solide oder wertvolle Gegenstand in der Wohnung, mit glänzenden Silberknöpfen und Anzeigennadeln, die hin und her ruckten wie die von Seismographen, in jener Zeit, als die Digitaltechnologie noch nicht erfunden war. Sie hatten ein paar Langspielplatten, eine *Carmina Burana*, die er sehr mochte und die ihn in derartige Begeisterung versetzen konnte, dass er tat, als singe er im Chor mit oder dirigiere das Orchester, ein Doppelalbum der Beatles, ein bisschen südamerikanische Musik, die damals noch nicht in Misskredit geraten war. Eine Platte gab es jedoch, die ihr von allen am besten gefiel und die sie immer noch auswendig kann, obwohl sie sie schon lange nicht mehr gehört hat, eine Auswahl der Lieder von Joan Manuel Serrat, die sie möglichst nur dann auflegte, wenn er nicht zu Hause war, nicht weil er sie offen kritisiert hätte, sondern weil er sie mit einer gewissen Herablassung belächelte, mit so einem besonderen Lächeln, das einen ganzen Charakter offenbart und zur Wachsamkeit gemahnt, von geduldiger Geringschätzung und unermüdlichem pädagogischem Sendungsbewusstsein. Von dieser Platte gefiel ihr besonders das Lied *Tiempo de lluvia:* Ihr schien, als handle es gerade von jenem Herbst ihres Lebens, an dem alles begann, mit zweiundzwanzig Jahren, mit klarem Himmel am Morgen und Wolken an windigen Abenden, wenn nichts Schöneres vorstellbar war, als nachts ins Bett zu gehen und auf der Haut das warme dankbare Streicheln der Laken zu spüren, vom Schweiß des Sommers befreit, sinnlicher jetzt und neu erblüht, mit einem Übermaß an Empfindsamkeit, das sie noch nicht mit ihrer Schwangerschaft in Verbindung brachte, mit dem sprießenden Leben, das in ihrem Leib heranwuchs. Verregnete Nachmittage, an denen die Sonne noch einmal zum Vorschein kam, wenn man nach der trügerischen Dunkelheit der Wolken schon die Abenddämmerung erwartete. Sie schaute aus dem Fenster, die noch keine Vorhänge hatten, auf den in der schrägen Abendsonne glänzenden Regen, und wenn sie sich dann umdrehte und in das nahezu leere Zimmer blickte, sah sie den Ort, den das Lied besang:

> *Die Regenzeit kann nun beginnen,*
> *das Leben von Kuss zu Kuss*
> *in Wänden von Gips und Tapeten*
> *lassen wir die Tage verrinnen …*

Das Lied war für sie gemacht, für jenen September und genau für jenen Tag, an dem sie noch nicht wusste, dass sie am Ende des nächsten Frühjahrs ein Kind haben würde, dass diese Jahreszeit ihre Mutterschaft eröffnete, so wie dieser Herbst ihr den Eintritt in das Berufs- und Eheleben geöffnet hatte. *Die Regenzeit kann nun beginnen,* hörte sie immer noch, sang selber mit, ganz verhalten, *die Zeit, sich mit leiser Stimme zu lieben.*

Auch den Sex vermisste sie nach der Trennung nicht sehr: In ihrem Herzen bewahrte sie so etwas wie Ablagerungen verschwommener Zärtlichkeit, an die sie sich lieber nicht in Einzelheiten erinnerte, und natürlich vermisste sie auch nicht den Menschen, der ihr Ehemann gewesen war, der Gedanke an die durchaus reale Möglichkeit, einmal wieder mit ihm zu schlafen, war ihr sogar unangenehm, ebenso wie das in ihrem Geiste manchmal aufblitzende Bild irgendeiner erotischen Szene von vor zehn oder fünfzehn Jahren. In demselben Maße, wie sie den Schrecken und die Erniedrigung des Verlassenwerdens überwand, erkannte sie, dass er in Wirklichkeit nie ein bemerkenswerter Liebhaber gewesen war, nicht einmal in den ersten Jahren, im ersten Herbst ihres neuen Lebens, in der für sie neuen Stadt. An etwas jedoch erinnerte sie sich mit Wehmut: an das warme unglaubliche Gefühl, anfangs noch geheim, schwanger zu sein, das absolut neuartige Gefühl, das alle anderen einschloss und verstärkte, sie mit einer ebenfalls neuen Art von Sanftmut umfing, die sie bis dahin noch nie empfunden hatte und die selbstverständlich nur sie ganz allein betraf, da sie nicht einmal das Gefühl hatte, diese Empfindung bis ins Letzte mit ihrem Mann zu teilen. Es lag in der Natur dieser Sanftmut, mit keinem anderen geteilt werden zu können als mit jenem Wesen, das erst sieben Monate später das Licht der Welt erblicken würde, ein Glücksgefühl, das durch nichts beeinträchtigt werden und nicht einmal durch den Lauf der Zeit gemindert oder verschlissen werden konnte, auch nicht, als die Familie davon erfuhr.

»Aber plötzlich wollte er nicht, dass wir ein Kind bekamen«, sagte sie eines Nachmittags zu dem Inspektor, ungefähr zwei Monate nachdem sie sich im Lehrerzimmer der Schule getroffen hatten, als es ihr schon zur Gewohnheit geworden war, mit ihm zu sprechen, ohne dass er Fragen stellte oder selbst viel erzählte, er bot ihr nur seine stille konzentrierte Aufmerksamkeit. »Er sagte, es sei noch zu früh, zerstöre alle unsere Pläne. Keiner von uns beiden habe die emotionale Reife für eine Elternschaft. Die Worte jener Zeit. Worte, die sich wahr und treffend anhören, und später stellt sich heraus, dass sie kommen und gehen wie die Schlager einer Saison.«

Sie hatte nicht einmal Sehnsucht nach ihrem Sohn, der nicht mehr bei ihr lebte seit Ende des vergangenen Schuljahres, welches Fatima mit dem besten Zeugnis der ganzen Klasse abgeschlossen und das sie mit ernstem Lächeln entgegengenommen hatte, glücklich, ein wenig verschämt ob ihrer eigenen Vorzüglichkeit, da sie von Natur aus schüchtern oder schamhaft war. Ihr Sohn war vierzehn Jahre alt, maß einen Meter neunzig, rasierte sich täglich und ließ das schmutzige Rasiermesser und die Seifenschaumschale einfach im Bad liegen. Nach dem Urinieren wischte er den Rand der Toilettenschüssel nicht ab und vergaß jedes Mal, an der Kette zu ziehen. Jetzt, da er ausgezogen war, fühlte sie sich unsäglich erleichtert, was natürlich auch Schuldgefühle mit sich brachte. Sie vermisste diesen heranwachsenden Jugendlichen nicht, der eine Zeit lang bei seinem Vater leben wollte, sodass sie jetzt zum zweiten Mal allein gelassen worden war in dieser Stadt, die nicht die ihre war. Wohl jedoch empfand sie eine heftige Sehnsucht nach dem Kind, das dieser Junge gewesen war, seit sie ihn zum ersten Mal in ihrem Bauch hatte pochen und strampeln fühlen, bis zu einem Alter von neun oder zehn Jahren, und jetzt merkte sie auch, dass die Sehnsucht nach ihrem Sohn in diesem Alter sie zum Teil traurig stimmte, weil dies das Alter war, in dem der Tod Fatimas Leben beendet hatte. Es gab keinen Unterschied, die Bande des Blutes zählten nichts. Als das Mädchen tot war, betrachtete sie deren Schularbeiten und ihre leere Schulbank mit der tiefen Trauer einer Waisen, als habe man auch ihr die Tochter aus dem Leben gerissen.

Sie war so in Gedanken versunken, dass das Klingeln des Telefons sie zusammenfahren ließ, mit einem Gefühl banger Dringlichkeit, wie beim Wecker früh am Morgen. Ungeschickt, als sei sie jäh aus dem Schlaf gerissen worden, griff sie nach dem Hörer und fragte, wer dort spreche, und erst nach ein paar Sekunden erkannte sie die Stimme des Inspektors. Es sei etwas passiert, sagte er, er könne unmöglich in die Schule kommen, wenn es ihr nichts ausmache, möge sie ihn bitte in seinem Büro aufsuchen, ganz gleich, wie spät es werde, er warte dort auf sie.

9

Er kippte den Kaffee hinunter, wenig und viel zu stark, der einen bitteren Geschmack im Mund hinterließ, rührte mit dem Löffelchen den Grund der Tasse auf, und als er es herauszog, klebte flüssiger, dunkler Zucker daran, wie geschmolzener Karamell, den er mit einer gewissen kindlichen Wonne ableckte, an dem kleinen Tisch, an dem er seit seinem ersten Tag immer saß und den der Kellner ihm in schweigender Übereinkunft stets freihielt, direkt an der Fensterfront, die auf den Platz und die gegenüberliegenden Kolonnaden zeigte, und von dem aus er bequem nach draußen schauen und gleichzeitig den Eingang im Auge behalten konnte. Man hatte ihm beigebracht, sich nie mit dem Rücken zur Tür zu setzen und dass es in einem öffentlichen Lokal stets von Vorteil ist, wenn man die Hereinkommenden früher sieht als diese einen selbst. Man konnte in einer Bar sitzen oder in einem Restaurant wie dem Monterrey, allein vor seinem Menü, an dem Tisch, an dem man immer saß, im Fernsehen die Nachrichten verfolgen, und dann stieß jemand die Glastür auf, der ganz alltäglich aussah, in Jeans und Turnschuhen, einer Jacke oder einem Regenumhang aus Plastik, griff in den Hosenbund und streckte den Arm vor, hielt einem den Lauf einer Pistole in den Nacken und drückte ab, und das billige karierte Tischtuch oder die Papiertischdecke war plötzlich voller Blut und bleicher Hirnmasse. Sekunden später war der eben Hereingekommene schon wieder gegangen, entschlossenen Schritts, ganz ruhig, die Pistole noch drohend in der Faust wie eine Warnung, und die Stimmen aus dem Fernseher klangen nicht anders als vorher, und noch näherte sich niemand dem Tisch, auf dem der zerschossene Kopf eines Mannes auf einem halb leer gegessenen Teller lag.

Woran sich der Inspektor am allerwenigsten gewöhnte, war, keine Angst mehr zu haben. Er hatte zu lange in Angst gelebt und sie täglich eingeatmet, hatte sie sich selbst wie eine Impfung verabreicht, wie die erforderliche Dosis Gift, die einen immunisiert, und jetzt, als er sie nicht mehr brauchte, haftete die Angst noch immer an ihm, wie eine alte Gewohnheit, die man nicht in ein paar Tagen oder Wochen ablegen konnte und auch nicht in den wenigen Monaten, die er von Bilbao fort war. Er behielt mittlerweile überflüssig gewordene Vorsichtsmaßnahmen bei, spähte von seinem Schlafzimmerfenster auf die Straße, kaum dass er aufgestanden war, stets auf der Suche nach einer Unregelmäßigkeit, einem Auto oder einer Person, die nicht in die Nachbarschaft gehörten, merkte sich Autokennzeichen, ging auf unterschiedlichen Wegen zum Dienst und wieder nach Hause, drehte sich alle paar Schritte um, um festzustellen, ob ihm jemand folgte, schaute unter das Auto, bevor er einstieg. Und obwohl er es nur selten benutzte, drehte er den Zündschlüssel jedes Mal in angespannter Erwartung um, mit einem blitzartigen Anflug von Panik. Andere hatte diese kleine Bewegung umgebracht, und er fragte sich immer, ob sie es gemerkt hatten, ob sie Zeit gehabt hatten, zu begreifen, dass sie starben, dass sie Zehntelsekunden später zerrissen und zerstückelt wären mitten in den Trümmern des Autos, Fetzen von Stoff und menschlichem Gewebe, verbranntes Plastik, erstickender schwarzer Qualm, gesplittertes Glas der Fenster, durch die anfangs niemand hineinschaute, lieber nichts sehen, nichts wissen.

Vielleicht nicht, dachte er, möglicherweise bekam man es

nicht mit, war durch irgendetwas abgelenkt und im nächsten Moment tot, eine kleine Bewegung und der Bruchteil einer Sekunde waren alles, was zwischen lebendig sein und tot sein lag, zwischen dem Einsteigen ins Auto und denken, wie kalt es ist oder ich komme zu spät oder das Fußballspiel gestern war eine Katastrophe, und dem plötzlichen Nichtmehrsein, nichts Lebendiges und nicht einmal erkennbar Menschliches mehr, Fetzen von Fleisch oder Klumpen von Kleidern und Eingeweiden, Blut und Hirnmasse auf den Sitzen und dem Armaturenbrett eines von einer Explosion zerrissenen Autos in einer Straße, in der nach dem Splittern von Glas eine Stille herrscht wie vor Anbruch des Tages, und irgendwo ein bleiches argwöhnisches Gesicht hoch oben hinter einem Fenster, halb verborgen.

Jeden einzelnen der wenigen Briefe, die er bekam, öffnete er in Gedanken an jene, die ihre Hände oder ihr Augenlicht verloren hatten, als sie einen Umschlag aufrissen oder die Verpackung eines völlig unverdächtigen Pakets. Lieber auf der Stelle tot als das Grauen der Blindheit, der amputierten Hände, der Rollstühle oder dieser grässlichen orthopädischen Apparaturen: Aber nein, so einen Tod wollte er auch nicht, wenn sie es auf ihn abgesehen hatten und es für ihn kein Entkommen mehr gab, sollten sie ihn schnell töten, aber nicht so schnell, dass er es nicht mehr merkte, dass er keine Zeit mehr hatte, sein Sterben zu begreifen und zu akzeptieren. Fatima hatte mehrere qualvoll verrinnende Stunden gehabt, um zu begreifen, was mit ihr geschah, doch vielleicht war sie vor Entsetzen so erstarrt gewesen, dass ihr Denken ausgesetzt hatte: Zum Schluss hat sie nicht mehr gelitten, hatte Ferreras gesagt, der Luftmangel hat wie ein Anästhetikum auf sie gewirkt.

Er wartete auf ihn. Er hatte sich zwar mit ihm in seinem Büro verabredet, aber er war zu faul, um aufzustehen und in den Wind und den Regen hinauszugehen, und gönnte sich noch einige Minuten des Wartens: Noch hatte die Turmuhr nicht vier geschlagen. Er trank den letzten Schluck erkalteten Kaffees und dachte ohne Sehnsucht, wohl aber mit Bedauern an die Nachtischgenüsse vergangener Zeiten, die Zigaretten und den Whisky, das Trugbild von Ungestüm, Verstandesschärfe und Mut, das der Alkohol ihm vorgegaukelt hatte. Er dachte an das Trinken wie an den anderen Ort, der jetzt in weiter Ferne lag, den er verlassen hatte, wenngleich er manchmal zweifelte, ob er geflohen war, als er ging, oder ob man ihn schlicht hinausgeworfen hatte.

Punkt vier sah er vom Fenster aus, dass Ferreras mit seinem Motorrad über den Platz gefahren kam und es vor dem Polizeipräsidium abstellte. Mit seinem Sturzhelm und der weiten Lederjacke wie ein Ritter in seiner Rüstung, schwang er energisch seine abgetragene, mit reichlich Riemen und Schnallen bestückte Aktentasche. Er nahm den Helm ab, als er auf den Polizisten an der Tür zuging, der Inspektor sah ihn gestikulieren und erriet schon eine Sekunde vorher die verneinende Geste des Polizisten, der über den Platz auf die Kolonnaden des Monterrey deutete. Es gefiel dem Inspektor, die Menschen aus dieser Entfernung zu betrachten, von einem erhöhten und geschützten Platz aus, wie wenn er über längere Zeit jemanden observieren musste und am Ende eine Art intimer Vertrautheit mit den Handlungen und Gewohnheiten jenes Unbekannten entwickelte, der dann für ihn, wenn er ihn einmal aus der Nähe sah, nicht mehr ganz mit dem observierten Objekt übereinstimmte. Aus der Ferne wurde die Identität unscharf, und es war nicht schwer, die Menschen als Figuren auf einer Modellbühne zu sehen, die sich auf ent-

sprechend verkleinerten Straßen bewegten und Häuser betraten, deren Fassaden aus Karton geschnitten waren und deren
Fenster von hinten durch eine Kerze oder Laterne beleuchtet
wurden.

Jetzt, in der schläfrigen Beschaulichkeit des abgeräumten
Tisches, sah er den Platz auf ebendiese Weise, die Statue in
der Mitte wie einen heldenhaften Bleisoldaten, die allzu perfekt gerundeten Kuppen der Ligusterhecken, den Uhrenturm
und die umliegenden Dächer von der Farbe alten, vom Regen jetzt aufgeweichten Kartons, scharf gegen den dunklen
Himmel abgehoben, an dem die Wolken dahinrasten wie in
einem defekten Guckkastenkino. Ferreras ließ das Motorrad
vor dem Präsidium stehen, und der Inspektor sah ihn jetzt auf
das Monterrey zukommen, konnte, wie bei einem Schachspiel,
jeden seiner Schritte genau vorausberechnen, den Moment, an
dem er ihn unter der Tür würde auftauchen sehen, den Mo-
torradhelm in der einen und die Aktentasche in der anderen
Hand, schnaufend vor Aufregung oder der Hast, mit der er
über den Platz gelaufen war und die Treppenstufen zum Restaurant genommen hatte.

Ferreras sah ihn nicht gleich, obwohl das Restaurant um
diese Zeit fast menschenleer war: Der aufmerksam Wartende
hat immer einen Vorteil gegenüber dem, der hereinkommt,
den der Zehntelsekunden, die dieser braucht, um mit seinem
Blick die Gegenstände und Anwesenden zu erfassen. Ferreras
sah nach allem anderen als nach Gerichtsmediziner aus, und
das nicht nur wegen seiner Lederjacke, seiner Stiefel und des
Sturzhelmes; er wirkte wie ein Fotoreporter, wie ein Sonder-
korrespondent, den man in die Welt hinausschickt, in irgendeine gefährliche oder unzugängliche Region. Sein Gesicht war
braun gebrannt, als komme er soeben von einem tropischen
Kriegsschauplatz und trage etwas äußerst Wertvolles bei sich,

eine Botschaft oder eine Trophäe, den Inhalt seiner Aktentasche, deren Leder so mitgenommen war wie das seiner Jacke, mit Schnallen und Riemen, wie das Gepäck eines Entdeckungsreisenden. Sein Anblick suggerierte Verwegenheit und Gefahren unter freiem Himmel. Wenn er jedoch seine Lederjacke ablegte oder im weißen Kittel im Leichenschauhaus stand, wirkte er plötzlich wie ein richtiger Arzt, ein sehr ernsthafter und in seine Aufgabe vertiefter Arzt, der sorgfältig formulierte Erklärungen zur Sache abgab und sich bemühte, sie seinem Gegenüber verständlich darzulegen, wenn auch zuweilen mit etwas übertriebener pädagogischer Nachsicht. Er hatte die Fotos von Fatimas Leiche gemacht. Umständlich öffnete er die vielen Schnallen seiner Tasche und legte einen großen, weißen Umschlag auf den Tisch, der noch nicht abgedeckt worden war. Aus der Nähe bemerkte man einen erdigen Schatten in seinem sonnengebräunten Gesicht und sah, dass seine Augen gerötet und die Pupillen vergrößert waren. Er rief den Kellner und bestellte einen Cognac.

»Für Sie auch einen?«

Der Inspektor schüttelte den Kopf und deutete auf seinen Kaffee. Ferreras blickte auf die drei leeren Flaschen Coca-Cola, die auf dem Tisch standen.

»Trinken Sie nur Kaffee und Cola? Darum sehen Sie aus, als kriegten Sie ständig zu wenig Schlaf.«

»Sie scheinen auch nicht viel abbekommen zu haben.«

»Ja, aber ich bin auch immer auf dem Sprung, ich bin hyperaktiv, als säße mir was im Nacken.« In Ferreras' Art zu sprechen lag, ebenso wie in seinem Äußeren, eine immerwährende Ironie, eine gewisse zugestandene Parodie seiner selbst, ein Hauch von Jugendlichkeit oder Tatkraft, die sich in seiner Sprache, seiner Kleidung oder seinem Motorrad wiederfand. »Ich habe bis heute Morgen um acht an diesem Bericht gesessen, zuletzt konnte ich nicht einmal mehr die Buchstaben auf der Computertastatur erkennen.«

Der Kellner brachte den Cognac, und Ferreras trank die Hälfte in einem einzigen Schluck. In der Luft blieb ein herber Alkoholgeruch zurück. Der Inspektor bestellte eine Coca-Cola. Ferreras fuhr sich mit der Hand über das Gesicht und vergrub seine Finger in den Haaren, die grau und sehr dicht waren, eine unwillkürliche Geste der Erschöpfung.

»Ich wollte den Autopsiebericht heute noch dem Untersuchungsrichter übergeben«, sagte er. »Diese Kopie habe ich für Sie mitgebracht.«

Er wollte wieder einen Schluck von seinem Cognac nehmen, wartete dann aber, bis der Kellner die Cola auf den Tisch gestellt und der Inspektor sich in ein Glas mit Eiswürfeln eingeschenkt hatte, und prostete dem anderen scherzhaft zu. Zurückhaltende Menschen machten ihn nervös, gaben ihm das unangenehme Gefühl, im Nachteil zu sein. Es fiel ihm sehr schwer, still zu sein, und er dachte resigniert, dass seine Redseligkeit ihn in einem permanenten Zustand der Unterlegenheit hielt. In diesem Augenblick, zum Beispiel, schaute der Inspektor ihn schweigend an, trank mit kleinen Schlucken von seiner Cola, und obwohl er zweifellos brennend daran interessiert war, die Ergebnisse der Autopsie zu erfahren, zeigte er keinerlei Ungeduld: Er selbst, Ferreras, der alles wusste, war es, der sich von seiner Ungeduld fortreißen ließ. Erst als er ihn schon eine Weile kannte, gelangte er zu der Überzeugung, dass der Inspektor mit derselben intensiven Aufmerksamkeit an die Dinge heranging wie er selbst, dass diese nur einer sehr viel stärker nach innen gerichteten Geisteshaltung entsprang, einem Ort gleichsam, an dem der Inspektor stets allein war, einem Haus, in dem ihn nie ein Mensch besuchte.

»Er hat sie nicht vergewaltigt«, stieß Ferreras endlich hervor und kippte seinen Cognac hinunter. »Er hat während der ganzen Zeit keinen Erguss gehabt, der Schweinehund. Nicht die geringste Spur von Samen an oder in ihr. Er hat ihr aber die Vagina aufgerissen. Mit den Fingern. In ihrer Mundhöhle habe ich ein Schamhaar gefunden.«

»Und das Blut?«

»Fast alles von ihm, bis auf das der Vaginalblutung, die keine Flecken auf ihren Kleidern hinterlassen hat, weil sie zu diesem Zeitpunkt bereits nackt war.«

»Dasselbe Blut wie im Fahrstuhl?«

»Identisch. Blutgruppe null. Er muss sich an irgendwas geschnitten haben.«

»Vielleicht hat das Mädchen ihn gebissen?«

»Das glaube ich nicht. Es gibt keine Hinweise darauf, dass sie Widerstand geleistet hat. Keine Hautreste des Kerls unter ihren Fingernägeln und auch keine ausgerissenen Haare. Hätte sie ihn gebissen, hätten wir irgendeine Spur davon in Fatimas Zähnen gefunden, und Blut natürlich auch.«

Aber das Blut war im Fahrstuhl gewesen, ein roter Abdruck neben der Schalttafel mit den Aufzugknöpfen, auf dem Treppengeländer ebenfalls und an der Wand ein fast vollständiger Handabdruck, wie diese blauen Hände, die man an den Mauern mancher Häuser in marokkanischen Dörfern findet, sagte Ferreras, den seine bestechende Neigung zum Entdeckungsreisenden im ganzen Leben nicht weiter als bis nach Nordafrika geführt hatte, zu jener Zeit, als man dorthin reiste, um sich mit Haschisch zu versorgen. Der Mörder hatte sie also nicht auf der Straße überfallen, sondern wahrscheinlich im Fahrstuhl, als Fatima vom Schreibwarenladen zurückkam. Er musste sie gesehen haben, als sie durch die Tür kam, und trat mit ihr zusammen in den Aufzug, und als er hochfuhr und das Mädchen mit seiner Schachtel Malstifte und dem Karton unter dem Arm still neben dem Mann in der engen Kabine stand, machte dieser eine Bewegung, die sie nicht begriff, die sie noch nicht alarmierte, er streckte die Hand aus und drückte den Halteknopf, und da blutete er bereits. Woran mag er sich geschnitten haben, fragte der Inspektor, auf welche Weise, und er sah den Abdruck derselben Hand auf der Schulter von Fatimas Trainingsjacke, die exakten Flecke aller fünf Finger, wie deutliche Fingerabdrücke, die blutende Hand, die sich um das Schlüsselbein, in die zarte Schulter des Mädchens grub, die zerbrechlichen Knochen quetschte, und die später riss und zerfetzte.

»Er hat wahrscheinlich versucht, sie zu penetrieren, und konnte nicht«, sagte Ferreras im sachlichsten Tonfall, den er aufbringen konnte, aber seine Nerven vermochte er nicht unter Kontrolle zu halten, er fuhr sich mit der Hand durch das gewellte graue Haar und beobachtete aus dem Augenwinkel, wie der Inspektor methodisch seine vierte Coca-Cola trank. »Manchmal passiert ihnen das. Dann wird er sie zur Fellatio gezwungen haben. Mit dem Messer. Das Mädchen hat eine deutlich erkennbare Schnittverletzung am Hals. Aber er hatte sich noch in der Gewalt: Die Klinge ist keinen Millimeter tief eingedrungen.«

Keiner der beiden wollte wirklich an das denken, worüber sie sprachen. Sie hielten Einzelheiten gegeneinander, vermieden jedoch, sich die Umstände vorzustellen, die sich so zusammenfügten, das Entsetzen, das in jedem Teilchen verschlüsselt lag. Die blutende Hand, die beiden Finger, die ihre unauslöschlichen Spuren im Nacken des Mädchens hinterlassen hatten, das aufgerissene kindliche Geschlecht, das schwarze gekräuselte Schamhaar, das an ihrem Gaumen geklebt hatte. Der Inspektor wollte sich nicht damit aufhalten, in Erfahrung zu bringen, was die hellen, stählernen Augen von

Ferreras auf dem Tisch des Leichenschauhauses gesehen hatten, was seine großen braunen Händen berührt hatten, Reporter- oder Entdeckerhände, nicht die Hände eines Arztes. Er stellte sich eine seltsame Bruderschaft vor, der Ferreras und er angehörten, deren Mitglied zu sein ihnen allerdings überhaupt nicht gefiel: Sie teilten ein Geheimnis und eine Erinnerung mit dem Mann, der Fatima ermordet hatte. Genau wie in den Augen von Ferreras, die vor Schlaflosigkeit, von dem Grauen, das sie gesehen hatten, gerötet und geweitet waren, stünde in den Augen dieses Mannes ein unergründlicher Ausdruck, in den Tiefen seiner Pupillen wie mit einem Blitz eingebrannt das winzige Abbild desselben Gesichts, das der Inspektor nicht vergessen konnte, das auf den Fotografien verewigt war, die nicht einmal Fatimas Eltern gesehen hatten.

Und da draußen läuft er herum«, sagte der Inspektor, auf die Menschen deutend, die über den Platz gingen, Gestalten in Mänteln, mit Schirmen, gegen den Regen gebeugt, Angestellte, die in ihre Büros oder in die Geschäfte zurückkehrten, nachdem sie zu Mittag gegessen und eine Weile auf dem Sofa gedöst hatten, Frauen mit plastiküberzogenen Kinderwagen, ein alter Mann mit Hut und Schal, der Weizenkörner oder Brotkrumen auf die Fliesen in der Mitte des Platzes streute und die Tauben anlockte, die aufgeregt flatternd von den Heckenkronen und den rostfleckigen Schultern des Generals aufflogen. »Da läuft er herum, der Drecksskerl, mitten unter uns, seelenruhig und vollkommen sicher, dass wir nichts haben, um an ihn heranzukommen.«

»Wir haben seine Abdrücke«, sagte Ferreras nervös, vom Zorn beflügelt, nach vorn gebeugt, und schob die leeren Colaflaschen beiseite, um Platz für die kopierten Blätter seines Berichts zu schaffen. »Wir haben sein Blut und seinen Speichel, sein Haar und seine Haut, die Umrisse seiner Schuhsohlen, und ich warte nur noch darauf, dass man mir aus Madrid seine DNS-Daten schickt. Man kann heutzutage nicht mehr herumlaufen, ohne Spuren zu hinterlassen, das wissen Sie, Inspektor, allein durch das Schamhaar, das wir in Fatimas Mund gefunden haben, können wir ihn identifizieren. Das ist phantastisch, sehen Sie das denn nicht? In einem Haar, dem Feilspänchen eines Fingernagels, einem Speicheltropfen ist unser ganzes Leben enthalten, mehr Informationen, als die größte Bibliothek der Welt enthält, über alles, was wir sind, was wir von uns wissen und nicht wissen, unsere Herkunft und unsere Bestimmung, die Krankheit, an der wir sterben werden.«

Das alles nützt mir jetzt aber nichts, dachte der Inspektor, nickte zu Ferreras' Worten, aus der undurchdringlichen Ferne, in der der andere ihn sah, und erinnerte sich an die Worte Pater Orduñas, suche seine Augen, sein Gesicht zwischen dem der anderen, nicht seinen genetischen Code oder seine Blutgruppe oder seine Fingerabdrücke, die dir nicht weiterhelfen, weil er wahrscheinlich nicht registriert ist. Suche seine Augen, sein Gesicht, den Spiegel seiner Seele, den trübsten Spiegel, in den ein jeder in der Stadt nur blicken konnte, eben jetzt, während Fatimas kalter, wieder zugenähter Leichnam noch nicht in der Erde ruht, sondern in einem Kühlschrank aus Aluminium, während der Regen wieder fällt, wie um frühere Winter zu beschwören, und die dunklen Wolken so niedrig hängen, dass einige Fenster über dem Platz bereits erleuchtet sind, in Büros und Geschäften die Neonröhren brennen, genau wie in den Büros des Polizeipräsidiums.

Jemand tritt auf die Straße, verstohlen und unscheinbar, ein junger Mann von zwanzig und etwas Jahren, mit dichtem schwarzem Kraushaar, mit Blut der Gruppe null in seinen Adern, mit breiten Händen und kurzen, kräftigen Fingern, deren Abdrücke in den Polizeiakten deutlich zu erkennen sind, ebenso deutlich wie der Sohlenabdruck von den Schuhen in Größe vierzig, die er vielleicht noch immer trägt und die darauf hindeuten, dass er nicht besonders groß ist, etwas über einen Meter sechzig, versichert Ferreras mit ausladender Handbewegung, als modelliere er eine Gipsfigur in der Luft, jemand, der Fortuna raucht, der nikotingelbe Finger haben muss, nach den Kippen zu urteilen, die herumlagen und Spuren seiner Zähne aufwiesen, fleckig und feucht von seinem Speichel, der Spuren von Alkohol aufweist, jemand, der aussieht wie alle anderen, aber dennoch anders ist als sie, irgendetwas musste an ihm sein, das ihn verriet, eine Kleinigkeit bloß, doch so unbezweifelbar wie die Daten des DNS-Codes, wie sein Gesichtsausdruck und der Glanz seiner Augen, doch das Gesicht ist ein leerer Raum, ein verwaschenes oder durchgestrichenes Gesicht. Jemand geht gerade jetzt durch die Stadt, schleicht langsam über den Platz, auf dem der Inspektor und Ferreras den frühen Sonnenuntergang betrachten, und er hat die Hände und die Schuhe und das Haar und die Fingerabdrücke, und er hat ein Päckchen Fortuna in der Tasche und vielleicht ein Klappmesser, aber er kann nicht erkannt und identifiziert werden, weil er noch kein Gesicht hat, nicht einmal die groben, bedrohlich wirkenden Umrisse eines Phantombilds.

»Ach, sieh mal, wer da kommt«, unterbrach Ferreras sein finsteres Grübeln, zwang ihn, die Augen zu öffnen, aus einem Traum zu erwachen. Er deutete auf eine Frau, die an der Statue vorbeiging und die der Inspektor nicht erkannte, weil der Regenschirm gerade ihr Gesicht verdeckte. »Susana, Susanita Grey. Sie hätten sie kennen sollen, als sie gerade in dieser Stadt angekommen war, ich weiß nicht, vor wie vielen Jahren.«

10

Der Priester forderte ihn auf, ihn zu begleiten, bat ihn mit einer Kopfbewegung, mit der er früher seine unabweislichen Forderungen unterstrichen hatte, die weder einschüchternder Stimmgewalt noch klatschender Ohrfeigen bedurften. Er machte die Bewegung mit zur Seite geneigtem Kopf und ging ihm voran, schlurfte mit gleichsam kindlicher Behändigkeit über die Fliesen der Korridore, mit der zittrigen Zielstrebigkeit eines sehr alten Mannes.

Der Inspektor erinnerte sich erstaunlicherweise an nichts mehr, hatte nicht die geringste Eingebung in Bezug auf die Räumlichkeiten, die er durchschritt, keines der Dinge, auf die Pater Orduña ihn hinwies, weckte in ihm den Instinkt der Erinnerung oder des Wiedererkennens. Die Korridore ließen ihn höchstens an jene in der Klinik denken, in denen vielleicht gerade seine Frau mit monotonen Schritten auf und ab ging. Die leeren Schlafsäle, die großen Klassenräume, in denen immer noch verstaubte Bänke herumstanden und die großen Tafeln an der Wand hingen, gehörten einer anderen Welt an, einer fernen Vergangenheit, die ihm nicht die seine zu sein schien. Aus diesem schwarzen Loch der Erinnerung trat das Gesicht Pater Orduñas und noch des einen oder anderen Priesters oder Lehrers hervor, wie auf diesen Porträts vor neutralen oder abstrakten Hintergründen, die nichts als Leere und Düsternis vermitteln. Auch an Gesichter oder Namen ehemaliger Klassenkameraden erinnerte er sich nicht: nur an Reihen kahl geschorener gesenkter Köpfe bei der Aufstellung oder während der Messe, an die Farbflecke der blauen Schürzen in der Sonne, wenn sie an Sonntagvormittagen Fußball spielten.

»Dies war der Chemiesaal. Erinnerst du dich?«

»Ich erinnere mich an nichts mehr.«

Pater Orduña schenkte seiner fehlenden Anteilnahme an den Dingen, die er sah, wenig Beachtung, was zweifellos daher rührte, dass er selbst auch nicht besonders sentimental war. Er wollte ihm etwas Bestimmtes zeigen, und darauf konzentrierte er sich mit der hartnäckigen Entschlossenheit alter Leute. Vor vierzig Jahren war das mit Hunderten von Kindern in blauen Schürzen bevölkerte Jesuiteninternat ein beeindruckendes Bauwerk gewesen, ein Labyrinth geräumiger Klassenzimmer und dunkler Korridore, umgeben von brachliegenden Grundstücken, auf denen nach und nach die niedrigen Bauten der Werkstätten, der Gärtnerei und der Pausenhöfe entstanden. Heute war ein Großteil des Geländes an eine Immobilienfirma verkauft, die Werkstätten und die Gärtnerei waren verschwunden, genau wie die blauen Schürzen und die bleichen, geschorenen Köpfe der Internatsschüler. Heute, sagte Pater Orduña, befand sich das Internat woanders, war an den äußersten Stadtrand verlegt worden, wo das Bauland längst nicht so teuer war: Von dem alten Jesuitenkolleg waren nur noch die Kirche und das Gebäude mit den Klassenzimmern und Schlafsälen erhalten, und hier lebten nur noch er und der Pförtner sowie ein paar der Angestellten von ganz früher, alle so alt wie er selbst, ein Gärtner, für den es kaum noch etwas zu tun gab, die Köchin, die ihnen die täglichen Mahlzeiten zubereitete, die Putzfrauen, die noch ein paar Schlafzimmer sauber hielten, in denen ab und zu ein durchreisender Jesuitenpater unterkam, ein geladener Gast, der an einer Versammlung teilnahm oder einen Vortrag hielt.

»Alles so groß, so uferlos«, sagte er mit der leiernden Stimme quengelnder Greise. »Die Gemüsebeete, die Werkstätten, die Fußballplätze, die Gärtnerei. In den ersten Jahren haben wir uns zu Tode geschuftet, in der Stadt wurde kritisiert, dass wir uns die Soutanen hochkrempelten und zusammen mit den Maurern Speis anrührten und Ziegelsteine schleppten. Man betrachtete uns mit Argwohn, aber noch nicht sehr. Damals konnte man sich gar nicht vorstellen, dass es rote Priester geben könnte. Wir träumten von der vollkommenen Gesellschaft, wie die heilige Familie, wie die ersten christlichen Gemeinden: Arbeit, Glaube, gesunde Ernährung, frische Luft, durchlüftete Schlafräume. All das in jenen schrecklichen Jahren, den schlimmsten, als die Leute auf den Straßen vor Hunger starben und wir noch nachts vom Friedhof her die Gewehrsalven hörten. Wir aber wollten hier eine Festung Gottes bauen, eine Insel der Mildtätigkeit und Arbeit. Darum hat der Pater Rektor auch der Idee zugestimmt, Waisenkinder von gegnerischer Seite oder Kinder, deren Eltern im Gefängnis saßen, im Internat aufzunehmen. Wir wollten die Kinder der Armen anständige Berufe lernen lassen und haben das jahrelang, so weit es in unseren Kräften stand, auch getan. Ich denke immer noch voller Wehmut an den Holzgeruch in der Schreinerwerkstatt, an die Jungen mit ihren blauen Arbeitsanzügen und Werkzeugen in der Mechanikerklasse. Aber du siehst ja: alles leer heute, nutzlos, weil viel zu groß, sogar die Kirche. Doch etwas, glaube ich, haben wir in all unserer Unwissenheit und ideologischen Borniertheit dennoch bewirkt; unser Augenmerk war zwar noch nicht auf Gerechtigkeit gerichtet, aber uns war doch schon bewusst, dass das wahre Reich Gottes ein Reich der Armen war. Heute sehe ich mir dies alles hier an und frage mich, woher wir das Geld und die Kraft genommen haben, so ein gewaltiges Gebäude zu errichten. Wenn ich heute von einem Ende zum anderen laufe, versagen mir die Kräfte, und ich muss mich irgendwo auf eine Treppenstufe setzen und ausruhen. Siehst du diesen Flur, der kein Ende nimmt? Wenn es regnete, ließen wir euch nicht auf den Schulhof hinaus, und ihr musstet die Pausen in diesen Korridoren verbringen, weißt du noch? Das ganze Gebäude erdröhnte von euren Stimmen, wir haben die Glocke geläutet und die Trillerpfeifen schrillen lassen, damit ihr euch zum Unterricht aufstellt, doch es half alles nichts, ihr habt einfach nicht gehört.«

Die Stille, in der Pater Orduñas Stimme erklang, ließ jene Erinnerungen in noch weitere Ferne rücken: die Schritte des Inspektors auf den Steinfußböden, die schlurfenden Gummisohlen des Priesters, sein dumpfes, erschöpftes Atmen, das Klirren der Schlüssel in seiner Tasche. Je müder er wurde, desto tiefer sank sein Kopf auf die Brust, doch das Kinn hielt er weit vorgestreckt, den Unterkiefer vorgeschoben, als ziehe der den ganzen Körper hinter sich her. In seinen Gedanken kehrten die Stimmen und die Gesichter der Kinder wieder, die ihn an diesem Ort umgeben hatten, doch kaum vermochte er sich jene vorzustellen, die sie heute waren, wenn sie noch lebten, ihre Existenz, ihre Männergesichter, die die Jugend lange hinter sich gelassen hatten. Die Kinder von damals gehörten in gewisser Weise noch ihm, waren seine Zeitgenossen. Die Männer jedoch, die sie geworden waren, kamen ihm wie Menschen einer anderen Zeit vor, der heutigen Zeit, markig und gereift, ohne Erinnerung, die Gesichter verhärtet oder mit den Jahren stumpf geworden, mit einer Ahnung von Grausamkeit in den Mienen, aus denen jede Unschuld gewichen war, und in den Doppelkinnen, die über Hemdkrägen und Krawattenknoten hingen. Wenn er sie als Kinder betrachtet hatte, fragte er sich besorgt, wie sie wohl als Erwachsene sein würden, und stellte sie sich genau wie ihre Eltern vor, ländlich und arm, schlecht genährt, mit Angst, Unterwürfigkeit und Erbitterung in den Augen. Einige von ihnen wurden natürlich auch so, verloren sich auf dem Weg zurück ins Elend, aus dem die Wohltätigkeit sie vorübergehend gerettet hatte, verschwanden in der Namenlosigkeit, ohne eine andere Spur zu hinterlassen als die in den Namenslisten der Schule, den Klassenbüchern und den Fotografien, mit deren Aufarbeitung und chronologischer Ordnung Pater Orduña Jahre verbrachte, ohne dass ihn einer dazu aufgefordert hätte, zunehmend zittriger und kurzsichtiger, die Blätter nah an seine Augen haltend, um die Namen und die Gesichtszüge all jener vergessenen Menschen erkennen zu können: die Reihen der Gesichter auf den Fluren des Internats, in den Schulbänken aus rohem Holz mit eingelassenen Tintengläsern und in den Bankreihen der Kirche, einsame Gesichter im Zwielicht des Beichtstuhls, kindliche Gesichter und Stimmen, die mit der verzagten Grammatik des Katechismus ihre Sünden durch die Rauten der Trennwand wisperten.

Andere, weit mehr, als er sich vorstellen konnte, festigten sich und gediehen, wurden arrogant und wandelten sich zu Männern, die in nichts mehr jenen Kindern glichen, die sie einmal gewesen waren. Aber wer gleicht sich, grübelte Pater Orduña still, aus den Augenwinkeln den Inspektor betrachtend, der neben ihm ging und sich bemühte, ihn nicht zurückzulassen, wer bewahrt sich noch einen kindlichen Zug, einen beiläufigen Ausdruck, einen Abglanz von strahlenden Kinderaugen. Manchmal grüßte ihn jemand auf der Straße, der behauptete, ein alter Schüler von ihm zu sein, und er erinnerte sich nicht, sosehr er auch versuchte, hinter der Maske des Erwachsenen einen Hinweis auf die Gesichtszüge oder den Blick eines Kindes zu entdecken. Aber er lächelte und nickte, bedankte sich und interessierte sich mit zurückhaltender Unbestimmtheit für Familie und Beruf. Im Frühsommer, als er noch nicht wusste, dass der Inspektor in der Stadt war, besuchte ihn einmal ein älterer, offensichtlich wohlhabender Mann, dessen Haltung einen Anflug gebremster Brutalität verriet, sein Hals war zu rot und zu dick, die Brust zu gewölbt unter dem Hemd, von dem ein Knopf über dem Bauch offen stand. Er war noch einmal ins Kollegium, ins Internat, gekommen, einer Eingebung folgend, die wohl weniger mit Nostalgie zu tun hatte als mit dem kruden Wunsch nach persönlicher Genugtuung, und so spazierte er durch die Pausenhöfe, noch verlorener in der Gegenwart als in der Vergangenheit, mit lauter Stimme ungenaue Erinnerungen verherrlichend, die umso peinlicher sind, wenn die Zeit sie nicht verschleißt. Er sprach von den Ursprüngen, den harten Anfängen, zu einer Frau mit Sonnenbrille, blond gefärbten Haaren und Armreifen und zu einem halbwüchsigen Sohn, der zu Boden schaute und ihm nicht zuhörte.

Wenn sie an einem Fenster vorübergingen, hörten sie das harte Prasseln des Regens. »Gesegnet sei der Regen«, sagte Pater Ordtifia, »er hat uns ja so gefehlt.« Ganz unerwartet überfiel den Inspektor keine Erinnerung, sondern eine überaus konkrete körperliche Empfindung, gegen die sich zu wappnen er keine Zeit fand, ein heißer Fluss von altem Zorn und auch von Zärtlichkeit, von Verlassenheit und Glück: der Geruch von Hanf und Leinen an den feuchten Bastsandalen, der Dampf des warmen Atems und der feuchten Schulschürzen an einem regnerischen, dunklen Wintermorgen. Pater Orduña blieb stehen und stützte sich auf den Arm des Inspektors, um zu verschnaufen.

»Wir sind da.«

Er zog den Schlüsselbund hervor, der seine Hosentasche ausbeulte, und probierte einen Schlüssel nach dem anderen mit wachsender Ungeduld, bis er schließlich die Tür öffnen konnte, vor der sie stehen geblieben waren. Er ließ ihn in ein winziges fensterloses Zimmer eintreten, in dem weder der Regen noch sonst ein Geräusch von draußen zu hören war. Er tastete nach dem Lichtschalter, fand ihn nicht und bat den Inspektor um ein Feuerzeug oder Streichhölzer, doch der hatte keine, und er brummte wie in einer Parodie auf einen alten Wüterich: »Das hat man davon, wenn man das Rauchen aufgibt.« Wie schon sein Leben lang war er auch jetzt gleich von Ungeduld gegenüber den kleinen Widrigkeiten des Alltags erfüllt, seine stumpfen weißen Hände verhedderten sich stets ungeschickt in allen möglichen Dingen, in einer Schreibmaschine, in der er das Farbband wechseln wollte, ebenso wie in einer Plastiktüte, deren Verschluss er nicht aufbekam. Sein Desinteresse gegenüber der Handhabung und dem Wesen gewöhnlichster Dinge war möglicherweise Teil seiner Gleichgültigkeit gegenüber weltlichen Gütern und ihren Annehmlichkeiten. Sein Alter, seine Kurzsichtigkeit und das Zittern seiner Hände unterstrichen diese Unempfänglichkeit noch. Er tastete noch immer an der Wand herum, als der Inspektor den Lichtschalter fand: eine Neonröhre an der Decke, sehr hoch oben, die ein schmales Zimmerchen beleuchtete, mit einem Tisch in der Mitte, die Wände voller Aktenordner, Rechnungsbücher und Karteikästen aus Karton, auf die die Zahlen lange vergangener Jahre geschrieben standen.

»Hier hast du sie«, sagte Pater Orduña. »Die ganze Geschichte des Kollegiums, seit wir es 1947 eröffneten. Früher war das alles ein Riesendurcheinander, aber nach und nach habe ich alles geordnet, jedes Teil an seinen Platz, Jahr für Jahr, alle Priester und Lehrer und sämtliche Schüler, die wir hier gehabt haben. Ich habe einmal daran gedacht, die Geschichte unserer Gemeinschaft aufzuschreiben, aber ich glaube, dafür ist es jetzt zu spät. Ich habe gar nicht gemerkt, wie die Zeit vergangen ist, in diesem Zimmer ist es stiller als in der Kirchenkrypta, zum Glück aber nicht so kalt, und ich las die Papiere und schaute mir die Fotos an und vergaß darüber sogar, zum Essen hinunterzugehen, mehr als einmal haben sie mich gesucht und fürchteten schon, ich hätte einen Herzanfall erlitten. Aber ich fühlte mich ganz wohl hier mit meinen Papieren, meinem Heizöfchen und meinen Zigaretten. Willst du mal ein Foto von dir sehen?«

Der Inspektor wollte nicht, aber er sagte nichts. Seine zärtliche Zuneigung zu dem alten Mann könnte leicht in Verärgerung umschlagen. Im Allgemeinen hatte er keine sehr deutliche Erinnerung an seine Kindheit und frühe Jugend, an bloße Rückschau um ihrer selbst willen war er nicht gewöhnt, und selbstverständlich war er auch ganz und gar immun gegen jede Art von Nostalgie. Da er über weite Strecken seines Lebens über seine Herkunft geschwiegen oder frei erfundene Geschichten über sie verbreitet hatte, vergaß er am Ende tatsächlich einen Großteil dessen, das geheim zu halten er sich stets die größte Mühe gegeben hatte. Ihm missfiel, mit welcher Lust die meisten Menschen von ihrer Kinder- und Jugendzeit erzählten, als hätte jeder ganz einzigartige Erfahrungen gemacht, in einem Leben wie ein Roman. Ihm selbst war die Eitelkeit der Erinnerung fremd, und wenn ihm eine besondere Einzelheit im Gedächtnis geblieben war, so war dies nicht seinem scharfen Erinnerungsvermögen zuzuschreiben, sondern seinem schlechten Gewissen. Hätte er Kinder gehabt, wären durch sie vielleicht Bilder und Empfindungen der eigenen Kindheit geweckt worden.

Doch wie so viele Menschen, die nie Umgang mit Kindern gehabt haben, lebte er, als habe er nie etwas anderes als das Erwachsenendasein gekannt, und die Welt der Kinder war seinen eigenen Erfahrungen so fremd wie die von Hunden oder Schimpansen. Erst jetzt, nach dem Verbrechen, nahm er die Gegenwart von Kindern genauer wahr: Er sah sie aus der Schule kommen, in die Fatima gegangen war, einige von ihnen hatte er befragt, Fatimas Freundinnen vor allem, eingeschüchterte und immer noch verschreckte Mädchen, die ihn mit argwöhnischen Blicken betrachteten und instinktiv zurückwichen, wenn er näher auf sie zuging.

Wie eine unbekannte Welt überraschte ihn der Geruch von Kreide und Kinderschweiß in den Klassenzimmern, der Tumult auf den Treppen, wenn es zur Pause klingelte, der misstönende Lärm so vieler heller Stimmen. Fatimas Lehrerin, von allen Seflorita Susana genannt, hatte auf ihn den Eindruck gemacht, als sei sie abgespannt oder als lebe sie im Exil in einem Land lärmender Wesen von kleinem Wuchs, unerklärlich und streitlustig, die sie mit ihrem Geschrei, ihrem Weinen, ihren dringenden Anliegen und Zerren am Rockzipfel einschnürten wie die Bewohner von Liliput Gulliver mit ihren Seilen aus Spinnwebenfäden. Als er sie zuletzt gesehen hatte, im Polizeipräsidium, war ihm aufgefallen, dass sie ihre Lippen mit einem kräftigeren Rot geschminkt hatte, als sie es in der Schule benutzte. Seine Frau hatte jetzt geschwollene und ausgetrocknete Lippen, bewegte sie kaum beim Sprechen, wenn sie überhaupt sprach, und man konnte sie nur noch mit Mühe verstehen.

»Woran denkst du bloß?« Pater Orduña starrte ihn mit seinen winzigen, immer bohrenden und wie anklagenden Äuglein aus nächster Nähe an und stellte einen Pappkarton auf den Tisch, ließ ihn so hart auf die Tischplatte plumpsen, dass ein Staubwölkchen aufwirbelte. »Dies sind die Unterlagen des Jahres, in dem du gekommen bist. Darin findest du deine Schulakte von damals.«

»Machen Sie sich doch nicht solche Umstände, Pater«, sagte der Inspektor und bemerkte, wie ein Gefühl ungerechtfertigten Ärgers auf den alten Mann in ihm hochstieg, der Wunsch, nicht in diesem winzigen, stickigen Zimmer zu sein, umgeben von einem Panzer aus Stille wie das Innere einer unterirdischen Grabkammer, nicht das mühsame Schnaufen Pater Orduñas hören und seinen von Krankheit und Arznei vergifteten Atem riechen zu müssen, seine nicht eben saubere Kleidung und das billige Kölnischwasser, das er benutzte.

»Das ist doch kein Umstand«, sagte Pater Orduña, seine Augen waren sehr ernst geworden, sein Körper straffte sich wie früher, wenn er jemanden zur Rede stellen wollte, und nahm eine eher würdevolle als bedrohliche Haltung an. »Ich will, dass du weißt, wer du warst. Du siehst nicht so aus, als würdest du dich besonders gut erinnern. Die Menschen vergessen heutzutage alles; was dazu führt, dass keiner genau weiß, wer er ist. Weißt du noch, was Don Quijote gesagt hat? ›Ich weiß, wer ich bin.‹ Welch großartige Worte. Und was Jesus zu seinen Jüngern gesagt hat: ›Und ihr, wer, glaubt ihr, dass ich bin?‹ Aber sie wussten es nicht, waren sich nicht sicher, und was noch schlimmer ist, sie hatten auch nicht den Mut, es wissen zu wollen. Ich weiß, wer du gewesen bist, aber das ist schon so lange her, dass du dich bestimmt nicht mehr daran erinnerst oder erinnern willst, und du weißt vielleicht gar nicht, wer du jetzt bist.«

»Ich will wissen, wer ein anderer ist.«

»Du meinst den, der Fatima getötet hat?«

»Wen sonst. Alles andere interessiert mich nicht.«

»Du willst nicht wissen, wer du wirklich bist?«

»Ich weiß nicht, warum Sie mich das fragen«, sagte der Inspektor, dem Blick des Paters ausweichend, ärgerlich auf sich selbst, feige im Grunde, unsicher wie ein Halbwüchsiger, der in ein Büro gerufen wird und sich eine Strafpredigt anhören muss, und das in seinem Alter. »Natürlich weiß ich, wer ich bin. Sie wissen es vielleicht nicht. Der, den Sie gekannt haben, existiert nicht mehr. Zum Glück, natürlich. Sein Leben war nicht sehr beneidenswert. Wenn Sie mich nicht hier aufgenommen hätten, wäre ich in einem Waisenhaus gelandet oder direkt auf der Straße und hätte mich vom Abfall der Leute ernährt.«

Aber er versuchte, sich zu erklären, legte fast Beichte ab vor einem Mann, den er über vierzig Jahre nicht gesehen hatte und der immer noch so mit ihm sprach, als sei er stets bei ihm gewesen, habe ihn beobachtet, wie ein Polizist seine Gedanken oder Schwächen erraten und ihn deswegen getadelt wie ein lästiger unnachgiebiger Vater, mit einem überwältigenden Beschützerwillen, dem Willen zur Mahnung.

»Schau, wer du warst.« Pater Orduña hatte den Inhalt des Kartons einfach auf den Tisch gekippt und wühlte mit ungeduldigen Händen und ungeschickten Fingern in den Stößen von Papierbündeln und Akten von staubigem Blau, beugte sich tief hinunter, um die Gesichter auf den Fotografien besser sehen zu können, die mit Schreibmaschine getippten Namen: Er zeigte ihm ein Blatt mit dem Joch und den Pfeilen im Briefkopf und daneben, in die obere Ecke geheftet, ein Foto. »Weißt du noch?«

Aber er konnte es nicht wissen; nicht, weil er keine Erinnerung daran besaß, sondern weil er noch nie ein Kinderfoto von sich gesehen hatte. Damals wurde noch nicht so viel fotografiert, die Leute hatten keine Kameras, auch keine Alben für die Bilder und schon gar kein Geld für einen Fotografen. Bei

Fatimas Eltern hatte der Dutzende von Fotos des toten Mädchens gesehen, aufgenommen, kaum dass sie geboren war, rotwangig, das Haar nass am Kopf, die Augen geschlossen, um den Mund einen weinerlichen Zug. Im erdrückenden Zwielicht der Wohnung, wo der Fernseher jetzt aus Trauergründen ausgeschaltet war, zeigten Fatimas Eltern ihm wie einen angehäuften Schatz die Videofilme und Farbfotos von dem Mädchen, Fotos von Geburtstagen, Faschingsbällen, Schulabschlussfesten und Kommunionen, große gerahmte Fotos im Wohnzimmer, an den Wänden oder in Regalen oder auf dem Fernseher, wie in einer Kapelle, ein unerschöpfliches Album, das weder die Gegenwart des Mädchens ersetzte noch den Schmerz linderte, die ganze Wohnung mit einer Reihe pathetischer Geister bevölkernd, ausgerichtet jetzt auf das Ende, notwendige Episoden auf dem Weg zur Schicksalserfüllung: zu den letzten Fotos in Schwarz und Weiß, die Ferreras aufgenommen hatte und die außer ihnen beiden keiner kannte.

Sein Gesicht auf dem Kinderfoto aber schien ihm nicht ganz das eines Menschen zu sein, der mit einer eindeutigen Identität ausgestattet ist. Er sah nicht das Gesicht eines Kindes mit Namen und Vornamen, mit Gesichtszügen, die ihn von den anderen unterscheiden, sondern ein eher abstraktes Abbild, wie auf einer Münze, ein Epochengesicht einer bestimmten Zeit und gesellschaftlichen Zugehörigkeit, den stoppelkurz rasierten Kopf, den ängstlichen Blick, die abstehenden Ohren, das Hemd ohne Kragen, an den Kanten abgestoßen und bis zum Hals geschlossen. Nicht einmal in der Angst, die seine Augen vergrößerte, lag etwas Persönliches: Es war die kindliche Angst vor dem Geschehen ringsum, vor der Autorität von Fremden, der Schreck und die Überraschung des Blitzlichts. Die zudringlichen Hände der Erwachsenen drückten, verdrehten das Kinn, klopften schmerzend auf den Bauch oder die Knie oder den Hals, während man auf den kalten Laken eines ärztlichen Untersuchungszimmers lag, steckten einem die Finger in den Hals, die Finger des Mörders in Fatimas Mund und erstickendem Hals, in ihrer Vagina, hatte Ferreras gesagt, alles zerreißend. Die bleichen Hände der Priester stiegen senkrecht gen Himmel oder wurden hingestreckt, um auf dem Handrücken geküsst zu werden, oder fielen grausam herab zu einer Ohrfeige.

»Wir haben euch geschlagen«, sagte Pater Orduña in Gedanken versunken, den Blick jetzt nicht mehr auf die Fotos gerichtet, die vor ihm auf dem Tisch lagen. »Mit der offenen Hand ins Gesicht, mit den Fingerknöcheln auf den Hinterkopf. Wir haben euch mit dem Rohrstock gedroht und mit den Strafen der Hölle, wir haben euch von den sadistischen Foltern erzählt, denen die Apostel unterworfen wurden, und von den entsetzlichen Qualen der Ketzer und großen Sünder. Als gäbe es nicht schon genügend Angst und Unglück in eurem Leben, haben wir noch für mehr gesorgt, so eine Schande. Jeden Tag, weißt du noch? Von morgens bis abends, bei der Messe und beim Rosenkranz, bei den Predigten und den Andachtsübungen. Später habe ich viel darüber nachgedacht, all diese Jahre, die letzten hauptsächlich, seit ich mehr allein bin. Ich bin hierhergekommen, habe mir eure Gesichter auf den Fotos angeschaut und hätte jeden Einzelnen von euch am liebsten um Vergebung gebeten.«

»Das waren andere Zeiten, Pater«, sagte der Inspektor. »Sie haben so gesprochen und gehandelt wie alle Welt damals.«

»Das ist keine Entschuldigung.« Pater Orduña betrachtete seine gefalteten Hände mit einem traurigen Ausdruck, der sein altes Gesicht noch älter aussehen ließ, und es hatte den Anschein, als sehe er in ihnen all den Schmerz, den sie in weit zurückliegenden Jahren zugefügt hatten, diese jetzt weichen, zitternden Hände mit braunen Flecken auf den Handrücken. »Wir ließen euch mit ausgebreiteten Armen niederknien, wir drohten euch, ließen euch nie aus den Augen, vergifteten eure Seele mit dem Wahn der Sünde. Das haben wir getan.«

»Damals gab es doch keinen Vater, der seine Söhne nicht mit dem Hosengürtel gestraft hätte. Es ist nicht Ihre Schuld, dass die Zeiten so waren.«

»Aber sieh dich einmal genau an«, sagte Pater Orduña und schob ihm das Blatt Papier mit dem Foto hin, das der Inspektor kurz angeschaut und dann auf dem Tisch hatte liegen lassen. »Genau so warst du, als du hier ankamst. Ich sehe dieses Foto, und ich sehe dich vor mir stehen. Als man euch vom Bahnhof abgeholt hatte, ließ ich euch in einer Reihe Aufstellung nehmen und dachte: ›Der da ist der Schwächste.‹ Du trautest dich noch nicht einmal, die Schale mit heißem Kakao anzunehmen, die wir euch zum Frühstück gaben.«

Pater Orduña hätte ihm jedes andere Foto seines Archivs zeigen können, und er hätte auch geglaubt, eine Aufnahme von sich zu sehen: Was ihn überzeugte, war nicht das Gesicht in Schwarzweiß eines Kindes aus einer anderen Zeit, sondern der mit Schreibmaschine in Großbuchstaben auf das Papier getippte Vorname mit den beiden Familiennamen. Oben las er das Datum neben dem Ort, *Madrid,* die unmenschliche Behördenprosa, die in wenigen Zeilen seine Herkunft umriss und den Makel, mit dem er geboren, und das Schicksal, das ihm bestimmt war, *da seine Mutter völlig mittellos und aus krankheitsbedingten Gründen arbeitsunfähig ist und sein Vater die oben genannte Gefängnisstrafe verbüßt,* als er dies las, spürte er, wie er rot wurde und Pater Orduña es sicher bemerkte. Der Junge auf dem Foto war nicht er, und die Nacht, als man ihn ohne ein Wort des Abschieds in das Dritte-Klasse-Abteil eines eisig kalten und nur kriechend sich fortbewegenden Zuges gesetzt hatte, gehörte zu einer anderen Zeit der Welt, aber die Scham und die Gewissenslast, sie zu ertragen, die gehörten zu ihm, waren ein ureigenes Wesensmerkmal seiner Identität.

»Wir sollten euch wieder hinbiegen, Christenmenschen aus euch machen«, sagte Pater Orduña. »Es hieß, man habe euch zu uns geschickt, damit wir euch das Übel, mit dem eure Eltern euch die Seele vergiftet hatten, samt Wurzel ausrissen. Wir waren wie Missionare, Verkünder des wahren Glaubens.«

»Daran haben Sie damals geglaubt?«

»Aber sicher habe ich daran geglaubt.« Jetzt hielt Pater Orduña den Kopf gesenkt: Jeder trägt sein eigenes schlechtes Gewissen mit sich, seine Spielart persönlicher Scham. »Ich hatte meine Vorstellungen von Barmherzigkeit und von den Armen, aber ich war ein Integrist. Im Krieg habe ich auf Seiten der Sieger gestanden.«

»Als Feldkaplan?«

»Nein, leider nicht«, Pater Orduña tat, als sortiere er die Kärtchen einer Schülerkartei. »Mit der Waffe in der Hand, als Unterleutnant. Das mit dem Priesterwunsch kam erst nachher. Eine späte Berufung. Wie deine zur staatlichen Gewalt.«

Sein liebevoll zudringlicher Ton konnte nicht ganz die darunter liegende Schärfe eines bleibenden Vorwurfs verschleiern, etwas in seinen Augen, jene Art von Tadel, die umso wirksamer ist, als sie nicht in Worte gefasst wird, und daher das Schuldgefühl im anderen verstärkt.

»Irgendwomit musste ich mein Geld verdienen.«

»Hat dein Vater es noch erfahren?«

»Ich glaub, nicht.« Der Inspektor zuckte die Achseln und legte das Foto wieder auf den Tisch: Er wollte seinen Besuch für beendet erklären, so schnell wie möglich raus aus diesem Zimmer. »Er starb, bevor ich mit dem Jurastudium fertig war.

Aber er hielt es schon für schlimm genug, dass sein Sohn Anwalt sein wollte und apolitisch.‹«

»Niemand kann apolitisch sein.«

»Das hat er auch immer gesagt.«

»Habt ihr oft gestritten?«

»Ich sah ihn ja kaum. Eines Tages bekam er eine Thrombose, und als ich ins Krankenhaus kam, hat er mich, glaube ich, gar nicht mehr erkannt. Er hat von mir bestimmt dasselbe gedacht wie Sie, aber er hatte keine Hemmungen, es mir ins Gesicht zu sagen.«

»Dasselbe wie ich?« Ganz nah vor dem Inspektor, kleiner und breiter als er, baute sich Pater Orduña auf, um ihm in die Augen zu schauen. »Was weißt du, was ich denke?«

»Dass ich irgendwie meine Leute verraten habe, wer immer die gewesen sein mögen. Euereins war immer auf der Suche nach Verrätern und Abtrünnigen, nach Leuten, die man exkommunizieren konnte.«

»›Euereins‹?«

»Beide Seiten meine ich.« Dem Inspektor, ungeübt in nächtlichen Gesprächen mit wem auch immer, fiel es nicht leicht, sich verständlich zu machen. »Die Priester und die von der Partei meines Vaters. Mein Vater hielt Stalin, Fidel Castro oder Ho Chi Minh für ebenso unfehlbar wie Sie den Papst. Darum haben sich beide am Ende auch so gut verstanden, sie hatten denselben Hang, die Welt in Verräter und Loyale aufzuteilen.«

»Wir beiden haben etwas gemein, und das ist, dass ich auch einmal als Verräter bezeichnet worden bin.« In Pater Orduñas Stimme lag wieder ein zärtlicher Ton. »Es gibt immer noch Leute in der Stadt, die mich so nennen. Du hast keine Ahnung, wie die sind. Sie sagten, ich verläse bei der Messe kommunistische Pamphlete, und dabei waren es nur Auszüge aus den Evangelien, den Apostelbriefen oder den prophetischen Büchern. Erinnerst du dich an den Brief des Jakobus?«

Der Inspektor verneinte. Zur Hochzeit hatte ihm jemand eine große Bibel geschenkt, in Kunstleder gebunden, mit Goldschnitt und goldener Schrift, doch er hatte nie darin gelesen. Solche Bibeln gehörten damals zur Einrichtung frisch Verheirateter wie der Barschrank oder das Kruzifix im Schlafzimmer. Pater Orduña schloss die Augen und rezitierte, ohne zu stocken, mit heiserer Stimme:

»›Wohlan nun, ihr Reichen, weinet und heulet über euer Elend, das über euch kommen wird! Euer Reichtum ist verfault, eure Kleider sind mottenfräßig geworden. Euer Gold und Silber ist verrostet, und sein Rost wird euch zum Zeugnis sein und wird euer Fleisch fressen wie ein Feuer ...‹ Deine Vorgänger im Präsidium haben ein Verfahren wegen illegaler Propaganda gegen mich angestrengt. Sie mussten es natürlich zu den Akten legen, als sie erfuhren, dass ich nur ein paar Bibelsprüche aus dem Neuen Testament vorgelesen hatte. Der damalige Pfarrer der Dreifaltigkeitskirche hat in seinen Predigten dazu aufgerufen, mich aus dem Priesteramt zu jagen. Armer Kerl. Gott hatte Erbarmen mit ihm und holte ihn zu sich, kurz nachdem Franco gestorben war.«

Pater Orduña, in seinem Alter, bekam sogleich feuchte Augen, und jener Hang zu Tränen war ihm sehr peinlich, erschien ihm fast wie eine sündige Schamlosigkeit. Mit einem Taschentuch wischte er sich verwirrt die Augen und die Brillengläser ab, und bevor er es unordentlich zusammenfaltete und wieder einsteckte, schnäuzte er sich noch die Nase.

»Ich muss gehen, Pater«, sagte der Inspektor. »Im Büro wartet eine Menge Arbeit auf mich.«

Nachdem er so lange darüber nachgedacht und sich nicht getraut hatte, waren die Worte so leise über seine Lippen gekommen, dass Pater Orduña sie nicht vernahm. Er ordnete wieder Aktenbündel und Papierstöße, Blätter mit Notizen, Karteikarten mit Fotos, Namen und Daten, in denen andere Kindergeschicke, vergleichbar dem des Inspektors, enthalten waren, einander so ähnlich wie die Gesichter der übrigen Kinder, vergessene Schicksale von Verlassenheit und Armut, von Angst vor dem Rohrstock und den Soutanen und den Strafen der Hölle. Vor mehr als vierzig Jahren, als jener verschreckte blasse Junge in Gesundheit zu wachsen und mit unerwartetem Geschick zu lesen und zu schreiben begann, beobachtete ihn Pater Orduña, wie er im Pausenhof spielte oder aufmerksam im Unterricht saß, und dachte insgeheim an die Worte des Evangeliums, die er bis dahin möglicherweise nicht ganz verstanden hatte: *Dies ist mein lieber Sohn, an welchem ich Wohlgefallen habe.*

»Pater«, wiederholte der Inspektor, lauter jetzt, doch Pater Ordujia hielt seine Augen gesenkt, die ihm zu seiner Schande wieder feucht geworden waren. »Ich muss jetzt gehen.«

Pater Orduña tat wieder so, als wische er seine Brillengläser ab, bewältigte irgendwie die Unordnung auf dem Tisch und stellte schließlich den großen Karton an seinen Platz im Regal zurück. Er wartete, bis der Inspektor den Raum verließ, um das Licht löschen zu können, und als er gerade die Hand zum Lichtschalter ausstreckte, verharrte er einen Moment, als hänge er einem verlorenen Gedanken nach, den Blick auf die kartonierten Rücken der Ordner in den Metallregalen gerichtet.

»Ich frage mich, wieso ich nicht früher darauf gekommen bin«, sagte er. »Er könnte auch hier sein.«

»Was sagen Sie?« Der Inspektor verlor allmählich die Geduld, es war sehr spät geworden, und falls etwas Dringendes anlag, wusste niemand, wo er zu finden war.

»Der Mann, den du suchst«, sagte Pater Orduña düster, »der dieses Mädchen getötet hat. Vielleicht war auch er einer unserer Schüler, und sein Foto befindet sich hier im Archiv.«

11

Sein ganzes Leben, sein Gewissen, sein Bewusstsein waren
nur noch auf eine einzige Frage ausgerichtet, starr und fana-
tisch immer wiederholt, sobald er die Augen öffnete, morgens
im Bett, in dem er seit Monaten allein schlief, wenn er mitten in der Nacht aufwachte und wusste, dass er nicht wieder
einschlafen konnte ohne Zigaretten jetzt und ohne Alkohol,
um die Stunden hinter sich zu bringen, ohne einen Menschen
bei sich, ohne eine Frau, die sich auf die andere Seite gedreht
hatte und zu schlafen vorgab, allein mit seinem Gewissen und
seinen aufgepeitschten Nerven aufgrund von Schlaflosigkeit
und übermäßiger Verstandesschärfe, die das Fehlen von Nikotin und Alkohol in seinem Blut bewirkten. Da trank man
und glaubte, der Alkohol wecke Kräfte und belebe den Geist,
und dann hörte man auf zu trinken und stellte fest, dass genau das Gegenteil der Fall war, dass man nicht unter stimulie-
rendem, sondern betäubendem Einfluss gestanden hatte und
dass ohne die enorme und größtenteils unbemerkt gebliebene
Schwere des Alkohols die Nervenreaktionen und die geis-
tige Beweglichkeit zu einer fast unerträglichen Geschwindigkeit und Klarheit fanden, ohne Sinnestäuschungen und ohne
Pause, allerdings auch ohne Trost, zu einer kalten Helligkeit
wie frühmorgens draußen, die das neue Land war, in dem der
Inspektor jetzt lebte und noch nicht wusste, ob seine Identität
neu geboren oder wiedergefunden war, ob sie so falsch wie
die anderen, die ihm jahrelang von der doppelten Gewohnheit der Verstellung und des Alkohols angedient worden wa-

ren. Er wohnte in einer anderen Stadt, suchte jemanden, aß an einem der Einzeltische des Monterrey zu Mittag und zu Abend, rief jeden Nachmittag zwischen sechs und sieben im Sanatorium an, wo man seine Frau immer noch nicht entlassen wollte, schlief spät und mit Hilfe einer Valium ein, wachte automatisch bei Tagesanbruch in einem Schlafzimmer auf, das einem Hotelzimmer glich, benutzte sein Auto nur sonntags morgens, um zum Sanatorium zu fahren. Viel mehr wollte er über sich selbst nicht wissen. Es erleichterte ihn, verschwunden zu sein, jetzt nur mehr eine Abwesenheit an jenen Orten zu sein, an denen er vorher gelebt hatte, in den Straßen, wo man ihm zweifellos gefolgt war und wo man ihn hätte töten können, in dem Haus, wo so oft das Telefon geklingelt hatte und er oder seine Frau eine Stimme vernahmen, die eher brutal als bedrohlich klang: »Wir wissen, wer du bist, wir kriegen dich noch, du Scheißkerl.«

Ich weiß, wer ich bin, hatte ihm Pater Orduña mit seiner tiefen, archaischen Predigerstimme vorgelesen. *Und ihr, wer glaubt ihr, dass ich bin?* Aber so tief wollte er nicht hinabsteigen, sich nicht in einem Wortwirrwarr verlieren, der vielleicht nur angezettelt und aufgebauscht worden war, wie Ferreras sagte, um eine inakzeptable physiologische Offensichtlichkeit zu bemänteln, die Anerkenntnis dessen, was der Mensch tatsächlich ist, in seinem Innern, beharrte Ferreras, das heißt im wörtlichsten Sinn, unter der Haut und unter den Schädelknochen, hinter dem Panzer der Rippen: eine Darbietung, selbst in den Gerüchen, die den Auslagen eines Innereienstandes in der Markthalle gleichkam. Einem Gesicht kann man einen Namen geben, einer Stimme, dem Glanz zweier Augen, der zerbrechlichsten Gestalt eines menschlichen Körpers, aber wie soll man das bei eineinhalb Kilo Gehirnmasse tun, die der Schädelhöhle entnommen wurden, bei einer Lunge oder Leber oder einem Arm voll Eingeweide, die Ferreras' Gehilfe bei der Autopsie mit der Grobheit eines Schlächters in eine große Plastikschüssel warf?

»Die Seele«, hatte Ferreras im Monterrey gesagt, weniger in wissenschaftlichem Überdruss als in einer Anwandlung von Melancholie, aufgeputscht vielleicht vom Schrecken über Fatimas Leiche oder nur von der Wirkung seines zweiten Cognacs, »das Unbewusste, die Erinnerungen, das Ich. Literatur oder nichts als Angst, die Unfähigkeit, mit offenen Augen zu sehen, was wir sind. Erinnern Sie sich an den Russen, der ins Weltall flog und nach seiner Rückkehr sagte, er habe Gott nirgends gesehen? Ich schaue jemanden von innen an und sehe nur Gewebe und Organe, und wenn ich die Gesichtshaut abhebe und die lederne Kopfhaut und den Brustkorb öffne, ist die menschliche Identität dessen, den ich vor mir habe, ein Akt des Glaubens oder genauer, und wundern Sie sich nicht, wenn ich dieses Wort gebrauche, der Barmherzigkeit. Bei den Erwachsenen ist es etwas anderes, bei den Leichen von Erwachsenen, meine ich. Da sieht man die Auswirkungen des Alterns, von Krankheiten oder Lastern, schwarze, teertriefende Lungen, geschwollene Lebern, und man sieht und akzeptiert, das Schicksal unseres materiellen Daseins ist Verfall und Tod. ›Der Mechanismus sehr findig, aber die Materialien höchst mittelmäßig‹ – ich weiß nicht mehr, wo ich das einmal gelesen habe. Aber bei einem Kind kann man das nicht so einfach akzeptieren. Alles ist noch unversehrt, bereit für das Leben, die Lunge ist von einem ganz reinen Rosa, die Knochen sind noch geschmeidig, sie brechen nicht, wie die eines älteren Menschen, mit diesem trockenen Geräusch. Es spielt keine Rolle, wie viele Autopsien man schon vorgenommen hat. Gestern Nacht musste ich, entgegen allen Regeln meines

Berufsethos, von meinem Gehilfen ein Glas abscheulichen trockenen Anis annehmen. Ihm ist mittlerweile alles ganz egal, er sagt, er habe schon an die tausendfünfhundert Leichen geöffnet. Ich glaube, im Grunde verachtet er mich, wie ein altgedienter Korporal einen jungen Leutnant, der frisch von der Akademie kommt. Ich habe den Schädel des Mädchens aufgesägt und das Gehirn herausgenommen und konnte durch die Gummihandschuhe hindurch fühlen, wie feucht und wie weich es war. Da kam mir der Gedanke, dass in dieser Materie alle Gefühle und alle Erinnerungen dieses Mädchens enthalten waren oder gewesen waren, seine ganze Welt zusammengefasst, wenn man einmal darüber nachdenkt …«

Doch der Inspektor wollte an nichts anderes denken als an seine erste und einzige Vernehmung, und jenem *Wer,* auf den er es abgesehen hatte, mangelte es sowohl an den Finsternissen einer katholischen Seele als auch an den organischen Kleinigkeiten, die Ferreras so faszinierten und abstießen: Er beschränkte sich auf einen Vornamen und zwei Familiennamen, auf ein Gesicht, das einmal von vorn und zweimal im Profil abgelichtet worden war. Er suchte schlicht und einfach einen Mann von etwas über zwanzig Jahren, der ein neunjähriges Mädchen geschändet und ermordet hatte, und in diesem Rätsel mochte es Dunkelheit geben, aber keine Ungewissheit, denn jemand trägt an seinen Händen die Fingerabdrücke, die Ferreras auf der Haut und an der Kleidung des Mädchens gefunden hat, jemand hat diese Blutgruppe und trägt die Schuhe, deren Sohlenabdrücke im Polizeiarchiv liegen, und schluckt denselben Speichel, von dem er Spuren an den Kippen von fünf Filterzigaretten zurückgelassen hat.

Er kann in seiner geheimen Straflosigkeit von sich sagen: *Ich weiß, wer ich bin,* er weiß, dass er geschändet und gemordet hat, und vielleicht denkt er oder weiß es auch, dass dieses intime Geständnis keinerlei Gefahr für ihn birgt, er weiß, dass es keine Zeugen gibt, mit Ausnahme einer Frau, die sich an sein Gesicht nicht erinnern kann, nur daran, dass Blut aus seiner linken Hand quoll, das er ableckte. Doch als der Inspektor ihr später die Kartei mit den Fotos von Sexualstraftätern zeigte, schaute die Frau sich eines nach dem anderen an und schüttelte immer nur den Kopf, sie war ganz sicher, keiner von diesen Männern war der, den sie gesehen hatte. Dann wurde an die Tür geklopft, und ein Polizist sagte dem Inspektor, die Lehrerin warte auf ihn, und er wusste zuerst nicht, wer gemeint war, so benommen war er von der Arbeit und dem Mangel an Schlaf, Fatimas Lehrerin, erklärte der Polizist, sie sagt, Sie hätten sie gebeten herzukommen.

»Gehen Sie nicht fort«, sagte er zu der schwarz gekleideten Frau, die die finsteren Gesichter von vorn und im Profil aus den Polizeiakten mit derselben kummervollen Haltung durchsah, mit der sie die Gesichter verstorbener Verwandter in einem Familienalbum angeschaut hätte, dabei unablässig den Kopf schüttelnd. »Nein, Herr Inspektor, von denen ist es keiner, Sie können sicher sein, wenn ich ihn sähe, würde ich ihn erkennen, bei Gott und bei der Heiligen Jungfrau, das würde ich.« Er eilte aus dem Büro, und die Lehrerin erwartete ihn stehend in einem Wartezimmer, dessen Wände bis zur halben Höhe aus abscheulichen braunen Kacheln bestanden, was ihrem Blick nicht verborgen blieb, mit dieser Gabe, die sie besaß, die Kränkungen der alltäglichen Hässlichkeit der Dinge zu bemerken. Sie trug einen weiten Dufflecoat mit durchnässten Schultern und rauchte eine Zigarette, wobei sie den Aschenbecher in der linken Hand hielt. Etwas ungeschickt bat der Inspektor um Entschuldigung dafür, dass er sie so lange hatte warten lassen, in der Schule zuerst und jetzt hier im Präsidium: Die Lehrerin, Susana Grey, antwortete, den Sarkasmus mit einem Lächeln mildernd, das mache nichts, sie sei schon daran gewöhnt, und da erst bemerkte der Inspektor das Rot ihrer Lippen, das irgendwie nicht zu der praktischen Frisur und ihrer Kleidung passte, ihrer ganzen Erscheinung, denn sie war für die Arbeit und den Winter gekleidet, und man sah ihrem Gesicht die Erschöpfung eines ganzen Tages mit den Kindern an. Sie hatte schwarzes, kurz geschnittenes Haar, das mit einer gewissen Nachlässigkeit frisiert war, und dichte, dunkle Augenbrauen. Als sie ihre Handschuhe auszog, bemerkte der Inspektor im Licht seiner Schreibtischlampe, dass sie große, aber keineswegs maskuline Hände hatte, keine Ringe trug und sich nicht die Fingernägel lackierte. Das Fehlen eines Eherings überraschte ihn: Susana Grey wirkte ganz und gar wie eine verheiratete Frau mit Kindern.

»Diese Frau hat Fatima und ihren Mörder gesehen, gerade als sie auf die Straße traten«, sagte der Inspektor mit einer Geste zu der schwarz gekleideten Frau, die sich andeutungsweise vom Stuhl erhob und verzagt den Kopf senkte, als erkenne sie die zusätzliche Autorität der Lehrerin an.

»Ich möchte, dass Sie sich ihre Beschreibung genau anhören, für den Fall, dass Sie das Gefühl haben könnten, einen solchen Menschen in der Nähe der Schule gesehen zu haben. Wie er durch den Schulhofzaun späht, zum Beispiel, oder mit anderen Vätern und Müttern nach der Schule auf die Kinder wartet.«

»Ja, sehen Sie«, sagte die Frau und begann Susana Wort für Wort dasselbe zu erzählen wie dem Inspektor, ausführlich, zum Verzweifeln monoton, sich rasch bekreuzigend, wenn sie den Namen Fatima nannte, so ein Engel, sagte sie und brach in Tränen aus, fügte ihr schon nicht mehr ganz gewisse oder vollends zusammenphantasierte Einzelheiten hinzu, gab sich selbst die Schuld, warum war sie nicht misstrauisch geworden, warum hatte sie nicht gemerkt, dass etwas nicht stimmte mit diesem Mann, der sich die Hand vors Gesicht zu halten schien, dabei leckte er sich das Blut ab.

Die Frau sprach zu Susana Grey, wie sie zweifellos auch zur Frau Doktor in ihrem Dorf sprechen würde, indem sie ihr eine wohlmeinende Überlegenheit zuerkannte. Der Inspektor stand mit dem Rücken an das kalte Glas des Balkonfensters gelehnt und hörte ihr ungeduldig und übermüdet zu und dachte, dass jeder Versuch einer Beschreibung nutzlos sei, weil diese Frau den Mörder vor mehreren Wochen schon und auch nur ein paar Sekunden lang gesehen hatte und weil durchaus auch denkbar war, dass er keinerlei Besonderheit aufwies, die eine präzise Beschreibung ermöglichte, nichts, was nicht so gewöhnlich, so stumpf und alltäglich war, dass sich ein Mensch daran erinnern würde. Außer an die Einzelheit mit dem Blut, das wie ein auffälliger Farbfleck im Grau in Grau einer Fotokopie war, erinnerte sich die Frau eigentlich an nichts, war sich nur dessen sicher, was dieser Mann nicht war, wem er nicht ähnlich sah, er war nicht groß, aber auch nicht auffallend klein, er trug keinen Bart, war nicht auf irgendeine ungewöhnliche Art gekleidet, jung war er natürlich, aber auch nicht sehr jung, glich keinem der Sexualstraftäter, die Mädchen mit einem Messer in der Hand überfielen, und auch keinem jener schmutzigen alten Männer, die sich in öffentlichen Parkanlagen an kleine Mädchen heranmachen oder im Dunkel der Kinos die Schenkel von Jungen befingern, hatte keine Ähnlichkeit mit einem Mitglied dieser dumpfen Bruderschaft von Blicken und Profilen, aufgelistet in einem Album, wie es die Leute für ihre Familienfotos benutzen, mit selbsthaftenden Seiten und Zwischenblättern aus Plastikfolie.

»Seltsam«, sagte hinterher die Lehrerin, als die Frau gegangen war und der Inspektor sie gebeten hatte, noch ein wenig zu bleiben und ihrerseits die Fotos aufmerksam anzuschauen. »So hatte ich mir ein Polizeiarchiv nicht vorgestellt. Haben Sie keine Computer, keine großen Datenbanken?«

»Hier noch nicht, aber selbst wenn wir sie hätten…« Der Inspektor saß an seinem Schreibtisch, das Licht der Lampe und das aufgeschlagene Album zwischen sich und Susana. In seinem Umgang mit anderen, vor allem mit Frauen, zog er stets die Sicherheit der physischen Entfernung vor, die berufliche Korrektheit, die vieles erleichterte. »Mit größter Wahrscheinlichkeit ist dieser Kerl noch nie erkennungsdienstlich behandelt worden, und darum ist er für uns so gut wie unsichtbar. Kommt Ihnen keines der Gesichter bekannt vor? Sehen Sie genau hin. Viele von denen treiben sich in der Nähe von Schulen herum. Einer von ihnen könnte Sie vielleicht sogar einmal belästigt haben.«

Sie fragte den Inspektor, ob sie rauchen dürfe, er nickte und schob ihr einen Aschenbecher hin. Sie kramte aus ihrer Handtasche umständlich ein Päckchen Zigaretten und eine irgendwie unpassende Schachtel Haushaltszündhölzer hervor, doch anstatt sich eine Zigarette anzuzünden, zog sie ein Brillenetui heraus, und als sie die Brille aufsetzte, veränderte sich ihr Gesicht, es wurde ernster, schärfer umrissen, gab ihr ein jüngeres, selbstbewussteres Aussehen, ohne diese etwas trügerische Unbestimmtheit, die in ihren kurzsichtigen Augen stand, wenn sie keine Brille trug. Sie mochte siebenunddreißig oder achtunddreißig Jahre alt sein, schätzte der Inspektor, höchstens vierzig. Dass sie nicht sehr viel jünger war, beruhigte ihn insgeheim. Er wusste mit jungen Leuten, Männern wie Frauen, nicht umzugehen, es sei denn, sie gehörten zur ihm bekannten und vorhersehbaren Welt der Gesetzesbrecher, und oft nicht einmal mit denen, den Jüngsten von ihnen, den Halbwüchsigen, die er in den Straßen Bilbaos hatte Schaufensterscheiben einwerfen und Autobusse in Brand setzen sehen, die mit unmaskierten Gesichtern blanke Morddrohungen gegen die Polizisten ausstießen, welche ihnen, hinter ihren Schilden und Helmen verschanzt, regungslos entgegenstarrten.

»Kommt Ihnen keines der Gesichter bekannt vor?«

»Sie machen mir alle Angst.«

Sie erschauderte beim Anblick der Gesichter jener Männer, zum Teil sehr junger noch, aber auch einiger in den Siebzigern, ungekämmt und unrasiert, mit mürrischer Miene vor dem Objektiv der Polizeikamera, niemals Reue oder Furcht im Blick, sondern Verbitterung, unterdrückte Wut und Arroganz: Einmütig in den Frontalaufnahmen wie in den Profilen, in den unrasierten Wangen, den stechenden Augen, kamen sie ihr vor wie Masken einer brutalen Männlichkeit, nicht von Triebhaftigkeit oder geistiger Zurückgebliebenheit, sondern von Trotz und von Hass, von kalter Entschlossenheit und Grausamkeit, verborgen fast immer unter den Zügen normaler Gesichter. Einer von ihnen konnte noch in dieser Nacht in irgendeiner finsteren Gasse zuschlagen; sie selbst könnte, wenn sie in den dunklen Flur ihres Hauses trat, plötzlich den Knebel einer Hand auf ihrem Mund und die Spitze eines Messers an ihrem Hals fühlen. Sie schaute die Fotos nur widerwillig an, musste sich überwinden, jedes einzelne von ihnen genau zu betrachten. Ein ähnliches Gefühl hatte sie gehabt, als sie sich einmal gezwungen gesehen hatte, in einer Gruppe von Freunden ein Pornovideo anzuschauen.

»Achten Sie besonders auf die Jüngeren«, sagte der Inspektor. »Der, den wir suchen, dürfte nicht älter als fünfundzwanzig sein.«

»Gewissenloses Ungeheuer.« Susana Grey hob den Blick vom Album und betrachtete das Foto von Fatima, das immer noch an die Wand des Büros geheftet war. »Was muss das für einer sein, der einem Kind so etwas antut?«

»Wahrscheinlich ist er unfähig, es mit einer erwachsenen Frau zu tun.«

»Erzählen Sie mir nicht, dass er krank ist«, sagte die Lehrerin mit einem Unterton von Würde und Zorn in der Stimme. »Dass er nicht anders kann. Da könnte man auch sagen, die Soldaten der bosnischen Serben können nichts für ihren Drang, Frauen zu vergewaltigen und zu ermorden.«

»Ich hatte nicht vor, das zu sagen.«

»Er hatte keinen Erguss«, hatte Ferreras gesagt, »der Schweinehund hatte nicht mal eine anständige Erektion.« Aber er hatte seine Finger benutzt, die kräftig zupacken konnten und deren Nägel, nach den Spuren zu urteilen, die sie in Fatimas Haut hinterlassen hatten, schlecht geschnitten oder abgebrochen waren. Arbeiterhände also: Der Inspektor wunderte sich, dass ihm das nicht früher aufgefallen war, die eingerissenen Fingernägel eines Menschen, der mit den Händen arbeitet. Er blickte auf Susanas unlackierte Nägel, die über die Plastikfolien des Albums strichen, im Licht der von Dämmerung umwölkten Schreibtischlampe, denn draußen herrschte schon tiefe Nacht; und er hatte das Gefühl, aus einem kurzen überraschenden Traum zu erwachen, einem Traum, von dem er mit einem winzigen, aber wertvollen Stückchen Erinnerung zurückgekehrt war, einer Prophezeiung fast, die abgebrochenen Fingernägel, die besser reißen als kratzen konnten, mit schwarzen Rändern vermutlich, in deren Schmutz winzigste Spuren von Fatimas Blut und Haut zu finden waren.

12

Im mondbeschienenen Zimmer hört er den Wecker, die Radiostimme, die klangvolle, warme Stimme einer Frau, die ein Nachtprogramm mit Höreranrufen moderiert, Hure, denkt er, sagt es laut, aber nicht zu laut, damit niemand ihn hört, es ist zwar schon spät, aber man weiß ja nie, die Wände haben Ohren, die Tante hört sich doch an wie eine Nutte, wie die, die sich an der Bar eines Straßenpuffs an dich ranmachen und sagen: Hallo, lädst du mich zu einem Drink ein, und dir die Zigarette hinhalten, damit du ihnen Feuer gibst, und der Drink ist immer Schaumwein oder, schlimmer noch, Apfelspumante der gewöhnlichsten Sorte, genau wie sie, die in diesen Straßenpuffs an der Landstraße arbeiten, hinter der Stadt, wo die Wohnblocks aufhören und die Autohäuser, hinter der letzten Tankstelle, da locken sie mit blinkenden roten Lichtern, dem rötlichen oder bläulichen Schimmer hinter trüben Fensterscheiben, das nackte Elend drinnen, Beschiss, Matratzen ohne Laken, Gläser mit Apfelspumante, der nach Erbrochenem riecht, der Zementboden mit Papierservietten übersät. Die Stimme weckt ihn jeden Morgen, Punkt vier, an Samstagen sogar schon um drei, doch oft kommt es auch vor, dass er bereits wach ist, wenn das Radio angeht, er in der Dunkelheit die roten Ziffern des Weckers beobachtet und auf die Stimme wartet oder überhaupt noch nicht eingeschlafen ist, wie in dieser Nacht auf dem Rücken liegt und raucht, mit dem Licht des Vollmondes im Fenster, im ganzen Zimmer, das sich über alle Dinge legt und ihre Formen hervorhebt, als seien alle Gegenstände aus demselben Material gefertigt, aus Licht und Schatten und Mondstaub, der Kleiderständer und das Bett, der Kleiderschrank, der Spiegel, in dem er sich jetzt sehen könnte, wenn er aufstünde, ohne das Licht anschalten zu müssen, so hell ist es in dieser Nacht.

Im Grunde mag er die Schlaflosigkeit, die Macht, wach und wachsam bleiben zu können, während alle anderen schlafen, das Privileg, manchmal um drei oder vier Uhr morgens durch die leeren Straßen zu gehen, vor allem jetzt, in diesem Winter, der mit seinem Regen und seiner Kälte die Leute noch mehr ans Haus fesselt, mit seinem Regen und seiner Kälte und, nicht zu vergessen, seiner Angst; welche Lust, mit dem Lieferwagen herumzufahren, ohne Gefahr, irgendjemandem zu begegnen, ziellos umherzufahren, Gas zu geben auf den breiten Alleen der Neustadt, bis hinter die Stadtgrenze, wo die roten Laternen blinken, oder mit quietschenden Bremsen und Reifen durch die Gassen der Innenstadt zu jagen, das Scheinwerferlicht plötzlich in den Augen einer Katze erglühend, einer dieser streunenden Katzen, die um die Häuser und die verrotteten Ställe des San-Lorenzo-Viertels streichen, aus dem seine Eltern einfach nicht fortziehen wollen. »Wenn wir tot sind, kannst du das Haus verkaufen«, sagt seine Mutter, »aber vorher nicht.« – »Fehlt ja nicht mehr viel«, sagt der Vater mit makabrem Spott, und zwischen den Wörtern pfeift seine chronische Bronchitis, vielleicht ist es auch Lungenkrebs, hoffentlich, denkt er, sagt es laut, allein in seinem Zimmer vor dem Spiegel in der Kleiderschranktür, nackt steht er davor und betrachtet sich ohne Scham, bleich jetzt im Mondlicht, herausfordernd, jedes Mal, wenn er ins Zimmer kommt, untersucht er sich darin, die Pupillen, die Gesichtshaut, aus Angst vor irgendeiner Krankheit, die Zähne, er sperrt den Mund weit auf, leuchtet mit einer Taschenlampe hinein, verdreht den Kopf und schielt auf Plomben und zahnfaule Stellen, hält beide Hände vor den Mund, um seinen Atem zu riechen, und danach muss er sie wieder waschen.

Immer dieser Geruch an ihnen, der Geruch, den niemand wahrzunehmen scheint, was ihn wundert, aber vielleicht verstellen sich alle nur, weil es sie ekelt, und sagen nichts, genau wie er selbst sich so oft verstellt, nach außen hin lächelnd und innerlich zerfressen von Abscheu und Wut, jawohl, Señora, kleinen Moment, Señora, was darf es heute sein, Señora, aber ich bitte Sie, geh zum Teufel, alte Hexe. Am Tag, wenn die Alten auf sind, schleicht er verstohlen wie ein Pensionsgast aus dem Schlafzimmer und schließt sich im Bad ein, schiebt den Riegel vor, genau wie früher, vor zehn oder zwölf Jahren, als er zu masturbieren begann und sich dazu im Badezimmer einschloss, es sich ansah, als sei es etwas Wunderbares und Bedrohliches, wie es sich von allein aufrichtete, gerötet, mit dieser Einkerbung wie ein leeres Auge, und danach der Geruch, der auch überall war, so verräterisch und verrucht wie der Übelkeit erregende Qualm der ersten Zigaretten. Er musste sich die Hände mit Kernseife waschen, rieb sie so lange, bis sie ganz rot waren, aber dann waren es wenigstens gepflegtere Hände, zwar keine Kinderhände mehr, Hände eines Studenten, eines Bürgersöhnchens, ohne Schwielen, ohne abgebrochene und schmutzige Fingernägel wie jetzt, immer mit einem schwarzen Rand, den wegzukriegen offenbar nicht mehr möglich ist. Er hat sich angewöhnt, morgens, wenn er den ersten Kaffee mit einem Schuss Weinbrand trinkt, die Fingernägel mit einem Zahnstocher zu reinigen, so wie andere sich die Zwischenräume der Zähne reinigen, aber dieser Schmutz sitzt viel zu fest, und die Spitze des Zahnstochers bricht ab, er müsste seine Hände stundenlang in kochendes Wasser halten, und nicht einmal dann. Er duscht so heiß, wie seine Haut es eben aushält, wie unter den Duschen beim Militär, aus denen das Wasser entweder kochend heiß oder eiskalt kam, dazwischen gab es nichts, man verbrannte schier, und plötzlich war man blau vor Kälte, alles schrumpfte einem zusammen, und die Soldaten rissen ihre Witze darüber, seht euch den an, der hat gar keinen, dem muss wohl einer angenäht werden. Unter dem rauschenden Wasser hört er nicht das Klopfen an der Badezimmertür, die er vorsichtshalber immer abschließt, es ist sein Alter, der hereinwill, weil er dauernd pinkeln muss, soll er ins Waschbecken pissen, der alte Sack, denkt er, sagt es laut, weil er das beim Rauschen des Wassers und bei der verschlossenen Tür unbesorgt tun kann, und der Vater geht schimpfend davon, er verbraucht viel zu viel Gas, sagt er, wenn es nach dem Jungen ginge, könne man jeden Tag eine neue Gasflasche kaufen. Er berührt sich langsam, denkt sich Sachen aus, merkt, wie es wächst, violett und eigensinnig unter dem Wasserstrahl, allerdings nicht wie in den Filmen oder Illustrierten, da muss man sich nichts vormachen, aber diese Typen haben sich ja auch alle operieren lassen, und viele von denen sind schwul, außerdem können sie mit so einer Größe gar nichts anfangen, er geht nicht rein, genau wie bei dem Asturier, den sie in der Kaserne hatten, der zu den Nutten ging und wieder weggeschickt wurde, sobald sie sahen, was er da hatte, so wurde erzählt, und der seine Freundin geschwängert hatte, weil das Kondom platzte, als er kam. Dem da könnte der Asturier als Organspender dienen, ein paar Zentimeter könnte er ihm abgeben, die hat er allemal übrig, sagte ein anderer, der ihn aus der Dusche kommen sah, bevor er noch Zeit hatte, sich das Handtuch vorzuhalten. Er zitterte vor Kälte, und er war ihm zusammengeschrumpelt, wenn er erst mal wieder warm geworden war, würden sie schon sehen, sie sollten ihn nur mal mit ihren Freundinnen oder Schwestern allein lassen, dann würde er es ihnen beweisen. Aber tagsüber hat er einfach keine Ruhe, wenn die beiden Alten wach sind, muss er Bad und Schlafzimmer immer abschließen, darum ist die Nacht besser, die Schlaflosigkeit, selbst wenn er dann morgens wie ein Schlafwandler herumläuft und sich nur mit Kaffee und Cognac wach hält und seine Nerven vibrieren vor lauter Kraft in seinen Muskeln, in seinen Fingern, obwohl er ja nicht von Hormonen aufgeputscht ist wie diese Körperkulturschwuchteln mit ihrem sehnigen, ölglänzenden Bizeps. Als die Alte sah, wie er den Riegel an die Tür schraubte, blickte sie ihn mit traurigem Gesicht an, ein anderes kannte er gar nicht, als sei sie schon zu Lebzeiten tot. Ach, Junge, wenn man dich so sieht, du brauchst dich doch vor uns nicht zu verstecken. Immer schließt er sich ein, wie mit zwölf Jahren, im Dunkeln und unter der Bettdecke, darauf bedacht, dass die Sprungfedern kein Geräusch machen, auf der Latrine im Hof und später im Badezimmer, als sie eins bekamen, unter dem Hemd verborgene Hefte und später in Einkaufstüten gewickelte Videos, nur wegen der Bilder auf den Hüllen, denn die Alten können weder den Apparat bedienen noch einen Film einlegen, sie sind so begriffsstutzig, dass sie zuerst nicht einmal mit der Fernbedienung zurechtkamen, und jetzt legen sie sie gar nicht mehr aus der Hand. Die Mutter drückt genauso schnell auf den Knöpfen herum, wie sie früher die Perlen des Rosenkranzes durch die Finger gleiten ließ, unglaublich, die Alte, wie besessen schaltet sie von einer Seifenoper zur andern, und wenn sie den Ton lauter stellen will, passt sie es nie richtig ab, das ganze Haus erdröhnt, doch den beiden ist das egal, es könnte ein Erdbeben oder eine Feuersbrunst geben, sie würden weiter in den Fernseher starren und doch nichts begreifen, weder Filme noch Nachrichten, noch die Sonntagsmesse, vor allem, wenn der Papst sie liest, fängt die Alte an zu weinen und wirft ihm

Handküsse zu, der Vater wirft ihr aus den Augenwinkeln hass-
erfüllte Blicke zu und sagt nichts dazu, röchelt nur mit seinem
verstopften Bronchien oder Lungen, seinem Emphysem oder
seiner Krebsgeschwulst, er hätte nicht zeitlebens diesen stinkenden Tabak rauchen sollen, diesen Krüllschnitt, der die Luft
verpestete, die selbst gedrehten, versabberten Kippen, die er in
die Hosentaschen steckte, wenn er sie ausgemacht hatte.

Riegel an der Tür zum Badezimmer und zu seinem Zimmer, Schlösser an den Schrankschubladen, und die Alte tastet
immer herum, als wäre sie blind, und sagt: Als ob du Angst
hättest, dass ich dich bestehlen könnte. Aber nicht einmal
nachts hat man ganz seine Ruhe, schon gar nicht, wenn die
Frauenstimme im Radio zu hören ist, so süßlich und falsch
wie die einer Hure klingt sie, lacht, wenn ein Typ ihr am Telefon eine Zweideutigkeit sagt, tut empört, ich muss wohl mit
der Schere kommen, wenn ich dich in so einer Nacht mal anrufen würde, denkt er, wenn ich dir erzählen würde. Nicht
einmal dann ist es ganz still, er hört die beiden in ihrem Zimmer schnarchen oder husten, manchmal sprechen oder strei-
ten sie sich leise, mit diesen seltsam klingenden Stimmen, die
die Leute kurz vorm Einschlafen haben, beide bis zum Kinn
unter der Decke, die Köpfe zusammen, Totengesichter, einmal
hat er nachts in ihr Schlafzimmer geschaut und sie im Licht
der Flurlampe da liegen gesehen, beide mit eingefallenen Gesichtern, mit herausgenommenen Gebissen, dieser Geruch
von alten Leuten, von Ausdünstungen unter der Decke und
Urin im Nachttopf, den sie immer noch benutzen, obwohl das
heute keiner mehr tut, wenigstens ist er aus Plastik und nicht
mehr einer von diesen glasierten Tontöpfen, die sie bis vor
kurzem noch hatten, diese unverbesserlichen Saurier, wie Mu-
mien liegen sie unter dem Kruzifix, das über dem Kopfende
des Bettes an der Wand hängt, zur Hochzeit haben sie es be-

kommen, genau wie den alten Wecker auf dem Nachttisch, mit seinem schwefeligen Schimmer auf den Zahlen und Zeigern, vor dreißig Jahren muss er das Allerneueste gewesen sein, so modern, dass man nicht mal Licht machen musste, um zu sehen, wie spät es war. Auf jedem Nachttisch steht ein Plastikbecher mit einem Gebiss und daneben eine Figur der Heiligen Jungfrau del Gavellar aus Plastik, angemalt, als wäre sie aus Silber. Die Alte hatte vor ihrer Figur immer ein Öllämpchen angezündet, bis einmal fast das ganze Haus abgebrannt war, als sie nach dem Becher mit dem Gebiss getastet hatte und mit dem Ärmel ihres Nachthemds in das Flämmchen der Öllampe geraten war, und er war von ihrem Schreien wach geworden, kaum dass er eine halbe Stunde geschlafen hatte, und hinterher kriegte er kein Auge mehr zu, und das, nachdem er den ganzen Tag wie ein Tier geschuftet hatte. Die beiden hätten lichterloh brennen können, bei diesen Gasen in ihrem Zimmer, all den Wollsachen, den alten Decken und Laken, nach denen es in der Dunkelheit roch, und mit ihnen hätte das ganze Haus abbrennen können mit seinen Zimmerdecken aus Rohrgeflecht und Gips, über die man nachts die Ratten huschen hörte, und seinen alten Tragbalken, in denen der Holzbock rumorte. Nie ist es still, nie kann man sicher sein, sich nicht in Ruhe nachts um eins einen Film ansehen, nicht einmal das, da schuftet man von morgens bis abends und darf sich hinterher doch wohl ein paar Gläschen gönnen und ein Video angucken, aber nein, immer belästigen sie einen, stehen nachts um zwei auf, um Wasser zu trinken oder pinkeln zu gehen oder weil sie vergessen haben, ihr Gebiss ins Wasser zu legen, widerlich, schließlich hat er sich einen eigenen Fernseher gekauft und in sein Zimmer gestellt und das Videogerät angeschlossen, mit seinem Geld kann er tun, was er will, soll der Alte ihn ruhig fragen, soll er sich nur unterstehen. Seitdem hat er seine Ruhe, wenn er sich einschließt und Filme schaut, wie früher, wenn er sich mit einer Illustrierten im Klo einschloss, außerdem stellt er den Ton leiser, obwohl er dann die Schreie, das Stöhnen und Schmatzen nicht mehr so laut hört, wie er es gerne hätte, als wäre eine dieser Frauen bei ihm und würde ihm all diese Sachen ins Ohr flüstern, die sie immer sagen, und die Zunge so weit vorstrecken, dass ihre feuchte Spitze sein Trommelfell berührt. In dieser Lautstärke wurden früher die Filme im Prinzipal-Kino gezeigt, bevor es geschlossen wurde, zwei Filme zum Preis von einem bei durchgehender Vorstellung, der Nachteil war nur gewesen, dass das Kino gleich um die Ecke lag, der Kartenverkäufer kannte ihn bestimmt, aber er nahm seinen ganzen Mut zusammen, und es war ihm egal, seinen Mut und seinen Verstand, immerhin tat er nichts Unrechtes, dafür arbeitete er ja rund um die Uhr und machte sich das Kreuz kaputt, er bezahlte die Eintrittskarte von seinem eigenen Geld und konnte sich jeden Film angucken, den er wollte, schließlich war er volljährig, war es schon, lange bevor er achtzehn wurde und zum Militär musste. Nichts davon nahm ihm jedoch die Beklemmung, wenn er sich dem Kassenhäuschen näherte, sich verstohlen umschaute, ob nicht jemand in der Nähe war, der ihn kannte, wenn er dem Kartenabreißer die Eintrittskarte gab, die ersten Male vor allem, doch wenn er dann das Dämmerlicht der Flure betrat, die nach billigem Raumspray rochen und nach Feuchtigkeit von alten Wänden, kümmerte ihn nichts mehr, der Boden schien ein wenig abschüssig zu werden, dem einzigen Zweck dienen, die Schritte leiser und entschlossener vorwärts zu treiben durch einen Tunnel warmer Heizungsluft, der in Abständen von roten Notlämpchen beleuchtet wurde, und noch bevor er den schweren, roten oder granatfarbenen Vorhang beiseiteschob, hörte er schon Stöhnen, Wortfetzen und Schreie, die schmatzenden Geräusche des Saugens und Stoßens, und wenn er sich dann setzte, war er anfangs wie betäubt von den unvorstellbaren Ausmaßen der Dinge, die sich auf der Leinwand bewegten, der Verrenkungen, der anatomischen Einzelheiten offen dargebotener Leiber, der in Großaufnahmen zerlegten oder so verschlungenen und in solcherart Stellungen aufgetürmten Körper, dass er zuerst gar nichts unterscheiden und erkennen konnte. Und um ihn herum, in den Sesseln des Parketts, im schummrigen Licht, in dem hier und da noch ein verkommener Rest der Talmipracht früherer Zeiten aufschimmerte, sah er vereinzelte reglose Köpfe, nicht viele und nie in Gruppen beisammen, von alten Männern meist, Leuten, die ihre Mäntel im Kino anbehielten und so hastig verschwanden, wie sie hereingekommen waren, aus Angst vielleicht, das Licht im Saal könne plötzlich angehen, wozu es in Wirklichkeit niemals kam. Manchmal hörte man in der erwartungsvollen Stille des fast leeren Kinos ein Ächzen oder einen Seufzer, ein Hüsteln, jemand bewegte sich unter Knarren von altem Holz in seinem Sessel oder stand plötzlich auf und ging hinaus, sodass man sich auch nicht auf den Film konzentrieren konnte. Dasselbe passierte ihm, wenn er sich in seinem Zimmer eingeschlossen hatte und den Alten über den Flur schlurfen oder husten hörte und ihm einfiel, dass der Riegel ja nicht vorgeschoben war, und alles wurde ihm verdorben, im schönsten Moment des Höhepunktes, auf den er alles ausgerichtet hatte, wenn sein zuckendes Aufbäumen mit dem des Kerls zusammenfiel, der im Film das Gesicht und den Mund einer Frau besudelte, die sich dann mit ihrer langen Zunge alles ableckte, bestimmt wurden ihre Zungen gemessen, bevor sie den Filmvertrag bekamen. »Ich will ja nichts sagen, aber als Pornodarsteller hast du keine Zukunft, mein Junge«, sagte der Typ in der Kasernendusche und schaute ihm grinsend, zwischen die Beine, selber noch nackt, und rieb sich mit dem Handtuch ab, ohne jede Scham, weil ihm sein eigener schwer zwischen den Beinen baumelte, mit Sicherheit war das verdammte Wasser aus seiner Dusche nicht so kalt herausgekommen. Er hört die Stimme der Frau im Radio, und gleich wird ihm ganz heiß, Viertel nach drei, sagt die Stimme, leise, gurrend, in der zweiten Person, als spreche sie allein zu ihm in seinem Schlafzimmer. »Wo immer du bist, sollst du wissen, dass ich bei dir bin«, sagt sie, und er ist schon aus dem Bett gesprungen, ohne die Lampe anzumachen, im Mondlicht steht er bleich vor dem Spiegel und denkt, wenn du wüsstest, wo ich bin, wer ich bin. Rasch und lautlos zieht er sich an, schaut auf die Uhr, bewegt sich wie eine Katze in der Dunkelheit, stellt er sich vor, zwischen den Gegenständen, auf die das Mondlicht fällt, er verharrt regungslos, horcht auf den Flur hinaus, hört das Schnarchen der Alten, ihres leiser, seines, als hätte er Steine oder Schlamm in der Lunge, zieht die Jacke an, bindet die Schnürsenkel seiner Turnschuhe, schließt die Schrankschublade auf, fährt mit dem Finger prüfend über das Messer, bevor er es in die Gesäßtasche seiner Hose gleiten lässt, geschmeidig springt die Klinge heraus, schimmernd in der Helligkeit des Mondes, dann das Feuerzeug und die Zigaretten, die Autoschlüssel, die Hausschlüssel, eines Tages macht er das alles nicht mehr mit, dann lässt er sie unter dem Leichentuch ihres Totenbettes zurück, schließt hinter sich ab und kommt nie mehr zurück. Aber noch ist der Tag nicht angebrochen, als er auf die Straße tritt, auf das Kopfsteinpflaster der Gasse, aus der sie nicht fortziehen wollen, es ist windstill, und die Luft mild, genau wie das Licht des Mondes, noch über eine halbe Stunde bis vier, ziellos lässt er sich treiben, über leere Straßen und Plätze, an verlassenen Häusern vorbei oder solchen, in denen nur noch alte Leute wohnen. Ohne ersichtlichen Grund beginnt sein Herz heftiger zu schlagen, als er die bekannte Richtung einschlägt, er zündet sich eine Zigarette an, zieht den Rauch in die Lunge, beißend liegt er in der Nachtluft, schwebt glitzernd durch die Gasse, umweht seinen gesenkten Kopf, er geht mit pochender Brust, als nähere er sich dem Eingang des Prinzipal-Kinos, als habe er den Wagen auf dem Standstreifen der leeren Landstraße abgestellt, in stockfinsterer Nacht, und nähere sich nun dem roten und bläulichen Blinken einer Neonschrift, einem Haus, dessen Fenster in schmieriger, rötlicher Helligkeit schimmern.

13

Die vier saßen im Wohnzimmer, wo der große Fernseher jetzt immer ausgeschaltet war, als Zeichen der Trauer, einer Trauer, die so alt und so unwiderruflich war wie jene, die viele Jahre früher dazu geführt hatte, dass man nach dem Karfreitag die Kruzifixe und Heiligenstatuen in den Kirchen mit violetten Tüchern verhängte. Sie hatten sich bis vor einigen Minuten unterhalten, mit leisen Stimmen, so wie man auf Beerdigungen oder in Krankenzimmern spricht, hatten über alltägliche Dinge geredet, die nicht einmal mehr mit Fatima zu tun hatten, Kommentare über das Wetter oder über die Schule, an deren Ende stets ein Überhang an Stille blieb, in der jeder sinnierte, bis jemand wieder etwas sagte, die Frau oder Susana, ein paar triviale und schwierige Worte, die die stumme Zustimmung eines Kopfnickens bekamen, oder nicht einmal das, denn der Mann, der Vater, schien überhaupt nicht zuzuhören, wollte von ihnen und von der Welt nichts mehr wissen, wartete nur, knetete seine Hände in der Erwartung, dass das Telefon klingelte, dass er nur ein einziges Mal den Mörder seiner Tochter in die Finger bekäme.

Je näher die Stunde heranrückte, desto länger wurde das Schweigen zwischen ihren Worten, der Vater und die Mutter auf dem Sofa, der Inspektor im Sessel neben dem Telefon, das, so hofften und so fürchteten sie, Punkt Viertel vor sieben klingeln würde, und Susana Grey, Señorita Susana, allen gegenüber auf der anderen Seite des niedrigen Glastisches, auf dem ihr abgestandenes Bier und der Aschenbecher und ihre Zigarettenschachtel standen, aufrecht saß sie in ihrem Sessel ohne Brille jetzt, mit steifem Rücken, die Knie ihrer Cordjeans dicht nebeneinander, abgewetzt die Hose von den vielen Gängen zur Schule und vom Arbeiten im Winter. Sie war es, die den Inspektor angerufen hatte, auf Drängen der Mutter, die erst nicht wollte, dass ihr Mann von ihrer Bitte um Hilfe erfuhr: »Er sagt, das nützt doch nichts, die Polizei hilft uns nicht, aber wenn Sie dabei sind, wird er schon nichts dagegen haben.«

Und jetzt, um zwanzig vor sieben, lauschten sie dem schwerfälligen Gang einer Wanduhr, vermieden es, sich anzusehen, hatten längst keine Worte mehr, die einen Blickkontakt gerechtfertigt hätten, längst keine wohlfeilen Phrasen mehr, die dem Inspektor oder Susana die vom Unglück entzündeten Augen des Mannes und der Frau hätten erträglich machen können, ihre verkrampften, von Schmerz und Hass und Tränen und Schlaflosigkeit verwüsteten Gesichter. Sie saßen auf dem zu engen Sofa unfreiwillig nah beisammen, aneinandergelehnt, heillos besessen von dem Ausmaß und der Sinnlosigkeit ihres Unglücks, hatten etwas von Unberührbaren, von Ausgestoßenen, wie die Leprakranken früher, gleichgültig längst gegen Abscheu und Mitleid. Der Mann rang seine Hände zwischen den Knien, stöhnte und biss die Zähne zusammen, die unrasierten Wangen angespannt, fuhr sich mit gespreizten Fingern durch das struppige Haar und beugte sich ein wenig weiter vor, starrte selbstvergessen auf etwas, das er vielleicht gar nicht sah, ein Glasfigürchen oder die Spitzen seiner Schuhe. Er dachte nur noch an eins, sagte er, für nichts anderes lebte er mehr, als den da zu packen und umzubringen, wie der es mit seiner Tochter gemacht hatte, genauso langsam, den müsste ich in die Finger kriegen, und wieder rang er seine Hände in doppelt nutzloser Verzweiflung und Kraft, denn schon seit Monaten und Jahren taugten seine Hände nicht mehr für die Arbeit, und vermutlich würden sie es auch nicht schaffen, Fatimas Mörder zu erwürgen, von dem er immer sprach, als würde er ihn kennen, »den«, sagte er, niemals »ihn«, und die Fruchtlosigkeit seiner eigenen Wut erzürnte und vergiftete ihn immer noch mehr, sodass er nichts anderes mehr empfinden konnte als Hass. Hass war die Grundlage seines Umgangs mit anderen, die einzige Verbindung, die er noch zu ihnen hatte: Er hasste den Mörder, aber auch die Polizei, die nicht fähig war, ihn zu fassen, und die Journalisten, die in den ersten Tagen sensationslüstern das Haus belagert hatten, sich respektlos durch die Tür und in den Aufzug drängten und später mit derselben leichtfertigen Gleichgültigkeit abzogen, mit der sie gekommen waren, als sei der Tod des Mädchens ein beliebiges gesellschaftliches Ereignis, für die Klatschspalten, in zwei Tagen wieder vergessen; und mehr noch als die Polizisten und Journalisten hasste er die Richter, die solche Verbrecher wieder freiließen, die Leute auf der Straße, denen er nicht mehr in die Augen sehen konnte, weil er die schäbige Neugier oder Mitleidigkeit in ihren Gesichtern nicht mehr ertrug, er hasste die Lehrerin, die dem Mädchen die Bastelarbeit aufgegeben hatte, und auch seine Frau, die Fatima zum Einkaufen hätte mitnehmen können und es nicht getan hatte, vor allem aber hasste er sich selbst, weil er sie aus der Wohnung hatte gehen sehen und es ihr nicht im letzten Moment noch verboten hatte, weil er so lange gebraucht hatte, bis er misstrauisch wurde und sich sorgte, weil er seitdem gar nichts mehr getan hatte, nur seinen Hass genährt und händeringend auf dem Sofa gesessen, vor dem ausgeschalteten Fernseher im Wohnzimmer, wo die Vorhänge zugezogen blieben, damit sie die Nachbarn nicht sehen mussten, die von den gegenüberliegenden Balkonen herüberschauten, aus nächster Nähe in dieser engen Straße, die plumpen, nutzlosen Hände eines etwas über vierzigjährigen Arbeitslosen, die, wie auch sein Gesicht, noch immer Spuren der Arbeit bei Wind und Wetter auf Gerüsten und in Baugruben zeigten, doch mit Sicherheit nie wieder eine anständige und dauerhafte Betätigung finden würden.

»Viertel vor sieben«, sagte Susana leise.

»Er wird schon anrufen«, sagte der Vater, ohne jemanden anzusehen, den Blick starr auf seine über dem Knie gefalteten Hände gerichtet. »Er ist sicher schon auf dem Weg zum Telefon.«

Auch seine Frau schaute er nie an, wenn er sprach. Sein Gesicht trug stets einen Ausdruck mühsam beherrschten Vorwurfs und unterdrückter Feindseligkeit, da er alle Welt dafür verantwortlich machte, dass dieses Unglück gerade ihm zugestoßen war. Man konnte ihm sein Beileid aussprechen, Telegramme schicken, Hilfe anbieten, aber das waren alles nur Worte. Denn die Töchter der anderen waren nicht geschändet und ermordet worden, und niemand konnte daher sein Leid verstehen oder mit ihm teilen, das ihn wie eine luftdichte Kapsel der Verzweiflung von den übrigen Menschen isolierte, deren Trost ihn nicht erreichte: lautlos sich bewegende Lippen, an eine undurchdringliche Glaswand gepresste Gesichter. Keinen, über den nicht dasselbe Unheil hereingebrochen war wie über ihn, konnte er als seinesgleichen anerkennen; aber auch von seiner Frau hielt er sich fern und von den beiden Kleinen, denen er nicht mehr die teilnahmslose Geduld entgegenbrachte, mit der er unerschütterlich ganze Nachmittage ihren Zankereien beiwohnte, ihrem schrecklichen Geplärre, ihren zu häuslichen Katastrophen sich auswachsenden Spielen in dem engen Wohnzimmer, in dem so viel kaputtgehen und schmutzig werden konnte: umgekippte Gläser Schokomilch auf dem Sofabezug, zerbrochene Glasfigürchen, deren Splitter sich in die stets barfüßigen Kindersohlen zu bohren drohten, und er mittendrin vor dem Fernseher, wo er sich Fußballspiele oder endlose Wiederholungen von Auto- und Motorradrennen anschaute, die seiner Frau noch mehr Kopfschmerzen verursachten als das Geschrei der Kinder.

Sie hatten sie zu ihrer Schwester gegeben, die in einem Dorf in der Nähe wohnte, erzählte sie, fürs Erste, ein paar Monate wenigstens, und während sie davon berichtete, stellte sie ein paar lauwarme Bierflaschen und eine Coca-Cola für den Inspektor auf den Tisch, schwermütig und gebrochen in ihren Bewegungen, verschüchtert und dienstfertig den Besuchern gegenüber, die Eindruck auf sie machten, besonders die Lehrerin mehr noch als der Inspektor, denn für Susana empfand sie eine bedingungslose Verehrung, die sie jahrelang mit ihrer Tochter geteilt und nun von ihr geerbt hatte, die dankbare Verehrung einer Frau, die ihre eigene Unwissenheit kennt und daran leidet und weiß, dass die Lehrerin ihrer Tochter helfen wird, dem Schicksal zu entgehen, welchem sie, die Mutter, nicht hatte entfliehen können. Sie waren ungefähr im gleichen Alter, aber die Lehrerin wirkte auf sie viel jünger, entschlossener, mit dem Selbstbewusstsein einer unabhängigen berufstätigen Frau, die den Mut aufgebracht hat, in keines Menschen Schuld zu stehen und ganz allein ihren Sohn durchzubringen. Sie siezte sie natürlich, bediente sie als Erste von allen, fragte sie unablässig, die Hände im Schoß, ob das Bier so recht sei, ob sie noch ein paar Erdnüsse oder etwas Käse wolle, blieb neben ihr stehen, wagte sich nicht wieder hinzusetzen, war aufmerksam und zugleich abwesend, in Trauer verloren auch sie, in einer Trauer allerdings, die mit der ihres Mannes nicht viel gemein hatte, da sie des schleichenden Gifts des Hasses entbehrte.

»Möchten Sie noch ein Bier, Señorita Susana? Soll ich Ihnen noch ein paar Oliven bringen?«

Warmes Bier, warme Coca-Cola, Tellerchen mit knusprigen Schwarten, leicht ranzig schon, mit Erdnüssen und Käsewürfeln, von denen kaum einer aß, weil niemand die Stille mit knarzenden Kaugeräuschen verunglimpfen wollte, weil sie, je weiter die Zeit auf Viertel vor sieben rückte, nur warten konnten, regungslos der Wanduhr lauschend, den Geräuschen, die gedämpft von der Straße heraufdrangen wie von einer anderen Welt, der Welt, die bis zu jenem Tag und jener Stunde existiert hatte, in der Fatima mit ihren Wachsmalstiften und dem Malkarton nicht vom Schreibwarenladen heimgekommen war. Mit gesenkten Köpfen, nervös, mit dem unbändigen Wunsch, die Zeit möge verstreichen und sie könnten endlich gehen, ließen Susana und der Inspektor ihre Blicke verstohlen über die Gegenstände gleiten. Der Handgriff des Flaschenöffners hatte die Form einer Pilgermuschel und diente zugleich als Aschenbecher: *Erinnerung an Compostela.* Das Kommunionsfoto von Fatima hing über dem Sofa, besonders auffällig wegen des pompösen Goldrahmens und der grellen Farben auf dem Papier, dessen gerasterte Struktur ein Ölgemälde imitierte. Das weiße Kleid des Kindes mit seinem hochzeitlichen Tüll und Spitzenbesatz, das kindliche Gesicht mit den lächelnden Augen und auseinanderstehenden Zähnen, halb dem Betrachter zugewandt vor einem von Schwarz nach Neonblau changierenden Hintergrund.

»Bitte, Señorita, nehmen Sie sich von den Oliven, sie sind hausgemacht, die mögen Sie doch so gern.«

Doch nur selten griff jemand zu, das Bier in den Gläsern wurde warm, und der Schaum verflüchtigte sich, so wie auch das Gespräch erlosch, während die Minuten vergingen, die letzten Minuten des Wartens, vielleicht, denn mehrere Wochen nach dem Tod des Mädchens hatte sich der Anruf, der in den ersten Tagen um Punkt Viertel vor sieben kam, zwar wiederholt, aber nicht jeden Tag, sondern jeden Mittwoch, dem Tag des Verschwindens, und genau zur selben Zeit. Das Telefon schrillte in der engen Wohnung, in der kein Kindergeschrei, keine Musik und keine Stimmen aus dem Fernseher mehr zu hören waren, und der Mann und die Frau erstarrten bei dem Geräusch, denn für sie würde es immer den Klang der erschütternden Nachricht behalten. Sie warteten mit klopfenden Herzen, hypnotisiert von dem Geräusch, ohne den Hörer abzunehmen, in der Hoffnung vielleicht, das Klingeln werde aufhören, doch es hörte nicht auf und wurde immer schriller, bis der Mann abrupt den Hörer nahm, den er aber nicht direkt an sein Ohr hielt: »Ja?«, sagte er mit jener rauen, brüchigen Stimme, die er seit der Beerdigung hatte, aber im Telefon war zunächst nichts zu hören, ein Atmen vielleicht oder das statische Knistern der Leitung, doch bevor er auflegte oder Flüche ausstieß, sagte eine männliche Stimme, ganz leise, aber deutlich vernehmbar, jede Silbe mit den Lippen an der Sprechmuschel sorgfältig betonend:

»Fatima.«

Danach legte er auf, und er rief erst am nächsten Mittwoch wieder an. Der Mann hielt den Hörer noch in der Hand, als die Verbindung längst unterbrochen war, fluchte und ließ seine ganze sinnlose Wut aus, indem er die schlimmsten Beleidigungen in einen Telefonhörer ohne Verbindung brüllte, alles, was seine Sprache an Verwünschungen hergab, und dann stand er plötzlich mit rotem Gesicht da, still und stumm, und sein Mund verzerrte sich zu einer fassungslosen Grimasse kindlichen Schluchzens.

Aber er weigerte sich, Hilfe anzufordern, noch einmal die Polizei zu rufen, wozu, was hatten die schon getan, zu was war das Begräbnis gut gewesen und die Menschenmenge mit Transparenten und Fotos von Fatima und brennenden Kerzen unter den Regenschirmen, was würden sie schon unternehmen, als immer dieselben Fragen zu stellen, ihn zu bitten, Formulare und Aussagen zu unterschreiben, und die Nummer seines Ausweises zu vermerken und zu sagen, ja, Geduld, man mache Fortschritte, gehe Spuren nach, verhöre Verdächtige, Lüge, schrie er und lief im Esszimmer hin und her, das viel zu vollgestellt war mit Möbeln, mit allen möglichen Dingen, mit Bildern, gerahmten Fotos, gehäkelten Deckchen, Schmucktellern, Figürchen aus Glas oder Porzellan, nutzlos für die Arbeit und um Gerechtigkeit für den Tod seiner Tochter zu üben, ein Parasit, impotent, sagte er und brach in Tränen aus, den Mund weit aufgerissen und die Hände vors Gesicht geschlagen, als hätte man mich kastriert.

Eines Nachmittags war die Frau zur Schule gegangen, fünfzehn oder zwanzig Minuten nach Ende des Unterrichts, weil sie die Kinder nicht sehen wollte, und als sie dann vor Señorita Susana stand, fielen sich die beiden Frauen in die Arme und weinten, dachten an die vielen früheren Besuche, die sie abgestattet hatte, um zu fragen, wie es dem Mädchen in der Schule gehe, um das zutiefst empfundene Lob entgegenzunehmen, das in den Worten der Lehrerin lag. »Ihre Tochter ist ein Schatz, in all diesen Jahren habe ich keine drei Schüler wie sie gehabt.« – »Halten Sie sie streng, Señorita, sie ist ein bisschen verträumt, und der Jammer ist, dass ich ihr bei den Hausaufgaben nicht helfen kann, sie fragt mich etwas, und ich sage zu ihr, Kind, wen fragst du denn da.« Sie wollte, dass ihre Tochter etwas lernte, hatte mit Susana eine stillschweigende Übereinkunft getroffen, so etwas wie einen geheimen Pakt unter Frauen, damit ihre Tochter ein weniger schmerzliches und unterworfenes Leben führen könne als sie. Die Kleinen machten ihr nicht so viel Sorgen, denn Jungen haben immer Vorteile, selbst wenn sie dümmer sind, aber das Mädchen sollte lernen, durfte keinen Tag, keine Schulstunde verpassen, keine Prüfung auslassen, sie brauchte alles Wissen und alle Intelligenz, mit der die Jungen sich brüsteten, um sie dann nutzlos zu vergeuden, und auch alle Willenskraft, die Beharrlichkeit und Klugheit der Frauen, um stark zu werden, um als erwachsene Frau ein Leben führen zu können, in dem sie nicht dem Wohlwollen oder der Grausamkeit eines Mannes ausgeliefert war, nicht gefesselt von Kindern, Ehemann und eintöniger Hausarbeit, die einen fertig machte und zugrunde richtete und nichts einbrachte, weder sichtbare Ergebnisse noch Dank. Einmal, am letzten Schultag des vergangenen Jahres, als sie ihr Fatimas Noten mitteilte, hatte Susana sie gefragt, was ihr größter Wunsch für ihre Tochter sei, wenn sie einmal erwachsen wäre, und sie hatte, ohne zu zögern, mit hingebungsvoller Gewissheit geantwortet: »Ich möchte, dass sie so wird wie Sie.«

Die Wanduhr schlug feierlich die letzte Viertelstunde vor sieben, und alle wandten instinktiv die Köpfe zum Telefon, das immer noch stumm blieb neben dem Mann, in dessen Reichweite es stand.

»Denken Sie daran«, sagte der Inspektor, »Sie müssen ihn hinhalten, wenigstens eine Minute, damit wir den Anruf zurückverfolgen können.«

»Womit denn?«, fragte der Mann und blickte ihn von der Seite an, um den Mund einen Zug von Ermüdung oder Sarkasmus. »Sie haben ja nicht einmal ein Aufnahmegerät dabei.«

»Was redest du denn da, er weiß doch wohl besser, was zu tun ist, als du«, und wen die Frau dabei mit entschuldigender Miene anschaute, war nicht der Inspektor, sondern Susana.

»Das Gespräch wird in der Telefonzentrale aufgezeichnet«, sagte der Inspektor, und im selben Moment, alle aufschreckend, als hätten sie nicht die ganze Zeit nur auf diesen Augenblick gewartet, schrillte wie ein Aufschrei das Telefon.

»Lassen Sie es ein paar Mal klingeln.« Der Inspektor hielt die Hand von Fatimas Vater fest. »Jetzt. Sprechen Sie mit ihm, halten Sie ihn wenigstens eine Minute hin.«

Er hatte so leise gesprochen, als wolle er sich hüten, von dem gehört zu werden, der in der Leitung war. Susana hatte sich eine Zigarette angezündet, saß ihm aufrecht gegenüber, ohne ihn zu sehen, das Gesicht hinter dem Rauch angespannt, die Augen ernst. Sie lauschten der Uhr, den zäh verrinnenden Sekunden und den Schlägen, die so langsam aufeinander folgten, dass es ihnen wie eine Ewigkeit vorkam, eine Minute. Der Mann aber sagte nichts, schluckte, hielt den Hörer mit seiner rechten Hand umklammert, deren Innenfläche sich vermutlich schweißnass gegen die Plastikoberfläche drückte. Er lauschte angestrengt, doch aus dem Telefon kam kein Laut, nicht einmal das Atmen vergangener Male, eine absolute Stille nur, die die Gegenwart am anderen Ende der Leitung noch finsterer und schmutziger erscheinen ließ, die spottende, grausame Entschlossenheit, die in diesem Augenblick jemanden beflügelte, wahrscheinlich nicht den Mörder, darauf hätte der Inspektor gewettet. Er machte dem Mann mit der Hand ein Zeichen, drängte ihn, etwas zu sagen, doch der war vollkommen abwesend, versunken im Schweigen des anderen, und alles, was man vernahm, war das schmatzende Geräusch seiner Zunge im speichelleeren Mund. Er nahm den Hörer ein wenig vom Ohr, und da hörten sie alle ein Atmen, das stärker wurde, dann die Stimme, schwach und dunkel, fern und doch ganz nah, lauernd nah und körperlich abstoßend, die den Namen aussprach und sorgsam jede Silbe betonte und gleich darauf abbrach, als nicht einmal vierzig Sekunden vergangen waren.

»Fatima.«

14

»Er steht morgens um acht Uhr auf. Als Erstes schaut er, noch im Pyjama, auf die Straße. Für einige Sekunden schiebt er den Vorhang zur Seite, wirft zuerst einen Blick auf die gegenüberliegenden Fenster und dann auf die Straße. Er beobachtet die geparkten Autos und merkt sich ihre Kennzeichen. Um halb neun verlässt er das Haus. Anzug, Krawatte, dunkelgrüner Anorak. Dritter Stock links. Calle Granados 14, fünfstöckiges Wohnhaus mit zwei Fahrstühlen. Gegend der unteren Mittelschicht, ein gutes Stück vom historischen Stadtzentrum entfernt. Reinmachefrau für den Eingangsbereich des Hauses, mittwochs und freitags. Die Straße mündet in eine viel befahrene Hauptstraße, die auf die Umgehungsstraße führt, etwa zwei Kilometer vor der Abfahrt nach Madrid. Schnellster Weg: zu Fuß bis zur Hauptstraße, von dort neunzig Kilometer schlechte Landstraße bis zur Autobahnauffahrt in Bailén.«

Wer jedoch kann die Wahrheit nur mit Hilfe seines Verstandes oder durch bloßes Erraten herausfinden, wenn keiner etwas vermutet, niemand etwas entdeckt, es sei denn durch eine Beichte oder eine Anzeige, jedes Gesicht ist eine perfekte Maske, und kein Auge glänzt aus dem Hinterhalt eines schwarzen Schleiers. Die Toten sprechen, sagt Ferreras, im Gegensatz zu den Lebenden bergen sie keinerlei Geheimnis, jenseits der Scham und des Lebens zeigen sie stumm alles, was sie waren, ihr jämmerliches, entblößtes, gemeines Innerstes, die halb verdaute gelbliche Pampe dessen, was sie kurz vor ihrem Tod gegessen haben, die Spur ihrer Laster, Teer in den Lungen, vom Alkohol geschwollene Lebern, kariöse Zähne, schmalzverstopfte Ohren, Schließmuskelreizungen wegen mangelnder Hygiene, die Spuren der Arbeit an ihren Händen, Nikotinflecke, Verätzungen von der Arbeit mit Gips, Tintenspuren. »Fatima hatte Tinte von einem Filzschreiber an der Zeigefingerkuppe der rechten Hand und eine leichte Schwiele am Mittelfinger, wie Kinder sie bekommen, die beim Schreiben den Stift verkrampft in der Hand halten.«

»Er fährt einen alten silbergrauen Renault 18 mit Kennzeichen von Bilbao, denselben, der schon in früheren Berichten erwähnt wird. Parkt ihn nie auf der Straße. Hat einen Garagenplatz gemietet, der vierundzwanzig Stunden bewacht wird. Er benutzt das Auto so gut wie nie. Nur an Sonntagen fährt er um zehn Uhr morgens mit unbekanntem Ziel davon. Kommt erst gegen Abend zurück. Nimmt täglich einen anderen Weg zum Polizeipräsidium. Trifft immer um kurz vor neun dort ein.«

Doch ob er mit den Lebenden wirklich Mitleid haben konnte, dessen war sich Ferreras nicht sicher, denn was er immer stärker empfand, während ihm die letzten Jahre der Jugend abhanden kamen, waren Unverständnis, Zwiespalt, Zorn, Misstrauen und Entsetzen, der immer deutlichere Wunsch, sich von der Welt abzuwenden und sie aus der Distanz zu beobachten, in ihren Lauf allein durch die rigorose Ausübung seines Berufes einzugreifen, der für ihn wie eine Festung der Klarheit und des Verstandes war, der bescheidenen menschlichen Hoffnung, dass ein paar Dinge, ausgeführt mit der ganzen Begabung und der ganzen Geschicklichkeit, deren ein Mensch fähig ist, dazu beitragen können, die Welt, wie sie sich heute darstellt, zu verbessern, in einem vielleicht winzigen, doch unabweislichen und kostbaren Maß verhindern zu helfen, dass Unvernunft und Beliebigkeit überhandnehmen. In den letzten Jahren hatte er wieder angefangen, Albert Camus zu lesen. Er verstand so gut wie nichts von dem, was um ihn her vorging, was die Zeitungen über Politik berichteten, interessierte ihn nicht, und er lebte schon so lange in dieser abgelegenen Stadt, dass er auch in Sachen Kino und Bücher nicht mehr auf dem Laufenden war, denen er in seiner frühen Jugend ein, wie er heute meinte, übertriebenes Maß seiner geistigen Energien gewidmet hatte. Doch dieses Desinteresse an äußerlichen Dingen wurde durch einen zunehmend bewussten und inbrünstigen Willen ausgeglichen, seine Arbeit so perfekt wie möglich zu machen, sich über wissenschaftliche Neuerungen und medizinische Fortschritte auf der Höhe der Zeit zu halten, seine Analysen und Berichte mit nie nachlassender Präzision, Klarheit und Gradlinigkeit zu verfassen und dabei keinerlei Ausrede gelten zu lassen, heiße sie nun Übermüdung oder schlicht Kapitulation vor der stetig um sich greifenden Tendenz, die Arbeit auf die erstbeste Art und Weise zu erledigen, da ja ohnehin niemand mehr merkt, ob sie schlampig, stümperhaft oder einfach schlecht gemacht war, und wenn sie gut gemacht war, dankte es einem keiner, in diesem durch und durch von Inkompetenz und Korruption beherrschten System. Er kaufte eine Zeitung, und der Tag verging, ohne dass er einen Blick hineinwarf, doch späte er jeden Morgen begierig in den Briefkasten, ob eine der internationalen Fachzeitschriften darin lag, die er abonniert hatte und in denen er bis spätnachts las, wobei er sich Notizen machte, Handbücher und Nachschlagewerke zurate zog, alles mit ernster Konzentration und Ruhe, die man tagsüber vielleicht nicht an ihm wahrnahm, weil er sie im Umgang mit anderen nicht zur Schau trug, wie er auch seine Brille nur aufsetzte, wenn er allein war, jugendliche Koketterie eines Mannes in den Vierzigern.

Innerhalb seines Tätigkeitsfeldes, seines eng umgrenzten Spezialgebiets, das dennoch unerschöpflich war, da es praktisch alle Möglichkeiten menschlichen Lebens und Sterbens umschloss, mochten Rätsel nur in verschiedenen Stufen der Annäherung oder Gewissheit zu erklären und zu lösen sein, aber es gab doch immer unbezweifelbare Tatsachen, auf die man sich stützen konnte, anatomische Auffälligkeiten und chemische Abläufe, die eindeutig festzustellen waren: Anhand der dunklen Flecke und des Grades der Gliederstarre hatte er abschätzen können, wie lange Fatima bereits tot war, und aufgrund einer relativ einfachen Blutuntersuchung konnte er sicher sein, dass der größte Teil des Blutes auf ihrer Kleidung nicht ihr eigenes, sondern das des Mörders war, doch dahinter, hinter den Fachausdrücken seines Berichts, hinter dem Schlusspunkt und seiner Unterschrift, begann eine Dunkelzone, vor der Ferreras sich zunehmend fürchtete. Mit unendlicher Sorgfalt, mit einer Behutsamkeit, die niemals hinreichend sein konnte, untersuchte er manchmal, wenn er Nachtdienst hatte, eine Frau, isolierte Spuren von Sperma und Vaginalflüssigkeit, fuhr ganz sanft mit einer Bürste über das Schamhaar auf der Suche nach einem Haar des Vergewaltigers: Danach konnte er zwar beweisen, dass die Tat stattgefunden hatte, konnte die Blutgruppe dessen nachweisen, der sie begangen hatte, und vielleicht konnten diese Informationen auch zu einer Verurteilung beitragen, aber nichts vermochten sie darüber zu sagen, was tief in der Seele der vergewaltigten Frau vorgegangen war, was für immer zerbrochen und was noch wiederherzustellen und zu heilen war, was da dumpf im Gewissen des Vergewaltigers schlug, abartige Geilheit oder Arroganz oder Hass, die ihn zu seiner Tat getrieben hatten.

»Ich verstehe mich weit besser mit den Toten«, sagte er zum Inspektor und lachte, »mit Albert Camus, zum Beispiel, oder Quevedo, der noch länger tot ist. Ich sage wie er: Ich lebe im Gespräch mit den Verstorbenen...«

»Und lausche mit meinen Augen den Toten«, führte der Inspektor das Zitat zu Ende, und Ferreras schaute ihn verwirrt an, obwohl er aus Höflichkeit seine Überraschung zu verbergen suchte.

»Ein Priester hat es mir beigebracht, vor tausend Jahren«, der Inspektor lächelte, als wolle er sich für seine unerwartete Gelehrtheit entschuldigen. »Er ließ mich Verse aus der Bibel auswendig lernen, und Sonette von Quevedo.«

»Von zehn bis halb elf geht er auf einen Milchkaffee und ein Croissant in die Cafeteria Monterrey, etwa hundert Meter vom Kommissariat entfernt, auf der anderen Seite des Platzes. Sie hat einen Hinterausgang. Viele Polizisten gehen zum Frühstücken ins Monterrey oder trinken dort nach Dienstschluss ein Bier. Er frühstückt im Stehen an der Theke, mit dem Gesicht zur Eingangstür. Er trifft dort Kollegen, die ihn eher zögernd begrüßen, man sieht, dass er auch hier nicht viel Sympathien genießt. Am häufigsten frühstückt er mit einem Gerichtsarzt. Weitere Beziehungen, über die beruflichen hinaus, sind bisher nicht erkennbar.«

Aber wer kann aus den Lebenden etwas herausbekommen, wer kann feststellen, was sich hinter den Pupillen, hinter dem schwarzen Schleier und der Maske der Gesichtszüge verbirgt, wer kann wissen, was in einer Seele ist und was noch tiefer, noch versenkter, noch weiter unten, was ein Mensch tief drinnen in sich trägt und selbst nicht kennt, das Virus, das sein Blut zu vergiften beginnt, oder die krebsbefallene Zelle, die sich, unmerklich noch, im Gewebe ausbreitet, der Folter- oder Mordinstinkt, der plötzlich in ihm erwacht wie die Explosion einer anspringenden Maschine, wie ein rotes Auflodern, das ihn blendet und von dem er einen Moment später erwacht, um eine Welt vor sich zu sehen, die er nicht wiedererkennt, ein Adrenalinstoß oder ein Alkoholexzess, der eine Kreatur aus ihm macht, vor der er selbst entsetzt zurückweichen würde, sähe er sie in einem Spiegel.

Jemand hat ein Mädchen ermordet und sieht die Nachricht von dem Verbrechen vielleicht im Fernsehen, beim Abendessen mit der Familie, und erkennt das Gesicht seines Opfers nicht auf den Fotos in der Zeitung, auf dem Ausschnitt eines Videofilms, der am Tag ihrer Erstkommunion aufgenommen wurde; jemand hebt empört seine Stimme, als die Frauen am Marktstand Gerüchte kommentieren, fordert Vergeltung, Todesstrafe, ein Exempel. Jemand läuft auf dem Bürgersteig, einen Arm um die Schulter des Mädchens gelegt, das neben ihm geht, und niemand merkt, dass diese Hand nicht nur aufliegt, sondern festhält, sich mit der ganzen Kraft ihrer kurzen, sehnigen Finger in die Haut unter der Trainingsjacke gräbt, später an der Schulter und im Nacken ein Hämatom hinterlässt, ähnlich den Blutflecken in einer Fahrstuhlkabine, die auch niemand bemerkt. »Sie haben Augen und sehen nicht«, murmelt Pater Orduña in seiner Klosterzelle, »sie haben Ohren und hören nicht«, sagt er mit lauter Stimme zu fast niemandem in der Kirche, morgens um halb acht. Jemand erinnert sich an die ferne Zeit, da er ein Spion unter seinesgleichen war, ein Student mit dem Aussehen eines armen, aber willigen Schulgeldempfängers, zurückhaltend, aber wachsam und zweifellos loyal, eine Maske, modelliert nach den Zügen des Gesichts, gefertigt aus dem Material derselben Haut, eine falsche Stimme aus dem Metall der echten, darauf abgerichtet,

Namen zu behalten, Gespräche, Telefonnummern, Zahlen von Treppen und Wohnungstüren, die morgens um vier von Polizisten in Regenmänteln oder grauen Uniformen eingetreten wurden: Wer hätte so etwas vermutet, wer, wer konnte wissen, was sich hinter diesem ausdruckslosen Gesicht verbarg, das wie halb fertig aussah, noch Spuren von Jugendlichkeit darin, von ungesunder Farbe, in der sich noch die Blässe von Internat und Beichtstuhldunkel hielt. Jemand sieht dreißig Jahre später dieses Gesicht durch Zufall wieder, ein paar Sekunden nur, die schwankenden Bilder einer Fernsehkamera, die sich ruppig im Tumult der Menschenmenge behauptet, zwischen Fotoapparaten, Handscheinwerfern und Mikrofonen, die den Eingang eines Polizeireviers belagern. Ein Mann kommt ins Bild, von vorn, mit grauem, gelichtetem Haar, ungekämmt, in einem derben, dunkelgrünen Anorak, er entdeckt, dass er gefilmt wird, streckt die Hand aus, um die Kamera beiseite zu schieben oder den, der sie hält, zur Seite zu stoßen, er wendet das Gesicht ab, zu spät jedoch, entscheidende Dinge passieren oft in Bruchteilen von Sekunden, eine Minute früher oder später, und Fatimas Leben hätte sich nicht mit dem ihres Mörders gekreuzt, ein Moment oder eine Geste, und jemand hätte in den Nachrichten dieses Gesicht nicht gesehen und wieder erkannt und nicht etwas beschlossen, das sich nun langsam, unaufhaltsam und in aller Stille zu erfüllen beginnt, genau wie das Fortschreiten einer Krankheit oder der schrittweise Verfall in den Wahnsinn.

Jemand beschließt, notiert, ruft an, sagt entscheidende Worte, die nicht kompromittieren, keinen Verdacht erwecken, denn auch Worte können verschleiern, genau wie Gesichter, jemand schlägt einen Atlas auf und sucht den kleinen Kreis und den Namen einer Stadt auf der Landkarte, jemand fragt nach Reiseprospekten und schaut in Hotelführern nach, und nichts davon ist verdächtig, es ist kein Verbrechen, Namen aufzuschreiben und sich Farbprospekte in einem Reisebüro anzuschauen, mit einem Angestellten die beste Reiseroute auszutüfteln, Fahrpläne von Bussen und Eisenbahnen zu studieren und sich über die Preise von Mietwagen zu informieren. Das Gesicht ist der Spiegel der Seele, sagte Pater Orduña in seinem unerschütterlichen Glauben, weniger an die Barmherzigkeit Gottes als an schlichtes Mitleid oder Erbarmen, das jedes einzelne menschliche Wesen verdient. Aber das Gesicht ist überhaupt kein Spiegel oder höchstens einer dieser Spiegel, wie man sie aus Gruselfilmen kennt und in denen Vampire nicht zu sehen sind. Jemand lässt ein Passfoto von sich machen, mit Brille und falschem Bart, wählt einen anderen Namen, und schon ist auch sein Gesicht ein anderes, jemand reist mit dem Zug, und auf den Bahnsteigen des Bahnhofs Chamartin in Madrid ist er einer von vielen anderen Reisenden, und sein Gesicht sagt so wenig darüber, wer er wirklich ist, wie der Name, der jetzt in seinem Pass und in seinem Führerschein steht. Jemand mietet mit der größten Selbstverständlichkeit ein Auto in einem Büro mit weißen Möbeln und jungen Damen, die wie Stewardessen gekleidet sind, mit bordeauxroten Uniformen und Käppis, er füllt Papiere aus und schreibt mit Großbuchstaben in die dafür vorgesehenen Kästchen, notiert die Nummer seines Ausweises und seiner Kreditkarte und unterschreibt am Ende des Formulars mit einem schlichten Namenszug, den er allerdings viele Stunden eingeübt und für den er viele Blätter voll geschrieben hat, hinterher in kleinste Fetzen zerrissen, mit derselben peinlichen Sorgfalt, mit der er auch mehrere Garnituren Wäsche in die Reisetasche gepackt hat, ein paar Bücher, einen Walkman, Musikkassetten, Hefte, Bleistifte, ein Fernglas, eine Polaroidkamera, ein handliches, schnelles Gerät, das in der Handfläche verschwindet und bedient werden kann, ohne dass einer es merkt.

Jemand kommt gegen Abend in einer Stadt an, in der er noch nie gewesen ist, von der er aber einen genauen Stadtplan und mehrere Reiseführer besitzt, an einer Kreuzung kurbelt er das Fenster herunter und fragt nach dem Hotel, in dem er ein Zimmer auf denselben Namen reserviert hat, der auch auf seinem Führerschein und seinen Kreditkarten steht, er bedankt sich mit einem sympathischen Lächeln, und es gelingt ihm, seinen Herkunftsakzent vollkommen zu verschleifen, der hier so ungewohnt klingt, dass er auf jeden Fall Aufmerksamkeit erregen würde, er geht in sein Hotel, wo er das Anmeldeformular ausfüllt, auf das er, was gar nicht so leicht ist, denselben Namenszug setzt, der auch auf seinem Ausweis, auf der Rückseite seiner Kreditkarte und auf seinem Führerschein steht, für den Hotelboy, der ihm sein Gepäck hinaufträgt, hält er ein Trinkgeld bereit, das nicht gering, aber auch nicht üppig ist, jede Auffälligkeit ist tunlichst zu vermeiden, aber in Wirklichkeit ist die Gefahr gering, kein Mensch erinnert sich, niemand passt auf oder will etwas wissen, aus Vorsicht oder Unlust oder schlicht aus Gedankenlosigkeit, sie haben Augen und sehen nicht, Ohren und hören nicht.

Jemand führt ein Telefongespräch, teilt mit, dass er angekommen ist, ohne jedoch Namen zu nennen, jemand nimmt eine ausgiebige Dusche, legt sich benommen von der ermüdenden Reise aufs Bett und sagt sich, dass er keine Eile hat, dass es früh genug ist, wenn er am nächsten Morgen mit der Arbeit beginnt, die den Mustern gemäß, die er in einer schwarzen Aktenmappe mit vergoldeten Klemmen bei sich trägt, die des Vertreters einer Farbenfabrik aus Villaverde Alto in der Madrider Provinz ist. Er wählt ein Restaurant aus dem Reiseführer, beschließt, an diesem Abend noch einen Rundgang durch die Altstadt zu machen, die, wie er gelesen hat, beachtliche Bauwerke aufweist, Kirchen und Paläste aus der Renaissance. Fünf Tage später bezieht er eine Mietwohnung mit ein paar alten Möbeln als ganzer Einrichtung. Jeden Abend, nachdem er ein belegtes Brötchen gegessen und eine Dose Bier dazu getrunken hat, schließt er einen Laptop an und schreibt mit zwei Fingern, sehr schnell, vertippt sich und korrigiert, beides mit derselben Ungeduld, so tief über den Bildschirm gebeugt, dass, wenn er den Computer abschaltet, ihm Rücken und Nacken schmerzen.

»Am Nachmittag des 10. Oktober und 23. Oktober kehrte er nach dem Dienst nicht nach Hause zurück, sondern ging in eine andere Richtung zu einer Art Klostergebäude fast am Stadtrand, mit breiten Nebenstraßen, mit dem Auto leicht zu erreichen und wieder zu verlassen. Dreistündiger Besuch, ob er mit den Ermittlungen zu tun hat, die er durchführt, ist nicht bekannt. Er wechselt häufig die Straßenseite, bleibt vor Schaufenstern stehen und dreht sich abrupt um. Er isst jeden Mittag zwischen halb drei und halb vier in der Cafeteria Monterrey, immer am selben Einzeltisch: Von dort hat er das Fenster zum Platz im Blick und schaut auf die einzige Tür, die ins Restaurant führt, am Fuß einer Treppe, die in den ersten Stock hinaufgeht. Er trinkt keinen Alkohol mehr und raucht nicht mehr. Zum Essen trinkt er mehrere Coca Cola. Das Licht in seinem Wohnzimmer brennt bis Mitternacht. Er geht nicht zum Abendessen aus. Freitags kauft er im Supermarkt seines Viertels ein, einem SuperDani-4, mit elektronischen Kontrollstäben am Ein- und Ausgang und im hinteren Teil einem Zugang zum Lager, zur Laderampe. Um ein Uhr nachts löscht er das Licht in seinem Schlafzimmer. In manchen Nächten geht es ein paar Stunden später wieder an. Nachts geht er nicht aus, es sei denn, er hat dienstlich zu tun. Am 15. Oktober hat ihn ein ziviles Polizeifahrzeug um 12.45 Uhr in der Nacht von seinem Haus abgeholt. Seine Telefonnummer steht nicht im Telefonbuch. Seine dienstfreie Zeit verbringt er meistens allein. Besuche bekommt er nicht. Er tut jeden Tag das Gleiche, aber nie auf dieselbe Art. Am 4. November um 10.15 Uhr, als er in der Cafeteria des Monterrey frühstückt, nähern sich ihm ein Reporter und ein Fotograf von den wenigen Zeitungsleuten, die sich wohl noch eine Neuigkeit im Fall des ermordeten Mädchens erhoffen. Abweisend erwidert er ihren Gruß und blickt misstrauisch auf die Kamera. Er lässt nicht zu, dass Fotos von ihm gemacht werden. Die beiden wollen ihm einen Kaffee bezahlen, aber er lehnt ab, verabschiedet sich und geht hinaus. Die beiden haben kaum Zeit, schlecht über ihn zu sprechen, doch was sie sagen, kann man hören, ohne nah heranzukommen. ›Hätte er mir diesmal den Apparat aus der Hand geschlagen, hätte ich ihn angezeigt‹, sagt der Fotograf. Kommentar des Reporters, noch zu überprüfen, falls man sich entschließt, die Geschichte weiterzugeben: ›Wie ich gehört habe, soll dieser Dreckskerl, damals unter Franco, als Spitzel in der Universität angefangen haben, Leute zu verpfeifen.‹«

15

Jetzt fühlt er es, hat es zu fühlen begonnen und es erst nicht wahrgenommen, hat mit dem ersten Schluck das süße Feuer in der Kehle und im Magen gespürt, den ersten betäubenden Schlag, den Geschmack auf dem Gaumen hinterher, im Speichel vermischt, darin aufgelöst, doch das, die erste Wirkung des Anis, seine Süße, die sich jetzt im ganzen Körper ausbreitet wie das Blut, das durch seine Adern fließt, ist nicht das Wichtigste für ihn und auch nicht das, was er am stärksten fühlt. Es ist ein Gefühl von Rausch, von Gefahr, aber auch von Sicherheit, etwas Warmes, das sich in seinem Magen ausdehnt und ihm in die Kehle steigt, während er um sich herum das turbulente und immer gleiche Treiben beobachtet, die Verkäufer an ihren Ständen, hinter Bergen von Gemüse und Obst, der obszöne Überfluss an Fischen und rohem Fleisch, der Lärm der Frauenstimmen, das Geschrei der Männer, die die Laster entladen, die entsetzlich gellenden Rufe der Fischverkäuferinnen. Es ist eine Macht, eine Gewalt, das präzise und heimliche Wissen um das, was sich in der rechten Hosentasche seiner Jeans verbirgt, versteckt zwar, aber doch durch eine leichte Wölbung umrissen, weil die Hose sehr eng sitzt. Während er mit aufgestützten Ellenbogen am Tresen der Bar steht, vor sich das Glas trockenen Anis, den er gerade bestellt hat und den er in zwei Schlucken, in weniger als einer Minute hinunterkippen muss, bevor sein Fehlen bemerkt wird, genügt es ihm, seine rechte Hand seitlich hinuntergleiten zu lassen und den harten Gegenstand zu berühren, die Ahnung von gleißendem Metall, das mit der lautlosen Geschmeidigkeit von Stahlfedern herausspringt, ein Blitz in seiner rechten Hand, seinen schmutzigen, feuchten Fingern, die so vom Geruch durchtränkt sind, dass selbst das Glas jetzt danach riecht, alles wird sofort davon verseucht, angesteckt, faulig, nur das Aroma des Anis ist stark genug, um den Gestank zu überdecken, wenn auch nur für ein paar Sekunden, während der trunkenen, lustvollen Bewegung, das Glas mit nach hinten geworfenem Kopf auf einen Zug zu leeren. Sein Zeigefinger ertastet die Form des geschlossenen Messers in der Hosentasche, und er merkt jetzt, dass sein Herz schneller schlägt, sein Mund trocken wird, Speichel und Anis darin aufgelöst, der Geschmack des Alkohols in seiner Herbheit dem des Blutes ähnlich, der Schnittwunde in seiner Handfläche, ganz leicht und unsichtbar zuerst, dann eine hellrote Linie, aus der das Blut mit unerwarteter Heftigkeit quoll, ohne dass er den Schmerz oder die Tiefe des Einschnitts wahrgenommen hätte: Es war dasselbe Beben, derselbe Drang, das offene Messer in der Hand, die es mit einer Kraft umklammert hielt, der man sich genauso leicht überlassen konnte wie der Wirkung des ersten herben Schlucks von Anis oder Whisky oder dem Impuls, auf die Straße zu gehen und den Blick suchend schweifen zu lassen, der Versuchung und dem ungestraften Rausch, in einem Hauseingang neben der Leiste mit den Gegensprechanlagen stehen zu bleiben, willkürlich einen Klingelknopf zu wählen und mit dem Zeigefinger zu drücken, mit pochendem Herzen den Rücken an die Glastür gelehnt, wie rein zufällig, mit dem Zeigefinger der einen Hand auf Türklingeln drückend, während die Fingerkuppen der anderen die in der Hosentasche verborgene Wölbung streichelten und er dem Verlangen widerstehen musste, sie an den prallen Hosenschlitzen seiner Jeans zu führen, einem drängenden unaufhaltsamen

Verlangen, das so stark wurde, dass es sich zu einem Druck in den Schläfen steigerte und zu einem beginnenden Schweißausbruch, wie wenn man bei hohen Temperaturen getrunken hat, nach der Arbeit, in der glühenden Mittagshitze des Sommers. Die Augen spähen nach rechts und nach links, während er noch einmal klingelt und darauf wartet, dass jemand sich meldet, Gefahr besteht jedoch keine, es gibt immer Leute, die in die Gegensprechanlagen sprechen, Lieferanten, Angestellte von Geschäften, Nachbarn, die ihren Schlüssel vergessen haben. Und doch ist die Gefahr ein Teil der Versuchung, es war die Gefahr, die er gefühlt hat, am späten Vormittag, in der Bar der Markthalle. Der Kellner hat sein Gesicht zum Fernseher gedreht, und die Geräusche des Vormittagsprogramms, das seine ganze Aufmerksamkeit beansprucht, mischen sich mit dem Trappeln der Schritte und dem Geschrei der Menschen, und von den hohen Kuppeln mit ihren Stahlträgern hallt alles wider. Ein Schluck, ein Runterkippen, keine Minute, niemand merkt etwas, und wenn, schließlich arbeitet man sich dumm und krumm, um andere zu mästen. Wann immer er jetzt einen eingeschalteten Fernseher sieht, denkt er daran, wie er in den Nachrichten das Gesicht des Mädchens gesehen hat, und obwohl er weiß, dass es gar nicht möglich ist, stellt er sich vor, dass er eines Tages sein eigenes Gesicht dort sieht, und wenn er an den Elektrogeschäften auf der Calle Nueva vorbeigeht, blickt er argwöhnisch auf die Mattscheiben der Fernseher, die in den Schaufenstern aufgereiht stehen und auf denen die Bilder sich lautlos bewegen, alle gleich oder jedes anders, eine Nachrichtensprecherin, eine afrikanische Landschaft mit wilden Tieren, einer dieser Naturfilme, die sein Vater und seine Mutter nach dem Essen immer sehen. Und plötzlich das Mädchen, nicht wieder zu erkennen, mit einer anderen Frisur, mit lächelndem Gesicht, er war sich nicht sicher, ob er gewusst hätte, um wen es sich handelte, wenn sie nicht ihren Namen genannt hätten, wenn sie hinterher nicht Bilder von dem Abhang, dem Graben voller Piniennadeln gezeigt hätten, den von einem Gummiband gehaltenen blauen Malkarton, den das Mädchen auf dem Weg quer durch die ganze Stadt nicht losgelassen hatte, die rechte Hand, die sich in ihre Schulter grub und die zerbrechliche Form der Knochen unter den Fingerkuppen fühlte, das Pochen in den Schläfen und das Feuer in der Magengegend, wie nach dem ersten Schluck Whisky oder Anis auf nüchternen Magen, an diesem Nachmittag hatte er ein paar davon getrunken.

Mit einem Whisky hatte er angefangen, Double-W mit Eis, die Wölbung in der rechten Hosentasche seiner zu engen Jeans hatte auf den Oberschenkel gedrückt, aber niemand konnte wissen, was es war, und selbst wenn, was machte das schon, es war nicht verboten, ein Messer bei sich zu tragen, so wenig, wie einen Whisky mit Eis zu bestellen und danach noch einen oder durch die Straßen zu laufen, mit den Augen suchend, was kein Mensch erraten würde, kein Mensch würde etwas sagen, weil man auf eine Gegensprechanlage drückt oder in einen Hausflur tritt und die Namen auf den Briefkästen liest, niemand kann das leichte Zittern der Hände bemerken, den Druck auf den Schläfen, das Feuer im Magen, das gewaltsame Schwellen zwischen den Beinen unter dem groben Stoff der engen Hose, der rauschhafte Augenblick, wenn eine Frau oder ein Mädchen den Fahrstuhl betritt und er die Tür aufhält und selbst auch hineinhuscht, schnell, schweigsam, lächelnd, mit dieser Aura von Abwesenheit und Demut, die sich in Fahrstühlen breit zu machen pflegt, wenn man so eng mit anderen beisammensteht, mit Unbekannten, in dem geschlossenen Kasten, der türlosen Zelle, die nach oben schwebt, die mit einem einfachen Fingerdruck angehalten werden kann, eine Sekunde bevor die andere Person aufmerksam wird und ihr Blick sich wandelt, noch ohne Schrecken, ohne Angst, bloß Verwunderung, den Bruchteil einer Sekunde lang, bevor sie das Blut in der Handfläche sieht, das Schnappen der Klinge hört, die aus der rechten Hosentasche fährt, so eng sitzt die Hose, dass er die Finger nur mit einiger Mühe hineinbekommt, um das Messer herauszufischen. Er schluckt, er hat die Zähne zu fest aufeinander gebissen, und der Geschmack des Anis im Speichel verbindet sich mit dem Geschmack von Blut, so wie auch Erinnerung und Vorahnung in ihm zusammenfließen und in ihrer Intensität nicht mehr zu scheiden sind, wie der Impuls, den er nicht unterdrücken will oder kann, die Versuchung, bis an die Grenze zu gehen, sie aber nicht zu überschreiten, einer Frau oder einem Mädchen bis zum Aufzug zu folgen und im letzten Moment so zu tun, als nehme er die Treppe, die Wollust, die Dinge just am Punkt der höchsten Spannung anzuhalten, sich ihnen zu nähern, sie jedoch nie zu erreichen, eine heimliche Absolution, die Aussetzung im allerletzten Augenblick einer unwiderruflichen Verdammung, die dennoch nicht kannte, wer sie nur beinah erlitten.

Doch niemand weiß davon, schier unglaublich, zum Lachen, alle suchen, Journalisten und Polizisten, all diese Hampelmänner, die aus Madrid und Sevilla gekommen sind, sogar aus dem Ausland, heißt es, die auf dem Platz unter dem Denkmal ihr Lager aufgeschlagen haben mit ihren Kameras und ihren Stativen und ihren Satellitenschüsseln, die zum Eingang des Polizeipräsidiums rennen, wenn jemand herauskommt, der Kommissar oder Inspektor mit den grauen Haaren, der hinterher kurz in den Nachrichten zu sehen war und gleich das Gesicht zur Seite drehte und den Burschen mit der Kamera wegstieß, großes Geschrei daraufhin, und die Bilder verwackelten. Das war also der Detektiv, aber in Spanien heißen sie nicht Detektive, obwohl man sieht, dass sie genauso dämlich sind, denn der Kerl kommt ja nicht und sagt in der Zeitung, dass er eine Spur hat, nein, ein Profil, sagt er, und er geht ganz gemächlich über den Platz, streicht verstohlen über die Ausbuchtung des Messers in der Hosentasche, und als er zwischen den Zeitungsleuten hindurchgeht, denkt er: Ihr Arschlöcher, wenn ihr wüsstet, wenn ich euch erzählen würde, was außer mir keiner weiß, kein Mensch auf der Welt, so gescheit, wie ihr alle seid, so energisch, man merkt gleich, dass sie aus der Hauptstadt kommen, trampeln alles platt, haben keine Manieren, die Frauen besonders, sogar die Blondine, die ein Abendprogramm moderiert, direkt vom Platz aus hat sie es gemacht, hat unter dem Uhrturm gestanden und ins Mikrofon gesprochen, die halbe Stadt hat sie im Fernsehen gesehen, und die andere Hälfte war gekommen, um die Blondine persönlich zu sehen, einen Menschenauflauf wie bei der Karfreitagsprozession hatte es gegeben, fast totgequetscht hatten sich die Leute an den Absperrgittern der Polizei. Es war schon dunkel und hatte angefangen zu regnen, die Scheinwerfer dampften und tauchten alles in eine weiße Helligkeit, die in den Augen schmerzte, und die blonde Ansagerin, aufgeputzt wie eine Nutte, das Gesicht weiß von Schminke und Puder, sprach unter einem Regenschirm. »In dieser historischen Stadt«, sagte sie, »in diesem Juwel der Renaissance«, und am anderen Morgen war ein aufgeregtes Geschnatter unter den Frauen auf dem Markt, noch zeternder als an normalen Tagen. Sie hatten das tote Mädchen ganz vergessen und sprachen nur noch über die andere, die Ansagerin, die Blondine, eine gefärbte Blondine natürlich, gefärbt und operiert, die später über die Absperrungen der Polizei gesprungen war und direkt von der Stelle berichtet hatte, an der die Tote gefunden worden war. Man hat alles gesehen, sagten die Frauen und erzählten sich gegenseitig, was alle gesehen hatten, die Parkanlagen, die Mauer des ehemaligen Kinos, die Pinien und den Graben. Er hatte es auch gesehen, mit den beiden Alten zusammen, was half s, alle drei am Tisch, die Alte in Tränen und der Vater knurrend, als kaue oder beiße er auf den Wörtern. »Die Todesstrafe ist gar nicht genug für den«, sagte er, »dem muss man die Eier abschneiden und ihn dann verbluten lassen und hinterher auf der Müllkippe verscharren, den will ich nicht in meiner Nähe haben, wenn man mich auf den Friedhof bringt.«

Kauen oder beißen, jedenfalls nahm er sein Gebiss aus dem Mund und legte es auf den Tisch, mit der rosa Gaumenplatte und Essensresten zwischen den Zähnen lag es auf dem alten Wachstuch, das er kannte, seit er denken konnte, das Gebiss saß schlecht, und er nahm es bei jeder Gelegenheit heraus und legte es irgendwohin, die alte Sau, auch der Plastikbecher, in den er es in Wasser legte, stand überall herum, es war nicht mal ein richtiger Becher, sondern eine Mineralwasserflasche, die er in der Mitte durchgeschnitten hatte, der Dreckskerl, er hatte sich hingesetzt und sie mit der Schere durchgeschnitten und dabei diese Geräusche mit seinen Bronchien oder kaputten Lungen gemacht. Bloß kein Geld ausgeben, niemandem trauen, immer mit dem Sparbuch vor der Nase oder den Rechnungen für Strom, Wasser und Telefon, und wie er aß, die Geräusche, die er mit dem Mund, dem Kehlkopf oder den Bronchien machte oder was immer er da drinnen hatte, Krebs vielleicht, wie dieser Nachbar, der früher in ihrer Gasse gewohnt hatte, schon lange her. Er war operiert worden, und man hatte ihm etwas herausgenommen, den Knorpel, sagten diese Barbaren, sie sprachen von den Leuten wie von Tieren, man hatte ihm etwas aus dem Hals herausoperiert, sodass er nicht mehr normal sprechen konnte, und oberhalb des obersten Hemdknopfes hatte er jetzt ein Loch. Wenn er sprach, legte er ein Mikrofon auf dieses Loch, er bewegte die Lippen, aber die Worte kamen nicht aus seinem Mund, und die blecherne Stimme machte einem noch mehr Angst als das schwarze Loch im Hals, es war ekelhaft, und man konnte den Blick nicht abwenden davon, von dem schwarzen Loch, das sich mit den Halsfalten bewegte. Er weiß nicht mehr, wie dieser Nachbar hieß, der schon vor vielen Jahren gestorben ist, nicht wie die beiden da, die wohl ewig leben, denn die Alten sterben heutzutage ja nicht einmal mit hundert, sie können sich zwanzig oder dreißig Jahre lang zuscheißen und voll pinkeln, und immer noch kann man solche in einem Altersheim unterbringen. Der Alte sagt immer, er stirbt in seinem Haus und in seinem Bett, von wegen, soll er abkratzen, wie er lustig ist, aber aufhören zu nerven. Jetzt können sie noch, aber in vier oder fünf Jahren weiß doch jeder, wie's aussieht, obwohl keiner von beiden ja richtig alt ist. Sie sind einfach immer alt gewesen, jedenfalls kann er sich nicht erinnern, dass sie mal jung waren, sie immer in Schwarz und mit grauen, fettigen Haaren und er mit seiner Baskenmütze und der Manchesterjacke und den bis zur Nuss zugeknöpften Hemden mit den schwarzen Rändern am Hals, weil er nur badet, wenn der Herrgott es verlangt, sodass man, wenn er sich zu Tisch setzt, ihn nicht nur sehen und sein Gebiss, seine Bronchien oder seine vergammelten Lungen hören muss, sondern ihn auch riechen, den fest gebackenen Geruch jahrelanger Drecksarbeit und den anderen, den neuen, den Altersgeruch, den er sich nicht abschrubbt, als ob es keine Duschen und keine Badezimmer und kein fließend heißes Wasser gäbe, als ob man sich immer noch an der Tonne im Hof waschen müsste. Aber er will ja kein Gas verbrauchen, es gibt jedes Mal einen Aufruhr, wenn der Sohn den Heißwasserboiler anstellt, man könnte meinen, die blaue Gasflamme würde dem Alten die Finger verbrennen und sein Sparbuch in Flammen aufgehen lassen. Da haben wir's, knurrt er, duschen und nochmals duschen und außerdem noch zwei Stunden im Bottich liegen. Er sagt immer Bottich, nie Wanne, Moneten anstatt Geld, Butten statt Knochen, ich muss aus der Hose, wenn er aufs Klo muss, mehre statt mehrere, dieses Tier, als wäre er in einem Stall aufgewachsen oder in einer Höhle in den Bergen. Er sah die blonde Fernsehsprecherin und knurrte wieder: »Abmurksen müsste man den, mit der Garrotte, mitten auf dem Platz, so wie früher.« Er schwieg, wenn sie wüssten, mit dem Gesicht über dem Teller, nur verstohlene Blicke auf den Fernseher werfend, er wollte nicht das Gebiss sehen, das vor ihm auf dem rissigen Wachstuch lag, und die Mutter in Tränen, den kriegen sie doch nie, sie weinte, als sie das Bild des Mädchens sah, genau wie sie bei den südamerikanischen Serien weinte, die nach dem Essen kamen, mit den beiden konnte man unmöglich fernsehen, sie kapierten überhaupt nichts, meckerten über alles, schalteten aber nie ab, von morgens bis Mitternacht mit der Fernbedienung auf dem Tisch oder im Schoß, wie früher den Rosenkranz. Wenn sie auf einen anderen Kanal umschalten wollten, verwechselten sie die Knöpfe und machten den Ton viel zu laut oder nahmen die ganze Farbe aus den Bildern, eine einzige Katastrophe. Wenn sie den Heißwasserboiler anzünden, lassen sie eine Ewigkeit das Gas ausströmen, weil sie das Streichholz nicht ankriegen, und am Gasherd haben sie einmal die Flamme einfach ausgeblasen, als wäre es dasselbe, wie eine Kerze in diesen Drecslöchern auszublasen, in denen sie aufgewachsen sind, plump und schwarz wie die Schweine im Koben und die Maultiere in den Ställen. Das ist auch so ein Wort, das der Vater nie sagt, Schwein, er sagt immer Wutz, mach die Tür los anstatt mach die Tür auf, sagt Balken statt Dachboden, und jeder noch so billige Weinbrand ist für ihn ein Cognac, dieses Tier, an einem beliebigen Abend können sie die Flamme des Gasherdes ausblasen, anstatt sie abzudrehen, wie Menschen das tun, dann würden sie an Gasvergiftung sterben, würden versticken, wie sie sagen, beide schlafend und später tot auf dem Sofa, vor laufendem Fernseher, beide mit offenen Mündern und in den Nacken gesunkenen Köpfen. Tot und abgeschrieben, denn wenn etwas in der Welt überflüssig ist, dann sind es alte Leute, den ganzen Tag lang arbeitet man sich bucklig, und alles nur für den Staat, damit er Renten zahlen kann für die Alten, die einfach nicht sterben wollen, für die Invaliden und für die Studenten, diese Muttersöhnchen, die zur Universität gehen und immer saubere Hände haben, nie ihren widerwärtigen Gestank riechen und sie nicht zwanzigmal am Tag waschen und sie sich nicht schwielig arbeiten müssen und, anstatt zuzupacken und sich die Butter auf dem Brot zu verdienen, immer nur lieb Kind machen und als Erste vom Stuhl aufspringen. Aber nein, sagt der Alte, dieser Trottel: »Ein ordentlicher Beruf ist heute mehr wert als eine Universitätsausbildung, ich habe Doktoren und Ingenieure gesehen, die auf dem Arbeitsamt gebettelt haben, die Straßen kehren zu dürfen.« Scheiße auch, was heute zählt, ist das, was immer gezählt hat, ein Arbeitsplatz, an dem man sich behauptet und keinem was schuldig bleibt, mit sauberen Händen sein Bier zu trinken und dann bis morgen, Ferien bis zum Abwinken, wie die Lehrer, und Überstunden extra, ohne um drei oder vier Uhr morgens aus den Federn zu müssen, in der Winterkälte, wenn einem die Hände unter dem kalten Wasser erfrieren und die Haut beim geringsten Anschrammen aufplatzt, sieht zuerst nach nichts aus, dann zieht sich plötzlich eine rote Linie durch die aufgeweichte Haut, und schon quillt das Blut heraus. Für den Alten spielt das alles keine Rolle, klar, er war ganz schön raffiniert, so blöd er eigentlich ist, frühzeitige Rente wegen Invalidität, das Emphysem oder die Bronchitis oder Krebs oder was die Bergleute haben, Staublunge, ist vorzeitig in Rente gegangen, sah aber sowieso schon aus wie ein total kaputter alter Mann, sie nicht besser, sind beide immer alt gewesen, genau wie das Haus und das ganze Viertel, in dem sie wohnen, lauter alte, verfallene Häuser, ihre Gesichter sehen genauso aus wie die ihrer Eltern oder Großeltern auf dem Foto, das über dem Nachttisch in ihrem Schlafzimmer an der Wand hängt, aber obwohl sie immer schon alt gewesen sind, machen sie's bis wer weiß wann, länger als eine Manchesterhose am Haken, sagt der Alte, unverwüstlich, die beiden, es sei denn, der Boiler explodiert eines Tages oder das Gas aus dem Herd strömt aus und sie ersticken, werden immer benommener, während sie vor dem Fernseher hocken und nichts kapieren, ärgerliche Kommentare abgeben oder dämliche Fragen stellen, aber wer ist denn der, der die Frau umgebracht hat, ist der mit dem Schnurrbart nicht der Vater von dem Mädchen, und warum ist der jetzt plötzlich jung, eben war er doch noch ein alter Mann.

Es hilft alles nichts, da muss man einfach durch, geht zum Fernsehen aufs eigene Zimmer, guckt sich bei verschlossener Tür ein paar Videos an, den Ton leiser gestellt, auch wenn es schon spät ist, die beiden Alten schlafen ja nie, oder sie dösen immer im Halbschlaf vor sich hin.

In jener Nacht hat er die Haustür besonders vorsichtig aufgeschlossen und drinnen nicht einmal Licht gemacht, auch auf der Treppe nicht, hat sich ganz langsam an der Wand entlanggetastet, das Gelände zu unsicher, oben angekommen, hörte er das Röcheln des Alten mit seinem Krebs, seiner Bronchitis oder Staublunge, und als er schon saubere Kleidung und eine Mülltüte geholt hatte, in die er seine verdreckten, fleckigen Sachen stopfen wollte, und die Badezimmertür aufschob, hörte er die Stimme seiner Mutter, und fast wäre ihm das Herz stehen geblieben, aber nicht vor Angst, sondern aus blanker Wut, denn was sollte er tun, falls sie herauskäme und ihn so sähe. Sie rief ihn mit dieser komischen schlaffen Stimme, die sie hatte, wenn sie ihr Gebiss nicht trug, als sei sie nicht sicher, ob er es war, der da herumschlich, immer diese Angst vor Einbrechern. »Weißt du nicht, wie spät es ist«, sagte sie, »wir haben uns schon solche Sorgen gemacht.« Sie schliefen also beide noch nicht, denn er hörte seinen Vater sagen, als wälze er seine Worte in Speichel: »So lange wegbleiben und morgens nicht aus den Federn kommen und rechtzeitig bei der Arbeit sein«, als hätten sie ihn jemals wecken müssen, als stünde er nicht jeden Morgen pünktlich auf und käme seinen Pflichten nach, ohne je einmal zu verschlafen. Er antwortete ihnen irgendwas, ohne seinen Ärger zu unterdrücken, die Verachtung, die er für sie empfand, ging ins Badezimmer und schob den Riegel vor, den er selbst angebracht hatte, zog sich aus, untersuchte sorgfältig jedes Kleidungsstück und steckte es in die Mülltüte, er würde sie im Kleiderschrank einschließen, bis er die Sachen am Abend in die Waschmaschine stecken konnte. Das Waschen besorgt er natürlich selbst, da arbeitet man sein Leben lang von morgens bis abends und muss sich zu Hause auch noch um die Wäsche kümmern, die Alte kommt mit der Waschmaschine ja nicht klar, und wenn sie es versucht, umso schlimmer, das endet in fünfzig Prozent aller Fälle in einer Katastrophe. Er hätte die verschmutzten Kleidungsstücke einfach wegwerfen sollen, aber egal, welches, die Alte würde es sofort vermissen und anfangen, aufdringliche Fragen zu stellen, wie zufällig, würde sich ungemein schlau dabei vorkommen, hier eine Bemerkung fallen lassen und dort eine, den Pullover, den ich dir zum Namenstag gestrickt habe, hast du aber schon lange nicht mehr angezogen. Also besser alles waschen, gewaschen und wie neu, heißt es ja in der Werbung, man wäscht sich die Hände unter heißem Wasser mit einem ordentlichen Stück Kernseife, und danach riecht man nichts mehr, man steigt um zwei Uhr morgens unter die Dusche, ein bisschen benommen noch, erschrocken, ein bisschen betrunken, erinnert sich an Sachen, die man geträumt zu haben glaubt, und wenn er dann nackt mit geröteter Haut vor den beschlagenen Spiegel tritt, ist es schon so, als wäre er ein anderer, als hätte er nichts getan und wäre nicht zum Umfallen müde, dann tritt er, ohne geschlafen zu haben, wieder auf die Straße und sieht das tägliche Treiben beziehungsweise das nächtliche und frühmorgendliche Treiben, menschenleere Gassen, die Müllmänner auf dem kleinen Platz gleich um die Ecke, die unter dem organgefarbenen Licht, das sich auf dem Kabinendach des Müllwagens dreht, ihrer widerwärtigen Arbeit beim Lärm der Maschine nachgehen, die den Müll zerquetscht und zusammenstampft. Von denen hat bestimmt keiner einen Universitätsabschluss, da kann der Alte quatschen, was er will, aber klar, ihren festen Lohn haben sie, plus Weihnachtsgeld und bezahlten Urlaub, und der Gestank ist auch nicht schlimmer, und sie haben Gewerkschaften, die hinter ihnen stehen und Streiks organisieren, was, wenn er eines Tages streiken würde, er würde damit erreichen, dass man ihn wie einen Hund auf die Straße setzt, so geht es im Leben nämlich zu, und schuld ist der Alte, der morgens um vier, wenn es draußen kalt ist und regnet und stürmt, genüsslich im Bett liegt, mit seiner Frührente, und sich in seinen stinkenden Gasen suhlt, während man selbst schon auf den Beinen ist, noch ehe die Nutten und nächtlichen Betrunkenen überhaupt ans

Nachhausegehen denken. Frisch geduscht, mit so einem bohrenden Druck im Nacken, einer leichten Übelkeit, berauscht und euphorisch zugleich, sauber gekleidet, die Wangen glatt rasiert und nach Rasierwasser duftend, die Hände blitzsauber, obwohl sie gleich wieder schmutzig werden von diesem Schleim und diesem Gestank, den nur der Anis flüchtig überdeckt, der am Glas jedoch haften bleibt, die Haare noch feucht, und der Motor seines Lieferwagens knattert durch die engen Gassen, die Straßenlaternen beleuchten das Pflaster und die gekalkten Hauswände, die phosphoreszierenden Augen einer Katze. Doch diese Nacht ist nicht wie andere Nächte, und das nicht nur wegen dem, was nur er allein weiß und sonst niemand auf der Welt: Wie viele Stunden, wie viele Tage wird es dauern, bis es bekannt wird, bis man findet, von dem nur er weiß, wo es ist. Er fährt in seinem Lieferwagen zum Platz des Generals, der um diese Zeit meist noch dunkel und menschenleer ist, und begreift, dass irgendwas doch schon passiert ist, so plötzlich, so schnell, dass sein Herz sich überschlägt, aus den Augenwinkeln sieht er, dass im Polizeipräsidium Licht brennt, sieht uniformierte Polizisten und Männer in Zivil vor der Tür stehen, mehrere Streifenwagen mit laufenden Motoren und rotierenden Blaulichtern, die ihre lautlosen Blitze in die kalte Stille der Mondnacht schleudern.

16

Irgendwie bereute er jetzt, eingewilligt zu haben, aber es half nichts mehr, das Auto der Lehrerin fuhr durch eine hässliche dunkle Straße im Norden der Stadt, die er nicht kannte, und erreichte gleich darauf eine Kreuzung, die von den rotweißen Lichtern einer Tankstelle beleuchtet wurde. Mit einem Mal schien es schon sehr spät zu sein, als seien sie schon weit gefahren. Es gab viele Wegweiser und Straßenschilder, und Susana beugte sich über das Lenkrad, um sich unter ihnen zurechtzufinden, während sie gleichzeitig einen Radiosender suchte und danach eine Musikkassette im Handschuhfach, in dem Papiere, lose Kassetten, leere Kassettenhüllen und gebrauchte Scheibenwischtücher unordentlich durcheinander lagen. Mit einem nervösen Lächeln wandte sie für einige Sekunden den Kopf und warf dem Inspektor einen entschuldigenden Blick zu, sich im Verkehr zurechtfinden und ihre Sachen in Ordnung halten, darin war sie eine Katastrophe, sagte sie, umso mehr, als sie schon seit Monaten nur noch allein mit ihrem Auto fuhr, dabei fielen ein paar Kassetten und leere Hüllen zu Boden, und bei dem Versuch, eine davon aufzuheben, berührte sie mit der tastenden rechten Hand versehentlich das Knie des Inspektors, spürte sofort die Muskelkontraktion, die automatische Erstarrung unter dem Hosenstoff, im Nacken des Mannes, der sich nicht ganz in seinem Sitz zurückgelehnt hatte und dieselbe formelle Besucherhaltung beibehielt wie bei Fatimas Eltern. Schließlich schob sie das Band in den Kassettenrecorder, und im selben

Moment wechselte die Ampel auf Grün, sodass die Musik einsetzte, als das Auto beschleunigte, um schließlich auf einer Landstraße zwischen unbebauten Grundstücken dahinzufahren, von der aus sie in der Ferne, gegen den dunkelblauen Himmel deutlich sich abhebend, ein paar von den angestrahlten Türmen der Stadt sehen konnten. Ihr war nicht in den Sinn gekommen, den Inspektor zu fragen, welche Art Musik er gern hörte, vielleicht fand sie, dass er nicht so aussah, als habe er besondere Vorlieben. Erleichtert beschleunigte sie auf der freien Landstraße und war in der beklemmenden Stille dankbar für die seidige Stimme Ella Fitzgeralds in einer Ballade, die sie sehr mochte und die ihr ausgesprochen gut zu der beschaulichen Mondnacht zu passen schien, *Moonlight in Vermont*. Sie hatte das Talent ihrer frühen Jugend, zwischen bestimmten Umständen ihres Lebens und den Liedern, die sie am liebsten mochte, eine Beziehung herzustellen, noch immer nicht verloren: Der langsame Rhythmus der Musik und die Geschwindigkeit, mit der sie fuhr, riefen dieselbe Empfindung in ihr wach wie das, was sie sah, der weiße Mond, der hoch am Himmel stand, von einem Schleierkranz umgeben in der klaren Luft nach dem Regen, der Firnisglanz der dunkelblauen Atmosphäre.

»Ich verstehe nicht, dass er immer wieder anruft«, sagte sie. »Dass es ihm nicht genügt, das Mädchen getötet zu haben.«

»Ich glaube nicht, dass er es ist«, entgegnete der Inspektor, den Blick geradeaus in die Helligkeit der Scheinwerfer gerichtet.

»Wie kann ein Mensch so grausam sein? Wie kann jemand kaltblütig eine Nummer wählen, in dem Wissen, dass er Menschen damit quält, die schon am Boden zerstört sind?«

»Sie mögen das Telefon, weil sie sich gefahrlos an der Angst weiden können, in die sie andere versetzen.«

Er dachte an ein anderes Wohnzimmer, an andere Telefon-anrufe, die sich täglich wiederholten, zu unvorhersehbaren Zeiten, mitten im frühmorgendlichen Tiefschlaf. Wann immer in der letzten Zeit in Bilbao das Telefon klingelte, hatte seine Frau zu zittern begonnen. Eines Tages überraschte sie das Läuten, als sie gerade ein Tablett mit Tassen und Gläsern ins Wohnzimmer trug, und das Glas und das Porzellan und die Löffelchen klingelten wie unter der Erschütterung eines Erdbebens, die ganze Ewigkeit hindurch, in der das Telefon schrillte und er das Zimmer durchquerte und die Hände gerade in dem Moment nach dem Tablett ausstreckte, als es zwischen ihren Füßen zu Boden fiel und Gläser und Tassen mit einem trockenen Klirren zersprangen, während sie immer noch zitterte und mit vor den Mund geschlagenen Händen auf den Boden starrte, ohne zu merken, dass sie das Telefon schon nicht mehr hörte.

Der Gedanke an seine Frau verstärkte noch das tief in ihm rumorende Gefühl der Reue, der Unannehmlichkeit, sich in einer ungewohnten Situation wieder zu finden, die ihn stark verunsicherte und der er in frühestens zwei oder drei Stunden würde entrinnen können. Er hatte nicht den Mut aufgebracht, die Einladung der Lehrerin auszuschlagen, obwohl er sehr müde war und am liebsten mit einer Valium ins Bett gegangen wäre und die ganze Nacht durchgeschlafen hätte. Abgesehen von seiner vollkommenen Unfähigkeit, ein Gespräch aufrechtzuerhalten, das nichts mit seiner beruflichen Tätigkeit zu tun hatte, fühlte er jetzt tief in seinem Innern die selbstsüchtige Gereiztheit dessen, der an einen starren Tagesablauf und den fehlenden Umgang mit anderen gewöhnt ist und keine Geduld mehr für die Fiktionen der Geselligkeit aufbringt, der nicht mehr dankbar jede kleine Unterbrechung der Eintönigkeit seines Lebens annimmt.

»Ich dachte schon, Sie würden nicht annehmen«, sagte Susana.

»Wie meinen Sie?« Er starrte in Gedanken versunken auf die Lichter der entgegenkommenden Autos, hörte wieder die Stimme, die Fatimas Namen ins Telefon sprach, die anderen Stimmen, die um vier Uhr morgens Todesdrohungen flüsterten.

»Dass Sie ablehnen würden, als ich Sie zum Abendessen einlud.«

Der Inspektor schaute sie kurz an und richtete seinen Blick gleich wieder auf die Straße. Er hätte ablehnen können, wenn sie ihm Zeit dazu gelassen hätte, aber sie hatte sehr schnell gehandelt und ihn überrumpelt, wohl wissend, dass sie ihn in gewisser Weise nötigte. Sie waren schweigend mit dem Fahrstuhl nach unten gefahren, und der Inspektor hatte mit Befremden daran gedacht, dass ein Teil der Ereignisse, über die er sich in letzter Zeit das Hirn zermarterte, hier ins Rollen gekommen war, sich in dieser Metallkabine zugetragen hatte, in der Fatima so oft nach oben gefahren war. An derselben Stelle, an der jetzt seine Hand ruhte, neben der Tafel mit den Nummern der Stockwerke, waren die blutigen Fingerabdrücke des Mörders gewesen; hier hatte er Fatima wahrscheinlich ein Messer vorgehalten, seine Hand auf ihren Mund gepresst und ihr die Luft zum Atmen genommen. »Die Dinge, an die man wieder und wieder denkt, am Ende kommen sie einem vor, als seien sie erfunden«, hatte er hinterher zu Susana gesagt, und sie hatte geantwortet: »Die Dinge und die Menschen. Wenn ich mich in jemanden verliebte, habe ich so viel an ihn gedacht und ihn mir immer wieder vorgestellt, dass ich ihn, wenn ich ihn beim nächsten Mal wiedersah, fast nicht erkannte.«

Doch noch waren sie nicht imstande, mit einer gewissen

Unbekümmertheit über sich selbst zu sprechen. Im Fahrstuhl hemmte sie beide die körperliche Nähe und die Stille, und beide hatten sie kaum mehr miteinander gemein als die Erleichterung, der Wohnung von Fatimas Eltern entronnen zu sein, der mit Möbeln und Einrichtungsgegenständen überladenen Wohnung armer Arbeiter, in der die Trauer hinter stets geschlossenen Fenstern, das Leid, für das es keinen Trost gab, und langsam schwelender Groll einen zu ersticken drohten. Sie betraten das Treppenhaus, in dem es jetzt finster war, mit einer Ahnung von Einsamkeit und Gefahr, die schon da gewesen zu sein schien, bevor Fatima hindurchgegangen war, vorwärts geschoben oder gelenkt von ihrem Mörder, der ihr seine Hand auf die Schulter gelegt und die Finger in ihren Nacken gegraben hatte.

Sie brauchten eine Weile, bis sie den Lichtschalter fanden, und als die Beleuchtung endlich anging, schauten sie sich aus ungewollter Nähe in die Augen, was beide in Verlegenheit brachte. Nichts ist schwerer zu lernen, als einen Menschen anzuschauen, als sich von einem anderen aus der Nähe anschauen zu lassen. Bevor sie auf die Straße traten, knöpfte Susana, gewöhnt an das raue Winterklima jener hoch im Inland gelegenen Stadt, ihren Dufflecoat bis zum Hals zu, zog sich wollene Handschuhe an und versenkte ihre Hände in die großen Manteltaschen, bereit, der Kälte entgegenzutreten. Auf dem Gehweg versuchte der Inspektor soeben, sich rasch eine korrekte Abschiedsfloskel zurechtzulegen, als Susana ihn fragte, ob sie nicht zusammen etwas essen sollten, und sie stieß die Worte ein wenig brüsk hervor, wie jemand, der schon eine Weile über das nachgedacht hat, was er schließlich ausspricht.

»Wir könnten in irgendeine Bar hier in der Nähe gehen«, sagte der Inspektor etwas verblüfft. Er kannte jede Handbreit der Straße, selbst in der Dunkelheit, er wusste, wie jeder einzelne Hauseingang aussah und jedes der Geschäfte, die jetzt verschlossen und abweisend waren in der winterlichen Nacht, mit Alarmvorrichtungen und Riegeln gewappnet gegen die Angst. Ihnen gegenüber, die Lichter des Schaufensters gelöscht, lag der Schreibwarenladen, in dem Fatima den Malkarton und die Wachsmalstifte gekauft hatte, ein bescheidenes Geschäft ohne Glanz, das sich gerade so eben über Wasser hielt, wie fast alle in diesem Viertel, Hauseingänge, die in kleine Werkstätten und winzige Läden führten. Die Straße machte ihn krank, ließ ihn körperlich die hilflose Wut spüren, die er gegen sich selbst hegte, weil er noch nichts Sinnvolles erreicht hatte und der Wahrheit möglicherweise nicht einen Schritt näher gekommen war.

»Die Bars hier sind deprimierend«, sagte Susana und deutete auf die kleine Eckkneipe mit ihrem ungesunden Licht, von der durch die Ventilation ein unerträglicher Gestank von gebratenem Fett nach draußen drang; und so schnell wie eben, um einer Ablehnung zuvorzukommen, fügte sie hinzu: »Mein Wagen steht ganz in der Nähe. Wenn Sie mögen, lade ich Sie zum Abendessen in ein Restaurant ein, das ich vor kurzem entdeckt habe. Es wird Ihnen gefallen, ein ehemaliger Gutshof draußen am Fluss.«

An den geparkten Autos entlang schritt sie, warm in ihren Mantel gehüllt, energisch aus. Nicht sehr überzeugt, aber auch nicht gänzlich ungeschmeichelt, folgte ihr der Inspektor, nachdem er einen verstohlenen Blick auf seine Uhr geworfen hatte. Es war noch nicht sehr spät, erst acht, aber sie hatten so lange bei Fatimas Eltern in der Wohnung gesessen, und es war so schnell dunkel geworden, dass ihn das trostlose Gefühl überkam, die Nacht sei seit langem hereingebrochen, wie in einem Land am Äquator. An manchen Abenden, gegen halb neun, wenn das Abendessen im Speisesaal des Sanatoriums beendet war, wurde seiner Frau erlaubt, von ihrem Zimmer aus mit ihm zu telefonieren.

»Was für eine Gegend«, sagte Susana. »Als ich hier ankam, stand noch kein einziger von diesen Wohnblocks. Es gab hier nur unbebautes Land und Gemüsegärten, vom Fenster meines Klassenzimmers aus konnte ich sie sehen. Es grenzt schon an ein Wunder, wie sie es geschafft haben, alles so hässlich zu machen.«

Es stimmte, obgleich der Inspektor bis zu diesem Moment noch nie daran gedacht hatte. Sie hätten auch durch einen Randbezirk von Bilbao oder einer beliebigen anderen Stadt fahren können, mit schmutzigen Backsteinhäusern, winzigen Balkonen mit zum Trocknen aufgehängter Wäsche, baufälligen Garagen und holprigen Gehwegen, Stehkneipen in tranigem Licht, mit Krakeleien besprühten Mauern. Aber in einem solchen Umfeld hatte sich Fatimas Leben abgespielt, es war das mutmaßliche Paradies ihres täglichen Schulwegs gewesen, wo sie mit anderen Mädchen auf den Treppenstufen der Hausflure gespielt hatte, ihrer Gänge zum Schreibwarenladen und in andere Geschäfte, eine Münze in ihrer heißen Hand und einen Einkaufszettel, den sie mit ihrer akkuraten Schrift selbst geschrieben hatte. Da lagen sie, vom Tod jetzt zerstört, die geheimnisvollen Pfade, die Kinderblick durch eine Umgebung zieht, in der Erwachsene nur die Eintönigkeit und Hässlichkeit ihres Lebens erblicken.

»Ein richtiges Restaurant«, sagte Susana, während sie in ihrer Handtasche nach den Autoschlüsseln kramte. »Mit Tischdecken aus Leinen und einer Weinkarte, Sie werden es kaum glauben.«

In ihren Zeiten schlimmsten Kummers hatte sie eines über sich gelernt: Ihre Fähigkeit, sich wieder aufzurichten, sich vom

Schmerz nicht forttragen zu lassen, hing stark von körperlichen Empfindungen und materiellen Einflüssen ab und weniger von Ideen oder Plänen, die immer viel zu abstrakt waren, um ihr Vertrauen einzuflößen. Sie konnte nicht ihre Seele pflegen, wenn sie nicht ihre Hände oder ihre Haut pflegte, und manchmal war es die Berührung eines behagenden Gewebes oder eines Glases aus Kristall, das ihr die Lust am Leben zurückgab, oder der Erwerb eines Schaukelstuhls aus poliertem Holz in einem Antiquitätengeschäft. Für ihr seelisches Gleichgewicht war das Porzellan der Frühstückstasse wichtig, die Qualität des Brotes und des Öls, mit denen sie sich einen Toast zubereitete, und der Geschmack des Orangensafts. Moralisches Elend äußerte sich hei ihr stets in körperlichen Bedürfnissen. Ebenso, wie ihr Organismus sie während der Schwangerschaft gezwungen hatte, unverzüglich etwas Süßes zu essen, ein Stück Kuchen oder ein paar Bonbons, um nicht in Ohnmacht zu fallen, verspürte sie an diesem Abend das Bedürfnis, ein gutes Abendessen zu sich zu nehmen, um die bedrückende Erinnerung an die Wohnung und Fatimas Eltern abzuschütteln, um sich von dem Abscheu zu erholen, welchen die heisere Stimme in ihr hervorgerufen hatte, die den Namen des Mädchens ins Telefon sprach.

Sie sagte, ständig verkrame sie ihre Autoschlüssel, und holte Sachen aus ihrer Handtasche, die sie auf das Dach des weißen Opel Corsa legte: einen Bund mit Schlüsseln ihres Hauses und einen von der Schule, ein Paket Papiertaschentücher und ein Päckchen Zigaretten, Streichholzschachteln, ein Sparbuch, eine Kreditkarte, ihr Brillenetui und alte Quittungen von Geldautomaten. Schließlich fand sie sie, schloss das Auto auf, stopfte alles wieder in die Handtasche, zog ihren Dufflecoat aus, bevor sie einstieg, und auf einmal wirkte sie in ihrem grob gestrickten Wollpullover, ihren Cordhosen und Winterstiefeln sehr viel zarter und jünger. Zum Fahren setzte sie ihre Brille auf, was ihr im Profil, das energische Kinn auf dem Rollkragen ihres Pullovers, sogleich einen praktischen Ernst verlieh, der von der entschlossenen Zielstrebigkeit, mit der ihre Hand die Sicherungsvorrichtung am Lenkrad löste und den Zündschlüssel umdrehte, noch unterstrichen wurde.

»Dieser Anorak, den Sie tragen«, sagte sie, während sie den Wagen rückwärts auf die Fahrbahn setzte, »der ist mir gleich aufgefallen.«

»Was Sie nicht sagen.« Der Inspektor fühlte sich ein wenig unsicher, als umschleiche ihn die Lächerlichkeit oder Ungewissheit eines flüchtigen Abenteuers, in einem Auto sitzend, das er nicht selber fuhr, neben einer Frau, die weder seine Ehefrau war noch eine dieser aus alkoholisierter Lust hervorgegangenen Eroberungen jener früheren Nächte, die noch nicht so weit zurücklagen und nicht so leicht zu vergessen waren, wie er sich gewünscht hatte. Sein Sitz war sehr nah am Armaturenbrett, er musste die Beine anziehen und fand nicht den Mechanismus, um ihn zurückzustellen. »Der Hebel ist rechts von Ihnen, unter dem Sitz«, sagte Susana und schaute ihn einen Moment lang an. Dass sie seine Gedanken erraten hatte, verstärkte noch sein Gefühl von Lächerlichkeit. Er fand den Hebel und war unendlich erleichtert, als er funktionierte. Er atmete auf, aber so, dass sie es nicht merkte, streckte seine Beine aus, doch sich ganz zurückzulehnen gelang ihm immer noch nicht.

»So einen Anorak trägt hier niemand«, fuhr Susana fort. »So dick und so winterfest, für ein weniger afrikanisches Klima und einen höheren Lebensstandard gedacht. Gleich als ich Sie auf dem Schulhof sah, habe ich gedacht: Er kommt aus dem Norden, dem Baskenland oder aus Santander.«

»Ich habe eine ganze Weile in Bilbao gelebt und bin erst Anfang des Sommers hierherversetzt worden.«

»Hat es Ihnen dort gefallen?«

»Was für eine Frage«, antwortete der Inspektor. Einem dort stationierten Polizisten wurde sie nicht eben häufig gestellt, wahrscheinlich weil niemand eine solche Frage für nötig hielt. Aber er war doch selbst überrascht, wie überzeugt seine Antwort klang: »Ja, es hat mir gefallen, so unglaublich es klingt.«

Jetzt, da er nicht mehr im Norden lebte, erkannte er, dass er sich an manche Dinge dort zutiefst gewöhnt hatte, an die Monotonie und die Schattierungen der Landschaften und des Klimas, an die Nähe des Kantabrischen Meers und die vom Nebel gedämpften, von der Feuchtigkeit lasierten Farben, die längst nicht so knallig waren wie hier im Süden, wo ihm, als er ankam, alles gleißend und überdeutlich in die Augen stach, ohne jede Farbabstufung, ohne Schatten: die braune oder kalkige Farbe der nackten Erde, das endlose Blau und Weiß am mittäglichen Himmel, die gekalkten Hauswände, die Schroffheit, mit der die Dinge plötzlich vor einem auftauchten in dieser Landschaft, die immer auch etwas Wüstenähnliches hatten, ein Baum, ein Bauernhaus, ein Fels, selbst ein Fluss, nicht diese nebelverhangenen Flüsse des Nordens mit ihren von Vegetation verwischten Ufern, sondern von Jahren der Dürre verkümmerte Rinnsale, die zwischen nackten steinigen Hängen dahintröpfelten.

»Haben Sie viel Angst gehabt?« Sie war eine Frau, die vor keiner Frage zurückschreckte. Sie legte eine verwirrende Mischung aus extremer Höflichkeit und Neugier an den Tag, eine tiefe Einfühlung in die Erfahrungen und Lebensumstände jener, mit denen sie zu tun hatte. Ihr war bewusst, dass fast alle Menschen misstrauisch wurden, wenn jemand Anzeichen von Neugier erkennen ließ, und dass nur wenige das Wohlwollen aufbrachten, das Interesse an ihrem Leben als Aufmerksamkeit zu werten.

»Ja. Ich war stets darauf gefasst, dass mir etwas zustoßen könnte. Ich ging morgens mit dem Gedanken aus dem Haus, abends vielleicht nicht mehr zurückzukehren.«

»Gewöhnt man sich nicht daran?«

»Doch, natürlich. Man gewöhnt sich an die schlimmsten Dinge. An eine unheilbare Krankheit, an amputierte Beine, an ständige Todesangst. Sogar Fatimas Eltern werden sich an ihr Schicksal gewöhnen.«

»Und Ihre Frau?«

»Wie bitte?«

»Ihre Frau«, Susana zeigte auf den Ehering an der linken Hand des Inspektors. »Hat sie sich daran gewöhnt?«

Der Inspektor errötete, vermutete aber, dass Susana es nicht bemerkte: Ihre ganze Aufmerksamkeit galt der Straße, doch immer wieder schaute sie ihn an, mit kurzen forschenden Blicken in sein Gesicht und auf seine Bewegungen, die ihr nichts sagend und zugleich aufschlussreich erschienen, einer übermäßigen Anspannung zuzuschreiben, die rettungslos von ihm abfallen würde, und das mehr, als ihm lieb war, ja, mehr sogar, als ihm selbst bewusst würde.

»Sie hatte eine schwere Nervenkrise, kurz bevor wir hierherkamen.« Der Inspektor sprach nur widerwillig von seiner Frau, und das hauptsächlich, weil er nicht wusste, wie, welches der passende Ton war, um sich einer fast Unbekannten zu erklären, in deren Auto er mitfuhr, die ihn zum Abendessen eingeladen hatte. Zugleich fühlte er sich unbeholfen im Umgang mit der einen und unaufrichtig gegenüber der anderen, bereute bitter, die Einladung überhaupt angenommen zu haben, sehnte sich nach der stillen Sicherheit, der Einsamkeit und Ereignislosigkeit seiner Wohnung. »Jetzt ist sie in einem

Sanatorium. Es heißt, sie werde bald entlassen. Aber das sagen sie mir eigentlich, seit sie eingeliefert wurde.«

»Sie vermissen sie sehr.«

Sie hatte nicht gefragt, sie stellte fest. Doch hätte der Inspektor sich getraut, die Wahrheit zu sagen, hätte er nicht mit Ja geantwortet. Er wollte, dass sie zurückkam, und zwar nicht nur aus dem Sanatorium, sondern aus dem Tunnel der jämmerlichen Trostlosigkeit ihres Autismus, in dem sie seit so langer Zeit gefangen war, aber er konnte nicht sagen, dass er ihre Nähe herbeisehnte, ihre Anwesenheit, wenn er von der Arbeit nach Hause kam. Er hätte niemandem sagen können, dass er oft mit dem Gedanken gespielt hatte, sie zu verlassen, nicht weil er eine andere Frau, andere Frauen, begehrte, sondern weil er sie nicht mehr liebte, weil er lieber allein gewesen wäre, ohne die immerwährende Belastung, zu wissen, dass sie auf ihn wartete, wenn er einmal später nach Hause kam, dass sie unter jeder seiner Gesten der Ablehnung und Gefühlskälte litt: Es stimmte nicht, dass man sich an alles gewöhnte, ihr war es nach all den Jahren nicht gelungen.

»Sehen Sie nur den Mond«, sagte Susana, nachdem sie lange geschwiegen hatten. Vor ihnen, über dem Tal mit seinen sanft gewellten Olivenfeldern und der schwarzen Silhouette der Bergkette, stand bewegungslos und leicht hintenübergeneigt der weiße Halbmond, wie eine Martinslaterne, umgeben von einem kalten Dunstschleier, der den Glanz der Gestirne in seiner Nähe verblassen ließ. »Wie hoch er am Himmel steht. Kennen Sie das Lied *Wie hoch steht der Mond?* Mir ist, als müsste ich es jeden Moment hören. Marcel Proust glaubte als Kind, alle Bücher handelten vom Mond. Mir geht es so mit den Liedern. Die mir am besten gefallen, handeln fast alle vom Mond.«

»Es ist ein zunehmender Mond.«

»Das habe ich nie unterscheiden können. Woher wissen Sie das so genau?«

»Ein Priester hat es mir vor vielen Jahren einmal erklärt, und ich habe es nie vergessen. Wenn seine Sichel sich zu einem A vervollständigen lässt; ist es ein abnehmender Mond, lässt sich ein Z aus ihr machen, ist er zunehmend. Immer, wenn ich ihn betrachte, denke ich an diese Worte.«

Ella Fitzgeralds Stimme erschien Susana mit einem Mal allzu traurig, und sie suchte eine andere, eine belebendere Musik, ein Band von Paul Simon, *Graceland,* das seine Wirkung auf sie noch nie verfehlt hatte. Sie schwiegen jetzt, beide hypnotisiert von den Lichtern und Schatten der nächtlichen Landschaft, der bleichen, von den letzten Regenfällen frisch getränkten Erde und den Kronen der Olivenbäume, die sich mit der metronomischen Regelmäßigkeit von Telefonmasten aneinander reihten. Die Helligkeit des Mondes ließ die bläuliche Masse der Berge kompakter und näher erscheinen, als sie tatsächlich war, hob die weißen Flecke der Dörfer an ihren Hängen hervor, das Flackern ihrer gelben Lichter. Sie sprachen nicht, beider Sinne wachsam und scheu dem andern zugewandt, nach Worten suchend, sich dem Antrieb des Autos überlassend, dem Sog der Musik im versiegelten Raum. Susana bemerkte, dass der Inspektor sich nun doch in seinen Sitz zurückgelehnt hatte. Mit der Linken pochte er geräuschlos auf sein Knie, im Rhythmus der Musik, nicht ohne eine gewisse Fertigkeit, wie sie ebenfalls bemerkte.

»Mögen Sie diese Musik?«

»Ich höre sie gern jetzt, nachts, auf einer leeren Straße.«

»Ich fliehe mit ihr. Wenn ich es in der Stadt gar nicht mehr aushalte und auch lesen und Schallplatten hören mich nicht mehr ablenkt, dann setze ich mich abends ins Auto und fahre einfach drauflos, mach mich davon, stelle mir vor, ich unternähme eine weite Reise. Ich sehe dann die Lichter eines dieser Dörfer, fahre in ihre Richtung, die Musik laut aufgedreht, und wenn ich ankomme, ist das Band zu Ende, ich sehe das Dorf, und das Herz rutscht mir in die Knie, ich drehe um und fahre zurück, woher ich gekommen bin, und denke, dass ich es noch schlechter hätte treffen können, wenn ich in so ein Dorf versetzt worden wäre. Aber auf diese Weise entdecke ich manchmal Orte, die mir sehr gefallen. Das Restaurant in dem Gehöft am Fluss habe ich vergangenen Sommer ausfindig gemacht. Ich habe mich selbst zum Essen eingeladen und die Flasche Wein dazu nur deshalb nicht ganz ausgetrunken, weil es mir peinlich gewesen wäre, hinterher allein hinauszugehen und zu schwanken, möglicherweise.«

Sie waren an eine Brücke über den Fluss gekommen, der sich breit und gemächlich dahinwälzte, angeschwollen von den letzten Regenfällen und im Mondlicht hier und da phosphorig glitzernd. Ein Auto kam ihnen entgegen, und Susana musste warten, bis es vorbeigefahren war. »Wir sind schon da«, sagte sie, jenseits des Ufers auf ein Gebäude mit ungleichmäßiger Bedachung und hohen Mauern deutend, die steil über die Böschung stürzten. Weiter flussabwärts führte eine Eisenbahnlinie vorbei. Aus dieser Entfernung, in dunkler Nacht, wurde das Anwesen dort hoch über Bambusdickicht und Ginsterbüschen in Susanas Einbildung zu einer befestigten Burg, zu der man nach einer langen Reise gelangt, in einem anderen Land und einer Entfernung, die sich nicht nach Kilometern bemisst. Es war Restaurant und auch Gasthaus, sagte sie zum Inspektor, während sie den Wagen am Rande eines Mandelbaumhains parkte, auf dem gepflasterten Platz vor dem großen Eingangsportal. Es standen noch ein paar andere Autos da, und als sie sich dem Gebäude näherten, drang das gedämpfte und ermutigende Geräusch von Stimmen an gedeckten Tischen zu ihnen heraus.

»Sehen Sie nur den Namen«, sagte Susana und blieb vor dem Torbogen stehen, die Erregung des bevorstehenden Abendessens hatte sie bereits erfasst, der silbernen Bestecke und der Gläser aus klingendem Kristall, der Wonne des ersten Schlucks Rotwein. »›La Isla de Cuba‹. Ich glaube, der hat mir am meisten gefallen, als ich zum ersten Mal hier war. Ich habe die Kellner gefragt, aber keiner konnte mir den Grund für diesen Namen nennen. Schauen Sie, die Stadt, wie sie von hier aus aussieht. Sie wirkt viel mehr wie eine Insel.«

Bevor er hineinging, folgte der Inspektor der Richtung, in die Susanas ausgestreckter Arm wies, und ohne sich dessen bewusst zu sein, teilte er das Gefühl mit ihr, in weniger als einer halben Stunde, der Dauer einiger weniger Lieder, weit fort geflohen zu sein. Er sah den dunkel aufragenden Hügel, die Linie der Stadtmauer, die fernen Lichter der Aussichtspunkte, und einen Moment lang war ihm, als sehe er eine Stadt, in der er noch nie gewesen oder in die er noch nie zurückgekehrt war. Aber nicht einmal in diesem Augenblick vergaß er, wie ein chronisch Kranker niemals den Schmerz vergisst, der ihn zerreißt, oder wie ein besessener Monomane nie von seiner fixen Idee ablässt, dass in diesem Ort, der so abstrakt war wie die anonyme Skizze einer nächtlichen Stadt, irgendwo in einem Zimmer versteckt, unter dem Licht desselben Mondes in irgendeiner der Straßen, an der Theke einer Bar lehnend und im Fernsehen ein Fußballspiel verfolgend, jemand auf ihn wartete, den er noch nicht zu Gesicht bekommen hatte, den er aber erkennen würde, sobald er ihm unter die Augen trat.

17

Die Erregung allein des Gedankens daran, wie ein Schuss in die Venen oder direkt ins Hirn, wie die Explosion eines Schlucks sehr schwarzen Kaffees mit einem Schuss Cognac mitten in der Brust, der erste Schluck eines trockenen Anis oder Rums, oder der aufwallende Schwindel nach dem ersten Zug aus einer Zigarette, einer dieser Mentholzigaretten der ersten Male, wenn er in Sommernächten mit seinen Freunden aus dem Viertel zum Rauchen in die Anlagen des Parque de la Cava ging, nur einen Schritt, gleich um die Ecke, auf einer der Bänke vielleicht, die oben auf der Böschung stehen, bei den Pinien mit ihrem Harzgeruch in der heißen Luft der Julinächte, mit diesem Geräusch, wenn man auf die trockenen Nadeln trat, die immer knackten, sosehr man sich auch in Acht nahm, sodass man sich äußerst vorsichtig anschleichen musste im Finstern, beinah robbend wie im Film, um möglichst nah heranzukommen, ohne entdeckt zu werden, die Ellenbogen in die Erde, in die trockenen Piniennadeln gestemmt, um die Pärchen zu belauschen, die damals noch in den Park kamen und auf den Bänken herumknutschten. Die Erregung war ähnlich, das Herz im Hals, das schmerzende, jagende Pochen in der Brust, wie eine Faust, die gegen eine Tür hämmert, die Faust eines Menschen, der verzweifelt an die Tür eines verschlossenen Hauses klopft. Er und seine Freunde, oder besser er allein, in der Finsternis des Parks, in dem die Laternen immer zerschlagen oder beschädigt waren, vielleicht im Schutz eines Pinienstammes oder in einem Graben

hockend, wer weiß, ob sogar demselben, fällt ihm plötzlich
ein, flach am Boden und das Herz gegen die Erde pochend,
etwas sehen und hören, im Dunkeln etwas erkennen wollen,
die Umarmungen der Pärchen, die sonst nirgendwo hinge-
hen konnten, Stöhnen, Worte, Rascheln von Kleidung, leise
Schreie, wie vor Schmerz, der bleiche Fleck eines Taschen-
tuchs, das etwas auffängt oder abwischt, aber nie konnte er Ge-
naues hören und weniger noch deutlich sehen, er stellte sich
vor, Dinge zu sehen, deutlich vernehmbare schmutzige Wörter zu hören, aber tatsächlich sah er nur zuckende Schatten
und manchmal eine Sekunde lang ein vom Licht eines Streich-
holzes oder von der Glut einer Zigarette beleuchtetes Gesicht.
Er bewegte sich aus Versehen, fürchtete schon, ein verräteri-
sches Geräusch gemacht zu haben, und drückte sich noch fester auf den Boden, sein Herz laut pochend, als schlage es unter
der Erde, die Angst, erwischt zu werden, vor dem blenden-
den Licht einer Taschenlampe im Gesicht: Es ist dieselbe Erregung, ein starkes Schwindelgefühl, das in ihm hochsteigt,
ihn beinah taumeln lässt, er zog an seiner Mentholzigarette
und spürte die Süße und den Schwindel zur selben Zeit, genau wie beim Rum oder Anis, pur natürlich, ohne Eis und solche Schwuchteleien wie Cola oder Tonic, ein Schluck, und die
Kehle steht in Flammen, und der Kopf summt und dreht sich,
als habe er einen Drehmechanismus im Hals, aber niemand
weiß es, und das ist das Stärkste überhaupt, das Unglaubliche, er setzt sich die Rumflasche an den Hals, schließt sie wieder in seinem Schrank ein, isst hinterher ein Pfefferminz oder
kaut auf einer Kaffeebohne, und kein Mensch merkt ihm etwas an, er geht aus seinem Zimmer, durchquert das Esszimmer, in dem die Alten im Schein des Fernsehers vor sich hin
dösen, denn das Licht schalten sie erst ein, wenn es draußen
richtig dunkel geworden ist, und ohne ihnen einen Blick zu

gönnen oder sich zu verabschieden, geht er in den dunklen Flur hinunter und erreicht die Haustür, und schon ist er draußen, die Kraft des Rums im Nacken und in den Füßen, damit die Alte bloß keine Zeit findet, ihm wieder mit ihrer Litanei zu kommen, wohin gehst du, nimm dich in Acht, komm nicht so spät nach Hause, er knallt die Tür hinter sich zu und tritt auf die Straße, stolpert gleich, flucht auf die Stadtverwaltung, die die Straßen nicht asphaltiert, weil die Altstadt angeblich ein Viertel ist, das man bewahren muss, verfallene Häuser und Kirchenruinen, mehr ist es doch nicht, aber nicht einmal das Straßenpflaster wird ausgebessert, es besteht nur aus Schlaglöchern, und wenn man sich nicht vorsieht, zerplatzt einem der Reifen, oder man kommt nachts etwas angetrunken nach Hause, und da es auch keine Straßenbeleuchtung gibt, stolpert man und schlägt sich den Kopf auf oder bricht sich den Arm, und wer soll dann arbeiten, vor Tagesanbruch anfangen, und aufhören, wenn es schon dunkel ist, immer auf Achse, hierhin und dorthin, unter dem Getöse der Lastwagen, in denen die Großhändler ihre Waren anliefern, und dem Geschnatter der Frauen, der Blick fällt immer nur auf Augen und Münder kreischender Frauen und auf die aufgerissenen Augen und Mäuler der Fische, runde Augen mit verschleiertem Totenblick und ausgerenkte Mäuler mit Reihen winziger Zähne, die die Haut der Hände aufreißen, und immer nur lächeln, obschon er innerlich kotzen könnte und am liebsten einen Fischhaken in diesen Mund schlagen würde, der mit seinen geöffneten und geschminkten Lippen etwas bei ihm bestellt, so wie man den Haken in die Kiemen eines Dorsches schlägt, egal, ob man Fieber hat oder nächtelang nicht geschlafen und sich fühlt, als ob man gleich umfallen, in der klebrigen Pfütze und dem Schlamm von Schuppen und Eingeweiden zu Boden gehen könnte. Nein, krank werden kann er sich nicht leisten, keiner gibt ihm aus Krankheitsgründen frei, und er hat auch keine Gewerkschaft, die seine Interessen vertritt, er kann sich todkrank fühlen, das ist ganz egal, keiner merkt etwas davon, und keiner schert sich drum. Das ist auch so etwas Unglaubliches, Phantastisches, dass niemand etwas weiß, niemand kann einem hinter das Gesicht und durch die Augen schauen, man geht mit zitternden Knien auf die Straße, weil einem der Schuss Rum noch in den Knochen sitzt, und niemandem fällt etwas auf. Eine alte Nachbarin, die vor ihrem Haus den Gehsteig fegt, grüßt ihn mit dem widerwärtigen Diminutiv seiner Kindheit, sie lernen es nie, sehen nicht, dass man erwachsen wird, immer dieselbe Leier. »Für mich bleibst du der Kleine, schließlich habe ich dich auf die Welt kommen sehen.« Er verabschiedet sich lächelnd von der Nachbarin, er setzt ein Lächeln auf, sobald er das Haus verlässt, so ein guter Sohn, hörte er die Nachbarin einmal zu seiner Mutter sagen, so arbeitsam und vernünftig, du musst doch stolz auf ihn sein, so ein guter Kerl, und wie heute die Jugend doch ist, gleich hat er angefangen zu arbeiten, als seinem Vater das Unglück passierte, und wie eifrig, da war er ja noch ein Kind. Scheiße auch, ein Kind. Da sehen sie einen Kerl, der seine Militärzeit freiwillig bei der regulären Truppe geleistet hat, der rund um die Uhr arbeiten, eine Frau flach legen und drei trockene Anis kippen kann, ohne dass ihn das an der Arbeit hindert oder seine Hände zittern lässt, und sie sehen immer noch ein Kind, alle, wie sie da sind, Mütter, Nachbarinnen, Tanten, Großmütter, Kundinnen. Er hatte hinter dem Fenster im Erdgeschoss gestanden und sie belauscht und konnte nicht glauben, was die Alte da erzählte, er hätte sich totlachen können: »Sicher, ja, der arme Junge ist nur immer so still, und eine Freundin zu finden, da tut er sich wohl schwer.« Die Nachbarin brach in Gelächter aus, mit ihrem fettigen Haarknoten, ihrem Schultertuch, den alten Bastsandalen, dem Besen, ganz und gar eine Hexe: »Zu Hause mag er ja maulfaul sein, aber den Kundinnen kommt er ganz schön kess, wenn er ihnen Fische verkauft. Obwohl, mit den besten Manieren, das muss man sagen, seine Grenzen kennt er.« – »Nun, eine gute Erziehung hat er gehabt. Mit der höheren Schule ist es bei ihm ja nichts geworden, aber wenigstens hat er eine anständige Arbeit, um sich seinen Lebensunterhalt zu verdienen, dieselbe wie sein Vater. Ist auch viel besser als eine höhere Schulbildung, heute suchen ja schon Ärzte und Lehrer nach einer Stelle als Straßenkehrer.«

Derselbe Blödsinn wie immer, Wort für Wort, als wären sie ihnen gerade erst in den Sinn gekommen, als ob sie jemals einen Arzt gesehen hätten, der als Straßenfeger arbeitet, als ob sie wüssten, was eine Hochschulausbildung ist, wenn sie nicht einmal eine Waschmaschine oder ein Videogerät bedienen oder einen Gasherd anzünden können. Aber man muss den Arsch zusammenkneifen, sehen, wie's weitergeht, und immer schön die Nachbarin grüßen, die ihr Leben damit verbringt, immer dasselbe Stück Gehweg und Straße zu kehren, eine Straße, die den Namen nicht verdient, und ein Gehweg mit kaputten Platten, immer dasselbe Tuch um die Schultern und dieselben schwarzen Bastsandalen an den Füßen, sogar mit immer demselben Besen, kehren und fegen, als wäre nicht die Hälfte der Häuser längst eingefallen und die meisten Anwohner schon tot. Wenigstens fegt sie mit einem dieser neuen Besen mit Plastikborsten und nicht mit diesen klobigen Reisigbesen, die der Alte bis vor kurzem noch kaufte, bis sie nicht mehr hergestellt wurden, Besen, mit denen man Höfe und Ställe kehrte, was für eine Barbarei, das seien die besten, sagte er, viel besser als diese modernen, denn für ihn ist das Althergebrachte immer besser als das Neue, der alte Kohlengluttisch ist besser als der Gasofen, der elektrische

Strom mit 125 Volt bringt mehr als der mit 220, der Schinken schmeckt besser, wenn er mit dem Messer geschnitten wird als mit der Maschine, die Erde wird besser mit Pferd und Pflug umgegraben als mit den neuen Ackergeräten, die alten Kühlkeller mit Eisblöcken hielten den Fisch besser frisch als die Kühlschränke von heute, immer derselbe Mist, unermüdlich wiedergekäut, mit pfeifenden Lungen, die von Teer oder Krebs verseucht sind, immer dieselbe Leier, dieselben festgefahrenen Meinungen, dieselben Erinnerungen, sogar dieselben Krankheiten und gotteslästerlichen Flüche, und er sitzt still dabei oder sagt zu allem ja, sitzt schweigend über seinem Suppenteller oder dem fetten Eintopf, schaut nicht auf und nicht zur Seite, um das Gebiss des Alten auf dem Wachstuch nicht sehen zu müssen, sanftmütig, innerlich kochend, während im Fernsehen wieder das Foto eines Kindergesichts zu sehen ist, das gar keine Ähnlichkeit mit dem aus seiner Erinnerung hat, weder die Frisur noch die Kleidung, auf dem Foto trägt sie Zöpfe und ein gefälteltes Kleid, weiße Strümpfe und Lackschuhe. »Ein Engel«, sagt die Alte, »Gott habe sie selig«, und er spürt, dass es unmöglich ist, dass es einfach nicht sein kann, dass niemand etwas weiß, kein Mensch auf der Welt, nicht einmal dieser Schlaumeier von Polizist mit dem grauen Haar, der das Gesicht von der Kamera wegdrehte, als sei er der Verbrecher, nicht der Untersuchungsrichter und auch der Gerichtsarzt nicht, niemand, keiner der Reporter, unter denen er sich bewegt, als sei es das Normalste der Welt, wenn er nachmittags zum Platz des Generals geht, nachdem er geduscht und einen Schluck Rum aus der Flasche im Schrank genommen hat, ohne besonderen Grund, die Ausbuchtung des Messers in der Hosentasche streichelnd, nur um zu sehen, was vorgeht, jemanden zu grüßen, den neuesten Klatsch zu hören oder zu erzählen, dabei zu sein, in nächster Nähe, die Erregung der eingebildeten Gefahr zu spüren, der vollkommenen Unangreifbarkeit, wie früher, wenn er den Pärchen nachspionierte, wenn er sich unter die Kameraleute und Fotoreporter mischt oder fast bis an die Tür des Polizeipräsidiums herangeht, ohne jedes Risiko, ohne Verdacht zu erwecken, wie wenn er auf die Straße tritt und die Nachbarin zu fegen aufhört und ihn mit seinem abscheulichen Diminutiv anspricht und zu ihm sagt: »Na, machst du einen Bummel durch die Stadt?«, mit ihrem albernen, schelmischen Lächeln einer entlehnten mütterlichen Weichherzigkeit, mit der sie wahrscheinlich zu seiner Mutter sagen wird: »Er geht ja jetzt jeden Abend aus, und immer adrett gekleidet, bestimmt hat er schon ein Auge auf eine geworfen.«

Er macht sich eilig davon, energisch hallen die Absätze auf dem Kopfsteinpflaster wider, während die Nachbarin zu fegen aufhört und ihm nachblickt, die Jacke, die engen Jeans, die Ausbuchtung seiner Hosentasche, die klimpernden Autoschlüssel. Jeden Abend entflieht er dem Viertel in nördlicher Richtung, zum Platz des Generals und weiter noch, wo die richtige Stadt mit ihren Lichtern ist, die modischen Kleiderläden und die Haushaltswarengeschäfte mit ihren leuchtenden Schaufenstern, die Wohnblocks mit ihren Gegensprechanlagen und Zentralheizungen, die breiten Asphaltstraßen, Cafeterias, Autowerkstätten und Videoclubs, die Topless-Bars, das wahre Leben, die Supermärkte, die, wie der Alte sagt, das Ende der Markthalle einläuten, die immer älter und schmutziger wird, immer weniger Kundschaft hat und in der es immer mehr stinkt. In erregender Vorfreude lässt er die dumpfen Gassen hinter sich, die kleinen Plätze mit ihren Klostermauern und Kirchtürmen, am besten würde alles durch eine Feuersbrunst hinweggefegt oder von einem Erdbeben zerstört, und man müsste ihn ganz neu aufbauen, diesen Teil der Stadt, der angeblich einen so großen historischen Wert hat, in dem aber kein Mensch mehr leben will, all diese feinen Touristen, die ergriffen vor einer mit Unkraut durchwucherten Hecke stehen, sie sollten mal einen Winter hier verbringen müssen.

Es wird schon fast dunkel, als er den Platz erreicht, und als er zum einzigen erleuchteten Fenster im ersten Stock des Polizeipräsidiums aufschaut, dort, wo die Fahne hängt, spürt er ein erregendes Prickeln im Magen, stärker noch, einen heftigen Krampf, sein Herz pocht laut, und niemand hört es, selbst wenn einer nah an ihm vorbeiginge, es pocht und hallt in seiner Brust wie in den Tiefen der Erde und der Dunkelheit, als er den Liebespärchen nachspionierte und sich einbildete, in Wirklichkeit zu sehen, was er nur aus Filmen und Illustrierten kannte, deutlich die schweinischen Wörter zu hören, die Frauen und Männer darin immer sagten, vor allem die Frauen, die sind die schweinischsten, tun immer so und denken in Wirklichkeit an nichts anderes. Hinter dem erleuchteten Fenster bewegt sich eine Silhouette nah an der Glasscheibe, er schaut nicht hinauf, obwohl nichts passieren würde, ein weiterer Schritt der Verwegenheit, und das Einzige, was sich steigert, ist die Erregung, nicht aber die Gefahr. Er geht zu dem Polizisten am Eingang, sagt guten Abend, höflich, mit einer Andeutung von Unterwürfigkeit, die ihm noch von der Militärzeit geblieben ist. Der Polizist hebt die Hand an die Mütze, er ist alt und dick und taugt bestimmt zu nichts anderem mehr. Er fragt, ob man schon irgendwas weiß, ob es etwas Neues gibt, ist sich des sanften Tons seiner Stimme deutlich bewusst, sie ist sanfter als gewöhnlich, wie immer, wenn er sehr erregt oder wütend ist, je wilder der Zorn in ihm rast, desto nachgiebiger wird seine Stimme, und während er ihrem Klang lauscht, fühlt er das Pulsieren des Blutes in den Schläfen. »Weitergehen«, sagt der Polizist unwirsch, ohne ihn eines Blickes zu würdigen, ohne überhaupt über seine Frage, seine Höflichkeit, sein Interesse nachzudenken, »wir geben hier keine Presseerklärungen ab.« Du nicht, denkt er, ich aber wohl, und lächelt den Polizisten an, ich könnte sehr wohl eine geben, dann würden euch die Ohren vom Kopf fallen: »Entschuldigen Sie, ich wollte nicht aufdringlich sein«, sagt er, seine Stimme so sanft, dass sie ihm selbst schon ein bisschen weibisch vorkommt, und gedemütigt und noch wütender merkt er, wie ihm die Röte ins Gesicht steigt, er beherrscht sich, atmet tief durch und wird doch nicht rot, die Kuppen seiner Finger ertasten das Messer in seiner Hose. Man muss tief durchatmen, ganz langsam, wird in der Zeitschrift mit den Horoskopen empfohlen, um nicht rot zu werden und um den vorzeitigen Erguss zu verhindern. Er stellt sich jetzt vor, er sei ein Terrorist, er zöge eine Pistole aus der Jackentasche und hielt sie dem Polizisten vors Gesicht und puste ihm das Gehirn an die Wand. Wenn er will, wenn ihn die Lust überkommt, wenn es ihn aufgeilt, kann er tun, was immer ihm in den Sinn kommt, und dennoch wird es Wirklichkeit sein, wird er in die Zeitungen kommen und in die Drei-Uhr-Nachrichten im Fernsehen. Wenn er will, wenn er Lust dazu verspürt, kann er jetzt durch die Anlagen auf der Mitte des Platzes gehen und die Telefonzelle neben dem Denkmal betreten, kann die Nummer des Polizeipräsidiums wählen, mit sanfter Stimme nach dem Inspektor fragen, der die Ermittlungen leitet, aber auch nicht zu sanft, man weiß ja, wer allzu höflich spricht, wird nicht ernst genommen, sanft, aber bestimmt, ich habe ihm etwas Wichtiges zu sagen: Und von der Telefonkabine aus würde er sehen, wie der Schatten am Fenster sich fortbewegt, um das Gespräch anzunehmen. Er kann anrufen und auflegen, wenn jemand sich meldet, er kann es sagen und sofort danach auflegen oder ein Gespräch mit dem Inspektor führen, so wie der Mörder in dem Film *Das Schweigen der Lämmer,* den er mehrere Male gesehen hat, der ihm allerdings zu überladen und unrealistisch ist. Er kann dem Inspektor sagen, wer er ist und was er getan hat und was er des Weiteren wann und wo tun kann, wie es ihm gerade passt, und dann auflegen und die Telefonkabine verlassen, und nichts wird passieren, er kann auch im Nachtprogramm anrufen, wo die Leute sich immer geheimnisvoll geben und dann den größten Quatsch vom Stapel lassen, und der Hure von Ansagerin etwas erzählen, was ihr wirklich den Atem stocken ließe.

Aber es gibt noch etwas, etwas noch Erregenderes, so verführerisch, dass er nicht weiß, ob er widerstehen kann oder will. Auf den Gedanken bringt ihn ein alter Priester, der vor ihm in Richtung Calle Mesones und Calle Nueva geht, als er die Kolonnaden des Monterrey schon hinter sich gelassen hat. Er trägt keine Soutane, aber er weiß, dass er ein Priester ist, er kennt ihn sein Leben lang, ein alter Priester, der immer schon da war, der sehr langsam geht, ein kleines Holzkreuz auf der Brust seines grob gestrickten, dunkelblauen Pullovers baumelnd, schwarze Pantoffeln mit Gummisohlen, das Kinn vorgeschoben, als werde er von einem Willensimpuls vorangetrieben, der stärker ist als die Kraft seiner Lunge oder die Muskulatur seiner Beine. Er folgt ihm jetzt, und ohne dass es ihm besonders aufgefallen wäre, hat er seinen Schritt verlangsamt, ihn dem des Priesters angepasst, der irgendwo am Ende der Calle Nueva wohnen muss, dort, wo früher das Jesuiteninternat war. Wie langsam der alte Sack dahinschleicht, er muss schon über achtzig sein, aber die Alten heutzutage sterben ja nicht, man muss sie schon erschießen oder ihnen eine Bombe unter den Hintern legen. Er folgt ihm langsam durch die Calle Nueva, die jetzt voller Menschen ist, mit breiten Gehwegen, Hauseingängen aus Marmor und riesigen Schaufenstern, die

ausreichen würden, die ganze Stadt zu beleuchten, Luxusbou-
tiquen, Geschäfte, die diesen Namen wirklich verdienen, sogar Juwelierläden und Pelzgeschäfte mit Panzerglasscheiben,
mit nackten Schaufensterpuppen aus weißem Plastik, nur
mit einer Nerzstola bekleidet. Was für Preise, welch ein Um-
satz überall, die säuischen Höschen von so einer Tante kosten
mehr als ein Kilo Seehecht, und die Dreckskerle von Besitzer
machen sich ein schönes Leben, scheffeln das Geld mit sauberen Händen, müssen nicht im Morgengrauen aus den Federn,
müssen sich nicht nass regnen lassen und sich im Winter
nicht totfrieren, müssen im Sommer nicht den bestialischen
Gestank ertragen. Schuhgeschäfte und Geschäfte mit Leder-
waren, Haushaltsgeräten, Musikgeschäfte, alles nagelneu und
glänzend und schweineteuer in diesen Schaufenstern, und
kein anderer Geruch als der nach Leder und Parfüm, und das
Geld hier sieht auch nicht so aus wie die schmierigen Lappen
auf dem Markt, man sieht es gar nicht, schmutzige Finger hinterlassen nicht ihre Fettflecke auf den abgegriffenen Scheinen,
und es wird nicht in dreckigen Holzkisten aufbewahrt und
abgezählt, in Registrierkassen, deren Tasten so klebrig sind
wie alles andere auch: Hier ist das Geld unsichtbar, und man
hört nicht das Klimpern von Münzen, nur dieses Geräusch,
wenn sie die Kreditkarten durch die Maschine ziehen, sau-
beres Geld, magisch, augenblicklich verfügbar, keine heißen
Münzen in der Hand einer zittrigen Alten, keine verschwitz-
ten Scheine, elektronisches Geld. Der Alte sagt, das ist alles
nur Schwindel, ihm soll man ein Bündel Scheine in die Hand
geben, mit einem Gummiband darum, Geldscheinbündel, wie
sie früher die Gemüselieferanten und Pferdehändler in dicken
Brieftaschen bei sich trugen, mit einem elastischen Band um-
wickelt, das mit einem opulenten Schnalzen von den Fingern
glitt. Da er weder Papieren noch Karten, noch Kontoauszügen

traut und außerdem sowieso nichts davon versteht, der dämliche Hund, stellt er sich am Ersten jeden Monats schon morgens um sieben in die Schlange vor der Sparkasse, mit all den
anderen Alten, was braucht die Welt eigentlich so viele Alte,
alle nervös in einer langen Schlange, im Winter mit Mützen
und in dicke Schals gewickelt, die Sparbücher in der Hand,
Ausweis und Rentenbescheid bereit, um sie am Kassenschalter
vorzuzeigen, immer in Angst, dass man sie beraubt, dass die
Bankangestellten sie bescheißen oder die Sparkasse Bankrott
macht, dass sie beim Herauskommen überfallen werden. Er
holt seine gesamte Rente von der Bank und trägt sie in Scheinen, die man anfassen kann, nach Hause, verwahrt sie in einer
Blechbüchse, die er wiederum hinter einer Fliese im Wand-
schrank des Schlafzimmers versteckt, als ob man blöd wäre.

Der alte Priester dürfte von derselben Sorte sein, schlurft
über die Straße und achtet auf nichts, hat keinen Blick für die
aufgedonnerten Schnepfen, die mit ihren geschminkten Lippen, ihren hohen Absätzen und Einkaufstüten aus den Läden
kommen und einen Hauch von Parfüm und amerikanischen
Zigaretten hinterlassen. Das Licht der Schaufenster fällt auf
ihn, und er wirft keinen einzigen Blick auf die Damenwäsche
oder die Fernseher und Videogeräte oder die Luxusklamot-
ten und Pelzmäntel, wahrscheinlich betet er den Rosenkranz,
nein, das mit Sicherheit nicht, er sei ein atheistischer Priester,
heißt es, er trägt ja auch keine Soutane, nicht einmal einen
weißen Stehkragen, der Kerl, aber er ist trotzdem ein Priester wie jeder andere, wie der Bischof oder Kardinal oder was
immer der war, der die Totenmesse für das Mädchen gelesen
hat. Fünf oder sechs Priester waren am Altar gewesen, einer
davon mit diesem hohen Hut, den die Bischöfe tragen, und
die Dreifaltigkeitskirche war so voll, dass die Leute noch auf
der Treppe standen und den ganzen Platz vor der Kirche füll-

ten, es war ein beeindruckendes Bild gewesen, was man da in den letzten Abendnachrichten sehen konnte. An den Säulen der Portale, am Uhrturm und auf dem Balkon des Polizeipräsidiums waren Lautsprecher installiert worden, große Plattformen oder Gerüste für die Fernsehkameras und die Scheinwerfer, die heller waren als das Tageslicht an einem Mittag im Sommer. Es war wie damals, als er noch klein war und die Karfreitagsprozessionen direkt übertragen wurden, die ganze Stadt stolz wie nie, alles wurde auf Video aufgenommen, die Leute gestikulierten und winkten in die Kameras, während im Hintergrund die Büßer und die Throne vorüberzogen. Es begann zu regnen, und der ganze Platz und die Treppe der Kirche verwandelten sich in ein wogendes Meer von schwarzen Schirmen, von den Scheinwerfern stieg dichter Dampf auf, der die Regenfäden glänzen ließ, denn nach endlosen Jahren der Dürre begann es gerade an diesem Tag zum ersten Mal wieder zu regnen.

Und er mitten in der Menge, ein Schirm in einem Meer von schwarzen Schirmen, glänzend wie Lack in dem Regen und dem Licht der Scheinwerfer, auf dem Platz, der von den Gesängen aus der Kirche und den Litaneien der Priester widerhallte. Und er war der Einzige, der etwas wusste, obgleich er sich nicht erinnerte, gerührt, unschuldig beinah, einer von vielen, gefangen in der universalen Welle von Kummer, Trauer und zornigen Rachegedanken, welche die Menschenmenge durchlief wie eine Regenbö, die das Meer durchpeitscht, und er allein und unerkannt unter den Schirmen und den Menschen, anonym und beschützt, mit Mühe die Worte der Liturgie nachsprechend, gesenkten Hauptes, zwischen anderen eingeklemmt, identisch mit ihnen, einzigartig in seinem Geheimnis und dem Hochmut, den er tief in seinem Innern fühlte, die Hand einer Frau ergreifend, die weinend neben ihm stand, als der Priester sagte: »Gebt einander die Hand zum Friedensgruß.« Die Frau trug am Mantelaufschlag eines dieser Fotos von dem Mädchen, die in der ganzen Stadt verteilt worden waren, wie ein religiöses Abzeichen, doch das Gesicht ließ kein Schuldgefühl in ihm aufkommen, nicht einmal Erinnerungen, es sah gar nicht aus wie das Gesicht eines Menschen, den er gekannt hätte. Er allein und sonst keiner wusste etwas, kein Mensch auf der ganzen Welt und in der langsam voranschreitenden Menge, die sich zum Friedhof bewegte, als es lange dunkel geworden war. Viele, vor allem Frauen, hielten Kerzen mit flackernden Flämmchen, die im Wind zuckten oder ausgeblasen wurden, wie bei den Prozessionen. Er allein wusste etwas, ehrerbietig und langsam unter seinem Schirm im Rhythmus der anderen dahinschreitend, straflos und unverwundbar, genau wie jetzt, als er dem Priester durch die Calle Nueva folgt, das Jakobus-Krankenhaus bereits hinter sich, in Richtung Kirche und Jesuitenwohnheim, das ziemlich abgelegen am westlichen Stadtrand gestanden hatte, bevor die Priester den größten Teil des Geländes an eine Baufirma verkauften, ordentlich was eingesackt werden die Scheißkerle haben mit all ihrem Beten und Bußetun.

Er folgt ihm jetzt in etwas größerem Abstand, weil es hier nicht mehr so viele Schaufenster gibt und kaum noch Leute auf der Straße sind, es ist hier dunkler, als käme die Nacht hier früher an als auf der Calle Nueva. Er fällt noch einige Schritte zurück, obwohl er weiß, dass so viel Vorsicht gar nicht nötig ist, er tut es mehr der kriminalistischen Spannung wegen, um sich in seiner eigenen Gerissenheit zu sonnen, denn der Priester wird ihn bestimmt nicht sehen, wird nicht merken und nicht einmal auf den Gedanken kommen, dass ihm jemand folgt, er hat genug damit zu tun, mit seinem vorgeschobenen Kinn und seinem vor der Brust baumelnden Kruzifix voranzukommen. Selbst wenn er sich umdrehte und ihm ins Gesicht schaute, würde er an nichts Böses denken, falls er nicht überhaupt so kurzsichtig ist, dass er weder ein Gesicht erkennen noch einen Blick deuten kann. »Im Gesicht zeigt sich die Redlichkeit«, sagte die Nachbarin, er hatte es durch den geschlossenen Fensterladen gehört. Der Priester ist an einer Ampel stehen geblieben, sie zeigt Rot für ihn, und trotzdem überquert er jetzt die Straße, vielleicht ist er farbenblind oder versteht die Verkehrszeichen nicht oder ist so geistesabwesend, dass er nicht bemerkt, wie viel Verkehr auf der Straße ist. Am liebsten möchte man hinlaufen und ihn am Arm über die Straße führen, erlauben Sie, Pater, mit seiner sanftesten Stimme, den Alten tritt sofort ein schwachsinniges Lächeln ins Gesicht, nichts rührt sie mehr als ein gutwilliger, hilfsbereiter Junge, der ihnen seine unverbrauchte Kraft anbietet, der vorbildliche Sohn, den sie selbst einmal hatten oder verloren oder nie gehabt haben, Papas, Opas oder Onkel vertretungsweise, debilerweise. Aber er bleibt zurück und der Priester erreicht die andere Straßenseite, trödelnd und selbstmörderisch, provoziert das Hupkonzert eines Lastwagens, so eilig, wie sie es heute alle haben, und trotzdem, die Alten..., die Zeit existiert für sie offenbar gar nicht, man muss Angst haben, wenn sie den Fuß auf die Straße setzen, du passt kurz nicht auf, und schon hast du einen erwischt, und dann hast du's dir für alle Zeit vermasselt, als gäbe es nicht genug Alte auf der Welt, die auf sonnigen Parkbänken dem Tod entgegensiechen oder im Tabaksqualm des Pensionärsheims Rente kassieren, bis sie hundert sind, sich zuscheißen und vollpinkeln ohne jede Scham, fressen wie die Scheunendrescher und nicht mal einen Schnupfen kriegen.

Auch er überquert jetzt die Straße, wieder gellt eine Hupe und lässt ihn zusammenfahren, als werde er aus einem Traum gerissen, in dem gefangen zu sein er sich gar nicht bewusst war, schlafwandelnd, ohne es zu merken, von all den Nächten mit zu wenig Schlaf oder gar keinem Schlaf, von dem Schuss Rum und der unverminderten Erregung, in die sein unantastbares Geheimnis ihn versetzte. Die Fahrerin des Autos schreit ihn durch das geöffnete Wagenfenster an, fuchtelt mit einer Hand voller Armreifen und rot lackierter Fingernägel. »Trottel«, sagt sie, »hast du keine Augen im Kopf?«, und er wird rot bis an die Haarwurzeln, diesmal schon, errötet wie ein Depp, sein ganzer Körper prickelt, Rücken, Leisten, Handflächen, er bohrt seine Fingernägel hinein, hat beide Fäuste geballt, ausgerechnet so eine Tussi, denkt er, murmelt er, als er die andere Straßenseite erreicht und sich umdreht, um ihr eine Verwünschung nachzurufen, doch der Wagen ist schon weitergefahren, und er sieht die Frau von hinten, immer noch wütend gestikulierend, und zwei Kinder von sechs oder sieben Jahren, die Gesichter an die Rückscheibe gepresst, beide mit demselben Ausdruck blasierter Gleichgültigkeit im Gesicht, ein Junge und ein Mädchen in der Schuluniform eines Nonneninternats, wie auch anders, verwöhnte Bälger, Papas Lieblinge, sicher ist er Arzt oder Sparkassendirektor, der Wagen ist ein Volvo, das Arschloch, das sich den leisten kann, muss sicher nicht um vier Uhr morgens aufstehen und arbeiten, bis es wieder dunkel wird, um seine Miete bezahlen zu können: Was würde diese hochmütige Tussi mit ihren Armreifen und ihren lackierten Fingernägeln wohl empfinden, wenn der Junge oder das Mädchen eines Tages auf die Straße gingen und nicht zurückkämen, nie mehr zurückkämen.

Aber jetzt hat er den Priester aus den Augen verloren, ist gereizt, erkennt ihn in der Ferne wieder, dunkel und gebeugt unter den letzten Straßenlaternen der Stadt, am Gitterzaun vor der Kirche. Er beschleunigt seine Schritte, immer noch rot, mit dem Prickeln im Gesicht, den Spuren der Fingernägel in den Handflächen, sein Herz tut noch einmal einen Sprung, der Priester hat durch eine Seitentür die Kirche betreten, und wenn er ihm weiter folgt, was passiert dann, jeder kann in eine Kirche gehen, ein junger Christ, er geht durch den Mittelgang und kniet vor dem Hauptaltar nieder, während der Priester sich in einen Beichtstuhl gesetzt hat, auf wen mag er wohl warten in der menschenleeren Kirche. Er kann ihn nicht sehen, da ist ein Vorhang und ein Sprossengitter, ein Geruch von Kerzen, von Weihrauch und Samt: Und wenn er jetzt hineingeht, sich auf einer Seite des Beichtstuhls niederkniet und durch das Gitter spricht, Gegrüßet seist du, Maria, Unbefleckte Empfängnis, mit seiner sanften Stimme und ihm dann alles erzählt, Wort für Wort, mit allen Einzelheiten, die niemand kennt, weil die Polizei sie nicht bekannt gegeben hat, nicht, um Vergebung zu erbitten, sondern damit es noch jemand weiß und nichts sagen und nichts unternehmen kann, Priester dürfen nicht weitersagen, was sie in der Beichte erfahren haben. Und dieser, wenn er den Vorhang zur Seite schöbe oder den Beichtstuhl verließe, würde in der ganzen Kirche keinen Menschen mehr vorfinden, er hätte die Stimme eines Phantoms gehört oder sie geträumt. Er betritt die schwach erleuchtete, menschenleere Kirche, seine Einbildung ist ihm voraus und macht ihn benommen, und ihm ist, als ob er sich an die Schritte, die er noch gar nicht getan hat, bereits erinnerte, und sie seien unwiderruflich, er geht durch den Mittelgang, kniet kurz nieder und führt seine Hand an Stirn und Lippen und erinnert sich nicht mehr genau an das Kreuzzeichen, dann schreitet er einen nach dem anderen die leeren Beichtstühle ab. Der Priester sitzt im letzten, er hat ihn husten hören, genau wie früher, wenn er als Kind zur Beichte ging, vielleicht hat er ihn in die Kirche kommen sehen und lauscht jetzt seinen Schritten, aber das Pochen seines Herzens kann er nicht hören, die Wellen, in denen ihm das Blut in die Schläfen steigt. Er kommt näher, noch eine Bewegung, ein Wort, und etwas, das noch nicht existiert, wird unaufhaltsam seinen Fortgang nehmen, doch dann hält er inne, genau an dem Punkt, als stünde er im Begriff, ein Hochspannungskabel zu berühren, die Schneide oder die Spitze des Messers oder die Fingernägel einen Millimeter tiefer in die Haut zu bohren, er geht zurück, tritt wieder auf die Straße, und der verdammte Regen hat erneut eingesetzt, der Westwind fegt einen Blätterwirbel gegen seine Beine, braune, nasse Blätter, die an diesem Nachmittag angefangen haben, von allen Platanen der Stadt herunterzufallen.

18

Hinterher konnte sie es nicht glauben, schämte sich sogar, im Grunde jedoch nicht sehr, konnte nicht glauben, was ihre Erinnerung ihr bestätigte, dass sie so viel geredet hatte, beschwingt vom Wein zweifellos, aber auch von dem Essen, sanft berauscht von den Dingen, die sie um sich herum sah und berührte, die hohen Kristallgläser und die Kerzen auf dem Tisch, das Rauschen des Flusses auf der anderen Seite des kleinen Fensters mit dem rustikalen Gitter, an dem sie das Abendessen zu sich genommen hatten, die lautlose Aufmerksamkeit der Kellner, die ihren noch gar nicht ausgesprochenen Wünschen gemäß auftauchten und entschwanden, um einen Teller oder Besteck zu ersetzen oder noch etwas Wein nachzuschenken. Der Wein war selbstverständlich schuld, sagte sie sich später zur Rechtfertigung vor sich selbst oder um den Verdacht zu bannen, er könne sie für eine dieser selbstverliebten Frauen gehalten haben, die ohne Unterlass reden. Mit einer Spur von Weltläufigkeit, die sie an ihm verwunderte, hatte der Inspektor dem Kellner zu verstehen gegeben, dass er sich selbst darum kümmern werde, die Gläser aufzufüllen: Aufmerksam, den Blick konzentriert auf sie gerichtet, sprach er sehr wenig, und obwohl es schien, als achte er nicht darauf, schenkte er ihr stets ein wenig Wein nach, sobald der Inhalt ihres Glases zur Neige ging. Er selbst trank auch Wein, zum ersten Mal seit vielen Monaten, mit kleinen, vorsichtigen Schlucken, die umgehend, fast Besorgnis erregend eine sanfte Sentimentalität in ihm hervorriefen, einen betäubten

Teil seiner Seele zu neuem Leben erweckten, ein beginnendes Glücksgefühl, dem er sogleich begegnete, indem er viel Wasser trank, wobei er sich, während er Susana zuhörte, heimliche Kapitulationen vor seinen Schuldgefühlen zugestand, vor der Sorge bei dem Gedanken, dass seine Untergebenen ihn nicht erreichen konnten, falls er dringend gebraucht würde, falls etwas Unvorhergesehenes geschah oder man ihn vom Sanatorium anrief.

Jahrelang hatte sie nicht mehr so gesprochen, entsann sich Susana später, am nächsten Tag in der Schule, noch immer etwas schwindlig vom Wein, verunsichert und geistesabwesend inmitten des Stimmengewirrs der Kinder, zurück in der Hässlichkeit des Lehrerzimmers, ohne rechte Überzeugung jedoch, zufrieden im Grunde oder zumindest unendlich erleichtert, sie bedauerte nur die Tränen am Ende, das unnötige Bekenntnis ihres Kummers. Sie hatte gesprochen wie fast nie in ihrem Erwachsenenleben, so wie sie als Halbwüchsige oder in ihrer frühen Jugend mit ihren Freundinnen gesprochen hatte, ganz den Worten hingegeben, die für sie selbst ebenso erhellend waren wie für den respektvoll schweigenden Mann, der ihr zuhörte und wenig aß, Wasser trank und ihr aufmerksam das Glas nachfüllte. Einen Großteil der letzten zehn Jahre hatte sie in klösterlicher Abgeschiedenheit damit verbracht, allein ihren Sohn aufzuziehen, Romane, Gedichte und vor allem historische Sachbücher zu lesen, ohne fremde Hilfe die beiden Fremdsprachen zu lernen, die sie am liebsten mochte, immer wieder die Müdigkeit am Ende eines Unterrichtstages überwindend, die Trägheit, sich von dem eintönigen und gar nicht mal unangenehmen Fatalismus eines Lebens forttragen zu lassen, das ihr bereits endgültige Formen angenommen zu haben schien. Auf sich selbst und das Kind zurückgeworfen, ohne Interesse an der Stadt, doch auch ohne den Versuch zu wagen fortzuziehen, hatte sie kaum jemanden gehabt, mit dem sie die Phasen ihrer persönlichen Entwicklung teilen konnte, die ihr dadurch recht nutzlos erschienen, aber auch sehr viel mehr ans Herz gewachsen waren. Weder über die Bücher, die sie las und die sie sich größtenteils per Post kommen ließ, noch über die Lieder, die sie hörte, oder die Gedichte, die sie auswendig lernte, konnte sie mit irgendeinem Menschen sprechen. Auf diese Weise blieben Vladimir Nabokov, Antonio Machado, Paul Simon, Ella Fitzgerald, Perez Galdós, Saul Bellow oder Marcel Proust, die einige ihrer ausdauerndsten Gefährten waren, so absolut ihr Eigen wie die Gegenwart ihres Sohnes oder ihre geheimsten innersten Gedanken. Als der Junge seine Kindheit hinter sich ließ, um sich mit rasender Geschwindigkeit und bedrückender Endgültigkeit in einen Heranwachsenden zu verwandeln, hatte sie auch aufgehört, mit ihm längere Unterhaltungen zu führen, weil sie einerseits oft nicht wusste, was sie ihm sagen sollte, und weil andererseits der Junge, mit vierzehn Jahren größer als sie, mit ungelenken Bewegungen und jugendlichem Flaum im Gesicht, sie einschüchterte, sie mit seiner teils beleidigten, teils feindseligen Schweigsamkeit in einen Zustand befangener Unbeholfenheit, Gereiztheit und Reue stürzte, alles zu gleichen Teilen, wie sie dem Inspektor später erklärte, das durchgängige Empfinden moderner Eltern. Bis er elf oder zwölf war, hatte sie viel mit ihm gesprochen, doch mit einem Kind zu sprechen, sagte sie, heißt immer, sich in eine andere Sprache hineinzubegeben, in ein anderes Land beinah, und entweder ist so ein Gespräch nicht wirklich wechselseitig, oder es ist von Missverständnissen durchsetzt, die keinem von beiden bewusst werden. Als er noch klein war, hatte sie ununterbrochen mit ihm gesprochen, sie holte ihn vom Kindergarten ab und sprach während des ganzen Heimwegs mit ihm, der Dreijährige an ihrer Hand reckte im Gehen den Kopf zu ihr hoch, ein pummeliges, etwas schwerfälliges Kind, gleichsam eine Karikatur gedankenvoller Aufmerksamkeit. Aber schon viel früher hatte sie zu ihm zu sprechen begonnen, im vierten oder fünften Monat ihrer Schwangerschaft, als sie, voller Schrecken und Rührung, zum ersten Mal fühlte, wie er sich in ihr bewegte, wenn sie im Dunkeln auf dem Rücken lag und beide Hände auf ihren Bauch legte, um die Zuckungen der menschlichen und amphibischen Kreatur zu spüren, die in dieser Ursuppe schwamm, welche sie unbegreiflicherweise in sich trug und die genauso ein Teil ihres Körpers war wie das Blut, das darin zirkulierte. Sie sprach mit flüsternder Stimme zu ihm, während sie ihm die Brust gab, sang ihm Lieder vor, die man ihr als Kind vorgesungen hatte und die dazu angetan waren, ihn augenblicklich zu beruhigen und einschlummern zu lassen, sie lehrte ihn die Wörter, eines nach dem anderen, indem sie die Dinge benannte, auf die sein Finger zeigte, und mit derselben Geduld und Hingabe erklärte sie ihm später die geschriebenen Wörter, die das Kind schnell und mühelos lernte, über die breiten Blätter der Märchenbücher gebeugt, die Silben buchstabierend, oder auf der Straße innehaltend und holprig jedes Schild entziffernd, das ihm vor Augen kam.

Doch in dieser Nacht sprach sie, vom Wein beschwingt, nicht so viel von ihrem Sohn, nur ganz zum Schluss, als sie spürte, wie die Tränen in ihr hochstiegen, die sie nicht würde zurückhalten können. Sie sprach von dem anderen, dem Vater, ihrem Exmann, mit dem sie schon seit fast zwölf Jahren nicht mehr zusammenlebte, und sie war überrascht, als sie erkennen musste, dass sie noch einen solch ausgeprägten, von ganz präzisen, nie gelöschten Erinnerungen begleiteten Groll gegen ihn hegte, gegen das Leid, das er ihr zugefügt hatte und das die Zeit nicht hatte vergessen machen können, woran ihr eigenes

Stillschweigen vielleicht nicht ganz unschuldig war, ihr verbissener Stolz, der sie dazu getrieben hatte, ihre Verletztheit zu verbergen, um sich nicht noch der zusätzlichen Schmach des Mitleids auszusetzen. Erst einem fast Unbekannten konnte sie die Wahrheit erzählen: erst an jenem Ort, der in einer Art Niemandsland lag, außerhalb der Stadt und des täglichen Lebens, am Ufer eines Flusses, auf dem sie das Mondlicht glänzen sah, während sie sprach, in einer Zeit ohne Ursprung und ohne Folgen, ohne Bezug zu jener anderen Zeit, zu der sie am nächsten Morgen erwachen würde.

»Er war der engagierte, selbstquälerische Typ«, sagte sie. »Ist Ihnen schon mal aufgefallen, dass wir Menschen uns zwar alle für sehr originell halten, in Wirklichkeit aber die ewige Wiederholung eines bestimmten Typus sind, eines Prototyps, genauer gesagt, den jede Zeit hervorbringt und der sich nach einigen Jahren wandelt oder ganz untergeht? Nehmen Sie mich, zum Beispiel. Fast alles, was ich bin, lässt sich ohne große Schwierigkeit einem Prototyp zuordnen: fortschrittliche Lehrerin, mit einem Kind, von der Arbeit in der Schule verschlissen, vom Bildungssystem enttäuscht, so nah an den vierzig, dass es mir fast besser anstünde zu sagen, ich habe sie schon erreicht. Selbst das Auto, das ich fahre, und die Wohnung, in der ich wohne, dürften in einer Statistik als typisch gelten. Aber mein Mann, mein Exmann, gehörte zu einem anderen Typus, beziehungsweise war eine Mischung aus zweien, eine Kreuzung. Typ engagiert und Typ selbstquälerisch. Die Engagierten von damals waren nicht selbstquälerisch, das ausschließliche Kreisen um persönliche Problemchen erschien ihnen frivol und kleinbürgerlich angesichts der Erhabenheit der Geschichte und des Klassenkampfes. Die Selbstquälerischen engagierten sich nicht,

sie hielten es mit Alkohol und Drogen und der Psychoana-
lyse von Wilhelm Reich oder mit allen dreien zusammen,
vor allem Künstler, womit man sich vorstellen kann, wie
es in ihrem Kopf zuging. Für meinen Exmann gab es nicht
die bürgerliche Unterscheidung zwischen privat und öffentlich, alles war Teil unseres Engagements, das hauptsächlich
seines war: meine Arbeit in der Schule, seine Töpferwerkstatt, die Nachbarschaftshilfe, unsere Freunde, die, mit Ausnahme des armen Ferreras, seine und nicht meine Freunde
waren, denn als er verschwand, waren auch sie nicht mehr
gesehen. Das Kind war Engagement und Selbstzweifel in einem: das Engagement, ihm eine nicht repressive Erziehung
angedeihen zu lassen, der Selbstzweifel, ob unser Verhalten
als Eltern korrekt war und ihm nicht vielleicht später ein
Trauma bescherte. Eigentlich aber, im Namen des Engagements oder des Selbstzweifels, wollte er es gar nicht haben.
Mit der Schwangerschaft ließ er mich vollkommen allein,
doch kaum war das Kind auf der Welt, wurde er zum neu-
rotischen Vater. Wegen jeder Kleinigkeit brachte er es in die
Notaufnahme, nachts stand er auf, um ihm die Brust abzu-
horchen, weil er fürchtete, es könne ersticken, er schrie mit
den Ärzten herum, denn er traute keinem und tut es wohl
heute noch nicht, nehme ich an, und außerdem hat er eine
unerschütterliche Meinung zu allem, ob zum Fall der Berli-
ner Mauer oder zur Anwendung von Antibiotika. Von beidem hält er nichts. Ich meine, weder von Antibiotika noch
vom Fall der Mauer. Bevor wir heirateten, hatte er sich darauf versteift, unser Vorbild als Paar müssten Jean-Paul Sar-
tre und Simone de Beauvoir sein: Aufrichtigkeit, Kameradschaft, getrennte Lebensbereiche, all diese Dinge. Ich sagte
nichts, weil ich noch sehr jung war und überzeugt, dass er
in allem Recht hatte, und wenn ich etwas von dem, was er

dachte oder tat, nicht für richtig hielt, wurde das sogleich umgemünzt in den Beweis für meinen Irrtum.

Ich war achtzehn, als ich ihn kennen lernte, hatte keine Ahnung von nichts und studierte aus Bequemlichkeit Pädagogik, weil das ein kurzer Studiengang war, der nicht besonders schwierig schien. Und jeden Nachmittag, wenn er mich an der PH abholte, schwenkte er die Fahne des Engagements und des Selbstzweifels in Bezug auf das, was für mich hauptsächlich eine angenehme Routine aus Zuhören und Mitschreiben war, mit Aussicht auf Arbeit. Wie konnte ich mich gegen einen Mann auflehnen, der sich so engagierte und sich selbst so quälte? Wie konnte ich ihm sagen, dass ich seine Bücher über revolutionäre Pädagogik, die er für mich aussuchte, ungelesen liegen ließ oder dass das berühmte Paar Sartre-Beauvoir mich mit Abscheu erfüllte, mit körperlichem Abscheu, zu meiner noch größeren Schande, sie mit ihrem Turban ewig ungewaschener Haare und er wie ein alter Lustgreis mit seiner feuchten Hängelippe und den fauligen Zähnen?«

»Es gab lauter Grundsätze«, sagte sie und schlürfte den Wein mit fast rachsüchtigem Genuss. »Wir hatten mit dem Leben unserer Eltern und mit den bürgerlichen Konventionen gebrochen, und das praktische Resultat war, dass wir mehr Grundsätze hatten als zuvor, und zwar viel ausführlichere und dogmatischere; jeder Schritt und jeder Moment im Ablauf eines Tages folgte bestimmten Vorschriften, wie bei den ultraorthodoxen Juden. Die Kinder durften zum Beispiel nicht Mama und Papa zu ihren Eltern sagen: Sie sollten dazu erzogen werden, sie mit Vornamen anzureden, um sie an Kameradschaft zu gewöhnen und sie von autoritären Strukturen zu erlösen. Kaum zu glauben, wo das alles geblieben ist, als ob man von der Steinzeit spricht. Wir alle hatten diese Ansprüche im Kopf, die einen mehr, die anderen weniger, die Engagierten folgten anderen Grundsätzen als die Selbstzweifler, aber er wollte allen genügen, er war Zivilrecht und Strafrecht, ein Rechtsmonster, Richter, Staatsanwalt und Angeklagter in einer Person, engagiert und gequält, einer, der nicht wie alle anderen in die Fallen der staatlichen Demokratie tappte oder sich von der Kritik an Kuba oder Nordvietnam täuschen ließ. Ich wurde immer unsicherer und er immer unnachgiebiger, immer selbstgewisser, mit diesem einschüchternden Lächeln dessen, der sich nie geirrt hat und die Irrtümer der anderen längst vorhersieht, vor allem meine, die aufzuklären ihm vorbehalten war, die das Kreuz waren, das er zu tragen hatte, wie man früher sagte. Ich neige instinktiv dazu, dem, der mit mir spricht, Recht zu geben. Er konnte keine Unterhaltung führen, ohne zu diskutieren. Und wenn er mit jemandem diskutierte, kannte er keine Gnade. Mit seiner sanften, beschwörenden Stimme, mit dem Bart des Engagierten und der Blässe des Gequälten, nachsichtig zuerst und dann jeden entwaffnend und demütigend, der in einem Gespräch etwas Unüberlegtes gesagt hatte, der irgendeinem seiner orthodoxen Prinzipien nicht den nötigen Ernst beigemessen hatte. Wie kann man einem widersprechen oder seine Axiome in Zweifel ziehen, der mit so sanfter Stimme spricht, der nie laut wird, der umso ruhiger und selbstsicherer wird, je mehr der andere die Fassung verliert, und dessen eigene Gereiztheit sich nur in einem erstarrenden Lächeln ausdrückt, in einem noch weicheren Tonfall, wie jemand, der verletzt worden ist, aber dennoch seine Ausgeglichenheit bewahrt, die Gelassenheit der Gerechten. Ich glaube nicht, dass er seine Mitmenschen überzeugte, sondern dass er sie hypnotisierte oder dass er zumindest mich hypnotisiert hat und mich den größten Teil meiner Jugend in einer Art Wachschlaf hielt und auch noch eine ganze

Zeit, nachdem wir geschieden waren. Ohne dass es mir bewusst geworden ist, habe ich mich selbst immer mit seinen Augen gesehen, mich immer an seinen Prinzipien orientiert, ohne dass er mir einen Fehler nachzuweisen brauchte oder eine Unzulänglichkeit oder ein Urteil über mich fällen musste. Ich schminkte mir die Lippen grellrot oder zog eine Bluse mit tiefem Ausschnitt an, und in dem Spiegel, in dem ich mich betrachtete, sah ich ihn, der mich wortlos tadelte.«

»Ich stammte aus bürgerlichem Hause, ich Ärmste, denn mein Vater war Prokurist in einer Bank.« Sie lächelte in spätem Selbstmitleid, mit einem leichten Glanz allmählicher Trunkenheit in den Augen, in ironischer und ungläubiger Erinnerung daran, wer sie war, ohne Bedauern, allein in dem Wunsch nach Wiederherstellung ihrer Persönlichkeit, der sich nicht mehr erfüllen würde. »Er hingegen hatte die makellose Vergangenheit eines Christen im alten Rom: Vater und Großvater waren Töpfer gewesen, Handarbeiter, was ihm die Gewissheit gab, über die Schwächen und Seichtigkeiten fast aller anderen erhaben zu sein, vor allem der Studenten. Wenn er gefragt wurde, was er mache, nannte er seinen Beruf in einem Ton präventiver Anklage gegen jeden anderen oder als unwiderlegbares Argument: Töpfer. Er war kein Parasit, kein Theoretiker, er verdiente sein Geld mit der Arbeit seiner Hände. Damit er die Werkstatt seines Vaters weiterführen konnte, ließ ich mich hierherversetzen. So ließ ich Madrid und mein ganzes früheres Leben hinter mir, ohne groß darüber nachzudenken, beziehungsweise indem ich mir seine Gedanken zu Eigen machte, aus Bequemlichkeit oder weil ich hypnotisiert war oder weil ich verliebter in ihn war, als ich heute zugeben oder glauben möchte. Wir kamen nicht so sehr als frisch Verheiratete hierher, sondern mehr als Pioniere, wie diese puritani-

schen Farmerpioniere aus den Pferdeopern, ich als Pionierin
der antiautoritären und selbst verwalteten Schule, und er als
Pionier des kunsthandwerklichen Töpferns unter dem Banner
der kulturellen Identität, das alte Lied, man kennt das ja wohl,
nehme ich an. Ich glaube, in Wirklichkeit hat er mich hier-
hergebracht, um mich umzuerziehen, wie diese chinesischen
Lehrer und Wissenschaftler, die in ländliche Provinzen geschickt wurden, um dort auf den Feldern zu arbeiten. Jetzt ist
mir klar, dass es für mich gar keinen Ausweg gab: Ich war eine
Bourgeoise und aus Madrid, und er kam aus einem Dorf und
war Proletarier, und zwar Töpfer, was ja der Inbegriff hand-
werklicher Arbeit und bodenständiger heimischer Kultur war.

Sich engagieren, sich quälen und allen nur denkbaren An-
sprüchen gerecht werden konnte er auf optimale Weise, als
das Kind geboren wurde.« Von der Geburt oder den Säug-
lingsjahren ihres Sohnes konnte sie nicht sprechen, ohne dass
ein inwendiges Lächeln in ihren Augen aufleuchtete. »Immer
mit dem Thermometer, der Angst, es könne eine schreckliche
Krankheit haben, könne blind zur Welt gekommen sein. Und
dann die Vorschriften: Es durfte nicht auf dem Rücken liegen
in seiner Wiege, denn falls es sich erbrach, hätte es ersticken
können; wenn es außerhalb seiner Stillzeit weinte, durfte es
nicht geschaukelt oder auf den Arm genommen werden, damit es sich nicht daran gewöhnte; bevor es in die Badewanne
kam, musste sichergestellt sein, dass die Temperatur auf den
Grad genau stimmte. Während der Schwangerschaft war er
der Gequälte, weil das Kind zu so einem unpassenden Zeitpunkt kam. Aber es wurde geboren, und plötzlich war er der
aufmerksamste, geradezu besessene Vater, als gebe es einen
Wettstreit in Kindesliebe und durchwachten Nächten, und
er bekam immer die höchste Punktzahl. Wegen meiner Unbekümmertheit konnte er mir leicht ein schlechtes Gewissen

machen: Ich schlief gut, durchwachte keine Nächte, weil ich fürchtete, das Kind könne einen Herzstillstand bekommen, rief nie mit erstickender Stimme den Notarzt an, wenn das Fieber auf neununddreißig gestiegen war. Falls mir einmal tatsächlich etwas Sorgen machte, tat ich mein Möglichstes, es mir nicht anmerken zu lassen. In der demonstrativen Zurschaustellung seiner väterlichen Leiden war er unübertroffen, und da er niemandem traute und unfähig war, jemandem Recht zu geben, der eine andere Meinung vertrat als er, stritt er mit dem Kinderarzt, der ihm gesagt hatte, der Kleine habe nichts Ernstes, oder er verlangte sofort das Beschwerdebuch, immer sehr sanft, natürlich, ohne laut zu werden, mit dem bleichen Gesicht eines aufgebrachten Vaters, eines braven Bürgers, der penibel auf seine Rechte pocht. Er kannte alle Maßregeln, studierte die Liste der Konservierungsstoffe auf den Kindernahrungsgläsern, las die Betriebsanleitungen sämtlicher Apparaturen und Geräte von oben bis unten durch, denn er traute weder Ärzten noch Handwerkern. Und dabei hörte er nie auf, engagiert und gequält zu sein, immer Held und Märtyrer zugleich, Lenin und Jeanne d'Arc, erhobene Faust und Dornenkrone. Ich kam nachmittags aus der Schule und ging zu ihm, um ihm in der Werkstatt zu helfen. Zu dieser Zeit besuchten uns auch öfter zwei Freunde von ihm, die noch nicht lange zusammenlebten, Ferreras und Paca, sie aßen mit uns zu Abend, kamen zu uns nach Hause, um Musik zu hören, weil sie selbst keine Anlage hatten. Ferreras und er kannten sich vom Gymnasium. Die beiden diskutierten unentwegt, denn Ferreras war damals ein ziemlich kompromissloser Anarchist, wenn man ihn heute sieht, kann man es sich gar nicht mehr vorstellen, so ernsthaft ist er geworden, er hatte lange Haare und immer einen Joint zwischen den Lippen. Hätte man mir damals gesagt, er werde einmal Gerichtsmediziner, hätte ich es für unmöglich gehalten. Aber fast alles, was hinterher passiert ist, habe ich nicht für möglich gehalten. Paca war das Gegenteil von ihm, ein sehr vernünftiges Mädchen, ein bisschen ängstlich, arbeitete in der Verwaltung der Sozialversicherung, wodurch sie das anarchistische Schmarotzerleben ihres Freundes finanzieren konnte, der einfach nicht mit seinem Medizinstudium fertig wurde. Sie hatte mir hei dem Papierkram nach der Geburt meines Sohnes geholfen, und als er zur Welt gekommen war, besuchte sie mich häufig, bot sich an, ihn zu hüten, damit mein Mann und ich ab und zu abends ausgehen konnten. Ich gewann sie sehr lieb, das geht mir mit jedem so, der freundlich zu mir ist, und außerdem kannte ich außer ihr kaum eine Frau in der Stadt, abgesehen von meinen Kolleginnen in der Schule, die aber alle ein ganzes Stück älter waren als ich. Wenn mein Mann das Wort führte, war sie die Einzige, die ihm nie widersprach, sie ergriff seine Partei sogar bei den Diskussionen mit Ferreras, die immer unerträglich langweilig waren, wie die Tennisturniere, die sie im Fernsehen zeigen. Und ich völlig arglos. Hätte ich den beiden zu irgendeiner Zeit misstraut, wäre ich über mich selbst zu Tode beschämt gewesen. Ich kam nachmittags in die Werkstatt und sah, dass sie schon vor mir da war, ohne Ferreras, und mir kam gar nicht in den Sinn, an was Böses zu denken.«

»Wissen Sie, was das Übelste ist, was sich selbst im Laufe vieler Jahre am wenigsten vergessen lässt? Das Gefühl, sich lächerlich gemacht zu haben, die Demütigung, so leicht zu betrügen gewesen zu sein, aus eigener Blödheit, nicht einmal aus Naivität, wie der Bauer, der zum ersten Mal in die Stadt kommt und übers Ohr gehauen wird. Ich merkte nur, dass er immer seltsamer wurde, aber ich dachte, das habe wie immer mit Engagement und Selbstzweifel zu tun, der Last mit dem

Kind und den Problemen in der Werkstatt, die nicht gut lief, und immer trugen die anderen die Schuld, die Kunden oder die Lieferanten. Seine Liste von Verrätern, Feinden und Unfähigen wurde unaufhaltsam länger. Er ist einer von denen, die sich immer über dieses Land beklagen, so seine stehende Rede, dieses Land ist ein Saustall, in diesem Land gibt es keine Ernsthaftigkeit, dieses Land ist hoffnungslos: Er allein gegen den Rest des Landes, gegen dieses Land, und auch gegen die Vertriebsmafia, gegen die Großhändler, gegen die Lieferanten von Tonerde und die Kunstgewerbeläden, beziehungsweise sie alle zusammen hatten sich gegen ihn verschworen, die ganze Maschinerie des Weltkapitalismus. Mit dem kleinen Kind ging ich jetzt nicht mehr jeden Nachmittag in die Werkstatt, und mir fiel nicht auf, dass er mich auch nicht mehr wie früher bat, ihm dort zu helfen. Er kam abends spät nach Hause, todmüde, demoralisiert, er schlief schlecht, lag wach im Bett, gequält, so sichtlich gequält, dass es eine Zumutung gewesen wäre, ein bisschen näher an ihn heranzurücken und sexuelle Absichten erkennen zu lassen, nicht, dass er sich obendrein noch bedrängt und in seiner Männlichkeit verletzt gefühlt hätte oder gequält von der zusätzlichen Pein, als Ehemann zu versagen. Von Tag zu Tag bleicher, ein Gesicht wie Wachs, sogar die Stimme wie Wachs, bei den Mahlzeiten saß er schweigend am Tisch, während ich ihm das Essen auftrug, und er immer kritteliger und dogmatischer, voller Vorschriften auch hier, mit immer neuen Finessen, wie man sparen konnte, allesamt auf dem Prinzip basierend, dass er sich von niemandem hereinlegen ließ: Rindfleisch musste gekauft werden, kein Kalbsfleisch, Rindfleisch und gebratene Leber, ich ekelte mich zu Tode, und er schaute mich lächelnd an und sagte, darin zeige sich meine bürgerliche Erziehung, mein Hang zum guten Leben, denn Leber sei nicht nur billig, sondern auch viel nahrhafter als ein Steak, und Rind sei viel besser als Kalb, aber wer weiß in diesem Land schon was vom Essen. Aber, verdammt nochmal, bei all den Unzulänglichkeiten, die diese Leute an diesem Land entdecken, fragt man sich doch, warum sie nicht nach Grönland oder nach Kalifornien oder Nordkorea gehen und auch gleich dableiben. Gebratene Leber und billiger Kochschinken, Huhn anstatt Seezunge, Hausen statt Seeteufel: Mit ihm einkaufen zu gehen war ein Erlebnis, ein ewiger Preisvergleich, immer nur Verfallsdaten, Farbzusätze und Konservierungsstoffe im Auge, dass bloß der Verkäufer ihn nicht übervorteilte, wenn er hundert Gramm von etwas haben wollte und es wurden hundertzehn, sagte er mit seiner sanften Stimme, sie möchten es bitte herunternehmen, er wisse genau, was er bestellt habe, sagte es mit einem herablassenden Lächeln, damit der Verkäufer merkte, dass er auf solche Tricks nicht hereinfiel. Er war nicht nur der perfekte Vater und der perfekte Töpfer, er war auch der perfekte Konsument, der bewusste Kochschinkenkäufer, und so fiel es ihm überhaupt nicht schwer, wenig später der untreue Ehemann mit Problembewusstsein zu werden, der perfekte Märtyrer seiner ureigensten persönlichen Konflikte. Nachdem er seinen Freund und mich ein Jahr lang mit dieser Tucke betrogen hatte, die auf meine eigene Einladung hin bei uns ein und aus gegangen war, kam er eines Tages noch gequälter und engagierter als sonst nach Hause, noch bleicher, die Stimme noch sanfter und das Gesicht noch wächserner, und teilte mir mit, dass er, um seinem eigenen Anspruch zu genügen, mich und das Kind verlassen müsse.«

Man hatte ihnen den Nachtisch serviert, aber noch war ein Rest Wein in der Flasche. Der Inspektor verteilte ihn auf beide Gläser, und als Susana eine Zigarette aus der Schachtel nahm, beeilte er sich, ihr Feuer zu geben. Zum ersten Mal seit Monaten fühlte er sich wirklich versucht, wieder zu rauchen. Er widerstand aber und schaute lieber zu, wie Susana rauchte, die ihre Zigarette genauso bewusst genoss wie die letzten Schlucke Wein.

»Nach den ersten Monaten der Demütigung und Einsamkeit begann ich allmählich und ganz ohne Vorsatz, mein Leben, das ich mir von ihm hatte beschlagnahmen lassen, wieder zu genießen, nicht so sehr in meinen Überzeugungen, die letzten Endes doch zu abstrakt sind, als dass sie mir wirklich etwas bedeuten, sondern in meinen Angewohnheiten, meinen Vorlieben und meinen ganz persönlichen Neigungen. Ich schminkte mir wieder die Lippen, ließ meine Fingernägel wachsen und malte sie mir rot an, ließ mir das Haar ganz kurz schneiden und tiefschwarz färben, kaufte mir wieder Seidenblusen und kurze Röcke, hochhackige Pumps und figurbetonte Kleider, nicht um jemanden zu betören, und schon gar nicht, um ihn zurückzuerobern, der in diesen Dingen einen ebenso unsäglichen Geschmack hat oder hatte wie in Essensfragen, sondern um wieder zu mir selbst zu finden, da ich vollkommen vergessen hatte, wer ich war, um mich genau so im Spiegel zu betrachten, wie ich es getan hatte, als ich mir mit siebzehn neue Kleider kaufte und zum ersten Mal Lippenstift auftrug. So habe ich überlebt, habe allein zu mir zurückgefunden, das heißt mit meinem Sohn, wir beide in einer Stadt, die nicht die unsere war. Zuerst ließ ich ihn bei einem Kindermädchen und später im Kindergarten, eilte aus der Schule heim, um ihn abzuholen, meine Gedanken kreisten nur noch um ihn, ich wollte an nichts anderes und niemanden sonst mehr denken. Wenn ich es mir jetzt überlege, hätte es ein vollkommen zufriedenstellendes Leben sein können, aber da war immer noch er, der Vater meines Sohnes, immer noch engagiert und gequält, der sich mit meiner besten Freundin davongemacht hatte, ab und zu aber mit Leidensmiene wieder auftauchte oder anrief, um mit seinem Sohn zu sprechen, um ihn zu fragen, ob er nicht wolle, dass Papa und Mama wieder zusammen wären, alle drei, genau wie früher. Er kam und ging mit seiner Last des gradlinigen Ehebrechers und linken Bigamisten auf den gebeugten Schultern, sagte mir mit dieser Brutalität, die man damals Ehrlichkeit nannte, dass er mich nicht mehr liebe, weil er bei Paca die Erfüllung gefunden habe, die er in der Beziehung zu mir vermisst hatte, und nachdem er mich mit seiner sanften Stimme wieder einmal gedemütigt und mir zu verstehen gegeben hatte, dass ich eigentlich ein Dreck war und wir meinetwegen als Zweierbeziehung gescheitert waren – dieses Wort benutzte man damals gerne, Zweierbeziehung –, rief er eine Woche später wieder an und sagte, gequälter denn je, es gehe ihm sehr schlecht, sehr viel schlechter als mir selbstverständlich, erst jetzt werde ihm klar, dass wir sein Leben seien, das Kind und ich. Ich war des Ganzen schon ziemlich überdrüssig, aber wenn ich ihm nichts darauf erwiderte oder ihm zu verstehen gab, dass mein Vertrauen nach dieser Erfahrung ziemlich gelitten hatte, brauste er gleich auf, er hatte diese Art, von einer Sekunde zur andern loszuschimpfen und ausfallend zu werden: »Was soll das heißen, kein Vertrauen zu mir, glaubst du, das ist ein Spiel oder dass dies für mich weniger schmerzhaft ist als für dich?« Das konnte er auf keinen Fall durchgehen lassen, dass ihm jemand das Privileg streitig machen wollte, am meisten zu leiden, dass es jemanden gab, der ihm die Dornenkrone wegnehmen wollte. Und ich ließ mich wieder einwickeln wie ein dummes Mädchen, ohne jede Selbstachtung, denn wer betrogen worden ist, hat keine Selbstachtung mehr, gestattete ihm zurückzukommen, weil es mir das Herz zerriss, wenn der Junge, der drei Jahre alt wurde, jedes Mal in Tränen ausbrach und nach seinem Vater fragte, wenn ich ihn zu Bett brachte.«

»Er kam zurück und inspizierte gleich alles, organisierte gleich alles, meine Garderobe, meine Arbeit in der Schule, die Ernährung des Kindes, seine Gesundheit, das seiner psychomotorischen Entwicklung und seiner Intelligenz förderliche Spielzeug und das verwerfliche. Sogar im Bett war er zwei oder drei Nächte lang einigermaßen ungestüm, was für ihn ganz ungewöhnlich war. Aber die Aufwallung dauerte nicht lange, und anstatt unter der Abwesenheit seines Sohnes und seiner Frau zu leiden, litt er jetzt unter der seiner Freundin oder Beziehung, und manchmal ging er spätabends noch unter einem lächerlichen Vorwand auf die Straße – er war viel zu stolz, um sich eine gute Lüge auszudenken –, und ich nehme an, dass er von einer Telefonzelle aus Paca anrief, so wie er in anderen Nächten mich angerufen hatte. Immer bedrückt, gequält, bleich, engagiert in seinem Anspruch, voller Lügen und voller Aggression, wenn seine Lügen nicht akzeptiert wurden; er belog seine Frau, seine Geliebte und seinen Sohn, lud die Last seines Leidens auf alle drei ab und erfreute sich der Vorteile der Ehe und der Untreue, der kompromisslosen Ehrlichkeit und der ein Leben lang betriebenen Täuschung, der Vaterschaft und der Unabhängigkeit. Dann kamen die Papiere, die unsere Scheidung besiegeln sollten, welche er mit großem Nachdruck vorangetrieben hatte, und als er damit zu mir kam, damit ich sie unterschrieb, war er noch bleicher als sonst, und seine Stimme war noch sanfter, sein Blick noch gequälter, als er den Jungen auf dem Fußboden sitzen und spielen sah. »Gib her«, sagte ich, um ihn möglichst bald wieder loszuwerden, »zeig mir, wo ich unterschreiben soll«, und da schaute er mich mit seinem gekonntesten Opferblick an, einem anklagenden Opferblick natürlich: »Ich hätte nicht gedacht, dass du zu solcher Gefühlskälte fähig bist«. Es war hoffnungslos, ich konnte gegen ihn nichts ausrichten, er schaffte es immer, dass ich mich am Ende wie ein gewissenloses Monster fühlte.

Wenn er dann wirklich gegangen wäre oder gestorben wäre oder wenigstens aus unserem Leben verschwunden wäre!« Es war nicht nur der Wein und auch nicht das augenblickliche Gefühl von Flucht und Freiheit, das sich ihrer bemächtigt hatte, sobald sie den Wagen anließ und aus der Stadt fuhr und Paul Simon hörte: Es war auch die Haltung des Inspektors, die sie ermutigt hatte, sich alles von der Seele zu reden, das geduldige und respektvolle Schweigen, mit dem er ihr zuhörte, ihr still gegenübersitzend, etwas väterlich, obwohl er höchstens zehn oder zwölf Jahre älter sein mochte als sie, mit dem grauen Haar und dem Gesicht, das wie von rauer Witterung gezeichnet war oder von allzu langem Alleinsein und Schmerz, väterlich und zugleich schutzlos, mit seinen grauen aufmerksamen Augen, in die nur hin und wieder ein abwesender Ausdruck trat, ein Ausdruck plötzlicher Unruhe und Sorge.

»Denn trotz allem, das schwöre ich Ihnen, glaube ich nicht, dass es viele Frauen gab, die glücklicher waren als ich in jenen Jahren mit meinem Sohn. Wir hatten fast kein Geld, denn der größte Teil meines Gehalts wurde von den Hypothekenraten für die Wohnung verschlungen, die sich mein Mann für uns ausgedacht hatte, bevor er zu dem Schluss kam, dass wir nicht länger zusammenbleiben konnten. Er hat mich nicht nur betrogen, er hat mich auch reingelegt mit seiner sanften Rechtgläubigenstimme und seiner Leidensmiene: Er behielt das Auto, weil er es seiner Meinung nach dringender brauchte als ich, aber die Rechnungen liefen weiter auf meinen Namen, und ich bezahlte sie auch wie ein Dummchen, um mir weitere ermüdende Diskussionen mit ihm zu ersparen, um nicht wieder, wie üblich, mit Schuldgefühlen dazustehen, eine rachsüchtige Exfrau, die dem ohnehin von finanziellen Schwierigkeiten geplagten Gatten das Leben schwer macht. Das Schicksal seines Sohnes quälte ihn zwar, und er fühlte sich auch für seine Erziehung verantwortlich, aber die Unterhaltszahlungen zu überweisen, vergaß er mit schöner Regelmäßigkeit, und ich hatte nicht die Willenskraft, sie einzufordern. Aber ich wollte sein Geld auch gar nicht. Ich wollte, dass er uns in Ruhe ließ, dass er aufhörte, meinen Sohn mit falschen Versprechungen zu verunsichern, dass er uns beiden nicht länger als Zeugen seines gequälten Lebens missbrauchte. Aber trotz seiner Existenz und trotz der Geldknappheit war ich mit einem Mal überraschend glücklich, fühlte mich stark und jung mit meinem Sohn, durch ihn bereichert, durch seine Anwesenheit gestärkt, nahm die Dinge zur selben Zeit wahr wie er an meiner Seite, mit seinen großen, dunklen Augen betrachtete er als Kind alles so intensiv, dass er nicht einmal blinzelte. Er ging an meiner Hand, den Schnuller im Mund, nahm ihn heraus, deutete mit der Hand auf etwas und fragte mich: »Was ist das?« Ich holte ihn im Kindergarten ab, und sobald er mich sah, kam er über den Teppich auf mich zugelaufen, stolpernd in seinen Stiefelchen, die ich ihm gekauft hatte. Da es mir schon so viel Spaß machte, Sachen für mich zu kaufen, können Sie sich vorstellen, mit welchem Vergnügen ich für ihn einkaufte. Er fiel mir um den Hals, schnaufte heftig durch die Nase und drückte seine heißen, runden Bäckchen an mein Gesicht. Jeden Abend musste ich ihm vorlesen oder eine Geschichte erzählen, bis er eingeschlafen war, das hatte ich ihm versprechen müssen. Ohne dass ich es merkte, stand er oft wieder auf, nachdem ich das Licht gelöscht hatte und noch las oder mir im Fernsehen einen Film anschaute, und wenn ich dann schlafen ging, fand ich ihn in meinem Bett.«

Auf dem Rückweg in die Stadt fuhr sie wieder, hatte wieder diesen praktischen und ernsten Gesichtsausdruck, den die Brille ihr verlieh, und der weiße Mittelstreifen der Landstraße oder die Lichter der Autos nahmen sie nun weit weniger gefangen als das Nachdenken über all die Erinnerungen, die sie wachgerufen hatte und deren Euphorie jetzt allmählich verblasste, je- deutlicher die Müdigkeit spürbar wurde, die wohl auf die abklingende Wirkung des Weins zurückzuführen war, vielleicht aber auch auf die schlichte Ernüchterung der Rückfahrt. Der Inspektor an ihrer Seite bemerkte zwar, dass etwas in ihr vorging, eine rasche düstere Veränderung ihres Gemütszustands, doch mangelte es ihm an der nötigen Hellsicht, herauszufinden, was es war, und ohnehin war ihm klar, dass es ihm an jeglichem Geschick mangelte, sie zu trösten. Er schaute sie nur an, hörte sie atmen, und er brauchte den Blick jetzt nicht von ihr abzuwenden, da sie nicht zu ihm hinübersah, sie hielt die Augen fest auf die Straße gerichtet, die bereits in einer Steigung auf die ersten Häuser der Stadt zuführte. Am Ende einer Kurve wurde sie plötzlich von einem entgegenkommenden Auto geblendet, und Susana, die gerade auf dem Armaturenbrett nach einem Kleenex tastete, musste das Lenkrad herumreißen und kam mit einer Vollbremsung auf dem Schotter am Straßenrand direkt vor der Böschung eines höher gelegenen Olivenhains zum Stehen. Der Motor erstarb, sie versuchte, ihn wieder zu starten, und ließ dann, in einer jähen Geste der Kapitulation, die Hände sinken und warf heftig atmend den Kopf nach hinten. »Und jetzt, mit vierzehn Jahren, fällt ihm ein, dass ich ihn nicht verstehe, dass ihm das Leben, das ich ihm biete, nicht gefällt, dass ich autoritär bin und ihm zu viel abverlange, dass er jetzt bei seinem Vater wohnen will. Ich nehme an, er ist sein großer Held, der gute Kamerad, dieser Dreckskerl, der ihn nie zu etwas zwingen und ihn nicht zehnmal ermahnen musste, seine Hausaufgaben zu machen, der verständnisvolle, engagierte und gequälte Vater, der zehn Jahre gewartet hat, um mir jetzt auch noch den Sohn zu nehmen.«

19

Er stand früh auf, angeregt durch die Vorahnung eines klaren, kalten Morgens, die er bestätigt fand, sobald er den Vorhang des Schlafzimmerfensters ein Stück zur Seite geschoben hatte und instinktiv einen Blick auf die gegenüberliegende Straßenseite warf, wo noch kein Mensch zu sehen war und die Haustüren und Metallrollläden der Geschäfte noch geschlossen waren. Die reine Luft eines Novembermorgens, die besonders reine Luft eines frühen Sonntagmorgens um neun, ohne Verkehr, ohne Druck, ohne jede Eile, denn Zeit hatte er heute im Überfluss, es reichte, wenn er um zehn Uhr losfuhr, dann konnte er um elf im Sanatorium sein oder in der Residenz, wie man heute sagte, obwohl es derselbe Ort war, den man früher Irrenanstalt nannte. Wörter machten Angst, und darum suchte man andere, doch die Angst schlich sich sogleich wieder in ihnen ein, und dann musste man sie durch noch andere ersetzen, durch neue Wörter, mit denen der Feigheit, der Lüge, dem Zwang, der Verstellung besser gedient war. Im Norden wurden die Gemetzel schießwütiger Banditen von hoch angesehenen Leuten bewaffneter Kampf genannt, den Terrorismus umschrieb man mit dem abstrakten Wort Gewalt, und wenn jemand mit einem Kopfschuss umgebracht wurde, so war das eine Aktion. In ähnlichem Sinne war seine Frau nicht in einem Irrenhaus untergebracht, nicht einmal in einem Sanatorium, sondern in einer Residenz, doch die Residenz stand an demselben Ort und trug denselben Namen wie früher das Irrenhaus, in dem Pater Orduña zufolge die Internatsschüler landeten, wenn sie nicht lernten, ihre niederen Instinkte zu zügeln.

»Ihr werdet noch in einer Zwangsjacke bei Unserer Heiligen Frau Auf der Aue enden.«

Und er, mit allein vom Namen des Ortes beflügelter Phantasie, stellte sich daraufhin ein weißes Gebäude, halb Krankenhaus, halb Kirche, vor, von saftigem Rasen und hohen Bäumen umgehen, unter denen die Verrückten spazieren gingen und sich in der wahnsinnigen Verknotung ihrer Zwangsjacken selbst umarmten. Einen Priester hatten sie so aus dem Internat abgeführt: einen großen, herkulischen Priester, mit schlaffer Haut jedoch und hervorquellenden Augen, dem sie eine Zwangsjacke über die Soutane zerrten und der blökend wie ein Kälbchen durch die Flure geschleift wurde, die schwarze Soutane ganz unschicklich unter dem Segeltuch der Zwangsjacke hinter ihm dreinflatternd, während alle Internatsschüler auf ausdrücklichen Befehl des Rektors in ihren Schlafsälen bleiben mussten. Sie wollten nicht, dass jemand den verrückt gewordenen Priester sah, doch einer von ihnen hatte ihn gesehen, einer der Älteren, der Wagemutigen, die ungehorsam und aufsässig waren und Hiebe riskierten, einer dieser Schüler missachtete das strenge Verbot und erspähte durch eine angelehnte Tür oder durch ein hohes Fenster die schwarz gekleideten Gestalten der Priester im Hof und die weißen Kittel und Mützen der Irrenhauswärter, sie standen hinter dem vergitterten Kastenwagen, in den sie den Priester schoben, der viel größer und kräftiger war als jeder von ihnen, ganz zahm mit einem Mal und winselnd wie ein Tier, und er schlug seinen Kopf gegen die Metalltüren, dass es dumpf hallte, als würde ein Stier mit dem Kopf gegen die Bretter der Arenawand oder den Zaun eines Pferchs anrennen.

»Pater Alonso«, erinnerte sich Pater Orduña mühelos, nach

all den Jahren immer noch unangenehm berührt, denn lieber wäre ihm gewesen, der Inspektor hätte den Vorfall vergessen. »Seine Geistesverwirrung wurde geheim gehalten, sogar uns war es verboten, über ihn zu sprechen. Er starb auf der Aue, ohne je wieder zu Verstand zu kommen. Möge Gott seiner Seele gnädig gewesen sein. Niemand brauchte die Barmherzigkeit des Herrn mehr als Pater Alonso.«

»Was hatte er denn getan, dass man ihn ins Irrenhaus brachte?«

Pater Orduña antwortete nicht gleich: Selbst nach so vielen Jahren fiel es ihm nicht leicht, ein Schweigen zu brechen, das nur noch ein paar Tote zu schützen hatte.

»Er hat einen Jungen entführt und vergewaltigt, einen der armen Externen aus dem Katechismusunterricht.« Er sprach mit gesenktem Kopf, mied entgegen seiner Gewohnheit den Blick des Inspektors. »Er hat ihm den Schädel eingeschlagen. Seine Familie war sehr angesehen, hatte Beziehungen zu höchsten Kreisen. Sie willigte ein, ihn für den Rest seines Lebens ins Irrenhaus zu stecken, um einen Aufsehen erregenden Prozess zu vermeiden. Der Junge wäre jetzt mehr oder weniger in deinem Alter. Seinem Vater begegne ich ab und zu auf der Straße. Er dürfte etwas über siebzig sein, ist aber noch seniler als ich, und das will was heißen. Ich sehe ihn an und denke, vielleicht ist er in Gedanken bei seinem Sohn.«

Er bereitete sich ein schnelles Frühstück in der nur selten benutzten Küche, in der er sich höchstens einmal einen Kaffee kochte oder in der Mikrowelle ein Fertiggericht aufwärmte, das er abends zerstreut vor dem Fernseher aß und zu dem er eine Coca-Cola oder ein Glas Wasser trank. Während er im Stehen frühstückte, frisch geduscht, rasiert und bereits angezogen, ohne Krawatte, in einer derben Hose und einem weiten

Wollpullover, hörte er Radio einzig und allein, um die Wettervorhersage mitzubekommen. Am späten Nachmittag sollte es regnen. Als er sich beim Hinausgehen im Spiegel in der Diele sah, fiel ihm mit einem gewissen Wohlgefallen ein, was Susana Grey zu ihm gesagt hatte: dass seine Kleidung ihm eine Aura des Nordens verlieh. Eine ihrer Fragen hatte ihn verunsichert, und er stellte sie sich jetzt selbst: Sie hatte ihn gefragt, wie seine Wohnung aussähe, und er hatte nicht recht gewusst, was er antworten sollte. Normal, sagte er, wie eine Wohnung eben aussieht, die Wahrheit aber war, dass er ihr nie besondere Aufmerksamkeit geschenkt hatte, den Möbeln, den Vorhängen und Bildern, die von seiner Frau vor vielen Jahren ausgesucht worden waren und die sie jetzt von Bilbao hierher gebracht hatten. Mit einem Anflug von Widerwillen und Scham hatte er kurz an die Möglichkeit gedacht, dass Susana seine Wohnung anschauen und sich ein Urteil bilden könne. Er sah, was sie gesehen hätte, eine Art nüchterner Gewöhnlichkeit, die ihm bisher nicht aufgefallen war, eine Wohnung, in der nicht einmal gerahmte Fotos auf den Nachtschränkchen oder auf einer Kommode ein Minimum an persönlicher Note verrieten, wie diese fiktiven Familienfotos, die man in den Möbelhäusern sieht. Er hielt sie stets peinlich sauber, und wenn er abends nach Hause kam, hatte er den Eindruck, eine Wohnung zu betreten, in der noch nie ein Mensch gewohnt hatte.

In der Garage untersuchte er im Licht einer Taschenlampe die Unterseite des Autos und danach die Zündkabel, die Schlösser, den Hohlraum unter dem Fahrersitz. An der Straßenecke parkte auf dem Gehweg ein Auto, das er noch nie gesehen hatte, soweit er sich erinnerte. Er notierte Modell und Kennzeichen und vergaß es sogleich. An einem Kiosk kaufte er den allsonntäglichen Blumenstrauß, um welche Blumen es sich handelte, war ihm ziemlich egal. Die Vorstadtstraßen lagen in einem geisterhaften feuchten Halbdunkel von zu hohen und zu dicht beieinander stehenden Gebäuden, zwischen denen das glänzende Licht des Sonntagmorgens nicht bis nach unten drang. Auf den Gehwegen standen große Müllkübel, die meisten leer, einige umgestürzt, mit ringsum verstreuten Plastiktüten und Abfällen, der übliche Unrat nach einer turbulenten Samstagnacht, die Pfützen von Erbrochenem und abgerissene und angezündete Plakate. Jeden Sonntagmorgen die gleichen Bilder zur gleichen Uhrzeit, wenn er mit dem Auto hinausfuhr, und er dachte an einen der bekümmerten Aussprüche von Ferreras: »Ich verstehe die Leute einfach nicht. Ich verstehe meine Landsleute nicht.«

Aber nicht zu verstehen machte ihm weniger aus als Ferreras oder Pater Orduña oder sogar Susana Grey. Pater Orduñas Gläubigkeit hob Ungewissheiten nicht auf, sondern sie vertiefte sie noch: Nicht nur, dass er Entsetzen, Ausbeutung und Grausamkeit nicht verstand, im Grunde seines Herzens konnte er auch nicht akzeptieren, dass Gott sie zuließ. Für Ferreras, den in der Überzeugung vom ursprünglich Guten im Menschen erzogenen linken Atheisten, war das Böse ein Auswuchs der Seele, der ebenso schrecklich und der Willensfreiheit genauso fremd war wie ein Krebsgeschwür dem gesunden Organismus. Er suchte gleichermaßen nach sozialen wie nach genetischen Erklärungen, doch jedes zum Teil gelöste Rätsel führte zu einem anderen, vorherigen Rätsel oder zur reinen Sinnlosigkeit des Zufalls: Von einer Gruppe von Menschen würde im Laufe der Zeit der eine Krebs, der andere Leberzirrhose bekommen, einer ein Verbrechen begehen, im Alkoholrausch seine Frau umbringen, ein Kind schänden oder ein neunjähriges Mädchen würgen und ihm dessen eigenes zerrissenes Höschen in den Hals stopfen.

Und Susana Grey konnte einfach nicht begreifen, warum ihr Sohn, den sie so viele Jahre allein aufgezogen und erzogen hatte, jetzt beschloss, sie zu verlassen und bei seinem Vater zu leben. Welche Fehler hatte sie begangen, welche unerkannte Schuld büßte sie mit diesem Verlassenwerden, das ihr nach all den Jahren der höhnische Gipfel der Untreue des anderen schien, des Exgatten, des jetzt wieder vorbildlichen Vaters, der gesprächsbereit war, der engagiert das Heranwachsen seines Sohnes begleitete und entsprechend gequält von ihrem Verhalten war.

Ohne groß darüber nachzudenken, ahnte der Inspektor, dass sie alle ihren eigenen Phantomen hinterherliefen. Vielleicht musste man gar nicht verstehen, vielleicht war es auch gar nicht möglich, oder es gab in Wirklichkeit gar nicht viel zu verstehen, was über die harsche Offensichtlichkeit des Geschehens hinausging, weder in der Einbildung noch im Unterbewusstsein eines Menschen, sondern allein das, was im sichtbaren Äußeren der Dinge und der Taten lag, unter dem hellen Licht der Sonne, einem starken Scheinwerfer oder einem Mikroskop. Ein Kind musste nicht verstehen, um zu akzeptieren: Er hatte nicht verstanden, warum sein Vater eines Tages plötzlich verschwunden war, warum seine Mutter nächtelang mit geröteten Augen im Schein einer Glühbirne nähte oder warum man ihm in einer Winternacht eine Schürze umband, den Kopf schor und in einen Zug verfrachtete, der im Bahnhof von Atocha zischende Dampfwolken ausstieß.

Es war auch möglich, dass seine Frau in der langen Phase, in der sie zwischen Erstarrung und Sprachlosigkeit hin und her gerissen war, bevor die Krise sich zugespitzt hatte, bevor sie in die Residenz eingeliefert worden war, insgeheim beschlossen hatte, nicht mehr verstehen zu wollen, es nicht weiter zu versuchen, keine Fragen mehr zu stellen und nur noch still in ihrem Zimmer mit den geblümten Vorhängen sitzen zu wollen, die die Gitter vor dem Fenster verdeckten, nur noch ihren Arm hinzustrecken, wenn es Zeit für die Spritzen war, willig die Tabletten zu schlucken, die eine Nonne ihr brachte, die Lippen danach fest aufeinandergepresst und den Kopf gesenkt, wie nach der heiligen Kommunion.

Er verließ die Stadt auf der Landstraße nach Westen, hinter den Mauern und Spielplätzen der alten Jesuitenschule, die heute ein dicht besiedeltes Wohngebiet waren. Zu jener Zeit fuhren kaum Autos auf dieser zu beiden Seiten von einer langen Reihe Ulmen gesäumten Straße, einer Baumreihe, die sich in der Ferne verlor, dort, wo die mit Olivenbäumen bestandenen Hügel begannen. Eine Parallele besteht aus zwei nebeneinander verlaufenden Linien, die sich nie berühren: Pater Orduña gab mit dem Zeigestock in der Hand den Rhythmus der kollektiven Wiederholung vor, und wenn er selbst dann bei den nachmittäglichen Wanderungen in Zweierreihe unter dem Schatten der Ulmen dahinschritt, sah er die Baumkronen sich in der Ferne zu einer einzigen Linie vereinen und dachte mit einem vagen Gefühl der Auflehnung an die zwei verlogenen Kreidestriche an der Tafel, an die Eisenbahnschienen und an die langen Reihen der Olivenbäume, die ebenfalls in der Ferne zusammenliefen.

Die Landstraße führte ins Tal hinab, und nachdem er den Fluss überquert hatte, stieg sie allmählich zu den Hügeln im Südwesten und den ersten Ausläufern der Bergkette an. Tagsüber, in der klaren Luft und der Helligkeit, die alles überdeutlich hervorhob und näher heranbrachte, schien die Landschaft nicht dieselbe zu sein, durch die er vor noch gar nicht so vielen Stunden mit Susana Grey im Licht des zunehmenden, bald vollen Mondes gefahren war. Das Land, die Olivenbäume, die

Strudel des Flusses, das Blau des Himmels über den Felsformationen der Sierra, die weiß gekalkten Mauern der Gehöfte, alles erstrahlte in einem Glanz, als wäre es soeben den Wassern entstiegen, mit der Wucht der rötlichen, vom Regen jetzt dunkelrot gefärbten Tonerde und der aufsprießenden Vegetation an Hängen und Abstürzen, die bis vor einigen Wochen noch so öde und verdorrt gewesen waren wie ein Wadi in der Wüste.

Gegen seine Gewohnheit schaltete der Inspektor das Radio ein und suchte nach Musik, fand jedoch keine, welche jener ähnlich war, die Susana Grey in der vergangenen Nacht gespielt hatte. Er erinnerte sich an eine Männerstimme, die vor dem Hintergrund von Trommeln und afrikanischen Stimmen in einer Art Sprechgesang englische Wörter flüsterte. Da er diese Musik nie zuvor gehört hatte, brachte er sie jetzt ausschließlich mit der Lehrerin in Verbindung, mit ihrem Madrider Akzent und dem Duft ihres Parfüms, in dem ein Hauch von hellem Zigarettentabak und Kreide mitschwang.

Es war jedoch bereits Viertel vor elf, und wie an jedem Sonntag um diese Zeit näherte er sich jetzt der Abzweigung zur Residenz, dem ehemaligen Irrenhaus und vormaligen Sanatorium. Stärker als sonst empfand er heute einen dumpfen inneren Widerstand gegen das Ankommen. Nur wenige Minuten noch, und jedes Hinauszögern und Abschweifen war ihm versagt, sogar die minimale Gnadenfrist einer Zigarette, bevor er schließlich tun musste, wogegen er sich sträubte. Mit dieser Art von Verzögerungen und privaten Gnadenfristen war es endgültig vorbei, vorbei mit dem Spielraum geborgter Zeit, die er sich bei einem letzten oder vorletzten Gläschen gönnte, eine Dosis von Vernebelung und schlechtem Gewissen, bevor er das Haus betrat: eine Zigarette im Auto, vor dem dunklen Hauseingang, ein Aufschub von wenigen Minuten, während er das einzige erleuchtete Fenster im ganzen Gebäude betrachtete, um zwei oder drei Uhr morgens, eines beliebigen Morgens im regnerischen Norden. Wenn sie hörte, wie sich der Schlüssel im Schloss drehte, löschte sie das Licht, rollte sich im Bett zusammen und stellte sich schlafend, der Monotonie der Tränen und der Vorwürfe sich seit langem schon verweigernd.

Keine Nebelzonen mehr, keine Nischen von Nikotin und Alkohol, in die man sich mit der Überlebenstechnik des Untergrunds zurückziehen konnte, wie ein Taucher die schwere Luft von Widerwillen und Schuld einatmend, die dichter war als die Luft der anderen. Hinter dem Steuer seines Wagens, mit abgestelltem Motor, auf dem Parkplatz der Residenz, einer asphaltierten Fläche zwischen Eukalyptusbäumen und Zypressen, saß der Inspektor eine Weile regungslos, das einzige Zeichen von Nervosität das leichte rhythmische Trommeln der Finger auf dem Lenkrad, und wartete darauf, dass die Uhr am Armaturenbrett elf zeigte, damit er die Stufen zur Metalltür der Residenz hinaufgehen konnte, die ihm von innen mit dem Geräusch schlaffer Spannfedern geöffnet würde, langsam wie eine Kirchentür, während er dagegen drückte.

In dieser Wartezeit wurde er sich kurz bewusst, dass er ein wenig lächerlich aussah, mit dem billigen, in Silberpapier eingewickelten Blumenstrauß in der einen Hand, mit der anderen sich mechanisch durchs Haar fahrend oder mit einer Reflexbewegung nach dem Knoten der Krawatte tastend, die er sonntags nicht umband: Mit einem stechenden Gefühl von Unstimmigkeit sah er sich selbst eine Sekunde lang von außen, als eine Art älterer Liebhaber, einen falschen Verehrer, der nicht an die Tür der ebenfalls älteren Dame klopft, die er hofiert, sondern an die eines Sanatoriums für Geisteskranke, der devote, noch nicht im Ehebruch rückfällig gewordene Gatte, noch nicht, in der Hand den Blumenstrauß des schuldbewussten Ehemanns, der ohne übertriebene Reue an die Frau denkt, die er in der Nacht zuvor in seinen Armen gehalten hat, ohne den rechten Mut, sie fest an sich zu drücken, mehr aus Unbeholfenheit als aus Schüchternheit, da er ganz und gar vergessen hat, wozu er selbst in seiner Jugend nie wirklich fähig war, zur wissenden Hingabe an die Zärtlichkeit, zum Wagnis des Begehrens.

Er hatte sie in seinen Armen gehalten, während sie ihren Tränen freien Lauf ließ, unbequem beide im parkenden Auto am Straßenrand, vor sich das Tal im hellen Dunst des Mondes. Er wusste nicht, wie lange Susana geweint hatte, das Gesicht an seiner Brust geborgen, auf der das Hemd feucht wurde von ihrem Atem und ihren Tränen. Ab und zu fiel der Strahl eines Autoscheinwerfers in das Innere des Wagens und ließ ihn in einer noch tieferen Dunkelheit zurück, die vom Mondlicht nach und nach aufgehellt wurde, wenn sich die Pupillen wieder daran gewöhnten. Er hörte sie schniefen und gab ihr ein Papiertaschentuch. Sie wandte sich ab, putzte sich die Nase, wischte sich die Tränen ab und tastete nach ihrer Brille, die ihr heruntergeglitten war. Sie bat ihn um Verzeihung, sie hätte nicht so viel Wein trinken dürfen, sie schäme sich so, ihn behelligt zu haben.

Aber es war eine andere Art von Weinen gewesen, nicht das, was er die ganzen Jahre über gekannt hatte und jetzt vielleicht auch wieder hören würde, wenn er den Korridor erreichte und das Zimmer betrat, in dem seine Frau auf ihn wartete. Es war ein krampfhaftes Weinen, rebellierend und etwas bestätigend, das Susana dazu getrieben hatte, augenblicklich den Schutz seiner Arme zu suchen, die schlichte Linderung eines Papiertaschentuchs, ein kurzes Nachziehen der Lippen und Lidstriche, die unverzügliche Wiederaufnahme kleiner präziser Handgriffe, die die Lähmung des Schmerzes durchbrachen und die Versuchung, Mitleid zu erwecken: Brille putzen, Motor anlassen, Musik einlegen. »Du kannst dir nicht vorstellen, wie sehr mir Paul Simon über einsame Momente hinweggeholfen hat«, sagte sie. Irgendwann beim Abendessen hatten sie angefangen, sich zu duzen.

Er kannte ein anderes Weinen: eines, das man kaum vernahm, gedämpft durch ein Kopfkissen oder durch eine geschlossene Badezimmertür, auf deren anderen Seite die Wasserhähne aufgedreht waren, eines, das monoton und endlos war wie der nordische Regen und weder Trost noch Ende zu erwarten schien, ein trockenes Schluchzen in der Dunkelheit, wie das Jammern über einen körperlichen Schmerz, für den es weder Linderung noch Hilfe gab, nach denen auch gar nicht mehr verlangt wurde.

Im Gärtchen vor dem Hauseingang stand eine Statue der Unbefleckten Empfängnis, weiß und sicher aus Gips. Die Familie seiner Frau hatte den Psychiater und die Residenz ausgewählt und zahlte beides. Kaum hatte er die Schwelle überschritten, umfing ihn eine kirchlich anmutende Atmosphäre: Hinter dem Empfangstisch am Ende des Raumes musterte eine Krankenschwester die Eintretenden von oben bis unten, ihre weiße Tracht mit dem Häubchen sowie ihr großes ungeschminktes Gesicht hatten etwas Klinisches und Klösterliches, einen Hauch von Strafvollzug. In allen Räumen, selbst in den Zimmern der Patienten und in den Toiletten, war eine leise Hintergrundmusik mit Chorälen und Orgel zu hören, eine musikalische Berieselung, als sei sie speziell für kirchliche Zwecke ersonnen. Der Chefpsychiater, der auch über ein hinreichendes Repertoire an priesterlicher Gestik und Milde verfügte, hatte dem Inspektor erklärt, dass diese Art von Musik beruhigend auf die Patienten wirke, genau wie die leichte Rosatönung der Wände und die Bilder mit Gebirgslandschaften und religiösen Motiven, die in regelmäßigen Abständen aufgehängt waren.

Einen Besuchsraum gab es nicht. Die Patienten schlenderten mit ihren Angehörigen durch die Flure oder über die Gartenwege, wenn das Wetter es zuließ, oder sie saßen auf braunen Plastikstühlen in einem so genannten Gesellschaftsraum, in dem es einen Kaffeeautomaten gab, mehrere grün bespannte Tische, Schachbretter und Kartenspiele und einen Fernseher, vor dem hauptsächlich ältere Frauen saßen, stundenlang und ohne ein Wort zu sprechen, ungekämmt, in Morgenmänteln und Pantoffeln, einige rauchten mit hastigen, feuchten Zügen und zerdrückten die Kippen in den Plastikbechern, aus denen sie ihren Milchkaffee getrunken hatten.

Sonst hatte seine Frau immer hier auf ihn gewartet. Er suchte sie unter den alten Gesichtern und hinter dem Zigarettenqualm und stellte einigermaßen erleichtert fest, dass sie nicht da war. Er ging zu ihrem Zimmer hinauf, pochte mit den Fingerknöcheln an die Tür und sagte ihren Namen, aber auch dort war sie nicht. Einzelne Frauen gingen an ihm vorbei und starrten ihn an. Es war ein kleines Zimmer, das in Einrichtung und Dekor ein wenig an ein Kinderzimmer erinnerte, wie das Jugendzimmer eines Mädchens, das die Eltern so belassen haben, nachdem es aus dem Haus gegangen ist. Man erwartete fast, auf dem Bett einen alten Teddybären oder eine mit Kleidern ausstaffierte Puppe vorzufinden, wie sie vor fünfzehn oder zwanzig Jahren Mode gewesen waren. Über dem Kopfende des Bettes hing ein Kruzifix, an dem ein Rosenkranz baumelte. Die einzigen Spuren, die darauf hindeuteten, dass seine Frau, oder irgendeine Frau, hier wohnte, waren die Pantoffeln neben dem Bett und auf dem Nachtschränkchen eine alte Zeitschrift über das Leben der Reichen und Schönen.

Er verließ das Zimmer sogleich wieder mit dem unangenehmen Gefühl des Eindringlings und sah vom Ende des Flurs seine Frau herankommen, zusammen mit anderen, die genauso gingen wie sie, wie auf einer Straße, in der sich nur Schlafwandler bewegten, die sich blicklos begegneten, beim Gehen kein Geräusch verursachten, alle in Pantoffeln oder Turnschuhen, mit Troddeln verzierten Puschen, in Hausmänteln oder Trainingsanzügen, manche ungekämmt, als wären sie in der trägen häuslichen Unordnung eines Sonntagmorgens eben erst aufgestanden, andere mit an Stirn und Schläfen straff gebürstetem Haar, oder ganz kurz, als habe man ihnen mit grober Schere auf erstbeste Weise einen Einheitsschnitt verpasst. Sie kamen und gingen über den langen Korridor, jede für sich, fast alle rauchend, mit debilen, tragischen, erschrockenen oder vollkommen ausdruckslosen Gesichtern. Und unter ihnen seine Frau, schmerzhaft erkannt und doch vollkommen fremd, in einem entsetzlichen Maße verändert, wie jemand, dem man den Körper zwar gelassen, aber die Seele ausgewechselt, das Gehirn eines anderen eingepflanzt hat, den übrigen Frauen ähnlicher als der Person, die sie vor der Einlieferung gewesen war, obwohl noch erkennbar, mit ihren kurzen Schritten, den verschränkten Armen und dem in die Handfläche gestützten Kinn, in einer Haltung verzweifelter und vergeblicher Konzentration, das Haar etwas unordentlich, aber nicht sehr, gerade so viel, dass es leicht befremdlich wirkt bei der sonst so korrekten Erscheinung dieser Frau, die im Unterschied zu fast allen anderen einen Rock mit farblich passender Bluse trägt, eine Halskette aus künstlichen Perlen und Schuhe mit flachen Absätzen. Er hatte sie eher gehört als gesehen, ihre Absätze auf dem Flur zwischen schlurfenden

Frottee- und Gummisohlen. Sie ging langsam und hielt den Kopf gesenkt, wenn auch nicht so tief, dass sie nur auf den Boden starrte, sondern gerade genug, um instinktiv der Gefahr vorzubeugen, plötzlich etwas Unerwartetes oder Unangenehmes vor sich zu sehen, ein Gesicht oder eine Gestalt, die bedrohlich für sie war.

Man bemerkt in den Gesichtern anderer das Voranschreiten des Alters, das man an sich selbst nicht sieht oder sehen will. Wenn er seine Frau nach sieben Tagen wieder sah, hatte der Inspektor das Gefühl, nicht eine Woche sei vergangen, sondern mindestens ein Jahr. Wenn er sich im Spiegel betrachtete, bilanzierte er für sich selbst die Spuren des Älterwerdens, die neuen Fältchen, die noch etwas schlaffer gewordene Haut unter dem Kinn oder der Tränensäcke, das hellere Grau der Haare, die zwischen den Zinken des Kamms hängen blieben oder mit dem schmutzigen Schaum im Abfluss der Dusche verschwanden. (Pater Orduña an der Tafel oder hinter seinem Pult auf dem Podium mit erhobenem Zeigefinger: »Nicht ein einziges Blatt fällt vom Baum herab oder ein einziges Haar von euren Köpfen, ohne dass der Vater im Himmel es sieht.«)

Doch erst wenn er seine Frau sah, bekam er eine klare Vorstellung von der vernichtenden Wirkung der Zeit. Was ihn allmählich verschliss, richtete sie zugrunde. Krankheit und Angst, das Gift der Verbitterung und des Todes hatte er ebenso überlebt wie Alkohol und Tabak, zerrüttet, aber nicht zerstört, noch immer standhaft. Sie jedoch nicht. Die Zeit, die Einsamkeit und die Angst hatte sie all die Jahre hindurch nicht unbeschadet überstehen können. Jetzt lebte sie in einem Schwebezustand katholischer Psychotherapien und Spritzen, nach denen sie tagelang nicht richtig gehen konnte und die ihre Erinnerung auslöschten, sodass sie manchmal ihren eigenen Namen vergaß und die Rosenkränze und Gebete, in denen sie auf traumdunkle Weise zu einer alten und beängstigenden bornierten Religiosität zurückfand. Mit derselben Hingabe, mit der die Nonnen oder Schwestern sie mit Valium betäubten, legten sie ihr auch Zettelchen mit Stoßgebeten oder Bildchen von naiver altertümlicher Frömmigkeit auf das Nachtschränkchen, die Jungfrau Maria von Puttenköpfen umringt und mit bloßen Füßen auf den Kopf einer Schlange tretend, zwei Kinder auf einer morschen Brücke über dem Abgrund, und über ihnen schwebt der Schutzengel mit lenkender Hand.

Sie sah ihn nicht gleich, da sie den Kopf noch immer ein wenig gesenkt hielt, aber sie wusste, dass er auf sie wartete, sie hatte den Aufruf der Krankenschwester über die Lautsprecher gehört. Sie kam näher, als habe sie Angst, ihn zu entdecken, und als sie einen Moment lang den Blick hob und ihn so nah vor sich sah, schaute sie mit ihren tief liegenden, etwas wässrigen Augen gleich wieder nach unten und blieb still stehen, demütig wie ein Tier, das einzig der bedingungslosen Zurschaustellung seiner Verwundbarkeit vertraut, um von seinem zornigen Herrn nicht bestraft zu werden. Sie stand reglos mitten im Flur, indessen andere Frauen an ihr vorbeigingen, sie streiften, mit einem Anschein vergeblicher Hast und erregter Klaustrophobie, mit dieser richtungslosen Zielstrebigkeit, mit der Häftlinge im Gefängnishof umherlaufen. Er umarmte sie und spürte, wie ihre Muskeln sich bei der Berührung seiner Hände verhärteten, dennoch zog er sie an sich, doch nicht sehr zärtlich, sondern in einer kruden Mischung aus Gefühlskälte und Mitleid. Sie tat nichts, ließ nur ihre Arme am Körper herabfallen, und als er sie aus dieser Nähe sah, erkannte er in der trüben Tiefe ihrer Augen die Wirkung der Tabletten und Spritzen, eine trügerische Ruhe, die durch nichts zu erschüttern war, jedoch in zitterndes Entsetzen und Verfolgungswahn ausbrechen würde, sobald die Wirkung der Medikamente nachließ.

»Wie geht es dir?«

»Gut, wie immer.«

»Hast du heute Morgen schon deine Spritze bekommen?«

»Sie kamen um sechs, aber ich war schon wach.«

»Hat es sehr weh getan?«

»Ich habe mich ins Bett gelegt und konnte mich an nichts erinnern. Die Schwester sagte einen Namen, und ich wusste nicht, dass es meiner war.«

Das Schwierigste von allem war nicht der Blick in diese Augen, hinter denen sie nicht aufzufinden war, sondern das Aufrechterhalten einer angemessenen Imitation von Unterhaltung, einer fließenden Folge von Fragen und Antworten. Man musste dieselben Dinge wiederholen, die man ihr schon andere Male gesagt hatte, weil sie sie, kaum gehört, schon wieder vergaß und kein großes Interesse an Gesprächen zeigte, da sie möglicherweise nicht über das Gedächtnisvermögen verfügte, um einen Satz mit einem anderen in Verbindung zu bringen, eine Antwort mit einer Frage. Die Arzneimittelgaben dämpften ihre Angst und nahmen ihr vorübergehend die Erinnerung, verstümmelten einen Großteil ihres Bewusstseins und ihrer Identität.

»Haben dein Vater und dein Bruder dich besucht?«

»Ich glaube, nicht«, sie senkte den Kopf, fuhr sich mit der Hand durchs Gesicht. »Warte. Ich glaube, doch, gestern oder vorgestern.«

Er gab ihr die Blumen, sie schaute sie eine Sekunde lang an und lächelte, um ihren Dank auszudrücken, mit gekräuselten Lippen, was in dem gealterten und aufgequollenen Gesicht beinah kindlich wirkte, dann hatte sie sie bereits vergessen, schien nicht zu wissen, welchem Zweck sie sie zuführen sollte,

hantierte neugierig an ihnen herum wie an einer unbekannten Apparatur. Er nahm ihren Arm und führte sie langsam zu
ihrem Zimmer, grüßte die anderen Frauen, die ihn jetzt schärfer musterten, mit einem unwillkürlichen Kopfnicken, wieder
verstellt und wie eine Parodie auf die Zeit, da sie verlobt waren
und sonntagmorgens nach dem Hochamt spazieren gingen,
vor dem Wermut und den Keksen im Silberschälchen, die sie
in einer Konditorei gekauft hatten, vor dreißig Jahren in dieser Provinzhauptstadt, die sie vermutlich nie verlassen hätte,
wenn sie ihm nicht begegnet wäre, dem armen disziplinierten
Jurastudenten, dem ihre Familie nicht über den Weg traute,
obwohl er die Fürsprache der örtlichen Jesuiten genoss und
selbst ein wenig wie ein Jesuitenzögling aussah. Sie besuchten sie jetzt und sagten es ihr, ihre Mutter, Witwe eines Regis-
terbeamten, und der Bruder, der Anwalt war und auch etwas
von einem Witwer hatte, kamen schwarz gekleidet aus ihrer
fernen Provinz, brachten ihr Kränkungen in Erinnerung, die
sie jahrzehntelang eifersüchtig gehütet hatten, alte Warnun-
gen, auf die sie nicht hatte hören wollen und zu denen sie jetzt
willfährig nickte, ohne sie überhaupt zu hören. »Mein armes
Kind, bei all den Verehrern, die du hattest, musstest du dich
ausgerechnet mit diesem einlassen, sieh nur, was er aus deinem Leben gemacht hat.«

20

Saubere Hände, weiche Hände von der unablässigen Feuchtigkeit, rote Hände vor Arbeit und Kälte, Hände mit großen Fingern, mit rissigen und verhornten Fingernägeln, die immer einen schwarzen Rand haben, trotz aller Seife und heißen Wassers, trotz des heißen oder eiskalten Wasserstrahls, unter dem die roten Hände sich höhlen und reiben, so aufgeweicht, dass sie sich wie rohes Fleisch anfühlen, so bleich wie die Hände eines Kranken, was gar nicht zu ihrer Größe und der stählernen Kraft ihrer Finger passen will, die gewohnt sind, zuzudrücken, herauszureißen, sich wie Krallen in die schuppigen offenen Bäuche zu graben, um mit einer einzigen schnellen Bewegung die Innereien zu entfernen: schnelle, erfahrene, tüchtige und grausame Hände, Hände, die glitschige Kisten stemmen, die vor Feuchtigkeit, fettigem Schmier und Fischglibber kaum zu halten sind, Hände, die sich in Augenblicken der Untätigkeit ineinander verhaken und unter der schmutzigen Schürze wringen, nervös, deformiert, vor lauter Arbeit gealtert, durch die Berührung von rauen Oberflächen und feuchten, kalten Gegenständen, die stachlig sind, gehärtet in der Kälte der Eiskammern, Hände, die viel älter und gefurchter sind als das Gesicht, als seien sie auf einen viel zu jungen und scheinbar schwachen Körper gepfropft, die die tägliche Tortur der Arbeit und des Geruchs nicht leugnen können, vor allem des Geruchs, der überall haften bleibt, an einem Glas, an Münzen und Geldscheinen, am Knopf in einem Fahrstuhl, an der Schneide eines Klappmessers, der die Luft verpestet und nie ganz aus der Kleidung verschwindet, aus den Haaren, von der Haut, trotz aller Seife und Duftwässer und manischen Waschgewohnheiten, die Hände unter Wasser, rot und aufgeweicht im Waschbecken, aus dem Dampf, den Nebeln aufsteigend, tropfend wie dem Wasser entstiegene, einander ähnelnde Tiere, fleischige Meeresgeschöpfe wie Kalmare, Kraken, Rochen, Tintenfische und Seeteufel, Hände, die in Fischkästen stecken, abgeschnitten und ausgelegt, amputiert, ein Ende noch blutig wie die Innenseiten eines Fischleibes, der mit einem einzigen Beilhieb in der Mitte durchgetrennt worden ist, Hände, die sich von allein bewegen, suchen, den Menschen fortzerren, der sich wie an sie angenäht fühlt, still und wachsam, bleich liegen sie im Dunkel der Schlaflosigkeit auf dem Bett, fordern etwas, ziehen, legen sich vor dem Spiegel aufs Gesicht, mit gespreizten Fingern, zwischen denen die Augen wie durch Gitterstäbe hervorschauen, dem Anschein nach gewöhnliche Hände, anderen von der Arbeit misshandelten und verhärteten Händen ähnlich, namenlose Hände, im Innern der Jackentaschen wie unter Kapuzen verborgen, sich windend und faltend wie die scharfkantigen Gelenkbeine eines Krebses, mit Fingerabdrücken, die überall haften bleiben, genau wie der Geruch, ebenso unauslöschlich auch, sodass man sie besser in Gummihandschuhen verbirgt, damit nur die roten Druckstellen der Finger zu sehen sind, das Negativ gespreizter Finger auf einer Haut, in die sie sich so leicht hineindrücken wie in frischen Ton, die zerkratzt werden kann von diesen Fingern mit ihren verhornten, rissigen Nägeln, an denen immer noch der Geruch wahrzunehmen ist, wenn man sie dicht vor die Nase hält, trotz Seife und rasenden Schrubbens: Hände, die im Finstern suchen, packen, reißen, zerteilen, die feucht und klebrig an die Oberfläche kommen wie aus einem aufgeschlitzten Fisch, die Lippen und zusammengepresste Zähne auseinanderreißen, einen Mund verschließen, wenn sich ihm ein Schrei zu entringen droht, und hinterher bleibt er offen und man hört nichts, genau wie die aufgerissenen Augen mit dem gläsernen Glanz im Vollmondlicht nichts mehr sehen; Hände, die hinterher keine Spuren mehr aufweisen von dem, was sie getan haben, ruhige Hände, die bewegungslos auf den Tresen der Bars liegen, von anderen, unwissenden Händen gedrückt werden, ganz gewöhnliche Hände, die jedem gehören könnten, kaum Abdrücke hinterlassen, unsichtbare Hände, automatische Hände bei wiederholten Bewegungen und Fertigkeiten, Hände, deren Erinnerung zweifellos mächtiger ist als die der Augen, immun wahrscheinlich gegen Reue, ein eigentümliches Gefühl von Weichheit, von nachgiebigem Fleisch, lebender Materie, eingerissen und auseinander gerissen wie ein Kiemenspalt, in den die Klauen der Fingernägel sich hineinschlagen, den sie durchbohren und auseinanderreißen, unbekannte, gefährliche, verräterische, bespritzte Hände, in Taschen vergraben, voller Ungeduld, den sicheren Ort der Strafvereitlung zu erreichen, sich fromm aneinandergelegt unter dem heißen Strahl des Wasserhahns zu krümmen, sehr heiß, damit sich alles löst, so heiß, wie andere Hände es nicht aushalten könnten, Hände, die sich im Seifenschaum winden und wringen, abgespült werden und noch einmal in der Lauge ausgewrungen und dann dem dampfenden Strahl unterworfen werden, der alles vernebelt, während die Hände anschwellen und sich röten, die Farbe eines gekochten Krustentiers annehmen, danach noch kräftiger, noch zorniger mit dem körnigen Stoff eines Handtuchs abgerubbelt werden, dass es unmöglich scheint, noch eine Spur von Geruch an ihnen zu finden, und dennoch, etwas ist noch da, unauslöschlich, nicht der Geruch von Blut oder Schweiß oder Speichel oder Kinderwäsche, sondern dieser andere Geruch, der immer da ist, der Fischgeruch, den man an den Fingernägeln riecht, an dem schwarzen Rand unter der Wölbung, in den Spalten der rissigen Haut.

Er betrachtet die beiden Hände, die auf der Theke ruhen, auf der Schachtel Fortuna und dem Feuerzeug, ihm unbekannt, fremd, mit einer inneren unabhängigen Beweglichkeit ausgestattet, wie die Füße der Langusten und Krebse in den Kisten des Fischgroßhandels, frühmorgens, noch ehe die Markthalle öffnet, vor Tagesanbruch noch, wenn unter den von eisernen Streben getragenen Bogen die Stimmen der Männer widerhallen, die die Lastwagen entladen, die Hupen der Lieferwagen, zahllose Füße, die sich ineinander verhaken, sich in die rauen, stachligen Panzer schlagen wollen, die die Haut aufreißen können, wenn man sie nicht vorsichtig anfasst, die sich wie Insektenfühler bewegen, wie die Wimpern von Infusorien unter der Linse des Mikroskops, vor vielen Jahren, als die Hände noch weicher waren, nicht wie jetzt, ohne Narben und Schwielen, aber schon damals verstohlen, schon rasend und rachsüchtig, unter dem Holz der Schulbank die Nägel in die Handflächen grabend, in der Dunkelheit des Kinos nach dem Hosenschlitz tastend, unter dem im Schoß gefalteten Mantel. Er betrachtet seine Hände, die ihm fremd sind, mit Widerwillen, so wie er auch den Kellner und die Leute in der Bar betrachtet, mit Widerwillen und Argwohn, Abscheu beinahe, allerdings auch Stolz, denn die Hände sind kräftiger als die jedes dieser Weichlinge, die ein festes Gehalt haben und nicht schon vor Tagesanbruch aufstehen müssen, die sich den Luxus leisten können, krank zu werden oder zu streiken, zwischen Daumen und Zeigefinger kann er ohne Schwierigkeit eine Getränkedose zerdrücken oder eine Nussschale aufbrechen, mit beiden Händen und zusammengebissenen Zähnen ist er imstande, eine Eisenstange zu verbiegen, wer hätte das gedacht, bei diesem Gesicht, hatte die Nachbarin gesagt, als er einmal, wütender als gewöhnlich auf die beiden Alten, seine Faust in eine dieser Furniertüren geschlagen hatte und sie glatt hindurchgegangen war. Die Kraft ist in seinen Händen, wie das Messer in der Hosentasche ist und der Druck des Rums in seinem Nacken, jetzt doppelt so stark und auch nicht in der Abgeschiedenheit seines Kleiderschranks, sondern am Tresen der Bar, die er, ohne zu überlegen, betreten hat, ohne sich zu erinnern, dass er schon einmal dort war, doch damals gab es neben dem Flaschenregal, zwischen den Fotos von Fußballvereinen, noch nicht dieses aus einer Zeitschrift ausgeschnittene Farbfoto an der Wand, in einem billigen Rahmen und mit einem schwarzen Band über einer Ecke, schmierig schon vom Tabaksqualm und den Fettdünsten aus der Küche, das Lächeln des Mädchens abgeschwächt oder verblichen im Lauf der Zeit, obwohl es so lange noch nicht her sein kann, er erinnert sich undeutlich, zwei Monate, zwei ganze Monate, seit er zum letzten Mal in dieser Gegend war, die Hände in den Jackentaschen vergraben, denn jetzt ist Winter, und die ganze Zeit hat es nicht aufgehört zu regnen. Er hat gar nicht vorgehabt, in dieses abgelegene Stadtviertel zu gehen, hätte genauso gut eine andere Richtung einschlagen können, gedankenverloren und voller Erregung, mit diesem jäh einsetzenden Rausch, den die vielen Menschen, die Lichter der Geschäfte und der Verkehrslärm auf den Straßen in ihm hervorrufen, er spricht mit sich selbst, obgleich er dabei so gut wie nie die Lippen bewegt, in den Jackentaschen, wie unter Kapuzen verborgen, umklammern seine Hände die Schlüssel oder das Messer. Den Platz des Generals hat er hinter sich gelassen, ohne einen Blick auf die Fenster des Polizeipräsidiums zu werfen, ist er die Straße zur Dreifaltigkeit hinaufgegangen, und als er an den Treppenstufen der Kirche vorübergeht, denkt er an die Menschenmenge unter den Regenschirmen, an die im Regen dampfenden Scheinwerfer des Fernsehens, die hallenden Gebete und Gesänge aus den Lautsprechern, doch dann ist es gleich wieder vergessen, alles zieht so schnell vorüber wie die Leute neben ihm auf der Straße, wie die Fassaden der Altstadtgassen und die Verkehrszeichen, wenn er im Morgengrauen auf das Gaspedal tritt und sich vorstellt, nicht den Lieferwagen des Fischhandels, sondern einen Sportwagen zu fahren, einen Ferrari Testa Rossa oder eines dieser Ungetüme von Geländewagen, die durch die Straßen fahren, als wollten sie alles niederwalzen. Alles passiert blitzschnell, in ihm drinnen und draußen, im Geiste und auf der Straße, wo es bereits Nacht ist und die Geschäfte ihre Lichter eingeschaltet haben und weiter oben im neuen Teil der Stadt die Laternen brennen, auf den beneidenswert modernen, breiten Straßen mit ihren Wohnblocks mit Gegensprechanlagen und Zentralheizung, mit Küchen wie aus der Fernsehwerbung und nicht dieses entsetzliche dunkle Loch, in dem die Alte ihre unsäglichen Eintöpfe zusammenkocht, die kein normaler Mensch essen kann, nur Bauern oder Höhlenbewohner, wie die beiden welche sind, die in ihrem Haus hocken wie Ungeziefer unter einem Stein, in den Ruinen des immer unbewohnbareren Viertels, der famosen Altstadt, sollen sie sich die Historie, die alten Gemäuer und Kirchen sonst wo hinschieben. Er ist die Straße noch weiter hinaufgegangen, bis in die Gegend, die Torre Nueva genannt wird, wo es acht- oder zehnstöckige Häuser gibt, dass es einen schwindelt, wenn man hinaufschaut, und wo die Statue dieses Toreros steht, von dem der Alte immer gesprochen hat, Carnicerito, der auch in der Markthalle arbeitete, und wie weit hat er es gebracht, immer dieselbe Leier, vom Fleischer zum Star der Arena, er hat sich ein Auto gekauft, wie es früher die reichen Herren fuhren, er hat sich sicher nicht geschämt, denselben Beruf wie sein Vater auszuüben, als ob Fleischer dasselbe wäre wie Fischverkäufer, Fleischer stinken nicht, laufen nicht durch die Gegend und hinterlassen ihren Gestank an allem, was sie berühren, wie eine Schnecke ihren Schleim hinter sich herzieht. Die Statue steht jetzt winzig und verloren zwischen den hohen Gebäuden am Anfang der Ausfallstraße nach Norden, einer geraden, breiten Straße mit Wohnblocks an beiden Seiten, mit Kränen und Baggern auf den Baugrundstücken, keine verfallenen Häuser, keine von Gestrüpp überwucherten Mauern, keine alten Kirchen und Fenster mit herausgerissenen Läden. Leben, Bewegung, beleuchtete Geschäfte, Autohäuser, lärmende Bars, Eisenwarenläden, riesige Schaufenster mit Landmaschinen, Mähdreschern und Traktoren, mit ganzen Küchen und Badezimmern, Fluchten glänzender Kacheln und Fliesen, Spiegel, vergoldete Armaturen, runde Badewannen sogar, nicht dieses eklige Bad, in dem er sich duschen muss, mit dem schimmligen verpilzten Plastikvorhang, der nur deshalb nicht von den Bakterien des Alten verseucht ist, weil richtig duschen tut er ja nie, der Alte, glänzende Wasserhähne, aus denen ein praller, kochend heißer Schwall rauscht, der nicht plötzlich eisig kalt wird, weil die Butangasflasche leer ist. Wie ein Depp starrt er in die Schaufenster, deren Lichter ihn beleuchten in der frühen Nacht des späten Novembers, die Hände in den Jackentaschen, den Kragen hochgeschlagen, denn es ist kalt geworden, der Wind kommt jetzt von Norden, ihm entgegen, fegt die Straße hinunter, an deren Ende, in weiter, schnurgerader Ferne, der stille Mond über den Dächern zwischen den vom Wind gepeitschten Wolken dahinzujagen scheint, sich bewegt und dennoch stillsteht, schwerelos, wie ein großer, gelber Ballon, ein aufgedunsenes Gesicht mit unscharfen Zügen, das über die Dächer blickt und alles sieht, auch ihn, ihn allein, der über die lange, gerade Straße auf ihn zumarschiert, ihn aus den

Augen verliert, als er um eine Ecke biegt, noch immer nicht recht wissend, wohin er geht, ohne nachzudenken, die Straße steigt jetzt an, ist dunkler, nur hier und da eine funzelige Autowerkstatt, kleine schäbige Garagen mit Öllachen und rostigem Metall, mit Kalendern von nackten Frauen an den Wänden, alles schmierig, rußig, fleckig, auch in diesem Beruf sind die Hände immer klebrig und schmutzig. Diesen Teil der Stadt kennt er nicht so gut, er braucht eine Weile, um sich zurechtzufinden, die Straßen sehen alle gleich aus, Wohnblocks und Wäsche auf den Balkonen, Werkstätten und kleine Läden, Bars mit Kacheln und Tresen aus Zink, alles unordentlich, zusammengeschustert, schmale Gehwege mit zerbrochenen Platten und zugestellt mit parkenden Autos, mit Mülltonnen, Eingänge mit heruntergelassenen Metallrolläden, weitere Bars, alle gleich aussehend, allen entströmt ein Dunst von Tabaksqualm und gebratenem Fett, gebratenem Fisch.

Er denkt nicht darüber nach oder will nicht darüber nachdenken, wo er hingeht, wo er seit genau acht Wochen nicht mehr gewesen ist, vielleicht weiß er es auch nicht, hat die Zeit nicht berechnet, erkennt anfangs auch die Straße nicht wieder, den Eingang mit dem billigen nachgemachten Marmor und der Hausnummer sieben, die Klingelknöpfe der Gegensprechanlage, sie sehen ja auch alle gleich aus, man kann irgendeinen dieser Knöpfe drücken, wie die Lostrommel der Lotterie irgendeine Kugel herausrollen lässt, man muss auch nicht in diese Straße einbiegen, sondern nimmt die nächste, denn plötzlich spürt er eine Erschütterung, ein Schwindelgefühl, fast wie eine aufsteigende Übelkeit, keine Erschütterung des Gewissens, sondern den Reiz der Gefahr, den Rausch des Heimlichen, der hier stärker ist denn je, er könnte jetzt auf den Hauseingang zugehen und an der Wohnung klingeln, in der das Mädchen gelebt hat, aber er weiß nicht, welche, er wusste auch nicht, wie sie hieß, erst einen Tag danach. Er kehrt auf dem Gehsteig um, als er schon in die Straße einbiegen will, in dieser Minute könnte er dem Vater oder der Mutter des Mädchens über den Weg laufen, in den Taschen seiner Jacke pressen sich die Nägel seiner Finger in die Handflächen, fest und heiß sind sie und zucken in ihrem engen Refugium wie die Beine der Langusten und Krebse und die Tentakel der Tintenfische in ihren Kisten. Er schlägt seine Fingernägel ins Fleisch, noch ein bisschen, und es fängt an zu bluten, er tastet nach dem Griff des Messers, es beruhigt ihn, mit den Fingerkuppen darüber zu streichen, doch was ihm jetzt fehlt, ist ein ordentlicher Schluck Rum, dringend, sein Mund ist trocken, er kehrt dieser Straße den Rücken, wirft im Vorbeigehen einen Blick in das Schaufenster eines Schreibwarenladens und drückt die Tür der nächstbesten Bar auf, die er findet, ungeachtet der stickigen Luft und des Geruchs von gebratenem Fisch und qualmenden Zigaretten: Darum mag er auch lieber die Whiskybars, weil es da nicht nach ranzigem Fett und billigem schwarzem Tabak riecht, sondern nach Raumspray und Parfüm und Frauenschminke, nach dem hellen Tabak geschmuggelter amerikanischer Zigaretten, nach schamlos zur Schau getragener Haut, die, selbst wenn er sich traute, sie begehrlich und feige zu berühren, noch immer ein wenig unwirklich scheint, als sehe er einen Film oder blättere in einer Illustrierten, alles ganz ausführlich und deutlich sichtbar, bis in die kleinsten Hautfalten und die Plomben der offenen Münder, wie gierend nach Sperma oder Urin oder nach beidem, und doch ist da nichts, nichts als die schimmernde Oberfläche von Papier oder dem Bildschirm des Fernsehers.

Er schaut zu Boden, als er hereinkommt, tritt auf feuchtes Sägemehl, auf Garnelenschalen und aufgerissene leere Zuckertütchen, setzt sich auf einen Hocker an den Tresen, und erst, als ihm klar wird, dass diese Bar, in die er gegangen ist, um einen Rum mit Cola zu trinken, dieselbe ist, die er beim letzten Mal betreten hat, begreift er allmählich die Wiederholung der Dinge, die Verdopplung von allem, identisch und doch leicht abgewandelt, die beiden gleich aussehenden Hände, das doppelte Gesicht über dem Waschbecken und auf der anderen Seite des Spiegels, das Rasiermesser, das sich vollkommen synchron auf dieser und auf jener Seite bewegt, die schmalen, etwas zu eng stehenden Augen und er selbst in der Bar, am Tresen und vor dem Spiegel, in dem er sich zwischen Flaschen und Gläsern sehen kann, der von fettigem Dunst getrübte Spiegel, neben dem in einem billigen, schon aus dem Leim gehenden Rahmen das Bild des Mädchens hängt. Er zündet sich eine Zigarette an, sieht die grobe rechte Hand mit den eingerissenen und schwarz geränderten Fingernägeln zur Schachtel greifen, die von Daumen und Zeigefinger kneifen in den Filter der Zigarette, ziehen sie langsam heraus und stecken sie zwischen die Lippen, dann umschließen die Finger die Form des Feuerzeugs und zünden es an, führen die Flamme an die Zigarette, auf beiden Seiten gleichzeitig, diesseits und jenseits des Spiegels, jetzt und vor zwei Monaten, weil sich alles als vollkommen identisch erweist, als habe es plötzlich die Form einer geometrischen Zeichnung angenommen, jede Einzelheit fügt sich perfekt in das entsprechende Kästchen der Verdopplung: Der Abend ist derselbe, nur dass es jetzt ein wenig dunkler ist, auch die Straße hinter den Fenstern, der Wirt schaut sich ein Programm im Fernsehen an, ist so davon in Anspruch genommen, dass er ihn erst nach einer Weile bedient, obwohl er der einzige Gast in der Bar ist, genau wie beim letzten Mal, ein jäher Impuls hat ihn hineingetrieben, und jetzt ist er auch überzeugt, dass er wieder auf demselben Barhocker sitzt, seine

Handbewegung ist unbemerkt geblieben, der Wirt hat keinen Blick für ihn, der Fernseher ist viel zu laut, und seine Stimme ist zu sanft, kein Mensch würde glauben, dass die Stimme und die Hände zur selben Person gehören, er hat noch einmal *Hallo* gesagt, diesmal lauter, und mit dem Feuerzeug auf die Theke geklopft, erst da hat der Wirt sich mürrisch umgedreht und ihn angesehen, und er hat ihn wieder erkannt, ein junger, blasser, unrasierter Typ in einem schmuddeligen Hemd, mit einem Gesicht, als habe er kein Blut in den Adern, der wahrscheinlich stundenlang vor dem Fernseher hockt in seiner Bar, in die vermutlich nicht viele Gäste kommen, dieses Bleichgesicht möchte ich mal am Samstagmorgen um elf auf dem Marktstand sehen, wie der die Frauen bedient, die wild durcheinander bestellen und sich vordrängeln, beim Wechselgeld aufpassen und nichts durcheinander bringen, immer nur lächeln, Konversation betreiben, sagen Sie selbst, der gehört doch einen Kopf kürzer gemacht, wenn sie den kriegen, was der angerichtet hat, aber sicher lassen sie ihn gleich wieder laufen, wenn sie ihn geschnappt haben, oder erklären ihn für verrückt, Diebe und Mörder gehen im Polizeipräsidium doch zur einen Tür rein und zur anderen wieder raus, glaub mir, Junge, und gib mir noch ein Viertel oder ein Halbes von den Calamares, nicht zu knapp, sie sind für eine Paella …

Ein Leben lang geht das so, Tag für Tag, von montags bis samstags, immer dieselben Frauengesichter, dieselben offenen Münder, die man im Tran der Übermüdung für die Mäuler, für die Augen der Fische halten könnte, die Mäuler mit den winzigen scharfen Zähnen und den roten Kiemen und die monströsen runden Augen der toten Fische, das riesige hervorquellende Auge einer Krake, die in einer Maske aus feuchtem Fleisch wie aus dem Innern einer Kapuze hervorzulauern scheint. Nicht weniger tot sind die Augen des Wirts, der ihm jetzt seinen Rum mit Cola hinstellt und sich sogleich wieder dem Fernseher zuwendet, eine Serie von automatischem Gelächter oder ein Ratespiel, das die Alten sich vielleicht auch gerade ansehen, und zu dem Lärm des Fernsehers noch der der Kaffeemaschine und des Spielautomaten, der den Lockruf einer endlosen, irgendwie bekannten und bimmelnden Musik ausstößt, und gleich darauf der des Zigarettenautomaten, der mit metallischer Stimme sagt, zu ihm sagt: *Ihre Zigaretten, vielen Dank.*

Alles doppelt, das erkennt er jetzt, zählt es auf, besänftigt die wachsende Beklemmung mit einem langen Schluck Rum, und als er das Glas auf die Theke stellt, hat er über die Hälfte ausgetrunken, er sieht es vor sich und auf der anderen Seite im Spiegelglas, wo er sich auch eine Fortuna anzünden sieht, zwei Feuerzeugflämmchen und zwei glühende Zigarettenenden, die Wirkung des Rums im Nacken und im Magen, in einer Jackentasche die Autoschlüssel und in der anderen das Messer, die beiden Türen der Bar, die auf die beiden parallel verlaufenden Straßen führen, wenn er damals durch die linke Tür hinausgegangen wäre und nicht durch die rechte, wäre alles anders gekommen, aber zu spät, er wusste es damals nicht, und er weiß es heute nicht, nur die Erregung ist heute doppelt so stark, eine heraufziehende Kühnheit und Verwegenheit, viel stärker als sonst, noch stärker als damals auf einem Spielplatz, wo er einem Mädchen auf die Rutsche half, es mit seiner starken gespreizten Hand, in der fast der ganze kleine Po Platz fand, hochhob, ohne zuzudrücken, nur das weiche Fleisch hat er durch den Stoff eines Röckchens oder einer Turnhose gefühlt, während er ängstlich um sich blickte und nach einer wachsamen Mutter Ausschau hielt.

Noch stärker, so wie jetzt, mit einem zweiten Schluck das

Glas geleert und die Zigarette mit wenigen Zügen aufgeraucht, alles doppelt, noch einen Rum Cola bestellt er, muss es zweimal sagen und errötet, denn der Wirt mit seinem Fernseher da oben hat ihn nicht gehört, ist völlig weggetreten und glotzt mit zurückgeworfenem Kopf und nach oben verdrehten Augen auf das hohe Wandbord, wo der Fernseher steht, auf ein paar Bikinimädchen, die unter dem brüllenden Gelächter des Publikums etwas zu den Ratespielteilnehmern sagen, schlanke, blonde Mädchen in Stöckelschuhen, mit so engen, winzigen Höschen, dass man alles sehen kann, fehlt bloß noch, dass sie sich an die Gäste auf der Bühne schmiegen und sich an ihnen reiben, sicher will die Alte jetzt auf einen anderen Kanal umschalten, und der Alte hat heimlich die Fernbedienung beiseite geschafft, hat sie sich in den Schoß gelegt, unter dem Tischtuch verborgen, und schnauft wie ein Schwindsüchtiger, während er auf die Mädchen starrt. Er trinkt noch einen Schluck, langsamer jetzt, Zunge und Gaumen von süßlicher Flüssigkeit überschwemmt, der augenblickliche gleichzeitige Druck auf beiden Schläfen, Herz und Magen weiten sich und ziehen sich in simultanem Krampf wieder zusammen, und jetzt ist es mit seiner Geduld vorbei, es hält ihn nicht länger in der Bar, er leert sein Glas mit einem einzigen Schluck, wirft die angerauchte Zigarette auf die Erde und tritt sie aus, er klopft mit einer Fünfhundertpesetenmünze auf die Theke, doch der Dreckskerl von Wirt sagt, die beiden Getränke kosten siebenhundert, mit leichtem Spott in seinem Blick, als mache er sich über ihn lustig, und ihm steigt das Blut in den Kopf, und am liebsten würde er den anderen an seinem schmierigen Hemdkragen packen und ihn mit seiner kräftigen Hand gegen die Wand drücken, gegen den Spiegel und die Flaschenreihen und das Foto in seinem billigen, von Nikotin vergilbten Rahmen voller Fliegenschisse, und mit der anderen

Hand das Messer aus der Jackentasche ziehen und es vor seinen schreckgeweiteten Augen aufspringen lassen, die Klinge einen Zentimeter von seinem unrasierten Gesicht entfernt, vor seinem Hals: Für den Bruchteil einer Sekunde sieht er alles vor sich, hört das Klirren der zerberstenden Flaschen und das feige Röcheln des Wirts, während er in seinen Taschen nach Geld sucht und es zuerst nicht findet, er fürchtet schon, nur mit dem Fünfhundertpesetenstück aus dem Haus gegangen zu sein, und der Gedanke daran, wie lächerlich er dastehen wird, lässt ihn schon im Voraus erröten, doch zum Glück findet er einen Tausenderschein, einen schmutzigen, zerknitterten Schein, der nach Fisch riecht, er entschuldigt sich, versucht ein Lächeln, doch der andere schaut ihn nur mit steinerner Miene wortlos an, wirft einen Blick auf den Geldschein und dann auf ihn, als erwäge er die Möglichkeit von Falschgeld, holt dann drei Hundertermünzen aus der Registrierkasse und legt sie auf die Theke, ohne ihn eines Blickes zu würdigen, hat sich schon wieder dem Fernseher zugewandt. Er sagt auf Wiedersehen, guten Abend, obwohl er weiß, dass er keine Antwort bekommen wird, steckt die Zigaretten in eine Jackentasche und das Feuerzeug in die andere, und als er hinausgeht, weiß er nicht, ob durch dieselbe Tür wie beim letzten Mal oder durch die andere, es ist ihm aber auch egal, beide Straßen, auf die er hinausgehen könnte, sind vollkommen gleich, parkende Autos auf den Gehwegen, Gebäude mit zum Trocknen aufgehängter Wäsche und Butangasflaschen auf den Balkonen, kleine erleuchtete Läden, Frauen, die vom Einkaufen kommen, in Pantoffeln und umgehängten Mänteln, alles gleicht sich, der Eingang, auf den er zugeht, die Klingeltafel mit den Zahlen und Buchstaben der Wohnungen, vor der er stehen bleibt, als werde seine Aufmerksamkeit von etwas beansprucht, wie ein fliegender Händler oder ein Paketbote, der die richtige Adresse nicht findet, alles so vollkommen identisch, dass sich das Geschehen mit dem Erinnerten deckt, sogar die Zeit ist die gleiche, zwanzig vor sieben abends, stellt er mit einem Blick auf die Uhr fest, und da die Uhrzeit die gleiche ist und der Hauseingang derselbe, kommt das Mädchen über die Straße und geht an ihm vorbei, schiebt, ohne ihn anzusehen, die Tür auf, die nicht verschlossen war, und geht zum Fahrstuhl, summt mit geschlossenen Lippen eine Melodie, mit schwingenden Schultern, als stelle sie sich vor, sie hüpfe oder tanze zum Rhythmus der Musik, die nur sie allein hört.

Er ist nach ihr ins Haus getreten, die Tür fällt schwer hinter ihm zu, doch das Mädchen dreht sich nicht um, alles muss genauso ablaufen wie beim letzten Mal, jede Einzelheit, obwohl sie jetzt keinen Trainingsanzug trägt, sondern Jeans, aber Turnschuhe hat sie an, er tritt zu ihr, noch hat er ihr Gesicht nicht gesehen, sie steht vor dem Fahrstuhl und summt ein Lied, das Licht im Treppenhaus erlischt, und er schaltet es wieder ein, da dreht das Mädchen sich kurz um, nicht lange, so gut wie gar nicht, er hat ihr Gesicht kaum im Profil gesehen, mit einer halben Kehrtwendung könnte er noch alles ungeschehen lassen, für einen Sekundenbruchteil sieht er sich selbst von außen, von fern, von hinten, wie er wieder in die Südstadt zurückgeht, mit gesenktem Kopf und hochgeschlagenem Jackenkragen, doch das ist nicht er, dafür ist es jetzt zu spät, nur eine Sekunde, aber unwiderruflich zu spät, der Fahrstuhl ist im Erdgeschoss angekommen, und das Mädchen hat sich umgedreht und fragt, ob er nach oben fährt, und er hat mit einem leichten Kopfnicken ja gesagt, das Gesicht ist nicht dasselbe, nicht mehr ganz und gar ein kindliches Gesicht in dem ungemütlichen Licht der Fahrstuhlkabine, ähnlich, aber nicht dasselbe, aber dieselben Knöpfe an der Kabinenwand und dasselbe stilisierte Bild von einer Frau mit einem Kind und darunter die Aufschrift *Kinder fahren nicht ohne Aufsicht der Eltern,* und auch hier hat jemand mit dem Messer das Wort *nicht* abgekratzt, sodass es jetzt *Kinder fahren ohne Aufsicht der Eltern* heißt. Das Mädchen, allein und ganz nah bei ihm, aber er sieht jetzt, dass es größer ist, das war ihm entgangen, schweigend, die aufleuchtenden Nummern der Stockwerke im Auge, wohin fahren Sie, hat sie ihn gefragt, in den obersten, hat er gesagt, er hat gar nicht darüber nachdenken müssen, nichts entscheiden und nicht wählen müssen, nur alles exakt dasselbe sein lassen, jede Kleinigkeit, jede Einzelheit, Sekunde für Sekunde, und da alles identisch ist, hebt sich jetzt die Hand, die das bereits aufgeklappte Messer in der Jackentasche umklammert hielt, über den Kopf des Mädchens hinweg, schiebt sich vor, bis sie die Tafel mit den Knöpfen der einzelnen Stockwerke berührt, wird jäh zur geschlossenen Faust und schlägt mit roher Gewalt auf den roten Knopf mit der Aufschrift *Stop.*

21

Sie saß wartend auf dem Bett, in einem Zimmer, das sie vor zwanzig Minuten zum ersten Mal gesehen hatte und das ihr bereits vertraut zu werden begann, angekleidet noch, nur die Schuhe ausgezogen, betrachtete ihre Füße, dicht nebeneinander auf dem Boden, die schmalen Spanne unter den schwarzen durchsichtigen Strümpfen, mit einer Leere oder einem Unruhegefühl in der Magengegend, das die Zigaretten noch verstärkten und welches nur der Gin Tonic ein wenig linderte, den sie sich eingeschenkt hatte, kaum dass sie angekommen war, nachdem man sie allein gelassen und sie die Tür mit einem drängenden Bedürfnis nach Einsamkeit und Zuflucht hinter sich geschlossen hatte, nach den schier endlosen Vorbereitungen, die in gewisser Weise erniedrigend oder zumindest erbärmlich waren, was zum Teil daran lag, dass sie nicht daran gewöhnt war, weil sie sich noch nie mit einem Mann in einem Hotel verabredet hatte.

Jeder Schritt eine Prüfung, eine Versuchung, zu bereuen, seit die Kinder um fünf gegangen waren und sie noch einmal ins Lehrerzimmer zurückgekehrt war, wo sie ihre schwarze Reisetasche abgestellt hatte, wohl wissend, dass dies nicht unbemerkt bleiben, dass jemand sie mit spöttischem oder sensationslüsternem Unterton fragen würde, wohin sie mit der Tasche denn verreisen wolle: Sie hatte sich dafür eine Antwort zurechtgelegt, in die Wäscherei, schmutzige Wäsche sei darin, sagte sie, und als sie mit der Tasche in der Hand zu ihrem Auto ging, schlug sich die Erschöpfung des stundenlangen Unterrichtens zu der Unsicherheit, verband sich mit ihr zu dem Gedanken, es vielleicht sein zu lassen, noch war Zeit, ein paar Anrufe zu tätigen und die Verabredung abzusagen sowie auch die Reservierung eines Zimmers im La Isla de Cuba. Zugleich jedoch erregte sie das wieder gefundene Gefühl von Erwartung und Auftakt, das ihr während des Tages Kraft gegeben hatte wie ein geheimer Saft, sie gestärkt hatte, als die Kinder ihre Nerven strapazierten oder ihr Hals zu schmerzen begann und sie schon wieder eine Rachenraumentzündung befürchtete, als sie die tristen Kachelwände betrachtete, die kaputten Schulbänke, die Bilder und vergilbten Poster im Lehrerzimmer. Sie zählte die Stunden, wie sie als Mädchen die Tage bis zu einem herbeigesehnten Ereignis gezählt hatte, mit einer Vorfreude, die nicht nur sentimentaler oder sexueller Natur war, eher, wie man sich als Kind auf etwas freut, mit einer Bedingungslosigkeit, deren Höhepunkt gewissermaßen das Warten selbst ist, mit sehr viel Angst auch, unsicher, ob sie es nicht bereuen würde, in Furcht vor einem Anruf und zugleich voller Hingabe an das verlockende Gefühl der möglichen Erleichterung, dass vielleicht er es war, der nicht kam, und zwar nicht nur, weil auch er Angst bekommen hatte und sich eine Ausrede einfallen ließ, sondern aus einem wahren Grund, weil man plötzlich etwas über den Mord an Fatima herausgefunden oder weil seine Frau einen Rückfall erlitten hatte, in diesem Sanatorium, in dem sie war.

Sie legte die Tasche auf den Rücksitz, blieb ein Weilchen still hinter dem Lenkrad sitzen, als müsse sie noch einmal eine Reihe notwendiger praktischer Entscheidungen überdenken, sah ihr Gesicht im Spiegel blasser als gewöhnlich, die dunklen Ränder unter den Augen traten deutlicher hervor und hatten diesen welken Farbton der Übermüdung, was auch sonst, nach so vielen Stunden mit den Kindern, dreißig Jungen und Mädchen von neun und zehn Jahren, stürmisch und immer erregter, je weiter der Tag voranschritt, eingeschlossen in einem viel zu kleinen Klassenzimmer, in dem Fatimas Platz zwar wieder besetzt worden war, ihr Foto jedoch immer noch an der Wand hing, zwischen den Zeichnungen ihrer Klassenkameraden und neben den blauen Kartonblättern, auf denen die anderen ihre Arbeiten für den Bastelunterricht gefertigt hatten. Sie schaute immer auf dieses Foto, sah die mandelförmigen Augen und das Lächeln des Mädchens, als bitte es sie mit heiterer Miene, sie stets im Gedächtnis zu behalten, sie nicht zu vergessen, und an diesem Nachmittag um fünf, als das Klassenzimmer sich geleert hatte, verweilte sie ein bisschen länger beim Zusammenpacken ihrer Sachen, und da sonst niemand mehr im Raum war, erschien ihr Fatimas Gegenwart auf dem Foto noch intensiver, weckte in ihr unbewusst ein Gefühl wie von Teilnahme und Dankbarkeit.

In dem, was augenblicklich mit ihr geschah, gab es einen Bezug zu Fatima über den grauenhaften Zufall hinaus, ohne den sie, Susana Grey, nichts von der Existenz des Mannes erfahren hätte, mit dem sie in eineinhalb Stunden verabredet war. Fatima, ihre Verehrung für sie, ihr kindliches Talent zu Fleiß und Glück, hatten sie mehr als einmal aus der Enttäuschung und Lustlosigkeit ihrer Arbeit gerettet, hatten ihr einen kostbaren, tief empfundenen Ausgleich für andere Treulosigkeiten geboten. Erst nach dem Tod des Mädchens hatte sie ganz begriffen, wie viel ihr diese Zuneigung bedeutet hatte, wie sehr ihr Wissensdurst sie gestärkt hatte, wie prompt Fatima ihr gezeigt hatte, dass ihre geduldige Arbeit nicht gänzlich vergebens war: Sie lernte schnell, und was sie gelernt hatte, schlug sich sogleich in ihrer Intelligenz nieder, wie eine Nährkost, die sich unmittelbar auf die körperliche Kraft eines Kindes auswirkt.

Im Rückspiegel, in dem sie sich die Lippen schminkte, sah sie ohne Brille unscharf ihre Augen, die einen tränenfeuchten Glanz annahmen, doch konnte sie sich jetzt weder eine Schwäche noch den Trost der Tränen leisten, die sie in letzter Zeit so unvermittelt überfielen, selbst wenn sie las oder Musik hörte, wenn sie ein Gedicht von Antonio Machado oder César Vallejo las oder bestimmte Lieder hörte, die nicht einmal besonders sentimental waren. Sie setzte ihre Brille auf, wählte eine Kassette aus dem Durcheinander des Handschuhfachs, das sich bis auf den Boden ausgebreitet hatte, nicht Paul Simon diesmal, sondern etwas Kraftvolleres, etwas, das ihre Kühnheit anfachte, The Pretenders, und im selben Augenblick dachte sie, dass, wenn er jetzt im Auto säße, sie sich nicht trauen würde, diese Musik zu spielen. Sie schaute in seine aufmerksamen grauen Augen und konnte sich nicht vorstellen, was er dachte, wie er sie mit diesen Augen wohl sehen mochte. Die Überzeugung, in einen Unbekannten verliebt zu sein, jagte ihr einen jähen Schrecken ein. Sie trat das Gaspedal nach unten, sobald sie auf der Landstraße war, drehte die Musik lauter, sang den Text leise mit, und erst, als sie die letzten Häuser hinter sich gelassen hatte, fühlte sie sich entschlossen und unbefangen, angesteckt von der treibenden Musik und der Vibration des Autos, befreit von dem kräftezehrenden kleinlichen Bemühen um Entscheidungen durch die Geschwindigkeit, die sie unaufhaltsam in das weite Tal hinausführte, während es allmählich dunkel wurde und im Rückspiegel der gelbe Vollmond über dem Schattenriss der Türme und Dächer erschien, die hinter ihr zurückblieben, wie die mit gleicher Schnelligkeit verfliegenden Kilometer und Minuten.

Er hatte ihr gesagt, er treffe zwischen halb sieben und sieben ein: Sie zog es vor, in Ruhe auf ihn zu warten, vor ihm dazu sein, sich mit dem Zimmer vertraut zu machen, hatte sogar daran gedacht, zu duschen und sich umzuziehen, um nicht den Geruch von Erschöpfung, von ‚Tafelkreide und Kinderschweiß aus der Schule an sich zu haben, doch dann entschied sie sich dagegen, sie wollte das Offenkundige nicht übertreiben, sodass sie nur ihr Haar bürstete, sich den Lidstrich und das Rot der Lippen nachzog, schließlich war sie keine Geliebte, die sich für einen eiligen, fremdgehenden Ehemann zurechtmachte.

Sie überwand ihre Scham, die klopfende Schmach, so gut es ging, während sie den Anmeldezettel am Empfang ausfüllte und Führerschein und Kreditkarte vorwies, in ständiger Furcht, unter dem Personal ein bekanntes Gesicht zu entdecken, das Gesicht eines Nachbarn oder des Vaters eines ihrer Schüler: alles mit einem Mal schwierig, peinlich, langsam, unmöglich, die Einzelheiten des Formulars, der Hotelboy, der nicht kam, um ihr die Tasche hinaufzutragen, die Ewigkeit, bis die Zimmertür sich öffnete, die Münzen für das Trinkgeld, die sich nicht in der auf dem Bett ausgeleerten Handtasche fanden, alles im Überfluss vorhanden, nur die Hundertpesetenmünzen nicht, Papiertaschentücher, Puderdose, Lippenstift, Zigaretten, die große Haushaltsschachtel mit Streichhölzern, schließlich bekam sie dreihundert Peseten zusammen und gab sie dem Jungen in dem vernunftwidrigen Gefühl, eine Schlechtigkeit zu begehen, als besteche sie ihn für etwas und erkaufe sich sein Schweigen.

Sobald sie allein war, wurde sie ruhiger. Sie hatte nicht das Gefühl, in einem Hotelzimmer zu sein, sondern in einem Landhaus, in das sie jemand eingeladen hatte. Weiße Wände, eine schräge Zimmerdecke mit groben gebeizten Dachbalken, der Fußboden mit seinen Fliesen aus rotem Ton, das Fenster mit den rustikalen Läden über dem Steilufer des Flusses: In der fernen Stadt waren schlagartig die Lichter angegangen, obwohl es noch nicht ganz dunkel war, ein schimmerndes Restlicht hielt sich im leichten Dunst des Flusses und auf den Kalkböden der Olivenhaine. So fern und doch so nah, dachte sie, so beschützt und so zerbrechlich, ein wenig befremdet vor sich selbst in der allgemeinen Befremdlichkeit der Dinge, des Ortes und der Zeit, sechs Uhr abends an einem normalen Arbeitstag, und sie war nicht zu Hause, wusste nicht einmal, ob sie in dieser Nacht noch zurückkehren oder erst am nächsten Morgen um Viertel vor neun in die Stadt fahren würde, wie jeden Morgen, überschwänglich oder enttäuscht oder nicht einmal das, nur erniedrigt von einem Gefühl des Betrogenseins und trüben sexuellen Bereuens.

Sie untersuchte die Minibar, schwankte zwischen Whisky und Gin, machte sich schließlich einen Gin Tonic und öffnete dazu eine Tüte gesalzener Mandeln. Die Mischung aus Tonicbitter und dem süßen Schwindelgefühl des Gins verlieh ihr einen Anflug von Leichtigkeit, eingefärbt vom Salzgeschmack der Mandeln, der die Lust und den Genuss des Trinkens noch erhöhte. Er wird kommen, dachte sie, barfuß auf dem Bett sitzend, die Beine ausgestreckt und die Füße nebeneinander auf der Bettdecke, den kalten Gin Tonic mit seinem anregenden Prickelgeräusch und bitteren Limonenschalengeschmack im Schoß, die Zigarette im Aschenbecher neben der Nachttischlampe, die sie noch nicht eingeschaltet hatte, vor sich den Spiegel im antiken Rahmen, genau dem Bett gegenüber, sodass sie sich darin betrachten konnte, er ist unterwegs, er wird kommen, weil ich ihn gerufen habe, weil ich so schamlos war, so kühn und so mutig, ihm zu sagen, dass ich hier auf ihn warte, dass ich keine Zeit, keine Lust und keine Geduld mehr habe, zu verbergen, was ich so heftig ersehne, die beste Zeit meines Lebens zu verschwenden, dass ich mich nicht länger verstellen, nicht mehr warten und nicht aufgeben kann, einem

Mann, der mir gefällt, nicht gute Nacht sagen und davongehen sehen kann, als sei er mir vollkommen gleichgültig, wie in jener Nacht, als sie sich nach dem Abendessen, nach zu viel Wein und unaufhaltsamen Tränen voneinander verabschiedet hatten. Wie viel Zeit, ohne so in den Armen eines Mannes zu liegen, ohne auf diese Weise einen Mann zu begehren, so dringend und so zärtlich, mit der ganz unbegründeten und dennoch überzeugenden Gewissheit, dass, falls sie die notwendigen Schritte unternähme, sie es später auf keinen Fall bereuen würde.

In jener Nacht waren sie nach dem Essen im Restaurant und nach dem, was sie ihr Tränenschauspiel genannt hatte, schweigend in die Stadt zurückgefahren, beide unfähig, den anderen anzusehen in der kälter werdenden Fremdheit, die sie nach einem verfrühten Gefühlsausbruch wieder einholte, nach dem Verdacht eines Irrtums oder zumindest eines Schritts in die falsche Richtung. Sie fuhr ihn bis vor seine Haustür, obwohl er ihr gesagt hatte, es sei nicht nötig, und weder sie noch er wussten, wie sie sich verabschieden sollten, sie wechselten einen kurzen Blick, und er bedankte sich mit formeller Höflichkeit für die Einladung, hielt einen Moment lang inne, als er die Wagentür schon einen Spaltbreit geöffnet hatte, sagte gute Nacht in einem Ton, der in ihrer Antwort widerhallte, und als er ausstieg und die Tür zuschlug, beobachtete Susana, warf er nach links und rechts einen Blick über die Straße. Als sie wieder anfuhr, hob er zum Abschied die Hand, und es war ein unpersönlicher Abschied, ein leichtes Kopfnicken und eine kaum wahrnehmbare Geste der Hand, die den Schlüssel hielt. Im Weiterfahren sah sie ihn durch den Rückspiegel ins Haus eintreten, und sie gewann einen Eindruck absoluter Einsamkeit, wie sie ein Mensch ausstrahlt, der, kaum dass er Lebewohl gesagt hat, schon weit fort ist, schon jeden Bezug zu der Person, von der er sich verabschiedet hat, verloren, ihre Gegenwart mit einem automatischen Reflex ausgelöscht hat, mit einer Handbewegung, mit einem einzigen Wort.

Sie schlief schlecht, schuld daran war der Kaffee, den sie unvernünftigerweise nach dem Abendessen getrunken hatte, war verärgert über sich selbst und über die beiderseitige Kälte und Unbeholfenheit des Abschieds. Am nächsten Tag, Freitag, summierten sich der Kater und die durch das übermäßige Rauchen hervorgerufenen Halsschmerzen zu der allgemeinen Erschöpfung nach fünf Tagen Unterricht in der Schule: Sie beteiligte sich nicht an den Gesprächen im Pausenhof und im Lehrerzimmer, hatte keine Geduld mit den Kindern, es fiel ihr schwer, die Stimme zu erheben. Als sie nach Hause kam, wurde es bereits dunkel, und kaum hatte sie in der Diele Licht gemacht, klingelte das Telefon. Was bist du für eine Mutter, sagte sie zu sich selbst, als ihr später klar wurde, dass sie ein wenig enttäuscht gewesen war, die Stimme ihres Sohnes zu vernehmen: In seinem Ton lag eine Zärtlichkeit, die ungewöhnlich für ihn war, als er mit seiner rauen Jungmännerstimme, die er in der letzten Zeit angenommen hatte, sagte, er würde sie gerne besuchen und das Wochenende mit ihr verbringen.

Nachdem sie aufgelegt hatte, bekam sie Gewissensbisse, weil sie vielleicht zu abweisend mit dem Jungen gesprochen oder sich zu hastig von ihm verabschiedet hatte, um der Gefahr zu entgehen, dass sein Vater den Telefonhörer nahm und ihr vom neuesten Stand seiner Qual oder seines Engagements berichtete oder den psychischen Zustand ihres Sohnes mit ihr diskutieren wollte. Während sie die Wohnung aufräumte und dazu eine jugendleichte Platte von Ella Fitzgerald auflegte, die sehr anregend wirkte, ging sie noch einmal Wort für Wort das

Telefongespräch durch, wie ein Staatsanwalt auf der Suche nach Indizien gegen sie selbst, in einer einsamen Prüfung jeder noch so kleinen Geringfügigkeit, wie sie sie mit einer gewissen Regelmäßigkeit zwanghaft betrieb. Ihre Fähigkeit, sich selbst anzuklagen oder sich von den Vorwürfen anderer verletzen zu lassen, war weit ausgeprägter als die, sich zu verteidigen, und sie erkannte jetzt, spät zwar und zweifellos ohne große Hoffnung auf Abhilfe, dass sich der emotionale Parasitismus ihres Exgatten, sein unfehlbares Talent, Zweifel und Schuldgefühle in ihr zu wecken, fast zwanzig Jahre lang von dieser ihr eigenen Schwäche genährt hatte.

»Nie wieder«, sagte sie mit lauter Stimme und prostete sich vom Bett aus im Spiegel zu, nervös und leicht beschwipst, ungeduldig, doch ohne dauernd auf die Uhr schauen zu wollen um Viertel vor sieben in diesem Hotelzimmer, das jetzt vom Licht der Nachttischlampe erhellt wurde. Wenn er kam, sollte es nicht zu hell sein, aber auch nicht allzu schummrig, sie hatte noch Zeit, den Aschenbecher zu leeren und das Fenster zu öffnen, damit sich der Zigarettenqualm verzog. Menschen, die nicht rauchen, reagieren sehr empfindlich auf den Geruch von Tabak, besonders ehemalige Raucher, frisch gebackene Nichtraucher, wie er zweifellos einer war. Vom Fenster aus sah man weder die Brücke noch die Landstraße, doch als sie es öffnete, hörte sie das Motorengeräusch, eines Autos, das sich den Hügel hinaufquälte, ein Schauer lief ihr über den Rücken, und sie schloss es sogleich wieder. In den Minuten des Wartens wurde alles ein wenig unwirklich für sie.

Es waren aber keine Minuten, sondern ganze Tage, die sie damit verbracht hatte, zunächst zu warten, dass etwas geschehe, dann den Beschluss zu fassen, selbst zu handeln, allein vor sich hin grübelnd, Worte abwägend oder mögliche Strategien, über Zufälle phantasierend, die alle Probleme mit einem Schlag lösten, eine Begegnung auf der Straße, zum Beispiel, am Samstag, wenn sie zum Markt ging, sie erinnerte sich, ihm gesagt zu haben, dass sie samstagmorgens einkaufen ging: Es wäre nicht schlecht, wenn er die Begegnung herbeiführte, doch das schien wenig wahrscheinlich, im Auto und beim Essen hatte Susana an etwas denken müssen, das ihm zu sagen sie sich erst hinterher traute, dass er, wie Nabokov von Proust gesagt hatte, auch so ein Held der inneren Verbrennung war.

Um zur Markthalle zu gelangen, musste sie den Platz passieren, an dem das Polizeipräsidium lag. Sie sah uniformierte Polizisten vor dem Eingang stehen und einen Streifenwagen, dessen Blaulicht blinkte, ohne dass die Sirene eingeschaltet war. Sie kam sich ein wenig lächerlich vor, als sie daran dachte, was er, in vollem Ernst zwar, jedoch ohne besonderen Nachdruck, gesagt hatte, so als wolle er ihr nur eine schlichte Tatsache mitteilen: Alles, woran er dachte, alles, wofür er lebte, war, den Mann zu finden, der Fatima getötet hatte. War das vielleicht eine subtile oder einfach nur feige Art gewesen, ihr klarzumachen, dass sie sich nicht weiter an ihn heranmachen sollte? Doch sie ging mit dem halbgaren Vorsatz zum Markt, irgendetwas Ungewöhnliches einzukaufen, wozu sie ihn einladen könnte, falls sie sich traute oder sich dazu durchränge, ihn anzurufen.

Im grauen Morgenlicht erfüllte das lautlos zuckende Blaulicht des Streifenwagens den Platz mit seinem nassen Asphalt mit einer Andeutung bevorstehenden Alarms, einer irgendwie absurden Notsituation, die weder einer sichtbaren Aktivität entsprach noch der Gelassenheit der Polizisten, die rauchend vor dem Präsidium standen, oder der der Taxifahrer, die unter den runden Kronen der Ligusterbäume auf Fahrgäste warteten.

Wenn er in seinem Büro war, wenn er aus dem Fenster schaute, konnte er sie mit ihrem Einkaufskärrchen, ihren Cordhosen, Winterstiefeln und ihrem dunkelblauen Dufflecoat vorbeigehen sehen. Sie mochte ihren Kopf nicht heben und auch keinen Blick auf das Gebäude des Polizeipräsidiums werfen. Ein wenig enttäuscht und zugleich erleichtert entfernte sie sich unter den Kolonnaden der Straße, die zur Markthalle führte und um diese Zeit voller Menschen war, voller Autos und Frauen mit Einkaufswägelchen gleich dem ihren, die immer belebter wurde, voller Stimmengewirr und Gerüche. Als ihr Sohn drei oder vier Jahre alt war, hatte er sich immer sehr darauf gefreut, mit ihr zum Markt zu gehen. Jetzt ging sie allein an den Ständen mit billigem Spielzeug und Naschereien vorbei und sah bei den anderen Kindern, mit Anoraks und Gummistiefeln gegen die winterliche Kälte geschützt, dieselben Gesten und Blicke wie bei ihrem Sohn, die kurzen Zeigefinger auf dieses und jenes deutend oder etwas wählend, die Augen weit aufgesperrt, die weichen Bäckchen vom Wind gerötet, die Gesichter ans Glas der Schaufenster gedrückt, ganz im Bann eines Plastikautos, eines mit Aniskügelchen gefüllten Spazierstocks oder eines monströsen Superhelden.

Sie glaubte zwar nicht, dass sie ihn einladen würde, beschloss aber, dennoch ein gutes Essen zu kochen, um die Einsamkeit und Langeweile eines wolkenverhangenen Samstags zu lindern, um sich selbst zu beschenken. Für alle Fälle, falls sie sich doch noch entschließen oder er anrufen sollte oder sie sich auf der Straße begegneten, kaufte sie zwei Seebarsche an dem Fischstand, zu dem sie immer ging, zu dem des jungen Mannes, der ein bisschen ihr Mitleid weckte, weil er so gar nicht wie ein Fischhändler aussah, von massiger, gedrungener Statur zwar, mit großen, kräftigen, roten Händen, dachte sie, wenn er das Beil handhabte oder wenn sie eine Hand voll tropfender Calamares oder Sardellen umfassten, feucht, wenn sie bei der Herausgabe des Wechselgeldes leicht ihre Hand berührten. Aber sein Gesicht passte ebenso wenig zu diesem Körper wie seine Stimme, die wohlerzogen und sanft klang und sie mit leisem Unbehagen an die Stimme ihres geschiedenen Mannes erinnerte. Es war ein junges Gesicht, obwohl keineswegs mehr jugendlich, wie ein Gesicht der Antike, mit großen, weiten und eng beieinander stehenden Augen, verbunden zudem durch den langen Bogen der Brauen, ein etwas byzantinisches Gesicht, gedankenvoll und stets ein wenig im Widerspruch zu den entschlossenen Bewegungen der Hände.

Ihre Hände wusch sie, sobald sie wieder zu Hause war und den Fisch gesäubert hatte. Mit einem nüchternen, praktischen Erkenntnisblitz wurde ihr klar, dass sie den Inspektor nicht anrufen würde, aber auch, dass ihr die Vorstellung unerträglich war, das Essen ganz allein für sich zu bereiten. Ohne nachzudenken, rief sie daraufhin Ferreras an, nicht sehr überzeugt vielleicht, dass sie ihn erreichen oder er die Einladung annehmen würde. Doch kaum hatte es einmal durchgeklingelt, ging er an den Apparat, und obwohl er zunächst ein wenig verblüfft war, denn dass er und Susana sich verabredeten, war cher ungewöhnlich, stimmte er sofort freudig zu, als habe sie ihn soeben vor etwas gerettet.

Normalerweise begegneten sie sich nur zufällig, gingen auf ein Bier oder einen Kaffee in die nächste Bar, plauderten angeregt über alte Zeiten, vor allem Ferreras, ohne jedoch an alte Wunden zu rühren, bis einer von ihnen auf die Uhr schaute und feststellte, dass es schon viel zu spät geworden war, sie kamen überein, sich einmal in Ruhe zu treffen, vielleicht zusammen zu essen, und dann trafen sie sich erst Wochen oder Monate später, wieder durch Zufall.

Er kam pünktlich um zwei, lebhaft und gebräunt, mit seiner weiten Motorradlederjacke, den Helm in der einen Hand und in der anderen eine Flasche Wein, immer noch ein wenig verwundert und dankbar für die Einladung, ein wenig neugierig auch, mit einem breiten Lächeln strahlend weißer Zähne in seinem wie von afrikanischen Sonnen gebräunten Gesicht, mit feuchten Haaren, die leicht nach Haarwasser dufteten, und mit einer raschen Bewegung, kaum dass er die Flasche überreicht hatte, umfasste er Susanas Taille und zog sie zu einem Kuss zu sich heran, obwohl er ihre Lippen mit den seinen nur streifte, mit seinem dichten Schnauzbart, der mittlerweile grau geworden war, genau wie seine zerzauste Mähne, stets aufgewühlt von stürmischen Winden, genau wie sein Gesicht, dieses Gesicht und diese draufgängerische Präsenz eines Kriegsberichterstatters und amazonischen Entdeckungsreisenden, der mit seiner Mutter und einer unverheirateten Tante zusammenlebte, der Angst vorm Fliegen hatte und dessen Reisen kaum über die Grenzen seiner Heimatprovinz hinausführten.

»Susana Grey«, sagte er später, als er ihr beim Kochen zusah und dabei Bier aus der Dose trank, als Tribut vielleicht an die Großmächtigkeit des Motorrads und seiner Lederjacke. »Susanita, so wie du mir damals gefallen hast, als wir diesen beiden noch die Treue hielten, die uns längst zu Idioten machten, hätten wir beide eigentlich was miteinander anfangen sollen.«

»Wenn ich mich recht entsinne, warst du ein kompromissloser Verfechter von Rundbetten ...«

»Ich war ein glühender Anarchist, aber rein virtuell natürlich, so wie heute mehr oder weniger«, lachte Ferreras, und die großen weißen Zähne in seinem braunen Gesicht machten das Lachen noch breiter. »Dein Ex und meine Ex predigten uns revolutionäre Askese, und sobald wir ihnen den Rücken kehrten, fielen sie übereinander her und praktizierten die freie Liebe oder den eheübergreifenden Fick, um es vornehmer auszudrücken.«

»Was sind wir beide doch für Idioten, uns nach all den Jahren daran noch zu erinnern.«

»Susana, Susanita«, Ferreras sprach den Namen mit beinah schamloser Zärtlichkeit aus, »in Wahrheit mochte ich dich viel lieber als meine Freundin. Ich mochte dich mit Brille und ohne, mit gerafftem und gelöstem Haar, dein Parfüm und deinen Champagner, den Geruch, den du aus der Schule mitbrachtest, und diesen Geruch, den du später an dir hattest, nach der Geburt, der Geruch von Säuglingen, der den Müttern anhaftet. Ein höchst lieblicher Geruch, Susana, von angesäuerter Milch, von Babycreme und Puder. Weißt du noch, wie ich einmal hierher kam, ich wollte etwas mit deinem Ex besprechen, der natürlich nicht zu Hause war, weil er es wahrscheinlich mit meiner Ex in der schon legendären Werkstatt für andalusische Töpferkunst trieb, vierhändig knetend sozusagen, na ja, du warst jedenfalls allein in der damals fast leeren Wohnung, in dieser, du allein mit dem Kind, das erst ein paar Monate alt war, wir plauderten ein bisschen, und dann fing das Kind an zu weinen, weil seine Stillzeit war, sagtest du, und du hast dir sehr diskret, aber vollkommen natürlich das Hemd aufgeknöpft und ihm zu trinken gegeben, ohne deine Brust ganz zu zeigen, klar, aber du hast auch nicht versucht, sie vor mir zu verstecken, und ich weiß noch, was für ein Gefühl das in mir ausgelöst hat, von Zärtlichkeit und zugleich Bitterkeit, ich schämte mich fast, dir ins Gesicht zu schauen, und fürchtete, du könntest glauben, ich wollte nur deine Brüste sehen ...«

»Ich habe dich eigentlich auch attraktiver gefunden als meinen Mann.« Susana hatte den Backofen ausgestellt und trank, an die Durchreiche der Küche gelehnt, einen Schluck von ihrem Weißwein. Es war nicht das erste Mal, dass sie eine solche Unterhaltung führten, die je nach Stimmung und den Schwankungen der Erinnerung variierte: Ihre Freundschaft bestand zum großen Teil aus dem Leerraum dessen, was nicht zwischen ihnen passiert war, und aus der Erinnerung an eine unfreiwillige und in immer weitere Ferne rückende Bindung, der einer gleichzeitig erfahrenen, von anderen begangenen Untreue. »Aber ich bekam jedes Mal Schuldgefühle, wenn sich meine Aufmerksamkeit auf dich richtete. Wie beschämend, dachte ich, dein Mann quält sich in seiner Töpferwerkstatt ab, kommt jeden Abend später nach Hause, von der Arbeit geplagt und von Schulden gedrückt, und du vergleichst ihn in dieser unvorteilhaften Situation mit seinem besten Freund... Habe ich wirklich dem Kind vor deinen Augen die Brust gegeben, als wir beide allein in der Wohnung waren?«

»Na klar, ich erinnere mich, als wäre es gestern gewesen.«

»Aber als Anarchist, der ständig Joints rauchte, hast du wegen so einer Unschicklichkeit doch kein schlechtes Gewissen gehabt.«

»Die Frau eines Freundes«, sagte Ferreras melancholisch und ein wenig sarkastisch, vielleicht auch mit einem gewissen Bedauern für sich selbst damals, das sich nicht sehr von dem unterschied, das Susana für sich empfand, »die Mutter seines Sohnes. Susana, Susanita. An jenem Tag hätte ich große Lust gehabt, deine Brüste zu küssen, an denen dein Sohn so genüsslich saugte. Wir zwei hätten uns zusammentun und die beiden anderen zum Teufel jagen sollen, anstatt dass sie uns in die Wüste schickten. Um die Wahrheit zu sagen, manchmal hege ich sogar noch Hoffnung, obwohl ich es selbst kaum glauben kann, es ist wie ein Rest von Jugendlichkeit, als ob der Herbst beginnt und man immer noch das Gefühl hat, erst am Anfang des Semesters zu stehen. Wie meine Mutter immer sagt, ich bin ein alter Junge, die Zeit ist über mich hinweggegangen. Aber als du mich heute angerufen hast, hat sich plötzlich der Himmel für mich aufgetan. Wenn ich dich treffe, fühle ich mich jedes Mal beschwingt wie ein Gymnasiast; ein Gefühl wie ›Es könnte doch ...‹. Ich habe die beste Flasche aus meinem Weinabonnement mitgebracht, du hast mir die Tür geöffnet, und ich habe gleich wieder deine Lieblingsmusik gehört, der Duft von dem, was du da im Ofen hast, dringt mir in die Nase, aber dieses hoffnungsvolle Gefühl hat sich keine fünf Minuten gehalten.«

»Ich bin ja auch zwölf Jahre älter als damals.«

»Unsinn. Das ist es nicht. Du bist jetzt viel schöner als mit zwanzig und noch was. Fertiger, profilierter, ausgereift, wie ebenfalls meine Mutter sagt. Ich bin das Gegenteil von denen, die blutjunge Mädchen anbeten. Du glaubst gar nicht, wie mich diese kindlichen Models aus der Jeanswerbung langweilen, die meine verheirateten Freunde und die Familienväter so heiß machen. Nein, es ist etwas anderes. Als ich dich gesehen habe, ist mir etwas Merkwürdiges klar geworden, ich weiß gar nicht, wie, weil ich in diesen Dingen ziemlich begriffsstutzig bin, ich habe eine Weile gebraucht, bis ich es erkannt habe. Ich habe dich angesehen, habe in deine Augen geschaut, habe diese Musik gehört, habe die Teller, das Besteck und das Tischtuch gesehen und habe gedacht, dass eigentlich nichts davon für mich ist. Du und ich, wir können offenbar nie zusammen sein, ohne dass jemand Unsichtbares zwischen uns steht.«

»Susana, Susanita«, sie mochte es, wie Ferreras ihren Namen ausgesprochen hatte. Jetzt wartete sie auf jemanden, von dem sie ihn eigentlich noch nie gehört hatte. Wie ungerecht ging es doch bei den Freundschaften zwischen Mann und Frau, welche verborgenen Asymmetrien es da gab, die immer auch gleich erniedrigend waren: Noch demütigender als eine klare Absage an die Hoffnungen des Begehrens war vielleicht die Haltung unbekümmerter Freundschaft, die Begehren von vornherein ausschloss, es gar nicht groß in Betracht zog. *Just friends, lovers no more,* hatte Ella Fitzgerald in einem ihrer Lieder gesungen, als sie plaudernd in der Küche standen, beide mit einem Glas in der Hand an die Durchreiche gelehnt, instinktiv eine körperliche Distanz wahrend, was bei Ferreras ein wenig nach Kapitulation vor jemand anderem aussah, von dem er weder wusste noch ahnte, wer er war, einer dieser unsichtbaren Jemande, die den leeren Raum zwischen Susana und ihm ausfüllten. Aber sein Geständnis von Verlangen und zärtlicher Zuneigung, die von ihr nicht erwidert wurden, hatte ihr geschmeichelt, hatte ihr, wie ein vorteilhafter Spiegel, ein ermutigendes Bild ihrer selbst, ihres attraktiven Äußeren zurückgegeben, dessen sie so dringend bedurft und an dem sie so sehr gezweifelt hatte. Auf diese Weise, dachte sie hinterher, als Ferreras gegangen war und der Samstagnachmittag sich kläglich einem regnerischen Abend zuneigte, wendet sich das nicht erwiderte Verlangen eines Mannes automatisch gegen ihn, denn anstatt ihn der begehrten Frau näher zu bringen, bestärkt es sie in ihrem heimlichen Willen, für einen anderen begehrenswert zu sein.

Am Sonntagmorgen rief sie ein paar Mal den Inspektor an: Während sie dem anhaltenden nutzlosen Klingeln lauschte, fiel ihr ein, dass er ihr gesagt hatte, sonntags besuche er seine Frau im Sanatorium. Sie verbrachte den ganzen Tag allein und zurückgezogen, sprach mit niemandem, zog Stille und Lesen der Musik vor, ging nur einmal aus dem Haus, um die Zeitung zu kaufen, der sie den Großteil eines kurzen verfaulenzten Nachmittags widmete, unterbrochen von gedämpften melancholischen Phasen. Nachdem sie eine Kleinigkeit zu Abend gegessen hatte, trank sie ein letztes Glas von dem ausgezeichneten Wein, den Ferreras mitgebracht hatte, und schaute sich im Fernsehen *Jenseits von Afrika* an, hauptsächlich aus einer alten Treue zu Robert Redford.

Als um Mitternacht das Telefon klingelte, tat ihr Herz einen Sprung. Als sie frage, wer am Apparat sei, legte der Anrufer auf. Mit einem Mal wurde die Einsamkeit ungemütlich und feindlich, ihre Wohnungstür zerbrechlich, die Nacht hinter den Fenstern so bedrohlich wie das Telefon an ihrem Bett. Sie mögen Telefone, hatte der Inspektor gesagt: Jeder Mensch kann mit einem simplen Telefonanruf ungestraft und ohne jeden Aufwand terrorisiert werden. Gegen ihre Gewohnheit schob sie die Riegel vor, ehe sie schlafen ging. Sie löschte das Licht und das Dunkel der leeren Wohnung, des Flurs hinter ihrer angelehnten Schlafzimmertür machte ihr Angst. Wenn sie nicht sofort eine Schlaftablette nahm, würde sie den tristen Arbeitsmontag mit aufgesperrten Augen heraufziehen sehen.

Als sie am Nachmittag des folgenden Tages von der Schule nach Hause kam, sah sie ihn, ohne dass er sie bemerkte, an einem unerwarteten Ort, einem schäbigen Spielplatz, auf dem ohne weiteres auch Fatima einmal gespielt haben mochte, da er nicht weit von ihrem Haus entfernt lag, eine fest gestampfte Freifläche zwischen zwei Wohnblocks, mit ein paar Bänken, kaputten Papierkörben, einem Springbrunnen ohne Wasser, ein paar verrotteten Rutschen und Schaukeln, an denen Kinder auf ihrem Heimweg von der Schule spielten, einige kleinere auch, von einem Grüppchen junger Mütter bewacht, die zusammen plauderten und rauchten. In einer etwas entlegeneren Ecke saßen ein paar Jugendliche auf dem Boden und ließen einen Karton Wein herumgehen, palaverten über etwas mit brüskierenden Gesten und obszönen Worten, bemüht, möglichst vulgär zu wirken. Susana schätzte ihr Alter ungefähr auf das ihres Sohnes. Den einen oder anderen von ihnen hatte sie unterrichtet, als sie so alt waren wie die Kinder, die jetzt an den Rutschen und Schaukeln spielten. Der wolkenverhangene Nachmittag hinterließ ein schmutziges Winterlicht und einen genauso heruntergekommenen Eindruck wie die zerbrochenen Laternenkugeln aus Plastik und der nackte Erdboden, übersät mit leeren Papiertüten, Abfall und Blättern, die der Wind von fernen Bäumen hinübergeweht hatte, denn auf dem Spielplatz gab es keinen einzigen.

Und dahinten stand er, in einer merkwürdigen Haltung, ein lauernder Eindringling, der nicht unbemerkt bleiben konnte mit seinem dunkelgrünen Anorak, seinen derben Schuhen eines Wanderers durch die rauhe Gestrüpplandschaft des Nordens, aufmerksam beobachtend offenbar, doch zugleich vollkommen selbstvergessen, so als befinde er sich nicht wirklich dort, wo er stand, etwas verschwommen oder unbestimmt in seiner eigenen Unangemessenheit. Seine Blickrichtung verriet nicht, was er beobachtete, ob er überhaupt etwas beobachtete oder ob er einfach nur dastand inmitten der Dinge, die ihn umgaben, die Stimmen der Frauen, das Geschrei der Kinder, der winterliche Spätnachmittag Ende November.

Während sie die Überraschung abklingen ließ, nutzte Susana ganz bewusst den Vorteil, ihn so nah vor sich zu sehen, ohne von ihm bemerkt zu werden: Einen Bekannten auf der Straße zu beobachten, der sich allein glaubte, schien ihr ein ebenso tadelnswerter Vertrauensbruch zu sein, wie seine Post zu öffnen, allerdings auch genauso verlockend. Er trug den Anorak offen, hatte beide Hände in den Taschen und den

Kragen hochgeschlagen. Die Kälte betonte seine eingefallenen Wangen und auf den Backenknochen eine rötliche Tönung von angelsächsischer Haut. Er hatte die Stirn gerunzelt und die Augen zusammengekniffen, sein Blick war zu Boden gerichtet, dann wieder hob er ihn zu den Rutschen und zu den jungen Müttern, doch etwas schien ihn so in Anspruch zu nehmen, dass er in Wirklichkeit nichts sah, auch Susana nicht sah, als sie winkend auf ihn zuging. Eine der Frauen fasste ihn jetzt ins Auge, nicht besonders aufmerksam, aber doch ein wenig argwöhnisch. Ein Gummiball war vor seine Füße gerollt, und er bückte sich, um ihn einem vier- oder fünfjährigen Jungen zurückzugeben, mit einer flüchtigen Handbewegung strich er ihm über das Haar. Seltsam, dass er selbst keine Kinder hatte.

Als er Susana endlich sah, brauchte er ein paar Sekunden: Er blieb reglos, brachte nur langsam ein Lächeln und ein paar Worte zustande, doch sie gab ihm mit wohl kalkulierter Ungezwungenheit zwei Küsse, entschlossen, diesmal nicht in lähmender Förmlichkeit zu erstarren. So eine Überraschung, sagte sie, als ob du nach mir gesucht hättest, und er schüttelte sofort den Kopf, als habe man ihn bei einer Torheit ertappt, erkannte dann jedoch, dass allzu heftiges Verneinen unhöflich war, und um seine Ungeschicklichkeit auszugleichen oder um sich aus der Verlegenheit zu retten, nahm er seinen Mut zusammen und schlug ihr vor, einen Kaffee trinken zu gehen. Ganz in der Nähe gebe es eine annehmbare Konditorei, sagte Susana, und falls er nicht zu beschäftigt sei, könnten sie dort ein Kaffeekränzchen im alten Stil veranstalten, Kaffee und Kuchen oder Sahnegebäck.

Als sie ihm an dem kleinen Tisch in der Konditorei gegenübersaß, hatte sie plötzlich das untrügliche Gefühl, die zufällige Begegnung mit ihm sei von entscheidender Bedeutung.

Zum ersten Mal wirkte er in seiner Bedrücktheit oder seinem Zweifel zugänglich, nicht mehr abgeschirmt durch die Fiktion professioneller Distanziertheit, so als könne oder wolle er sich, nachdem sie ihn auf dem Kinderspielplatz überrascht hatte, nun nicht mehr auf diese Art inneren Beobachtungsposten zurückziehen, auf dem er anscheinend lebte. Der Blick, mit dem er sie jetzt anschaute, war ein anderer, er lag nicht mehr nur auf ihren Augen, verweilte auch auf ihrem Mund und ihren Händen, auf dem kurzen Ausschnitt ihrer Bluse, und er lauschte ihr mit dem Anflug eines Lächelns auf den Lippen, dessen er sich ebenso wenig bewußt war wie der neuen Intensität, die jetzt aus seinen Pupillen sprach. Was hast du auf dem Spielplatz eigentlich gemacht, fragte sie, und seine Antwort kam in demselben ungewollt vertrauten Ton wie die Frage, entwickelte sich zu einem mutlosen Geständnis.

»Was schon. Ihn suchen. Das tue ich die ganze Zeit. Seit fast zwei Monaten fahnde ich nach ihm und bin nicht viel weiter als zu Beginn. Ein Freund hat mir gesagt: Suche seine Augen. Ein Mensch, der so etwas getan hat, kann nicht denselben Blick haben wie andere. Aber ich laufe durch die Straßen und habe allmählich den Eindruck, alle Augen, in die ich starre, könnten die eines Mörders sein, oder niemand ist es, er hat die Stadt längst verlassen, und ich finde ihn nie. Ich kenne die Gesichter der gesamten Verbrecherkartei auswendig, die ich dir im Polizeipräsidium gezeigt habe. Ich war in allen Nachtclubs und habe mit den Prostituierten auf dem Straßenstrich gesprochen, ob sie sich an einen absonderlichen Kunden erinnern, einen, der sich von den gewöhnlichen unterschied, der zum Beispiel impotent war. Das haben wir aus den Zeitungen raushalten können. Ferreras sagt, dass er nicht in das Mädchen eingedrungen sei, er hatte nicht einmal einen Erguss. Aber du fragst die Huren, ob sie es einmal mit einem merkwürdigen

Typen zu tun gehabt haben, und sie lachen dich aus und sagen, einen normalen Mann hätten sie noch nie gesehen. Jetzt treibe ich mich während der Pausen an Schulhöfen herum oder beobachte Männer, die ihrerseits durch die Gitterzäune spähen. Einige davon sind Päderasten, ich kenne ihre Gesichter aus der Kartei, aber mich kennen sie noch nicht, ich glaube, sie halten mich für einen der Ihren. Sie tun eigentlich nichts, schauen bloß, und würde ich sie nicht von dem Foto kennen, käme ich nie auf die Idee, sie könnten verdächtig sein, so korrekt gekleidet, wie die sind, und so alt, einer ist schon neunundsiebzig. Aber diese Kerle würden so etwas nie wagen, sie haben auch gar nicht solche Kraft in den Händen. Mittags oder nach Schulschluss gehe ich auf Kinderspielplätze, aber im Präsidium sage ich nichts davon, sie würden mich nur für einen Trottel halten. Anstatt im Monterrey zu essen, kaufe ich mir ein Sandwich und eine Dose Cola und setze mich auf einen Spielplatz, wenn es nicht regnet. Ich habe alle Plätze auf einem Stadtplan markiert und sitze stundenlang da und seh mir die Gesichter der Leute an, und manchmal erblicke ich jemanden, der der Gesuchte sein könnte, ein junger Mensch, der so eine gewisse Art hat, sich umzuschauen, sich allzu sehr für die kleinen Jungen und Mädchen interessiert, ihnen auf die Rutsche hilft, ihnen etwas anbietet, Bonbons oder Kerne, es gibt aber auch ganz ehrbare Männer, die das tun und die weder Päderasten noch Exhibitionisten sind. So verrinnen die Stunden, ich denke daran zu verschwinden, meine Füße sind eiskalt, einige der Mütter beobachten mich schon, aber ich gehe nicht, warte noch ein bisschen, bis es dunkel geworden ist und keine Kinder mehr auf der Straße sind, und wenn ich losgehe, suche ich weiter und gelange irgendwann an einen Punkt, da sehe ich eigentlich gar nichts mehr, nur noch Gesichter, immer nur Gesichter, und ich sehe sie auch nachts noch, wenn ich beim

Einschlafen die Augen zumache, und später träume ich von ihnen, manchmal werde ich von einem dieser Gesichter wach, weil ich geträumt habe, dass es genau das ist, welches ich suche, und ich will es nicht vergessen, sehe es deutlich vor mir, unglaublich, denke ich, dass es mir nicht früher aufgefallen ist, ich muss sichergehen, dass ich es am nächsten Tag nicht vergessen habe, kann unmöglich warten, bis ich am nächsten Morgen im Büro bin, also liege ich um fünf Uhr morgens wach und kann nicht mehr einschlafen. Ich habe darüber nachgedacht, als du gekommen bist, deshalb habe ich dich erst nicht gesehen, ich dachte, den findest du nie, und das Mädchen liegt schon seit zwei Monaten unter der Erde. Bei einer Fahndung ist die Zeit dein größter Feind, nach jedem Tag, der vergeht, ist es schwieriger, etwas herauszufinden, Spuren werden zerstört, Zeugen gehen dir verloren, Beweise verschwinden, die Leute vergessen, und wir selbst werden nachlässiger, müssen andere Fälle bearbeiten, alles verschwimmt, und irgendwann ist es dann zu spät. Aber ich werde nicht vergessen, ich habe kein Recht dazu. Jeden Morgen stelle ich mir aufs Neue die Aufgabe, mich zu erinnern, denselben Zorn zu empfinden wie am ersten Tag, als wir Fatima fanden, aber ich habe das Gefühl, ihrem Vater immer ähnlicher zu werden, nichts anderes zu tun, als auf meine Hände zu starren, wie er es neulich Abend getan hat, erinnerst du dich?«

Seine rechte Hand lag auf dem Tisch, während er sprach, die Finger trommelten leicht auf der Decke, ein nervöser Reflex, der ihr schon früher aufgefallen war. Ruhig und entschlossen legte Susana ihre Hand auf die des Inspektors, drückte sie sanft, bis die Bewegung erstarb.

»Ein Verbrechen begehen und ungestraft davonkommen ist relativ einfach«, sagte der Inspektor, seine Hand jetzt regungslos unter der von Susana, mit unstetem Blick, vor allem aus Scham. »Umso mehr noch, wenn kein Motiv erkennbar ist und außerdem der Täter nicht aus Verbrecherkreisen stammt. Polizisten und Gewohnheitsverbrecher kennen sich, genau wie ihr Lehrer euch kennt, nehme ich an. Vergiss diesen ganzen wissenschaftlichen Fortschritt, von dem Ferreras so angetan ist. Gewöhnlich wird ein Kriminalfall durch die älteste und primitivste aller Vorgehensweisen gelöst, nämlich durch Anschwärzen. Ist der Kriminelle aber ein Einzelgänger, gibt es keine Zeugen und keine Akte über ihn, dann ist die Wahrscheinlichkeit groß, dass er ungestraft davonkommt.«

»Ich stelle mir immer diese Mörder vor, die alles einkalkuliert haben und dennoch einen einzigen entscheidenden Fehler begehen ...«

»Kino«, lächelte der Inspektor. »Die Filme im Kino haben den Leuten das Hirn korrumpiert. Einen Menschen zu töten ist in Wirklichkeit recht einfach, daran ist nichts bemerkenswert oder anziehend, nicht einmal auf eine morbide Weise. Was mich im Kino anwidert, ist die Tatsache, dass es Verbrechen als Sensation darstellt, während es in Wirklichkeit nichts als grausamer Pfusch ist, wie beim Stierkampf, wenn der Stier nicht sofort stirbt und weiter besinnungslos auf ihn eingestochen wird, nur weil man nach Hause will oder weil es dunkel wird. Außer den Terroristen und den gedungenen Mördern der Mafia plant niemand seine Tat. Und oft genug ist es ihnen auch egal, ob es Zeugen gibt oder nicht, Zeugen reden ohnehin nicht. Der normale Mensch hat Angst, ist leicht einzuschüchtern. Mit einer Pistole oder einem Messer in der Hand ist jeder allmächtig, es ist überhaupt nichts Besonderes, andere zu terrorisieren oder umzubringen. Man braucht nicht einmal ein Messer: Ein Schrei, eine Geste, und das Opfer ergibt sich. Die Kraft der Hände reicht. Du hast nicht die Druckmale an Fatimas Hals gesehen.«

»Möglicherweise suchst du nicht richtig«, sagte Susana ein wenig unbedacht und bereute sogleich ihre Worte: Was wusste sie von der Arbeit anderer, um darüber ein Urteil zu fällen! Doch in dem Blick des Inspektors lag die Aufforderung weiterzusprechen.

»Vielleicht achtest du nicht genug auf die Dinge um dich herum«, fuhr sie fort. »Vielleicht glaubst du nur zu sehen, und in Wirklichkeit siehst du gar nicht, bist du von deiner Suche besessen, dass du von deiner Umgebung nichts mehr wahrnimmst. Du hast mir doch erzählt, dass dieser Mensch über die Straße ging, Fatima dabei festhielt und sich das Blut von der Hand leckte, aber gesehen hat ihn nur diese Frau und sonst niemand von all den Menschen. Die Leute achten nicht auf das, was andere tun oder sagen.«

»Sie haben Augen und sehen nicht«, sagte der Inspektor in Gedanken an Pater Orduña. »Sie haben Ohren und hören nicht.«

»Vor allem die Männer. Männern fällt noch weniger auf als Frauen.«

»Du bist mir aufgefallen.«

»Ach ja?« Susana lächelte ungläubig, geschmeichelt. »Das glaube ich nicht. Dein Blick ist zwar sehr aufmerksam, aber man hat immer den Eindruck, du siehst oder denkst an etwas anderes.«

Ihr Knie war unter dem Tisch an das seine gestoßen, keiner von ihnen nahm seines zurück. Plötzlich lastete auf ihnen die Schwierigkeit, das Gespräch fortzuführen, und jede weitere Sekunde des Schweigens drohte alles zunichte zu machen. Der Inspektor sagte, er müsse ins Büro zurück. Er rief den Kellner mit einer Geste der linken Hand, um nicht die andere bewegen zu müssen, die noch immer still unter der von Susana ruhte. Händchen halten, dachte sie mit wachsendem

Entsetzen und kam sich so lächerlich vor, unter dem Plastiktischchen einer Konditorei füßeln wie späte Verliebte, wie Verlobte von früher, freudlose Pärchen von ledigen Frauen und verwitweten Männern, die mit notariatskanzleilichem Gram zur Eheschließung kamen.

»Ich kann dich im Auto mitnehmen«, sagte Susana. »Ich parke hier ganz in der Nähe.«

»Lass nur, es sind ja keine zehn Minuten.« Sie hatten ihre Hände schließlich voneinander gelöst, und ihnen blieb nur noch die Zeit, bis er sein Wechselgeld herausbekam. »Ein Spaziergang tut mir ganz gut.«

»Wie geht es deiner Frau?«

»Unverändert, denke ich.« Er war ein wenig rot geworden, hielt ihrem Blick jedoch stand. »Ich glaube, sie hat jeden Bezug zur Realität verloren.«

Sie standen auf dem Gehweg, schon dunkle Nacht, im Lichtschein des Schaufensters der Konditorei, wieder einmal unfähig, zwanglos Lebewohl zu sagen oder sich offen dem Abschied zu verweigern, beide bereits ihrer persönlichen kleinen Blamage ausgeliefert, dem einsamen Vorwurf einiger Minuten später, wenn sie sich wirklich verabschiedet haben würden und das Schweigen, die quälende Unentschlossenheit nicht mehr rückgängig zu machen wären.

»Ich schulde dir eine Einladung zum Abendessen«, sagte der Inspektor.

»Dazu wirst du doch weder Zeit noch Lust haben, bei deiner ganzen Arbeit.« Die Prise Sarkasmus in Susanas Worten war nicht zu überhören.

»Heißt das, du nimmst nicht an?«

»Noch hast du mich nicht eingeladen.«

»Wähl du den Tag und den Ort.«

Susana zuckte die Achseln und stieß ihre Hände mit einer Geste, die Niedergeschlagenheit oder Ablehnung oder erschöpfte Geduld ausdrückte, tief in die großen Taschen ihres Dufflecoats. Ohne es recht zu merken, waren sie fast bis an ihre Haustür gelangt.

»Das sagt man, wenn man die Dinge hinausschieben möchte«, sagte sie. »Wenn man eigentlich gar nicht will oder es einem nicht viel bedeutet. Fühlst du dich nie einsam in dieser Stadt? Was tust du, wenn du nicht arbeitest? Kommst du nie nach Hause und hast Lust, gleich wieder hinauszugehen, dich mit jemandem zu treffen, einen zu trinken und bis in die Nacht zu quatschen?«

Wieder standen sie steif und unbefangen auf dem Gehweg, so wie am ersten Abend und möglicherweise wie immer, fürchtete sie, unfähig, den Fluch des Lebewohls, die Starre des Abschieds abzuschütteln, die ohne das geringste Zeichen von Zärtlichkeit oder körperlicher Annäherung verlaufen. Aber sie hatte keine Zeit mehr und auch keine Lust, von vornherein auf etwas zu verzichten, worauf sie Lust hatte, noch konnte sie sich den Luxus oder die mangelnde Risikofreude des Anstands und der Zurückhaltung leisten, oder der Feigheit, die manchmal diese Namen bekommt. Ohne sich so weit zu erniedrigen, verstohlen um sich zu blicken, ob irgendeine Nachbarin sie beobachtete, trat sie einen Schritt auf ihn zu und küsste ihn auf den Mund, wobei sie ihn zwar nicht an sich drückte, wohl aber ihre Hand in seinen Nacken legte und ihn zu sich heranzog, die Fingerkuppen auf seiner rauen Haut unter dem kurzen grauen Haar, mehr eine Forderung als zärtliche Geste.

»Möchtest du, dass ich mit raufkomme?« Die Stimme des Inspektors klang dunkel, als sie sich voneinander lösten. Er hatte geschluckt, bevor er sprach, immer noch überrascht, über seine eigene Kühnheit erschrocken.

»Machen wir Folgendes«, sagte Susana, ganz ruhig jetzt, verwegen, hellsichtig, ermutigt, entschlossen. »Wenn du nicht willst, sag es mir und nichts passiert. Ich möchte nicht, dass du jetzt mit in meine Wohnung kommst, sie ist weder sehr aufgeräumt noch besonders sauber. Außerdem bin ich erschöpft, es ist Montag, und ich habe letzte Nacht schlecht geschlafen. Du siehst auch nicht gerade frisch aus und hast viel zu tun, wer weiß, ob du nicht nur aus Höflichkeit gesagt hast, du wolltest mit mir nach oben gehen, und in Wirklichkeit wünschst du dir nur, ins Büro zu kommen oder allein in deiner Wohnung zu sein. Es ist schon lange her, dass mir ein Mann wirklich gefallen hat. Ich weiß, wie sehr ich dich mag, aber ich weiß nicht, wie sehr du mich magst. Wenn du willst, erwarte ich dich morgen Nachmittag. Nicht hier, weil die Nachbarinnen neugierig und vertratscht sind und weil die eine oder andere die Mutter eines Schülers von mir ist. Ich werde ein Zimmer im La Isla de Cuba reservieren und schon da sein, wenn du kommst. Wenn du nicht willst, sag es mir jetzt. Ich werde es verstehen und es wird nichts passieren. Wenn du nein sagst, kann ich jede Erklärung akzeptieren, die du mir gibst. Ich glaube nicht, dass es mich sehr schmerzen würde, denn noch bin ich nicht sehr in dich verliebt. Wie spät ist es jetzt?«

»Es ist gleich sieben.«

»Dann erwarte ich dich morgen um dieselbe Zeit.«

»Wir könnten zusammen fahren.«

»Ich möchte lieber allein hinkommen. Mir gefällt die Vorstellung, dich dort zu erwarten.«

Sie küsste ihn noch einmal hastig auf die Lippen, drückte die Tür auf und verschwand im Haus, ohne noch einmal einen Blick zurückzuwerfen.

Jetzt war es gleich halb acht und sie wartete immer noch. Der zur Hälfte geleerte Gin Tonic war warm geworden, die Eiswürfel waren in der längst nicht mehr sprudelnden Flüssigkeit geschmolzen. Vielleicht kam er ja doch nicht. Er hatte es ihr zu keiner Zeit versprochen. Im Fenster stand der Vollmond dick und rund wie ein aus Karton geschnittener Mond vor einem dunkelblauen Bühnenhimmel. Das Rauschen des Flusses klang sehr nah, die von den Regenfällen geschwollenen Fluten rissen an den Ufern Steine und Äste los. Ihr war, als höre sie durch das Brausen des Wassers das Motorengeräusch eines Autos, das ferne Pfeifen eines Zuges. Mutlos plötzlich und gehetzt wie jemand, der am Nachmittag zu lange geschlafen hat und erwacht, wenn es draußen schon dunkel geworden ist, mit einem bitteren Geschmack im Mund und einem zerrütteten Zeitgefühl ging sie ins Bad, um sich die Zähne zu putzen und den Nachgeschmack des Alkohols loszuwerden, betrachtete sich mit vorsätzlicher Objektivität und Ironie im Spiegel und wandte entmutigt den Blick sogleich wieder ab. Sie würde sich das Abendessen aufs Zimmer bringen lassen, sich ein bisschen mit Rotwein betrinken, am Morgen lange schlafen und in der Schule anrufen und sich krankmelden. Zwanzig nach acht. Er hätte wenigstens eine Ausrede erfinden, sich eine glaubwürdige, annehmbare Lüge ausdenken können. Ob er in seinem Büro saß und auf das Telefon starrte, unfähig anzurufen oder in der Furcht, sie könne anrufen? Sie war gerade dabei, ihre Lippen noch einmal nachzuziehen, als sie ein verhaltenes Klopfen an der Tür vernahm. Sie fragte nicht, wer da sei, sondern ging die Tür öffnen ohne die geringste Furcht vor der Enttäuschung, das Gesicht des Hotelboys oder eines Zimmermädchens vor sich zu sehen. An dieser Art zu klopfen erkannte sie ihn so unfehlbar, als habe sie seine Stimme gehört.

22

Alles exakt, verdoppelt, identisch, alles Wiederholung und Gleichzeitigkeit, wie das Aufwachen bei jedem Tagesanbruch mit der roten Digitalanzeige in der doppelten Dunkelheit des Zimmers und des Spiegels und der säuselnden Stimme im Radio, oder wie ein Traum, an den man sich erinnert, während man ihn träumt. Genau wie im Traum scheint alles im Kopf abzulaufen, ohne Einwirkung von außen, ohne dass jemand etwas weiß oder sieht oder die vom Traum diktierten Anweisungen missachtet, diktiert vom Willen oder der Laune dessen, der dies alles träumt. Die aufgerissenen Augen blicken nach oben, nicht zum Gesicht, sondern auf das Klappmesser, das wie ein Blitz im Licht des Fahrstuhls aufgezuckt ist, auf die Hand, die ihn mit einem Schlag zwischen zwei Stockwerken zum Stehen gebracht hat, beider Atmung überlaut in dem engen geschlossenen Raum aus Metall, übermalt, damit es wie Holz aussieht, billiges Blech, das unter dem Faustschlag einen hohlen Ton von sich gibt. Es ist einer dieser alten Fahrstühle, die keine Sicherheitstür haben, sodass auf einer Seite der Zement einer Mauer zu sehen ist, was ihm ein zwar irrationales, doch mächtiges Gefühl von Schutz und Zuflucht verleiht, so als befinde er sich in einem tiefen Schacht oder einem gepanzerten Tunnel und nicht in einem Mietshaus, in dem er jeden Moment überrascht werden kann. Niemand hat ihn beim letzten Mal überrascht, niemand hat ihn angehalten, und jetzt ist alles so vollkommen gleich, dass er in das Gesicht des Mädchens schaut und das des anderen sieht, nicht das aus dem

Fernsehen und den Zeitungen, sondern das wahre, an das er sich bisher selbst nicht mehr erinnert hat, das in jenem anderen, mit diesem identischen Fahrstuhl zu ihm aufschaute und anfangs noch keine Furcht zeigte, ein paar Sekunden lang eher neugierig als erschrocken über das Messer und den angehaltenen Fahrstuhl war und auf dem der Schrecken sich erst abzuzeichnen begann, als sie das Blut von seiner Hand tropfen sah.

Alles identisch, das Messer, das zum Hals hinabfährt, doch diesmal nicht so tief wie beim letzten Mal, das ist eine unerwartete Anomalie, eine ärgerliche Unregelmäßigkeit, nichts Schlimmes allerdings, kaum mehr als die Folge einer fehlerhaften Fokussierung. Dieses Mädchen ist größer, eigentlich gar kein Kind mehr, seltsam, dass ihm das erst jetzt auffällt, wie wenn im Schummerlicht einer Whiskybar eine aufreizende Frau mit schwellenden Brüsten zu ihm tritt, und im nächsten Augenblick ist sie eine Alte mit faltigem Hals und weizengelb gefärbtem Haar. Sie ist größer als die andere, kaum mehr als einen Kopf kleiner als er, unter ihrem Hemd zeichnen sich schon Brüste ab, sie trägt keinen rosa Trainingsanzug, sondern ein Hemd und darüber eine offene Strickjacke, sie zeichnen sich deutlich ab, wenn auch nicht viel, fangen wohl gerade an zu wachsen, genau wie er immer sagt, heutzutage wachsen den Weibern die Titten früher als die Zähne. Ihr Haar ist schwarz, wie das der anderen, viel länger allerdings, kräftiges Haar, als er daran zerrt, um sie auf die Knie zu zwingen, und der Nacken ist genauso zart, alles wiederholt sich trotz der Abweichungen, der zwischen zwei Stockwerken angehaltene Fahrstuhl und das Messer und die von seinem Willen ebenso wie der Fahrstuhl angehaltene Zeit, auch das Blut in seiner rechten Hand, das aus einem feinen Schnitt in der Handfläche quillt, obwohl nicht so heftig wie beim vorigen Mal, er hat sie sich an der Klinge seines Messers aufgeritzt und es zuerst nicht einmal bemerkt, er leckt das Blut ab, es schmeckt genau wie beim letzten Mal, und während er sie auf die Knie zwingt, nimmt er in seiner Handfläche den Geruch von Blut und Fisch und auch vom Schweiß der Erregung wahr, in der Eingeschlossenheit dieses engen Käfigs, schnell, sagt er, mach mir die Hose auf, welche Macht, der Reißverschluss seiner engen Jeans will schier platzen, sie kniet jetzt vor ihm, ihr Gesicht auf der Höhe seiner Leistenbeuge, aber sie tut nichts, die aufgerissenen Augen starren auf das Messer, auf das Blut, das aus seiner Handfläche quillt, und er muss ihr einen Stoß in den Nacken geben, jetzt, ja, jetzt, er kann nicht länger warten, ist so erregt, dass es ihn fast zerreißt wie diese Typen mit den gewaltigen Erektionen aus den Illustrierten und Filmen, die eine Frau bespringen, wo es sie gerade überkommt, in einem Aufzug oder gegen eine Wand, er presst ihr Gesicht an seine Hose, hört sie wie durch einen Knebel keuchen, aber sie tut noch immer nichts, bewegt ihre Hände nicht, macht sich noch nicht einmal an seinem Reißverschluss zu schaffen, und dann hört man Schläge, wütende Schläge gegen Metalltüren, Schläge und Stimmen von unten, aus dem Erdgeschoss sicher, jemand wartet auf den Fahrstuhl und hat die Geduld verloren. Erst jetzt treffen sich ihre Blicke, ohne ein Wort reißt er sie an den Haaren nach oben, zwingt sie auf die Beine, von der Gefahr aufgeputscht, nicht erschrocken, unverwundbar wie in einem Traum, er wischt sein Blut an ihrem glatten schwarzen Haar ab, die Klinge des Messers an ihrem Hals, drückt auf den Knopf für das oberste Stockwerk, die Schläge von unten hallen jetzt noch lauter herauf, und er weiß nicht, ob er sie beim letzten Mal auch gehört hat. Er versucht sich zu erinnern und handelt zugleich, sieht vor seinen Augen dasselbe, was er schon vor zwei Monaten gesehen hat, einen Treppenabsatz, fast völlig finster, verschlossene Wohnungstüren, abweisend wie Grabplatten, mit Gucklöchern, durch die kein Mensch nach draußen späht. Der Aufzug fährt hinunter, gehorcht jetzt dem Ruf des Hausbewohners, der unten so wütend gegen die Tür geschlagen hat, nun herrscht vollständige Dunkelheit, zuerst, dann, nach und nach, werden Gegenstände erkennbar, wie auch Geräusche hörbar werden in dem, was bisher nur von Keuchen erfüllte Stille war, durch die geschlossenen Türen dringt gedämpftes Kindergeschrei, das Lärmen von Fernsehern und Küchengeklapper, fern jedoch alles, während sie die Treppen hinuntersteigen, die düster sind wie im Turm oder in den Gewölben eines Schlosses. Kein Mensch begegnet einem auf den hohen Treppen eines Mietshauses, wenn nicht gerade der Fahrstuhl außer Betrieb ist. Niemand weiß, was in diesem dunklen Treppenhaus, jenseits des vor den Wohnungstüren kurz aufschimmernden Lichts, vor sich geht. Beinah tastend gehen sie voran, streifen die Wand, der Arm des Mädchens auf den Rücken gedreht, die Knochen des Handgelenks so zerbrechlich wie beim vorigen Mal, wie die dünnen Knöchelchen eines Vogels, er bräuchte nur ein wenig fester zuzudrücken, und der Arm würde wie ein Wirres Schilfrohr brechen, wie der Rückenwirbel eines Fisches, er drückt und weiß genau, wann er aufhören muss, damit der Knochen nicht bricht, wie er auch genau weiß, wie fest er die Klinge des Messers an den Hals drücken darf, ohne dass es die Haut einschneidet. Eigentlich muss er gar keine große Kraft aufwenden, der nicht mehr ganz kindliche Körper fühlt sich schlaff und nachgiebig an wie ein weicher Lappen, er hat ihr ins Ohr geflüstert, wenn sie schreie, werde er ihr die Kehle durchschneiden, und sie hat wild mit dem Kopf geschüttelt, hat ihn aus aufgerissenen, tränenglasigen Augen angesehen, und er befiehlt ihr jetzt, auf einem Treppenabsatz stehen zu bleiben, wo es nur ein Riffelglasfenster gibt, das wahrscheinlich auf einen Hinterhof geht und nur wenig Licht hereinlässt, an das die Augen sich schnell gewöhnen, ein Licht, in dem er ihr angstverzerrtes Gesicht ganz nah vor sich sieht, es ist wie hypnotisiert, gefügig, die Miene erstarrt, der Mund weit offen, keuchend, unfähig jedoch, ein Wort zu artikulieren oder einen Schrei auszustoßen, die schimmernde Klinge fährt sanft über ihre Wange, als zeichne sie die Form einer Wunde, einer zukünftigen Narbe vor. Ganz in der Nähe das Geräusch des Fahrstuhls, aber er hört es nicht, beachtet es nicht, das Treppenhauslicht geht an mit dem Tacktack eines Metronoms, man hört nahe Stimmen, Schritte, Klimpern von Schlüsseln, ein oder zwei Stockwerke tiefer, sie hören es beide, das Messer am Gesicht, beider Augen nah voreinander, gleichzeitiges Atmen, zunehmender Druck auf das Handgelenk, die stählerne Schneide drückt in die Haut, während einige Schritte entfernt jemand aus dem Fahrstuhl tritt und seine Wohnungstür öffnet, die Stimmen und Gerüche eines Alltags empfangen ihn, die Verheißung eines erschöpften Ausruhens, des Abendessens und danach der Schläfrigkeit vor dem Fernseher: Wer ahnt schon, was etwas weiter im Dunkeln passiert, wo kein Licht hindringt, hinter einer geschlossenen Tür, auf dem Absatz einer Treppe, die nie jemand benutzt. Die Tür ist ins Schloss gefallen, und er lockert den Druck um das Handgelenk und senkt das Messer, komm, sagt er wieder und stößt sie mit seiner großen, kräftigen Rechten zu Boden, mach mir den Reißverschluss auf, und im selben Moment erlöscht das Licht im Treppenhaus, und sekundenlang sehen sie wieder nichts: Er hört sie schluchzen, sie begreift nicht oder weiß nicht, aber wieso soll sie nicht wissen, sie werden heutzutage doch als Nutten geboren, ihre Mütter machen es ihnen vor, noch größere Nutten als sie, eine Hand tastet unbeholfen an seiner Hose, findet den Reißverschluss nicht, dann ist er es, der ihn voller Ungeduld hinunterzieht, mit Mühe und großer Hast hervorholt, was ihm drinnen so mächtig geschwollen ist, er wird nicht in ihren Mund passen, denkt oder sagt er, drückt ihr seine kräftigen Finger in den Nacken und sagt zu ihr dieselben Wörter, die er in den Illustrierten gelesen und in den Filmen gehört hat, die er sich nicht mit lauter Stimme zu sagen traut, nicht einmal, wenn er bei den Nutten war, er befiehlt mit fordernder Stimme, zwingt ihr im Halbdunkel der Treppe den Mund auf, wie er einem Fisch das Maul aufdrückt, um ihm die Eingeweide herauszureißen, Speichel und Tränen befeuchten seine Hand, Rotz und Wasser, er stößt ihren Kopf rhythmisch vor und zurück, aber sie weiß nicht recht, was sie tun muss, erstickt fast beim Luftholen durch die Nase, die voller Schleim ist, er führt sie mit der Hand, aber sie ist so ungeschickt, dass es keinen Zweck hat, und das Licht im Treppenhaus geht wieder an, wieder Schritte, wenn auch diesmal keine Stimmen, das Geräusch des Fahrstuhls, er fühlt, wie er zu schrumpfen beginnt, die gewaltige Schwellung nachlässt, erschlafft oder erkaltet, alles dasselbe, er könnte regungslos stehen bleiben, und alles würde von selbst weitergehen, so wie die Flugzeuge angeblich mit dem Autopiloten fliegen, daher weiß er, dass man ihn nicht entdecken, dass das Mädchen nicht schreien und niemand die Treppe heraufkommen wird. Er stößt sie mit einer Handbewegung gegen die Wand, das Licht geht aus, er zieht seinen Reißverschluss hoch und schließt die Gürtelschnalle, los, sagt er, weiter, und Vorsicht, sonst schneide ich dir die Zunge ab.

Ganz ruhig hat er sein Messer eingesteckt, sich eine Zigarette angezündet, mit einer Hand, mit der anderen hält er das Mädchen fest, ist sich durchs Haar gefahren und hat seine Kleidung in Ordnung gebracht, er atmet tief ein, konzentriert sich, um das Pochen seines Herzens zu dämpfen, wie es in der Zeitschrift empfohlen wurde, ein tiefer Zug aus der Zigarette, die rechte Hand blutet auch nicht mehr, nicht wie beim vorigen Mal, als es nicht aufhören wollte zu bluten, er leckte es ab und es verschwand und im nächsten Augenblick war der rote Streifen in der Handfläche schon wieder da. Die Zigarette in der Rechten, die Linke auf der Schulter des Mädchens, in seinem Nacken, die Finger drücken in die Haut, in die Halsmuskeln, tasten die Form der Wirbel ab, noch ein Stück Treppe, ein weiterer Absatz mit geschlossenen Wohnungstüren, mit Namen auf vergoldeten Schildchen oder vergoldete Schildchen in Form des heiligen Herzens über den Gucklöchern und immer Kinderstimmen und tönende Fernseher, sie haben den zweiten Stock erreicht, er zählt die Stufen, achtzehn zwischen jeder Etage, noch sechsunddreißig Stufen bis zum Erdgeschoss und der Haustür, aber er spürt keine Angst, nur Erregung, der Schwindel, der einen ergreift, wenn man auf etwas zutreibt, auf eine Grenze, den Punkt, an dem seine Hand den Knochen bricht oder das Messer in die Haut einschneidet, einen Millimeter nur oder den Bruchteil einer Sekunde, davon hängt alles ab, wie damals, als er noch ein Kind war und an der Metalltür eines Transformatorenhäuschens ein Warnschild las: *Nicht berühren, Lebensgefahr.* Über den roten Buchstaben war die Zeichnung eines zurücktaumelnden Menschen zu sehen, dem ein Blitz mitten in die Brust fuhr wie eine Lanzenspitze, und jedes Mal, wenn er vorüberging, blieb er vor der grau lackierten Metalltür stehen und war versucht, sie, wie von einem starken Magneten angezogen, zu berühren, doch er widerstand, näherte seine Hand und zog sie fort, wenn nur noch Millimeter fehlten, bis seine Fingerkuppen das graue Metall berührten und er vielleicht von einem Stromschlag getroffen würde, wie der Blitz das Männchen auf dem Warnschild traf. Zweiundzwanzig, zwanzig, der Treppenabsatz des ersten Stocks, das Weinen eines kleinen Kindes und das hysterische Geschrei einer Frau, quäkende Stimmen eines Kinderprogramms, noch zwei Absätze und dann der Flur, die linke Hand drückt etwas stärker, jetzt nicht mehr mit den Fingerkuppen, sondern mit den Nägeln, die noch nicht in die Haut eindringen, doch nur einen Millimeter tiefer, und die schroffen Kanten reißen die Epidermis auf. Es ist wie beim Gehen im Traum, als schwebe man über dem Boden, ohne Kraftaufwand, als fahre man auf einer Rolltreppe nach unten, und jetzt das Licht im Hausflur, hell und kalt wie in den Tiefkühltruhen, die Hand unter dem Haar im Nacken, ein tiefer Zug aus der Zigarette, nichts, keine zitternden Beine, nicht der Schatten von Furcht, denn im Hausflur ist keine Menschenseele, und er weiß jetzt, dass auch niemand auftauchen wird, er sieht alles deutlich vor sich, die Zukunft genau wie die Vergangenheit, diesmal und das Mal davor, das erste, er spürt auch nicht mehr die Wirkung des Rums, weder im Kopf noch in den Beinen, ist schlagartig nüchtern wie nach einer kalten Dusche, allein die Erregung, bei jedem Schritt intensiver, aber sie macht ihn nicht benommen, sondern stärkt ihn, ein wahnsinniges Gefühl von Macht und Gefahr, von Unverwundbarkeit und Kühnheit. Kurz vor der Tür schon, zwingt er sie näher zu sich heran, presst sie für einen Moment an sich, beugt sich zu ihr hinunter, wenn du ein Wort sagst oder wegzulaufen versuchst, schneide ich dir die Kehle durch, und mit dem Zeigefinger macht er eine kurze Bewegung des Halsabschneidens, die das Mädchen erschauern lässt, sie rührt sich nicht, er muss sie vorwärts stoßen, genau wie die andere, würde er sie nicht festhalten, sänke sie zu Boden, aufmachen, befiehlt er, und sie gehorcht wie hypnotisiert, sie stehen jetzt auf der Türschwelle, auf dem mit Autos zugeparkten Gehweg, von Straßenlaternen und den Schaufenstern der Läden beleuchtet, als wäre es dieselbe Straße, aber sie ist es nicht, Stimmen und Verkehrslärm, entgegenkommende Gesichter, wie die Scheinwerfer von Autos, wenn er durch die Dunkelheit fährt, und der Gehweg ist so schmal, dass sie beiseite treten müssen, um eine Mutter mit Kinderwagen und eine alte Frau mit Einkaufstüten vorbeizulassen, er beobachtet sie aus den Augenwinkeln, während er sie vorwärts stößt, und das Mädchen geht mit versteinertem Gesicht, wie im Traum, ohne sich je nach ihm umzudrehen. Er sucht die Blicke der Leute, die ihnen entgegenkommen, sucht nach einem Ausdruck des Wiedererkennens, des Argwohns, des Schreckens, aber niemand schaut sie an, weder ihn noch das Mädchen, und wenn jemand einen kurzen Blick auf sie wirft, wendet er ihn sogleich wieder ab, mit seinen eigenen Gedanken beschäftigt, mit seiner Müdigkeit am Ende des Tages. Eine Apotheke, ein Lebensmittelladen, die Bar an der Ecke, die von vor zwei Monaten und die von vor zehn Minuten, leer wie immer, mit ihrem grellen Licht, das ihre Schäbigkeit umso deutlicher ins Auge springen lässt, der unrasierte Wirt, der in den Fernseher starrt, sicher sieht er auch nichts, bemerkt nichts, wird sich an nichts erinnern. Er hat gleichzeitig das Gefühl, dass er vorankommt, ohne sich zu bewegen, und dass seine Schritte ihn nicht vorwärts bringen, wie im Traum, dass er nie bis zur Straßenecke kommen wird, sieht alles wie hinter Glas, wie durch eine Blase, in deren Innerem sich er und das Mädchen befinden, wie diese Unterwasserforscher in den Dokumentarfilmen, die sich mit ihren Taucherhelmen und Flossen und Gummianzügen zwischen den Fischen und Pflanzen am Meeresgrund bewegen, sie mit einer einfachen Handbewegung zur Seite schieben, ohne dass die Fische sie zur Kenntnis nehmen mit ihren großen Augen, die so weit aufgesperrt und ebenso blind sind wie die der

Menschen, die ihnen entgegenkommen, an ihnen vorbeigehen und nicht einmal aufblicken.

Er ist unsichtbar, verschmilzt mit der Menschenmenge, ist auf einem unbeleuchteten Straßenstück gleichsam ausradiert, braucht seine Schritte nicht zu lenken, denn seine Füße gehen von allein, gehen denselben Weg wie schon einmal zuvor, an den er sich erinnert, während er ihn geht, vergessenen Spuren begegnet, wie in einem Märchen aus Wäldern, einem Videoclub, einer Ampel, noch einmal den Anlagen mit der Statue des Toreros, sie sind jetzt schon auf den breiten Straßen im Norden der Stadt, und ihm ist, als sei er bereits Stunden unterwegs, unsichtbar und vollkommen ruhig, die linke Hand im Nacken, am Hals, auf die Schulter gelegt, unter dem Haar ist sie scharf und gekrümmt wie die Scheren eines Krebses, spielerisch streichelnd und plötzlich zerrend, wie an einer Mähne, vor dem roten Licht einer Ampel, still, sagt er zu ihr gewandt und presst sie an sich, du weißt, was dir sonst passiert, sie überqueren die Straße auf einem Fußgängerüberweg vor einer Reihe von Autos mit eingeschalteten Scheinwerfern, die Gesichter der Fahrer, die nicht einen Blick auf sie werfen, und jetzt, obwohl er vorgehabt hatte, durch Nebenstraßen zu gehen, beschließt er, den kürzesten, wenn auch hell beleuchteten und gefährlichsten Weg zu nehmen, den über die Calle Trinidad. Obwohl, eigentlich entscheidet er nicht, sondern wiederholt nur, er kann gar nicht anders, als denselben Weg zu nehmen wie beim ersten Mal, und am Beginn der ansteigenden Straße sieht er seinen und des Mädchens Schatten, die eine Straßenlaterne auf den Gehweg wirft, zwei Schatten so deutlich wie im Licht des Vollmonds, seine Beine so lang wie die eines Märchenriesen und daneben, den seinen berührend, von ihm gefangen und überlagert, der andere Schatten, der im selben Rhythmus geht, im Gleichschritt beinah, wie beim Militär, seine Schuhe in einer Reihe mit den Turnschuhen des Mädchens, identisch mit den anderen, weiß, ein wenig abgenutzt, beide Schatten kommen und gehen, schreiten voran und bleiben zurück, vermischen sich mit anderen, die Geschäfte betreten und sie verlassen, da sie gleich schließen, eine Vogelhandlung, ein Nähmaschinengeschäft, das große altmodische Schaufenster des Textilgeschäfts Zum Laufenden Meter, metallene Rollläden, Angestellte, die mit tiefen Verneigungen ihrer straff gekämmten Köpfe die letzten Kunden verabschieden und ihre bleichen Hände reiben, als würden sie immer frieren, gegenüber die Kirche, die Treppen, auf denen sich damals die Menschenmenge unter ihren Regenschirmen drängte, unter dem im Scheinwerferlicht glitzernden Regen. Jemand hat ihm einen guten Abend gewünscht, und er hat gar nicht reagiert, so versunken war er in seinen Gedanken, eine Kundin vom Markt, erinnert er sich ein paar Sekunden später, als sie schon aus seinem Blickfeld verschwunden ist, er drückt die Fingerkuppen etwas stärker in den Nacken, in die schweißfeuchte Haut, die Muskeln, die Halswirbel, sie erreichen jetzt den Platz mit der Uhr und dem Denkmal, er kann den Turm schon sehen, die Taxis, das Polizeipräsidium, wenn sie wüssten, wenn jemand genau hinschauen würde, mehr aus Übermut als aus Nervosität steckt er sich eine Zigarette an, benutzt dazu nur die rechte Hand, steckt das Feuerzeug wieder ein, hält den Filter zwischen den Zähnen und raucht mit zusammengekniffenen Augen, die Hand in der Jackentasche streichelt den Griff des Klappmessers. Alles ist so leicht, so willfährig wie der Körper des Mädchens, das an seiner Seite geht, wie die Ampel, die auf Grün schaltet, damit die beiden über die Straße zum mittleren Teil des Platzes mit seinen Anlagen gehen können, dort, wo der Brunnen steht, auf dem die Fotografen und die Fernsehkameras Posten bezogen, wenn er wollte, könnte er direkt am Eingang des Polizeipräsidiums vorbeigehen und dem Wachtposten, der ihn vor ein paar Tagen angeraunzt hat, einen guten Abend wünschen, könnte in die Telefonkabine treten, ohne das Mädchen auch nur einen Augenblick loszulassen, könnte die Nummer des ermittelnden Inspektors wählen und ihm sagen, sieh mal her, du Klugscheißer, was nützen dir all die Spuren, die du hattest, die erfundenen Zeugen und die Kennzeichen verdächtiger Autos: Von wegen Auto, genau wie beim vorigen Mal geht es zu Fuß quer durch die ganze Stadt, die Turmuhr hat sieben geschlagen, aber ihm kommt es vor, als seien sie schon Stunden unterwegs, eine leichte Ungeduld bemächtigt sich seiner, nicht Hast, nicht Schrecken, nur der Wunsch, endlich dorthin zu gelangen, wohin zu gehen er nicht einen Moment überlegen muss, der weiche Haarflaum im Nacken, den er unter seinen Fingern spürt, macht ihn wieder heiß, die zarten Knochen, der säuerliche Körpergeruch, vielleicht hat sie sich vollgepinkelt, denkt er, genau wie die andere, alles war von ihrem Urin durchnässt, Unterhöschen und Trainingshose, die weißen Söckchen, die er ihr angelassen hat. Wieder dieser Druck in der Leistengegend, jetzt, da sie den Platz hinter sich gelassen haben und die Straße zum Parque de la Cava hinuntergehen, immer weniger Leute auf den Straßen, weniger Verkehr, weniger Licht aus Geschäften oder Bars, wenn sie die Kreuzung der Calle Ancha hinter sich haben, werden sie höchstwahrscheinlich keinem Menschen mehr begegnen, in den Anlagen an der alten Stadtmauer geht niemand mehr spazieren, wenn es dunkel geworden ist, schon gar nicht im Winter, höchstens ein vereinzelter Drogensüchtiger treibt sich in dem kleinen Park am Ende der Stadt herum, an der Grenze des mit Pinien bestandenen Erdwalls, der zu den Gärten hinunterführt, die ebenfalls fast allesamt brachliegen, von Unkraut überwuchert wie die Hinterhöfe der eingefallenen Häuser in seinem Viertel. Doch er mag diese Dunkelheit jetzt, fühlt sich von ihr angezogen und beschützt, als kehre er aus der Fremde in seine Heimat zurück, in sein Viertel mit den Kopfsteingassen, den alten leer stehenden Häusern, er beschleunigt seine Schritte, wirft die Zigarette weg, spuckt sie aus, betastet seine Hose, die deutliche Schwellung zwischen den Beinen, stößt das Mädchen vor sich her, nimmt jetzt den ganzen Hals in die Zange seiner Finger, niemand zu sehen, kein Mensch in der Nähe, genau wie auf der Treppe und im Hausflur, mit jedem Schritt werden sie unsichtbarer, werden eins mit den Schatten einer Straße, deren Beleuchtung immer schwächer wird, je weiter sie hinuntergehen. In dem Moment hält er eine Sekunde lang inne, sieht noch nicht, was passiert, hat jedoch gespürt, wie der ganze Körper des Mädchens erstarrte, eine Gefahr, die er mit dem blinden Instinkt eines Tieres erkennt, lässt ihn reglos verharren, doch dann geht er weiter, seine Füße schweben über dem Boden, eine magische Anziehungskraft treibt ihn wie früher, wenn er seine Hand nach dem Blech mit der Warnung vor Lebensgefahr ausstreckte: Nur wenige Schritte vor ihnen steht ein blauweißer Streifenwagen, auf dem Gehweg der anderen Straßenseite, so nah, dass es zu spät ist umzukehren, doch er hätte es sowieso nicht getan, er merkt, dass er sich nicht aufhalten lassen kann oder will, dass er weitergehen und seine Fingerkuppen, seine Nägel in den Nacken des Mädchens pressen wird, in Vorspiegelung absoluter Ruhe dahinschlendern, den Kopf gesenkt und das Gesicht ihr zugewandt, sagt er: Wenn du einen Laut von dir gibst, bringe ich dich um, schneide ich dir auf der Stelle die Kehle durch. Die Innenbeleuchtung des Wagens ist eingeschaltet, der Fahrer und ein anderer Polizist unterhalten sich oder kommentieren das Radio, er kann es schon hören, aber noch nicht erkennen, ob es der Polizeifunk oder die Übertragung eines Fußballspiels ist. Er hört einen Atem, und es ist sein eigener, er fühlt das doppelte Pochen in seinen Schläfen, er schluckt, die Fingernägel seiner linken Hand graben sich in den Nacken des Mädchens und die seiner rechten in die eigene Handfläche, in der Jackentasche, er spürt zur gleichen Zeit die Verletzung der anderen Haut und seiner eigenen, den doppelten Schmerz, der sich sekundenlang zu einer Ewigkeit dehnt, während sie die Höhe des Polizeifahrzeugs erreichen, sie gehen vorüber, sieh nicht hin, sonst reiß ich dir die Augen aus, hat er ihr zugeflüstert, er aber sieht hin, es nicht zu tun wäre verdächtig, verdächtig und feige, sie gehen auf dem linken Bürgersteig, und sein Körper schiebt sich zwischen das Mädchen und die möglichen Blicke der Polizisten, aber sie heben nicht einmal den Kopf, unterhalten sich immer noch oder hören Radio, man vernimmt Pfeifen und metallische Stimmen aus dem Polizeifunk und zugleich die Stimme eines Sportreporters über fernem Gebrüll, es wird dasselbe Spiel sein, das den Wirt in seiner Bar so gefesselt hat, er selbst hat Fetzen davon gehört, jetzt fällt es ihm ein, seit sie durch das Treppenhaus gegangen sind, vor einer Ewigkeit. Dreh dich nicht um, sagt er jetzt, lauter, erleichtert, befreit, schiebt sie vor sich her, den Druck der Gefahr immer noch im Nacken, das Radio aus dem Streifenwagen ist nicht mehr zu hören, kein Mensch mehr zu sehen, nur ein paar Lichter in verschlossenen Häusern, der bläuliche Widerschein der Fernseher und immer noch, wenn auch von fern jetzt, der Lärm des Fußballspiels. Sie setzen ihren Weg fort, als würden sie sich nicht bewegen, wie von einer Gleitschnur zur endgültigen und bereits nahen Dunkelheit des Parks gezogen, nur noch eine breite beleuchtete Fläche und dahinter schon die verwüsteten Heckenzäune, die zerbrochenen Lampen, die

Schattenzone, in der vor vielen Jahren die Liebespärchen Schutz suchten, wo die wildesten und kühnsten Jungen des Viertels ihnen nachspionierten und ihre ersten Zigaretten rauchten.

Alles gleicht sich mehr denn je, sogar die Schritte auf den Kieswegen, auf den Glasscherben zerbrochener Bierflaschen, alles so machtvoll, nah, nicht mehr aufzuhalten, nichts muss verschoben oder verschleiert werden, sogar der Mond oben am Himmel ist derselbe, seine weiße Form leicht eingetrübt durch Wolken wie Tüll, beide Hände jetzt ungeduldig suchend und fordernd, der Geruch der Pinien, von Erde und feuchten Nadeln, derselbe Graben am Fuß des Abhangs, wo er sie mit einem Schlag ins Gesicht zu Boden schleudert, das Gesicht, noch bleicher als das des Mondes und jetzt nur noch von seinem Licht beschienen, in dem er plötzlich, für ein paar Sekunden, überdeutlich das andere Gesicht erkennt, eine Wiederholung, der offene Mund, das zitternde Kinn, die ungläubigen, entsetzten Augen des anderen Mädchens, das Gesicht, das außer ihm niemand sonst auf der Welt gesehen hat.

23

Er lauschte dem Fluss mit halb geschlossenen Augen, im Schattenbereich des vom Mond beschienenen Zimmers, die Form des Fensters klar umrissen an der Wand, das Fensterkreuz, in dem eine Sekunde lang ihre nackte Silhouette zu sehen war, als sie aufstand und ins Bad ging. In dem hellen Rechteck hatte er die Form ihrer Schultern, ihrer Hüften, das Profil ihres Gesichts und einer Brust gesehen, als sie nackt mit einem Schimmer von Mondlicht auf der Haut und mit bloßen Füßen über die Fliesen dahingeglitten war, lautlos wie die Schatten selbst, in einer Haltung flüchtender Scham vor den Augen des Mannes. Sie hatte das Licht im Bad angemacht und gleich die Tür hinter sich geschlossen und zum Rauschen des Flusses gesellte sich nun das eines Wasserhahns, danach hörte er sie urinieren, was ihn mit einer Vorahnung von Vertrautheit und Zärtlichkeit erfüllte, die ihn überraschte. Er stellte sie sich nackt, mit über der Brust gekreuzten Armen vor, die Schenkel aneinandergedrückt, mit einem Mal zitternd im kalten Licht des Bades, und er wünschte sich, sie möge schnell zurückkommen, den vom Mond ins Zimmer geworfenen Lichtfleck überqueren und zu ihm ins warme Bett kriechen, unter die Laken und die schwere alte Tagesdecke, die irgendwie zu diesem Zimmer passte, zu den roten Fliesen, den gekalkten Wänden und den abschüssigen Deckenbalken.

Er erinnerte sich nicht mehr, wer von ihnen beiden das Licht gelöscht hatte: Danach sahen sie sich von dem hellen Schein des Vollmonds übergossen, und ihnen war, als hörten sie das eintönige Rauschen des aufgewühlten Flusses deutlicher als zuvor. Eine gerade Linie, die genau über dem Fußende ihres Bettes verlief, unterteilte das Zimmer in einen lichten und einen dunklen Bereich. »Schau mich nicht an«, hatte sie gesagt und ihm den Rücken zugekehrt, als sie ihre Bluse und den Büstenhalter auszog. Er öffnete die Augen, und da stand sie vor ihm, zierlicher, als er sie sich vorgestellt hatte, wenn er sie in ihren Kleidern sah, mit der weiblichen Fülle einer Frau, die geboren und gestillt hat, zugleich aber mit einer mädchenhaften Zartheit in den Schultern und der Biegung ihres Nackens, die das kurz geschnittene Haar freigab, in der Form ihrer vollen und zugleich jugendlichen, wohlgeformten Brüste. Das war eine andere, bislang ihm gänzlich verborgene Frau, die er jetzt anschaute, viel begehrenswerter, als er in seiner Schwerfälligkeit hätte bemerken oder sich ausmalen können hinter dem Schleier ihrer Kleidung oder ihrem alltäglichen Ausdruck von Tüchtigkeit und Arbeit, dem einsamen Widerstehen gegen Entmutigung und Widrigkeit.

Als er sie in seinen Armen hielt, überraschte ihn vor allem die ungewohnte Geschmeidigkeit ihrer Haut. Ihm mangelte es viel zu sehr an Erinnerungen und Erwartungen, als dass er über das, was jetzt mit ihm geschah, klaren Sinnes hätte befinden können. Wie einer, der sich schlafen legt und dennoch dem beängstigenden Druck der Alltagswirklichkeit nicht entkommt, fühlte er im Halbdunkel des Zimmers und bei der Berührung von Susanas warmer Haut, wie Besessenheit und Diensteifer, die Angespanntheit seines Körpers, Unruhe und Gewissensbisse sich allmählich auflösten, als gebe er sich ganz einer Strömung hin, gleich der des angeschwollenen Flusses draußen vor dem Fenster. Seit er sein Büro verlassen hatte und in das Auto gestiegen war, quälte ihn der Gedanke, sich seiner Verantwortlichkeit zu entziehen, in seiner Abwesenheit könne etwas passieren und er wäre nicht erreichbar. Ein Anruf aus dem Sanatorium, das endlose Klingeln des Telefons in der leeren Wohnung, so steril wie der Ausstellungsraum eines Möbelgeschäfts. Nervosität und männliches Zagen vor der Möglichkeit eines sexuellen Fiaskos nährten das schlechte Gewissen, desertiert zu sein, und wurden zugleich von ihm verstärkt. Er war in einer Zeit herangewachsen, da Jungen durch die dumpfe Onanie in Internaten oder Besuche bei Prostituierten ihren Weg zur Erotik fanden. Mit seinen über fünfzig Jahren hatte er nicht gewusst, dass es zwischen Mann und Frau eine intime Kameradschaft geben kann, wie Susana Grey sie ihm anzubieten schien. Als er das Auto vor dem La Isla de Cuba parkte, als er die Treppen zum Zimmer hinaufging, bemächtigte sich seiner ein etwas bedrückendes Gefühl von Panik und Beklemmung, aber auch, mit ihnen ringend wie die Abwehrkräfte eines noch gesunden Organismus mit den Erregern einer Krankheit, die nie wahrgenommene Fähigkeit zu freudiger Erwartung, fast so etwas wie ein Gefühl der Unschuld aus unvordenklicher Zeit, das er zwischen fünfzehn und zwanzig einmal kennen gelernt haben musste, das jetzt jedoch vollkommen unerwartet und anachronistisch, zögerlich und zur Unzeit in ihm heranwuchs wie die Liebe eines alten Mannes. In seinem Alter war sein Vater schon ein alter Mann gewesen, dem normalen Leben entfremdet durch zu viele Jahre im Untergrund und im Gefängnis, durch unverbesserlichen politischen Fanatismus. »Du tust ihm Unrecht, wenn du ihn einen Fanatiker nennst«, hatte Pater Orduña mit seiner beleidigten Miene gesagt und ihm dabei nicht in die Augen blicken können.

Wie fern war er jetzt allem, ihnen allen, den Toten und den Lebenden, den Zeugen und den Gläubigern, denen, die Schulden einklagten und Pflichten auferlegten, jenen, die immerzu forderten oder anklagten, mit der Autorität der Rechtschaffenheit, des Leidens oder des Todes. Die Frau, die er an diesem Abend nicht im Sanatorium anrief, die Polizisten, die jetzt seinem Befehl unterstanden, und jene, die im Norden einer Kugel oder einer Autobombe zum Opfer gefallen waren, Pater Orduña, der jetzt vergeblich wartend in seinem Beichtstuhl sitzen würde und der manchmal auch auf ihn wartete, der Mann, der in einer dunklen Wohnung saß, in der das Licht noch nicht brannte, und der auf seine im Schoß ringenden Hände starrte, der Alte, der immer noch ungebändigt und vom Leben enttäuscht starb, der sich seines einzigen Sohnes schämte und ihn zu Lebzeiten nicht mehr sehen wollte: sie alle fordernd und Rechnungen präsentierend, selbst im Tode noch, alle lauernd und jede seiner Handlungen richtend, sein ganzes Denken mit Klagen und Beschuldigungen vergiftend.

Von alldem war er jetzt weit entfernt, geborgen und verborgen, vorläufig in Sicherheit, abgekapselt von allem durch das weiße Licht des Mondes und das monotone Rauschen des Flusses, nackt in einem nach Sauberkeit riechenden Hotelbett, vor der Scham, angeschaut zu werden, durch das Zwielicht im Zimmer geschützt, lernte, auf der Seite liegend, sich in der Umarmung einer Frau einzurichten, die ihn behutsam und zärtlich berührte, die ihn umfing und zugleich die Decke über sich zog, sich an seine Seite schmiegte, ihn mit der großzügigen Seidenzartheit ihrer Schenkel streifte, mit dem sanften Flaum ihres Bauches, die am Ende des Bettes seine Füße suchte, um ihre eigenen zu wärmen, die plötzlich kalt geworden waren, wie in einer Winternacht jener Zeit, als dieser Ort noch ein Bauernhof war.

Er spürte nicht die sexuelle Ungeduld anderer Male, aufgereizt stets vom Alkohol und einem geheimen, doch vergeblichen Bemühen, sich vom Schuldgefühl ehelicher Untreue zu befreien. Er hatte sie zu küssen begonnen und war ihr mit unbeholfener Hast unter die Kleider gefahren, ganz ähnlich der, die ihn früher getrieben hatte, das erste Glas des Abends hinunterzukippen. »Warte«, hatte sie ihm ins Ohr geflüstert, »nicht so schnell«, und mit einer Stimme, die genauso sanft war wie die Kuppen ihrer Finger, hatte sie ihn beruhigt, ihn mit Geschick und Geduld auf ihre ungezwungene Langsamkeit eingestimmt, hatte das Licht gelöscht (ja, jetzt erinnerte er sich, dass sie es gewesen war), ihn sanft auf das Bett gedrückt, sich zu seinen Füßen niedergekauert, um ihm die schweren Schuhe, die Socken und die Hose auszuziehen, seine Füße gestreichelt und seine Schenkel mit leichten Küssen gestreift. »Warte«, sagte sie, der rohen Zudringlichkeit seiner grapschenden Hände Einhalt gebietend, und jede Liebkosung, jeder Hauch ihrer Lippen und jedes Streicheln ihrer Haut befreiten ihn etwas mehr von seinem Alltagsleben, von der Wirklichkeit und von der Vergangenheit, wie eine Hypnose, die ihn Schritt für Schritt in den Schlaf hinüberleitete, ihn eintauchen ließ in ein besänftigenderes und bewohnbareres Dasein, in seiner sinnlichen Anmut entfernt jenem ähnlich, an das er sich nach dem einen oder anderen Erwachen in seiner Jugend erinnert hatte, ohne es je in Wirklichkeit erlebt zu haben.

Nicht nur entdeckte er fast blind tastend den Körper einer Frau, die an seiner Seite lag: Was er jetzt erst wirklich zu entdecken meinte, war sein eigener Tastsinn; nicht ihn wieder zu finden, denn ein solches Maß an Einfühlsamkeit hatte er bisher nie gekannt, wie er bisher auch den Geschmack eines Mundes wie des ihren nicht gekannt hatte. Und indem er wieder fand oder entdeckte, was ohne die Begegnung mit Susana in ihm abgestorben und unbekannt geblieben wäre, überschwemmten ihn Wellen von Empfindungen und vergessenen Erinnerungen aus der Zeit, als er dreizehn oder vierzehn Jahre alt war, Erinnerungen an morgendliches Erwachen mit einer kalten Feuchtigkeit auf der Haut seines Bauches, an Traumsequenzen, die sich Nacht für Nacht wiederholten und in denen er seine Sexualität aufschimmern sah, die frei war von vulgärer Niedertracht, von Schuldgefühlen und reuiger Zerknirschung. Er träumte, eine nackte Frau sitze ihm, der ebenfalls nackt war, in einem Caf.e oder einem Wohnzimmer gegenüber oder sie beide lägen sogar in seinem Bett im großen Schlafsaal, kämen sich langsam näher, berührten sich, sie streifte ihn mit ihrem Haar, mit der rosafarbenen Spitze ihrer Brust, mit den Fingern, und schon merkte er, dass er nicht würde an sich halten können, noch eine weitere Berührung, so zart sie auch sein mochte, und er würde kommen, und schon ejakulierte er vor ihr, ohne sie in seine Arme geschlossen zu haben, voller Wehmut und Verlangen, auf die es keine Erwiderung gab, mit einem kurzen elektrisierenden Glücksgefühl, sogleich zunichte gemacht von dem Wissen, dass die Frau entschwinden, der Traum schon vom Zucken der Ejakulation und von der Feuchtigkeit des erkaltenden Samens unterbrochen würde. Er dachte noch an den Traum, während er mit geschlossenen Augen vergebens versuchte, an einem kalten Wintermorgen noch nicht gänzlich zu erwachen, im Dunkel des großen Schlafsaals herauszufinden, wie viel Zeit noch fehlte, bis die Glocke zu läuten begann.

Jetzt erkannte er, dass ihm unweigerlich dasselbe bevorstand wie in jenen Träumen. Genau wie in ihnen wollte er sich auch jetzt nicht gehen lassen, doch es war längst zu spät, es bedurfte nicht einmal einer kalkulierten Zärtlichkeit, eine zufällige Berührung würde ihn besiegen, ihr Haar in seinem Gesicht, die glatte Fläche ihres Bauches, die in sanftem Rhythmus an seine Hüfte stieß, ihre Hand, die nicht einmal fordernd zupackte, sondern einfach nur auf ihm ruhte, sich ganz leicht bewegte, als zeichne oder modelliere sie eine Form im heißen Schatten unter dem Gewühl der Laken.

Er blieb still liegen, gekränkt, auf eine männliche und kindliche Art über sich selbst beschämt, schweigend, unfähig, ein Wort zu sprechen, sich der eingebildeten Blamage zu verweigern. Er fühlte die kalte Feuchtigkeit, die das Bettlaken befleckte, auch an ihrer Hand und wünschte sich plötzlich mit feigem Aufbegehren an einen anderen Ort. Alles vergebens, erloschen, gescheitert, bevor es richtig begonnen hatte, das Verlangen abgestorben, die fremde und zweifellos enttäuschte Frau blieb ebenfalls stumm, wischte sich den Handrücken an der Bettdecke ab, der Fluss jetzt wieder, den er einige Minuten lang nicht gehört hatte, das weiße Rechteck an der Wand, das mit dem Aufsteigen des Mondes über dem Tal ein wenig weiter nach rechts gewandert war. Der alte Drang, sich davonzumachen, mit einer Handbewegung den Irrtum aus der Welt zu schaffen, den Betrug, das bedrückende Beisammensein, das mit jeder Minute, die verging, abkühlen und schließlich in Widerwillen umschlagen würde.

Aber Susana hatte sich nicht von ihm abgewendet. Sie hatte ihm über das Gesicht und über das Haar gestreichelt, der Wortlosigkeit bewusst, doch entschlossen, sich nicht unterkriegen zu lassen, auch von der eigenen Verzagtheit nicht. Es war nicht zulässig, dass sie schwieg, sie konnte nicht einfach so aufgeben. Sie wusste, dass es sein Vorstellungsvermögen überstieg, dass ihre erste Reaktion Überraschung und Zärtlichkeit, ja, dass sie sogar ein kleines bisschen geschmeichelt gewesen war. Es gibt Bereiche im Hirn eines Mannes, dachte sie, die gewisse Feinheiten einer empfindsamen Intelligenz einfach nicht wahrhaben wollen.

»Ich weiß noch, wie ich zum ersten Mal mit einem Jungen

ins Bett gegangen bin«, sagte sie. »Wie ich zum ersten Mal nackt vor einem Mann stand, nicht vor meinem späteren Verlobten, sondern einem anderen, einem Jungen aus meinem Viertel, der später aus Madrid fortging, ich weiß gar nicht, was aus ihm geworden ist. Wir sind in dem Sommer zum ersten Mal miteinander ausgegangen, als wir die Zwischenprüfungen hinter uns hatten, meistens mit einer Gruppe von Freunden, manchmal aber auch allein, ohne dass wir es uns besonders vornahmen, ich zumindest nicht. Wir gingen zusammen ins Schwimmbad oder verabredeten uns in der Stadtbibliothek. Es war ein Spätsommertag, im September, die Temperaturen waren schon merklich gesunken und am Tag darauf sollte das Freibad geschlossen werden. Zum Schluss waren nur noch wir beide da. Anscheinend finden alle Anfänge und Entdeckungen meines Lebens im September statt. Wir hatten uns zwar schon mal geküsst und waren Hand in Hand oder auch eng umschlungen gegangen, natürlich nur nachts und wenn keine Menschen auf der Straße waren, und wenn wir jemandem begegneten, der uns möglicherweise kannte, ließen wir uns sofort los, doch an jenem Nachmittag im Schwimmbad verloren wir beide unsere Scham. Wir streichelten uns unter Wasser und küssten uns mit weit geöffneten Mündern, ziemlich ungeschickt noch, und die Küsse schmeckten nach Chlor. Als wir auf unseren Handtüchern lagen, schob er mir verstohlen seine Hand unter den Rand des Bikinis, doch unsre Haut war so stumpf, dass er mit seinen Fingern nicht recht vorankam, und außerdem wusste er wohl auch nicht, in welche Richtung. Am Ende hatte ich eine Gänsehaut vor Kälte und ganz faltige Finger. Alle Liegen waren bereits samt ihren Polstern abgeräumt, die Cafeteria war geschlossen und die Musik abgestellt worden. Wir verließen das Freibad mit nassen Haaren, und er legte mir seinen Arm um die Schulter. Es war das erste

Mal, dass er das ganz öffentlich tat, ohne sich darum zu kümmern, ob uns jemand sah. Mir machte es plötzlich auch nichts mehr aus. Er flüsterte mir dann ins Ohr, ob ich nicht mit zu ihm nach Hause kommen wolle, seine Eltern kämen erst am nächsten Tag zurück. Sie besuchten einen kranken Verwandten, irgendwo außerhalb von Madrid. Er ging steif an meiner Seite, der Arm auf meiner Schulter war angespannt, er ruhte nicht tatsächlich auf mir. Wir hatten einfach keine Übung darin, umarmt zu gehen. Auch das braucht eine Weile, bis man es lernt. Er hatte außerdem noch eine andere Schwierigkeit, locker zu gehen, und war ständig darauf bedacht, sich seine Sporttasche vor die Hose zu halten. Wir waren beide sehr erregt, aber halb tot vor Angst, und ich glaube, er schämte sich seiner Nacktheit noch mehr als ich. Ich erinnere mich an ein großes Bett und dass das Abendlicht, das durch halb zugezogene Vorhänge fiel, vom Spiegel einer Kommode reflektiert wurde. Wir zogen uns aus, ohne einander anzusehen und ohne ein Wort zu sprechen, wir hielten sogar die Luft an, um uns in noch größerer Lautlosigkeit auszuziehen. Wir schlugen nicht einmal die Bettdecke zurück, eine lange Tagesdecke, weiß, ein bisschen kratzig, glaube ich. Ich legte mich zuerst hin, auf den Rücken und mit gekreuzten Beinen, er warf sich neben mich aufs Bett und küsste mich noch ungeschickter und stürmischer als im Schwimmbad, sein Atem ging auch viel heftiger. Und mit einem Mal war alles ganz sanft, ganz beschwingt, als habe eben erst das Leben begonnen, mir war, als könne nichts mehr so sein wie vorher, bevor ich nackt vor einem Mann gestanden und auch ihn ganz nackt gesehen hatte. Ich fürchtete nicht einmal mehr, dass wir entdeckt werden könnten. Er lag auf der Seite, streichelte mich sehr behutsam oder umsichtig, behutsam und ungestüm, wenn man das sagen kann, als fürchte er, mir weh zu tun. Seine Hände glitten nicht richtig, weil die Haut von uns beiden stumpf war, ein bisschen aufgeweicht vom Chlorwasser. Ich schämte mich, weil meine Brüste und mein Unterleib so weiß waren. Ohne besondere Absicht fühlte ich plötzlich dies geschwollene Glied in meiner Hand, so hart und heiß, ein wenig grotesk und überproportioniert im Vergleich zu dem schmächtigen Körper des Jungen. Ich hatte das noch nie so in allen Einzelheiten und aus solcher Nähe gesehen, und ich kam gar nicht dazu, es richtig in die Hand zu nehmen, wusste nicht einmal genau, wie ich es anstellen sollte, ich legte meine Hand darauf, drückte ganz sanft, während er meine Brustspitzen küsste, und dann kam es ihm plötzlich, ohne dass ich etwas dazutat, ohne dass er sich überhaupt bewegt hatte, es quoll in Schüben unter meiner Hand hervor, die es in der Handfläche auffing, es lief mir zwischen den Fingern durch, und dann kam noch mehr heraus, so wie die Luft bei einem langen Seufzer nach draußen dringt. Mit dir ist es mir jetzt genauso ergangen, es war wie ein Zeitsprung. Es gibt ein Lied von Violeta Parra, das ich sehr mochte, *Noch einmal siebzehn,* kennst du es?«

»Aber ich bin keine siebzehn mehr.«

»Na und ? Ich auch nicht. Ich habe zwanzig Jahre gebraucht, um mich wie damals zu fühlen.«

»Du wirst mich doch nicht trösten wollen!«

»Sei nicht so dumm! Es gibt kein Mittel gegen die männliche Eitelkeit, vor allem nicht gegen verletzte männliche Eitelkeit. Es gibt nichts, warum ich dich trösten sollte. Ich müsste dir höchstens danken.«

Sie gab ihm einen Kuss auf den Mund, zerwühlte sein Haar und sprang entschlossen aus dem Bett, durchquerte in weniger als einer Sekunde das vom Mond beschienene Rechteck, noch nackter und noch weißer in diesem Licht, die schmalen jungen Schultern, das von den Jahren und der Mutterschaft gedehnte Becken, die schlanke Silhouette, deren Doppel sich so exakt an der Wand abzeichnete, als wäre sie aus schwarzem Karton geschnitten.

Er lag im Bett und lauschte mit halb geschlossenen Augen dem Hochwasser des Flusses, kehrte nach und nach aus den Untiefen enttäuschter Männlichkeit zurück, erwartete sie mit allen seinen wachen Sinnen, die mit der schlichten Geduld des Wartens auf sie gerichtet waren, auf die Wahrnehmung all der kleinen Dinge, die auf sie hindeuteten und sie ankündigten, ihren Geruch in den Laken, das Rauschen der Wasserhähne und dann der Riegel der Badezimmertür, der jetzt zurückgeschoben wurde, ihre hochhackigen Schuhe, ihre Strümpfe und ihre Unterwäsche auf dem Boden, ihre Brille und ihr Zigarettenpäckchen auf dem Nachttisch, jedes Teil mit seinem scharfen Schatten unter dem Vollmond. Als sie zurückkam, lautlos über die Fliesen huschend, bedeckte sie ihre Brüste mit gekreuzten Armen in einer fröstelnden Geste natürlicher Scham. Der Mond beschien jetzt ihr Gesicht und die weiße Stelle ihrer Schenkel: Im Spiegel sah er sie flüchtig von hinten und hielt es für unmöglich, dass diese Frau einen Augenblick später neben ihm im Bett liegen könnte.

»Mach Platz«, sagte Susana beinah zitternd, kuschelte sich an ihn und zog die Laken und die zerwühlten Decken über sie beide. Wenig vorher, keine Stunde, als es noch möglich war, dass das von beiden Ersehnte sich nicht erfüllte – sie standen voreinander, jeder mit einem Glas in der Hand, angezogen, ohne sich zu berühren, wie Fremde –, hatte sie ihn gefragt, warum er immer so schweigsam war, warum es so schwierig war zu wissen, was er fühlte oder dachte.

»Vermutlich aus Eitelkeit«, gab sie sich selbst die Antwort, »aus Stolz. Wer sich bedeckt hält, wird mehr geachtet als der, der sich offen zeigt. Das muss mit diesem fernöstlichen Unsinn zu tun haben, der früher einmal modern war, diese chinesische oder taoistische Sache, von wegen, wer das Wissen hat, schweigt, oder Reden ist Silber, Schweigen ist Gold; dieser ganze Müll, der meinen Exmann so eingenommen hat, als er in seiner fernöstlichen Phase war, die er natürlich auch hatte. Ich kann mir noch so sehr vornehmen, schweigsam zu sein, um geheimnisvoll zu wirken, es gelingt mir nie. Letzten Endes sage ich doch immer gleich, was ich denke, und bin somit jedes Mal im Nachteil, ich kann mir nicht helfen. Du hingegen sagst nie etwas und erweckst den Anschein, das ganze Geheimnis der Welt in dir zu tragen.«

Er nahm sie in seine Arme, als sie aus dem Bad zurückkam, ihre Haut roch nach Seife und Körperlotion, nach stiller weiblicher Hygiene, sie sprach nah an seinem Ohr mit ihrer heiseren Stimme, die viel weniger energisch war als ihr Gesicht oder ihre Erscheinung, und als er zögernd eine Antwort versuchte, sprach er zu sich selbst, ohne sie anzusehen, geborgen im Halbdunkel des Zimmers. Er wollte ihr erklären, dass er sich über lange Strecken seines Lebens versteckt, seine Herkunft und seine Gefühle verborgen gehalten hatte, bis er schließlich selbst nicht mehr wusste, was er wirklich in seinem Innern barg. Es fiel ihm leicht, jene zu verstehen, die sich aus irgendeinem Grund verstecken mussten, und vielleicht war das der Grund für sein bemerkenswertes professionelles Geschick, sie aufzuspüren. Er erkannte auf Anhieb Betrüger und solche, die gezwungenermaßen oder aus reiner Lust am Lügen logen, und je vollkommener die Fälschung eines Lebens war, mit desto größerem Scharfsinn spürte er sie auf, genau wie jene Experten, die mit einem Blick eine gefälschte Unterschrift oder Banknote erkannten. Andere verheiratete Männer hielten mit ihren Frauen einen Anschein von Normalität aufrecht, hinter dem verborgene Leidenschaften und Abenteuer die Regel waren. Er verbarg nichts, oder fast nichts, nicht einmal seine abweisende Kälte. Er hatte das Gefühl, sein Leben und das seiner Frau sei erloschen und erkaltet, nicht als eine Folge freien Willens oder fehlender Liebe, sondern aufgrund eines physikalischen Prinzips, dem die Astronomen das Erlöschen der Sterne zuschreiben. Der Unterschied war, in seinem Fall, in dem seiner Frau wohl nicht ganz so sehr, dass es niemals ein wirkliches Feuer gegeben hatte, nichts, was im Laufe der Zeit hätte ausbrennen oder erlöschen können.

»Zu irgendeiner Zeit musst du sie geliebt haben«, sagte Susana. »Am Anfang.«

»Nicht dass ich wüsste. Ich habe das alles vergessen.«

»Vielleicht ist es leichter, nicht zu vergessen, wenn man Kinder gehabt hat. Wenn Kinder da sind, kannst du deine Vergangenheit nicht ganz ausradieren. Du siehst sie jeden Tag im Gesicht deines Sohnes. Wenn er auf der Welt ist, haben jene Zeit und die Fehler, die du gemacht hast, eine Rechtfertigung.«

Fast ohne es zu merken, hatte er sie zu streicheln begonnen, während sie leise miteinander sprachen, so langsam, wie die Wärme sie durchdrang, ihre kalten Füße zwischen den seinen, und während seine Finger jetzt gefühlvoller und wagemutiger ihre Haut erkundeten und den schon vertrauten Windungen folgten, die er danach mit den Lippen suchte und wiedererkannte, dachte er, diesmal ohne Angst und Scham, nur mit Wohlbehagen und beinah dankbar, an seine erotischen Träume, die er mit vierzehn Jahren gehabt hatte, und ihm war, als sehe er sie so, wie sie jetzt war und wie sie gewesen war, als die Augen eines Mannes sie zum ersten Mal nackt gesehen hatten. Er verlor alles, streifte alles ab, genau wie sie beim Ausziehen Slip und Büstenhalter hatte fallen lassen und zu ihm gekommen war, als entsteige sie ihren abgelegten nutzlosen Kleidern, die mit seidigem Rascheln zu Boden geglitten waren. Es gab kein Drängen, keine Ungewissheit, keine fiebernde Hast, keine brutale Begehrlichkeit. Er sah sie mit wiegendem aufrechtem Körper sich langsam auf ihn setzen, das Haar fiel ihr ins Gesicht, vermischt mit den Schatten des Zimmers, die Schultern gestrafft, beide Hände fest in seine Schenkel gegraben. Sie ermatteten beide in derselben dichten Welle lustvollen Erschauerns, die er wie aus weiter Ferne herannahen fühlte, verheißungsvoll, gewiss, fremd, anhaltend und langsam, noch nicht erschöpft nach dem Ende, als sie beide still dalagen und sie sich nach und nach von ihm löste und sich an seine Seite sinken ließ.

Er hatte gar nicht gemerkt, dass er eingeschlafen war. Er erwachte mit einem kurzen Aufschrecken, ohne sich von Susana abzuwenden, die, einen Arm um seine Hüfte geschlungen, neben ihm schlief. Im Dämmerlicht versuchte er die Zeiger der Uhr zu erkennen. Er fürchtete, es könne zu spät geworden sein und dass man gerade in diesem Augenblick nach ihm suche, ohne jede Möglichkeit, ihn zu finden. Auf dem Nachttisch stand ein Telefon. Er versuchte, sich auf die Seite zu drehen, doch sie hielt ihn fest umschlungen und murmelte ein paar Worte im Schlaf. Alles war ein wenig schwerelos und befremdlich, ein Normalzustand in der Schwebe, wie alltägliche erkennbare Gegenstände, die im kalten Licht des Mondes eine ungewohnte Gestalt annehmen. Er war noch keine drei Stunden mit einer fast unbekannten Frau im Zimmer einer ländlichen Herberge mit dem Namen La Isla de Cuba zusammen und fühlte sich ihr so verbunden, so gelöst in ihrer Nähe, als habe er sie schon immer gekannt.

Er blieb still liegen, um sie nicht aufzuwecken. Mit großer Behutsamkeit strich er ihr das Haar aus dem Gesicht, betrachtete ihre Augenlider, die nicht ganz geschlossen zu sein schienen, ihre leicht geöffneten Lippen, durch die die Luft mit beständiger Regelmäßigkeit ein- und ausgeatmet wurde. Im Schlaf etwas murmelnd, legte sich Susana auf die andere Seite, kehrte ihm den Rücken zu und umschlang nun ihr Kissen. Er warf wieder einen Blick auf die Uhr, setzte sich auf, wählte die Nummer des Polizeipräsidiums und hoffte, sie werde nichts von dem Anruf bemerken. An der Stimme des Polizisten am anderen Ende der Leitung erkannte er augenblicklich, dass sich in einer Art ausgleichenden Bestrafung die schlimmsten Ahnungen seines schlechten Gewissens bestätigen würden.

»Aber Chef, wo haben Sie denn gesteckt? Wir haben Sie schon überall gesucht.«

»Was ist passiert?«

»Es ist wieder ein Mädchen verschwunden.«

24

Sie zittert, friert, nie ist ihr so kalt gewesen, nie hat sie so dringend gemusst, sie erstickt, weiß nicht, dass sie nicht mehr schläft, weiß nicht, wo sie ist, wer sie ist, wer sie am Atmen hindert, welcher Knebel sie erstickt, sie will den Mund aufmachen und kann nicht, weiter kann sie ihn nicht öffnen, ihre Kiefer sind aufgerissen, aber sie weiß es nicht, sie will die Luft durch die Nase einziehen, und es gelingt ihr nur mit Mühe, nur ein feiner Faden, spitz wie eine Nadel, ein Fädchen aus Luft und Eis, sie erstickt, sie will ihre Hände bewegen, doch auch das kann sie nicht, sie fühlt sie nicht, weiß nicht mehr, wo sie sind, sie träumt, dass sie nackt draußen in einer eisigen Winternacht liegt, und wenn sie nicht die Beine ganz fest zusammenpresst, wird sie es nicht mehr lange halten können, sie zittert, erbebt unter schmerzenden Krämpfen, und etwas Feuchtes, Kaltes sticht ihr in den Rücken, wie die Nadel aus Luft oder Eis, die in ihre Lungen dringt, und um das Zittern einzudämmen, will sie die Zähne aufeinander beißen, doch es gelingt ihr nicht, unmöglich, den Mund zu schließen, so unmöglich, wie zu atmen, wenn dieses winzige Fädchen Luft nicht wäre, das jeden Moment zu zerreißen und sie endgültig von allem abzuschnüren droht. Sie hat geträumt, sie ersticke, sie liege kalt und nackt auf einer Eisfläche, sie hat von einem Gesicht und von einer Hand geträumt, die riesengroß wurde und ihr Gesicht bedeckte, ihr etwas in den Mund schob, ein Gesicht und darüber Baumkronen und noch höher der Mond, und einen Augenblick lang waren Gesicht und Mond eins, und sie sank nach unten, und Gesicht und Mond waren der immer kleiner werdende Rand eines Brunnens, in den sie fiel, schwebend, schwerelos, ohne Atem und Bewegung, eisig kalt, ohne Namen, ohne jede Erinnerung, ohne Hände und Füße, ohnmächtig ihre Blase entleerend wie ein schlafendes Kind, das träumt, sich zu benässen, und danach die immer kälter werdende Feuchtigkeit, das aufgedeckte Bett, die erstarrten Arme und eingeschlafenen Hände, nicht imstande, dem Willen zu gehorchen, nach den Laken und Decken zu tasten und ihren frierenden Körper zuzudecken, den bleichen, bläulich angelaufenen, eisigen Körper, auf den sie blickt, als wäre es der Körper eines anderen Menschen oder als träume sie von ihm: Sie weiß nicht, dass diese unter den scharfen Mondschatten der Bäume zu Boden geschleuderte Gestalt sie selbst ist und dass sie nicht mehr nur träumt, das, worauf sie beißt und was sie mit Speichel, Schleim und Blut durchtränkt, der Baumwollstoff ist, der ihr den Atem nimmt, er ist in ihren Hals eingedrungen, in ihre Nasenlöcher, jeder Versuch zu atmen zieht ihn tiefer hinein, kurze, kräftige Finger drücken nach, und mit einem Mal erinnert sie sich, sieht, in einem Aufblitzen von Erkenntnis und Panik, das sogleich wieder erlischt, Finger in eine weiche Masse eindringen, sie durchstoßen und aufreißen, ihr eigenes Fleisch, die Gewissheit des Schmerzes bestätigt es ihr, die grausame Wunde, die ihr Bewusstsein durchdringt und verdunkelt, es auslöscht trotz des Mondes, des unveränderlichen Lichts, in dem sie jetzt hohe Äste erkennt, einen Baumwipfel in schwindelnder Höhe, der sich neigt und wieder zurückschwingt und über dem der weiße Kreis steht, der zuvor ein Brunnenrand war, und ein Gesicht, das sich zu ihr hinabbeugte und sie anstarrte, ein neues Aufblitzen von Erinnerung, die nicht ganz deutlich wird und sie wieder in die Panik der Träume zurückwirft, in die Erstarrung der Kälte und das verzweifelte Ringen nach Luft. Wieder schlägt die Dunkelheit über ihr zusammen wie in einem Zimmer, in dem eine Lampe zerschellt ist, doch sie ist es, die ihre Augen geschlossen hat, die ihre Lider so fest aufeinanderpresst, dass ihr die Augenhöhlen schmerzen, und mit geschlossenen Augen ist die Kälte noch schlimmer und auch die Atemnot und der Drang zu urinieren: Jetzt weiß sie zumindest, dass sie ihre Augen öffnen und schließen kann, das Gesicht kommt wieder, und etwas kratzt und drückt sich feucht an ihre Wangen, riecht zutiefst nach Erde, nach nassem Laub und nach Lehm, sie sieht einen hoch aufgerichteten Schatten und erschauert, als sie darin einen menschlichen Umriss erkennt, lehmverschmierte Schuhe und darüber ein paar Beine in Jeans und ein grauenhaftes bleiches Ding, das wie ein Fleischzipfel herabbaumelt, und darüber das weiße Gesicht, das runde Gesicht des Mondes, das sich über sie beugt, immer größer und verzerrt wie in einem gewölbten Spiegel, die Augen so starr, dass sie nicht anders kann, als hinzusehen, und obwohl sie ihre Augen zukneift, sieht sie die anderen noch, selbst wenn man sich krümmt und das Gesicht abwendet und Fäuste und Lider zusammenpresst, um einem Albtraum zu entkommen, lässt er sich nicht unterbrechen. Doch das Gesicht ist gar nicht da, sie öffnet die Augen, und es ist verschwunden, sie hat ihre ganze Kraft darangesetzt, den Traum zunichte zu machen, ist gerade noch rechtzeitig aus ihm aufgetaucht, um nicht inmitten des Albtraums ausgelöscht zu werden, und was sie jetzt sieht, ist auch keine menschliche Gestalt, sondern der Stamm eines Baumes, und das Gesicht hoch oben ist der Mond. Jetzt hört sie etwas ganz in ihrer Nähe, den Atem von etwas oder jemandem, schleppend und würgend, es würgt sie, zerquetscht ihre Lunge, wird ihr das Brustbein und die Rippen brechen, verstopft ihr Mund und Hals, droht den Faden von Luft und Eis zu zerreißen, der sie noch am Leben hält, etwas, das zunehmend schabt und kratzt, langsam beweglicher wird, aus der wattigen Lähmung eisiger Kälte und des Traums erwacht, aus totengleicher Schläfrigkeit, in die es nun mündet wie ein nächtlicher Fluss in die unendliche Schwärze des Meeres: Es ist eine Hand, die über feuchte Erde tastet, langsam über den Boden gleitet wie eine Nacktschnecke oder Raupe, sich ihrem Gesicht und ihren weit offenen Augen nähert, und es ist ihre Hand, die ihr aber noch nicht gehorcht, sie schaut sie an und bittet, dass die Finger sich krümmen mögen, und die Finger bleiben steif, starr vor Kälte, die Wölbung der Hand schließt sich über ihrem Gesicht, doch dies ist eine andere, größere Hand, die Nägel ihrer Finger sind rissig und schwarz gerändert, sie muss die Augen schließen, damit der Albtraum nicht zurückkehrt, in einem Schlafzimmer voller Schatten die Augen zusammenkneifen und den ganzen Körper einrollen, doch sie kann sich nirgends verstecken, hat nichts, womit sie sich zudecken kann, kann sich nicht einmal zur Wand drehen und die Knie an die Brust ziehen und Decken auf sich häufen, und sie begreift jetzt, dass sie nackt ist, dass sie nicht in einem Bett liegt, sondern auf der nassen Erde am Fuß eines Abhangs, dass es nichts gibt, womit sie sich zudecken kann. Sie will sich bewegen, doch weder Arme noch Beine gehorchen ihr, und die Finger bleiben eisig und steif, sie will atmen, und je mehr sie es versucht, desto mehr schnürt es ihr die Luft ab, sie will schreien und kann nicht, geknebelt, erstickt, vielleicht schon tot und ihren Tod erträumend, sie versucht, sich an etwas zu erinnern, und die Erinnerung ist ebenso unmöglich wie Bewegung oder ein Schrei. Aber sie gibt nicht auf, ist von der gleichen Besessenheit beseelt, mit der man gegen den Schrecken eines bösen Traums ankämpft, sie zittert, ohne mit den Zähnen zu klappern, denn ihre Kinnlade ist so weit aufgerissen, dass der Schmerz unerträglich wird, obwohl nicht unerträglicher als jener, der ihr den

Unterleib zerreißt, sie fühlt, wie das Zittern in der Kälte sich zu Krämpfen verdichtet, kann jetzt unmöglich mehr an sich halten und lässt hemmungslos alles laufen, uriniert ohne Ende, fühlt eine brennende Wärme an den Innenseiten ihrer Schenkel, die sogleich erkaltet und zu eisiger Nässe wird, zu einem maßlosen Brennen, doch es ist dieses Brennen und die Kälte, die sie noch ein Stückchen weiter in den Wachzustand treiben, der aufbegehrende Schmerz und das Zittern halten den Blutkreislauf mit blinder organischer Beharrlichkeit in Schwung und sorgen dafür, dass die Finger sich krümmen und wieder öffnen und sich langsam zum Gesicht vortasten und dort etwas ergreifen, den Zipfel eines von Speichel triefenden Stoffs, ohne Kraft noch immer, allein vom Instinkt getrieben und gelenkt, doch den Fingerspitzen gelingt es jetzt, sich um dieses nasse Ding zu schließen und daran zu zerren, und sie merkt, dass der Knebel, der ihr in Hals, Mund und Nase gedrungen ist, herausgezogen werden kann und dass der Atem, den sie ganz in ihrer Nähe gehört hat, ihr eigener ist, kurz vorm Ersticken. Doch die Finger können nicht oder wissen nicht, wie, sie geben nach, die Fingernägel verlieren den Zipfel Stoff, die Verzweiflung, nicht atmen zu können, presst ihr wieder Rippen und Lungen zusammen, als kniete jemand auf ihr. Und in einem erneuten Aufblitzen von Erinnerung oder Traum sieht sie ihn jetzt, beide Knie in ihre Brust gebohrt, ihr Brustkorb kurz davor, wie eine trockene Nussschale zu zerbersten, die Knie drücken und zerquetschen sie, drücken sie hinunter, und ihr Mund ist weit aufgerissen, und sie kann nicht atmen, doch bevor sie noch einmal ohnmächtig werden kann und dem Vergessen oder der Bewusstlosigkeit oder vielleicht dem Tod entgegentreibt, werden die Finger der Hand lebendig und tasten über das Gesicht, und die Fingernägel finden einen Rand und ziehen daran, und der Knebel oder der Stoff oder der Tüll, der sie erstickte, wird nach und nach herausgezogen, befreit ihren Mund und ihre gequetschte Zunge und dann Kehle und Nasenlöcher, jetzt endlich kann sie atmen, verschluckt sich gierig an der einströmenden Luft, hustet, berauscht sich an der eisigen, feuchten Luft, dem Geruch von Erde und Laub, der von Regen durchtränkten Rinde der Pinien, sie hört sich atmen und fühlt die Rippen sich heben und senken, doch sehr tief kann sie nicht einatmen, denn der Schmerz in den Lungen und in ihrem Brustbein ist so unerträglich wie der, der durch ihren Unterleib fährt, wie die beißende Säure ihres Urins im aufgerissenen Fleisch der blutleeren Wunde. Sie schluckt, und der Blutgeschmack in ihrem Magen ruft würgende Übelkeit hervor, sie wälzt sich auf die Seite und rollt ein paar Schritte über die Erde nach unten, auf eine Finsternis zu, die der Mond nicht erreicht: bäuchlings jetzt, mit offenem Mund. Piniennadeln stechen in die gequetschte Zunge, und in den Blutgeschmack mischt sich der Geschmack von Erde, sie stützt ihre Hände zu beiden Seiten ihres Körpers auf, schafft es, sich ein wenig aufzurichten, und da hört sie etwas und braucht endlos lange, bis sie herausfindet oder sich erinnert, was es ist, die Glockenschläge einer Uhr, einer Turmuhr, denkt sie, eine große gelbe Uhr, so unnahbar und gleichgültig wie der Vollmond in dunkler Nacht, während sie vorwärts geschoben und von jemand festgehalten wird, die Autos und die Gesichter der Menschen einem Traum angehören, der noch nicht voller Schrecken ist, sondern von hypnotischer Fremdheit, einer Lähmung des Willens und der Stimme, allerdings nicht der Beine, die sich gehorsam bewegen, nicht von schwachen Knien gehalten, sondern von der schiebenden Hand auf der Schulter, im Nacken, von den Fingern, die sich unter dem Haar tief in ihre Haut graben. Sie hört das Läuten, will die Schläge zählen und kann nicht, jeder Glockenschlag scheint der letzte zu sein, doch dann folgt ein weiterer, und dieses Läuten hat ihr die Erinnerung an die Stadt zurückgegeben, ihr Aussehen, nur wer sie selbst ist, weiß sie nicht, hat nicht einmal eine Ahnung von eigener Identität, sie hört das Läuten der Glocken vom Turm und sieht Straßen an ihrem inneren Auge vorüberziehen wie in einem Film, den keiner sieht: Sie stützt die Handflächen, die Knie, den Bauch und die eingedrückte Brust auf die Erde, überall Kratzer auf der Haut, wie von Fingernägeln gerissen, sie stemmt sich hoch, aber sie hat keine Kraft in den Armen, bricht wieder zusammen, Pinniennadeln stechen in ihre Lippen, ihre Lider, sie schiebt eine Hand vor, suchend, tastend, berührt raue Baumrinde, die Finger klammern sich daran fest, sie schiebt den ganzen Körper ein Stück nach oben, zuerst ein Ellenbogen, dann der andere, danach die aufgeschürften Knie, der brennende Schmerz in ihnen fast so stark wie der in ihren Leisten, sie atmet stärker, die Zunge immer noch eingequetscht zwischen den Lippen, die Hände haben es jetzt geschafft, sich an der furchigen rauen Rinde festzuhalten, sie schiebt sich noch ein Stückchen näher heran, Zentimeter um Zentimeter, hockt sich auf die Knie, hält inne, um wieder zu Atem zu kommen, den Kopf zwischen die Schultern gezogen, die Kälte bringt sie um, ein kleines Stück über sich erkennt sie das Ende des Erdwalls, so nah und doch so fern wie die hohe Krone des Baumes über sich, wie der Mond oder die gelbe Uhr, sie streckt die Hand aus, und es ist, als versuche sie sich aus dem Wasser heraus am glitschigen Rand glatter Fliesen oder Felsen festzuhalten. Doch aufgeben wird sie nie, wird sich nie vom Tod oder von einem Albtraum verschlingen lassen, von dem sie noch nicht weiß, dass er Wirklichkeit gewesen ist, weil sie nicht weiß, wer sie ist, noch, wo sie ist, noch, was ihr zugestoßen ist, und nur zerbrochene Bilder eines bösen Traums voller Schrecken hat, voll elementarer Empfindungen von Kälte, Schmerz und Ersticken und der Drang, nach und nach auf die Beine zu kommen und gierig die Luft einzusaugen, ist so unpersönlich und hat so wenig mit Willen zu tun wie die Kraft, die den Saft der Bäume aus den Wurzeln nach oben treibt. Auf Handflächen und Knien kommt sie langsam vom Boden hoch, mit einem Bewusstsein, das so ausschließlich körperlich ist wie das eines betäubten oder verletzten Tieres, und mit demselben Instinkt findet sie ein Hemd, das in ihrer Nähe am Boden liegt und von dem sie nicht weiß, dass es ihr gehört hat, zieht es irgendwie an und erreicht auf allen vieren eine ebene Fläche, auf der Handhallen und Knie keinen Matsch und keine Piniennadeln mehr finden, sondern spitzen Schotter und Glasscherben. Sie keucht, immer noch in der frühzeitlichen Haltung eines verschreckten Tiers, sie findet Halt, kommt auf die Beine, und woran sie sich festgehalten hat, ist jetzt kein rauer Baumstamm mehr, sondern eine glatte, kalte Oberfläche, das Eisen einer kaputten Laterne. Steine und Scherben bohren sich in ihre Fußsohlen, aber sie merkt es nicht, sie sieht Schatten von Bäumen und Hecken und in weiter Ferne schwache Lichter über weiß gekalkten Häusern und ein weites, tiefblaues Tal, gesättigt von Nebeln und dem hellen Licht des Mondes. Sie geht ein paar Schritte, zitternd, schwindlig, ihre Beine so schwach, dass sie wieder zusammenbrechen würde, wenn sie sich nicht zwänge, auf den Füßen zu bleiben, etwas Kaltes und Feuchtes rinnt an ihren Schenkeln hinab, und sie glaubt, ein Geräusch hinter sich zu hören, sie dreht sich um, und eine Sekunde lang wird der Schatten eines Baumes zum Schatten eines Mannes mit totenbleichem Gesicht. Sie will fortlaufen und kann nicht, hört eine sanfte Stimme, die sie ruft oder sie beschimpft und abscheuliche Wörter benutzt, von denen sie gar nicht wusste, dass es sie überhaupt gibt, sie tut einen Schritt und noch einen, und die Glasscherben bohren sich in ihre Fußsohlen, doch sie spürt

nicht den Schmerz, weil der andere, der wie ein scharfer Haken
an ihrem Unterleib reißt, viel schlimmer ist, sie will sich nicht
mehr umdrehen, um diesen Schatten nicht sehen zu müssen,
das bleiche Totengesicht, das vom Mond beschienene Tal mit
seinen Bodennebeln und einem dunkelblauen Hintergrund
von schneebedeckten Bergen, das diesen Tälern der Träume
ähnelt, in dem die Toten wohnen. Sie kann nicht davonlaufen,
aber sie träumt, dass sie läuft, sie rennt nun schon und hat das
Gefühl, sich immer noch nicht bewegen zu können, sie rennt
auf das Ende der Dunkelheit zu und hört das Scharren ihrer
Füße und das verzweifelte Keuchen ihres Atems. Der Wind
bläst ihr Haar nach hinten und lässt ihr Hemd offen flattern, in
ihrem Traum oder ihrer Vorstellung rennt sie und entfernt sich
dabei von dem Tal und dem Mond und den Schatten der
Bäume und kommt jetzt an eine Stelle, wo kein Kies und kein
Glas mehr ist, sondern Asphalt, und wo nicht mehr der Mond
auf sie scheint, sondern hohe gebogene Laternen, fast nackt
läuft sie über eine lange leere Straße, in der alle Haustüren geschlossen und die Lichter hinter den Fenstern erloschen sind,
und da alles so ist wie in einem Traum, rennt sie, ohne voranzukommen und ohne zu ermüden, und weiß nicht, wer da
sieht, was sie sieht, und wem widerfährt, was sie durchlebt: Sie
rennt mit offenem Mund, mit geschwollener Zunge, mit etwas
Flüssigem, das an ihren Beinen herunterrinnt wie der Speichel
an ihrem Kinn, sie rennt mitten auf einer Straße, in der es
keine anderen Lichter gibt als die der Peitschenlampen und
nicht den geringsten Hinweis auf menschliches Leben mehr,
vor sich sieht sie weiter oben andere Lichter und einen Turm
und an dem Turm eine gelbe Scheibe, die weder Mond noch
Gesicht ist, dort muss sie hin, und sie kann nicht, vielleicht
träumt sie doch und hat sich in Wirklichkeit gar nicht fortbewegt von diesem Abhang, ist längst erfroren, längst tot, sie stol-

pert, ein unerträglicher Schmerz durchzuckt ihre Zehen, die gegen eine Bordsteinkante gestoßen sind, sie stolpert und fällt zwischen zwei Autos zu Boden, sie bringt ihre Hände nicht rechtzeitig nach vorn und schlägt mit dem Gesicht auf die Gehsteigplatten, aber sie kommt wieder hoch, wieder auf allen vieren, keuchend, den Kopf zwischen die Schultern gezogen, kein Mensch, kein Tier, voller Entsetzen, überlebend, eine nackte Gestalt mit wirrem Haar und lehm- und blutverschmiertem Gesicht, schwankend in der traumwandlerischen Normalität der leeren Straße und der geparkten Autos, sie lehnt sich an eines, an das eisige Metall, sie atmet tief durch und streicht sich das Haar aus dem Gesicht, und wieder rennt sie und träumt jetzt nicht mehr, sieht andere Lichter, ein hohes, dunkles Denkmal zwischen Bäumen, den Turm und die Uhr, genauso unerreichbar, doch jetzt vernimmt sie Stimmen und weiß nicht, dass sie sie rufen, sie rennt und stürzt, von einem Schwächeanfall überwältigt, zu Boden und spürt mit schwindenden Sinnen, dass man sie umringt und zu ihr spricht, dass sie vom Boden aufgehoben, zugedeckt wird, man trägt sie irgendwo hin, legt sie nieder, und alles ist warm, und die Stimmen sind neben ihr und klingen doch so weit entfernt, als kämen sie aus einem Radio. Eine warme raue Hand streicht behutsam über ihr Gesicht, etwas noch Wärmeres wird jetzt über sie gelegt, bedeckt sie, hüllt sie ein, nah an ihrem Ohr spricht jemand ein Wort, wiederholt es, und sie weiß noch nicht, dass sie ins Leben zurückgekehrt ist und dass man sie bei ihrem Namen nennt.

25

»Sie kann sich wieder anziehen«, sagte Ferreras, während er sich die Gummihandschuhe abstreifte, in demselben Ton, in dem er mit dem Mädchen, Paula, sprach, seit er sie ins Behandlungszimmer kommen sah, immer noch sehr blass, in die Decke gehüllt, die die Taxifahrer über sie geworfen hatten, das Haar immer noch wirr und mit großen violetten Ringen unter den Augen, in Begleitung ihres Vaters, der seinen Arm behutsam um ihre Schultern gelegt hatte und mit leiser Stimme auf sie einsprach, flüsternd beinah, als übersetze er ihr das, was die anderen sagten und was zu verstehen sie immer noch nicht imstande war, die Anweisungen der Polizisten und der Sanitäter vom Rettungsdienst, des kräftigen Mannes mit dem grauen Haar, dem gebräunten Gesicht und dem weißen Kittel, des Gerichtsarztes mit den stillen, exakt bemessenen Bewegungen, der dem Mädchen kurz mit der Hand über das wirre, noch immer von Erdkrumen und Piniennadeln beschmutzte Haar gefahren war und sie sofort zurückzog, als sie entsetzt zur Seite wich, instinktiv wie ein geprügeltes Tier.

»Ganz ruhig«, sagte der Arzt, »ich tu dir nichts, ganz ruhig, mein Herz«, und der Vater trat zu ihr an die Liege, auf der sie saß, ergriff mit feuchten Augen ihre Hände und versuchte zu lächeln, wiederholte oder übersetzte für sie die Worte, die Ferreras gesprochen hatte. »Komm, mein Liebes, ganz ruhig, alles wird wieder gut.« Das Mädchen warf sich in die Arme des Vaters und verbarg den Kopf an seiner Brust, begann zu zittern und zu schluchzen, ein kehliger, erstickter Laut, der nicht ganz menschlich klang, ein Wimmern, wie Ferreras es nie zuvor gehört hatte und das sein Blut gefrieren ließ ob des urtümlichen Anklangs von Leiden und Entsetzen, von unheilbarem und unbegreiflichem Grauen, wie es vor zwanzig- oder dreißigtausend Jahren eine Frau hätte empfinden können, die, vom Prankenhieb oder vom Biss eines Raubtiers niedergestreckt, in der Finsternis eines Waldes auf der Erde lag.

Er wandte sich ab, um die Umarmung von Vater und Tochter nicht zu stören und nicht in ihrem Blickfeld zu sein, hielt sich im Hintergrund und hob die Decke vom Boden auf, in die das Mädchen gehüllt war, als man sie zu ihm brachte, untersuchte sie ruhig im Licht einer starken Lampe, suchte nach Hinweisen und benutzte seine kleinen Pinzetten, um Piniennadeln herauszuziehen, Baumrindensplitter, einen winzigen Krumen lehmiger Erde oder Blut, blutgetränkter lehmiger Erde. Das Mädchen hatte noch kein Wort gesprochen, und er hatte nicht zugelassen, dass man ihr Fragen stellte. Sie riss den Mund auf, als wolle sie schreien, warf sich von Krämpfen geschüttelt nach vorn, und ihr Vater hielt ihren Kopf und strich ihr das Haar zur Seite, während sie geringe Mengen einer gelblichen Substanz erbrach. Man hatte ihr ein leichtes Beruhigungsmittel gespritzt, eine Krankenschwester hatte versucht, ihr ein paar Schlucke heißen Lindenblütentees einzuflößen, weil sie noch immer blau vor Kälte war und den Eindruck machte, als habe sie mit Not einen Schiffbruch überlebt, eine Katastrophe, die kein anderer bemerkt hatte und deren einzige Zeugin sie war; eine Zeugin, die kein Wort herausbrachte, deren Zunge immer noch etwas geschwollen war, in einem zerrissenen Hemd, das ihr kaum bis zu den Schenkeln reichte, mit lehmverschmiertem, blutigem Unterleib.

Die einzige Linderung, den einzig möglichen Halt angesichts der schlichten Wut und des Ekels fand er wie immer in der peniblen Verrichtung der Kleinarbeit. Papiere, die ausgefüllt werden mussten, Daten, Zahlen, Uhrzeit der Einlieferung, Name der Patientin, des Vaters, der Mutter oder des Vormunds, Anschrift. Er hätte eine Krankenschwester bitten können, sich um diese Formalitäten zu kümmern, wie er sie auch hätte anweisen können, dem Mädchen die Spritze zu setzen, aber er zog es vor, alles selber zu machen, nicht aus Misstrauen, sondern um der inneren Disziplin willen, um den Anschein von Normalität und effektiver Alltagsarbeit zu erhalten. »Wie, bitte«, fragte er den Vater, »ist der vollständige Name des Mädchens?«, und der Mann, ohne sich von seiner Tochter zu lösen, neben der er auf der Liege saß, antwortete ernst und mit leiser Stimme, willig und ohne Umschweife, man sah ihm an, dass er ein besonnener, moralisch gefestigter Mensch war, was ihm zweifellos half, nicht die Nerven zu verlieren, danke und bitte zu sagen und in einem zärtlichen Ton ohne Anzeichen von Erregung, Zorn oder Hass mit seiner Tochter zu sprechen und nicht zuzulassen, dass der eigene Schmerz und das Leid der letzten Stunden, in denen das Mädchen verschollen war, sich dem der Tochter zuschlug und es noch vermehrte. Seiner Frau habe man ein starkes Beruhigungsmittel gegeben, erklärte er Ferreras, als wolle er ihre Abwesenheit entschuldigen: Wenn sie am nächsten Morgen erwachte, würde sie erfahren, dass ihre Tochter in Sicherheit war. »Ich könnte Ihnen auch eins geben«, sagte der Arzt, doch er schüttelte entschlossen den Kopf, hielt sein Kind fest in den Armen, er wollte nicht schlafen, seine Tochter keine Sekunde allein lassen, und seine geröteten Augen füllten sich wieder mit Tränen, er suchte nach einem Papiertaschentuch und fand nur die leere Cellophanhülle des Päckchens. Ferreras öffnete ein neues und hielt es ihm hin, und nachdem der Mann sich die Tränen abgewischt und sich geschnäuzt hatte, dankte er ihm, stets wohlerzogen, dankbar, streichelte zärtlich das Haar und die Wangen seiner Tochter, wisperte ihr kindliche Koseworte ins Ohr, Namen, die er vielleicht seit Jahren nicht mehr ausgesprochen hatte, denn das Mädchen war kein Kind mehr, hatte schon seit Monaten seine Regel, seit fünf Monaten genau, sagte er mit einer Natürlichkeit, die Ferreras von Vätern nicht gewohnt war. Er fügte den Hinweis in eines der Formulare ein, knöpfte seinen Kittel zu und streifte sich langsam die Gummihandschuhe über.

»Muss ich draußen warten?«, fragte der Vater, einen furchtsamen Ton in der Stimme.

»Mir wäre es lieber, Sie blieben.« Ferreras trat zu der Liege, und das Mädchen, obwohl es ihn nicht ansah, wich an die Wand zurück. »Helfen Sie ihr, sich hinzulegen. Sagen Sie ihr, sie braucht keine Angst zu haben.«

»Was hat man meiner Tochter angetan!« Der Mann beugte sich über sie, klopfte das kleine Kissen unter ihrem Kopf zurecht, bedeckte ihre Brust mit dem Hemd. »Wer kann so etwas tun!«

»Berühren Sie noch nicht ihr Haar«, sagte Ferreras. »Helfen Sie ihr, die Beine ein wenig mehr zu spreizen. So. Sie muss schlimme Schmerzen haben.«

Er zog das Licht näher heran, setzte sich ans Fußende der Liege, zwischen die gespreizten und erhobenen Knie des Mädchens. Er nahm Proben von Blut und Ausfluss, bürstete vorsichtig den zarten Flaum des Schambeins, fand mehrere dunkle, gekräuselte, harte Haare, die er in einem Plastikbeutel verwahrte: Er hatte das spontane und überwältigende Gefühl, sie zu erkennen, eine Spur wieder zu finden, die er vor Monaten verloren hatte, allerdings nicht auf einer Untersuchungsliege, sondern auf einem Tisch des Leichenschauhauses, eine Spur so vertraut wie eine Stimme, wie ein Gesicht, das er mehrmals verschwommen gesehen und nun wieder erkannt hatte, ganz deutlich jetzt und unverwechselbar.

»Du also wieder«, dachte er, als er mit einer ungewöhnlichen Behutsamkeit, die er in seinen Fingern gar nicht vermutet hatte, das eingerissene, blutunterlaufene Geschlecht des Mädchens untersuchte, die Wunden, die Kratzer, das unendlich verwundbare rosa Fleisch, jeder Grausamkeit schutzlos preisgegeben. Der geringste Druck löste bei dem Mädchen krampfhafte Schmerzen aus, und er versuchte sie zu beruhigen, indem er leise auf sie einsprach, ich tu dir nichts, mein Schatz, dir wird nichts passieren, die Untersuchung ist gleich vorbei. Er sah sich die aufgeschürften blutigen Knie an, die Haut an den Schenkeln, die allmählich wieder warm wurde, obwohl sie noch immer eine bläuliche Blässe zeigte, die lehmverschmierten zarten Fußsohlen, in die sich Glassplitter und spitze Steinchen gebohrt hatten. Er zog sie vorsichtig mit der Pinzette heraus, verwahrte sie in einem anderen Beutel, mit einem anderen Etikett, und murmelte mit zusammengebissenen Zähnen: »Du bist es also wieder, du Schwein, hast sie an dieselbe Stelle bringen müssen.«

»Haben Sie etwas gesagt?«, fragte der Vater, der den Kopf des Mädchens hielt und noch nicht wagte, nach dem Ergebnis der Untersuchung zu fragen.

»Nein, entschuldigen Sie.« Ferreras hatte dem Mädchen geholfen, die Beine auszustrecken, und sie dann bis zur Hüfte mit einem Laken zugedeckt. »Ich habe nur mit mir selbst gesprochen.«

Die Blutergüsse an den Hüften und auf der straffen Haut über den Rippen, die Kratzspuren, die geröteten Stellen vom Druck der Finger: Ich kenne dich, dachte er, sagte er tonlos, und jeder weitere Fund bestätigte ihn in seinem Gefühl, seiner rachsüchtigen Gewissheit, wieder ein Schamhaar im Mund,

unter der Zunge, die Spuren der Fingernägel am Hals, die blutunterlaufenen Flecke an den Schultern und im Nacken, deutlich wie Fingerabdrücke, genau wie beim vorigen Mal, wie die
auf Kalk gemalten Hände, die er in marokkanischen Dörfern
gesehen zu haben sich erinnerte, blaue Umrisse von Händen,
so viele Jahre war das her. Er legte sich die Fachausdrücke zurecht, die er später in seinem Bericht verwenden würde, die
exakten Begriffe, mit denen das Ungeheuerliche beschrieben
und zugleich entrückt wurde, vor allem aber stellte er sich vor,
dass er mit dem anderen sprach, den er an den Spuren seines
Handelns erkannte, an dem leichten Einschnitt des Messers
unter einer der kindlichen Brüste, an den borstigen, gekräuselten Haaren, vor allem jedoch an etwas, von dem er bereits
fest überzeugt war, obwohl ihm die Bestätigung der Labor-
untersuchung von Ausfluss und Blut noch fehlte, ein Hinweis, der ihm gleichsam das unverkennbare, wenn auch noch
teilweise im Dunkeln liegende Profil des Angreifers zu sein
schien, der fast zum Doppelmörder geworden wäre. Er sagte
es laut, weil er wusste, dass der Vater dies am ungeduldigsten
erwartete und fürchtete, wonach zu fragen er sich bisher nicht
getraut hatte, während er bei seiner Tochter saß, ihre Hände
streichelte, ihr kindliche Kosenamen ins Ohr flüsterte und aus
den Augenwinkeln die Bewegungen des Arztes beobachtete,
sein wechselndes Mienenspiel.

»Sie ist nicht vergewaltigt worden. Jedenfalls nicht im tech-
nischen Sinne des Wortes, falls Sie das tröstet«, sagte Ferreras.
»Ihr Hymen ist zerrissen, aber es gibt keine Spuren von Pene-
tration. Keine Spermarückstände.«

»Gott sei Dank.« Der Mann hatte seine Hände wie zum Gebet unter dem Kinn gefaltet. »Darf sie nach Hause?«

»Es ist besser, wenn sie hier unter Beobachtung bleibt, acht-
undvierzig Stunden wenigstens. Wir müssen Röntgenaufnah-

men machen, vom Brustkorb vor allem, möglicherweise ist eine der Rippen gebrochen. Ich werde ihr jetzt eine Spritze geben, danach wird sie mindestens zwölf Stunden schlafen. Ruhe ist das, was sie am dringendsten braucht. Sie können aber hei ihr bleiben.«

Der Vater half ihr aufzustehen und legte ihr wie einem benommenen oder verschlafenen Kind den Krankenhausbademantel um, den eine Schwester hereingebracht hatte. So blass, mit den violetten Rändern unter den Augen und dem Bademantel, der ihr viel zu groß war, wirkte sie plötzlich nicht mehr wie ein Mädchen, das gerade in die Pubertät gekommen ist, sondern wie eine geschwächte, von Krankheit oder Hunger ausgezehrte und vom Entsetzen in den Wahnsinn getriebene Frau, wie die jüdischen Frauen auf Fotos von Konzentrationslagern. Man werde sie gleich auf ein Krankenzimmer bringen, sagte Ferreras. Aber vielleicht wird sie sich ja erholen, dachte er, hoffte und wünschte er mit einer zutiefst empfundenen und weltlichen Art von Gebet, sie ist erst zwölf, die ganze organische Anlage, zu wachsen und zu vergessen, ist noch intakt: Du hast sie nicht umbringen können, du Schwein, ihr weiteres Leben wirst du nicht vergiften. Mit äußerster Behutsamkeit injizierte er dem Mädchen ein Schlafmittel in den Arm und wies den Vater an, einen in Alkohol getränkten Wattebausch auf die Einstichstelle zu drücken. Jetzt wirst du schlafen, sagte er zu ihr und trat vorsichtig näher, obwohl sie diesmal nicht vor ihm zurückwich, du wirst bestimmt keine bösen Träume haben.

Er zog sich die Handschuhe von den Händen, ließ den weißen Kittel aber an und wusch sich die Hände. Als die Pfleger kamen, um das Mädchen auf sein Zimmer zu bringen, wandte sich der Vater an ihn und drückte ihm beide Hände, lange und sehr nachdrücklich, vor Schmerz, vor Erleichterung, aus

Dank. Er war ein junger Mann, noch keine vierzig, mit einem sanftmütigen Gesicht, trotz nervöser Erschöpfung und stundenlanger Angst, das dem seiner Tochter sehr ähnlich war.

Als er allein war, holte Ferreras einen versilberten Flachmann aus seiner Motorrad- und Forscherjacke, die am Kleiderständer hing, und trank einen Schluck Whisky, der ihm in der Kehle und danach im Magen brannte und ihn in einen Zustand erschlaffter Ruhe, Erschöpfung und Schlaflosigkeit versetzte: Um drei Uhr morgens hatte ihn das Telefon geweckt, und jetzt war es halb sechs, und es würde keine Minute vergehen, ohne dass jemand an die Tür klopfte. Er hielt sich das offene Whiskyfläschchen unter die Nase: Es roch nicht nach Alkohol, sondern nach Rauch und Algen, nach brackigem Wildwasser. Das Aroma des Malzwhiskys milderte die klinischen Gerüche in dem kleinen Raum und gewährte ihm so etwas wie Erholung und Vergessen.

Wo bist du jetzt, du Schwein, was fühlst du jetzt, was denkst du, was du getan hast. Die Tür wurde geöffnet, ohne dass jemand angeklopft hatte, und der Inspektor trat ins Zimmer.

»War er es?«

»Ich wette meinen Kopf, dass er es war.« Ferreras sah, dass der Blick des Inspektors zu dem offenen Flachmann wanderte: Er riecht den Whisky, genau wie er noch den Tabak riecht, und wird von den geliebten alten Düften betört, dem in Asche und Rauch aufgehenden Brand der süßen Krumen, den Alkoholmolekülen in der Luft. »Nehmen Sie einen Schluck.« Er hielt ihm die Flasche hin, der Inspektor wies sie mit einer raschen Bewegung zurück und wandte die Augen ab. »Malzwhisky gilt als Medizin.«

Aber da war etwas, und es war nicht der Alkohol und nicht die wieder auflebende Erregung der Suche, der neu eröffneten Jagd. Etwas, das jetzt da war und vorher nie in den grauen

Augen des Inspektors gewesen war, in seinen abwesend starrenden Pupillen, eine ängstliche Zerbrechlichkeit oder allgemeine Furcht, als habe er im Lauf der Tage, der wenigen Tage, die vergangen waren, seit Ferreras ihn zuletzt gesehen hatte, seine Selbstgefälligkeit oder Selbstsicherheit verloren, die so zu seiner Natur zu gehören schienen wie die graue Farbe seines Haars oder die geröteten Wangen, die rötliche Tönung seiner Backenknochen, die Haut stets wie angeregt durch einen kalten Wind, durch ein sehr viel nördlicheres Klima.

»An derselben Stelle«, sagte Ferreras. »Zur gleichen Zeit.«

»Hast du mit ihr gesprochen?«

»Sie kann nicht sprechen.« Ferreras war überaus verwundert, dass der Inspektor ihn mit einem Mal duzte. »Sie hatte Piniennadeln in ihrem Haar und an ihrem Hemd, genau wie Fatima. Wenn du willst, fahren wir zum Wall hinaus, und ich bin sicher, dass wir dort ihre Kleider finden.«

»Aber er hat sie nicht umgebracht.«

»Vielleicht weiß er das nicht.«

»Was soll das heißen?«

»Möglicherweise hat er sie für tot liegen lassen, wie Fatima.«

»Hat er versucht, sie zu erdrosseln?«

»Ihr Unterkiefer war ausgerenkt und ihr Zungenbein fast gebrochen. Der Mund war voller Baumwollfäden.«

»Er wollte sie ersticken, so wie Fatima.«

»Ganz genau.«

»Fahren wir zum Wall.« Der Inspektor erhob sich, und Ferreras bemerkte, dass er sein Hemd nicht richtig zugeknöpft hatte und dass an seinem Kragen, nahe dem Krawattenknoten, der lockerer saß als bei ihm üblich, eine Spur von Lippenstift zu sehen war. Das war es also: Undeutlich, tief am Grunde der Erregung und der Erschöpfung, der Dringlichkeit der Spurensicherung, des Identifizierens von Hinweisen, empfand Ferreras Neid, einen melancholischen Groll. »Ich habe mit den Taxifahrern gesprochen, die sie gefunden haben, mit dem Dienst habenden Arzt und mit dem Vater des Mädchens«, fuhr der Inspektor fort. »Es ist zwar so gut wie unmöglich, aber ich will versuchen, dass morgen nichts in der Zeitung steht, dass jeder den Mund hält.«

»Willst du ihn in Sicherheit wiegen?«

»Im Gegenteil«, der Inspektor hatte Ferreras' Blick wahrgenommen und fuhr sich instinktiv mit der Hand an den Hemdkragen. »Ich will ihn verunsichern. Ich will, dass er nichts darüber erfährt, ob das Mädchen tot ist oder ob man seine Leiche gefunden hat. Sprich du mit den Krankenschwestern und Pflegern, verpflichte sie, absolutes Stillschweigen zu wahren.«

Kurz nach sechs Uhr morgens verließen sie das Krankenhaus, beide schweigend, beide gegen die Kälte und die Nachtfeuchtigkeit in ihre Jacken gehüllt, Ferreras mit seinem Handkoffer zur Aufnahme von Beweisstücken und der Inspektor mit einer starken Taschenlampe in seiner Anoraktasche. Das Krankenhaus war ein freistehendes Gebäude am nördlichen Stadtrand, ganz in der Nähe der ersten Olivenfelder. Dunkle Wolkenballen, die von der gewellten Linie des Horizonts im Westen heraufzogen, hatten bereits den halben Himmel bedeckt und verbargen den Mond. Die Nacht war finsterer als ein paar Stunden zuvor, und das Licht hinter den Fenstern des Krankenhauses glänzte kalt wie aus unerreichbarer Ferne.

»Wir müssen uns beeilen«, sagte der Inspektor, als sie über den Parkplatz gingen. »Es fängt gleich an zu regnen.«

»Wie beim letzten Mal.« Ferreras hatte sich neben ihm ins Auto gezwängt, seine weite Lederjacke ließ ihn in dem engen

Raum noch wuchtiger erscheinen, den Handkoffer hatte er zwischen seine Beine gestellt. »Erinnerst du dich? Als wir Fatima fanden, setzte die Regenzeit ein. Es wehte derselbe Wind wie heute.«

Sie fuhren von Norden nach Süden quer durch die ganze Stadt, auf den im Licht der Bogenlampen verlassen daliegenden Straßen waren um diese Zeit kaum Autos unterwegs. Das Gesicht nah am kalten Glas des Wagenfensters, sah Ferreras geschlossene Haustüren und dunkle Fenster vorübergleiten, hinter einigen brannte schon Licht, das elektrische Licht einiger Frühaufsteher, die schnell noch ihren Milchkaffee tranken, bevor sie sich auf den einsamen Weg zur Frühschicht machten, glimmende Lämpchen hinter Rollläden, die vielleicht zu Schlafzimmern von Kranken gehörten oder solchen, die unter Schlaflosigkeit litten. Irgendwo ist der Kerl, dachte er, hier, ganz in unserer Nähe, vielleicht kann er nicht schlafen, und eines dieser Lichter ist seins, oder er liegt wach im Dunkeln, vielleicht schläft er ja auch, wer weiß, erschöpft, entspannt, überzeugt, vor jeder Strafe sicher zu sein.

»Ich will, dass er wartet und nichts passiert«, sagte der Inspektor in dem gepressten Ton dessen, der sich eine Sache lange still hat durch den Kopf gehen lassen. »Er soll die Zeitung von oben bis unten absuchen und nicht die geringste Meldung finden, nicht einmal, dass wieder ein Mädchen verschwunden ist. Er soll jeden Tag immer wieder das Radio einschalten, soll voller Nervosität auf die Fernsehnachrichten warten. Leuten wie dem geht es wie den Terroristen. Es erfüllt sie mit heimlichem Stolz, von ihren Heldentaten in der Zeitung zu lesen. Ich habe welche gekannt, die Zeitungsausschnitte in Alben verwahrten, wie manche Künstler das tun.«

Er ist gesprächiger als gewöhnlich: Ferreras registrierte immer noch mit peniblem Scharfblick jede kleinste Veränderung im Verhalten des Inspektors. Er sprach mehr, und er sprach schneller, blickte einem öfter in die Augen. In der Eingeschlossenheit des Autos glaubte er über dem Geruch von Heizung und feuchter Winterkleidung einen anderen, leichteren wahrzunehmen, nur ganz schwach allerdings, von Eau de Toilette oder Schminke, von weiblicher Nähe.

»Gegen neun hat man mich von deinem Büro aus angerufen«, sagte er mit kalkuliertem Vorsatz, mit dem größtmöglichen Anschein von Natürlichkeit. »Sie konnten dich nirgends finden und dachten, ich wüsste, wo du bist.«

Er beobachtete das Gesicht des anderen aus den Augenwinkeln, suchte nach einer Reaktion. Die Miene des Inspektors blieb unbewegt, er gab einfach keine Antwort, als habe er nicht zugehört, war im Augenblick so unzugänglich wie immer. Wieder waren sie zwei einander Fremde, die sich gemeinsam einer alle Kräfte beanspruchenden undankbaren Aufgabe widmeten, die frühmorgens um Viertel nach sechs durch den dunkelsten und dünnstbesiedelten Teil der Stadt fuhren, durch einen kleinen Park mit verhunzten Hecken, kaputten Laternen und umgestürzten Bänken gingen: schweigend, beinah verstohlen, der eine mit einer brennenden Taschenlampe in der Hand, der andere mit einem Köfferchen. Von den hohen, regenfeuchten Pinien auf dem Abhang drang ein starker Harz- und Holzgeruch zu ihnen.

»Ich war die ganze Zeit zu Hause, als sie bei mir angerufen haben«, sagte der Inspektor unerwartet. »Ich hatte den Hörer nicht richtig aufgelegt.«

Wenigstens hatte er nicht so getan, als habe er nicht gehört: Dass er sich verpflichtet sah, eine Lüge vorzubringen, war fast ein Akt der Höflichkeit. Hin und wieder brach der Wind eine Wolkenbank auseinander, und das Licht des Mondes zeichnete ihre beiden Schatten auf den Boden. Gleich darauf wurde es wieder finster, und nur der Lichtkreis der Taschenlampe wies ihnen den Weg.

Sie stiegen den Abhang hinunter, hielten sich an den Baumstämmen fest, um nicht auszugleiten, und fanden ohne Zögern die gesuchte Stelle, denselben Graben wie beim letzten Mal, die aufgescharrte Erde, die zerrissenen, herumliegenden Kleidungsstücke, sogar das Licht der Taschenlampe schien ihnen plötzlich dasselbe zu sein, und ohne ein Wort darüber zu verlieren, dachten beide, dass, um die Wiederholung des Ereignisses vollkommen zu machen, nur noch Fatimas kleiner, nackter Körper fehlte, allein mit den weißen Strümpfen bekleidet, mit diesem Knebel, der aus ihrem unnatürlich weit aufgerissenen Mund hervorquoll. Nur wenige Schritte von den beleuchteten Straßen der Stadt, wo Menschen leben und wo man Stimmen und Autohupen hört, waren der Erdwall und die mächtigen Pinien mit ihren hohen Kronen und schiefen Stämmen im Bewusstsein des Inspektors und des Gerichtsarztes zu einem urzeitlichen Wald des Schreckens und der Finsternis geworden, weit entfernt von der Gegenwart, vom Tageslicht, vom zivilisierten und bewohnten Teil der Welt.

Beide auf den Knien und die Köpfe nah beieinander, suchten sie am Rand des Lichtkreises der Taschenlampe, wie über einen Brunnen gebeugt, den Boden ab, tasteten über Piniennadeln und Wurzelwerk, während ihnen die feuchte Kälte bis in die Knochen drang: Ferreras' kleine Gerätschaften, Pinsel und Pinzetten, die Behutsamkeit eines Insektensammlers, mit der er die Kippe einer Fortuna aufnahm und in die bereitgehaltene Plastiktüte steckte, die Fußspuren, die der Inspektor eigenhändig fotografierte, wobei er mit dem Blitz der Kamera augenblickliche Schattenturbulenzen hervorrief, die Kleider des Mädchens, Stück für Stück, die Jeans, die Strümpfe, die Turnschuhe, mehrere Nummern größer als die von Fatima, den an einer Schulter blutbefleckten Pullover. »Fehlt noch das Höschen«, sagte Ferreras: Sie fanden es ein Stück weiter oben, und bevor er es einsteckte, untersuchte Ferreras es im Licht der Taschenlampe, es war zerrissen und immer noch feucht von Speichel und Blut und einem dickflüssigen Schleim. Sie erinnerten sich beide an den Moment, als Ferreras mit seiner Pinzette Fatima das Höschen aus dem Mund gezogen hatte, der so weit aufgerissen war wie ihre Augen, die Zunge tief in den Schlund hineingedrückt, das Zungenbein gebrochen, die kleinen Kinderzähne, die über den Rand der blutleeren Lippen hervorschauten.

Auf einer der wenigen unversehrten Parkbänke ordnete Ferreras seine Funde im Licht der immer schwächer werdenden Taschenlampe: Während sie suchend über die Erde gekrochen waren, um keine noch so winzige Spur zu übersehen, die jeden Moment vom Regen verwischt werden konnte, hatten sie nicht gemerkt, dass es Tag zu werden begann. Im Osten, zwischen den noch dunklen Bergen und der Wolkenschicht, zeigte sich ein rötlicher Glanz, der sich langsam golden färbte.

»Steigt der Guadalquivir, steht das Wasser in der Tür«, murmelte Ferreras, mit dem Rücken zum Inspektor, und schaute auf das Tal hinaus, das bereits die gräuliche Farbe eines regnerischen Wintermorgens angenommen hatte.

»Was sagst du?«

»Ich habe nur mit mir selbst gesprochen.« Ferreras wandte sich um, sein Gesicht schon deutlich ausgeprägt in der gespenstischen Helle des Tagesanbruchs, der, wie aus dem Nichts gekommen, dem Mond jetzt so fern war wie der Sonne. »Mir ist nur ein Sprichwort eingefallen, das die Leute vom Land früher sagten, wenn sie zur Olivenernte so zeitig aufstanden, dass alle schon unterwegs waren, wenn es draußen noch dunkel war. Sie gingen ins Tal hinunter und sahen diesen roten Streifen dort über den Bergen, sie sagten, er sei ein sicheres Zeichen für Regen. Steigt der Guadalquivir ...«

Ihm war so klamm und kalt, dass er zitterte, seine Knie und sein Rücken schmerzten, als kündigten sie ihm bereits das Altersrheuma an. Von dem einsamen Park aus blickte er auf die weißen Häuser, die sich nach Süden hin an der alten, teilweise verfallenen Stadtmauer entlangzogen, auf die Dächer und Kirchtürme, die Straßenecken mit ihren Laternen, deren Licht von Minute zu Minute schwächer wurde. Er dachte daran, dass er den Tagesanbruch über dem Viertel von San Lorenzo und über dem Flusstal nicht mehr gesehen hatte, seit er als junger Mann in den Weihnachtsferien bei der Olivenernte geholfen hatte, um sein Medizinstudium zu finanzieren. Die Kälte jetzt und der Schmerz in seinen Gliedern sowie der fehlende Schlaf schwächten seine Abwehr gegen die Nostalgie, und er stellte fest, dass er sich einer schamlosen Sentimentalität hingab, was ihm, zu seiner großen Beunruhigung, immer häufiger passierte: Er dachte an das Essen mit Susana Grey, vor wenigen Tagen erst, an die traurig aufblitzende Eingebung, die ihn auf den leeren Platz an ihrer Seite aufmerksam machte, die Lücke oder den Schatten von einem, einem anderen Mann, der wieder einmal nicht er war.

»Dies war mein Viertel«, sagte er zum Inspektor. Sie hatten alle Beweisstücke und die Kleidung des Mädchens eingesammelt und verstauten sie in seinem Koffer. »An dieser Stelle hier war das Sommerkino aufgebaut, zu dem meine Eltern mich jeden Abend mitnahmen. Wir hörten schon von weitem die Filmmusik, und wenn wir hereinkamen, roch es immer stark nach Jasmin und Wunderblume. Ich weiß noch, wie dieser beschissene Park eingeweiht wurde; sieh nur, was daraus geworden ist. Es gab einen Rosengarten und einen Springbrunnen, und an den Sonntagvormittagen gingen hier die jungen Paare spazieren. Ich glaube, hier habe ich zum ersten Mal ein Pärchen gesehen, das sich an den Händen hielt, was für alle Welt das Modernste überhaupt war, denn bis dahin gingen die Brautpaare immer Arm in Arm. Es gab auch einen Kiosk auf Rädern, an dem man lose amerikanische Zigaretten oder eine Tüte gerösteter Mandeln kaufen konnte, und im Sommer einen Eiswagen, an dem es auch Zitronenlimonade gab. Sonntags im Parque de la Cava spazieren zu gehen war der letzte Schrei, und ich stellte mir vor, erwachsen zu sein und nach dem Hochamt in der Erlöserkirche hier Hand in Hand mit meiner Freundin umherzuschlendern und ihr eine Limonade oder ein Tütchen heißer Mandeln zu kaufen oder lose amerikanische Mentholzigaretten zu einer Pesete das Stück, ein Vermögen. Nun sieh dir an, was daraus geworden ist: gebrauchte Spritzen und zerschlagene Bierflaschen. Und dieser Scheißkerl schleppt zweimal ein Mädchen hierher, ohne dass ihn jemand sieht, ohne die geringste Gefahr. Selbst wenn sie geschrien hätten, würde niemand sie gehört haben. Was einmal mein Viertel war, ist eine Geisterstadt geworden.«

Sie standen am Auto, und der Inspektor hörte ihm zu, hielt die Autoschlüssel in der Hand, keineswegs ungeduldig, in einer Haltung willigen Zuhörens, die Ferreras nicht entging. »Ich werde alt«, erklärte er schulterzuckend und mit einer gewissen Selbstverdrossenheit, bevor er einstieg. »Es ist ein unangenehmer Gedanke, aber die Welt, wie sie ist, gefällt mir nicht mehr.« Außerdem wiederhole ich mich, dachte er voller Besorgnis, ich verkalke allmählich, zu wem habe ich vor gar nicht langer Zeit dieselben Worte gesagt: Zu Susana Grey hatte er sie gesagt, fiel ihm gleich darauf ein, am letzten Samstag, als sie Rotwein getrunken und gebratenen Fisch gegessen hatten, in einer delikaten Sauce, an einem Tisch mit Leinentischdecke und Stoffservietten, auf dem nur noch ein weiteres Gedeck vor einem leeren Stuhl fehlte, um den Schatten oder das offensichtliche Fehlen einer anderen Person vollends deutlich zu machen. Und bei dem Gedanken an sie erkannte er die Duftnote wieder, die er wahrgenommen hatte, als er in das Auto gestiegen war, und im selben Moment traf ihn die gleichermaßen von Hellsicht und Geruchssinn gespeiste Erkenntnis, dass die geisterhafte Präsenz vom Samstag in ihrer Wohnung und in ihren Augen in einer Art verborgener oder geheimer Symmetrie jener anderen unsichtbaren Präsenz entsprach, die jetzt den Inspektor umgab, die eine Spur von Lippenstift an seinem Hemdkragen hinterlassen hatte, einen Hauch von Eau de Toilette, eine bestimmte Art, gedankenverloren und beinah lächelnd vor sich hin zu starren. Susana, dachte er, als spreche er den Namen aus, Susana Grey, und erinnerte sich an die Dinge, die geschehen waren oder vor vielen Jahren eben nicht geschehen waren, und seine Niedergeschlagenheit wurde durch die schlaflose Nacht noch verstärkt, während er aus dem Seitenfenster in den anbrechenden Tag hinausblickte, der sich in den noch menschenleeren Straßen einnistete, während er die ersten winzigen Regentropfen wahrnahm, die lautlos gegen die Windschutzscheibe prallten.

»Siehst du, das Sprichwort stimmt«, sagte er und richtete sich auf, um die Müdigkeit abzuschütteln, beschämt zudem über diesen Ausbruch jugendlichen Jammers. »Steigt der Guadalquivir, steht das Wasser in der Tür.«

26

»Nicht dass mir die Kraft fehlt, mich immer noch weiter
zu verstecken«, sagte die raue, schartige Stimme hinter dem
Holzgitter, die abgenutzte Stimme, die wie Sandpapier klang,
kraftlos eigentlich, vor allem jetzt, da sie auf die augenfällige
Unterstützung der physischen Präsenz verzichten musste, wie
diese Stimmen, die ganz und gar andere sind, wenn man sie
am Telefon hört, die Dinge enthüllen, welche durch den Blick
auf die Person verdreht oder verzerrt werden, »ich bin einfach
zu alt für so was. Es ist unwürdig, zu lügen und sich zu verstecken, wenn man die fünfzig überschritten hat. Ich habe keine
Lust mehr dazu, das hauptsächlich, aber auch nicht mehr die
seelische Kraft, den blinden Glauben oder wie immer Sie das
nennen, was einen aufrecht hält, wenn man an nichts mehr
glaubt und nichts mehr erwartet. Ich könnte von heute auf
morgen in den Ruhestand gehen, wenn ich wollte. Man hat
es durchblicken lassen, als man meine Versetzung bewilligte,
wenn ich wolle, könne ich einen Posten in der Verwaltung bekommen und dort die Jahre absitzen, die mir bis zur Pensionierung fehlen, in der Presseabteilung oder sogar auf noch
höherer Ebene, eine hochrangige Beraterstelle im Ministerium
als Anerkennung meiner jahrelangen Erfahrung draußen, für
geleistete Dienste, wie es früher hieß. Ich weiß nicht, ob sie
mich befördern oder einfach nur aus dem Weg haben wollten, und wahrscheinlich wissen sie es nicht einmal selbst, in
diesem Beruf ist nichts eindeutig, schon seit Jahren wissen wir
nicht mehr hundertprozentig, wer sich innerhalb des Geset-

zes und wer sich außerhalb des Gesetzes bewegt, wer lügt und wer die Wahrheit sagt. Aber es machte mir große Angst, dass mir plötzlich bevorstand, was immer in so weiter Ferne gewesen war, die Abberufung oder, noch schlimmer, die Pensionierung, ein scheußliches Wort, die Pensionierung und damit das Alter, denn man glaubt ja immer, dass nur die anderen alt werden und sterben müssen, wie ja auch immer die anderen es sind, auf die Attentate verübt werden. Wenn einer von uns getötet wurde oder schwer verletzt, habe ich jedes Mal genau sein Vorgehen studiert, um herauszufinden, welchen Fehler er gemacht hatte, wo er unvorsichtig gewesen war, das war meine Art, mich zu beruhigen, denn ich war sicher, dass wir nicht alle vom gleichen Kaliber waren, dass es eine vernünftige Herangehensweise gab, die die Gefahr verringern, ja, sogar gänzlich auszuschließen vermochte. Natürlich war das zum großen Teil Selbstbetrug, kein Mensch kann alle Vorsichtsmaßnahmen treffen und alle Eventualitäten vorhersehen, niemand kann ganz sicher sein, dass da nicht jemand ist, der einem das Leben nehmen will, bereit, sein eigenes dafür aufs Spiel zu setzen. Sehen Sie sich nur diese palästinensischen Terroristen an, die sich mit Klebeband einen Sprengkörper um den Bauch binden, der nicht teurer und nicht schwerer ist als ein Walkman, in Jerusalem in einen Bus steigen und ein Massaker hervorrufen, das ist das Leichteste auf der Welt, daran ist nichts Verdienstvolles, oder die Terroristen hier bei uns mit ihren Panzerfäusten und ferngezündeten Bomben, deren Technik moderner ist als unsere eigene, und all die anderen, die bereit sind, ihnen Informationen zu geben, über Zeitabläufe und Gewohnheiten derer, die sie ins Visier genommen haben. Ich dachte, redete mir ein, alles unter Kontrolle zu haben, aber das war ein Trugschluss, wie wenn jemand getrunken hat und in ein Auto steigt und glaubt, dass er ganz sicher fährt, dass er einen klaren Blick und gute Reaktionen hat. Alles Lüge, aber eine sehr glaubhafte Lüge, sozusagen, bei der jede Kleinigkeit überzeugt, eine dieser Lügen, wie sie sich die großen Betrüger ausdenken, so vollkommen, dass sie gerade deswegen verdächtig sind, weil im wirklichen Leben nichts so vollkommen ist, so perfekt gemacht, alles scheint vielmehr eine Folge des Zufalls, der Eile oder Improvisation zu sein, die meisten Verbrechen jedenfalls, ausgenommen politische Verbrechen oder die von Profis begangenen, die sich tatsächlich sehr ähneln.«

Die Stimme verstummte, Pater Orduña hörte ein Schlucken und hatte das Gefühl, den Sprechenden, das vom kalten Halbdunkel der Kirche verhangene, von den rautenförmigen Öffnungen des Trenngitters zerteilte Männergesicht nicht zu kennen.

»Dafür ist der Alkohol gut«, fuhr die monotone Stimme fort, zögernd jetzt, als suche sie einen verlorenen Faden, »um Trugbilder zu erfinden. Man fährt betrunken Auto und setzt sein Leben aufs Spiel, sein eigenes und das von anderen, glaubt sich im Vollbesitz seiner geistigen Kräfte, und dabei sind die Augen blutunterlaufen, und der Atem riecht nach Whisky, und man denkt, niemand merkt etwas davon, man hat alles unter Kontrolle. Und so lebt man all die Jahre hindurch, verliert sich immer mehr in Trugbildern von allem, von Gesprächen, Freundschaften, Heldentaten und auch von sexuellen Bedürfnissen. Ich hielt mich für mutig, als ich trotz aller Todesdrohungen nicht um Versetzung bat, aber es war nicht Mut, es war der Starrsinn eines Betrunkenen, eines Betrunkenen der übelsten Sorte, der nicht weiß, wie tief er schon gesunken ist, der den anderen immer noch was vormacht. Das ist eigentlich gar nicht so schwer, weil viele trinken und die einen sich hinter den anderen verschanzen, und außerdem sind die Leute ja auch nicht besonders aufmerksam, wie eine Freundin von mir sagt, Susana Grey, ich weiß nicht, ob Sie sich an sie erinnern, in jungen Jahren, sagte sie mir, hat sie an ein paar Versammlungen mit Ihnen teilgenommen, die der christlichen Basisbewegung. Sie brauchen nicht ungeduldig zu werden, ich habe nicht schon wieder den Faden verloren, über sie wollte ich nämlich mit Ihnen sprechen, aber noch nicht jetzt, denn vorher muss ich Ihnen ein paar andere Dinge erklären, die Sie vielleicht gar nicht verstehen werden, weil Sie ja sicher nie im Leben Alkohol getrunken haben.«

»Ich trinke ihn jeden Tag bei der Messe, hast du das vergessen?«, sagte Pater Orduña mit einem Anflug von Spott, und die Stimme unterbrach sich, fuhr dann fort, in einem leicht gekränkten Ton, dem jeder Humor, jede Abweichung fremd war.

»Ich begann zu trinken, und alles andere kam automatisch, ich wurde sofort heiß, entschuldigen Sie den Ausdruck, brauchte dann gleich eine Frau, wollte sie sofort haben, ohne viel Gemache und großartiges Verführen, ohne jede Gefühlsduselei, ohne dabei überhaupt an Ehebruch zu denken. Unter anderem deswegen, weil ich gar nicht die Zeit dazu hatte, ich musste zu einer mehr oder weniger angemessenen Uhrzeit wieder zu Hause sein, musste stechen, wie ein Kollege es auszudrücken pflegte, der in dem Restaurant ermordet wurde, in dem er auf mich wartete. Sein Whiskyglas stand noch auf dem Tisch, als ich kam, sein Whisky und sein Kaffee, den er noch nicht einmal zu Ende getrunken hatte, und seine Zigarette im Aschenbecher. Es gab Clubs, wo man uns kannte und wo Polizisten nicht bezahlen mussten, Sie wissen, was ich meine, die gibt es in allen Städten, und in so mancher Nacht endeten wir dort oder ich allein, denn eigentlich hatte ich lieber niemanden dabei, ich habe mich immer geschämt, wie im Internat, wenn die anderen gruppenweise onanierten und Wettbewerbe veranstalteten, wer als Erster kam. Ich ging meistens allein in so einen Club, rief meine Frau an und sagte ihr, dass ich viel Arbeit hätte und sie nicht auf mich zu warten brauchte, doch oft rief ich auch gar nicht an, wollte es tun, später, wenn ich mein Glas ausgetrunken hatte, und wenn ich dann wieder auf die Uhr schaute, war es schon so spät, dass ich besser nicht mehr anrief, weil sie wahrscheinlich schon schlief und sich erschrecken würde, wenn zu solcher Zeit das Telefon klingelte. Aber sie schlief nicht, schlief nicht und glaubte mir kein Wort von dem, was ich ihr erzählte, sie wartete auf mich, in ihrem Morgenmantel und ihren Pantoffeln vor dem Fernseher, bis spät in der Nacht, ich kam und erzählte ihr irgendeine Geschichte, und sie machte mir Vorwürfe, weil ich sie nicht benachrichtigt hatte, fing an zu weinen, und ich empfand dabei vor allem nur Überdruss und wollte, dass das Ganze endlich aufhörte, damit ich ins Bett gehen konnte, denn es war immer dasselbe, wir taten und sagten immer dasselbe, sie mit ihren Vorwürfen und ich mit meinen Entschuldigungen und Lügen, jedes Mal dasselbe, ich weiß nicht, wie viele Jahre das so ging, und es wurde immer schlimmer, weil die anonymen Anrufe begannen, die Drohungen, man gab mir eine neue Telefonnummer, und eine Woche später kannten diese Leute sie schon wieder, und meine Frau war es, die sie sich anhören musste, nicht ich, denn ich war ja fast nie zu Hause. Zum Schluss ertrug sie keinerlei Klingeln mehr, egal ob vom Telefon oder vom Wecker oder vom Backofen, jedes Klingeln erfüllte sie mit Schrecken, und da, wo sie jetzt ist, halten sie es von ihr fern, wenn ein Anruf für sie kommt, geht eine Nonne zu ihr und sagt ihr Bescheid.«

Pater Orduña lauschte mit gesenktem Kopf, zum Holzgitter geneigt, mit halb geschlossenen Augen, die Hände im Schoß oder mit den Fransen seiner Stola spielend, in einer Haltung, die von keiner Liturgie diktiert wurde, sondern allein von der jahrelangen Gewohnheit geduldigen Zuhörens an immer derselben Stelle, des Zuhörens in dem Wissen, dass die Beichtenden eigentlich nicht seine Aufmerksamkeit verlangten, sondern nur seine abstrakte Anwesenheit auf der anderen Seite, das Geräusch seines Atems oder seiner Bewegungen, die Gewissheit, dass ihnen jemand zuhört, die an sich schon ein Teil der Erleichterung ist, der erhofften und stets erteilten Absolution. Manchmal döste er im Beichtstuhl ein, je älter er wurde, desto öfter und rascher und unvorhersehbarer überfiel ihn der Schlaf, der unruhige leichte Schlaf eines alten Mannes. An diesem Morgen war er aufgestanden, als noch tiefe Nacht herrschte, und als er in der Dunkelheit den Regen hörte, hatte er eine Anwandlung von Dankbarkeit, als sei ein Gebet erhört worden, sogar von Faulheit, dem Wunsch, einfach im Bett liegen zu bleiben und dem Regen zu lauschen, zumindest von einer so begrenzten oder verkümmerten Faulheit, wie sie eben noch heimisch sein konnte in einem tatkräftigen Charakter wie dem seinen, der so gar keine Gabe für das eigene Wohlbefinden hatte, weder sich etwas zu gönnen noch sich zu bemitleiden.

Der Regen klatschte mit solcher Wucht gegen das Fenster, dass die Scheibe erbebte, der Wind stürmte jetzt mit großer Heftigkeit über die Freiflächen, auf denen früher die Werkstätten und das Landwirtschaftsgebäude gestanden hatten und wo jetzt Rohbauten standen, mit metallischem Knarren schwankende Kräne, während sich die Gruben für die Fundamente und die unterirdischen Garagen mit Wasser füllten, mit braunem, dickflüssigem Schlamm. Er tastete nach dem Knopf der Klemmlampe, und als das Licht anging, fiel seine Brille zu Boden. Er setzte sich auf die Bettkante, um sie aufzuheben, und als er seine Füße auf die Fliesen stellte, wurden sie sofort starr vor Kälte. Er hüllte sich in einen alten karierten Morgenmantel, wusch sich das Gesicht mit eiskaltem Wasser in dem kleinen Waschraum neben seinem Zimmer, in dem es auch noch eine einfache Dusche gab. Pater Orduña lebte nicht so spartanisch, weil er den Bequemlichkeiten, die für andere unerlässlich waren, mit einer bewussten Entscheidung entsagt hätte: Er lebte so, weil er sich gar nicht vorstellen konnte, anders zu leben, und weil ihm jene Dinge, die andere genossen, schlicht gleichgültig waren. Er warf einen Blick in die Schaufenster der Geschäfte und dachte an die Verwunderung des Sokrates angesichts des Überflusses auf dem Markt von Athen: »Wie viele Dinge es gibt, die ich nicht brauche.« Ihm gefiel sein schmales Bett mit den unzeitgemäßen runden Streben, das an der Wand stand und in dem er bis vor nicht allzu langer Zeit bewundernswert geschlafen hatte, obwohl es so schmal, die Laken rau und die Matratze minderwertig war, und weder sein an den Kanten abgestoßener Nachttisch noch die daran angeklemmte verstellbare Lampe mit dem metallblauen Schirm kamen ihm wie das vor, was sie waren, Zeugnisse einer längst überholten Modernität aus den sechziger Jahren, die speziell von den Ausstattern für Kirchenmobiliar bevorzugt worden war. Es war ihm zwar nicht immer gelungen, in Seelenfrieden zu leben, wohl aber in Einklang mit seinem Zimmer, das er nur deshalb nicht als seine Zelle bezeichnete, weil er das als großspurig empfunden hätte. Die Kälte des Zimmers belebte ihn, und wenn er morgens aufwachte, draußen noch Nacht, und barfuß über die eisigen Fliesen ging, kam er gar nicht auf den Gedanken, dass ein dünner Teppich und ein Heizöfchen ausreichen würden, um alles viel wohnlicher zu machen. Er stand in aller Frühe auf, weil er das Vergnügen nicht kannte, im Bett zu verweilen, und den Verlockungen der Faulheit brauchte er schlicht deshalb nicht zu widerstehen, weil er sie nie gekannt hatte.

Um Viertel vor sieben war er bereits angezogen, mit seinem grauen Rollkragenpullover und der dunkelblauen Hose, wie er sie schon zu seiner Zeit als Arbeiterpriester getragen hatte, seinen unförmigen schwarzen Schuhen, die jeder andere vor mindestens zehn Jahren auf den Müll geworfen hätte, die er aber pflegte und beim einzigen Flickschuster besohlen ließ, den es in der Stadt noch gab, dem Sohn eines kommunistischen Schuhmachers, mit dem Pater Orduña in früherer Zeit lange und leidenschaftliche Diskussionen über die Existenz Gottes, die menschliche oder göttliche Natur Jesu und die den Evangelien innewohnende sozialrevolutionäre Kraft geführt hatte, Diskussionen im Flüsterton natürlich, unter der Tür abgehalten, durch die alte Frauen mit ihren in Zeitungspapier eingewickelten Schuhen hereinkamen, Arbeitertheologie, verboten und verfolgt.

Seine Schuhe knarrten, als er durch die leeren Gänge des Gebäudes schlurfte, an den Abzweigungen beleuchtet von schwachen Lampen wie in den Straßen einer unbewohnten Stadt, und die schwarzen und weißen Fliesen verschwammen im kalten Dunkel, vor seinem kurzsichtigen Blick, der den Pater mit nebligen Entfernungen umgab. So viele Menschen waren im Lauf der Jahre fortgegangen oder gestorben, dass das Gebäude jetzt wirkte, als sei es größer geworden, als habe sich die Zahl der Schlafzimmer und Klassenräume vervielfacht, ebenso die Länge der Flure und Treppen, die arithmetische Monotonie der Fliesen, schwarz und weiß, einige locker, die jetzt an den vorhersehbaren Stellen klapperten, als Pater Orduña mit langsamen, energischen Schritten zur Kirche hinunterging, mit seinem breiten, kräftigen Kopf, das Kinn über die Brust nach vorn gestreckt, die Hände auf dem Rücken oder vorsichtshalber nach dem Treppengeländer tastend, die Knie vorwärtsschiebend, als stießen sie noch immer auf den Widerstand einer Soutane, obwohl Pater Orduña seit Ewigkeiten keine mehr trug. Er erinnerte sich noch an den Skandal in der Stadt, unter den Priestern und Betschwestern, dem katholischen Element, wie es damals hieß, verunsichert und erbost, weil ein Jesuit in ziviler Kluft auf die Straße ging, wie ein *clergyman*, obwohl es vermutlich keiner von ihnen selbst gesehen hatte, alles nur eine einzige Litanei von Klatsch in Sakristeien und Andachten, an den häuslichen Öfen täglicher versteinernder Rosenkranzlangeweile, in diesem oder jenem Café, das es damals noch gab: Dieser Priester, der Enkel oder Neffe des Denkmalgenerals, ist in Zivil über die Calle Nueva gelaufen, mit schwarzer Jacke und Stehkragen, wie ein Protestant, er war ja immer schon ein Roter, man sah ihn kommen und grüßte ihn nicht, man begegnete ihm und schaute woandershin, ein Veteran der Blauen Division, der immer noch seine Pistole trug, spuckte vor ihm aus und wechselte die Straßenseite, an einem Karfreitag war das, inmitten einer Menschenmenge.

Heute konnte er kaum glauben, dass es das gegeben hatte, und noch weniger, dass es diese Dinge nicht mehr gab, so fest verankert und unzerstörbar, wie sie gewesen waren. Um zur Sakristei zu gelangen, musste Pater Orduña einen Sportplatz überqueren, auf dem das Wasser stand. Seit Jahren hatte hier niemand mehr Basketball gespielt, doch auf dem Asphalt waren immer noch die weißen Spielfeldlinien zu sehen, und die eisernen Korbmasten standen noch. Er wollte schnellen Schritts hinüber, doch seine Schuhe versanken in einer Pfütze, die er nicht gesehen hatte, seine Brille fiel auf die Erde, und er sah sich, gedemütigt und lächerlich, über eine Minute in der Dunkelheit unter dem prasselnden Regen gebückt nach seiner

Brille tasten, voller Sorge außerdem, er könne im verschwommenen Nebel seiner Kurzsichtigkeit auf sie treten.

Er war durch und durch nass geworden. In der Sakristei rieb er sich die Haare und das Gesicht mit einem Handtuch trocken, wischte sorgfältig die Brillengläser sauber, bevor er sich für die Messe anzukleiden begann. Entgegen seiner Gewohnheit schaltete er ein elektrisches Heizöfchen ein, um seine Füße zu trocknen. Er setzte sich ein Weilchen davor, so nah, dass ihm schon bald der Geruch vom verbrannten Gummi seiner Sohlen in die Nase stieg. Er rieb seine Hände, vollkommen erschöpft jetzt, wie ein sehr alter Mann, von der morgendlichen Kälte, von der niederdrückenden Aussicht auf eine Erkältung oder gar eine Lungenentzündung, wenn er in der weiträumigen Kälte der Kirche ohne Gläubige seine grobwollenen nassen Socken während der ganzen Messe anbehielt.

Oft genug, vor allem im Winter, saß kein Mensch in den Bänken, und Pater Orduña las die Messe nur für sich selbst, was ihn jedoch keineswegs entmutigte. Der Pförtner des Wohnhauses, fast ebenso alt wie er, schloss gewöhnlich die Kirche auf und zündete die Lichter an. Pater Orduña kleidete sich an, wenig begeistert allerdings, denn die Berührung mit den liturgischen Gewändern und dem eiskalten Metall des Kelches ließ ihn noch mehr frieren. Er schritt zum Hauptaltar, sich seiner nassen Strümpfe, seines langsameren Gangs und seines gebeugteren Rückens sehr wohl bewusst, stützte die Hände auf den Altar, kniete nieder und bekreuzigte sich, und als er aufschaute, sah er, in der Entfernung und dem Halbdunkel verschwommen, die Gestalten der paar Frauen, die alle Tage kamen. Doch diesmal war noch jemand da, ein höher aufragender Schattenriss, unmöglich zu identifizieren, so fern, ein Mann mit dem dunkelgrünen Fleck eines Mantels oder Anoraks, ein Mann, der nicht gewohnt war, in einer Kirche zu sein, der schon so lange in keiner mehr gewesen war, dass er die liturgischen Bräuche vergessen hatte. Er musste nicht sein Gesicht sehen, um ihn zu erkennen, und anstatt, wie er es vorgehabt hatte, nach der Messe nach Hause zu gehen, um Pullover und Socken zu wechseln und sich eine Tasse Milch heiß zu machen, legte er sich die Stola über seinen Pullover und ging langsam zum Beichtstuhl, ohne sich ganz im Klaren darüber zu sein, ob er eine Verabredung wahrnahm oder damit eine Einladung zum Ausdruck brachte.

»Ich habe oft an Sie gedacht. Wenn ich glaubte, mich vor anderen zu verstecken, habe ich mich vielleicht eigentlich vor Ihnen versteckt, davor, was Sie von mir denken könnten, wenn Sie gewusst hätten, dass ich an der Universität Informationen über die Aktivitäten von politisierten Kommilitonen oder Systemgegnern an die Geheimpolizei weitergab, oder wenn Sie gesehen hätten, wie ich schwankend aus dem Auto ausstieg oder in einem Animierclub eine Prostituierte betatschte, bei der ich nicht bezahlen musste, weil ich Polizist war. Ich glaube nicht an Gott, und seit meiner Heirat habe ich keine Kirche mehr betreten, es sei denn bei Hochzeiten oder Beerdigungen, aber ich war doch über mich selbst erstaunt, wenn ich manchmal ein starkes Bedürfnis nach Beichte und Absolution empfand, ein sehr starkes Bedürfnis, nicht jetzt, natürlich, nicht heute, das ist nicht der Grund, warum ich gekommen bin. Ich trinke schon seit Monaten nicht mehr und gehe auch nicht mehr los, um mir eine Frau zu suchen. Ich habe schlagartig mit dem Trinken aufgehört, auch mit dem Rauchen, kurz bevor mein Versetzungsgesuch bewilligt wurde. Eines Nachts kam ich betrunkener als sonst nach Hause, zog mich im Dunkeln aus, wie ich es in letzter Zeit immer tat, seit meine Frau nicht mehr im Wohnzimmer auf mich wartete, ich zog mich aus, stolperte umher und machte reichlich Lärm, aber sie rührte sich nicht, und ich glaube, sie machte sich auch nicht die Mühe, so zu tun, als ob sie schliefe, ich sah sie wie ein Knäuel im Licht der Weckerziffern auf ihrer Bettseite liegen, den Rücken mir zugewandt, und ich wollte herausfinden, ob sie atmete, wie man im Schlaf atmet, ohne dass sie etwas von meinem Zustand bemerkte, ich war überzeugt, das würde mir gelingen. Heute weiß ich, dass eine solche Verstellung unmöglich ist, seit ich nicht mehr rauche und trinke, nehme ich den Geruch von Alkohol und Tabak an den Kleidern der Leute und in ihrem Atem wahr, ich rieche ihn ganz deutlich, und mir wird klar, dass ich so stark danach roch, als ich damals nach Hause kam, dass es unmöglich zu verheimlichen war. Wie ich schon sagte, man glaubt, alles im Griff zu haben, aber in Wirklichkeit hat man nichts im Griff, ist schutzlos dem nächstbesten Zufall oder Unglücksfall ausgeliefert, irgendeiner dieser Terroristen, die mich am Telefon bedrohten oder mir anonyme Nachrichten in den Briefkasten warfen, hätte mich umbringen können, oder ich hätte mich selbst umbringen können, mit dem Auto oder bei einer Schlägerei mit Zuhältern oder Drogendealern in einer dieser Bars, in die ich zu später Nachtstunde ging, wozu ich oft genug dienstliche Gründe vorschob, sie mir einbildete und selber glaubte, mir dieselben Lügenmärchen einredete wie meiner Frau. Diese, die Lügen, die ich für mich selbst erfand, waren die schlimmsten, oder die gefährlichsten, die ich glaubte, als würde ein anderer sie mir erzählen, einer, der sich meiner bemächtigte, wenn ich stark betrunken war. Das Gefühl hatte ich manchmal, wenn ich nachts aufwachte, vom Alkohol immer noch benebelt im Dunkeln neben meiner Frau lag und das Gefühl hatte, jemand sei im Zimmer, Panik bekam, aber mich nicht traute, das Licht anzumachen, um sie nicht aufzuwecken, und der andere war immer noch da, als habe er mich im Schlaf beobachtet, ich sah seinen Schatten ganz deutlich, und wenn ich blinzelte, war es nur meine Jacke auf der Stuhllehne gewesen. Manchmal vergaß ich Dinge, mir fehlten Stunden, ganze Nächte, und wenn mir das passierte, dachte ich, der andere habe sich meiner nun vollständig bemächtigt und raube mir sogar die Erinnerung. Eines Nachts kam ich wieder einmal spät nach Hause, legte mich aufs Sofa, ohne mir Schuhe und Krawatte auszuziehen, und schlief sofort ein, doch als ich am nächsten Morgen aufwachte, lag ich im Bett, hatte meinen Schlafanzug an und fürchterliche Kopfschmerzen, meine Lunge fühlten sich an wie vom Tabak verbrannt, und ich konnte mich an nichts erinnern. Doch in der anderen Nacht, von der ich Ihnen erzählen will, der letzten dieser Nächte, war ich so betrunken, dass ich nicht mehr zu fahren wagte, außerdem hatte ich vergessen, wo mein Auto stand, und ich ging zu Fuß, ich weiß gar nicht mehr, wie lange, war schließlich völlig durchnässt von diesem typischen Nieselregen des Nordens, und ich weiß auch nicht, wie ich überhaupt nach Hause gefunden habe. Ich suchte ein Taxi, aber weit und breit war keins zu sehen, und ich lief und lief, ohne dass die frische Luft und das lange Gehen mich ernüchterte. Zwei- oder dreimal blieb ich stehen, um irgendwohin zu urinieren, dieses endlose Pinkeln von Betrunkenen, das stark nach Alkohol riecht. Irgendwann stand ich vor meiner Haustür, schaute zur Wohnung hinauf, ob noch Licht brannte, geriet ins Taumeln und fiel hin. Ich weiß nicht, wie lange ich auf der Erde lag, bäuchlings, regungslos, zum Glück unter einer Markise, die mich vor dem Regen schützte. Ich lag da, bei vollem Bewusstsein, das Gesicht auf einer kalten Gehwegplatte, stellen Sie sich vor, in diesem Moment wäre ein Nachbar vorbeigekommen, wenn ich daran denke, werde ich heute noch rot vor Scham. Und es gefiel mir, einfach so dazuliegen, ich hatte überhaupt keine Lust, aufzustehen und ins Haus zu gehen, und da plötzlich verstand ich diese Betrunkenen, die auf der Straße schlafen, sich einfach an irgendeine Hauswand legen. Tiefer kann man nicht sinken, im wahrsten Sinne des Wortes, man hat das beruhigende Gefühl, ganz am Boden zu sein, ohne Gefahr, zu taumeln und zu stürzen, und die Erde ist so stabil, so sicher und geräumig, dass man meint, nichts könne einem mehr passieren, es gibt einem ein Gefühl von Stärke und großer Ruhe, von Ruhe und Verlassenheit, dass man meint, vom Gesetz der Schwerkraft selbst beschützt zu werden. Ich dachte daran, dass jemand aus dem Haus kommen oder hineingehen könne, obwohl es vier oder fünf Uhr morgens war, aber die Scham war nicht so groß, als dass ich mich erhoben hätte. Ich stand schließlich auf, weil mir zu kalt wurde, und als ich auf den Beinen stand, wurde mir so übel, dass ich beinah wieder umgefallen wäre, auf die Erde, die heilige Erde, wie die Leute früher sagten. Sie können sich vorstellen, wie leise und unauffällig ich in jener Nacht ins Bett kriechen und sogar glauben konnte, meine Frau dabei nicht aufzuwecken, bei dem ganzen Lärm, den ich machte, und so, wie ich stank. Ich wusste, sobald ich lag, würde mir wieder übel werden, und dennoch legte ich mich hin, legte mich an ihre Seite, und sie rückte von mir ab, als wolle sie nicht mit mir in Berührung kommen. Kaum lag ich und hatte die Augen geschlossen, ging es erst richtig los, zuerst der Wahn, noch jemand sei im Zimmer, und dann der Brechreiz, das Gefühl, sterben zu müssen, wenn ich nicht aufstand und irgendein Licht anmachte. Ich tastete mich aus dem Bett, schaffte es noch zur Toilette, und kaum saß ich, da musste ich mich erbrechen, und ich hatte noch nicht einmal die Willenskraft, den Kopf zur Seite zu drehen, damit das Erbrochene auf den Boden fiel. Ich übergab mich auf meine

Pyjamajacke, die heruntergelassenen Hosen und meine Knie, und vom Gestank des Erbrochenen musste ich erneut würgen, und ich übergab mich noch einmal. Ich saß da mit gesenktem Kopf und offenem Mund, sabbernd, und starrte wie ein Idiot auf das, was aus mir herauskam, als wäre nicht ich es, der da saß und kotzte. Ich musste das sauber machen, musste verhindern, dass meine Frau das sah, musste das Bad sauber machen und mich selbst, meine Sachen verschwinden lassen, den Pyjama, die Unterhose, meine Pantoffeln, alles vollgekotzt, und ich saß auf der Schüssel, unfähig, mich zu bewegen, wollte nur noch sterben, mein Wunsch zu sterben war größer als jeder Lebenswille, den ich je gehabt hatte. Ich weiß nicht, wie ich das alles sauber gekriegt habe, dieser Teil ist völlig aus meinem Gedächtnis verschwunden, ich weiß nicht einmal, ob ich es überhaupt selbst getan habe, jedenfalls wurde ich am nächsten Morgen erst um elf Uhr wach und hatte den Wecker überhört. Ich trug einen sauberen Schlafanzug, und meine Lunge fühlte sich an, als liege ein Grabstein auf meiner Brust, meine Frau war nicht da, und als ich ins Bad ging, war alles sauber und aufgeräumt, als hätte ich die ganze Katastrophe nur geträumt, doch als ich in den Spiegel blickte, sah ich einen blauen Fleck unter meinem rechten Auge und einen Riss an der Braue. Seitdem habe ich nicht mehr getrunken und geraucht. Ich habe mich nicht dazu durchringen müssen, und es hat mich auch überhaupt keine Mühe gekostet, im Gegenteil, wenn ich Alkohol oder Zigarettenrauch roch, wurde mir sofort übel, als würde ich wieder so entsetzlich krank wie in jener Nacht. In den letzten Tagen habe ich angefangen, etwas Wein zu trinken, aber nur, wenn ich mit dieser Frau zusammen bin, von der ich Ihnen erzählen wollte, mit Susana, Susana Grey.«

Die Stimme unterbrach sich: um zu Atem zu kommen nach all den Worten oder vielleicht eine Frage erwartend, die Pater Orduña nicht stellte, der sich mit gesenktem Kopf, aufmerksam, müde, unmerklich nickend, die gefalteten Hände aneinander rieb, während er die kalte Feuchtigkeit in seinen Füßen spürte, die heraufziehende Erkältung.

»Wissen Sie, was ich empfand, nachdem ich mit dem Trinken aufgehört hatte? Keine Angstzustände und keine Enttäuschung, die Dinge wieder so zu sehen, wie sie waren, die Dinge und die Gesichter der Menschen. Ich hatte das Gefühl, gegangen zu sein, bevor ich aus dem Norden fortging, als lebte ich jetzt in einem anderen, kälteren Land, in dem die Luft reiner war, wie frühmorgens hier, wenn es in der Nacht gefroren hat und der Himmel vollkommen blau ist. Alles um mich her, in diesem Land, war viel intensiver, als wäre es viel deutlicher, die Gerüche und die Farben vor allem, wenn jemand zwanzig Meter von mir entfernt eine Orange schälte, stieg mir der Duft zu Kopf, oder ich sah eine Frau, die mir auf der Straße entgegenkam, und nahm genau den Augenblick wahr, in dem ich den Duftkreis ihres Parfüms betrat. Aber das passierte alles draußen, denn das Land, in dem ich damals war und aus dem ich nicht mehr fortwollte, war in Wirklichkeit nicht meins und würde es auch niemals sein. Ich weiß nicht, wie ich Ihnen das erklären soll, in diesem neuen Land war immer ein Licht wie am frühen Morgen, und ich kam aus einem, in dem es immer Nacht war, eine künstliche und abgesperrte Nacht zudem, mit den Lichtern düsterer Bars und voll rauchgeschwängerter Luft. Ich hatte keine Sehnsucht danach und wollte auch nicht mehr zurück, ich wusste vom ersten Augenblick an, dass mein früheres Leben zu Ende war, aber in dem neuen Land wurde mir klar, dass ich dort nie heimisch werden würde, dass ich gewissermaßen auf der Durchreise bliebe, bis ich getötet oder sterben würde, dass mich zwar die Farben und Gerüche der Dinge berührten, nicht jedoch die Menschen, die Fremde für mich blieben, feindselig oder freundlich, mir jedenfalls gleichgültig. Bis vor zwei Monaten das mit dem Mädchen geschah, Fatima, als ich sie tot am Fuß des Erdwalls liegen sah, nackt, bis auf die weißen Strümpfe, erst da wurde mir bewusst, dass ich so gut wie nie in meinem Leben wirklich etwas gefühlt hatte, verglichen mit dem, was ich empfand, als ich sie dort liegen sah, blau angelaufen und gelb, dabei habe ich einiges im Leben gesehen, zerstückelte Körper, verweste Leichen, was man nur sehen kann, aber in Wirklichkeit war etwas in mir, das davon nie berührt wurde und das ich für Charakterstärke hielt, für körperliche Tapferkeit, aber das war es nicht, es war Gleichgültigkeit oder höchstens noch Hass, ich war vergiftet durch Tod und durch Wut, wenn ich die Leiche eines Kollegen sah, eines jüngst ermordeten Menschen, oft war ich trunken vom Tod und merkte es genauso wenig, wie wenn ich mich mit Alkohol betrunken hatte. Aber leiden, eines anderen Menschen wegen leiden, nicht hassen, nicht die Gerechtigkeit in die eigenen Hände nehmen, mich rächen wollen, sondern leiden, als würde man mir bei lebendigem Leib etwas herausreißen, mich ohne Betäubung amputieren, so etwas habe ich in jenem Augenblick zum ersten Mal gefühlt. Ich habe mir nie Kinder gewünscht, und als wir erfuhren, dass meine Frau nicht schwanger werden konnte, empfand ich hauptsächlich Erleichterung, doch als ich Fatima sah, hatte ich das Gefühl, meine eigene Tochter sei vergewaltigt und ermordet worden, ich, der ich noch nie eine Berufung oder die Lust verspürt hatte, Vater zu sein, der nie ein Auge für Kinder gehabt hatte. Erst in diesen Monaten habe ich angefangen, sie zu sehen, als ich mit Fatimas Klassenkameraden sprach, als ich zur Schule ging, wenn der Unterricht endete, und Ausschau nach verdächtigen Gesichtern hielt, nach Gesichtern und Augen, wie Sie es mir gesagt haben. So führt eines zum andern, alles hängt zusammen, und das ist das Seltsame, wenn ich es mir recht überlege, wäre ich nicht hierherversetzt worden, hätte ich dieses Mädchen mit dem aufgerissenen Mund und den weit offenen Augen und den weißen Strümpfen nie gesehen, hätte vielleicht aus der Zeitung oder dem Fernsehen etwas darüber erfahren oder nicht einmal das, und ich hätte diese Frau nicht kennen gelernt, Susana, ich weiß nicht, ob ich Ihnen gesagt habe, dass sie ihre Lehrerin war. Zum ersten Mal sah ich sie, als ich sie über das Mädchen befragte, und ich glaube, ich habe ihr da noch keine große Beachtung geschenkt, vielleicht ist mir aufgefallen, dass sie mit einem klaren Madrider Akzent sprach, mehr aber auch nicht. Sie hingegen erinnert sich an alles, was ich anhatte, was ich gesagt habe, aber normalerweise, sagt sie, achten die Menschen auf nichts und erinnern sich an nichts, und auch damit hat sie Recht. Ich habe immer geglaubt, ein guter Beobachter zu sein, und bei ihr habe ich gemerkt, dass das gar nicht stimmt, so wie ich nichts empfunden habe, habe ich auch nichts gesehen und nichts gehört. Es ist wie mit dieser Geschichte aus der Bibel, die Sie uns erzählt haben, ich erinnere mich nicht mehr genau, aber jemand war blind geworden, weil ihm Schuppen vor den Augen wuchsen, ›etwas wie Schuppen‹, ja, daran erinnere ich mich, an diese Worte, ›etwas wie Schuppen‹.«

»Der Vater des Tobias«, sagte Pater Orduña, »ich dachte, du erinnerst dich an nichts.«

»Das habe ich auch geglaubt. Aber das waren nur Täuschungen, wie die des Alkohols, wie alle Täuschungen meines Lebens, und ich bin der, der am meisten auf sie hereingefallen ist. Ich glaubte zu sehen und sah nichts, glaubte, alles zu wissen, und wusste nichts, ich glaubte, Erfahrung mit Frauen zu haben, aber auch das war eine Lüge, wäre ich gestorben, ohne Susana begegnet zu sein, hätte ich nie erfahren, was es heißt, eine Frau wirklich zu begehren und Lust mit ihr zu haben. Es mag für Sie vulgär oder unziemlich klingen, aber es stimmt, und ich kann es ihr nicht einmal sagen, ich schäme mich vor ihr, und ich schwöre Ihnen, dass ich nicht gewusst habe, dass so etwas möglich ist, so sanft und so stark, so leicht, und verzeihen Sie, dass ich zu Ihnen gekommen bin, um über einen Ehebruch zu sprechen, Ihnen davon zu erzählen, nicht, ihn zu beichten und Sie um Vergebung zu bitten. Ich fühle nicht den Schmerz meines Herzens, wie es bei Ihnen immer hieß, noch habe ich vor, Besserung zu geloben. Bis eben war ich noch bei ihr, das erste Mal, dass ich bei ihr zu Hause geschlafen habe. Ich bin noch nie einem Menschen begegnet, der so viele Bücher hat, so viele Platten mit so unterschiedlicher Musik, von der ich noch nie etwas gehört habe, bei ihr fühle ich mich wie ein Lehrling, ein Lehrling in allen Belangen, und das in meinem Alter, ich bin fast zwanzig Jahre älter als sie, bei ihr frage ich mich, womit ich die ganzen Jahre meines Lebens eigentlich zugebracht habe, außer mit der Arbeit, der Arbeit und dem Alkohol, damit, mich ständig zu verstellen und zu verstecken. Auch das ist mir noch nie passiert, weder bei Frauen noch bei Männern, dass ich Spaß daran hatte, jemandem zuzuhören, zu lernen von dem, was ein anderer weiß, nicht wie bei diesen Pedanten an der Uni, als ich noch studierte, die alles wussten und jeden verspotteten, der nicht so klug oder gebildet war wie sie. Jemandem, der wirklich etwas weiß, meine ich, auf natürliche Weise, wie sie, Susana, von Dingen weiß und sich sogar über sich selbst lustig macht und sagt, sie hätte nicht so viele Bücher gelesen und nicht so viele Platten gehört, wenn es bei ihr mit den Männern besser gelaufen wäre. Ich schäme mich regelrecht und entdecke jetzt, dass ich eigentlich nichts weiß, dass ich mich in Wirklichkeit nie darum gekümmert habe, etwas zu lernen oder zu verstehen, weiß plötzlich gar nicht, was ich überhaupt getan habe, außer Angst zu haben, Terroristen zu jagen und Whisky zu trinken. Als ich gestern Abend zu ihr ging, fühlte ich mich mit einem Mal verunsichert, ich hatte Blumen und eine Flasche Wein mitgebracht, und im Aufzug ihres Hauses dachte ich plötzlich, der Blumenstrauß sei wahrscheinlich höchst gewöhnlich und der Wein vermutlich minderwertig. Bislang hatte ich an solche Dinge nie einen Gedanken verschwendet. Mit einem Mal stehe ich wie am Anfang aller Dinge. Ich weiß, dass es nicht stimmt, nicht ganz, aber ich stelle es mir gern so vor, und gewiss ist, dass mir vieles jetzt zum ersten Mal passiert. Sie mögen es nicht glauben, aber so habe ich noch nie mit einer anderen Frau als mit meiner eigenen geschlafen, umschlungen und beide nackt, ich höre mich Ihnen diese Dinge erzählen und fühle mich ein bisschen lächerlich dabei, aber auch stolz. Als ich aufstand, ist sie wach geworden und in die Küche gegangen, um mir Kaffee zu machen, ich konnte ihn riechen, als ich mich in ihrem Bad rasierte, zwischen all den Cremes und Pomaden, die sie hat, gestern Abend hat sie sie mir gezeigt und dabei gelacht und gesagt, wer diese ganzen Schönheitsartikel sehe, müsse doch denken, sie befinde sich im Endstadium körperlichen Verfalls. Ich habe alle Cremetöpfchen und jedes Parfümfläschchen aufgeschraubt, habe an allen gerochen, auch an ihrem Bademantel, und dann wehte der Kaffeegeruch herein, und als ich zu ihr in die Küche kam, saß sie am Tisch vor meinem Milchkaffee, ungekämmt, in einem seidenen Hausmantel mit roten Blumen, glaube ich, er stand halb offen, und sie hatte die Beine übereinandergeschlagen, barfuß, mit verschlafenem Gesicht, aber sie hatte sich die Lippen geschminkt, nur um mich zu verabschieden, das war mir auch noch nie passiert, sie hat mich zum Fahrstuhl begleitet und mich auf den Mund geküsst, und jetzt zähle ich nur noch die Stunden, bis ich sie wiedersehe, bis ich sie anrufen und fragen kann, ob sie mit mir zu Mittag essen will, obwohl ich nicht glaube, dass ihre Zeit dazu reicht, weil sie um halb vier in der Schule sein muss. Ich mag an nichts anderes mehr denken, an das, was ich morgen und übermorgen oder am Sonntag tue, wenn ich zur Residenz hinausfahren muss, ich weiß nicht, was ich tun werde, ich habe keine Lust mehr, mich länger zu verstecken und zu lügen, ich bin auch nicht mehr in dem Alter dazu, und es tut mir nicht leid, vielleicht ist es niederträchtig, aber ich habe kein schlechtes Gewissen. Das passiert mir auch zum ersten Mal im Leben, dass ich mich nicht mit Schuldgefühlen und Gewissensbissen quäle, und es ist mir nicht mehr egal, ob ich sterbe. Ich war nicht mutig all die Jahre über, und wenn ich glaubte, ich habe die Angst im Griff und es mache mir nicht viel aus, getötet zu werden, dann lag das nur daran, dass ich den Unterschied zwischen lebendig sein und tot sein nicht kannte.«

Die Stimme hielt inne, doch Pater Orduña hörte das Atmen auf der anderen Seite des Gitters und sah den jetzt stumm abwartenden Schatten eines Menschen, dessen individuelle Züge kaum mehr auszumachen waren, mit anderen verschmolzen, denen zahlloser Männer und Frauen, die an derselben Stelle niedergekniet waren und ihre Beichten gemurmelt hatten, ihre Sünden, so verschwommen schon und so austauschbar, feige Vertraulichkeiten, geflüstert, furchtsam oder eitel vorgetragen, nach Vergebung drängend, harmlose oder scheußliche Sündentaten, das Einerlei von Ehebrüchen und Ambitionen auf die Güter oder Frauen der Nächsten, schreckliche Stürme, die jahre- oder jahrzehntelang verborgen im Gewissen eines Menschen tobten, in der sanften Stimme eines Schattens, dem

Pater Orduña oft nicht einmal die ungefähren Züge eines Gesichts hatte zuweisen können. Er sagte noch nichts, doch der Schatten wartete, der Mann, der nach mehr als vierzig Jahren zum ersten Mal an dieser Stelle kniete, gedrängt zu seiner ersten Beichte: Pater Orduña wusste nicht, worauf er wartete, und glaubte auch nicht, dass der andere es wusste. Er hörte ihn unruhig atmen, erregt im Erstaunen über sein neu entdecktes Leben, seine Fähigkeit zu Glück und Fühlen ohne Scham, doch ebenso schwerfällig noch darin, beides zu genießen, wie jenes andere, düsterere Leben zu vergessen, das draußen auf ihn wartete, das Büro im Polizeipräsidium, das ihn erwartete, wenn er die Kirche verließ, seine Ehepflichten, der furchtsame leere Blick der Frau, die er am Sonntag wieder besuchen würde. Alt und dem weltlichen Leben entfremdet, im Schutz seines Beichtstuhls, mit kalten Füßen, beginnendem Fieber und einer drückenden Schläfrigkeit hinter der Stirn, über den Augen, empfand Pater Orduña Mitleid mit ihm und mit allen anderen Schatten, die ihm jenseits des rautenförmigen Holzgitters vorangegangen waren, Mitleid und Dank gegenüber der göttlichen Vorsehung oder Barmherzigkeit, ihn von den Wirrnissen und Wallungen der sexuellen Leidenschaft verschont zu haben, von denen er im Lauf seines langen Lebens kaum einmal berührt worden war, so wie er auch nie der Mutlosigkeit oder einer Krankheit anheim gefallen war. Wer bin ich, dachte er, zu beurteilen oder zu vergeben, was mir die Leute hier erzählen, was weiß ich über ihre Sehnsüchte und Qualen.

27

Er kam jeden Morgen um Viertel vor neun, um sie abzuholen, er rief durch die Gegensprechanlage hinauf, und sie ging selbst an den Apparat und antwortete, schon ausgehbereit, überwand die Angst und die Erinnerungen und fuhr allein mit dem Fahrstuhl nach unten, sah ihn in der Haustür stehen und lächelte ihn sogleich an in ihrer wiedergefundenen fröhlichen Art, die nicht gelitten hatte, gefestigter schien, reifer jetzt, ohne andere sichtbare Spuren des schrecklichen Ereignisses als eine kleine Narbe an der rechten Wange, die vielleicht von der Messerspitze herrührte, obwohl sie sich weder an den Moment noch an den Schmerz erinnern konnte, das war eines der wenigen Dinge, die sie vergessen hatte, wie sie auch vergessen hatte, was mit ihr geschah, als sie das Bewusstsein verlor, als der rasende Mann sich von ihr erhob und sie sich nicht mehr von seinem Gewicht zerquetscht fühlte, von den wilden und erfolglosen Stößen seiner Hüften, als sie etwas Hartes, Grausames in sich eindringen spürte, das ihr den Unterleib zerriss, und sie glaubte, jetzt wirklich sterben zu müssen, und dass es das Messer war und nicht seine Fingernägel, die der Mann ihr in den Leib schlug, rachsüchtig, weil ihm sein Vorhaben nicht gelungen war, das, was ihr anzutun er ihr mit den schmutzigsten Worten, die sie je gehört hatte, immer wieder androhte, und die dem Inspektor in Anwesenheit ihres Vaters zu wiederholen sie sich so schämte.

Sie stellte sich auf die Zehenspitzen, um ihm einen Kuss

zu geben, und trat allein aus der Tür, so wie sie es ihr gezeigt hatten, ging allein los, Richtung Schule, den Ranzen auf der Schulter, bekleidet mit einer gelben Regenjacke und gelben Gummistiefeln und mit einem rosa Schirm für Tage, an denen es besonders heftig regnete. Ab und zu wandte sie kurz den Kopf, nur um sicher zu sein, dass der Inspektor ihr folgte und auf sie aufpasste, doch wenn sich andere Mädchen zu ihr gesellten, hielt sie sich streng an die erhaltenen Anweisungen und benahm sich vollkommen natürlich, ohne zurückzublicken, oder wenn, dann so unauffällig, dass kein Mensch eine Verbindung zu dem hoch gewachsenen grauhaarigen Mann vermuten würde, der ihr in gewissem Abstand folgte und sie nicht aus den Augen ließ, bis sie im Schulgebäude verschwunden war, in dem allmorgendlichen Tumult von Mädchen und Jungen und Müttern, in dem, wie ein spontanes und zusätzliches Geschenk, Susana Grey aufzutauchen pflegte, mit beflissenem Ernst auf dem Weg zur Arbeit, ihm fast fremd in ihrem dunkelblauen Dufflecoat oder an regnerischen Tagen im Regenmantel, immer in Eile, in letzter Minute, mit beiden Armen Bücher und Hefter umschlungen, die kurzsichtigen Augen etwas zusammengekniffen, um ihn, den Inspektor, nicht zu verpassen, der sie mit einer halben Handbewegung grüßte, mehr aus Schüchternheit, als um die Unauffälligkeit zu wahren.

Er hätte diese Aufgabe einem anderen Inspektor oder sonst einem Zivilbeamten überlassen können, aber er zog es vor, selbst zu gehen, nicht allein der Verlockung wegen, Susana Grey zu sehen, ihr auf der Straße zu begegnen und ihr guten Tag zu sagen, so wie er sie gegrüßt hätte, wenn sie immer noch die wäre, die sie zu Beginn gewesen war, jemand, dem er Fragen stellen und Fotografien von Sexualstraftätern zeigen musste. Er stand gern unten an der Tür und wartete auf das Mädchen und gab ihm einen Kuss auf die frische Wange, die schon bald die Wange einer jungen Frau sein würde und auf der die Narbe kaum noch auffiel, folgte ihr dann über die Straße, den Blick auf ihren nur scheinbar so zerbrechlichen Rücken gerichtet, sie hatte überlebt, sich vom Schrecken erholt, war sich sicher, dass er sie beschützte, mit ihm verschworen in der notwendigen Geheimhaltung, die durchzusetzen sie geschafft hatten, stolz darauf, wie geschickt sie ihm zur Hand ging. Er hatte gesehen, wie sie am ersten Tag im Krankenhausbett zitternd in den Armen ihres Vaters lag, dünn und blass, in dem viel zu großen Nachthemd, noch immer nicht ganz im Besitz ihrer Stimme, und wenn sie ihre Lippen auseinanderbrachte, war sie kaum zu verstehen wegen ihrer verletzten Zunge, die, so weit nach hinten umgebogen, ihr das Leben gerettet hatte, sagte Ferreras, weil noch ein winziger Freiraum geblieben war, durch den ein dünner Faden Luft in ihre Lunge drang, trotz des zerrissenen Höschens, das ihr bis zum Hals in den Mund gestopft worden war, um sie auf dieselbe Weise zu ersticken wie Fatima, ihre Vorgängerin, ihr ungleiches Doppel.

Dieser Faden Luft und die Kälte, sagte Ferreras, die Kälte, die sie aufweckte, vor allem aber diese Ruhe und Unbezähmbarkeit, die in ihr wohnt, dachte der Inspektor, als er sie auf dem Schulweg beobachtete und wenn er sie um halb zwei wieder aus dem Schulgebäude kommen sah, die ihre Augen so unverwechselbar machten inmitten all der anderen Mädchen, die ihr in Wirklichkeit so ähnlich waren, mit ihren Regenjacken und Trainingsanzügen, mit ihren Schulmappen und den mit Fotos von Sängern und Schauspielern beklebten Heftern. Er erinnerte sich an etwas, das Susana Grey ihm erzählt hatte: was sie gefühlt hatte, als sie ihren Sohn zum ersten Mal im Kindergarten unter all den anderen Kindern zurückließ und er mit einem Mal nicht mehr das einzigartige Geschöpf war, das sie geboren hatte und das Teil ihres Lebens war, sondern einer unter vielen, aus der Ferne von den Übrigen kaum zu unterscheiden und dennoch mehr ihr Eigen, als wenn sie ihn allein sah, ein wenig hilflos, aber auch ein bisschen selbstbewusst, am Anfang einer eigenen Persönlichkeit.

Paula, das Mädchen, kam mit den anderen aus der Schule, und sofort suchte sie ihn verstohlen mit den Augen, mit einem Aufblitzen durchtriebenen Verschwörertums, niemand darf etwas erfahren, hatten sie ihr gesagt, weder deine Lehrerin noch deine beste Freundin, niemand. Sie hatten um sie herum ein dichtes unsichtbares Sicherheitsnetz geknüpft, ein System der Verschwiegenheit errichtet, dem sowohl die Taxifahrer angehörten, die sie gerettet hatten, als auch die Krankenschwestern, die in einem abgetrennten Zimmer des Krankenhauses für sie sorgten, und der Inspektor gewährte sich nun ein Gefühl tiefer, wenn auch skeptischer Genugtuung, als er feststellte, dass ihm gelungen war, was ihm gleich zu Beginn ebenso unerlässlich wie unmöglich erschienen war, dass nämlich Paulas Verschwinden und ihre Rettung weder in die Zeitungen noch ins Fernsehen kam, dass es nicht einmal gerüchteweise in der Stadt bekannt wurde: Er soll sich den Kopf zerbrechen, warum niemand ein Wort darüber verliert, soll die Nerven verlieren und an den Ort zurückkehren, an dem er das Mädchen liegen gelassen hat, weil er glaubte, es sei so tot wie Fatima.

Noch mehr aber befriedigte ihn, jeden Morgen und jeden Nachmittag Paulas allmähliche Wiederherstellung mitzuerleben, ihr auf dem Schulweg zu folgen und sich hinterher mit ihr zu unterhalten, beim Nachmittagskaffee, nicht nur über das, was ihr in jener Nacht zugestoßen war, sondern auch über das, was sie lernte und was sie spielte, welche Bücher sie las oder welche Fernsehsendungen ihr am besten gefielen. Sie wurde dann plötzlich ernst, hatte eine Art, den Inspektor anzuschauen, die ihm mittlerweile vertraut war, mit einem Ausdruck von Angst und zugleich der Erinnerung, von Stolz, eine weitere Einzelheit gefunden zu haben, die ihm nützlich sein konnte, die in dem Heft notiert werden würde, das er stets in Reichweite liegen hatte: »Seine Jacke war beige«, sagte sie, nicht weil sie in ihrer Erinnerung gegraben hatte, sondern weil an der Oberfläche ihres immer noch getrübten Gedächtnisses dieses vereinzelte Bild zutage getreten war, »seine Uhr hatte keine Zeiger, sondern Zahlen, und das Armband war aus schwarzem Plastik.«

Es hatte zehn Tage gedauert, bis sie wieder zur Schule gehen konnte, bis sie sich getraute, auf die Straße zu gehen und fremden Menschen zu begegnen, und zuerst hatten ihr Vater und der Inspektor sie begleitet, doch sie hatte die Angst schnell überwunden, mit jedem Schritt, und eines Tages wagte sie sich allein in den Fahrstuhl, und an einem der folgenden sagte sie, es wäre nicht mehr nötig, sie zur Schule zu begleiten, ihre Freundinnen könnten das komisch finden, sie sei schon gefragt worden, warum sie mit zwölf Jahren noch an der Hand ihres Vaters gehe, als würde sie in den Kindergarten gebracht.

Der Inspektor wartete am Schultor, älter als die meisten Väter und Mütter, besser angezogen auch mit seiner nordischen Winterkleidung, spähte in jedes einzelne Gesicht der Kinder, die in lärmenden Schüben nach draußen stürmten, inmitten des Wirrwarrs von Autos und Menschen und von Regenschirmen an regnerischen Tagen, und sobald er Paulas Gesicht erblickte, zuckte er vor Erleichterung und Freude zusammen. Er folgte ihr, kannte den Weg schon aus dem

Gedächtnis, begleitete sie bis in den Hausflur, öffnete ihr die Fahrstuhltür, gab ihr einen Abschiedskuss und kam später am Nachmittag zurück, um sich mit ihr zu unterhalten, sie saß dann immer neben ihrem Vater, der ihre Hand streichelte und ihr mit einer Mischung aus Hingabe und Zorn zuhörte, mit einer vollkommenen Hingabe an die gerettete Tochter und einem Zorn, den er in seiner ganzen Heftigkeit vor ihr nicht zeigen wollte. »Das Einzige, was ich will, ist, dass Sie mir versprechen, ihn hinter Gitter zu bringen«, sagte er, wenn das Mädchen nicht dabei war, »dass Sie ihn nie mehr rauslassen.«

Der Inspektor kam gegen halb fünf oder fünf, und sie hatten dann schon den Kaffee bereitstehen, den Paula ihm und ihrem Vater eigenhändig servierte, und sie vergaß nie, ihm ein Löffelchen Zucker dazuzugeben und ihn später zu fragen, ob er eine Coca-Cola möchte: Sie sagte ihm, sie habe noch nie einen Erwachsenen gesehen, der so gern Coca-Cola trinke. Der Vater war bei der Post angestellt, und sie waren erst vor einem knappen Jahr in die Stadt gezogen. Die Mutter arbeitete als Zimmermädchen in einem Hotel. Sie hatte die Spätschicht, und der Inspektor bekam sie nie zu Gesicht. Sie waren beide um die vierzig, und ihre Wohnung machte einen Eindruck unbefangener Bescheidenheit und zwangloser Lebensfreude: Es gab Fotos von dem Paar, Arm in Arm, von den beiden mit dem noch kleinen Mädchen an der Hand in einer Landschaft, die nach Ausland aussah, alle drei in den Ferien, in Jeans, Pullovern und Turnschuhen, vor einem mit Gepäck beladenen Auto oder vor einem Zelt.

Er kam mit einem Kassettenrekorder und einem Notizblock, mit Verbrecheralben und Materialien zur Erstellung von Phantombildern, und das Mädchen öffnete ihm die Tür, stellte sich auf die Zehenspitzen und gab ihm einen Kuss, warmherzig und ohne Umschweife, denn Warmherzigkeit schien ihre natürliche Veranlagung zu sein, so wie bei anderen Distanziertheit oder Gleichgültigkeit. Sie nahmen jeden Nachmittag dieselben Plätze ein, der Inspektor in einem Sessel, das Mädchen und der Vater auf dem Sofa vor dem niedrigen Tisch, auf dem schon das Kaffeegedeck stand und der Inspektor sein Kassettengerät einschaltete. »Ich möchte, dass du dir alles in Erinnerung rufst«, sagte er zu ihr, »du brauchst dich nicht zu schämen, und es macht auch nichts, wenn du nicht ganz sicher bist oder glaubst, es mir schon einmal erzählt zu haben.«

Aber sie brauchten sie gar nicht zu ermuntern, sie hatte ein unfehlbares Gedächtnis und eine Fähigkeit zur Wahrnehmung und Verankerung, die von Tag zu Tag schärfer wurde und immer neue Einzelheiten hervorbrachte, Nuancen oder Wörter, die ihr bislang entfallen waren. Am ersten Tag, im Krankenhaus, hatte sie nur mühsam stammeln können mit ihrer geschwollenen und gequetschten Zunge, zitternd und mit hilflos schweifendem Blick. jetzt war sie nicht nur imstande, sich an alles zu erinnern, sondern konnte es auch so präzise formulieren, dass es ihr manchmal selbst unerträglich war. Sie widersprach sich nie, erzählte nichts, dessen sie sich nicht absolut sicher war. Sie verstummte und schluckte, bevor sie ein besonders abscheuliches Wort oder eine perfide Geste wiederholte, schaute verstohlen zu ihrem Vater, hielt seine Hand fest, mit gesenktem Kopf, traute sich nicht, dem Inspektor ins Gesicht zu sehen.

»Er befahl mir, Dinge zu tun, die ich gar nicht verstand. Er sagte Worte, von denen ich nicht wusste, was sie bedeuteten. Er sagte immer wieder Nutte zu mir, befahl mir, mich auszuziehen, aber ich gehorchte ihm nicht, und dann hat er mir mit der Hand ins Gesicht geschlagen und mich zu Boden geworfen. Ich stand wieder auf, und er war rasend vor Wut, er keuchte, und seine Stimme zitterte.«

»Sag mir, wie er aussah, wie er gesprochen hat.«

»Ganz normal, wie alle Leute hier sprechen. Die Stimme klang seltsam, so sanft. Er hat viel geraucht. Er holte eine Zigarette aus der Schachtel und zündete sie an, alles mit einer Hand, in der anderen hielt er das Messer.«

»In welcher?«

»In der rechten.« Das Mädchen schloss die Augen, kniff die Lippen zusammen, versuchte sich zu erinnern. »In der Hand, die geblutet hat. Die Zigarette in der linken und das Messer in der rechten. Das Feuerzeug war blau und funktionierte nicht richtig. Das Blut hat er sich von der Hand geleckt.«

»Ist dir die Farbe des Feuerzeugs am Erdwall aufgefallen?«

»Ich habe es auf der Treppe gesehen, als er es zum ersten Mal aus der Tasche zog. Es ging nicht an, weil seine Hand zitterte. Die Marke der Zigaretten war Fortuna. Er behielt die Zigarette beim Rauchen im Mund, den Filter zwischen den Zähnen. Er sagte, er würde mich damit versengen. Er zog kräftig und kam mit der Glut näher.«

»An dein Gesicht?«

Das Mädchen schwieg, schüttelte den Kopf, wandte den Blick wieder ab.

»Hier.« Ihr Zeigefinger mit einem abgebissenen Nagel deutete flüchtig auf die leichte Wölbung ihrer Brust. »Danach hat er mir das Messer daran gedrückt. Er sagte, ob ich will, dass er sie mir abschneidet.«

»Oberflächliche Einritzung der Haut um die linke Brust, ausgeführt mit einer Schnittwaffe«, hatte der Inspektor in Ferreras' Bericht gelesen. In dem heimeligen Wohnzimmer der Familie, vor dem niedrigen Tisch mit dem hübsch angerichteten Kaffee, neben Vater und Tochter, zusammen auf dem

Sofa, überlief ihn plötzlich ein fast körperliches Erschauern ob der reinen Bosheit, die kalte Klinge, die sich in das erstarrte Fleisch des Mädchens bohrt, in die weiße Haut, schutzlos preisgegeben unter dem Licht des Mondes. Am Erdwall angekommen, hatte er ihr befohlen, sich auszuziehen, sagte sie. Sie hatte sich geweigert oder seinem Befehl nur nicht gehorchen können, weil sie vor Angst wie erstarrt war, und er hatte sie zu Boden geschlagen, mit der Hand, in der er das Messer hielt, und dann hatte sie angefangen, sich die Kleider auszuziehen, zitternd vor Kälte, besinnungslos nicht nur vor Angst, sondern auch vor der Unfassbarkeit der Situation, die für sie nicht zu begreifen war. Sie wusste nicht, was er von ihr wollte, fühlte nur den Ekel und das Grauen, das die unbekannten Worte und die drohenden Gesten in ihr auslösten.

Am Boden war ihr aufgefallen, dass er Jeans und schwarze Schuhe trug, ohne Schnürsenkel, lehmverschmierte Schuhe, eigentlich nicht für den Winter. Ach nein, sagte sie, die Schuhe und die Strümpfe waren ihr schon vorher aufgefallen, während sie gesenkten Kopfes durch die Stadt gelaufen war, diese Finger im Nacken, eine Art Slipper, mit Troddeln, die hin und her schlugen, nein, mit nur einer Troddel, an einem Schuh war nur eine gewesen, sie erinnerte sich nicht mehr, an welchem, vielleicht am rechten: Der Inspektor machte Notizen, lächelte ihr aufmunternd zu, achtete aber darauf, sie nicht zu sehr zu drängen, versuchte, den Rhythmus oder Fluss ihrer Erinnerungen an Einzelheiten nicht zu beschleunigen, klappte sein Heft zu und steckte den Stift ein, wenn er sah, dass das Mädchen sich zu sehr anspannte, stellte ihr Fragen über die Schule, gratulierte ihr zu ihrem guten Gedächtnis, sicher fiel es ihr leicht, ihre Lektionen zu lernen, sagte er, wenn sie einmal groß wäre und Arbeit suchte, bräuchte sie sich nur um eine Stelle als Inspektorin bei der Polizei zu bewerben.

»Die Farbe seiner Socken«, fragte er noch einmal. »Du hast mir gesagt, sie seien hell gewesen. Waren sie weiß oder von einer anderen Farbe?«

»Ganz bestimmt weiß.«

»Trug er einen Ring, hatte er irgendeine Narbe?«

»Keinen Ring, aber ein Armband.«

»So einen Armreif?«

»Ja, ich glaube. Wie ein Frauenarmband, nur enger.«

»Aus Gold oder Silber?«

»Gold«, das Mädchen lächelte, »aber sicher nicht echt. Die Hände waren sehr groß. Größer als deine oder die meines Vaters. Wenn man sein Gesicht sah und dann diese Hände, das passte irgendwie gar nicht zueinander. Die Fingernägel hatten einen schwarzen Rand. Er hat mich damit gekratzt.«

»Hatte er lange Fingernägel?«

»Lang nicht, abgebrochen oder als wären sie nicht ordentlich geschnitten. Der Gürtel hatte eine große Schnalle, ich bekam sie nicht auf, und er riss an meinen Haaren und hielt mir das Messer ans Gesicht. Die Schnalle war ganz kalt. Er drückte meinen Kopf dagegen und sagte, ich solle ihn nicht für dumm verkaufen, sicher hätte ich das schon oft getan, was er von mir wollte.«

Ein rundes Gesicht, erinnerte sie sich, mit einem kleinen Kinn, das war ihr aufgefallen, es hatte ausgesehen, als sei das Gesicht nach unten hin nicht ganz fertig geworden, schwarzes, gewelltes Haar, niedrige Stirn, große Augenbrauen, die über der Nase fast zusammenstießen: Der Inspektor zeigte ihr Folien, Muster von Augen, Mündern, Nasen und ovalen Gesichtsformen, und sie wählte rasch oder zögernd, das Haar war nicht ganz so, nicht ganz so gewellt, straffer, die Stirn etwas breiter, die Ohren nicht so weit auseinander. Sie schoben das Kaffeetablett zur Seite, und die Bruchstücke von möglichen Gesichtern waren Teile eines Spiels, das die ganze Aufmerksamkeit der drei beanspruchte, das sie aber allein vervollständigen musste, unsicher, verwirrt, erschreckt plötzlich über die Kombinationen von Gesichtern, die eine allzu lebhafte Erinnerung mit sich brachten, über die Abfolge von Augen, deren Blick immer bedrohlich war, jedoch nie den Augen des Mannes glichen, der sie zu Boden geschlagen und sie gezwungen hatte, sich zu entkleiden und sich mit dem Rücken auf die harte, eisige Erde zu legen und mit anzusehen, wie er sich über sie beugte, eine Zigarette zwischen den Zähnen, das Messer in der Rechten, den Gürtel gelöst und die Hosen bis zu den Knöcheln heruntergelassen.

Nach und nach, mit einer Langsamkeit, die den Inspektor nicht mehr zur Verzweiflung trieb, weil er jetzt wusste, dass er den Vorteil der Geheimhaltung hatte, formte sich für ihn ein Bild, eine ganze Gestalt, von dem Mädchen zusammengesetzt, als lege sie jedes einzelne Teilchen eines Puzzles an seinen Platz, wie dieser Bildhauer, den der Inspektor einmal in einem Dokumentarfilm gesehen hatte, der Stückchen von Lehm oder Wachs einfügte, um eine Statue zu modellieren. Wenn er Paula verlassen hatte und allein zu Hause war oder wenn er um Mitternacht immer noch nicht schlafen konnte und seine Notizen durchblätterte und die Stimme des Mädchens auf dem Kassettengerät abspielte, vergegenwärtigte er sich noch einmal alle ihm bekannten Fakten, alle Bruchstücke und Einzelheiten, die sich jener rudimentären Lehmfigur anfügten, die er im Geiste errichtete. Die billige Digitaluhr, die schwarz geränderten Fingernägel, der Armreif aus falschem Gold, das runde Gesicht. Er erzählte es Susana Grey in den Worten des Mädchens, berichtete ihr aufgeregt alles, was er von jenem Mann wusste, mit dem ihn mittlerweile eine von

Abscheu geprägte Vertrautheit verband. Er war ihm so nah, und dennoch blieb er ihm vollkommen fremd, sie wussten, wie er aussah, kannten die Form seines Gesichts, seine Haarfarbe, den Zustand seiner Fingernägel und die Marke seiner Zigaretten, und trotzdem konnte der Inspektor auf der Straße mit ihm zusammenstoßen und würde ihn nicht erkennen. Er war mit dem Mädchen fast direkt am Eingang des Polizeipräsidiums vorbeigegangen, ohne dass jemand auf ihn aufmerksam geworden war, er war an einem Streifenwagen vorübergegangen, die Finger in den Nacken des Mädchens geschlagen und in einer Jackentasche sein Klappmesser umklammernd, aber nichts von alldem hatte ihn auch nur eine Spur sichtbarer gemacht. Wie sieht er aus, fragte er Paula immer wieder, um sie dazu zu bringen, sich an ein unverwechselbares Merkmal zu erinnern, eine körperliche Missbildung, irgendeine Besonderheit, doch das Mädchen gab immer dieselbe Antwort, wich aus, hob die Schultern, neben ihrem Vater auf dem Sofa, vor dem ungeordneten Haufen von Polizeifotos und den Folien mit gezeichneten Gesichtern:

»Er sieht ganz normal aus.«

An manchen Tagen fuhren sie mit dem Auto durch die Stadt, der Vater am Steuer, der Inspektor und Paula auf dem Rücksitz, fuhren noch einmal den Weg jenes Abends ab, und der Inspektor bat sie, sich genau alle jungen Männer anzusehen, die ihnen entgegenkamen, ihm zu sagen, wenn ihr irgendeine Ähnlichkeit auffiel, egal was, an der Kleidung, am Gesicht oder an der Art zu gehen. Sie fuhren langsam an den Bürgersteigen entlang, und Paula schaute, ohne zu blinzeln, nach draußen, ernst und aufmerksam, fast erwachsen, ihr Profil zeichnete sich gegen das Autofenster ab, sie hob eine Hand, streckte den Zeigefinger vor, ließ die Hand wieder sinken, biss sich auf die Lippen: Sie glaubte, seine Jacke gesehen zu haben, seine schwarzen Slipper, in einer Sekunde halluzinatorischer Panik glaubte sie sogar, ihn gesehen zu haben, vor allem, wenn es dunkel wurde und die Straßen wieder so aussahen wie an jenem Abend, als sie in hypnotisierter Willenlosigkeit wie eine lebende Tote durch die Stadt geführt worden war. So gut wie jeder konnte es sein, jeder von den ganz normal aussehenden jungen Männern, die in der hereinbrechenden Dunkelheit auf den Straßen waren, in Jeans, mit runden Gesichtern und schwarzen Haaren, mit dicken Jacken für die feuchten Winternächte. Jeden Abend, wenn es dunkel zu werden begann, kehrte ihre Angst zurück, obwohl sie im warmen Halbdunkel des Autos sicher aufgehoben war, und dann legte sie ihrem Vater die Hand auf die Schulter und bat ihn, sie nach Hause zu fahren. Sie saß neben dem Inspektor auf dem Rücksitz und schaute auf die Lichter der Schaufenster, die Leute mit Regenschirmen und Mänteln auf den Gehwegen, und traute sich nicht, das Gesicht zu nah an die Scheibe des Autofensters zu halten, aus Angst, jene Augen könnten sie entdecken, von denen sie nichts Böses erwartet hatte, als sie sie zum ersten Mal im Fahrstuhl sah.

Sie erinnerte sich an fast alles, nur an diese Augen nicht, sie sah sie in ihren Albträumen, und wenn sie erwachte, hatte sie sie vergessen. Sie erinnerte sich weder an ihre Farbe noch an die Form, konnte nicht sagen, ob sie groß oder klein waren, hervorquellend oder tief liegend, sie fand weder auf den Fotos noch auf den Zeichnungen, die der Inspektor vor ihr ausbreitete, irgendein Paar Augen, in denen sie eine Ähnlichkeit mit jenen entdeckte. Sie erinnerte sich nur an die großen, dunklen Brauen. Das Phantombild, das der Inspektor allein an seinem Schreibtisch studierte, während er sich nicht entschließen konnte, die Nummer des Sanatoriums zu wählen, in dem er schon seit einer Weile nicht mehr täglich anrief, war ein simples rundes Gesicht mit großen, geschwungenen Brauen, einem kleinen Mund und kurzem Kinn, mit einem weißen Balken, wie eine Binde, an der Stelle, an der die Augen fehlten.

28

Kaum hatte sie ihn still und allein am Ende des Bartresens sitzen sehen, erkannte die Frau ihn wieder, obwohl das Licht nicht gerade hell war und sie eigentlich gar keinen Grund hatte, sich an ihn zu erinnern. Sie hatte ihn vor Monaten ein einziges Mal gesehen und da nicht einmal mit ihm gesprochen, weil sie mit einem anderen Kunden beschäftigt war, einem Gutsbesitzer mit rotem, aufgeschwemmtem Gesicht, der ihr betrunken und mit trüben Augen in den Ausschnitt starrte. Das war, bevor die Regenzeit begonnen hatte, da war sie sich sicher, vor dem verfrühten Wintereinbruch, mit dem die große Flaute gekommen war, der Winter und der Tod dieses Mädchens, die die Leute in ihren Häusern festhielten und das Nachtleben auf den Nullpunkt brachten. Wer hatte bei diesem Regen schon Lust, nachts noch aus dem Haus zu gehen, bei all den Zivilen, die sich in den Bars herumtrieben und die wenigen Gäste vertrieben, die es noch gab, die jeden Abend wieder kamen und Fragen stellten und Fotos zeigten, um herauszukriegen, ob die Frauen sich an einen auffälligen Gast erinnerten, der eine besondere Eigenart hatte, Erektionsprobleme zum Beispiel, war sie selbst von dem gefragt worden, der der Chef der anderen zu sein schien, der mit den weißen oder grauen Haaren, der so ernst gewesen war, und sie hatte zuerst gar nicht verstanden, doch dann hatte sie lachen müssen, Sie meinen einen, der keinen hochkriegt, sagte sie, aber der Polizist hatte sie auf eine Art und Weise angeschaut, dass ihr das Lachen im Hals stecken geblieben war und sie sich sogar geschämt hatte, denn schließlich suchten sie den Mörder eines neunjährigen Mädchens, das war ja nicht zum Spaßen.

Jemand, der keinen hochkriegt, hatte der Polizist bestätigt, oder der gewalttätiger war als normal, und sie hatte auf ihrem Barhocker die Achseln gezuckt, war jetzt auch ernst geworden, es gab ja so viele merkwürdige oder gewalttätige Typen, dass sie oder ihre Kolleginnen sich wirklich nicht an jeden einzelnen erinnern konnten, im Gegenteil, sie würden sich erinnern, wenn ihnen einer begegnete, der ganz normal war.

Der Polizist, der ihr nicht ein einziges Mal in den Ausschnitt gestarrt hatte, nicht einmal unwillentlich oder flüchtig, gab ihr ein leeres Kärtchen, auf das er mit der Hand eine Telefonnummer geschrieben hatte, doch da sie nicht wusste, wohin damit, bei dem wenigen, das sie anhatte und das auch noch so eng saß, legte sie es irgendwo in die Nähe des Telefons oder der Registrierkasse und vergaß es. Erst später in der Nacht oder der folgenden, als sie gelangweilt am Tresen saß, aufrecht, die Ellenbogen aufgestützt, eine brennende Zigarette zwischen den Fingern mit den langen, empfindlichen Nägeln, die bei jeder Gelegenheit abbrachen, und darauf wartete, dass jemand eintrat in das schummrige rötliche und bläuliche Licht des beinah leeren Clubs, wo die Stimme von Julio Iglesias das Gespräch der beiden anderen Mädchen mit einem Kunden übertönte, fiel ihr der Typ wieder ein, ohne dass sie weiter über ihn nachdachte, sie wusste ja nichts von ihm und hatte nicht einmal Gelegenheit gehabt, mit dem Mädchen zu sprechen, das ihn ins Séparée mitgenommen hatte, ein verrücktes Huhn, das wenige Tage darauf verschwunden war und ihre erbärmlichen Zuhälter und Drogen und alles gleich mitgenommen hatte, auf der Flucht vor irgendwas oder irgendwem. Sie hätte gar nicht an ihn gedacht, wenn das Gespräch mit dem grauhaarigen Polizisten nicht gewesen wäre, andererseits war ihr aber auch nicht in den Sinn gekommen, ihn anzurufen oder nach seiner Telefonnummer zu suchen, von der irgendjemand sicher gewusst hätte, wo sie war. Sie vergaß den einsam dasitzenden schweigsamen Burschen, wie sie alle vergaß, sogar die, die öfter kamen, deren Gesichter im Dämmerlicht des Clubs ineinanderflossen, keuchend über ihrem, über ihrem Mund oder ihrem Hals auf den schmalen Pritschen der Spar&s. Abgefüllt mit Alkohol, verzogen sie sich dann selbstgefällig oder ausgelaugt nach draußen, und sie sagte: Bis bald, mein Süßer, lass dich mal wieder sehen, und vergaß sie gleich danach, es sei denn, ihre Erfahrung oder ihr Instinkt wiesen sie unfehlbar auf eine Gefahr hin, auf einen abnormen Trieb. Dieser jedoch hatte überhaupt nichts, das des Erinnerns wert gewesen wäre, des Fürchtens schon gar nicht, und er sah auch nicht so aus, als habe er viel Geld und dazu einen übertriebenen Drang, es loszuwerden.

Was ihr beim letzten Mal vielleicht aufgefallen war und sich jetzt, als sie ihn erneut sah, bestätigte, obwohl sich etwas, sie wusste noch nicht, was, verändert hatte, war die Tatsache, dass er nicht in dieses Lokal und überhaupt nicht in diese Umgebung passte, dass er ganz anders war als die übrigen Kunden, Lastwagenfahrer und Vertreter, Inhaber von Kleiderläden, Haushaltswarengeschäften oder Reparaturwerkstätten, die um acht Uhr ihre Läden schlossen und, bevor sie nach Hause fuhren, einen Abstecher in die Außenbezirke der Stadt machten, dorthin, wo zwischen der Landstraße und den Olivenfeldern die Lämpchen des Clubs blinkten, aus dem gedämpftes Licht durch die dunkelroten Vorhänge nach draußen drang.

Sie sah ihn jetzt, bevor sie mit einer unangezündeten Zigarette zwischen den Fingern zu ihm ging, wie sie ihn beim letzten Mal gesehen hatte, am selben Platz und in derselben Haltung, seine Umgebung ignorierend, unempfänglich für die sentimentale Trivialität der Musik, das im Dämmerlicht schimmernde Falschgold der Dekoration und der Ränder der Gläser, für die Dekolletés und Gesichter, zusammengekauert wie ein Seminarist an der äußersten Ecke des Tresens nah an der Tür, mit schmalen Schultern und einem runden Gesicht, das er gesenkt hielt, als schäme er sich oder traue sich nicht, die Mädchen offen anzusehen, unverwandt auf sein Glas starrend, auf das Päckchen Zigaretten und das Feuerzeug, die er auf die Theke gelegt hatte, kaum dass er eingetreten war. Sicher war er noch sehr jung, durch sein rundes Gesicht wirkte er kindlich, und man sah auch, obwohl er saß, dass er nicht sehr groß war, höchstens eins sechzig oder fünfundsechzig. Als sie von ihrem Hocker stieg und zu ihm ging, zwinkerte sie dem Kellner zu, der sich ebenso träge bewegte wie sie an diesem stürmischen Abend, dessen eisiger Wind vielleicht Schnee mit sich brachte. Trotz der lauten Musik, dieser nicht enden wollenden Platte von Julio Iglesias, hörte man den Wind durch die Dachziegel pfeifen und in stürmischen Böen an den Fenstern und Läden rütteln. Sie ging zu dem Jungen, schwang die Hüften ein wenig, nicht übermäßig, ohne rechte Überzeugung. Seine Augen und die Augenbrauen standen eng beieinander, und obwohl er bemerkt hatte, dass sie zu ihm kam, traute er sich nicht aufzublicken, war nervös, hatte einen langen Schluck aus seinem Glas genommen und heftig an seiner Zigarette gezogen, versuchte die Fassung zu bewahren, und als sie hallo sagte, veränderte sich sein Ausdruck augenblicklich, wurde defensiv, hochmütig, sogar ein bisschen abschätzig, er versuchte jetzt, wie die anderen Kunden zu sein, es war offenbar etwas, das die Männer in sich trugen und das in einem bestimmten Moment selbst bei den Zaghaftesten zum Vorschein kam, eine überlieferte Anmaßung, eine Art, zu begutachten, einen mit der Selbstgefälligkeit von Experten von oben bis unten zu taxieren, als übten sie sich in einer uralten Kunst und Macht, die von Mann zu Mann vererbt, instinktiv erlernt wurde, ohne dass sie eines Lehrers oder Vorbilds bedurften.

Aber bei diesem war immer noch etwas anders als bei den anderen, sie wusste es, wie sie es schon beim letzten Mal gewusst hatte, obwohl sie nicht mehr an das Kärtchen mit der handgeschriebenen Telefonnummer dachte, das ihr der Polizist gegeben hatte, und auch nicht zu erklären vermocht hätte, was ihr an ihm aufgefallen war, was an ihm anders war, außer der misstrauischen Verhaltenheit, mit der er sich ans Ende des Tresens gesetzt hatte, die Schultern seiner Jacke vom Regen durchnässt, Zigaretten, Feuerzeug und Autoschlüssel in seiner großen Hand vergraben, einen kalten Luftzug und vom Wind zerstäubten Schneeregen mit sich bringend, als er durch die Tür kam, eine sonderbare Ausstrahlung, die später durch seine sanfte Stimme nicht gebrochen wurde. Es war nicht die Art von Stimme, mit der die Männer an diesem Ort gewöhnlich sprachen, mit der sie die Mädchen riefen, mit diesem verschüchterten Ausdruck eines jungen Mannes von früher, des geborenen, formvollendeten Verlobten, mit diesem Gesicht des vorbildlichen, von Müttern und den Freundinnen der Mütter angebeteten Sohnes, dem die Versuchungen des Fleisches und des Müßiggangs nichts anhaben konnten, die ihn unberührt ließen, der dem Schummerlicht, der Musik und den Parfümschwaden so ablehnend gegenüberstand wie einer jener ersten Christen, die gezwungen wurden, an diesen Orgien teilzunehmen, wie man sie aus den Römerfilmen kannte.

Woher mochte er kommen in dieser Nacht, in der niemand die häusliche Wärme und vertraute Umgebung seiner Nachbarschaft verließ, wozu war er mit dem Auto in die Trostlosigkeit jenseits der letzten Häuser und der Tankstellen hinausgefahren, an denen kaum ein Mensch halten würde, um zu tanken. Schüchtern, scheu, verzagt, mit diesem Schatten, den seine Brauen über die zu eng beieinanderstehenden Augen warfen, die, kaum dass sie lustlos die übliche Konversation eingeleitet hatte – gibst du mir Feuer, wie heißt du, bist du von hier, spendierst du mir ein Glas –, einen neuen Glanz annahmen, weniger von Verlangen als von Macht, von ungeduldig behaupteter Männlichkeit.

Und es gab noch etwas, das ihn von anderen unterschied: Sein Blick kam von tiefer drinnen, aus größerer Ferne, und wenn sie anderen nur einmal in die Augen zu schauen brauchte, um sogleich voller Überdruss zu erkennen, was sie suchten und wer sie waren, so blieb bei diesem alles verborgen wie der Grund eines Brunnens oder das Innere eines Tunnels, dessen Ende man nicht sieht. Er gab ihr Feuer, sagte einen Namen, der zweifellos ebenso falsch war wie der, den sie ihm genannt hatte, schaute auf die langen, rot lackierten Fingernägel, den exotischen oder aufreizenden Enden von in Wirklichkeit kurzen, dicken Händen mit hier und da einem dunkleren Fleck, den das gedämpfte Licht des Clubs übertünchte, auf den klingelnden Glanz des falschen Armschmucks. Er sei nur auf ein Glas hereingekommen, sagte er, nachdem sie sich ein Weilchen unterhalten hatten, Anwalt sei er, mit einem Büro in der Provinzhauptstadt, er lebe allein, in einer Eigentumswohnung, und als sie mit ihrem Glas frisch eingeschenkten Champagners mit seinem anstieß und ihm sagte, er müsse ja ein sehr gescheiter Mensch sein, so jung und schon Anwalt, mit eigenem Büro und eigener Wohnung, errötete er möglicherweise, es war nicht recht auszumachen, im rötlichen Licht des Lokals verschwammen die natürlichen Farben der Gesichter, ersetzten sie durch Flecke oder Schatten, durch Puderblässe oder von Creme und Lippenstift fettig glänzende Hautpartien. Er schien ein wenig besorgt oder überrascht, als sie ihm sagte, sie erinnere sich, ihn schon einmal im Club gesehen zu haben, suchte jedoch augenblicklich Zuflucht in der offenkundigen Lüge, stimmt, vor ein paar Monaten sei er schon einmal hier gewesen, er sei von einer Geschäftsreise aus Madrid zurückgekommen, hatte sich mit einem der Mädchen unterhalten, an den Namen erinnerte er sich nicht mehr, Soraya, sagte sie, wenigstens wollte sie so genannt werden, hübsch, aber viel zu dünn, von der Sucht, bei ihr habe er jedenfalls mehr in der Hand, dabei rückte sie etwas an ihn heran und schob den Ausschnitt näher zu ihm hin, streifte sein Knie mit einem breiten Oberschenkel, eingezwängt in straffes Nylon. Ich werde noch eifersüchtig, sagte sie, du erinnerst dich an eine andere, während ich hier bei dir sitze, aber ich verzeihe dir, wenn du mir noch ein Glas spendierst, doch er hörte gar nicht mehr zu, schaute sie an, als verachte er die Gewöhnlichkeit ihrer Worte, ihrer Bewegungen, ihrer trotz der langen, rot lackierten Fingernägel plumpen Hausfrauenhände, ihres gefärbten Haars mit einem dunklen Strich in der Mitte. Was ist aus ihr geworden, fragte er, sprach jedoch so leise, dass Julio Iglesias' Stimme die seine fast unhörbar machte, das Mädchen ist von einem auf den anderen Tag verschwunden, hat sich nicht einmal verabschiedet, ein hoffnungsloser Junkie, hat es natürlich verheimlicht, musste es leugnen, damit sie in einem renommierten Club wie diesem überhaupt angenommen wurde, war bestimmt wieder in der Gosse gelandet, fror sich auf einer Landstraße die Beine ab.

Erst später dachte sie wirklich über Soraya oder wie sie hieß, nach, über den Grund für ihr Verschwinden, obwohl ihr Instinkt es ihr hätte sagen müssen, sie hätte es wissen müssen, hätte ablehnen müssen, aber es gibt Dinge, die tut man,

obwohl man weiß, dass man sie nicht tun sollte, unweigerlich, wie vom Schicksal bestimmt oder von der Gewohnheit,
weil diese Nacht sterbenslangweilig und frostig war und weil
wahrscheinlich ohnehin kein Kunde mehr kam, bis das Lokal schloss, und weil der Junge auch kein bisschen gefährlich
aussah, etwas sonderbar, ja, aber auch nicht mehr als viele
andere, ein Hurenheiliger, der ganz so aussah, als ob er zur
Kirche ging und den Rosenkranz betete, der hinterher sicher
beichten würde, der einer Bruderschaft der Osterprozessionen
angehörte, der vielleicht sogar eine Verlobte hatte, mit der er
nicht eher ins Bett ging als in der Hochzeitsnacht. Solche gab
es noch zur Genüge, sie konnte ein Lied davon singen, von
mehr als einem hatte sie die betrunkene Geilheit seines Jung-
gesellenabschieds ertragen, umringt und angefeuert von seinen noch betrunkeneren Freunden, mit gelockerten Krawatten, Whiskygläser haltende Hände um brüderliche Schultern
gelegt, die Münder aufgesperrt von den dicken Zigarren zwischen ihren Zähnen, einfach widerlich.

Dieser nicht, der Duckmäuser, dieser schien nicht einmal
zu begreifen, als sie zum Séparée hinüberdeutete, wo sie noch
ein Gläschen trinken, sich viel ruhiger unterhalten und näher kennen lernen könnten, es war auch schön warm dort,
viel gemütlicher, sogar ein Heizöfchen gab es da. Er veränderte sich von einer Sekunde auf die andere, wirkte einfaltig
und zahm und sah nun mit einem Mal entschlossen aus, ein
Blick und eine blitzschnelle Geste, die sie verwirrte und hätte
warnen sollen. Er verschwand mit ihr hinter einem roten Vorhang, und als sie in dem kleinen, fast gänzlich leeren Zimmer standen, blieb er auf dem kalten Zementboden stehen,
das Glas in der einen, Zigaretten und Feuerzeug in der anderen Hand, so unansehnlich, dass er einem schon leidtun
konnte, als ob er noch nie mit einer Frau zusammen gewesen

wäre, seine brave Stimme hatte gestockt, als er sich unsicher nach dem Preis erkundigte oder herauszufinden suchte, was ihm dafür geboten wurde, ohne ein obszönes Wort zu benutzen, ohne die Dinge beim Namen zu nennen, ausweichend, wie er auch ihrem Blick auswich, als er zusah, wie sie sich auszog, rasch und fröstelnd, mit einer Gänsehaut trotz des Heizöfchens in einer Ecke neben dem Bett, einer Metallpritsche eigentlich, ohne Laken, mit einer Schaumstoffmatratze und einer alten Decke darauf, mit einem Sprungfederrahmen, der unter dem Gewicht des Mannes quietschte, der weder Schuhe noch Jacke ausgezogen hatte, nur die Hose hatte er heruntergelassen, rauchte weiter, trank kurze Schlucke von seiner Coca-Cola mit Rum, schweigsam, unverhältnismäßig mit seiner Jacke und seinem Kommunikantengesicht und seinen heruntergelassenen Hosen, als säße er auf dem Klo, mit starkem Haarwuchs auf den kurzen, dicken Beinen, kurz und gekräuselt, sicher hatte er auch welche auf den Schultern, genau wie auf den Fingern und dem Rücken seiner Hände.

Er sagte ihr mit leiser Stimme, sie solle ihre Stöckelschuhe anlassen und auch die Strümpfe, stellte die Beine weiter auseinander und befahl ihr mit einer Handbewegung, vor ihm niederzuknien, und diese Geste war so vulgär und so unerwartet eindeutig, so brutal wie die Worte, die von dieser Stimme ausgesprochen zu werden sie sich vor einer Sekunde noch nicht hatte vorstellen können. Vor dem Bett lag zwar ein schmutziger Läufer, doch trotzdem drang ihr die Kälte sogleich in die Knie, sodass sie möglichst rasch fertig werden wollte, der Duckmäuser würde sicher nicht lange brauchen, würde stöhnen und mit einem schlaffen Röcheln kommen und hinterher mit immer noch offenem Mund und halb geschlossenen Augen atemlos und enttäuscht dasitzen, ohne auf die Idee zu kommen, sich mit dem Zellpapier abzuputzen, von dem eine Rolle stets in Reichweite auf dem Nachttisch stand.

In ihrem Nacken spürte sie seine Finger, die ihr schnelle, mechanische Bewegungen aufzwangen, er atmete durch die Nase, über sich hörte sie seine Worte, Sätze, die er in Illustrierten gelesen hatte oder aus dem Kino kannte, die er jetzt bestimmt wiederholte, um sich zu erregen, und die sie unmöglich mit seinem Gesicht und seiner Stimme von wenigen Minuten zuvor in Zusammenhang bringen konnte, doch sogleich erkannte sie, dass es schwierig werden, wenn nicht sogar aussichtslos sein würde, sie hatte es gleich geahnt, als sie sah, was unter den engen Jeans zum Vorschein gekommen war, hatte sich zusammenreißen müssen, um sich ihre Überraschung nicht anmerken zu lassen und eine spöttische Bemerkung zu unterdrücken. Sie bekam jetzt keine Luft mehr, hielt die Augen geschlossen, hörte ihren eigenen Atem und die schmutzigen Wörter, die der Mann leise und mit sanfter Stimme aufsagte wie eine Litanei, sie merkte deutlich, wie kalt und hart der Boden unter dem Läufer war und wie ihre Knie schmerzten, wie draußen, jenseits der Mauern, der Sturm heulte und die Musik von Julio Iglesias aus der Bar herüberdrang. Vergebens leckte sie und rieb verdrossen, ungeduldig, mit einem sachlichen Ekel, den sie abschwächte, indem sie an andere Sachen dachte, doch dann riss sie eine der Hände, die sich in ihren Nacken geschlagen hatten, an den Haaren, zwang sie, den Kopf zu heben und in das runde, verzerrte Gesicht des Mannes zu blicken und auf das Klappmesser, das direkt vor ihren Augen aufsprang und ihre Wange streifte. Da fiel ihr der grauhaarige Polizist wieder ein, das Kärtchen mit der handgeschriebenen Telefonnummer, doch im selben Moment setzten ihr Denken und ihre Erinnerung aus, ihr war, als würde die Hand ihr die Kopfhaut abreißen, und sie konnte nicht einmal vor Schmerz aufschreien, weil das Messer so hart an ihren Hals gesetzt war, dass die Haut jeden Augenblick aufreißen musste, während die Wörter immer noch auf sie niedergingen und die Hand in ihrem Haar sie zu noch schnelleren Bewegungen zwang. Er schwoll jetzt wieder an, die Worte hatten ihm nicht gereicht, und er brauchte das Messer, um sich zu erregen, er keuchte jetzt, aber nur einen kurzen Moment, da schrumpfte er wieder zusammen, zuerst ganz unmerklich, doch dann offensichtlich und unaufhaltsam, und sie warf sich zurück, es gelang ihr, sich der Hand zu entziehen, sie wollte schreien und bekam keine Luft, und eine Sekunde später war es zu spät, weil der Mann, der Unbekannte, sie rücklings auf den Zementboden geschleudert hatte, sie zwischen seinen gespreizten Beinen eingeklemmt hielt und mit dem Messer um ihre Brustwarzen herumfuhr und ihr mit sanfter Stimme sagte, was er mit ihnen anstellen würde, falls sie nicht still blieb, sie fragte, ob sie tatsächlich nicht wisse, warum dieses Mädchen, Soraya, so Hals über Kopf die Stadt verlassen hatte, ohne sich von irgendwem zu verabschieden, wovor sie solche Angst gehabt hatte.

Erregt, gefasst, seiner Unverwundbarkeit gewiss, starrte er ihr, ohne zu blinzeln, in die Augen, während er seine Hose hochzog und den Reißverschluss und seine Gürtelschnalle schloss. Er steckte seine Zigaretten und das Feuerzeug in die Jackentasche, prüfte, ob er seine Brieftasche hatte, seine Autoschlüssel und die Hausschlüssel. Die Frau hatte sich vom Boden erhoben und saß auf dem Bett, das blond gefärbte Haar halb im Gesicht, die Stöckelschuhe schief an den Füßen, die schlaffe, weiße Haut mit einem Mal abstoßend, so unerotisch wie das Zimmer mit seinem Uralitdach und seiner Garagennacktheit, mit dem kleinen Fenster, dessen rot übermalte Scheiben den auf der Landstraße vorbeifahrenden Autos einladend und geheimnisvoll erscheinen mussten. Er trat auf sie zu, das Messer noch in der Hand, riss sie am Haar, sodass ihr Gesicht nach oben zeigte. Pass auf, was du tust und was du sagst, sagte er, ich kann jederzeit wiederkommen. Er ließ ihr Haar los, hob das Korsett, den Body oder was immer das war, was sie da angehabt hatte, und warf es ihr hin, und als er ihr schon den Rücken gekehrt hatte, ganz sicher, dass sie nicht um Hilfe rufen und nicht schreien würde, damit man ihn am Hinausgehen hinderte (auch die andere, Soraya, hatte keinen Mucks von sich gegeben, es hatte gereicht, dass er ihr einen Zipfel ihres Höschens in den Mund gestopft hatte, damit sie begriff und es sich merkte), blieb er stehen, als er ihre Stimme hörte, drehte sich noch nicht zu ihr um, als verstehe er erst allmählich, was sie gesagt hatte, und seine Hand krampfte sich um das Messer.

»Mit weniger Messer und mehr Schwanz sind mir die Männer lieber.«

Das Blut stieg ihm in den Kopf, sein Gesicht brannte, er fuhr herum, und die Frau auf dem Bett wich zurück, als sie ihn anschaute, die Hand hielt er so fest um das Messer gekrampft, dass er sich daran verletzen würde, er hob die Faust, die Frau verfolgte diese Bewegung wie das Pendel eines Hypnotiseurs, von dem sie ihre Augen nicht zu lösen vermochte, und er versetzte ihr einen einzigen Schlag mit dieser gewaltigen Faust, wie mit einer Keule, sah sie rücklings auf die Matratze fallen, Blut lief ihr aus der Nase, er biss die Zähne zusammen und grub die Fingernägel in die Handfläche, trat durch den roten Vorhang, ging durch rauchgeschwängerte Luft und Musik und sah nur Flecke und hörte nichts anderes als seinen eigenen Atem und das Pochen des Blutes in seinen Schläfen. Er trat in die Kälte hinaus, in den eisigen Wind, ließ den Lieferwagen an, hörte Türen schlagen, Rufe hinter sich, sah vor sich die von Lampen beleuchtete Landstraße, die weißen Mittelstreifen, die vorüberhuschenden Reihen der Olivenbäume und weiter vorn die Lichter der Stadt unter einem niedrigen, weißen Himmel, wie von innen erhellt, einem tiefen Winterhimmel, der Schnee verhieß.

Er fuhr durch die menschenleeren Straßen, ohne an roten Ampeln zu halten, ohne zu wissen, wie spät es war oder wohin er fuhr, immer schneller, immer geradeaus, er hörte den Motor aufheulen und dröhnen, verschmierte den Plastikbezug des Lenkrads mit seinem Blut, hielt es mit der Linken, um sich Wunde an der anderen Hand zu lecken, wischte sich das Blut an der Hose und an der Jacke ab, ihm war alles egal, er schluckte, und der Blutgeschmack ließ ihn würgen, ihm wurde übel von dem Fischgeruch, der sich im Lieferwagen festgesetzt hatte. Als er den Platz am Uhrturm erreichte, hielt er mit einem Rest von Klarheit oder Vernunft an einer roten Ampel an, vor der Tür des Polizeipräsidiums standen immer Polizisten. Es brannte aber kein Licht hinter den Fenstern, und die Tür war geschlossen, die Drecksäcke blieben schön drinnen, wo es warm war. Er trommelte mit den Fingern auf das Lenkrad, während er wartete, dass die Ampel auf Grün schaltete, lutschte ungeduldig das Blut von der Handfläche und startete dann mit quietschenden Reifen durch, forderte die unsichtbaren Polizisten und die ganze schlafende Stadt heraus, die sich feige hinter den geschlossenen Fensterläden ihrer Häuser verkroch: stumm, voller Angst, eine ganze Stadt von einem einzigen Mann in Schrecken versetzt, erfolglos hatten sie sich verschworen, ihn zu fangen, sie legten Fallen aus, in die er nicht zu tappen gedachte, hielten Dinge geheim, wollten sie verschleiern, als ob er ein Idiot wäre.

Ein Tag und noch ein Tag und nichts in der Zeitung, die er von schmierigen Schuppen verdreckt fortwarf, nachdem er sie von der ersten bis zur letzten Seite durchgesehen hatte, nichts im Radio und nichts im Fernsehen, sie wollten ihn hereinlegen, ganz bestimmt, er sollte sich in Sicherheit wiegen, einen Fehler begehen, an den ersten Tagen war er bebenden Herzens zum Kiosk gegangen, die Fingernägel in die Handflächen gegraben, und da er Zeitunglesen nicht gewohnt war, riss er die Blätter auf seiner Suche auseinander, Wut übermannte ihn, er war enttäuscht oder verletzt, verwirrt jedenfalls, anfangs noch mit jähen Anfällen von Besorgnis und sogar Entsetzen und später von Unwirklichkeit, mehr denn je hatte er das Gefühl, nur geträumt zu haben, an was er sich erinnerte, und in manchen Nächten hielt er es nicht mehr aus, ging durch die verlassenen Gassen seines Viertels Richtung Park und Erdwall, jedoch nie bis ganz dahin, blieb hart am Rand, vielleicht hatte man sie noch nicht gefunden, die Erste war schließlich nur durch Zufall von einem Straßenkehrer entdeckt worden, kein Mensch ging zu dieser Zeit in den Park, bei dem Sturm und der winterlichen Kälte, nicht einmal Drogensüchtige oder die Banden von Betrunkenen, die sich am Freitagabend voll laufen ließen. Aber es sah auch nicht danach aus, als würde sie gesucht oder überhaupt vermisst, das war natürlich unmöglich, sie lagen auf der Lauer, ihm konnten sie nichts vormachen, sie warteten nur darauf, dass er einen falschen Schritt tat, dass er nervös wurde und einen Fehler beging. Noch war er sicher, war er unsichtbar, und er hätte gerne die Nummer des Polizeipräsidiums gewählt und es diesem Inspektor gezeigt, ihm gesagt: Finde mich, wenn du kannst, und gleich wieder aufgelegt, direkt vor seiner Nase, in der Telefonkabine auf dem Platz, nur ein paar Schritte von den Polizisten und den erleuchteten Fenstern entfernt: bis ganz hart an die Grenze gehen und dann zurückweichen, unverwundbar, unsichtbar, die Hand ganz nah an eine Eisentür halten, direkt vor ein Schild mit der Aufschrift *Nicht berühren, Lebensgefahr,* es wie einen Magneten in jeder Fingerkuppe spüren, die Schneide oder die Spitze eines Messers in weiche, weiße Haut hineindrücken, bis zu jenem Millimeterbruchteil vor der offenen Wunde, bevor Blut zu fließen beginnt.

Als er in die Nähe des Parks kam, bremste er, stellte den Motor ab und die Scheinwerfer aus, der Wagen glitt lautlos noch ein Stück die Straße hinunter und hielt hinter den letzten Laternen, in einiger Entfernung zu den undeutlichen Schatten unbewegter Hecken und Bäume, erst jetzt merkte er, dass der Wind sich gelegt hatte. Seine Hand blutete nicht mehr: Mit der Zungenspitze konnte er der dünnen Linie der Schnittwunde folgen. Niemand war in der Nähe, nichts zu hören, weder der Wind noch der Motorenlärm von Autos. Hinter den dunklen Schattenrissen der Dächer und Bäume stand hell der neblige, verschleierte Glanz des niedrigen Himmels. Er war hier ganz sicher, saß still, behütet, verborgen im Innern des Lieferwagens ohne Licht, am menschenleeren Ende der Stadt, jenseits allen Verdachts, heiter jetzt, vertrauensvoll beinah, rauchend, die Glut in der hohlen Hand verbergend, aus Vorsicht, um seine Unsichtbarkeit noch mehr zu genießen; falls jemand vorüberging, würde dieser wahrscheinlich gar nicht merken, dass er im Lieferwagen saß, mit dem Dunkel verschmolzen, im Qualm der Zigarette.

Würde er jetzt den Motor anlassen und losfahren, zur alten Stadtmauer hinunter, wäre er in wenigen Minuten zu Hause. Er sah sich schon schlaflos im Bett liegen, hörte das Husten oder Flüstern der Alten, stellte sich vor, dass er heimlich aufstand und über den Boden schwebend dahinschritt, bis der Park hinter ihm lag und er den Hang hinabzusteigen träumte. Er stieg aus, und teils war ihm gar nicht bewusst, was er tat, er sah sich beinah wie von außen, ein Teil von ihm stumm und starr, der andere in Bewegung, wie im Traum, wenn man in der Dunkelheit liegt und die Vorstellung einem in allen Einzelheiten vorspiegelt, was bereits geschehen ist oder nie passieren wird. Er hörte den Kies unter seinen Füßen und die Scherben von zerbrochenen Flaschen. Der Lieferwagen blieb hinter ihm zurück, die letzten Lichter der Straßenecken, die weißen Häuser mit verriegelten Läden, und die Erde, auf der er ging, war totenbleich, genau wie der Himmel, wodurch die Schattenrisse der Bäume im Kontrast noch dunkler wurden. Viel Zeit war vergangen, sie konnte unmöglich noch da liegen, vergessen, verwest oder vielleicht noch genauso, wie er sie im Licht des Mondes verlassen hatte, der Zeitbegriff geriet ihm durcheinander, und er war jetzt zum dritten Mal in derselben Nacht, und das Gesicht, das er vor sich sah, war das des ersten Mädchens, Fatima, das der anderen war aus seinem Gedächtnis gelöscht, er hatte ja nicht einmal ihren Namen erfahren. Er stieg den Abhang hinunter, stützte sich an den Baumstämmen ab, glitt über den lehmigen Boden, überzeugt, kein Feuerzeug zu brauchen, um die genaue Stelle wieder zu finden, den Graben, mit geschlossenen Augen würde er hinfinden, wie er im Geiste in jeder seiner schlaflosen Nächte hingefunden hatte, in seinen Träumen, aus denen er jedes Mal mit einem Gefühl von Bedrohung und Gefahr aufgeschreckt war, das ihn fortzureißen drohte.

Er stolperte über etwas, seine Füße hatten sich unter einer Baumwurzel verhakt, die aus dem Boden herausragte, doch er reagierte schnell und konnte verhindern, dass er den Abhang hinunterkollerte, er blieb flach auf der Erde liegen, wie mit elf oder zwölf Jahren, als er den Liebespärchen nachspionierte. Wütend kam er wieder auf die Beine, über und über mit Lehm beschmiert, sobald er nach Hause kam, würde er die Waschmaschine anstellen müssen, um sich die feigen, hintergründigen Fragen der Alten am nächsten Morgen nicht anhören zu müssen, wo bist du nur gewesen, warum sind deine ganzen Sachen voller Dreck, du hast dich doch wohl nicht betrunken, Kind, Kind. Er klopfte auf seine Taschen, er hatte gehört, dass etwas zu Boden gefallen war, die Autoschlüssel, nein, das Messer, er stieß einen lauten Fluch aus, tastete, wieder auf den Knien, das Feuerzeug fand er auch nicht mehr, doch, da war es, gut, dass es nicht auch herausgefallen war, er ließ es ein paar Sekunden brennen, und als es wieder erlosch, hatte er die verspätete Eingebung, etwas gesehen zu haben, aber das konnte nicht sein, er wollte es noch einmal anzünden, doch die Flamme kam nicht, nur Gas, das Rädchen drehte sich, ohne dass ein Funke hervorsprang, der Feuerstein war aufgebraucht, oder seine Hände zitterten oder waren steif vor Kälte. Schuhe, er hatte ein Paar Schuhe gesehen, doch als er sich umschaute, sah er nur Baumstämme und die schwarzen Schatten der Bäume, besser, er kam auf die Beine und machte sich schleunigst davon, noch war Zeit, einer der Baumstämme schien sich zu bewegen, und dann fuhr ihm ein gelber Strahl schmerzend in die Augen, er hielt sich eine Hand vors Gesicht, ein paar Meter vor ihm war eine Taschenlampe aufgeflammt und näherte sich ihm jetzt, danach eine andere, von etwas weiter rechts, eine dritte von hinten, drei Lichtbalken voll diesigem Dunst, die auf ihn zukamen, und doch sah er noch niemanden oder erkannte noch keine menschlichen Umrisse zwischen den dunklen Baumstämmen. Er stand auf, klopfte sich die Knie sauber, die Jacke, wandte den Blick von den Lichtern ab, die ihn einhüllten und eine Ewigkeit brauchten, bis sie bei ihm waren, jetzt von Geräuschen begleitet, von Schritten und Körpern, die sich im Unterholz um ihn her bewegten, hinter den Hecken hervorkamen, aus den Schatten der Bäume traten. Ganz ruhig, sagte eine Stimme, keine Bewegung, keinen Schritt weiter, und aus dem gelben Licht der Taschenlampen tauchte eine Pistole auf. Er drehte den Kopf zur Seite, schloss die Augen und hob langsam die Hände, obwohl es ihm niemand befohlen hatte.

29

»Nehmen Sie ihm die Handschellen ab«, sagte der Inspektor. Der Polizist befolgte die Anweisung und nahm dann hinter dem Stuhl, auf dem der Verhaftete saß, Aufstellung, die Handschellen in der Hand, die Arme vor der Brust gekreuzt, als wolle er sich für alle Fälle bereithalten, beobachtete ihn aus den Augenwinkeln, ohne seine Verachtung, seine Neugier und seinen Hass zu verhehlen. Der Inspektor bedeutete ihm jedoch, das Zimmer zu verlassen, der Polizist legte verärgert die Hand an die Mütze und knallte beinah die Tür hinter sich zu, blieb aber auf der anderen Seite stehen, sein breiter Rücken hob sich wie ein blauer Schatten hinter der Milchglasscheibe ab. Der Inspektor hatte angeordnet, niemanden in sein Büro zu lassen und keine Gespräche durchzustellen.

Er brauchte Zeit und Ruhe, nicht über die Maßen, vielleicht nur ein paar Stunden, die, die bis zum Tagesanbruch fehlten, nicht, um bestätigt zu finden, was er bereits wusste, und auch nicht, um ein Geständnis zu bekommen, sondern um etwas zu verstehen, es jedenfalls zu versuchen, bevor der Tumult mit Presse und Fernsehen einsetzte und die Mühlen des Gesetzes zu mahlen begannen. Jetzt brauchte er vor allem Ruhe, Gelassenheit, Stille. Jenseits seines Bürofensters, auf dem Platz des Generals, in der ganzen Stadt, die verödet und trostlos unter dem Mantel der Winternacht schlief, wusste noch kein Mensch etwas, und ihm wäre es am liebsten gewesen, wenn das Geheimnis nicht mit dem Licht des neuen Tages endete, wenn das Präsidium nicht schon wieder von der dumpfen

Menge jener belagert würde, die auf der Jagd nach Schlagzeilen und Bildern waren oder mit weit aufgerissenen Mündern und drohenden Fäusten nach Rache und umgehender Bestrafung verlangten.

So lange hatte er ihn gesucht, und jetzt verfügte er nur über ein paar Stunden, höchstens zwei oder drei, schätzte er, bevor die Telefone klingelten und sich vor dem Polizeipräsidium Menschengruppen bildeten, um das Denkmal herum und den Brunnen, in dem das Wasser jetzt jede Nacht gefror. Doch er sagte noch immer nichts, erinnerte sich an keine einzige der Fragen mehr, die er in dieser ganzen Zeit hatte stellen wollen, seit Anfang Oktober, seit er am Fuß des Erdwalls und später auf dem Tisch des Leichenschauhauses das Gesicht von Fatima gesehen hatte, ihre aufgerissenen Augen, die kurzen, weißen Söckchen am Ende ihrer dünnen Beine, steif und voller blauer Flecke. Monatelang auf der Suche nach dem einen Blick, und jetzt hatte er ihn vor sich, ausweichend und gewöhnlich, ohne Rätsel, ohne besonderen Ausdruck, ein Blick, wie ihn jedermann haben konnte, genau wie das Gesicht und die Hände, wie die Jacke aus imitiertem Wildleder mit Lehmflecken an den Ellenbogen und den Ärmelrändern, alles billig und gewöhnlich, der Inhalt seiner Taschen, der jetzt auf dem Schreibtisch ausgebreitet lag, ein blaues Bic-Feuerzeug, aus Plastik, ein fast leeres Päckchen Zigaretten der Marke Fortuna, Autoschlüssel, Hausschlüssel, der Schlüsselanhänger von einer Autowerkstatt, ein Messer, genau, wie es das Mädchen, Paula, beschrieben hatte, mit schwarzen Griffschalen und einem Knauf aus Metall in der Form eines Stierkopfes. Sonst nichts Nennenswertes, zwei schmutzige Tausendpesetenscheine, die stark nach Fisch rochen, ein paar Münzen, ein Papiertaschentuch mit dunklen Flecken, vielleicht Blut: die Gegenstände auf dem Tisch, gewöhnlich, aber auch unüblich, nahe am Telefon und an der Lampe, neben der Metallablage für Dokumente und dem Ordner aus Karton, in dem alle Fotografien und Ermittlungsunterlagen abgelegt waren, Monate Papierkrieg, Berichte, getippte Mitteilungen und immer wiederholte Formeln in todlangweiliger Behördensprache. Das erste Blatt der Akte war eine Kopie der Vermisstenanzeige für Fatima. Das letzte eine Aufstellung des Meteorologischen Instituts mit einer genauen Auflistung der Daten und Uhrzeiten des Vollmondaufgangs der letzten Monate.

Der junge Mann saß mit gesenktem Kopf vor ihm und massierte seine Handgelenke, die so dick waren, dass die Handschellen tiefrote Druckstellen auf ihnen hinterlassen hatten. Die Fingernägel, die Finger, das krause Haar auf den Handrücken, die Farbe von rohem Fleisch, alles hatte Paula gesehen und zu Protokoll gegeben, die goldene Kette am Handgelenk, die große, ordinäre Armbanduhr. Ohne ihn je zuvor gesehen zu haben, erkannte ihn der Inspektor, doch er stellte fest, dass die nervöse Erregung fehlte, von der er sich in seiner Vorstellung so oft beherrscht gesehen hatte, wenn dieser Augenblick eintreten sollte, ein Gefühl von Sieg und von Zorn. Was er hingegen tief in seinem Innern verspürte, war eine leichte Enttäuschung, Erschöpfung und der Wunsch, den Fall möglichst bald abzuschließen. Dieses runde Gesicht mit den dichten, gewölbten Augenbrauen, dem kurzen Kinn und den eng zusammenstehenden Augen war jenes, das er jeden Tag und fast jede Stunde während der letzten vier Monate gesucht hatte, das von der Phantasie um ein Vielfaches vergrößerte Gesicht eines Feindes, eines Ungeheuers, das letzte Gesicht, das Fatima gesehen hatte, bevor sie voller Panik erstickt war, das jede Nacht mit finsterer Regelmäßigkeit in Paulas Albträumen erschien, obwohl der Blick beim Aufwachen jedes Mal verschwamm. »Ich habe jeden Samstag Fisch bei ihm gekauft«, sagte Susana Grey später, als sie ungläubig und mit einem Widerwillen, für den es keine Worte gab, die Fotos betrachtete, »er tat mir immer leid, weil er mir viel zu schüchtern vorkam, um ein guter Verkäufer zu sein, er hatte nie viele Kunden an seinem Stand, und die Frauen dort sagten, als sein Vater krank geworden sei, habe er von der Schule gehen und die Arbeit übernehmen müssen.«

»Suche seine Augen«, hatte Pater Orduña gesagt, in einer Zeit, die lange zurücklag, kurz nach Fatimas Tod, noch vor Susana Grey: Da waren sie nun, gerötet, unstet, unterwürfig, zu Boden oder auf den Tischrand gerichtet, auf die von den Handschellen hervorgerufenen roten Druckstellen an seinen Handgelenken. Er hätte sie tausendmal sehen können, und nichts wäre ihm an ihnen verdächtig erschienen. Jeder Blick kann der eines Unschuldigen oder eines Schuldigen sein, dachte er und erinnerte sich an die heiteren, offenen Blicke auf den Fotos des Plakats mit den meistgesuchten Terroristen. Nein, das Gesicht war keinesfalls ein Spiegel der Seele. Was sah dieser junge Mann gerade jetzt in seinem eigenen Gesicht, in seinen grauen Augen, die ihn unverwandt anschauten, mit derselben Neugier und Enttäuschung, wenn auch ohne eine Spur der aggressiven Wut, mit der die anderen Polizisten ihn bei seiner Verhaftung angestarrt hatten, als er seine Hand mit einer unbedachten Geste zur Tasche hin bewegte und jemand ihn von hinten niederwarf, ihm den Arm auf den Rücken drehte, dass er fast brach, sein Gesicht vorsätzlich in den Schlamm drückte und ihn beschimpfte. Du Dreckskerl, jetzt machen wir mit dir dasselbe, was du mit den Mädchen gemacht hast.

Ruhig, hatte eine heisere Stimme leise gesagt, die erste, die er vernahm, als die Taschenlampe vor seinem Gesicht aufleuchtete. Jemand zog ihn mit hartem Griff am Jackenaufschlag von der Erde hoch, und eine Lampe wurde ihm so nah vors Gesicht gehalten, dass er, als er die Augen öffnete, das Gefühl hatte, sie müssten verbrennen, und er kniff sie sofort wieder zu, drückte in einem kindlichen Reflex schützend seine geschlossenen Fäuste hinein. »Ich habe nichts getan«, sagte er mit noch geschlossenen Augen, als sie ihn den Hang hinaufstießen und zerrten, zu den Hecken hin, die den Park vom Erdwall und den Pinien trennten, »Sie können mich nicht verhaften.« Die heisere, kraftlose Stimme sprach ohne jeden Ton von Drohung oder Ironie: »Wir verhaften dich nicht, wir nehmen dich mit zu einer Identitätsüberprüfung.« Um ihn her bewegten sich wirr durcheinander Taschenlampenstrahlen und hohe uniformierte Schatten. Am Eingang des Parks, nicht weit von der Stelle, wo er seinen Lieferwagen stehen gelassen hatte, blinkten die blauroten Lichter dreier Streifenwagen. Mit einem gezielten und wie unbeabsichtigten Stoß beförderten sie ihn in einen der Wagen, und auf jeder Seite setzte sich ein Polizist neben ihn. Er drückte die Schenkel aneinander in der Hoffnung, sie würden nicht bemerken, dass er sich in die Hose gemacht hatte. Er konnte jetzt das Gesicht des Mannes in Zivil sehen, der ihm die Taschenlampe so nah vor die Augen gehalten hatte, dasselbe Gesicht, das er damals ein paar Sekunden lang in den Fernsehnachrichten gesehen hatte, bevor es von einer Zeitung verdeckt wurde: Er gab Befehle, inmitten der Lichter und der zuschlagenden Autotüren und der lautlos umherhuschenden Uniformen, er sagte, sie sollten die Sirenen ausgeschaltet lassen, es sei nicht nötig, die Leute aufzuwecken. »Ich habe nichts getan«, wiederholte er, eingeklemmt zwischen den Schultern zweier Polizisten, die größer und kräftiger waren als er, die schon mit Handschellen gefesselten Hände im Schoß, durch den die Feuchtigkeit drang,

»ich schwöre es, ich wohne hier ganz in der Nähe, ich habe bloß einen Spaziergang gemacht.«

»Den Spaziergang hättest du mal mit mir machen sollen«, knurrte einer der Polizisten, ohne ihn anzusehen, und dann setzte sich der Wagen in Bewegung, fuhr langsam die schnurgerade leere Straße hinauf, die auf den Platz mündete, vor ihm und hinter ihm die beiden anderen Autos, die ihre Warnlichter jetzt ausgeschaltet hatten.

Irgendwie erwartete er, bei der Ankunft im Polizeipräsidium in einen Kerker gesperrt zu werden. Im Eingangsbereich und auf den Treppen war wenig Licht, gedämpfter Lärm von Schritten, leisen Stimmen und sich öffnenden und schließenden Türen. »Der Chef will, dass noch nichts bekannt wird«, flüsterte jemand hinter ihm, einer der beiden Polizisten, die ihn grob eine schmale und schlecht beleuchtete Treppe hinaufstießen. Es war, als habe man ein Haus betreten, in dem man schon frühmorgens aufgestanden war, weil man umziehen oder verreisen wollte, und sich äußerst behutsam bewegte, um die Nachbarn nicht aufzuwecken. Sie führten ihn durch einen Korridor mit braunen Kacheln bis auf halber Höhe und offenen Büroräumen mit Schreibmaschinen auf Metalltischen und unordentlich herumliegenden Papieren. In einer Ecke stand ein Eimer mit schmutzigem Wasser und ein Schrubber. Vor einem Polizisten, der beträchtlich älter war als die anderen, der eine Brille trug und sehr langsam auf einer Schreibmaschine tippte, musste er seinen Namen nennen, seine Adresse angeben, die Nummer seines Ausweises, seinen Beruf, die Namen seiner Eltern. Niemand beschimpfte ihn, niemand hörte ihm zu, sie stießen ihn und nahmen ihn mit, jemand ergriff jeden einzelnen seiner Finger und drückte die Fingerkuppen auf einen weißen Karton, dann gab man ihm ein schmutziges, nach Alkohol riechendes Tuch, damit er sie säubern konnte, führte ihn über andere Treppen nach unten, aber auch diesmal nicht in einen Kerker, sondern in einen weiß gekachelten Raum, in dem er von vorn und im Profil fotografiert wurde, danach folgte ein Ganzkörperfoto neben einer Messlatte.

»Er hat sich vollgepinkelt«, sagte der Mann, der die Fotos machte, zu den Polizisten, ganz nebenbei und auch ohne ihm besondere Beachtung zu schenken, so als mache er eine Bemerkung über die Lehmflecke an seiner Hose oder seiner Jacke. »Dann komm mal mit, du Held, damit wir dir eine Windel anziehen können«, sagte einer der Polizisten und stieß ihn wieder die Treppe hinauf, über denselben Flur mit den braunen Kacheln und dem Eimer und dem Schrubber in der Ecke. Das Licht der Neonröhren gab allen Gesichtern, denen er begegnete, eine faltige Blässe von Schlaflosigkeit und Erschöpfung nach nächtlichen Überstunden. »Das muss eine Verwechslung sein, Herr Wachtmeister, ich habe überhaupt nichts getan.« Er wandte im Gehen den Kopf zu dem Polizisten, ergeben, gehorsam, mit der nötigen Bescheidenheit, suchte vergeblich, seinen Blick aufzufangen, ihm seine Miene zweifelsfreier Unschuld zu zeigen, von der er selbst durchaus überzeugt war. »Bitte, rufen Sie nicht meine Eltern an«, hatte er gesagt, als er nach seiner Telefonnummer gefragt worden war, »wenn meine Mutter davon erfährt, erschrickt sie zu Tode.« Sie hatten ihn weder ausgelacht noch irgendetwas getan, um ihn zu erschrecken oder zu demütigen: Sie schienen ihn einfach nur nicht zu hören. Der Polizist öffnete eine Tür, nachdem er mit den Fingerknöcheln daran geklopft hatte, und ließ ihn zuerst eintreten. Er stand weder in einem Kellerraum noch in einer Kerkerzelle, sondern in einem anderen Büro, das weniger hell erleuchtet und auch weniger unaufgeräumt war als die anderen, mit einer Lampe auf dem Schreibtisch, einer Schreibmaschine auf einem daneben stehenden Wägelchen, einem Metallschrank, einem Kleiderständer, an dem ein dunkelgrüner Anorak hing, einem Stuhl mit metallener Lehne, auf den ihn der Polizist mit einer schnellen, abrupten Bewegung niederdrückte. An den weißen Wänden hing weiter nichts als ein Kalender und ein Foto von Fatima. Der Polizist in Zivil, der Mann mit dem grauen Haar, stand mit dem Rücken zu ihm am Fenster und drehte sich nun langsam zu ihm um, suchte seine Augen, ganz ruhig, wie es schien, mit den Händen in den Taschen.

Er stand wartend am Fenster und blickte auf den verödeten Platz in tiefer Winternacht, auf den bleichen Wolkenhimmel mit seinen orangefarbenen Abtönungen von der Rückstrahlung der Straßenlampen, der Scheinwerfer, die das Denkmal beleuchteten, die Dreifaltigkeitskirche und den Uhrturm, von dem es schon bald zwei Uhr schlagen würde. Er war versucht gewesen, Susana Grey anzurufen, nur um ihr zu sagen: »Ich hab ihn erwischt«, um ihre vom Schlaf verdunkelte und gedämpfte Stimme zu hören, aber er wollte nicht, dass sie zu dieser nächtlichen Stunde durch das Schrillen des Telefons aufgeschreckt wurde, obwohl sie vielleicht noch gar nicht schlief, vielleicht noch neben dem Nachtschränkchen mit Stapeln von Büchern und Tiegeln voll Schönheitscremes im Bett saß und las, auf ihn wartete, ohne sich jedoch der übermäßigen Hoffnung hinzugeben, dass er noch kam.

Während er darauf wartete, dass man den Verhafteten in sein Büro brachte, verspürte er dieselbe angespannte Ruhe, Erwartung und absolute Wachsamkeit, mit der er während der letzten Nächte vor Vollmond zum Wall hinausgefahren war. Anfangs hatte er kein Wort darüber verloren, nicht einmal zu Susana Grey, doch sie war es gewesen, die ihn ungewollt auf eine Idee gebracht hatte, die ihm selbst haarsträubend erschien oder zumindest unwahrscheinlich, eins dieser Hirngespinste, die ihm am Kino so verhasst waren. In einer bitterkalten Nacht waren sie am Aussichtspunkt der alten Stadtmauer hinter der Erlöserkirche spazieren gegangen, vor sich das weite Tal und die Bergkette am Horizont, dick in ihre Wintersachen gehüllt, ohne sich zu berühren, mit einem vagen Gefühl der Bedrückung, weil sie nichts sprachen, und Susana hatte auf die gelbe Scheibe des Mondes gedeutet, der über einem der Berge aufgegangen war: »Weißt du noch, als wir ihn so das letzte Mal gesehen haben, vor einem Monat? Ohne dich wüsste ich jetzt immer noch nicht, wann er abnehmend oder zunehmend ist.«

Mit einer Gier nach gemeinsamen Erinnerungen sammelte sie Details aus ihrer jüngsten Vergangenheit, bemerkenswerte Dinge der letzten Wochen, die ihr schon ein zerbrechliches Bewusstsein vom Andauern ihrer Liebe gaben. Am anderen Morgen saß er in seinem Büro, überprüfte Daten, zog den Kalender zurate, telefonierte mit dem Meteorologischen Institut, unsicher, erregt, in Gedanken wieder bei jener schlaflosen Vollmondnacht, in der man ihn angerufen und davon unterrichtet hatte, dass Fatimas Leiche gefunden worden war, berauscht von dieser frühmorgendlichen Trunkenheit des Geistes und der körperlichen Energie, die in ihm erwacht war, seit er dem Tabak und dem Alkohol entsagte, zu nervös, um Ferreras schon einzuweihen, vor seinem inneren Auge wieder Susana Greys Gestalt von hinten im flutenden Mondlicht, als er sie zum ersten Mal nackt gesehen hatte, genau einen Monat später, auf den Tag, wie er anhand des Kalenders und der Aktenlage feststellte, unglaublich, in derselben Nacht, als das zweite Mädchen, Paula, um ein Haar gestorben wäre.

Er sagte keinem auch nur ein Wort. Jemand aus dem Meteorologischen Institut hatte ihm am Telefon erklärt, dass noch vier Tage bis zum nächsten Vollmond fehlten. Nach Einbruch der Dunkelheit verließ er das Büro, den Kragen seines dicken Anoraks gegen die extreme Kälte hochgeschlagen und zugeknöpft, die behandschuhten Hände in den Taschen; ausgestattet mit einer Taschenlampe und einer Pistole, ging er beinah verstohlen die lange gerade Straße hinunter, die zum Teil im Dunkeln lag und am Parque de la Cava endete. Aus einem instinktiven Misstrauen, das durch die Zeit nicht abgeschwächt wurde, warf er ab und zu einen Blick hinter sich. Der Teil der Stadt, der einmal Ferreras' Viertel gewesen war, lag ebenso im Dunkeln wie das ferne Tal: hier und dort ein Licht an gekalkten Hausecken, hinter den Läden eines Fensters, gedämpfte Musik und Stimmen und Applaus aus Fernsehern.

Im Park jedoch hörte man nichts mehr, keine Spur von menschlicher Gegenwart, kaum zu glauben, dass es in unmittelbarer Nähe belebte Straßen und bewohnte Häuser gab, nur wenige Schritte entfernt und doch in einer anderen Welt. Die Kugeln der Laternen im Park waren schon vor langer Zeit kaputtgeworfen worden, und niemand hatte dafür gesorgt, dass sie ausgewechselt wurden, so wie auch niemand mehr die Hecken schnitt und den Abfall, Flaschenscherben, Plastiktüten und leere Weinkartons beiseiteschaffte. Um die exakte Stelle zu finden, die er am Wall suchte, den Graben, in dem Fatima und Paula gelegen hatten, brauchte er seine Taschenlampe nur eine Sekunde lang aufblitzen zu lassen, nicht mehr als einen Lidschlag lang, nach dem er von noch tieferer Finsternis umgeben war. Schon bald verlor er jegliches Zeitgefühl, und der Grund, weshalb er an diesen Ort gekommen war, wurde ihm immer unklarer. Er stand bewegungslos, den Rücken an einen Pinienstamm gelehnt, spürte, wie die Kälte vom Erdboden durch seine Fußsohlen nach oben drang, und das trotz seiner festen Schuhe aus dem Norden und seiner wollenen Strümpfe. Die Dunkelheit füllte sich allmählich mit Schatten und scharf umrissenen Silhouetten wie die Stille mit Geräuschen: das Scharren von Mäulern in Höhlen, von Füßen mit winzigen Krallen auf der Lage faulender Piniennadeln, die den Erdboden bedeckte, das Knarren hoher Äste und darüber der helle Wolkenhimmel, ab und zu der flüchtige Lichtfleck des fast vollen Mondes, der verschwand, bis er beinah gänzlich erloschen war, und kurz darauf wieder zwischen jagenden Wolkenfetzen auftauchte, getrieben von einem Wind, der weit über der kalten, feuchten Erde blies, über den stillen Bäumen, den hohen, schiefen Pinien. Unten, am Fuß des Walls, wo die Felder begannen, hörte man das Gurgeln des Wassers in den angeschwollenen Bewässerungsgräben, aus denen ein Geruch von Vegetation und Nebel emporstieg. Mit einem Gefühl unbeteiligter Zuneigung fielen ihm die wehmütigen Kindheitserinnerungen ein, die Ferreras ihm anvertraut hatte: die Stimmen und die Musik aus dem Freilichtkino, die in warmen Sommernächten im Park und im ganzen Viertel zu hören gewesen waren.

Aber er dachte an nichts, stand nur bewegungslos da und wartete, unempfindlich gegen die Kälte und die verrinnende Zeit, in einer Reglosigkeit, die nicht Geduld und nicht einmal Verschwiegenheit war, sondern ein eigenartiger Zustand seiner Sinne und seiner Seele, mit jeder Faser gespannt und wachsam, zwischen den Schatten der Bäume so schwer zu erkennen wie ein lauerndes Tier im Dickicht, wie ein Tiger im Bambusgehölz, das seinen Streifen gleicht, oder ein Insekt auf einem trockenen Blatt, das genau seine braune Färbung hat. Seine Hände warm und bereit in ihren Wollhandschuhen und den gefütterten Jackentaschen, in Kontakt mit der Pistole und der Taschenlampe, die Füße unbeweglich, ohne ein Stampfen auf den Boden, um die Kälte zu vertreiben. Er selbst hatte das Gefühl, sich aufzulösen, davonzugleiten und im Fluss seiner Empfindungen zu verschwinden, genau wie der Mond zwischen den rasenden Wolken. Er lebte in einer Klammer aus Stille und Zeit. Die Glocken vom Uhrturm begannen zu schlagen, und da er sie lange nicht mehr gehört hatte, schätzte er, dass es neun Uhr war: Er zählte weiter, und es war bereits Mitternacht, fünf Stunden hatte er am Abhang des Erdwalls gestanden, seine Gesichtshaut war gefroren, und die Kälte hatte seine Beine schon bis zu den Knien gefühllos gemacht.

Er kam in der darauffolgenden Nacht zurück und in der danach. Die Temperaturen waren stark gesunken, und der immer noch bewölkte Himmel hing tief, war schmutzig grau und glatt wie der eines Landes viel weiter im Norden. In der dritten Nacht, am Vorabend des Vollmonds, hörte er ganz in der Nähe Schritte und Stimmen und hatte das Gefühl, aus einem Traum zu erwachen, in den gefallen zu sein er sich nicht erinnern konnte. Über ihm, ganz nah, auf der anderen Seite der Hecken, bewegte sich jemand, er hörte zwei verschiedene Stimmen, die eines Mannes und die einer Frau. Er vernahm ein Geraschel von Kleidung und Körpern, das Schnalzen eines Feuerzeugs, und plötzlich kam ihm der ganz ungewohnte Gedanke, dass, wenn man ihn hier überraschte, man ihn für einen Spanner halten würde. Er schob sich ein Stück vor und sah Zigarettenglut, dann ein länger brennendes rötliches Flämmchen, das flüchtig zwei hagere Gesichter zeigte, über etwas Schimmerndem gebeugt: Sie erhitzten Heroin auf Silberpapier, stritten um etwas mit der monotonen Vulgarität von Süchtigen in den Stimmen, der gedehnten Schwerfälligkeit von Betrunkenen.

In dieser Nacht war es bereits nach eins, als er halb erfroren, erschöpft und voller Verlangen bei Susana Grey klingelte. Susana trug ihre Brille, hatte aber noch Zeit gehabt, sich die Lippen zu schminken, während er mit dem Aufzug nach oben fuhr. Als Pyjama trug sie ein großes Hemd von ihm. Es machte ihr Spaß, seine Hemden und Krawatten zu tragen, sie hatte eine besondere Gabe, in Männersachen attraktiv auszusehen. Wo kommst du denn her, fragte sie und berührte sein eisiges Gesicht mit ihren warmen Händen, du siehst aus, als hättest du die vier Reiter der Apokalypse gesehen.

Zwei Tage fehlten noch bis zum Vollmond. Er wählte die Polizisten für den Einsatz aus, die ihm am zuverlässigsten erschienen, verpflichtete sie zu Stillschweigen und sagte, er habe einen anonymen Anruf erhalten, einen Hinweis, den es zu überprüfen gelte. Nach dreistündigem Wacheschieben, als die Männer sich vor Ungeduld und Kälte zu bewegen begannen und jemand mit leiser Stimme um Erlaubnis bat, rauchen zu dürfen, sahen sie die Gestalt, die sich von den Hecken her näherte, zu ihnen hinunterstieg, zielstrebig, vorsichtig, als gehe sie zu einem geheimen Treffen. An derselben Stelle sah er sein Gesicht, drehte ihn um, als er noch am Boden lag, leuchtete ihm mit der Taschenlampe in die Augen, und als er ihn ansah, hatte er einige Sekunden lang das Gefühl, den Falschen erwischt zu haben. Er sah dem Phantombild überhaupt nicht ähnlich, dieses nichts sagende runde Gesicht konnte nicht dasselbe sein, das er so lange gesucht hatte.

»Er weiß, dass er wie ein harmloser Mensch aussieht«: Jetzt, im Büro, auf der anderen Seite des Schreibtisches, wagte es der Verhaftete zum ersten Mal, seinem Blick standzuhalten, hob die Augen zu ihm, der immer noch stand, mit einem Ausdruck eingeschüchterter Güte, respektvollen Gehorsams empor. »Ich habe nichts getan, Herr Kommissar, ich schwöre es bei meiner Mutter, ich wohne ganz in der Nähe und habe bloß einen Spaziergang gemacht.« Die sanfte Stimme klang jammernd, unterwürfig, hundertprozentig falsch, genau wie die feige Ehrfurcht in den eng beieinanderstehenden Augen, weit offen und tot, mandelförmig, wie die Augen der Heiligen auf Ikonen oder byzantinischen Mosaiken, sagte Susana Grey, als sie sie sah. Der kleine Mund mit den fleischigen Lippen, das winzige Kinn, in dem runden Gesicht kaum wahrnehmbar, die Hände unruhig im Schoß aneinanderreibend, die Fingernägel auf einem behaarten Handrücken kratzend oder schabend, sich in die Handflächen bohrend, das Geräusch von hinuntergeschlucktem Speichel.

Seine Augen folgten den Bewegungen des Inspektors: Er hatte sich über den Schreibtisch gebeugt, nahm mit Daumen und Zeigefinger das Messer und ließ die blitzende Klinge herausspringen. Das schnalzende Geräusch ließ den Verhafteten zusammenfahren. »Das gehört nicht mir«, sagte er und schluckte wieder, hielt den Kopf gesenkt, starrte auf seine Hände, »ich habe es im Park gefunden.« Der Inspektor hatte noch immer kein Wort gesprochen, hatte noch keine Frage gestellt. Er legte das Messer wieder auf den Tisch zurück, setzte sich nun endlich und lehnte sich in seinem Drehstuhl zurück, warf den Kopf nach hinten, schwenkte unmerklich mit dem Sitz hin und her. Der unstete Blick glitt jetzt über den Tisch, verharrte am Feuerzeug, an der zerknitterten, fast leeren Zigarettenschachtel. »Sie können rauchen, wenn Sie wollen«, sagte der Inspektor: Er sah wieder die automatische Dankbarkeit, die bange Gier jedes Verhafteten, die Hand, die nervös nach dem Päckchen griff und eine Zigarette herauszog, der zitternde Mund, die Schwierigkeit, das Feuerzeug zu entzünden. Das Geräusch des tief eingesogenen Atems, der in erleichterten Zügen ausgestoßene Qualm. Ein dünner, weißer Rauchfaden, der sich aus der Nase kräuselte, erinnerte ihn an den Stofffetzen, der in einem von Fatimas Nasenlöchern gesteckt hatte. Er lächelte, während er den Rauch ausblies, dankte ihm mit den Augen, zeigte seine ganze Unschuld, die Rechtschaffenheit seines Gesichts.

Der Inspektor sprang so unvermittelt auf die Beine, dass der andere instinktiv zusammenzuckte. Er nahm Fatimas Foto von der Wand, wischte mit einem Handstreich den Schreibtisch frei, ohne sich darum zu kümmern, dass einige Sachen, Feuerzeug oder Schlüssel, zu Boden fielen, legte es direkt unter das Licht der Lampe. »Haben Sie dieses Mädchen schon einmal gesehen?« Er starrte ihn an, und der andere wich dem Blick sofort aus, schüttelte den Kopf, schluckte Rauch und Speichel, hustete. »Ich hab sie im Fernsehen und in der Zeitung gesehen wie jeder hier.« Er brauchte fast eine Minute, bis er die Worte herausbrachte. Der Inspektor legte das Foto zur Seite, öffnete die Schreibtischschublade, in der er den braunen Umschlag mit den anderen unter Verschluss hielt, die Ferreras am Erdwall und später im Leichenschauhaus gemacht hatte. Langsam schob er den Umschlag mit den Fingerspitzen bis zur anderen Seite des Schreibtisches und lehnte sich wieder in seinem Stuhl zurück. Der Verhaftete tat, als sehe er den Umschlag nicht, hielt den Kopf so tief auf die Brust gesenkt, dass der Inspektor seinen Gesichtsausdruck nicht erkennen konnte. Er atmete heftig durch die Nase, rutschte auf dem Stuhl hin und her wie jemand, der sich zu lange nicht mehr bewegt hat. Der Inspektor schob ihm einen Aschenbecher hin. Als der Verhaftete seine Kippe darin ausdrückte, nahm der Inspektor sie wie selbstverständlich und sehr vorsichtig heraus, verwahrte sie in einem kleinen Plastikbeutel und schrieb etwas auf das aufgeklebte Etikett. Dieser simple Bewegungsablauf brachte ein panisches Glitzern in die Augen des anderen, einen Ausdruck überrumpelter Gerissenheit, der den der Furchtsamkeit oder Fügsamkeit einen Moment lang überlagerte. Der Inspektor nahm die letzte verbogene und zerbröselte Zigarette aus der Schachtel und hielt sie zwischen seinen Fingern. Es sah aus, als wolle er sie ihm anbieten oder als wolle er sie zerquetschen. Die zu eng beieinanderstehenden, ovalen Augen hoben sich und blickten auf die Zigarette, nicht auf das Gesicht des Inspektors und auch nicht auf den braunen Umschlag, der auf dem Tisch lag.

»Öffnen Sie ihn«, sagte der Inspektor mit seiner schwachen, heiseren Stimme. »Sehen Sie nach, was drin ist.«

»Habe ich Erlaubnis zu rauchen?«

»Öffnen Sie den Umschlag«, sagte der Inspektor, jetzt eine Spur lauter, nicht viel, gerade genug, um den anderen aufmerken zu lassen.

Die unbeholfenen dicken Finger zitterten leicht, als sie die Lasche anhoben und das erste Foto bis knapp zur Hälfte herauszogen. Es gibt keine anderen Hände auf dieser Welt, die ich so gut kenne, dachte der Inspektor erschöpft und angewidert und mit dem plötzlichen Wunsch, möglichst schnell alles hinter sich zu bringen. Er kannte seine Fingerabdrücke, wusste, wie lang und wie breit seine Finger waren, welche Wunden die Fingernägel reißen konnten. Er war ihren Spuren in blutigen Flecken auf dem Schaltbrett eines Fahrstuhls gefolgt, auf dem Geländer und an den Wänden eines Treppenhauses, auf dem Stoff eines Trainingsanzugs und den Druckstellen auf der Haut eines toten Mädchens. Er sah sie losgelöst, feige, erstarrt, ohne den Mut, das Schwarzweißfoto ganz herauszuziehen, auf dem Fatimas Gesicht in Nahaufnahme zu sehen war.

»Das ist ein Befehl, hast du mich gehört!«, stieß er plötzlich grob hervor, berechnend aggressiv, nicht länger siezend, als ersten Hinweis darauf, dass er nicht zögern würde, jede weitere Rücksichtnahme bedenkenlos fahren zu lassen. »Sieh dir die Fotos an. Sieh, was du angerichtet hast.«

Er sprang wieder auf die Beine und stürmte auf die andere Seite des Schreibtisches, riss ihm den Umschlag aus den reglosen Pranken und legte die Fotos auf der Schreibtischplatte aus, eines nach dem anderen, bis der ganze Tisch bedeckt war mit Fatimas aufgerissenen Augen, in denen keine Pupillen mehr zu sehen waren, dem aufgesperrten Mund, ihrem verrenkten nackten Körper, weiß im Blitzlicht der Kameras, umrahmt von der Schwärze der Nacht. Der andere zitterte und schüttelte den Kopf, den er tief gesenkt hielt, um die Fotos nicht ansehen zu müssen, und das Zittern erfasste seine Hände, seine Lippen, das ganze fleischige Gesicht. Mit einem rachsüchtigen Griff riss der Inspektor an seinen Haaren und zwang ihn, den Kopf zu heben. Er ließ sofort wieder los, körperlich zutiefst abgestoßen, als habe er in Fett gegriffen. Die Augen starrten jetzt weit offen, und die schlaffen Gesichtsmuskeln wurden von heftigen Zuckungen erfasst. Er schlug beide Hände vors Gesicht, und zwischen den Fingern sah der Inspektor, dass er die Augen weiterhin geöffnet hielt, ihn beobachtete.

»Der Mond war schuld«, sagte er mit immer noch bedecktem Gesicht, das die Finger wie ein Vorhang verhüllten, »ich habe mich betrunken, und der Mond hat mich auf komische Gedanken gebracht. Meine Mutter hat mir schon als Kind gesagt, dass ich mondsüchtig bin. Aber töten wollte ich sie nicht. Ich wollte nur, dass sie nicht schreien …«

Der Inspektor legte ihm eine Hand auf die Schulter, und er zuckte wie unter einem Stromschlag zusammen. Er hatte die Ellenbogen auf die Knie gestützt und weinte, jedenfalls hörte es sich an, als weine er laut und hemmungslos hinter der Maske seiner Hände. Der Inspektor hielt ihm die Zigarette hin und half ihm, sie anzuzünden, ergriff sein Handgelenk, um das Zittern der Hand zum Stillstand zu bringen, und ließ sogleich wieder los. Verdrießlich dachte er, dass jetzt der Augenblick gekommen war, den Polizisten zu rufen, der das Geständnis tippte. »Er schauspielert«, sagte er zu sich selbst, als er dem zuckenden Schluchzen und dem schniefenden Atem lauschte. Er hielt ihm ein Papiertaschentuch hin, und der andere putzte sich die Nase und rieb sich die Augen trocken, wiederholte, dass er ihnen nichts habe antun wollen, schuld sei der Alkohol gewesen und der Mond. »Er schauspielert, und auch wenn er jetzt alles gesteht und sagt, dass es ihm leidtut, so ist doch alles nur Schauspielerei, und weder ich noch sonst jemand wird jemals herausfinden, was er wirklich denkt oder fühlt, nicht einmal, ob er überhaupt etwas denkt, überhaupt etwas fühlt.« Beinah ebenso wie die kalte Grausamkeit des Verbrechens empörte und entmutigte ihn jetzt die mittelmäßige Heuchelei, die offenkundige Verstellung. Tatsächlich, dachte er, ist es durchaus möglich, dass er weder Angst noch Schuld empfindet und sich für sein Täuschungsmanöver nicht einmal besonders anstrengen muss.

30

Kaum war sie wach geworden, erkannte sie, dass dieser Morgen nicht so sein würde wie alle anderen. Es war, als wache sie zu Beginn der Weihnachtsferien auf in dem Wissen, dass es draußen kalt war und sie das warme Bett nicht verlassen musste und dass es noch so viele Tage hin war, bis die Schule wieder anfing, dass es sich gar nicht lohnte, sie zu zählen, genauso wenig, wie man einzelne Münzen zählt, wenn man die ganze Hand voll davon hat. Früh aufwachen wie an einem normalen Schultag, aber nicht aufstehen müssen und es so viel mehr genießen können als beim Schlafen, die Geräusche aus der Wohnung hören, das Radio in der Küche, die Eltern, die sich unterhalten, und dann der Geruch von Kaffee und getoastetem Brot. Sie schlief jetzt im Bett der Eltern, weil sie es noch nicht ertrug, im Dunkeln in ihrem Zimmer zu bleiben, und ihr Vater und ihre Mutter wechselten sich ab, bei ihr zu schlafen, und wenn sie in Träumen unruhig zu werden begann, nahmen sie sie in den Arm und sprachen mit leiser Stimme beruhigend auf sie ein, machten Licht, schüttelten sie, um sie aufzuwecken, aber sie war so tief im Schlaf und im Bann ihres Albtraums gefangen, dass es ihnen oft nicht gelang, sie daraus zu befreien, und dann sahen sie sie steif werden und immer heftiger keuchen, sich um ein Kissen krümmen, als wolle sie sich vor einem Schlag schützen, die Augen weit aufreißen, ohne dass sie das Licht im Zimmer noch die Gesichter des Vaters oder der Mutter sahen, sondern nur eine nächtliche Mondhelle des Schreckens, die Nacht für

Nacht wiederkam, ein Gesicht, das sich zu ihr herabbeugte, Hände und Knie, die sie unsichtbar niederdrückten, denen sie sich vergebens zu entwinden suchte, bis ein besonders heftiger Stoß oder einer ihrer eigenen Schreie sie weckte. Andere Male beruhigte sie sich von allein, ohne ganz wach zu werden, die Augen schlossen sich wieder, Arme und Beine entspannten sich, ihr Atem wurde wieder sanft und rhythmisch, der gesunde, tiefe Atem kindlichen Schlafs: Der Albtraum war erloschen, oder sie hatte es geschafft, sich ihm aus eigener Kraft zu entziehen, hin zu angenehmeren Träumen, als sei sie durch trübe, dunkle Gewässer getaucht und erreiche nun wärmere Zonen. Der Vater oder die Mutter löschten das Licht und fanden dann für den Rest der Nacht vielleicht selbst keinen Schlaf mehr. Morgens erwachte Paula ohne düstere Erinnerungen und genoss es, in dem großen Bett zu liegen, mit seinem Geruch und seiner Wärme von Erwachsenenkörpern, mit diesem Geheimnisvollen, das Zimmer und überhaupt Dinge an sich haben, die zum Intimbereich der Eltern gehören.

Anders als an den anderen Arbeitstagen war ihr Vater heute zu Hause, als sie erwachte, machte sich in der Küche zu schaffen, hörte Radio, und es waren seine Anwesenheit und die Stimmen der Radiosprecher, die Paula ein so deutliches Gefühl von Ferienbeginn gegeben hatten: Jedes Jahr, wenn die Ziehung der Weihnachtslotterie übertragen wurde, saßen ihr Vater und ihre Mutter vor dem Radio und machten jedes Mal denselben Scherz, von dem einzig und allein Paula glaubte, dass er Wirklichkeit werden könne: »Wenn wir hören, dass unsere Nummer gezogen worden ist, gehen wir heute nicht zur Arbeit.«

Dieses Aufwachen gefiel ihr fast noch besser als das am Dreikönigstag: der Klang der elterlichen Stimmen so nah aus der Küche, so deutlich und behaglich wie der Duft von

Toast und Kaffee. Faul sich räkelnd, hörte sie den Regen gegen die geschlossenen Läden des Schlafzimmerfensters prasseln, wälzte sich unter der Decke auf die andere Seite, um die Zeit auf dem Nachttischwecker abzulesen, sah voller Schrecken, dass es schon nach neun war, vielleicht hatten ihre Eltern vergessen, sie zu wecken, und sie käme zu spät zur Schule, denn natürlich war dies nicht der Morgen der Weihnachtsverlosung, und bis zu den Ferien dauerte es noch über zwei Wochen, etwas enttäuscht war es ihr wieder eingefallen, als sie ganz und gar wach geworden war. Sie rief nach ihrer Mutter, in der Küche wurde das Radio ausgeschaltet, und beide Eltern schauten zur selben Zeit durch die Schlafzimmertür, und die Besorgnis in ihren Gesichtern war noch nicht ganz verschwunden. Und natürlich war es kein Morgen wie jeder andere, ihr Vater trug eine Krawatte und ein dunkles Jackett, und ihre Mutter lief nicht mehr in Pyjama und Pantoffeln herum, wie sie es normalerweise tat, wenn sie nachmittags im Hotel arbeitete und es genoss, sich vor zehn oder elf nicht anzukleiden.

Sie kamen ans Bett, und sie fand, dass sie aussahen, als träten sie zu einer Kranken. Ihr Vater setzte sich neben sie, fuhr ihr mit der Hand durchs Haar und sagte, heute könne sie sich Zeit lassen, sie müsse nicht zur Schule, aber um zehn komme der Inspektor, um sie abzuholen. »Ab jetzt brauchst du nie mehr Angst zu haben«, sagte ihre Mutter, die neben ihrem Mann am Fußende des Bettes saß und ihm einen Arm um die Schulter legte, eine Geste, die Paula überraschte, die ihr aber sehr gefiel, denn sie hatte beobachtet, dass es meist die Männer sind und nicht die Frauen, die den Arm um die Schulter des Partners legen (ihr Vater und ihre Mutter waren im Unterschied zu fast allen Vätern und Müttern, die sie kannte, gleich groß). »Sie haben diesen Mann verhaftet«, sagte ihr Vater, und sie fragte sofort mit vorweggenommener Gewissheit und mit Stolz, ob der Inspektor ihn festgenommen habe. »Wer sonst«, antwortete ihr Vater, »er hat uns eben angerufen und es uns gesagt. Wenn er gleich kommt, wird er dir selbst erzählen, was passiert ist.«

Aber noch trauten sie sich nicht, ihr zu sagen, wohin sie fahren würden, wenn der Inspektor käme: Sie erriet es selbst, mit einem Scharfsinn, den sie vielleicht im Kino erworben hatte, doch sie sagte nichts, weil es ihr schweigend leichter fiel, ihre Angst zu bändigen. Erneut hatte sie das Gefühl, selbst im Licht des neuen Tages und im Schutz der Wohnung, im Beisein ihrer Eltern, dass der Schrecken der Finsternis und Verfolgung über sie hereinbrach, dass sie die Treppen hinunterging und diese Finger ihr den Nacken zusammendrückten. Sie fuhr entsetzt auf, als das Läuten der Gegensprechanlage ertönte, und sie selbst lief los, um zu öffnen, ganz sicher, die Stimme des Inspektors zu vernehmen. Ihr Vater würde sie begleiten. Im Fahrstuhl drückte sie ganz fest seine Hand, und als sie die Haustür aufstieß, sah sie sofort den Inspektor, der neben einem zivilen Polizeiauto stand, das gleich erkannt zu haben sie mit einem gewissen eitlen Stolz erfüllte. Sie reckte sich, um ihn zu umarmen, und gab ihm einen Kuss auf jede seiner eiskalten Wangen, die männlich nach Rasierwasser rochen. Wie jedes Mal, wenn er sie besuchte, hatte der Inspektor ihr auch diesmal etwas mitgebracht: Kleinigkeiten in der Regel, Tüten mit Bonbons oder Bücher, stets in Geschenkpapier eingewickelt. Die Bücher wählte Susana Grey für ihn aus. Sie stiegen ins Auto, sie und ihr Vater nach hinten, und als der Inspektor sich zu ihnen umwandte, bemerkte Paula, wie müde er aussah. Er war blass und schlecht rasiert, seine Augen lagen tiefer in den Höhlen als gewöhnlich und hatten kleine rote Flecke in den Innenwinkeln: Mit einem Mal tat er ihr fast leid, er schien ihr magerer und älter geworden zu sein.

»Du brauchst dir keine Sorgen zu machen«, sagte der Inspektor. »Er wird dich nicht sehen können.«

»Schau ich ihn durch so ein Fenster an, das von der anderen Seite ein Spiegel ist?«

Der Inspektor nickte lächelnd. Da er selbst keine Kinder hatte, wusste er erst seit kurzer Zeit, wie vertraut sie durch das Fernsehen mit der Polizeiarbeit waren. Im Rückspiegel beobachtete er Paulas intelligente, fröhliche Augen. Sie lehnte sich ein wenig an ihren Vater, der ihr fürsorglich die Hand drückte. Warm und groß die seine, ihre immer kälter, je näher das Auto der Stadtmitte kam, je dichter der Verkehr wurde und je lauter das Hupen, je mehr Menschen auf den Gehwegen zu sehen waren. Doch jetzt brauchte sie auf keine der Gestalten mehr zu achten, auf keine Einzelheit bei dieser oder jener mehr zu deuten, eine Hose, ein Haarschnitt, Schuhe, eine Art zu gehen. Jetzt wusste sie, wohin sie fuhr und wen sie zu sehen bekommen würde, und dieses Gesicht hatte sie vollständig vergessen, ein weißer Fleck war alles, was ihr in Erinnerung geblieben war, und das machte sie immer ängstlicher und ihre Hände immer kälter, in die die Wärme der Hände ihres Vaters nicht eindringen wollte, und ihr Herz pochte immer lauter.

»Sie haben es im Radio gehört«, sagte der Inspektor müde und teilnahmslos, ohne sich zu ihnen umzudrehen, auf die Gruppen von Menschen deutend, die sich auf dem Platz vor dem Polizeipräsidium zusammenfanden, auf die Fernsehkameras, die hier und da bereits zu sehen waren. »Es hat sich schon herumgesprochen.«

Der Wagen bog in eine Seitenstraße ab und hielt vor einer kleinen Tür, an der zwei Männer in Zivil warteten. Sie stiegen rasch aus, die Polizisten, mit ernsten Mienen, warfen noch einen Blick die Gasse hinunter, ob vielleicht schon eine Kamera auftauchte oder ein Journalist sich sehen ließ. Paula ergriff instinktiv die Hand des Inspektors und die ihres Vaters und wurde fast wie auf Schwingen durch einen schwach beleuchteten Korridor geführt, die Schritte und die Körper der Polizisten um sich herum, die Hände eiskalt, ihr Atem hastig und unregelmäßig, ihre Knie so schwach wie in jener Nacht, als der Mann sie vorwärts stieß, seine Finger in ihren Nacken gegraben, und sie das Gefühl hatte zu gehen, ohne ihre Beine zu bewegen, über Treppen und Straßen voller Menschen zu schweben, die ihr entgegenkamen und sie nicht sahen und sie nicht gehört hätten, selbst wenn sie imstande gewesen wäre, um Hilfe zu rufen.

Sie betraten einen kleinen Raum, die Tür fiel hinter ihnen zu, und ein sonderbares Zwielicht umfing sie, als laufe nur ein Fernseher in einem ansonsten dunklen Zimmer. Es gab eine Glaswand oder ein großes Fenster, davor standen zwei Stühle. Der Inspektor bat Paula und ihren Vater, darauf Platz zu nehmen. Sie hatte ein Gefühl, als wolle man ihnen einen Film vorführen. Im Fensterglas sah sie undeutlich ihr Gesicht und das ihres Vaters und hinter ihnen die Polizisten, stehend, und den Inspektor, der sich zu etwas wie einem Mikrofon hinunterbeugte.

Da erlosch das Licht vollends, und als es wieder anging, war es eine ganz andere Art von Licht, und sie sah nichts mehr. Als Nächstes erblickte sie ein Zimmer hinter dem Fenster, eine weiße Wand, die eine Helligkeit zurückwarf wie in einer Kühlschranktür, wenn man nachts aufgestanden ist und noch halb schlafend in die Küche geht, um Wasser zu trinken. Die Wand war von fünf vertikalen Linien mit Zentimeteranzeigen unterteilt, über jedem Teilstück stand eine große schwarze Zahl von eins bis fünf. »Es kann losgehen«, sagte der Inspektor, wobei er den Mund ganz nah ans Mikrofon hielt. Seine Stimme war heiserer als sonst, tonloser noch, und als sie diese Worte hörte, »Es kann losgehen«, durchlief Paula ein Zittern. Ihr Vater drückte ihr die Hand, hielt sie fest, in einer Reflexbewegung hatte sie sich zum Gehen gewandt.

Einer nach dem anderen traten fünf Männer in das Zimmer auf der anderen Seite der Glaswand und stellten sich unter den Zahlen auf. »Von vorn«, sagte der Inspektor, und noch ehe sie sich ganz umgedreht hatten, ohne sie auch nur anzuschauen, sah Paula, woran ihr Gedächtnis sich nicht hatte erinnern wollen, was sie nur Nacht für Nacht in ihren Albträumen gesehen hatte, die eng beieinanderstehenden, schmalen Augen, von den Brauen überschattet, den kalten, toten, unveränderlich auf sie gerichteten Blick, der sie durch das Glas hindurch erkannte, sie im Spiegel erriet, als könne er ihn durchdringen, als könne er weiter sehen, als andere Blicke sehen konnten, in der Dunkelheit, hinter die Wände, in sie, Paula, hinein. Der Inspektor sagte etwas zu ihr, doch sie hörte ihn kaum, er fragte sie, ob sie einen der Männer erkenne, bat sie, mit dem Finger auf ihn zu zeigen, seine Nummer zu sagen. Aber sie wollte die rechte Hand heben, und es war nicht möglich, sie wollte sprechen, und die Stimme blieb ihr im Hals stecken, sie bekam keine Luft, ihre Lippen bewegten sich, doch es gelang ihr nicht, ein Wort mit ihnen zu formen, wie man im Traum etwas zu sagen versucht, und es ist, als wäre man stumm. Sie starrte nur, steif auf ihrem Stuhl, ein wenig nach vorn geneigt, ohne die Hand in der ihren zu bemerken, die Anwesenheit von sonst jemandem in dem dunklen Raum, sah entsetzlich deutlich und nah vor sich dieselben Jeans und die schwarzen Slipper und die Wildlederjacke, den breiten Gürtel mit der schweren Schnalle, das runde Gesicht und vor allem die Augen, die Augen, die nur auf sie gerichtet waren, sie mühelos entdeckten, ohne Zögern und ohne jede Irritation, mit einer absoluten Ruhe und einem Ausdruck nicht von Bedrohung, sondern so etwas wie Spott, wie um sie wissen zu lassen, dass weder Spiegel noch Tricks etwas nützten, dass es ganz unwesentlich war, ob er auf der einen Seite der Wand und des Fensters war und sie auf der anderen, getrennt durch uniformierte Polizisten, gepanzerte Türen und Schlösser und Feuerwaffen. Er hielt seine Hände zusammen, obwohl er keine Handschellen trug, und hatte den Kopf leicht nach hinten geworfen: Er sah sie, weder ihr Vater noch der Inspektor, noch die anderen Polizisten merkten es, sie aber wohl, sie kannte ihn und war sicher, er sagte ihr mit den Augen, was er in manchen Nächten im Traum zu ihr sagte, dass er zurückkommen und sie umbringen werde, dass sie beim nächsten Mal nicht mit dem Leben davonkäme, er verzog den Mund und bewegte die Lippen, er sprach zu ihr, und niemand außer ihr konnte es hören.

Sie zitterte jetzt, ihr Vater hatte seinen Arm um sie gelegt, und sie zitterte noch heftiger, wie in jener Nacht, man hörte das trockene Knirschen ihrer Zähne, aber sie musste mit lauter Stimme etwas sagen, musste die Hand erheben und mit dem Finger zeigen. »Die Nummer vier«, sagte sie, aber ihre Stimme klang so merkwürdig, dass niemand es verstanden hätte, sie schluckte, obwohl ihr Mund trocken war, und fuhr sich mit der Zunge über die Lippen, die Augen schauten sie an und hypnotisierten sie, damit sie schwieg, doch sie hielt ihre Augen offen und gab nicht auf, wiederholte jedes einzelne der drei Worte, deutlicher diesmal, sie hörte ihre eigene Stimme, hob die rechte Hand und streckte den Arm aus, bis ihr Zeigefinger gegen das Glas stieß. Sie glaubte dann, noch etwas zu sagen, doch was sich aus ihrer Kehle löste, war ein Schluchzen oder ein Schrei, dasselbe, was sie manchmal nachts aus dem Schlaf schrecken ließ: Wie die Albträume plötzlich abbrachen, so verschwanden jetzt die Augen und das helle Zimmer auf der anderen Seite der Glasscheibe wie infolge ihres Schreis, jetzt hatte sie wieder den dunklen Spiegel vor sich, ihr eigenes bleiches, fremdes Gesicht neben dem ihres Vaters. »Es ist vorbei«, sagte der Inspektor und legte ihr eine Hand auf die Schulter, was ihr ein starkes Gefühl von Kraft und Zärtlichkeit gab. »Ich verspreche dir, dass du ihn nie, nie wieder sehen musst.« Doch im selben Moment, in dem er die Worte sprach, erkannte er mit der ganzen Erschöpfung seiner schlaflosen Stunden der letzten Tage, dass er ein solches Versprechen gar nicht geben konnte, dass kein Mensch die Macht besaß, es zu halten.

31

Auf halbem Weg hielt er an einer Tankstelle, und während man ihm den Tank füllte und die Windschutzscheibe säuberte, trat er in eine Telefonkabine, wählte jedoch noch keine Nummer, sondern blieb mit dem Hörer in der Hand stehen, vernahm schwach das Freizeichen und las die auf der Flüssigkristallanzeige erscheinenden blinkenden Worte *Bitte Geld einwerfen*. Er kramte in seinen Taschen und fand ein paar Münzen, doch er war immer noch nicht sicher, ob er überhaupt anrufen sollte, und natürlich wusste er nicht, was er sagen sollte, falls er sich dazu entschloss.

Als er aus dem Auto gestiegen war, hatte er sich die Sonnenbrille aufgesetzt. Das Licht des Maimorgens hatte in seinen übermüdeten Augen geschmerzt wie ein spitzer, hoher Ton in einem verkaterten Hirn. Mit fortschreitendem Vormittag würde es heißer werden, nach den Regenfällen der letzten Monate würde von der wassergesättigten Erde ein lichter Nebel aufsteigen, und das frische Grün der neuen Saat würde so aufdringlich im Sonnenlicht glänzen wie das blendende Gelb der Doppelsamen, die dschungelhaft wuchernd zwischen den Reihen der Olivenbäume und in den Straßengräben sprossen.

Hinter den Gläsern der Sonnenbrille war die gedämpfte Helligkeit des Tages weitaus erträglicher. Der Inspektor fühlte sich dumpf und verkatert, obwohl er nicht getrunken hatte, unwohl, mutlos, von Selbstvorwürfen gequält, beschämt über die vergangene Nacht, über sein Verhalten. Susana hatte ihm einmal von Indianern im Westen Kanadas erzählt, die, wenn sie eine Expedition von Weißen führten und alles sehr schnell gehen musste, jedes Mal einen ganzen Tag oder auch zwei Tage Rast einlegten, damit ihre Seelen, die viel langsamer als ihre Körper waren, Zeit hatten, sie wieder einzuholen. Bekümmert stellte er fest, dass ihn an diesem Morgen, im Auto, seine Seele eingeholt hatte, seine alte Seele, die hinter sich gelassen zu haben er sich eingebildet hatte, als er den Alkohol und den Norden hinter sich ließ, als er Susana Grey kennen lernte. Sie hatte ein paar Monate gebraucht, bis sie ihn gefunden hatte, doch jetzt war die alte Seele wieder da, verkrustet wie von alten Ablagerungen oder Rost, die sich nicht ablösen ließen, vergiftet von uneingestandener Reue, Verbitterung und verdorbenem Verlangen, von Falsch und Ohnmacht und Schuld. Eine nach der anderen drückte er die Nummern von Susanas Anschluss (er kannte sie zwar auswendig, war sich aber nicht sicher, ob er sie jemals wieder wählen würde), und kaum war er damit durch, knallte er den Hörer zurück auf die Gabel, hob ihn aber gleich wieder ab, aus Furcht, den Apparat beschädigt zu haben. Doch heutzutage bekamen sie eine stoßfeste Ummantelung, man machte sie widerstandsfähiger, damit sie der Zerstörungswut der Vandalen standhielten.

Der Tankwart gab ihm mit Gesten zu verstehen, dass sein Auto fertig war. In weniger als einer halben Stunde konnte er am Sanatorium sein, es war aber noch zu früh, und ohnehin hatte er etwas Dringenderes vor, eine andere Verabredung. Er fragte sich allerdings, warum er sie überhaupt wahrnehmen sollte, ließ sich ebenso widerwillig treiben oder ziehen wie zum Pflichtbesuch um Punkt eins im Gärtchen mit der gipsernen Statue der unbefleckten Jungfrau oder am nächsten Morgen zum Gang ins Büro. Die Nummer, die er jetzt wählte, war die des Sanatoriums. Auch sie wählte er möglicherweise zum letzten Mal. Er sprach mit einer der Schwestern, bestätigte ihr unnötigerweise die Stunde seines Eintreffens, fragte sie nach seiner Frau, die ihr Zimmer bereits geräumt und ihr Gepäck schon hinausgestellt hatte, sagte die Stimme mit kirchlicher Beflissenheit, im Moment könne er aber nicht mit ihr sprechen, da sie gerade die Messe hörte.

Telefoniert zu haben gab ihm ein vorübergehendes Gefühl der Erleichterung, erlaubte ihm, sich vorzustellen, dass er etwas unternommen, notwendige und klar benennbare Dinge erledigt hatte. Kaum saß er wieder im Auto, legte er eines der Bänder, die Susana Grey ihm aufgenommen hatte, in den Kassettenrekorder. Er tat das jetzt immer automatisch, und da er keine andere Musik hatte als die von ihr ausgewählte, stellte jedes Lied und jeder Refrain augenblicklich ihre Anwesenheit wieder her, die Worte, die sie gesprochen hatte, während diese Musik erklang, und die Erinnerungen, die sie wachgerufen hatte. Zufällig hatte er das Band eingelegt, das Susana am besten gefiel und das sie am traurigsten machte, das Adagio von Barber. Sonderbar, dachte er, jetzt kenne ich sogar schon Namen von Komponisten. Er fuhr ein paar Minuten und lauschte der Musik, dann stellte er sie abrupt ab, schämte sich des sentimentalen Überschwangs, den sie in ihm hervorrief, und ebenso seiner offensichtlichen Treulosigkeit, die ihn jetzt, während er in der Einsamkeit des Autos sein Gesicht mit der Sonnenbrille im linken Außenspiegel betrachtete, zu einer Art Schauspieler machte. Er hatte nicht mehr das Recht, dachte er, gerührt zu sein von dem, was ihm dank Susana zugefallen war, ihm in Wirklichkeit jedoch nicht zustand und ihm daher genommen würde, wenn er sich von ihr abwandte. Vielleicht war es ihm auch längst schon genommen, und er maßte sich jetzt Gefühle an, die ihm gar nicht mehr gehörten.

Wenn sie in den Wagen einstieg, würde seine Frau befremdet nach all den Musikkassetten fragen, falls sie ihr überhaupt auffielen, falls es stimmte, dass sie diese abgeschwächte Form von Katalepsie, in die sie in den letzten Monaten gefallen war, überwunden hatte. Ich wusste gar nicht, dass du so gerne Musik hörst, würde sie sagen, vielleicht schon etwas argwöhnen, jeden Moment auch die ebenso subtilen wie behutsamen Veränderungen an seiner Kleidung wahrnehmen, an seiner Krawatte, sogar schlicht an der Art zu schauen. »Du selbst merkst es nicht, aber du schaust schon nicht mehr so wie früher«, hatte Susana zu ihm gesagt, als sie sich hei ihr zu Hause im Badezimmerspiegel anblickten, beide nackt, mit wirren Haaren, beide mit demselben Glanz von Befriedigung und Einsamkeit in den Augen.

Doch all das war nun Vergangenheit. Er erlebte jetzt den ersten Morgen einer anderen Zeit, stand auf der Schwelle zu einer Zukunft, die seinem früheren Leben gleichen sollte. Bevor er losgefahren war, hatte er nicht nur unter dem Fahrersitz nach einem mit Klebeband befestigten Päckchen getastet oder unter der Motorhaube nach einem Kabel oder Stück Draht Ausschau gehalten, das dort nicht hingehörte. Er hatte auch im Handschuhfach, auf dem Boden und im Kofferraum nachgeschaut, ob sich irgendetwas fand, das Susana gehörte. »Als Polizist kannst du diese Kontrollen natürlich sachverständiger durchführen als andere Ehebrecher«, hatte sie so verbittert und sarkastisch gesagt, dass es den Inspektor überraschte und verletzte, da er sie noch nie aggressiv erlebt hatte. Du hast dich an mich herangemacht, wollte er ihr sagen, doch dieser Gedanke kam ihm erst sehr viel später, und tatsächlich hätte er es auch niemals gesagt, denn schon der Gedanke allein beschämte ihn ob seiner Schäbigkeit. Er leerte den Aschenbecher des Wagens, in dem noch ein paar Kippen lagen, versprühte mit gemeiner Maßlosigkeit Duftspray, um jede Spur von Susanas Parfüm zu tilgen, das ihm plötzlich von überallher entgegenschlug, aus den Sitzpolstern, aus seiner Kleidung, aus der Luft im Fahrzeugraum. Er durchsuchte seine Taschen und seine Brieftasche: Es gab Kreditkartenbelege mit eindeutigen Datumsangaben und Örtlichkeiten, ein Abendessen, der Tag ihrer ersten Begegnung im Restaurant La Isla de Cuba. Bedrückt zerriss er jeden einzelnen von ihnen in kleine Stücke und fühlte sich dabei, als verleugne er etwas.

Er hatte mit ihr fast nie über seine Frau gesprochen, und Susana hatte, aus einem Übermaß an Zurückhaltung oder Mitgefühl, irgendwann aufgehört zu fragen. Wenn sie zusammen waren, taten sie, als gebe es nichts außer ihnen beiden, als könnten sie diese Stunden und die Orte aus ihrem jeweiligen normalen Zeitablauf herausnehmen: wie in jener ersten Nacht, in dem Zimmer am Fluss, im Hotel La Isla de Cuba, geschützt vor dem Leben und der Zeit des Alltags, die sie einfach strichen, ebenso endgültig, wie man mit der Schere unnötige Bilder aus einem Film herausschneidet, sagte Susana und machte die Bewegung mit Zeige- und Mittelfinger, am letzten Abend, vor einigen Stunden erst, vor dem Abendessen, dem keiner von ihnen recht zusprach, beide bedrückt vom bevorstehenden Abschied, im Voraus schon darin eingerichtet, unfähig, die kurze Zeit zu genießen, die ihnen noch blieb. »Aber das Leben ist kein Film«, sagte Susana und trank einen Schluck Wein aus einem ihrer Lieblingsgläser, die sie nur auftrug, wenn er zum Abendessen kam, »das will mir nicht in den Kopf, selbst in meinem Alter noch nicht.«

Er sagte nichts: Er schaute auf seinen Teller, trank einen Schluck Wein, tupfte sich übertrieben wohlerzogen die Lippen ab. Sein ganzes Erwachsenenleben lang hatte er Dinge verschwiegen und aufgeschoben, wichtige Entscheidungen und tief empfundene Wünsche unter Stille begraben oder für später gelassen. Es fiel ihm überhaupt nicht schwer, mit Susana nicht über seine sonntäglichen Besuche im Sanatorium zu sprechen, und um nichts tun und nichts entscheiden zu müssen, gewährte er sich selbst immer weitere Fristen und Aufschübe: einen Monat noch, ein paar Wochen, und plötzlich, am Ende, ein paar Stunden, die einer einzigen Nacht, nachdem er mehrere Tage lang die Nachricht vom genauen Datum der Entlassung für sich behalten hatte. Die alte Seele wieder, die in seinen Körper zurückfand, uralte Verzögerungstaktiken wieder aufnahm, Lügen, erbärmliche Tricks. Morgen sage ich es ihr, dachte er, gelobte er sich, schwor er sich, erzürnt über sich selbst, über seine Unfähigkeit zu sprechen, heute Nachmittag, beim nächsten Mal, bald, und noch einmal morgen. Er verabschiedete sich von Susana, und die Niederträchtigkeit seines Verhaltens entfernte ihn schon im Voraus von ihr, ließ ihn vorzeitig die Zukunft durchleben, in der die erst kürzlich erworbenen und nur zum Teil heimlichen Gewohnheiten ihrer Zweisamkeit zerbrochen waren. Es gab Hemden und Krawatten von ihm in Susanas Schrank, sein Rasierpinsel und seine Rasierseife standen auf der gläsernen Ablage in ihrem Badezimmer, zusammen mit einer Auswahl kosmetischer Artikel, deren Vielzahl er sich niemals hätte träumen lassen und die Susana ihm im Spaß gerne aufzählte: Peelings, Feuchtigkeitscremes für den Tag und die Nacht, Nähr-, Anticellulitis- und Straffungscreme, an der Grenze zur Orthopädie, sagte sie, nur einen Schritt vor der Hexerei. Heute war er gegangen, ohne etwas davon mitzunehmen, hatte früher geduscht als an anderen Tagen, und sie hatte ihn in ihrem seidenen Bademantel mit den großen gelben und roten Blumen zur Tür begleitet, barfuß, mit zerzaustem Haar, doch schon mit geschminkten Lippen, aber als sie ihn verabschiedete, hatte sie keine Anstalten gemacht, ihn zu küssen, wie sonst immer, und er wagte nicht, sich zu ihr zu beugen, sagte mit dem sachlichen Ton der ersten Male: »Bis bald«, und ging zum Fahrstuhl, betrat ihn, ohne sich noch einmal umzudrehen. Sie hatten beide kaum geschlafen. Wie in einer dumpfen Wiederholung seines früheren Lebens hatte er gegen sechs Uhr morgens, als es bereits hell wurde, so getan, als ob er schlafe, um weitere Fragen zu vermeiden, um möglichen Vorwürfen zu entgehen, die Susana Grey ihm gar nicht machte.

Er schämte sich, ihr nicht gesagt zu haben, wie wenig Zeit noch blieb, bis seine Frau entlassen würde, und die Scham wurde von Tag zu Tag größer, sogar mit jeder Stunde, die verging, und machte ihm das Sprechen noch schwerer. Er konnte, er stand im Begriff, es zu tun, als sie ihm sagte, dass ihre Versetzung an einen Ort ganz nahe bei Madrid genehmigt worden sei. Sie sprach sehr ernst, vollkommen offen, mit einer Natürlichkeit, die das exakte Gegenteil seiner versteckten Feigheit und Verschleppung war.

»Du weißt, dass ich schon seit vielen Jahren von hier fortwill, aber wenn du mich bittest zu bleiben, auch ohne mir irgendwas zu versprechen, wenn du mich nur einmal bittest zu bleiben, werde ich noch morgen meine Versetzung rückgängig machen. Ich liebe dich, und für dich bin ich bereit, weiter in dieser Stadt zu leben, und sei es nur, um dich hin und wieder zu sehen, damit du für ein paar Stunden zu mir kommst, bevor du nach Hause gehst, oder damit du mich über ein Wochenende auf eine Dienstreise mitnimmst und mich in einem Hotelzimmer versteckst, wie das die Männer früher mit ihren Geliebten getan haben. Ich dürfte dir das natürlich nicht so deutlich sagen, ich weiß, dass ich viel rätselhafter und unerreichbarer wäre, wenn ich den Mund hielte, wenn ich nur halb so viel schweigen würde wie du, aber dazu habe ich keine Lust, ich habe es dir ja schon einmal gesagt, ich habe keine Zeit für so etwas, ich bin dazu nicht gemacht.«

Plötzlich war es die Zeit, die ihnen ausging und die bei ihm (nicht ihr, denn sie sah ohne jeden Fatalismus, aber auch ohne jede Hoffnung, alles deutlich voraus) dieselbe Erstarrung auslöste, als entdecke er, dass ihm die Luft ausgehen, dass eine Krankheit ihn in kurzer Zeit dahinraffen werde. Alles war Bestandteil des Abschieds, des nicht hinnehmbaren Endes. Er war um sechs in seinem Büro, und das Licht, das durchs offene Fenster hereinfiel, die warme, pollengesättigte Abendluft empfand er als unerträgliche Schikane: Er sehnte sich nach der Kälte und dem Regen des weit zurückliegenden Winters, nach dem frühen Einbruch der Dunkelheit und den geschlossenen Türen, nach dem heimlichen Privileg, erschöpft und durchgefroren nach Mitternacht bei Susana anzuklopfen und sich von ihr streicheln und ausziehen zu lassen, von ihren warmen geschickten Händen, die ihm die Schnürsenkel aufbanden, die Schuhe von den Füßen zogen und sie schwer auf den Boden des Schlafzimmers fallen ließen, die kraftvoll seine vom Warten auf dem Erdwall durchgefrorenen Füße massierten und sie gegen ihre Brüste drückten, damit sie schneller warm wurden.

Was sie an diesem Abend, in dieser Nacht tat, würde sie wahrscheinlich zum letzten Mal tun. Am Morgen hatte er ein unnötig langes Gespräch mit dem Leiter des Sanatoriums geführt beziehungsweise hatte ihm lange Zeit am Telefon zugehört. Gott sei Dank war seine Frau, wenn auch nicht vollkommen wiederhergestellt, so doch in einem Zustand, den Heilungsprozess in familiärer Umgebung zu Ende bringen zu können. So Gott wolle, sei es ab morgen an ihm, dem Ehemann, die Aufgabe der Schwestern und Ärzte zu übernehmen, der Professionellen, sagte er. Ruhiges Leben, ausgewogene Ernährung, sanfte Medikation, Spaziergänge, gemäßigte Gymnastik, keine Aufregung. Zweifellos konnte er dafür sorgen, dass seine Frau genas. Was wirst du tun, wenn sie entlassen wird, hatte Pater Orduña ihn weniger vorwurfsvoll als mitleidig gefragt, voll Mitleid vor allem mit seiner kranken und eingesperrten Frau, die unter dem Einfluss von Beruhigungstabletten stand, aber auch mit Susana Grey und mit ihm: In welche Labyrinthe verirrten sich die Gefühle von Männern und Frauen, kraft welchen Gesetzes wurden sie abwechselnd zu Engeln und Vollstreckern, zu Henkern und Opfern die einen den anderen, immer gleich, ruhelos und ohne zu lernen, ohne dass ihnen die Erfahrung des Schmerzes weiterhalf und sie sich durch wiederholtes Scheitern jemals ganz entmutigen ließen.

Er räumte seinen Schreibtisch auf, dem Fenster und dem Mainachmittag abweisend den Rücken gekehrt, legte Papiere in Hefter und Schubladen ab, bevor er ging. An der Wand hing immer noch das Farbfoto von Fatima, schon weit der Zeit entrückt, nur sieben Monate nach ihrem Tod, in der anachronistischen Ferne eines zeitlosen Mädchens. Auf seinem Schreibtisch stand jetzt ein anderes Foto, das vor einigen Wochen, an einem Sonntag, von Paulas Mutter auf dem Platz aufgenommen worden war, vor den Anlagen, die das Denkmal umgaben: das lächelnde Mädchen zwischen ihm und ihrem Vater, die Arme um sie beide geschlungen. Im Vergleich zu ihnen, zu dem noch jungen Vater und der zwölfjährigen Tochter, sah er selbst unerwartet alt aus, wer ihn nicht kannte, dachte er niedergeschlagen, konnte ihn für den Großvater des Mädchens halten.

Jetzt erinnerte er sich kaum noch an das, was ihm einmal so wichtig gewesen war, die verbissene Fahndung, das nächtliche Auflauern am Erdwall, die Verhaftung, die Verhöre, die Blitzlichter der Fotografen, die Menschenmenge, die sich eines frühen Morgens im Schneeregen vor dem Polizeipräsidium zusammengerottet hatte und lauthals Rache und umgehende Bestrafung forderte. Nach der Erregung der ersten Stunden, des Stolzes, den er nicht einmal vor Susana zu zeigen gewagt hatte, fühlte er sich nur noch ausgebrannt und leer, hatte keinen anderen Wunsch, als dass alles ein Ende finde, nachdem das Geständnis vorlag und die belastenden Beweise offiziell bestätigt worden waren, dass der Gefangene in Untersuchungshaft genommen würde und die zweite Invasion der Kameras und Journalisten auf dem Platz vor dem Präsidium vorüberziehen möge.

Weil jene Dinge von seinem Gefühl her schon so weit hinter ihm lagen, überraschte ihn umso mehr der Telefonanruf, den er am Nachmittag erhalten hatte, als er bereits im Begriff stand zu gehen, dem Nachmittag des letzten Tages, an welchem er sich die Fiktion von einem Leben mit Susana Grey noch gestatten konnte. Die Stimme im Telefonhörer hatte ihn an den Leiter des Sanatoriums erinnert, einen Moment lang hatte er sogar geglaubt, er sei es. Der Anrufer war jedoch der Direktor des Provinzgefängnisses, der ihm die Bitte eines Häftlings übermitteln wollte, den er sehr gut kenne, den Namen brauche er ihm wohl nicht zu sagen. In seiner Stimme lag eine Spur serviler Missgunst, vielleicht auch beruflichen Neids. Seit es ihm gelungen war, Fatimas Mörder dingfest zu machen, war dem Inspektor bei einigen Menschen eine gleichermaßen argwöhnische wie auch leicht herablassende Bewunderung aufgefallen, die ihm sehr unangenehm und auch völlig fremd war.

»Er will Sie so schnell wie möglich sehen, gleich morgen, wenn es geht. Er sagt, es sei sehr wichtig, eine Angelegenheit auf Leben und Tod.«

»Weiß sein Anwalt davon?«

»Er hat keinen Anwalt mehr. Der, den er hatte, ist vor einer Woche zurückgetreten. Niemand will ihn verteidigen. Die Vorsitzenden der Anwaltskammer werden wohl Strohhalme ziehen müssen. Keiner will mit ihm untergehen.«

Ein starkes Unwohlsein überkam ihn, als er von der Straße aus das Gefängnisgebäude sah, das erst vor kurzem fertig gestellt worden war, die glatten, weißen Mauern inmitten einer öden Ebene, weder Stadtrand noch freies Feld; ein Gebäude, das isoliert und aseptisch wirkte. Er hätte nicht kommen müssen, noch war Zeit, umzukehren. Er hatte mit diesem Mann nichts zu besprechen. Nachdem er das Geständnis bekommen und alle Beweise beisammen hatte, war seine Arbeit erledigt gewesen, und genau zu diesem Zeitpunkt hatte ihn dieses Gefühl von Verlassenheit und Leere übermannt, von Nichtigkeit vor allem: Während er den Mörder suchte, hatte er, ohne es zu bemerken, seiner Aufgabe einen immer gewaltigeren Stellenwert eingeräumt, und jetzt, da sie abgeschlossen war, verglich er sie unwillkürlich mit dem ganzen Ausmaß an Grausamkeit und Übel, mit dem nicht zu lindernden Schmerz von Fatimas Eltern und dem Grauen, das er in Paulas Augen gesehen hatte. Nein, es gab keine Wiedergutmachung für das verursachte Leid, keine wirkliche Gerechtigkeit, die auch nur einen Teil dieser Vergewaltigung hätte vergessen machen können. Sich stolz zu fühlen und sich mit dem Erfolg zu brüsten wäre ihm nicht nur obszön erschienen, sondern auch als eine Respektlosigkeit den Opfern gegenüber.

Aber die Opfer interessieren keinen Menschen, dachte er; weit mehr Aufmerksamkeit erfuhr ihr Mörder, der sogleich von dienstbaren Psychologen belagert wurde, von Psychiatern, Beichtvätern und Sozialarbeitern, bis ins Gefängnis hinein verfolgt von Presse und Fernsehen, die ihm Geld dafür boten, sein Leben und seine Verbrechen zu schildern, für die Rechte an einem Film oder einer Serie. Wenigstens zollt man ihm keine öffentliche Anerkennung, wie man das im Norden tut, sagte er angewidert und resigniert zu Susana Grey, wenigstens benennt man keine Straßen nach ihm, tritt nicht mit seinem Bild aus der Kirche und hält es hoch wie die Fahne eines Heiligen.

Doch er war gekommen, ihn zu besuchen, war von ihm gerufen worden und eilte zu dem Treffen mit ihm, passierte die Sicherheitskontrollen eines neu errichteten Gefängnisses, das von einer ebenso technologischen Sterilität war wie ein neues Krankenhaus, in dem jedoch stärker noch als die Bildschirme der elektronischen Überwachung die weißen Wände, die außergewöhnliche Helligkeit der Flure, der alte und immer während Geruch aller Gefängnisse, der unvordenkliche Gewölbelärm von schlurfenden Schritten und Stimmen und Schlössern und Metalltüren ihre Wirkung taten. Er trat in ein weißes Sprechzimmer ohne Fenster, geschlossen und kubisch wie die Zelle einer Irrenanstalt, mit einem Licht, das von allen Wänden und vom Fußboden mit gleicher Intensität abstrahlte und keinerlei Schatten warf. In der Mitte stand ein Tisch, gleichfalls weiß, wie in einem modernen Büro, und nur ein einziger Stuhl auf der Seite des Inspektors. Ihm gegenüber befand sich eine weitere Tür und über ihr eine kleine Videokamera.

Der uniformierte Aufseher, der ihn begleitet hatte, schloss sanft die Tür hinter seinem Rücken. Über ihr befand sich eine weitere Kamera. Länger als eine Minute saß er wartend auf dem einzigen Stuhl, unbequem, sah im Geiste die Bildschirme vor sich, auf denen sie ihn jetzt beobachteten, instinktive Gesten entdeckten, die ihm selbst nicht bewusst waren, Dinge, die einer tut, wenn er allein ist. Die Tür vor ihm ging auf, und der Mann, den der Inspektor auf der Schwelle stehen sah, war nicht Fatimas Mörder.

Eine Sekunde lang glaubte er, einem Irrtum aufgesessen zu sein, doch gerade noch zur rechten Zeit überwand er den Impuls, sich zu erheben. Er erkannte die Augen wieder, obwohl sie nicht mehr von schlaflosen Nächten blutunterlaufen und eingesunken waren, als lägen sie unter dem Schatten der Brauen auf der Lauer. Er schaute jetzt freimütig und offen, mit einer Bereitschaft zu Leutseligkeit und Demut, die durch die anderen Dinge, die ihn anfangs unkenntlich gemacht hatten, unterstrichen wurde, nicht nur der dunkle Anzug mit Krawatte, das kleine religiöse Abzeichen im Knopfloch, das kurz geschnittene Haar, das runde, sehr glatt rasierte Gesicht, das sogar im Neonlicht rosig glänzte. Er wandte sich zu dem Beamten, der ihn hereingebracht hatte, und dankte ihm flüsternd, mit einem Kopfnicken, und er hielt etwas in den über dem Bauch gefalteten Händen, ein Buch mit schwarzem Einband und goldenen Buchstaben, eine Bibel. Die eigenartige Haltung war zweifellos auf die Tatsache zurückzuführen, dass er Handschellen trug, aber gerade die Handschellen waren das Unerwartetste an seiner Erscheinung. In der Art, wie er seine Schultern hielt, seinen Kopf etwas geneigt, die Füße nah beieinander, lag etwas von der Sanftmut eines weltlichen Apostolats, der Frömmigkeit des frisch Kommunizierten. Nicht einmal seine Hände waren dieselben, trotz der Handschellen: Sie waren viel weißer, viel konturierter als vorher, und die Fingernägel waren sauber und rosig, wenn auch immer noch abgekaut, er kaute Fingernägel, und wenn er es merkte, tadelte er sich wohl selbst und verbarg seine Hände hinter der Bibel.
Er blieb still auf der anderen Seite des Tisches stehen, akzeptierte demütig die Erniedrigung, sich nicht setzen zu kön-

nen. Ab und zu hob er unmerklich den Kopf und warf einen Blick auf die Videokamera, als frage er sich, ob sie wirklich funktioniere. An solchen Gesten, schneller und flüchtiger als ein Wimpernschlag, erkannte ihn der Inspektor und war auf der Hut. Sogar seine Stimme war verändert: Sie war so sanft wie früher, aber nicht mehr so dunkel, als hätte man auch sie einer gründlichen Reinigung unterzogen, genau wie die Hände und die Fingernägel.

»Ich dachte schon, Sie würden nicht kommen«, sagte er, ohne den Blick von ihm zu wenden, fast ohne zu blinzeln, »ich habe gebetet, dass Sie kommen, Ihnen wollte ich vor jedem anderen die Wahrheit sagen, schließlich sind Sie es, dem ich den ersten Schritt zu meiner Rettung verdanke. Sie glaubten, das Werkzeug der menschlichen Justiz zu sein, und merkten nicht, dass die Hand Gottes Sie lenkte. Sie haben mir nicht geglaubt, und damit hatten Sie vollkommen Recht, denn ich habe Ihnen nicht die Wahrheit gesagt. Ich habe Ihnen gesagt, ich hätte das Mädchen umgebracht und das andere für tot gehalten, Sie haben mich gefragt, warum ich das getan habe, und ich sagte Ihnen, der Mond sei schuld gewesen, ich erinnere mich noch gut, und Sie haben keine Antwort gegeben, aber ich habe Ihnen angesehen, dass Sie mir kein Wort geglaubt haben, und Sie haben gefragt, warum mit kleinen Mädchen, warum hast du dich nicht an Frauen herangetraut, und ich habe nicht geantwortet, weil ich es nicht wusste, später hat mich der Psychologe dasselbe gefragt, und ich habe ihm gesagt, weil Frauen mich immer auslachen, weil sie sagten, dass ich so einen Kleinen hätte. Das haben sie gerne gehört, nicht Sie, Ihnen das zu sagen, habe ich mich geschämt, die anderen wollten, dass ich ihnen immer wieder das mit der Dusche in der Kaserne erzähle, wenn er mir unter dem eiskalten Wasser zusammenschrumpfte, und ich habe es ihnen erzählt, auch das mit den beiden Nutten, die mich ausgelacht haben, der ersten habe ich mein Messer vor die Nase gehalten, und sie hat so einen Schreck gekriegt, dass man nie wieder was von ihr gesehen hat, die jüngere war das, die andere hat sich auch einen gehörigen Schrecken geholt, konnte es aber besser wegstecken, weil sie älter und durchtriebener war. Sie haben alle so ernste Gesichter gemacht, in ihren weißen Kitteln und mit ihren Kladden in der Hand, und sagten, ich solle es noch einmal erzählen, ich weiß nicht mehr, wie oft, und ob ich als Kind viel ausgelacht oder in der Schule oft geprügelt worden sei, ob ich Angst vor meinem Vater hätte und eine besonders enge Bindung an meine Mutter. Ich sagte zu allem ja, und sie haben es mir geglaubt, die waren nicht wie Sie, Ihnen hätte ich nichts von alldem erzählt, aber täuschen wollte ich Sie auch, weil der Erste, der sich überhaupt hat täuschen lassen, war ich selbst, hier, in diesem Buch steht es, irrend in der Finsternis, Sie haben mich gefragt, warum ich Fatima getötet habe, und ich sagte Ihnen, dass ich sie nicht hatte töten, ihr keinen Schaden hatte zufügen wollen, ich wollte nur nicht, dass sie schrie, genau wie bei der anderen, wollte ihr nur den Mund zuhalten, und das war alles gelogen, Sie haben das gewusst, weil die Hand Gottes Sie geleitet hat, Sie wussten, wie viel Böses in meiner Seele war, der Bruder im Glauben hat es mir gesagt, der mir auch gezeigt hat, wie dieses Buch zu lesen ist, deine Seele war ein Abgrund von Schmutz, hat er zu mir gesagt, und er hat Recht, darum will ich Ihnen jetzt auch keine Lügen mehr auftischen, jetzt will ich Ihnen die Wahrheit sagen.«

Er holte Luft, schluckte, für den Bruchteil einer Sekunde schaute er den Inspektor ganz ohne Unterwürfigkeit an, senkte den Blick, nahm die Bibel fest in beide Hände, die Kette der Handschelle klirrte, er fuhr sich mit der Zunge über die Lippen, vielleicht fehlte ihm die Zigarette.

»Dann kam dieser Anwalt und sagte, die Psychiater würden sagen, ich sei verrückt, geistig zurückgeblieben, und sie würden mich für unzurechnungsfähig erklären, wie sie das nennen, aber dann doch nicht, sie bescheinigten mir, dass ich sehr wohl zurechnungsfähig sei, und ich fragte den Anwalt, was das heiße, und er sagte mir, nun, das heißt, dass du für deine Taten verantwortlich bist, aber mir ist das alles ganz egal, der einzige Richterspruch, der für mich wichtig ist, ist der Richterspruch Gottes, nicht der der Menschen, und der Anwalt sagte, selbst wenn man mich für zurechnungsfähig erklärte, würde ich höchstens zehn Jahre hinter Gittern sitzen, aber meinetwegen können sie mich auch hierbehalten, bis mein letztes Stündchen schlägt, mein Geist ist frei, selbst wenn sie mich hinter noch so viele Mauern und Gitter sperren, wie der Glaubensbruder schon sagt, das Schönste ist die wahre Freiheit des Geistes, den kann kein menschliches Gesetz hinter Gitter sperren. Ich weiß, dass Gott wollte, dass ich hierherkam, dass Sie mich ergriffen, wie sie seinen Sohn auf dem Ölberg ergriffen haben, um mich vor dem zu erretten, von dem ich besessen war, das wollte ich Ihnen sagen, darum habe ich gebeten, Sie herkommen zu lassen. Nicht ich habe dieses Mädchen getötet.«

Der Inspektor wollte aufstehen und gehen. Er warf einen verstohlenen Blick auf die Uhr, den der andere sehr wohl bemerkte. Er wollte auf der Stelle verschwinden und diesem starren durchtriebenen Blick und dieser monotonen Stimme den Rücken kehren und dafür sorgen, dass er sie endgültig vergaß. Doch er unternahm nichts, saß nur da und hörte zu, trommelte mit den Fingern der rechten Hand auf die weiße Plastikoberfläche des Tisches, auf die keine Schatten fielen, entnervt von der Stimme, von den Augen, vom verbaltenen Schwanken des Körpers, das ihn daran erinnerte, wie er als Schulkind auf das Podium gestiegen war, auf dem Pater Orduñas Pult stand, um eine Stelle aus dem Evangelium auswendig aufzusagen; und um sich besser konzentrieren zu können, hatte er die Augen geschlossen und das Körpergewicht abwechselnd von einem Bein auf das andere verlagert.

»Ich war es nicht. Meine Hände waren es, mein Körper, aber nicht ich. Es war der Dämon. Der Feind. Er hatte sich meiner bemächtigt. Lesen Sie es im Buch nach. Darin wird alles erklärt. Ich bin unschuldig. Der Stein hat keine Schuld an dem Schaden, den er anrichtet, sondern die Hand, die ihn wirft. Nicht das Schwert tötet, sondern der Verdammte, der es gegen die Kinder Gottes erhebt. Sie glauben mir immer noch nicht, Sie Zweifler, ich wünschte, Sie könnten meine Glaubensbrüder kennen lernen, sie kennen das Buch auswendig, sie könnten Ihnen das alles viel besser erklären als ich. Früher habe ich Sachen vergessen oder wollte sie vergessen und schaffte es nicht, lag die ganze Nacht wach und dachte nach. Heute kann ich mich an alles erinnern, was meine Hände getan haben, und ich leide nicht darunter, ich kann sie ansehen und schäme mich nicht, obwohl sie von der irdischen Rechtsprechung gefesselt sind, so wie auch die Hände unseres Herrn Jesus Christus gefesselt waren.«

»Hat dir das dieser Anwalt gesagt, dass du das vor Gericht erzählen sollst?« Der Inspektor versuchte, nicht seinen ganzen Zorn zu zeigen, seine Stimme nicht allzu laut werden zu lassen. »Diesen Mist mit dem Teufel?«

Der andere sah ihn ruhig an, abwartend, stehend, den Kopf etwas auf die Seite gelegt, die Schultern, voller Haarschuppen, hochgezogen. Wieder huschte der Blick kurz zur Videokamera hinauf. Er schauspielert immer noch, dachte der Inspektor, er schauspielert nicht nur für mich, sondern auch für die, die in dem Raum mit den Bildschirmen sitzen, die sich später seine Stimme anhören und sich auf dem Videoband noch einmal sein Gesicht ansehen.

»Aber ich habe den Feind schon überwunden, das wollte ich Ihnen nur sagen, Sie werden mich verstehen, obwohl Sie jetzt denken, dass Sie mir nicht glauben. Heute kann ich mich an alles erinnern, an das, was meine Hände getan haben, und das beunruhigt mich nicht mehr, ich habe keine schlaflosen Nächte mehr wie früher, als der Dämon mich wach gehalten hat, in dieser Zelle damals, als ich das Geschrei der Leute gehört habe, die mich umbringen wollten. Ich hätte selbst gewollt, dass sie mich umbringen. Aber jetzt lese ich in dem Buch, spreche die Gebete, schließe die Augen und schlafe ein, der Engel des Herrn bringt mir die Barmherzigkeit des Schlafs, weil mein Geist seinen Frieden gefunden hat. Wissen Sie, wie viele Jahre Gefängnis der Staatsanwalt für mich beantragt? An die fünfhundert Jahre, aber das ist mir so egal, als würde er tausend fordern, und mir ist auch egal, dass ich keinen Anwalt mehr habe, weil ich mich nicht vor den Gesetzen der Menschen verantworten muss, sondern vor dem Gesetz Gottes, und Gott weiß, dass er mich auf die Probe gestellt hat und dass ich unschuldig bin, gelobt sei der Herr, gelobt und gesegnet jetzt und für alle Zeit.«

Der Inspektor stand plötzlich auf, und in einem automatischen Angstreflex wich der andere zurück, ohne dass dieser ruhige Ausdruck seiner großen, toten Augen getrübt wurde, in denen die leere oder ganz und gar unergründliche Intensität der Augen byzantinischer Mosaike lag oder dieser ägyptischen Bestattungsbilder aus der Römerzeit, die Susana Grey ihm in einem Buch gezeigt und mit dem Foto verglichen hatte, das am Tag nach der Verhaftung in der Zeitung zu sehen gewesen war.

»Wie alt bist du jetzt?« Er schaute dem anderen so fest in die Augen, wie dieser in die seinen geblickt hatte, seit er in das Sprechzimmer eingetreten war.

»Dreiundzwanzig. Und Sie?«

»Das geht dich nichts an.«

»Aber Sie könnten mein Vater sein.«

»Du kriegst zehn Jahre, wenn es hochkommt.« Der Inspektor war jetzt laut geworden, seine Stimme klang rauer als gewöhnlich, vibrierte fast vor hilflosem Zorn, den er nicht zu beherrschen wusste. »Mit etwas über dreißig bist du wieder auf der Straße und tust dasselbe, was du diesmal getan hast, und wenn sie dich wieder erwischen, kriegst du noch einmal ein paar Jahre und bist immer noch ein kräftiger und gemeingefährlicher Kerl, wenn sie dich danach entlassen, falls dein Gott dich nicht vorher zu sich holt.«

Er gab der Kamera an der vor ihm liegenden Wand das verabredete Zeichen. Er wollte diese Augen niemals wieder sehen. Wenn er als Zeuge vor Gericht würde aussagen müssen, in zwei oder drei Jahren, nach Ablauf eines endlos langen Verfahrensweges, würde er dafür sorgen, dass er sie nicht ansah, würde er versuchen, nicht daran zu denken, dass sie ihn ansahen. Er hörte, wie sich die Tür hinter ihm mit der technologischen Lautlosigkeit eines modernen Gefängnisses öffnete, und derselbe Wärter, der ihn herbegleitet hatte, wartete auf der Schwelle, mit verschränkten Armen und einem nichts sagenden Ausdruck in den Augen, unter der Schirmmütze, als habe er nichts anderes zu tun, als die weiße Wand vor ihm anzustarren, die Tür, die einen Augenblick später auf der anderen Seite geöffnet wurde. Als der Gefangene das Geräusch vernahm, lächelte er den Inspektor an und legte die Bibel auf die weiße Tischplatte.

»Behalten Sie sie«, sagte er. »Ich habe sie mitgebracht, um

sie Ihnen zu schenken. Ich hoffe, sie ist für Sie von demselben Nutzen, wie sie es für mich gewesen ist.«

Er ging hinaus, ohne dass ihn jemand geholt hätte, und die Tür schloss sich lautlos hinter ihm, fügte sich so vollkommen in den Rahmen und in die Helligkeit des Röhrenlichts, dass es aussah, als finde sich nicht die Spur eines Spalts in der glatten, weißen Wand.

32

Die Klingel hallte so durchdringend wie nie durch die jetzt fast leere Wohnung, und Susana Grey ging zerstreut zur Tür, um zu öffnen, in der Annahme, es sei ihr Sohn, der im Haushaltswarenladen eine Rolle Klebeband gekauft hatte, um die letzten Kartons mit Büchern und Schallplatten zuzukleben. Er war aus eigener Initiative hinuntergegangen, um die Kartons aus dem Supermarkt zu holen, und hatte dabei eine Entschlossenheit an den Tag gelegt, die Susana überraschte, weil sie ganz neu war an ihrem Jungen, der bis vor kurzem noch so zurückhaltend gewesen war, unfähig, mit Unbekannten ein einziges Wort zu wechseln, sich in Anwesenheit von Fremden ungezwungen zu verhalten. Er hatte die Bücher und Schallplatten eingepackt und beim Verschließen und Zukleben der Kartons eine ebenfalls überraschende Geschicklichkeit bewiesen und eine körperliche Energie, die fast genauso neu war wie die Unbefangenheit, mit der er im Supermarkt um eine Gefälligkeit bat. Als er eine der Bücherkisten hochwuchtete, waren ihr seine Muskeln aufgefallen, dünne, drahtige Arme mit deutlich hervortretendem Bizeps und männlichen Sehnen, genauso männlich wie die großen Füße, die sie fast mit Bestürzung zur Kenntnis genommen hatte, als sie ihn am Morgen aus der Dusche kommen sah, in einen Männerbademantel gewickelt, nach dessen Herkunft er nicht fragte, obwohl sie sicher war, dass er ihn als neues Kleidungsstück im Badezimmer registriert hatte, ebenso wie er auch Rasierseife und Pinsel, die noch neben Parfüms und Schönheitscremes auf der gläsernen Ablage standen, gesehen und benutzt hatte, um sich die Koteletten auszurasieren.

Er nahm die Bücherregale auseinander und benutzte dafür Schraubenzieher aus einer Werkzeugkiste, die von ihr nie benutzt worden war, freute sich, dem handwerklichen Ungeschick seiner Mutter abhelfen zu können, die ihrerseits der Entfaltung seiner männlichen Fertigkeiten ungläubig lächelnd folgte. Bevor er die Bücher verstaute, schaute er sich einige von ihnen anerkennend an, und regelrecht begeistert war er von der Menge an Schallplatten, die zu bewundern er mittlerweile fähig war, da sein Geschmack sich ebenso weiterentwickelt hatte wie sein Körper, ihm gefielen jetzt Eric Clapton, B. B. King, The Police oder Paul Simon, und er war genauso erstaunt wie geschmeichelt über die Tatsache, dass seine Mutter diese Musik besaß und außerdem die Lieder erkannte und auch mochte, die er selbst für sich entdeckt hatte, vor allem die von R. E. M., die er auf Kassette aufgenommen und sofort bei Betreten der Wohnung eingelegt hatte.

Als es klingelte, lief gerade ein Stück von Eric Clapton, und Susana hätte sich gewünscht, der Junge wäre etwas später zurückgekommen, denn das Lied war *Tears in Heaven*, bei dem ihr jedes Mal, wenn sie es hörte, unwillkürlich die Tränen in die Augen traten. Sie hatte es tags zuvor mit ihrem Sohn angehört, während sie in der Küche etwas abmontierten, und er hatte sie gefragt, worum es in dem Lied ginge. »Um einen Mann, der seinen Sohn verloren hat und sich nun fragt, wie es wohl wäre, wenn er ihm im Himmel wiederbegegnete.« Als sie das sagte, fürchtete sie, ihr Sohn könne das Lied für eine sentimentale Schnulze halten, und so spielte sie es noch einmal von vorn und übersetzte ihm Zeile für Zeile. Beschämt und beglückt stellte sie fest, dass er die Ergriffenheit in ihrer Stimme bemerkte und, anstatt ihr dies vorzuhalten oder davon unangenehm berührt zu sein, in der Lage war, sie mit ihr zu teilen und vielleicht zu erahnen, dass auch ihre Empfindungen von Zärtlichkeit und Verlust, die sie ihm entgegenbrachte, von diesem Text angesprochen wurden. Jetzt, da er nicht mehr hei ihr wohnte, lernte er sie erst richtig kennen, bewunderte sie insgeheim für ihre Vorlieben, für ihre etwas extravagante Art, sich zu kleiden, jünger auszusehen als die Frau seines Vaters und die Mütter seiner Freunde, von denen vermutlich auch keine imstande war, ihm die Texte seiner Lieblingssongs aus dem Englischen zu übersetzen.

Er war jetzt schon größer als sie, doch nicht nur seine Gliedmaßen waren im letzten Jahr gewachsen, sondern auch sein Charakter, oder seine Seele, und der Ausdruck seiner Augen war jetzt offener als noch vor ein paar Monaten, und seine Stimme klang jetzt dunkel und auf so endgültige Weise erwachsen, wie es seine Schuhgröße oder seine sportlich gestählten Muskeln waren. Das Haar trug er im Nacken fast ausrasiert und oben so lang, dass ihm die Locken in die Augen fielen, und er kleidete sich mit jener doppelten Leidenschaft, in der die Individualität und der Herdentrieb seiner vierzehn Jahre zum Ausdruck kamen: weites Oberhemd, ein Geschenk von ihr, schwarze Jeans, riesige schwarze Turnschuhe, die seine großen Füße noch gewaltiger erscheinen ließen und seinen halb linkischen, halb herausfordernden Gang noch betonten.

Vor allem aber sprach er, sprach mit ihr, am Abend zuvor hatten sie bis nach drei Uhr morgens nebeneinander auf dem großen Bett gesessen, einem der wenigen Möbelstücke, die noch nicht auseinandergenommen waren, hatten sich unterhalten und Musik gehört, der Junge hatte zum Abendessen sogar ein Glas Wein getrunken und, davon offensichtlich angeregt, von seinen Schwierigkeiten in Chemie und Mathe gesprochen, von seiner Begeisterung über *Der Fänger im Roggen*, den sie ihm bei einem seiner Wochenendbesuche geschenkt hatte, über Freunde und Filme und schließlich auch über eine Schulkameradin aus der Achten, die er sehr mochte und die er wahrscheinlich nicht wiedersehen würde, da sie zum neuen Schuljahr nach Madrid zog.

»Genau wie ich«, sagte Susana; sie hörte ihn sprechen, schaute ihn an, so jung und so ernst, mit seinem dunklen Flaum auf der Oberlippe und den Mitessern auf Nase und Stirn, eben erst auf der Schwelle zum Erwachsensein, zu den Ungewissheiten und Wünschen der Großen und zugleich noch so viel kindlicher, als seine äußere Erscheinung vermuten ließ: So sehr am Anfang von allem, so orientierungslos, dachte sie mit einer Art von Zärtlichkeit, die nicht ganz dieselbe Liebe war, welche sie ihm als Kind entgegengebracht hatte. Sie machte sich auch Vorwürfe wegen ihrer Verbitterung, die sie so lange gegen ihn gehegt hatte, wegen ihres Grolls und der Eifersucht, als der Junge ihr mitgeteilt hatte, er wolle für eine Weile bei seinem Vater leben.

Sie würde ihn jedoch nicht bitten, jetzt mit ihr nach Madrid zu gehen. Sie hatte nicht vor, mit ihrem Exmann in den schleimigen Disziplinen der emotionalen Erpressung zu konkurrieren. Es stimmte allerdings auch, dass sie weder die Lust noch die Kraft hatte, eine Abfuhr zu riskieren. Der Junge war um kurz nach drei zu Bett gegangen, und sie hatte noch ein Weilchen auf dem Balkon gesessen und geraucht, im Liegestuhl, die Füße auf dem Metallgeländer gekreuzt, und die Stille der lauen Juninacht genossen. Als sie später an seiner Tür vorbeigekommen war und ihn atmen hörte, hatte sie der Versuchung nicht widerstehen können und war eingetreten, um ihn im Licht der Flurbeleuchtung zu betrachten. So groß, ausgestreckt auf dem viel zu kurzen Kinderbett, mit dieser Last von

Männlichkeit in seinem von Müdigkeit gefällten Körper und einer letzten Spur von Zerbrechlichkeit oder Kindheit auf den leicht geöffneten Lippen und den im Lichtschein jäh zuckenden Lidern, während er schluckte und dann ein schmatzendes Geräusch von sich gab. Aus Furcht, ihn aufzuwecken, verzichtete sie darauf, sich über ihn zu beugen und ihm einen Kuss zu geben.

Das Klingeln an der Wohnungstür riss sie aus ihrer Musik und den Grübeleien über die vergangene Nacht. Es hatte denselben Klang wie vor dreizehn Jahren in der neu erworbenen Wohnung, in der sie sich einzurichten begannen, nachdem sie zahllose Wechsel unterschrieben hatten, die zu Beginn des 21. Jahrhunderts abbezahlt sein würden: Und jetzt war wieder alles leer, nur noch die Musikanlage, die Bücherkisten, das große Bett mitten in einem Schlafzimmer ohne Vorhänge, ohne Nachtschränkchen, mit einer Glühbirne, die an einem verdrehten, farbverklecksten Kabel von der Decke hing. Alles und nichts in wenig mehr als zehn Jahren, die unermessliche Anzahl von Dingen, die sich im Laufe eines Lebens ansammeln, ohne dass man es will, die nutzlosen Anhäufungen von Papieren und Gegenständen, von alten Schuhen, vergessener Wäsche, Fotografien, Zeitungsausschnitten, Haushaltsdokumenten, der Impfpass ihres Sohnes, ihre Lehramtsbescheinigung, Notizhefte, Handbücher der Töpferei oder des Marxismus von ihrem Ex, ein vor Jahren schon abgelaufener Pass. Indem sie die Wohnung von Grund auf reinigte, die meisten Möbel verkaufte und nur ein paar Dinge behielt, an denen sie besonders hing oder die mit Erinnerungen verbunden waren, auf die sie nicht verzichten wollte, reinigte sie auch ihr Leben, vereinfachte es und, so schien es ihr, lüftete es, machte es offener und geräumiger, wie eine leere Wohnung, die frisch gestrichen worden ist. Unter den unerwarteten Dingen, die sich wiederfanden, war auch das blaue Namensband, das man ihrem Sohn bei seiner Geburt im Krankenhaus um den Fußknöchel gebunden hatte. Als sie dem Jungen dabei zusah, wie er die Umzugskartons energisch mit Klebeband verschloss, sah sie ihn wieder mit eineinhalb Jahren vor sich, an dem Tag, als man ihnen die Wohnungsschlüssel aushändigte und sie die Wohnung reinigten und die ersten Einrichtungsgegenstände hineinstellten. Das blonde, pummelige Kind, noch etwas unsicher auf den Beinen, mit einem Frotteelätzchen über seinem Pullover und grünen Schühchen an den Füßen, lief mit einer Flasche Glasreiniger in der einen und einem Wischlappen in der anderen Hand geschäftig durch die Zimmer und tat es eifrig seinen Eltern nach, den Schnuller im Mund und geräuschvoll durch die Nase atmend.

Bevor sie die Tür öffnete, unterbrach sie die Musik. Auf dem Weg dorthin dachte sie, dass man sogar an seiner Art zu klingeln erkannte, dass ihr Sohn langsam erwachsen wurde. Im selben Augenblick, in dem sie die Tür öffnete, drehte sie sich schon wieder um, wie jemand, der die Identität des Ankömmlings als gegeben betrachtet und es eilig hat, eine unterbrochene Arbeit wieder aufzunehmen, doch es war nicht ihr Sohn, dem sie die Tür geöffnet hatte. Auf der Schwelle stand der Inspektor, mit einem hellen Anzug bekleidet und einem unsicheren, beinah Hilfe suchenden Ausdruck im Gesicht, als fürchte er, sie könne ihm den Zutritt verweigern.

»Menschenskinder, du hättest dich auch anmelden können«, sagte sie und strich sich instinktiv mit der Hand über das Haar, ernst noch und verwirrt, etwas fahrig, weil sie ungekämmt war und sich nicht einmal die Lippen geschminkt hatte. Sie trug ein T-Shirt ihres Sohnes, Jeans und weiße Segeltuchschuhe. Sie ahnte nicht, wie sehr ihre sommerliche Kleidung und dieser Hauch von Nachlässigkeit ihn erregten, nachdem er sie mehrere Wochen nicht gesehen hatte, wie heftig sie sein Verlangen weckten. Ebenso zögernd, wie er in der Tür erschienen war, und ohne noch einen Fuß in die Wohnung gesetzt zu haben, beugte er sich jetzt vor, um sie zu küssen, als er mit einem Mal, bestürzt und erschüttert, die leeren weißen Wände bemerkte, die auf dem Fußboden sich stapelnden Kisten.

»Du hast mir gar nicht gesagt, dass du fortgehst.«

»Du hast mich nicht danach gefragt.«

Sie hörten den Fahrstuhl kommen, und dann stand der Junge vor den beiden, die sich noch immer nicht von der Stelle bewegt hatten. Susana bemerkte, dass dem Inspektor unbehaglich zumute war, dass die Anwesenheit ihres Sohnes ihn einschüchterte und er nicht fähig war, auf seine Gegenwart unbefangen zu reagieren. Der Junge hatte offenbar im Handumdrehen erfasst, um wen es sich bei diesem Mann handelte, und nach einem kurzen Blickwechsel mit seiner Mutter bat er noch um ein bisschen Geld, weil er beim Einkaufen etwas vergessen hatte, Paketschnur oder Einschlagpapier.

»Das ist Pablo«, sagte Susana, insgeheim amüsiert darüber, wie förmlich der Inspektor ihrem Sohn die Hand gab und über die Steifheit seines Verhaltens selbst verzweifelte. »Pablo nach Pablo Neruda und nach Paul Simon, halbehalbe.«

Der Junge verabschiedete sich und rannte in lärmendem Galopp die Treppen hinunter.

»Möchtest du vielleicht hereinkommen?« Susana gab die Tür frei. Der Inspektor tat ein paar Schritte in Richtung Wohnzimmer, blieb dann stehen und starrte die Wände an, auf denen wie Negativabdrucke die helleren Flecke zu sehen waren, wo die Bilder gehangen und die vor kurzem auseinandergenommenen Möbel gestanden hatten. Der Kummer über einen unwiderruflichen Abschied machte sich in ihm breit, der ihn umso härter traf, als er nicht mit ihm gerechnet hatte. Da er stets auf der Schwelle zu seinen Entschlüssen und Taten verharrte, glaubte er, die ganze Welt und die Zeit hielten ebenfalls so lange inne, bis er sich endlich durchkränge, und jetzt stellte er verwundert fest, dass die Dinge von sich aus ihren Lauf genommen hatten während jener Wochen, in denen er Susana weder angerufen noch aufgesucht und auch niemals aufgehört hatte, an sie zu denken und sie zu vermissen, während er seiner Frau dabei half, sich im neuen Leben zurechtzufinden, in der Mietwohnung, die sie noch nie gesehen hatte.

»Wie alt ist dein Sohn?«

»Er wird bald fünfzehn.«

»Unglaublich.«

»Die Kinder wachsen heutzutage schnell.«

»Nein, das meine ich nicht.« Zum ersten Mal, seit er gekommen war, lächelte der Inspektor. »Unglaublich, dass du einen so großen Sohn hast. Für mich bist du immer ein junges Mädchen und nicht die Mutter eines Heranwachsenden, der größer ist als ich.«

»Na komm, du musst mir nicht schmeicheln.«

»Ich will dir gar nicht schmeicheln, aber das Liebste, was ich tue, ist, dich anzuschauen.« Aus den Augen des Inspektors leuchtete die unbestreitbare Aufrichtigkeit seiner Worte. »Mit dir ist es mir ganz seltsam ergangen, ich habe das erst hinterher gemerkt. Als ich dich zum ersten Mal in der Schule sah, bist du mir gar nicht so jung vorgekommen. Ich glaube, ich habe dich so gesehen, wie man sich eine Lehrerin eben vorstellt, als eine Frau mittleren Alters, von vierzig Jahren vielleicht. Wenn ich dir danach begegnet bin, hatte ich jedes Mal das Gefühl, du seist eigentlich jünger als beim Mal zuvor. Wahrscheinlich, weil ich genauer hinzusehen lernte, wie du gesagt hast.«

»Oder weil ich mich sorgfältiger zurechtgemacht habe, um dir zu gefallen.«

»Damals, im La Isla de Cuba, als du aus dem Bad kamst, erschienst du mir jünger als je zuvor. Ich hätte dich für etwas über zwanzig gehalten.«

»Das Licht war aus.«

»Aber der Vollmond schien.«

Sie standen sich im leer geräumten Wohnzimmer gegenüber, ohne ganz aufeinander zuzugehen, ohne einen Schritt zurückzutreten. Sie hatten nichts, worauf sie sich setzen konnten. In der Küche war nichts mehr zu trinken. Wie absurd, dachte Susana, da steht er nun vor mir, und alles ist schwieriger denn je, weil keine zwei Stühle da sind, auf die man sich setzen könnte.

»Tut mir leid«, sagte sie, um einen distanzierten Ton bemüht. »Ich habe hier nichts mehr. Keine Coca-Cola, keinen Stuhl, gar nichts. Nicht einmal ein Glas, um dir einen Schluck Wasser anzubieten. Wie geht es deiner Frau?«

»Gut, viel besser.« Der Inspektor senkte den Kopf und schluckte, bevor er wieder sprach. »Ich bin aber nicht gekommen, um über sie zu sprechen.«

»Das wundert mich nicht, das hast du ja nie getan. Du denkst wahrscheinlich, wenn du die Dinge nicht beim Namen nennst, verschwinden sie einfach. Kleine Kinder tun so etwas, sie machen die Augen zu, um nicht sehen zu müssen, was sie erschreckt. Sie denken, wenn sie es nicht sehen, ist es auch nicht da. Eineinhalb Monate lang hast du mich nicht einmal angerufen. Aus der Zeitung habe ich erfahren, dass du wegen des Mordfalls Fatima befördert werden solltest, und habe eine Flasche Vega-Sicilia gekauft, um mit dir darauf anzustoßen, aber als du nach einer Woche immer noch nicht angerufen hattest, habe ich Ferreras angerufen und die Flasche mit ihm leer getrunken. Er hat mir wieder einen Antrag gemacht. Er macht mir jedes Mal einen Antrag, wenn wir mehr als zwei Gläser Wein miteinander trinken. Ich habe ihm ein Lied von Kurt Weill vorgespielt, das von Lotte Lenya gesungen wird:

> *Armes törichtes Herz,*
> *das sich nach einem sehnt, der dich nicht beachtet,*
> *Armes törichtes Herz,*
> *das vor einem flieht, der dich liebt.«*

»Ferreras hat mir erzählt, dass er bei dir war. Ich bin vor Eifersucht fast gestorben.«

»Ehrlich gesagt, so schlimm kann es nicht gewesen sein, sonst hättest du mich angerufen. Oder hast du wirklich gedacht, indem du meine Existenz verschweigst und so tust, als ob du mich nicht kennst, verschwinde ich einfach?«

»Meine Frau war gerade erst aus dem Sanatorium entlassen worden. Es schien mir nicht richtig, dich anzurufen.«

»Richtig für wen? Für sie oder für mich?«

»Susana, bitte.«

Sie hörte es gern, wenn er ihren Namen sagte, und sie mochte die Art, wie er ihn aussprach, aber sie würde unter seinem reuevollen, gequälten Blick nicht schwach werden, würde alles zur Sprache bringen.

»Hattest du vergessen, wie du durch diese Tür hinausmarschiert bist, nach unserer letzten Nacht, in der wir wort- und tatenlos nebeneinander in der Dunkelheit lagen, wie zwei Impotente, und auch nicht schlafen konnten? Du hattest mir noch nicht einmal gesagt, dass sie am nächsten Tag entlassen wird.«

»Ich wollte es dir ja sagen.«

»Du hättest es mir nie gesagt, wenn ich nicht den Brief vom Sanatorium gefunden hätte. Zu allem Überfluss hast du ihn noch auf dem Nachttisch vergessen. Mir war elender zumute, als wenn ich den Brief einer anderen Frau gefunden hätte.«

»Ich bin ihr verpflichtet.«

»Und mir bist du nicht verpflichtet? Fühlt man sich zu nichts verpflichtet, wenn man ein halbes Jahr lang mit einer Frau schläft?«

»Unglaublich, so etwas aus deinem Mund zu hören. Mit dir zusammen zu sein hatte nichts mit Verpflichtung zu tun.«

»Na, wunderbar. Was für ein Glück habe ich doch im Leben, dass niemand sich bei mir zu etwas verpflichtet fühlt. Niemand bleibt aus Pflichtgefühl bei mir, aber auch aus anderen Gründen bleibt niemand bei mir, und ich bin letztlich die, die allein dasteht, ohne natürlich irgendwem Schuldgefühle oder Gewissensbisse zu machen, wie deine Frau oder mein Exmann das tun. Ich bin ein Schnäppchen, genau die richtige Frau zum Verlassen. Wenn ich nur eine Krankheit hätte oder wenigstens ein gequältes Gesicht machen könnte, wie der Vater meines Sohnes, vielleicht fühlte sich mir dann jemand verpflichtet. Verdammt, bei all den Gewissensbissen, die du deiner Frau gegenüber hattest, hast du nicht ein einziges Mal an mich gedacht?«

Sie kehrte ihm den Rücken zu, weil sie nicht wollte, dass er ihre Tränen sah, und erst recht nicht, dass ihr Sohn hereinkäme und sie mit feuchten Augen und geröteter Nase anträfe. Im Schlafzimmer, unter der Bettdecke, lag noch eine Schachtel Kleenex. Sie setzte sich auf die Bettkante und wischte sich die Augen, atmete tief ein, und als sie die Hände vom Gesicht nahm, stand er in derselben Haltung auf der Schwelle wie ein paar Minuten zuvor, als sie die Tür geöffnet hatte und er nicht einzutreten wagte. Eine einzige Geste charakterisiert einen ganzen Menschen, dachte sie, und dies war die Haltung, die seinen Charakter beschrieb: auf einer Türschwelle stehen und sich nicht zum nächsten Schritt entschließen können, aus Unsicherheit oder aus Angst, abgewiesen zu werden, oder eigentlich nur, weil es ihm an wirklicher Überzeugung mangelt, an schlichtem Lebensantrieb. So hatte er sie am letzten Tag angesehen, am letzten Morgen, als sie sich vor dem Badezimmerspiegel die Lippen schminkte und die Augenlider nachzog, um die Spuren der schlimmen Nacht zu verwischen, und er in der Tür stand, leicht an den Rahmen gelehnt, und sie voller Verlangen betrachtete, aber auch mit einer vollkommenen Bereitschaft zum Verzicht, als fiele es ihm gar nicht so schwer, fortzugehen oder sie gar zu verlieren. Er war schon angezogen gewesen, erinnerte sie sich, rasiert und gekämmt, mit dunkler Krawatte und dunklem Jackett, ganz wie es sich für einen Sanatoriumsbesuch gehörte und wie es den Normen entsprach, von denen er sich angeblich mit ihrer, Susanas, Hilfe befreit hatte.

»Sieh mal, mein Sohn, als er ein halbes Jahr alt war.« Sie stand auf, hatte sich wieder gefasst und zeigte ihm ein Foto, das sie tags zuvor zwischen irgendwelchen Papieren gefunden hatte und an dem sie sich nicht satt sehen konnte, sie hatte es vor dem Einschlafen auf dem Nachtschränkchen liegen lassen. »Er war so gierig, dass er sein Gesicht ganz fest an meine Brust drückte und kaum noch Luft bekam.«

Der Inspektor sah eine Susana, nicht viel jünger, sondern in einem früheren Alter ihres Lebens, kaum erwachsen, das Gesicht runder als jetzt, Nase und Kinn waren noch nicht so ausgeprägt, und die Wangenknochen traten noch nicht so deutlich hervor. Das lange Haar war über den Augen zu einem geraden Pony geschnitten, und sie war eigentlich nicht altmodischer angezogen, nur naiver, eine weiße Bluse mit weitem besticktem Kragen, ein langer Rock und Riemchensandalen. Jetzt war sie ihm lieber, von den Jahren vervollkommnet, geformt von ihrer Geisteskraft und den Erfahrungen der Zeit. Auf dem Foto stillte sie den Jungen, sein Gesicht rot und rund und die Augen geschlossen.

»Ich wollte es dir nicht erzählen«, sagte Susana, »aber gerade in den Tagen glaubte ich, ich sei schwanger. Ich war entsetzt, ich dachte, die Welt würde noch mehr über dir zusammenstürzen, wenn du es erführst; aber falls du die Wahrheit wissen willst, ich war zutiefst enttäuscht, als ich eines Morgens aufwachte und meine Regel bekommen hatte. Hast du einmal darüber nachgedacht, dass du und ich ein Kind haben könnten oder eines hätten haben können? Man denkt, bestimmte Sachen sind vorbei im Leben, und dann entdeckt man plötzlich, dass man ganz von vorn anfangen könnte. Ich bin siebenunddreißig. Das ist immer noch ein perfektes Alter, um schwanger zu werden. Aber sag doch was, schau mich nicht so an. Willst du mir nicht sagen, warum du gekommen bist?«

»Um dich zu bitten, nicht zu gehen.« Der Inspektor schlang brüsk seine Arme um sie. »Ohne dich kann ich nicht leben.«

»Damit kommst du ein bisschen spät, findest du nicht?« Sie versuchte, sich aus seiner Umarmung zu lösen, aber er ließ es nicht zu. »Hättest du mich vor einem Monat darum gebeten, wäre ich, ohne zu zögern, geblieben, auch wenn du bei deiner Frau geblieben wärst, ich hätte dich nicht gedrängt. Aber ich hätte dir nie vorgeschlagen, mich zu deiner Geliebten zu machen. Ich hätte dir damit nur zu verstehen geben wollen, wie verliebt ich war.«

»Ich war genauso verliebt in dich.«

»Du warst?«

»Und bin es noch. Darum bin ich hier.«

Sie lösten sich voneinander, als sie den Fahrstuhl hörten. Er setzte sich jedoch wieder in Bewegung und die Klingel blieb stumm.

»Ich habe in dieser Zeit aber gemerkt, wie sehr es mich wieder nach Madrid zieht«, sagte Susana. »Ich bin wegen eines Mannes hierhergekommen, und ich bin ein halbes Leben geblieben. Die Wahrheit ist, dass ich nicht noch länger bleiben will, ohne einen anderen Grund, als in deiner Nähe zu sein. Mein Vater ist begeistert, mich wieder bei sich wohnen zu haben. Nachdem meine Mutter gestorben ist, hat er niemanden gefunden, der ihm Gesellschaft leistet und sein Leben ein wenig in Ordnung hält. Er ist ein starker und unabhängiger Mann, und ich glaube, er kommt bei Frauen noch genauso gut an wie zu der Zeit, als meine Mutter noch lebte, sodass er mir bestimmt nicht zur Last fallen wird. Er hat eine große Wohnung in der Calle Ibiza, in der ich alle meine Bücher und Schallplatten unterbringen kann und auch noch die paar Möbel, die ich behalten habe. Die Wohnung von Ausbeutern, pflegte mein Exmann zu sagen, sodass es mir peinlich war, dort zu wohnen, wo ich mich immer so wohl gefühlt hatte. Ich habe diese Stadt ziemlich satt und die Arbeit auch. Das Unterrichten hat seinen Reiz verloren, ich habe keine Kraft mehr, und außerdem sind die Zeiten schlecht für diese Art von Arbeit. Es ist so traurig, mit anzusehen, wie die Kinder, denen du Lesen und Schreiben beigebracht hast, heranwachsen und verrohen, wie schnell sie lernen, Phantasie und Charme zu verlieren, erwachsen und vulgär zu werden. Mit nur halb so großer Anstrengung könnten sie bezaubernde und kultivierte junge Leute werden, doch kein Mensch ermuntert sie dazu, am wenigsten ihre Eltern und auch von uns so gut wie keiner. Habe ich dir nicht erzählt, dass man mir eine Stelle in einer Schule in Legands angeboten hat? Ich fahre täglich mit dem Zug von Madrid aus hin und wieder zurück, aber ich will auch noch anderes machen, ich will meine Dissertation zu Ende bringen und mir eine an-

dere Arbeit suchen, wenn es geht, in Madrid habe ich jedenfalls viel mehr Chancen als hier, allein die große Stadt wird
mich zwingen, wacher zu sein. Ich will mal wieder sonntagmorgens im Retiro-Park spazieren gehen, will über den Floh-
markt schlendern und den Prado besuchen, mittags auf der
Plaza Santa Ana ein Bier oder einen Wermut trinken. Ich will
noch kein Rentnerdasein führen, ich will nicht den Rest meines Lebens vor einem elektrischen Heizofen im Lehrerzimmer hocken, mit Nescafe und Keksen zum Frühstück. Ich
habe mich in dich verliebt, und ich vermisse meinen Sohn,
sobald ich ihn ein paar Tage nicht sehe, aber ich kann nicht
auf euch warten, kann mich nicht davon abhängig machen,
wie sich der eine oder andere von euch entscheidet.«

»Gib mir Zeit«, sagte der Inspektor. »Nicht viel, wenn du
nicht willst, einen kleinen Aufschub.«

»Ich stelle dir kein Ultimatum. Ich habe nicht vor, irgendwas von dir zu verlangen. Ist dir nie der Gedanke gekommen,
dass deine Frau vielleicht gar nicht sonderlich daran interessiert ist, das Leben, das sie all die Jahre mit dir gehabt hat,
weiterzuführen? Du kennst meinen Fehler, die Dinge immer
aus der Sicht dessen zu betrachten, der vor mir steht. Vielleicht wäre es angebracht, ihr einmal zu sagen, was du wirklich
denkst und fühlst.«

Er schlang wieder seine Arme um sie, drückte sie fest an
sich, suchte ihren Mund, die weiche Haut ihrer Hüften unter dem T-Shirt, kopflos vor Verlangen, mit dem sexuellen
Drang eines viel jüngeren Mannes, eines Mannes, der erst vor
kurzem etwas gekostet hat, von dessen Existenz er gar nichts
wusste, und der ohne dieses Labsal nicht mehr leben kann. Er
schob sie zum Bett, doch sie entwand sich ihm lieber, solange
sie ihre Gefühle noch unter Kontrolle hatte, der Junge konnte
jeden Augenblick zurückkommen, sagte sie, vernünftig noch

und zufrieden auch über sein Ungestüm und sein verwirrtes Gesicht, als sie sich von ihm löste.

»Kannst du nicht noch ein paar Tage bleiben?«

»Wenn ich bleibe, gehe ich vielleicht nie«, sagte Susana, schüttelte energisch den Kopf und deutete mit beiden Händen auf die leeren Wände. »Außerdem habe ich hier nichts mehr.«

»Du fährst heute noch?«

»Heute Nachmittag. Ich möchte nicht allzu spät in der Nacht in Madrid eintreffen. Ich kann es gar nicht glauben, all die Jahre hier eingesperrt, und dann sind es nur vier Stunden bis in meine Stadt.«

Sie begleitete ihn zur Tür und gab ihm keine Gelegenheit, ihr auf seine erbärmliche Art Lebewohl zu sagen, mit der er so oft vor ihr gestanden hatte bei seinen unerträglich steifen, bitteren Abschieden. Sie küsste ihn mit weit geöffnetem Mund, schmeckte seine von ihrem Speichel befeuchteten Lippen, fuhr ihm durchs Haar, bevor sie sich abwandte. Sie schloss die Tür und lief schnell zum Fenster, um ihn aus einer Entfernung von drei Stockwerken im grellen Mittagslicht des Junitages auf die Straße treten zu sehen. Ein junger Mann mit Brille, der auf der gegenüberliegenden Straßenseite im Schatten stand, schaute hoch und wandte den Blick sogleich wieder ab, zweifellos war seine Aufmerksamkeit von dem metallenen Geräusch beim Öffnen des Fensters in der stillen Straße geweckt worden. Sie vergaß ihn, als sie den grauen erhobenen Kopf aus dem Haus kommen sah, den kraftvollen Rücken unter den Schultern des hellen Leinenjacketts, das sie selbst für ihn ausgesucht hatte, das letzte Teil, das sie für ihn gekauft hatte, bevor sie aufgehört hatten, sich zu treffen. Unter tausend Männern würde sie diesen Schritt erkennen, diese Art energischer Verdrossenheit, mit der er sich bewegte. In wenigen Sekunden würde er um die Straßenecke biegen und aus ihrem Blickfeld verschwunden sein. Sie wollte gerade das Fenster schließen, als ihr auffiel, dass der junge Mann mit der Brille nicht mehr auf der anderen Straßenseite stand. Er hatte den Gehweg verlassen, schaute nach links und nach rechts, hielt etwas in der linken Hand. Er ging so schnell, dass er den Inspektor sofort eingeholt hatte, obwohl er nicht den Gehweg erreichte, sondern parallel dazu ging, er machte eine sonderbare Geste, hob etwas in die Höhe, das er in der Hand hielt. Jetzt begriff Susana Grey schlagartig und stieß einen derart gellenden Schrei aus, der die reglose Stille der Straße erschütterte und ihr die Kehle zerriss, dass sie den Knall des ersten Schusses gar nicht hörte.

33

Den Bruchteil einer Sekunde, bevor er den Schrei vernahm, drehte er seinen Kopf schon nach hinten, nicht weil ihn ein Geräusch von sich nähernden Schritten alarmiert hätte, denn es waren lautlose Schritte auf Gummisohlen, von Turnschuhen, die er später, vom Boden aus, mit Blut bespritzt sah: Es war der Schatten, der ihn warnte, der schräge Schatten, der von der Straße auf ihn zukam, von rechts, und der wie ein Blitz seinen Gefahreninstinkt weckte, welcher in der letzten Zeit etwas eingeschlafen und an diesem Morgen gänzlich vergessen war, als er von Susana Grey kam und sich sagte, dass er die Wahrheit nicht länger hinausschieben konnte, und zugleich befürchtete, nicht der Feigheit oder dem Sog des eigenen schlechten Gewissens oder gesellschaftlicher Zwänge zu unterliegen, sondern etwas, das viel schlimmer war, giftiger, noch tiefer in ihm verwurzelt, seinem Hang zum Konformismus und Vertagen, seiner Angewohnheit, das Etablierte als unwiderruflich hinzunehmen, zu schweigen und nichts zu tun. Er trat aus dem kühlen Schatten des Hauseingangs, und die Sonne stach ihm in die Augen, er ging auf dem Bürgersteig und widerstand der Versuchung, sich umzudrehen und zum Fenster des dritten Stocks hinaufzuschauen, an dem Susana Grey zweifellos stand, er erinnerte sich der Vorsichtsmaßnahmen seiner ersten Besuche, seiner Unbeholfenheit bei jeglicher Heimlichtuerei und daran, wie nervös ihn die Blicke ihrer Nachbarinnen gemacht hatten. Er trat auf die Straße und war mit seinen Gedanken bei der Susana von heute, die er so

verzweifelt in seine Arme geschlossen hatte, als fürchte er, sie
für immer zu verlieren, und bei der auf dem fünfzehn Jahre
alten Foto, mit ihren langen Haaren und dem geraden Pony,
ihren runden Wangen und dem offenen Hemd, das eine kleine
runde Brust sehen ließ, an der das sechs Monate alte Kind mü-
hevoll saugte. Die körperliche Anspannung seines Verlangens
hatte sich noch nicht gelegt: Er verließ das Haus mit gesenktem Kopf, ohne nach links oder rechts zu blicken, gleichgültig
gegen das scharfe Licht des Sommers, feindlich gar, verzagt,
getrieben von einem inneren Drang, der sowohl dem Glück
als auch dem Unglück entspringen konnte, der Kapitulation
wie dem Überschwang, genährt von einer nervösen Energie,
ähnlich der jener ersten Tage, an denen er morgens frei von
den Folgen des Alkohols und des Nikotins erwachte. Er tat die
ersten Schritte auf dem Gehweg, ohne hinter sich zu blicken,
wie er es hätte tun sollen und wie er es immer tat, er achtete
nicht auf seine rechte Seite, die die verletzlichste war, da die
linke von den Hauswänden geschützt wurde, an denen er sehr
nah entlangging, wobei er kurze Schattenzonen von Dächern
und Markisen betrat und wieder verließ. Er hörte den Schrei,
doch einen Sekundenbruchteil vorher hatte ein nicht vom Bewusstsein gesteuerter Winkel seines Blicks etwas Belangloses,
nicht unbedingt Besorgnis Erregendes wahrgenommen, einen
Schatten, der sich auf den seinen zuschob, vielleicht hatte sein
Gehör auch ein Schaben von Gummisohlen auf Asphalt ver-
nommen, das Vibrieren der Luft, das jemand verursacht, der
es eilig hat und heftig atmet. Der Schrei aber riss ihn aus seinen Gedanken, und hätte er sich nicht schon in der Bewegung des Umdrehens befunden und die Gefahr gespürt, hätte
er wahrscheinlich nicht mehr erfahren, was ihm im nächsten
Augenblick zustoßen sollte, und er wäre vielleicht gestorben,
ohne überhaupt zu bemerken, dass er starb: Der Unterschied

betrug keine Sekunde, doch in diese Zeit passt alles hinein; in eine so winzig kleine Zeitspanne, dass ein Chronometer sie nicht messen kann, passen das ganze Leben und der Tod, der letzte Erinnerungsschwall und die Explosion des Vergessens, der Aufprall des Geschosses, das in die Haut eindringt und das Fleisch verbrennt, einen Knochen durchschlägt und das Herz zerfetzt, die Bewegung einer Hand, die eine Pistole hält und sich bis zur Höhe des Nackens hebt, und eines Gesichts, das sich umwendet, und einer anderen Hand, erhoben und geöffnet, als wolle sie die Augen vor dem Einfall des Sonnenlichts schützen. Der Inspektor hörte den Schrei, und in einer endlos driftenden Zeitblase, transportiert in wenigen Zehnteln einer Sekunde, sah er vor sich ein Gesicht in der Entfernung des ausgestreckten Arms mit der Pistole, die auf seinen Nacken gezielt hatte. Suche seine Augen, erinnerte er sich, als er in ein Paar helle Augen hinter einer Brille mit leichtem Gestell schaute, und über dieses Gesicht schob sich das von Fatimas Mörder, obwohl sie keinerlei Ähnlichkeit miteinander hatten, genau wie sich zwei Gesichtsumrisse auf durchsichtigen Folien übereinander schieben, wenn man versucht, ein Phantombild zu erstellen. Ganz deutlich und in jeder Einzelheit, als studiere er ein Foto oder ein Gemälde, sah er vor sich ein junges, glatt rasiertes Gesicht mit breitem Kinn, straffen Lippen, ausdruckslosen, offen und ruhig blickenden Augen hinter den Gläsern dieser Brille, die bestimmt ein teures Markenmodell war, sie hatte einen dünnen Goldrahmen, der kurz im Sonnenlicht aufblitzte. Betäubt und mit unerwarteter Ruhe dachte er: »So sieht also der Mann aus, der mich töten will«, und im Innern dieser Sekunde, die kein Ende nahm, wurde ihm klar, dass das wahre Gefühl des unmittelbar bevorstehenden Todes nur derjenige kennen kann, der im Begriff steht zu sterben, dass kein anderes Gefühl im Leben diesem gleicht oder es ankündigt: die Ruhe, das Staunen, das lautlose Verharren der Zeit.

Doch der Schrei, der ihn gewarnt hatte, vereinte sich mit dem Knall des ersten Schusses, um den erstarrten Augenblick zu brechen und ihn aus der Lethargie des schicksalsergebenen Sterbens zu reißen. Als seine rechte Hand hochfuhr, um das Gesicht zu schützen, schlug sie gegen den ausgestreckten Arm mit der Pistole, und der Schuss, der ihm den Bruchteil einer Sekunde früher den Kopf zerschmettert hätte, ohne dass ihm sein Tod ins Bewusstsein gedrungen wäre, ließ unter ohrenbetäubendem Klirren das Schaufenster eines Geschäfts zerbersten. Er rannte los, merkte aber, dass er es bis zur Straßenecke nicht mehr schaffen würde, warf sich zu Boden, rollte sich ab, suchte Zuflucht zwischen den geparkten Autos und hielt sich schützend die gekreuzten Arme vors Gesicht. Er zählte jeden einzelnen der drei folgenden Schüsse, erstaunt, keinen Schmerz zu spüren, noch am Leben zu sein und zu hören und über den Asphalt zu kriechen, ohne je den Bordstein zu erreichen, wo die Autos parkten, den Pulverdampf zu riechen und auf dem Gehweg zwei weiße, blutbespritzte Turnschuhe zu sehen. »Jetzt kommt er, um mir den Gnadenschuss zu geben, doch diesen Schuss werde ich nicht mehr hören«, dachte er mit einer Hellsicht, die jenen flüchtigen Momenten klarer Erkenntnis ähnelte, die zuweilen mitten in einem Traum aufzuckt. Er versuchte, sein Gesicht vom Boden zu heben, um noch einmal den Mann zu sehen, der ihn töten würde, doch er hatte keine Kraft, blieb mit offenem Mund röchelnd auf dem glühend heißen Pflaster liegen und vernahm ein metallisches Geräusch, das er kannte, das des Abzugshahns einer klemmenden Pistole, und danach ein Schurren sich entfernender Schritte. Mit dem Gesicht auf der Erde hallt jedes Geräusch überdeutlich wider, Schritte und die Schläge des Herzens, Schritte und Schläge, die im Innern der Erde dröhnen und im Körper, der ausgestreckt auf ihr liegt. Mit einem Mal wurde alles zu einem Wald von Schritten und Schlägen und rötlichen Schatten, von Stimmen, unter denen er eine einzige heraushörte, während er zugleich die Berührung der Hände erkannte, die über sein Gesicht glitten.

»Ich bin nicht tot«, sagte er, hörte sich die Worte laut wiederholen, »ich bin nicht tot«, bevor er in den Armen von Susana Grey seinen Geist aufgab, sich mit beiden Händen verzweifelt an sie klammernd, davongleitend in einem Fiebertraum aus pulsendem Blut und Sirenen von Ambulanzen.